U0953464

译文纪实

THE LOOMING TOWER
Al-Qaeda And The Road To 9/11

Lawrence Wright

[美]劳伦斯·赖特 著
张鲲 蒋莉 译

末日巨塔

上海译文出版社

献给我的家人，

罗伯塔、卡罗琳、戈登和卡伦

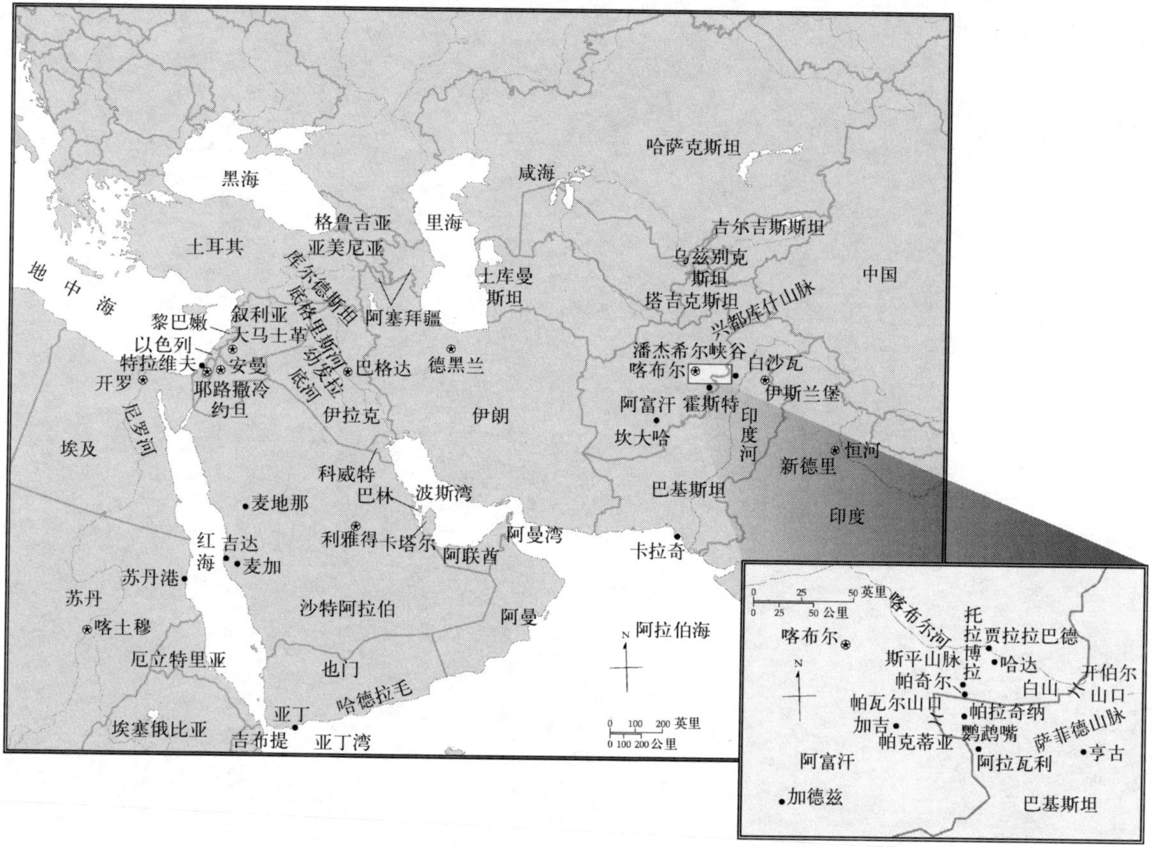

黑海
地中海
土耳其
格鲁吉亚
亚美尼亚
里海
阿塞拜疆
库尔德斯坦
底格里斯河
幼发拉底河
叙利亚
黎巴嫩
大马士革
以色列
特拉维夫
安曼
耶路撒冷
约旦
开罗
尼罗河
埃及
巴格达
德黑兰
伊拉克
伊朗
科威特
巴林
波斯湾
卡塔尔
阿联酋
阿曼湾
麦地那
利雅得
红海
吉达
麦加
沙特阿拉伯
阿曼
苏丹港
苏丹
喀土穆
厄立特里亚
也门
哈德拉毛
亚丁
吉布提
亚丁湾
埃塞俄比亚
咸海
土库曼斯坦
哈萨克斯坦
吉尔吉斯斯坦
乌兹别克斯坦
塔吉克斯坦
兴都库什山脉
中国
潘杰希尔峡谷
喀布尔
白沙瓦
伊斯兰堡
阿富汗
霍斯特
坎大哈
印度河
恒河
新德里
巴基斯坦
印度
卡拉奇
阿拉伯海
0 100 200 英里
0 100 200 公里
N
0 25 50 英里
0 25 50 公里
喀布尔
喀布尔河
托拉博拉
贾拉拉巴德
哈达
斯平山脉
帕奇尔
白山
开伯尔山口
帕瓦尔山口
帕拉奇纳
加吉
帕克蒂亚
鹦鹉嘴
萨菲德山脉
阿拉瓦利
亨古
阿富汗
加德兹
巴基斯坦

目 录

序幕

圣帕特里克节[1]这天，联邦调查局纽约办事处负责国外情报的丹尼尔·科尔曼特工驱车前往弗吉尼亚州泰森斯角，去新的岗位报到。离1996年的那场暴风雪已经过了几周，路旁的人行道还埋在一堆堆灰色的雪下面。科尔曼走进一座名叫格洛斯大厦的、毫不起眼的政府办公楼，在第五层出了电梯。这里就是亚力克站。

中央情报局的其他情报站，都分布在各自负责的不同国家；亚力克站是第一个"虚拟"的情报站，离兰利的总部大楼只有几英里远。在组织结构图上，这个站点被标为"恐怖分子资金链"，隶属中情局反恐中心。但实际上，它的工作就是追踪一个人的活动——奥萨玛·本·拉登，他以恐怖活动的主要资助者知名。科尔曼第一次听说此人是在1993年，当时有一个国外消息来源曾提到某位"沙特王子"正在资助一小撮伊斯兰激进分子，他们企图炸毁纽约的标志性建筑，包括联合国大厦、林肯隧道、荷兰隧道，甚至还有科尔曼上班的地方——联邦广场26号[2]。现在三年过去了，调查局总算抽出时间派他来查看亚力克站收集的情报，以决定是否需要展开调查。

亚力克站已经收集了35卷有关本·拉登的材料，其中大部分是国家安全局的电子耳监听到的电话录音。科尔曼发现这些材料多有重复，而且无法让人得出明确结论。不过他还是就本·拉登建起了一份情报案卷，主要是想让它在工作中占一席之地，以防这个"资助伊斯兰激进分子的人"变得更危险。

和其他许多特工一样，丹·科尔曼接受了针对冷战的训练。他于1973年加入联邦调查局，做的是档案管理员。他有学问爱钻研，自然对反情报工作很感兴趣。20世纪80年代，他的主要工作是在联合国周围的众多外交团体中招募间谍；东德的一名大使专员是他当时最大的战利品。然而，随着1990年冷战结束，他发现自己所在团队的工作重心转向了中东的恐怖主义活动。新的转变让科尔曼有些措手不及，因为他在中东方面的经验很有限。不过，这种感觉对整个联邦调查局而言也一样。当时局里认为恐怖主义只是烦人的小事，而没有把它看作一种真正的威胁。在柏林墙倒塌后阴云散尽的日子里，要说美国还有什么真正的敌人仍屹立未倒，这实在是让人难以置信。

1996年8月，本·拉登在阿富汗的一个山洞里向美国宣战。声明中给出的原因，是美国军队在第一次海湾战争结束5年之后仍然滞留在沙特阿拉伯。他宣称，“由于你们在我们的国土上耀武扬威，对你们进行恐吓是我们合法的权利，也是一种道德义务。”他自称这一宣言代表着所有的穆斯林，甚至还在这篇冗长的“圣令”中把矛头指向当时美国的国防部长威廉·佩里本人：“威廉，我要告诉你：这些年轻人热爱死亡就像你热爱生命一样……他们不会要你做什么解释。他们会大声喊道，我们之间没有解释的必要，只有杀戮和斩首。”

除了科尔曼，在美国（甚至在联邦调查局）很少有人知道或者关注这个沙特的持不同政见者。亚力克情报站的这35份卷宗描绘了一个以救世主自居的亿万富翁；他出身的家族规模庞大且极具影响力，与沙特阿拉伯王国的统治者关系密切。他自己也因为在阿富汗发动反对前苏联入侵的圣战而名声大噪。由于读过不少历史，科尔曼看出了本·拉登在战争宣言中对十字军东征与穆斯林早期斗争的引用。实际上，这篇宣言

---

① 圣帕特里克节（St. Patrick's Day）是每年的3月17日，为纪念爱尔兰守护神圣帕特里克而立。这一节日5世纪末期起源于爱尔兰，美国从1737年3月17日开始庆祝。——译者

② 联邦调查局纽约外勤办事处所在地。——译者

的一个显著特点就是其中的时间似乎还停留在几千年以前。文章里提到了过去，提到了现在，但却没有任何将两者区分开来的东西。似乎在本·拉登的世界之中，十字军的战争还在进行。拉登的愤怒如此强烈，这也让科尔曼难以理解。我们到底把他怎么了？科尔曼觉得很奇怪。

科尔曼把本·拉登“圣令”的文本交给了纽约南区美国检察官办公室的公诉人。这是一篇滑稽而怪异的文章，但它能算是犯罪吗？检察官们苦苦琢磨法律条文，发现了一条罕有引用的、制定于内战时期的煽动串谋法，该法令禁止挑动暴力行为及企图推翻美国政府。如果说这条法令能用在一个住在托拉博拉①的山洞里、没有国籍的沙特人身上，似乎也管得太宽了；然而，科尔曼正是根据这有限的法律先例，为一个日后成为联邦调查局有史以来头号通缉犯的人建立了犯罪档案。当时，关注此事的依然只有科尔曼一人。

几个月后，也就是 1996 年 11 月，科尔曼和美国检察官肯尼思·卡拉斯和帕特里克·菲茨杰拉德去了美国驻德国的一个军事基地。那儿的安全屋②里住着一个紧张兮兮的苏丹告密者，名叫贾迈勒·法德勒，自称曾在喀土穆为本·拉登工作过。科尔曼拿来了一个简报本，里面有本·拉登已知同伙的照片，法德勒很快就认出了其中的大部分人。他极力想让别人相信自己的故事，不过他显然认识有关的参与者。问题是他一直在对调查员说谎，说话时添油加醋，把自己吹嘘成一心要走正途的英雄。

“那你为什么要离开？”检察官们想知道答案。

法德勒说他热爱美国。他曾经在布鲁克林住过，还会说英语。后来他又说自己逃走是因为想写本畅销书。法德勒一直很紧张，怎么也坐不住。很显然，他要说的事情还不止这些。调查员们花了好几天工夫，才

---

① 阿富汗东部山区，是 20 世纪 80 年代抗击前苏联入侵的阿富汗游击队的藏身处，后来被本·拉登占据。——译者

② 指谍报人员或秘密警探的藏身地点。——译者

让法德勒不再编故事，并承认自己是拿了本·拉登十多万美元逃走的。交代完这些，他开始不停地抽泣起来。这是审讯的转折点。法德勒表示，如果有一天对本·拉登进行审判，他愿意做官方证人；但这似乎不太可能，因为政府检察官们所能想到的指控都很轻。

然后，法德勒自己主动谈起了一个名叫“基地组织”的团体。房间里的所有调查员都是第一次听到这个名字。法德勒详细描述了训练营和潜伏的分支机构。他谈到本·拉登喜欢购买核武器和化学武器。他说1992年的也门爆炸案是基地组织所为，而同年在索马里击落美国直升机的叛乱分子也是他们训练的。他交代了人员的姓名，还画出了组织结构图。他说的事让调查员们大为震惊。连续两个星期，他们每天花6到7个小时反复询问细节问题，测试法德勒的回答，看他所说的情况是否前后一致。他的答案始终没出过差错。

等科尔曼回到调查局，却没有人对此事给予特别关注。他们也认为法德勒的证言确实很吓人，可是又怎么能证实一个窃贼和骗子的话呢？更何况，眼下还有更重要的调查要做。

在一年半的时间里，丹·科尔曼独自一人继续对本·拉登进行调查。由于他被派驻到了亚力克情报站，调查局多少有点把他给忘了。通过窃听本·拉登的往来事务，科尔曼绘出了基地组织的网络分布图。他发现基地组织的很多同伙都和美国有关系，这让他十分担忧。他断定这是一个以摧毁美国为宗旨的国际恐怖组织；可是，当科尔曼想与上级讨论此事时，上级却连个电话都不回。

无人理睬的科尔曼，只得独自思索那些日后每个人都会去想的问题：这个组织从何而来？它为什么单单选择攻击美国？我们怎样才能阻止它？他就像是一个观察着载玻片的实验室技术员，那上面是一种前所未见的病毒。在显微镜下，基地组织的致命特性开始显露出来。这个组织很小（当时只有93名成员），但它是更大规模的激进运动的一部分；这种运动遍及整个伊斯兰世界，尤其是阿拉伯国家。基地组织扩散的可能性非常大。这个组织的成员训练有素，久经沙场；他们的财力显然颇为雄厚。此外，他们还狂热地信奉着自己的事业，而且抱着必胜的信心。将这些成员团结在一起的人生哲学有着极大的吸引力，以至于他们情愿——而且是盼望着——为之牺牲自己的生命。在这个过程中，他们想尽可能地多杀人。

然而，这种新威胁最可怕的一点，是几乎没有人重视它。它太怪异、太原始，也太遥远。美国人坚信，现代性、科技以及自己的理念，一定能防止历史上的那种野蛮场面降临到他们头上；面对这种信心，本·拉登及其追随者的挑衅姿态就显得很荒谬，甚至有些可悲。然而，基地组织绝非只是出自 7 世纪阿拉伯的古董，它已经学会了如何利用现代工具和现代思维。这并不奇怪，因为基地组织的故事其实是不久以前从美国开始的。

第一章　殉教者

在由埃及亚历山大港开往纽约的一艘游轮上，头等舱里一位瘦弱的中年作家、教育家赛义德·库特卜[①]经历了一场信仰危机。“我到了美国之后，是像那些拿奖学金的普通学生一样整天吃吃睡睡，还是应该与众不同?”[②]他这样想道。“我是应该坚持自己的伊斯兰教信仰，抵制诸般罪恶的诱惑，还是纵容自己，沉溺于随处可见的诱惑之中?”当时是1948年的12月。新世界在地平线上隐约出现了，那是一个胜利、富有、自由的世界。而在他身后，则是满目疮痍、苦难深重的埃及。这位旅客以前从没有离开过自己的国家。现在他离开也并非心甘情愿。

这位神情严肃的单身汉身材瘦小，肤色黝黑，前额凸出，留着一撮比鼻子略窄一点的板刷胡。他的眼神流露出一种容易招人冷落的孤傲。即便是在埃及炙热的太阳底下，他也宁愿穿着三件套的黑色西装，总让人觉得很正式。对于这么一个极度自尊的人来说，在42岁的年纪回到学校读书似乎有些纡尊降贵。然而，作为一个来自土壁泥墙的上埃及村庄的孩子，他已经超越了自己当初那并不远大的目标——成为一个受人尊敬的公务员。他的文学与社会批评使他成为埃及最受欢迎的作家之一。但是，这些批评也激怒了埃及恣意挥霍的独裁者法鲁克国王，他签署了对库特卜的逮捕令。一些有影响力的朋友很同情库特卜的处境，急忙安排他离开埃及[③]。

那时库特卜在埃及教育部做主管，工作非常轻松。政治上他是个热忱的民族主义者，坚决反对共产主义，而这种立场也是当时官僚中产阶级的主流思想。至于那些将会催生所谓宗教激进主义的思想，此时在他脑海里还没有完全成形。实际上，库特卜后来说过，在踏上这次旅程之前，他甚至都算不上是一个笃信宗教的人[④]，虽说他 10 岁就会背《古兰经》[⑤]，而他的写作近来也开始转向更为保守的主题。但库特卜和许多同胞一样，由于英国对埃及的占领而变得激进了；而昏聩的法鲁克国王与英国串通一气，这也让他极为鄙视。反英示威游行、各个矢志要将外国军队逐出国门的煽动性政治派系——也许还有国王——使得埃及备受折磨。库特卜这个貌不惊人的中层政府职员之所以特别危险，是因为他那些直言不讳而影响深远的时事评论。虽然他从未跻身于阿拉伯当代文学的前列（这让他一直颇为苦恼），但是在埃及政府看来，他却逐渐成为一个令人头疼的大敌。

库特卜在很多方面都很西化——从他的装束，到他对古典音乐的钟爱，还有对好莱坞电影的喜好。他读过翻译成阿拉伯语的达尔文、爱因斯坦、拜伦和雪莱的著作，而且特别喜欢法国文学，尤其是维克多·雨果的作品[⑥]。但是，即便是在去国离乡之前，这吞噬一切的西方文明所取得的进展仍然让库特卜深感担忧。尽管博学多识，他却把西方世界看作一个单一的文化实体。资本主义之于马克思主义，基督教之于犹太教，法西斯之于民主，这些区别与库特卜心目中惟一最大的分野相比都无关紧要；在这个分野的两端，一边是伊斯兰教与东方世界，一边是信仰基督教的西方世界。

殖民拓展一直是欧洲与阿拉伯国家之间关系的典型特征，但美国在

---

① 我特别感谢穆罕默德·库特卜回忆兄长时提供的大量素材。与约翰·卡尔弗特和吉利斯·凯普尔的通信也帮助我形成了对赛义德·库特卜一生的看法。

② 哈立迪，《赛义德·库特卜：从出生到殉教》，第 194 页。

③ 对穆罕默德·库特卜的采访。他特别提到了当时的埃及总理马哈茂德·法赫米·努格拉希·帕夏。

④ 谢泼德，《赛义德·库特卜》，*xv*。穆罕默德告诉我，“有一个时期，他更倾向于现世主义。”

⑤ 穆罕默德·库特卜，个人通信。

⑥ 哈立迪，《赛义德·库特卜：从出生到殉教》，第 139 页。

这方面却截然不同。二战结束时，美国对于殖民者和殖民地之间的政治分歧持观望态度。事实上，人们很容易把美国视为反殖民主义的榜样：这个被压制的民族赢得了解放，并且将曾经的统治者远远地抛在了后面。这个国家的力量似乎源于其自身的价值观，而不是欧洲那些文化优越性或种族、阶级特权的观念。由于美国把自己标榜为移民国家，它与世界各国之间就有了一种相互渗透的关系。阿拉伯人和其他许多民族一样，也在美国国内建立了自己的聚居区；在亲缘关系纽带的影响下，他们也更为倾向这个国家所宣扬的理念。

因此，美国政府在二战结束后支持犹太复国主义运动，这让库特卜和许多阿拉伯人都很震惊，大有遭到背叛之感。就在他乘船离开亚历山大港口的时候，埃及和其他 5 个阿拉伯国家的军队即将在一场战争[①]中最终败下阵来——这场战争确立了以色列在阿拉伯世界中作为一个犹太国家的地位。阿拉伯人惊呆了：这不仅是因为以色列士兵的决心和作战技能，更是因为本国军队的无能和领导人灾难性的决策。这场战争所带来的羞辱对阿拉伯知识界产生了极其深远的影响，其程度远远超过当代历史上的任何事件。在哈里·杜鲁门总统签署命令将 10 万犹太难民送回巴勒斯坦之后，库特卜曾这样写道："我恨这些西方人，我鄙视他们！所有的西方人，无一例外：英国人、法国人、荷兰人，最后还有美国人，那么多人曾经信任过的美国人！[②]"

头等舱里的这个男人也有过浪漫的爱情，但他经历的主要是爱情带来的痛苦。他曾在一篇小说中略加掩饰地描述过自己一段失败的恋情；从那段感情之后，他就拒绝了婚姻。他说，在那些把自己暴露在众目睽睽之下的"无耻"女人[③]中间，他根本找不到合适的伴侣。不过他还是

---

① 指 1948 年 5 月以色列和阿拉伯国家之间为争夺巴勒斯坦而爆发的大规模战争，史称第一次中东战争。——译者

② 库特卜，"Al-dhamir al-amrikani"。

③ 约翰·卡尔弗特，"'不孝的孩子'"，第 98 页。

喜欢女人的——他和三个姐姐的关系就很亲密；但性欲让他感觉受到了威胁，于是他就以不赞成亲密关系的态度来保护自己，并把性视为获得救赎的大敌。

他所体验过的最亲密的感情关系就是和自己的母亲法蒂玛[1]，一个不识字但却非常虔诚的女人之间的感情。她把早熟的儿子送到开罗去学习。1933 年库特卜 27 岁的时候，他的父亲去世了。在随后的 3 年里，库特卜在外省的好几个地方教过书，后来调到了开罗一个富足的郊区赫勒万，他就把全家接过来一起生活。他极度保守的母亲在这里过得始终不太安心。她总是很警惕；因为在赫勒万，悄然发展的外来影响比她以前住的小村子要显著得多。这些影响在她老于世故的儿子身上一定也表现得很明显。

赛义德·库特卜在舱房里做着祷告，对自己的身份仍旧感到犹疑不定。他是应该“正常”，还是应该“特别”？是抵制诱惑，还是沉溺其中？是坚守伊斯兰教的信仰，还是将其抛在一旁，转而接受西方的物质主义和罪恶？像所有的朝觐者一样，他同时走上了两条征途：一条向外，朝着更广阔的世界；另一条则向内，通往自己的灵魂之中。“我要做一个真正的穆斯林！”[2] 他下定了决心。可是他立刻又自问：“我是真的这么想，还是心血来潮？”

一记敲门声打断了库特卜的沉思。他的舱房外站着一个年轻姑娘；按照他的描述，她又高又瘦，“半裸着身子”[3]。她用英语问道：“今晚让我做你的客人好不好？”

库特卜回答说房间里只有一张床。

“一张床也能睡两个人呀！”她说。

惊诧万分的库特卜猛地一下关上了门。“我听见她摔倒在门外的地

---

① 穆罕默德·库特卜，个人通信。
② 哈立迪，《从内部看美国：赛义德·库特卜的视角》，第 27 页。
③ 哈立迪，《赛义德·库特卜：从出生到殉教》，第 195 页。库特卜后来声称，该女子是美国中央情报局派来勾引他的特工。

板上，这才意识到她原来是喝醉了，”他回忆道。“我当即感谢真主帮助我战胜了诱惑，让我能坚守自己的道德信仰。”

这就是库特卜——一个正派、骄傲、充满烦恼而道德观念极强的人。他那无人赏识的天分，日后将动摇伊斯兰教，危及伊斯兰世界的各个政权，并成为阿拉伯民族无着无落的年青一代的指路明灯；寻求着生活意义和目标的这一代人，最终在圣战中找到了自己的归宿。

库特卜抵达纽约港时恰逢美国的假日季节①，当时的繁荣景象在这个国家是前所未有的②。战后的经济飞速发展，每个人都在挣钱——不管是爱达荷州种土豆的农民，底特律的汽车制造商，还是华尔街的银行家。如此多的财富，极大地激发了人们对资本主义模式的信心；在不久以前的大萧条时期，这种模式曾受到残酷的考验。失业这回事似乎和美国根本不沾边；根据官方数据，失业率低于4%，而从实际上说，任何想要工作的人都能找到工作。现在，全世界一半的财富都掌握在美国人手里③。

当库特卜漫步在纽约街头的时候，美国与开罗的反差一定让他觉得尤为苦涩。四处装点着节日的灯火，华丽的橱窗里摆满了他听说过却从未见过的东西——电视机，洗衣机——这些科技创造的奇迹充溢着每一家百货商店，数量之多令人瞠目结舌。曼哈顿一座座崭新的办公楼和住宅大厦，肩并肩地填满了帝国大厦与克莱斯勒大厦之间空中轮廓线的空隙。市区和外围城区的许多大型住宅区还在建造之中，它们能容纳大批的移民。

在如此充满活力与信心、文化融合达到空前程度的环境之中，树立起一个具体的象征物来代表业已改变的世界秩序，正可谓恰逢其时——

① 指从感恩节（每年11月的第四个星期四）到元旦后的一段时间。——译者
② 麦卡洛，《杜鲁门》，第621页。
③ 约翰逊，《现代：从1919年到2000年的世界》，第441页。

这个象征就是俯瞰纽约东河的新联合国大厦。作为战争留下的遗产，坚定的国际主义精神在联合国这个组织上得到了最有力的体现；不过，与任何一个单一的理念或机构相比，纽约这个城市本身就更为有力地代表着全球和谐的梦想。整个世界都在涌向纽约，因为这里是权力之都，金钱之都，也是可以带来变革的文化能量的所在地。这个城市里有大约100万俄国人，50万爱尔兰人，同样数目的德国人，不消说还有波多黎各人、波兰人和数不清的中国劳工（大多是非法的），他们也在这个好客的城市之中找到了庇护所。而黑人的人数也在短短8年里增加了50%，达到了70万。这些黑人也是难民，他们从种族主义的美国南方逃到了这里。在800万纽约人之中足有四分之一是犹太人[①]，其中有许多人是从欧洲的大灾难之中逃出来的。纽约下东区许多商店和工厂的标志上都印着希伯来文字，大街上常常能听到意第绪语。对于库特卜这样一个憎恶犹太人的中年埃及人来说，这将会是个挑战；不过，他在离开祖国之前还没有真正见到过犹太人[②]。对很多（也许是大部分）纽约人来说，政治与经济上的压迫是与生俱来的一部分，而纽约这个城市则为他们提供了避难所，给了他们一个可以谋生、养家、重新开始生活的地方。因此，希望这一强烈的情感让这座城市保持着生机，而开罗却是个充满了绝望的都市。

与此同时，纽约也是一个糟糕的地方——城市拥挤不堪、人们牢骚满腹、竞争激烈、风气轻佻，到处都戳着“客满”的牌子。呼呼大睡的酒鬼堵住了门口。市中心广场造型滑稽的房子装点着鬼气森森的霓虹灯，皮条客和扒手就在灯下逡巡。鲍厄里区的廉价旅馆出租帆布床，每晚只需20美分。阴暗的小巷里横七竖八地扯着晾衣绳。嚣张的少年犯成群结伙，像野狗一样在郊区游荡。对于一个英语只会点皮毛[③]的人来

① 怀特，《这就是纽约》，第46页。
② 穆罕默德·库特卜，个人通信。
③ 对穆罕默德·库特卜的采访。

说，这个陌生的城市可谓危机四伏；而库特卜又生性沉默寡言，这使他与别人的交流愈发困难。他想家想得要命。“在这个奇怪的地方，在这个被他们称作‘新世界’的大工厂里，我觉得自己的灵魂、思想和肉体都处在孤独之中，”[①] 他在写给开罗朋友的一封信中这样说。“我在这儿最需要的就是个能说话的人，”他在给另一个朋友的信里写道，“不是谈美元、电影明星、汽车品牌，而是能就人类、哲学和灵魂之类的问题做一番真正的谈话。”

到美国两天之后，库特卜和一个埃及熟人住进了一家旅馆。“因为我们的肤色和开电梯的黑人很相近，所以他挺喜欢我们。”[②] 库特卜写道。那个人提出要帮两位旅客找点“乐子”。“对此他举了好些例子加以说明，其中还有性变态。他还给我们讲在旅馆的某些房间里发生的事情，甚至有过两男或两女搞在一起的。那些人让他拿几瓶可口可乐来。他后来进屋的时候，他们甚至连姿势都不动一下！‘难道他们不觉得羞耻吗？’我们问道。他觉得很奇怪。‘这有什么羞耻的？他们不过是在享受生活，满足自己的特别需要罢了！’”

这次经历以及其他许多见闻，让库特卜益发坚信乱交必然会导致性变态。至于美国自身，则刚刚因为印第安纳大学艾尔弗雷德·金赛与同事合作的长篇学术报告《人类男性的性行为》而深受震撼。这篇长达800页的论文充满了令人震惊的数据和有趣的评论，它就像一块击穿教堂彩色玻璃窗的石头，粉碎了美国所剩无几的维多利亚式假正经。金赛报告称，在抽样调查的美国男性中，37％的人有过同性恋行为并达到了高潮，将近一半的人有过婚外情，69％的人召过妓。金赛向美国举起了一面镜子，它反映出其国人不仅有着强烈的欲望，而且也对性感到困惑、羞愧、无能，有些人对性的无知则令人瞠目。虽然调查证明美国人

---

① 赛义德·库特卜致安瓦尔·马达维的书信，见哈立迪，《赛义德·库特卜：学者、批评家、传教者、斗士、解疑人与先驱》，第157—158页。

② 赛义德·库特卜致安瓦尔·马达维的书信，见哈立迪，《赛义德·库特卜：学者、批评家、传教者、斗士、解疑人与先驱》，第195—96页。

的性行为形式多样，频率也很高，但实际上当时的人们几乎从来不讨论与性有关的问题，就连医生也是如此。金赛的一个研究者曾经采访过1 000对没有子女的美国夫妇①；这些妻子都还是处女，他们根本就不知道自己为什么不能生孩子。

库特卜对金赛报告很熟悉②，并且在后来写书时引用它来阐述自己的观点。他认为，美国人和禽兽没多大分别——“这群不顾后果、受了哄骗的人只知道肉欲和金钱。”③ 可以预料，这样一个国家的离婚率会高得令人咋舌，因为“每当丈夫或妻子注意到一个光彩四射的新人物，他们就会猛扑上去，就好像这人儿是欲望世界之中的新时尚”。④ 从库特卜的抨击中也能听到他内心激烈斗争的弦外之音：“一个女孩看着你，表面上她像是一个迷人的林中女神，或是逃离海底的美人鱼，可是当她走近时，你只会感觉到她内心中嘶喊着的本能，你能闻到她火热的躯体，但那气味并不是香水的芬芳，而是肉体，只是肉体。确实，那肉体很诱人，但也只不过是肉体罢了。”

\- - -

二战的结束为美国赢得了胜利，却没有给他们带来安全感。很多美国人都觉得他们刚打败了一个极权主义敌人，紧接着又要面对另一个远比欧洲法西斯主义强大、阴险的对手。“共产主义正在以不可阻挡的势头，悄然侵入那些贫穷的地区，”⑤ 年轻的福音传道者葛培理⑥警告说，“如备受战争折磨的中国，还有动荡不安的南非。如果不能把这些国家

---

① 曼彻斯特，《光荣与梦想》，第 47 页。

② 库特卜，《在〈古兰经〉的庇荫下》，6：143。“金赛”（Kinsey）在此书英文本中被误译为“McKenzie”。

③ 库特卜，*Majallat al-kitab*，第 666—669 页。

④ 哈立迪，《从内部看美国：赛义德·库特卜的视角》，第 185—186 页。

⑤ 弗拉迪，《葛培理：美国正义的寓言》，第 236 页。

⑥ Billy Graham（1918—　），美国当代著名的基督教福音布道家，是第二次世界大战以后福音派教会的代表人物之一，常担任美国总统的顾问。——译者

从不信上帝者的手中解救出来，美国将在这个世界上陷入孤立无援的境地”。

与共产主义的斗争也在美国内部进行着。联邦调查局不择手段的头儿J·埃德加·胡佛声称，每1 814个美国人中就有一个是共产主义者[①]。在他的督导下，调查局几乎把全部精力都投入了这一方向，开始挖掘颠覆政府的证据。库特卜来到纽约时，众议院非美活动调查委员会已开始听取《时代》周刊资深编辑惠特克·钱伯斯的证词。钱伯斯作证说，他曾参与过阿尔杰·希斯领导的共产主义基层组织。作为前杜鲁门政府的官员，希斯是联合国的创立者之一，当时还担任着卡内基国际和平基金会的主席。整个国家的注意力都被这个听证会所吸引，它给人们的恐惧提供了依据：共产主义确实潜藏在各个城市、郊区和隐蔽的基层组织之中。“他们无所不在，”[②] 美国司法部长汤姆·克拉克断言，“工厂、办公室、肉铺、街角、私人商户——而且每个人身上都携带着能致社会于死地的病菌。”美国感到自己不仅身陷政治体制被取代的险境，更面临着宗教信仰丧失的危机。“无神论”是共产主义威胁最根本的一个特征，于是基督教遭到攻击之感就让整个国家本能地作出了反应。“不是共产主义死，就是基督教亡，因为这其实就是基督与敌基督之间的一场决战。”[③] 葛培理几年之后写道。而在当时，这种情绪正是信仰基督教的美国人的主流看法之一。

库特卜注意到了这种开始左右美国政治的强迫观念。出于类似的原因，他自己也是一个坚定的反共产主义者；实际上，共产主义者在埃及要比美国活跃得多，也更具影响力。“我们要么就走信仰伊斯兰教的道路，要么就走共产主义的道路。”[④] 库特卜在来美国的一年前曾这样写道。他眼中的前景和葛培理的预期同样严峻。与此同时，他也在列宁的

---

① 奥辛斯基，《弥天阴谋：乔·麦卡锡的世界》，第96页。
② 奥辛斯基，《弥天阴谋：乔·麦卡锡的世界》，第97页。
③ 弗拉迪，《葛培理：美国正义的寓言》，第237页。
④ 谢泼德，《赛义德·库特卜》，第354页。

政党中看到了未来伊斯兰世界可以采用的政治模式[①]——后来他将要创立的政治体制。

在库特卜充满激情的分析之中，共产主义体制和资本主义体制没有多大差别；他认为，这两者都只顾及人们的物质需求，却忽视了精神的层面。他预言，一旦普通工人丢掉了致富的幻想，美国将不可避免地走向共产主义。基督教将无力阻挡这种趋势，因为它“就如同纯粹理想世界里的幻象”[②]，只存在于精神王国之中。而伊斯兰教却是个“完整的体系”[③]，它具备法律、社会规范、经济规则，还有自己的治理方法。只有伊斯兰教提供的模式，才能够建造出一个公正、虔诚的社会。因此，真正的战斗将最终显现出来：它不是资本主义与共产主义的较量，而是伊斯兰教和物质主义的斗争。而且，伊斯兰教必将取得胜利。

毫无疑问，在1948年的假日季节，伊斯兰教和西方世界的这种冲突对大部分纽约人来说还很遥远。但是，尽管新的财富还在不断涌入这座城市，战争的胜利自然也带来了自信心，但人们对未来还是普遍感到担忧。“这座城市，在它漫长的历史上，第一次有了毁灭的可能。”当年夏天，随笔作家E·B·怀特这样评论道。“只需一小队形同人字雁群的飞机，立即就能终结这个岛屿的狂想，让它的塔楼燃起大火，摧毁桥梁，将地下通道变成毒气室，将几百万人化为灰烬。”怀特此文写在核子时代即将来临之际，文中这种易受攻击的感觉在当时还不多见。“在可能发动袭击的狂人的头脑中，”他写道，“纽约无疑有着持久的、不可抵挡的诱惑力。”[④]

---

① 对贾迈勒·班纳的采访。

② 同前，第34页。

③ 同前，第51页。

④ 怀特，《这就是纽约》，第54页。（译文引自《这就是纽约——E·B·怀特随笔》，贾辉丰译，上海译文出版社2007年版。——译者）

新年过后不久，库特卜就搬到了华盛顿[1]，在威尔逊师范学院[2]学习英语。“在华盛顿的生活还不错，”[3] 他在一封信中说，“特别是我住的地方离图书馆和朋友们很近。”他享受着埃及政府提供的丰厚奖学金。“普通的学生每月 180 美元就能过得挺好，”他写道，“而我呢，每月的开销是 250 到 280 美元。”

虽说库特卜来自上埃及的一个小村庄，他却在美国发现了“一种让我们想起丛林和山洞时代的原始之感”[4]。社交聚会中充斥着虚伪的谈话。博物馆和交响音乐会虽然来者盈门，可是人们去那儿不是为了看或是听，而是出于一种狂热的、自恋的需求，要让别人看到、听到自己。库特卜得出了这样的结论：美国人总之是太不拘小节了。他在写给开罗朋友的信中说：“我在这儿的一家餐厅里，前面坐着一个年轻的美国人。他穿着衬衣，前襟本该打领带的地方却印着一只橘黄色的土狗；他也没穿马夹，衣服后背上倒有一幅炭笔画的大象。这就是美国人对色彩的品位。还有音乐！这个话题我们还是留着以后再谈。”[5] 他抱怨说，美国的食物“也非常怪异”。他曾谈到在学校咖啡馆碰到的一件事：他看到一个美国女人正往甜瓜上撒盐。他不怀好意地告诉她埃及人更喜欢放胡椒粉。“她居然照做，还说味道好极了！”他写道，“第二天我又告诉她有些埃及人喜欢在甜瓜里放糖，她觉得这样吃味道也不错。”就连美国的剪发方式也让他牢骚满腹：“每次从理发馆回来，我都要用手重新把头发梳理一遍。”[6]

1949 年 2 月，库特卜住进乔治·华盛顿大学医院做扁桃体切除手术。那儿的一个护士向他一一列举自己梦中情人的必备条件，让他极为

---

① 卡尔弗特，“‘不孝的孩子’”，第 93 页。

② 威尔逊师范学院于 1977 年和其他三个学院合并，成立哥伦比亚特区大学。

③ 同前，第 94 页。

④ 库特卜，“Amrika allati ra'ayt”(b)。

⑤ 赛义德·库特卜致陶菲克·哈基姆的书信，见哈立迪，《从内部看美国：赛义德·库特卜的视角》，第 154 页。

⑥ 库特卜，“Amrika allati ra'ayt”(c)。

反感。这个美国女人的热情举动已经叫他起了戒心："她对自己的美貌十分了解——她的身体、容貌、勾人心魄的眼睛、丰盈的双唇、饱满的乳房、浑圆的臀部，还有光滑的大腿。她穿着能唤起原始性本能的鲜艳衣服，什么都不加隐藏，那令人兴奋的笑声和大胆的眼神更增加了这种感觉。"① 可以想象，库特卜当时肯定是一个叫人情不自禁的挑逗对象。

2月12日，传来了穆斯林兄弟会最高指导哈桑·班纳在开罗遇刺的消息。库特卜称那天医院窗外的街道上一片喧哗。他问是不是在庆祝什么节日。"今天基督教在东方的敌人被除掉了。"② 库特卜说医生这样告诉他，"今天，哈桑·班纳被杀了。"如果说1949年美国人在埃及政治上投入了许多，因此对班纳之死感到欢欣鼓舞，这很难让人相信。《纽约时报》确实报道了他的死讯。该报说："哈桑谢赫③的追随者狂热地忠于他，他们中很多人宣称，哈桑一个人就能拯救阿拉伯和伊斯兰世界。"④ 但对于身处一个陌生而遥远的国度、躺在病床上的库特卜来说，这个消息不啻于晴天霹雳⑤。虽然库特卜和班纳素未谋面⑥，但他们都知道彼此的声名。他们都生在1906年的10月，日子只差几天；都上过同一个学校——开罗一所名为达尔·艾尔乌卢姆的师范学校，只是入学的时间不同。和库特卜一样，班纳也很早熟，颇具领导才能，不过他还是一位实干家。他在1928年创立了穆斯林兄弟会，目的是要将埃及变成伊斯兰教国家。仅仅几年之内，兄弟会已遍布整个埃及，然后又扩展到整个阿拉伯世界，为后来的暴动埋下了种子。

班纳的声音湮灭之时，恰逢库特卜所著的《伊斯兰的社会公正》一

---

① 库特卜，"Amrika allati ra'ayt"(b)。
② 库特卜称这句话只是"医生们自己说的"，而"这个消息我们家里的人都是从弟弟那儿了解的"。
③ "谢赫"(Sheikh)是阿拉伯语中对族长或部落首领的尊称，用于普通人身上时则已失去原来含义，可视为名字的一节。——译者
④ 阿尔比恩·罗斯，"穆斯林兄弟会领袖在开罗街头上出租车时被杀"，《纽约时报》，1949年2月13日。
⑤ 对穆罕默德·库特卜的采访。
⑥ 穆罕默德·库特卜，个人通信。

书出版——这本书为他赢得了伊斯兰世界重要思想家的声誉。尽管库特卜也倾向于将伊斯兰教用于政治的观点，他却态度鲜明地与班纳的兄弟会保持着距离；然而，这位知识界同辈对手既然已经死去，库特卜皈依穆斯林兄弟会的障碍也不复存在。对于库特卜的生活和兄弟会的命运而言，这都是一个转折点。但在如此重要的时刻，这位显然要继续领导伊斯兰复兴的接班人却形单影只地生着病；他远在家乡万里之外，没人知道他是谁。

说来凑巧，身在华盛顿的库特卜也并非完全无人注意。有一天晚上，詹姆斯·海沃思-邓恩在家里款待他。詹姆斯是一位英国的东方学者，后来皈依了伊斯兰教。他向库特卜谈起穆斯林兄弟会带来的危险。他认为，这个组织在阻碍伊斯兰世界的现代化进程。据说他告诉库特卜，“如果兄弟会成功掌权，埃及将永远无法向前发展，而且会成为人类文明的绊脚石。”[①] 随后他提出要将库特卜的新书翻译成英文，并付给他 1 万美元的版税[②]；对于这样一本不起眼的书，这可真是一大笔钱。库特卜拒绝了。后来他猜想，海沃思-邓恩可能是想把他拉进中央情报局。不管怎样，他说：“没等离开他那所房子，我就下定决心要加入兄弟会。”[③]

科罗拉多州的格里利位于丹佛[④]东北部，是一个欣欣向荣的农业社区。1949 年夏天，身体逐渐康复的库特卜来到这里，在科罗拉多州立教育大学[⑤]学习。当时，这所学校被誉为美国最先进的教育机构之一。暑

---

① 阿扎姆，“殉教者赛义德·库特卜”。

② 哈立迪，《赛义德·库特卜：学者、批评家、传教者、斗士、解疑人与先驱》，第 149 页。

③ 阿扎姆，“殉教者赛义德·库特卜”。但库特卜自己写道，他直至 1953 年才正式加入兄弟会。库特卜，《他们为什么要处决我？》。

④ 美国科罗拉多州首府。——译者

⑤ 现为北科罗拉多大学。

期开课[①]时教室里总是挤满了来自全国各地的老师，他们来这儿不仅是为了获得更高的学历，也是为了享受凉爽的气候和附近山区的美景。晚上，学校遍植树木的公共用地上会举办音乐会、讲座、肖托夸教育集会[②]的课程，还有室外的戏剧表演。为了容纳这些额外多出来的课堂，学校搭起了一顶顶圆形的帐篷。

库特卜在格里利待了 6 个月，比在美国其他任何地方待的时间都要长。格里利的生活，与他在快节奏的纽约和华盛顿的不愉快经历形成了鲜明的反差。实际上，美国很少有哪个地方能比格里利更符合对道德极度敏感的库特卜的胃口。格里利是 1870 年《纽约论坛报》农业版编辑内森·米克创建的，创立之初就是一个禁酒区。米克以前住在伊利诺斯州南部靠近凯罗的地方，位置在俄亥俄州与密西西比州交界处以北，也就是伊利诺斯州的“小埃及”一带。他意识到伟大的文明都诞生在河谷区域[③]，因此就在卡凯河和南普拉特河肥沃的三角洲地带建起了自己的居住区。米克希望通过灌溉将“美国大沙漠”变成农业天堂——埃及人自从文明之初就是这么做的。米克所在《论坛报》的编辑霍勒斯·格里利对他的构想给予热情的支持，以他的名字命名的格里利市很快就成为全美曝光率最高的规划社区之一[④]。

最早在格里利定居的人并不是年轻的拓荒者，而是人到中年的中产阶级。他们来到这里时坐的是火车，而不是四轮马车或公共马车；他们也一并带来了自己的价值观和标准。他们希望建立一个将成为未来城市典范的社区，它所依靠的是每一位定居者都必须具备的美德：勤奋、品

---

① 对迈克尔·韦尔什的采访，有关格里利历史的情况大都由他提供；我还采访了佩姬·A·福特、珍妮特·沃特斯、肯·麦康奈罗、热姆·麦克伦登、易卜拉辛·因萨里、弗兰克·李·莱金和唐娜·李·莱金。

② 19 世纪后期及 20 世纪初流行于美国的类似暑期学校的活动，常在野外举行，内容结合教育与文娱。因始创于纽约州 Chautauqua 地方而得名。——译者

③ 佩姬·A·福特，个人通信。

④ 拉森，《促成教育变革》，第 5 页。

行端正、戒酒[①]。毫无疑问，在这样的基础之上，必然能建立起一个纯洁而繁荣的文明社区。确实，当赛义德·库特卜在格里利走下火车的时候，这里已经是丹佛和夏延[②]两地之间最重要的定居点了。

家庭生活是格里利社区的中心；这儿没有酒吧，也没有酒店，可每个街角似乎都盖着一座教堂。科罗拉多州立教育大学以拥有全国一流的音乐系为豪，经常举办音乐会，爱好音乐的库特卜想必是乐在其中。到了晚上，讲演厅里会有著名的教育家来讲学。那时刚刚以小说《南太平洋的故事》获得普利策奖的詹姆斯·米切纳[③]也回到这里开设写作研习班，1936年至1941年间他曾在该校学习、教学。无意间，库特卜终于发现了这样的一个社区；他最为珍视的所有追求，在这里都得到了颂扬：教育、音乐、艺术、文学，还有宗教信仰。“我现在住的这个小城叫格里利，它美极了，实在是太美了！”[④] 来到格里利之后不久，他在给朋友的信中这样写道。“每一座屋子都像是鲜花盛放的大树，街道就好似园中小径。你能看到屋子的主人们在闲暇时间里辛勤劳作，不是洒水浇花，就是修枝剪叶。看起来，他们闲暇时做的就是这些事情。”纽约令库特卜反感的那种快节奏生活已经远在天边。那年夏天的《格里利论坛报》登过这么一篇头版报道，说有只乌龟成功地穿越了市中心的一条街。

不过库特卜很快发现，即便在格里利这么平静的表面之下，也有令人不安的潜流。学校往南一英里有个名叫“花园城”[⑤] 的小社区，那儿到处都是酒吧和酒店。在这个地方，格里利绝对戒酒者的主张根本行不通。这个小镇的名字源于禁酒令时期；那时，本地的私酒贩子会把酒瓶子藏在西瓜里，然后把瓜卖给学校的学生。每逢聚会，学生们就会光顾

① 拉森，《促成教育变革》，第5页。
② 美国怀俄明州首府。——译者
③ 佩姬·A·福特，个人通信。
④ 库特卜，“Hamaim fi New York”，第666页。
⑤ 对迈克尔·韦尔什的采访。

“花园”，好弄点货作为储备。格里利清醒的表象与花园城暗中纵酒的丑行是如此天差地远，这一定让库特卜非常吃惊。其实，美国禁酒运动的失败让库特卜十分鄙夷，因为他觉得这个国家没能在精神上坚守戒酒的承诺，而只有伊斯兰教这种无所不包的体制才有望取得成功。

美国使他强烈地意识到自己是有色人种。在曾经去过的某个城市（他没有具体说是哪里），他亲眼目睹一个黑人遭到一伙白人暴徒毒打：“他们不停地用脚踹那个黑人，直到他血肉模糊地躺在大街上。”① 可以想见，这位黑皮肤的旅客在美国感受到了怎样的威胁。即便是格里利这个风气自由的居住区，也因为种族偏见引起的恐惧而变得颇为紧张。城里很少有黑人家庭。而经过一场战争（是役有14名骑兵阵亡，格里利的创建者内森·米克也被割去了头皮②）之后，当地的大部分尤特印第安人都被赶出了科罗拉多州。20世纪20年代，墨西哥劳工被引入该州，在田地和屠宰场劳作。虽然城里禁止墨西哥人在天黑之后逗留的标牌已被摘掉，但天主教堂仍然给有色人种单独设了一个入口；他们进来后只能坐在楼上。在法院后面的漂亮公园里，英裔美国人总是呆在南边，西班牙裔的则呆在北边。

在如此紧张的种族环境下，学校里来自世界各地的学生所处的地位很令人不安。来自非洲、拉美、亚洲的学生以及一部分夏威夷学生组成了国际俱乐部的核心，库特卜也是其中的一员。学校里还组织了一个小型的中东社团③，团内有新近逃离巴勒斯坦的难民，还有几名伊拉克王室成员。总体而言，格里利的居民对他们都很友善，经常邀请他们到家里聚餐、共度节日。有一次，库特卜和几个朋友被一家电影院拒之门外，因为影院经理误以为他们是黑人。“可我们是埃及人，”④ 一个朋友

① 哈立迪，《从内部看美国：赛义德·库特卜的视角》，第181页。
② 吉夫斯，《在十面旗帜下：科罗拉多州韦尔德县的历史》，第156—157页；对迈克尔·韦尔什的采访。
③ 对赛义卜·达贾尼的采访。
④ 对赛义卜·达贾尼的采访。

解释说。经理当即道歉，还请他们进去，但库特卜拒绝了。黑肤色的埃及人可以进电影院，而美国黑人却不得入内，这让他感到恼怒。

尽管城里的气氛很紧张，但学校在种族问题上却保持着积极的态度。暑假课程期间，会有大批南方黑人师范学院的学生来到格里利，不过在正常上课的月份这里却只有寥寥几个黑人学生。校橄榄球队明星杰米·麦克伦登就是这少数的几个黑人学生之一。他是国际俱乐部的成员，和一个巴勒斯坦学生同宿舍。因为格里利的理发师拒不为他服务，他只好每个月开车到丹佛去理发。最后，几个阿拉伯学生陪他一起去了当地的理发店，然后就待在那儿不走了，一直等到理发师替麦克伦登剪过头发才离开[①]。后来库特卜写道："种族主义让美国从山顶滚落到了山脚——还把人类的其他成员一起拖了下来。"[②]

对科罗拉多州立教育大学来说，1949 年的橄榄球赛季可谓沮丧不堪。身上有伤的麦克伦登整个赛季都只能在场外观战，球队则赛一场败一场，在和怀俄明大学的比赛中还输了个令人难忘的 103 比 0。目睹美式足球的场面，只不过是证实了库特卜原先的看法：这种比赛太原始。"脚在这种'足球'赛中根本不起作用，"[③] 他这样写道。"相反，每个球员都拼命用手去抢球、拿着球猛跑，或是把它扔向球门；而另一方的球员会使出一切手段去阻止他，可能会踹他的肚子，要不就猛力把他弄得断手折脚……与此同时，球迷们则在大喊'扭他脖子！敲他脑壳！'"

不过，对这个孤独的埃及单身汉来说，真正的威胁还是女人。与美国西部的大部分定居点相比，格里利所表现出的女性审美特征都要强烈得多。这个城市从来没住过矿工、流浪汉或是铁路工人，这些人生活的世界之中基本都没有女性；从一开始，格里利的居民就是受过良好教育的家庭。女性带来的影响是显而易见的：一座座温馨的房屋前都有宽敞

---

① 对易卜拉辛·因萨里的采访。

② 哈立迪，《从内部看美国：赛义德·库特卜的视角》，第 169 页。

③ 库特卜，"Amrika allati ra'ayt"（b），第 1301—1302 页。

的门廊，便利的商店里货品井然有序，样式美观的公立学校，低矮的建筑，还有相对自由的政治氛围。不过，女性影响表现得最为强烈的地方，还是教育大学本身。在秋季学期注册入学的 2 135 名学生当中，女性占了 42%；而在当时，美国全国女性的平均入学率只有大约 30%。学校里没有工商系或工程系，主导全校的 3 个杰出学院是教育、音乐和戏剧。来自丹佛和凤凰城的都市女郎、来自农场和平原牧场的乡下姑娘，还有来自山区小镇的女孩——她们之所以都受到这所学校的吸引，不仅是因为它全国皆知的名气，也是因为女性在这儿的校园里能得到享有权力之感。在这里，在环抱着大片公共用地的黄砖墙建筑之间，来自西部的女孩子们品尝到了大多数美国女性还要再过几十年才能充分享受的自由。

在这个偏远的西方小镇，赛义德·库特卜接触到了先进的思想。就认识而言——对自身、自己的社会地位，当然还有与男性的关系——他所遇到的美国女性比大部分同时代女性都要超前得多。“性关系只不过是个生理问题，”① 学校里的一位女性对库特卜解释说。“你们东方人把简单的问题搞复杂了，非要把道德因素加进去。公马和母马、公牛和母牛、公羊和母羊、公鸡和母鸡——它们交配的时候谁也不会去考虑什么道德后果。这样一来，生命就能延续下去，简单、轻松，而且自由自在。”在库特卜看来，这番话出自一个身为教师的女人之口无疑更具破坏性，因为她那不道德的人生观会教坏一代又一代年轻人。

当年夏天库特卜开始了学业，旁听一门基础英语写作课程。到秋天，他已经对英语有了足够的信心，于是就试选了三门教育学的研究生课和一门演讲技巧课。他决心要熟练掌握这门语言，因为他暗自怀着一个目标——用英语写一本书。1949 年秋天，仅仅在来到美国一年之后，他就在学生文学杂志《支点》上发表了一篇随笔，题为“世界是个不孝的孩子！”。仔细读一读这篇古怪而又令人不安的文章，就可以看出库特

---

① 哈立迪，《从内部看美国：赛义德·库特卜的视角》，第 194 页。

卜在语言方面取得的成就。“在埃及有个古老的传说，”他写道。“智慧与知识之神创造历史的时候，给了他一个很大的习字本和一支长笔，对他说：‘去这个世界上走一走，把你看到或听到的一切都记录下来。’历史照着神的吩咐做了。他遇到了一个聪明美丽的女人，她正在温柔地教一个小男孩学习：

> 历史震惊不已地看着她，然后仰面对着天空大喊：‘她是谁?’
>
> ‘她是埃及。’他的神回答。‘她是埃及，那个小男孩就是世界……’
>
> 古老的埃及人为什么会有这样的信仰？因为他们非常先进，他们拥有的文明比其他任何国家都要伟大。其他民族还住在森林里的时候，埃及就已经是文明社会了。埃及教会了希腊，希腊又教会了欧洲。
>
> 小男孩长大之后又怎么样了?
>
> 长大后，他抛弃了他的养育者，他仁慈的养育者！他打她，还企图把她杀死。我很难过。这不是什么修辞手段。这是事实。这是真实发生的事情。
>
> 当我们来到这里（可能就是联合国），请求英国归还我们的权利，世界帮着英国与正义为敌。当我们来到这里，请求制裁犹太人，世界帮着犹太人与正义为敌。在阿拉伯与犹太人的战争之中，世界也帮着犹太人。
>
> 噢！多么不孝的世界！多么不孝的孩子!”

库特卜比学校的大多数学生都年长不少，因此他自然而然地与别人保持着某种距离。学校布告栏里有一幅他的照片，那上面的他正在向校长威廉·罗斯展示自己的一本著作。照片说明中对库特卜的标注是“著名埃及作家”和“著名教育家”，因此学校的老师们对这位同行肯定颇有几分敬意。不过，他交际的主要对象还是外国学生。有天晚上，阿拉伯学生举办了一次“国际之夜”活动，他们准备了传统的阿拉伯食品，库特卜则以主人的身份向来客解释每道菜的来历[1]。没有活动的时候，他大部分时间都呆在自己的房间里，用他的唱机听古典音乐[2]。

城里每周都有几次波尔卡舞会和方块舞会，学校会请来知名的爵士乐队。那年最流行的两支舞曲是《多么迷人的夜晚》和《巴里哈》[3]，都出自根据米切纳的小说改编的音乐剧《南太平洋》，当时在格里利的广播电台想必是频频播放的曲目。大乐团的时代已经走到了尽头，而摇滚乐此时还没有出现。库特卜在书中写道，“爵士乐是美国的音乐，创作这种音乐的黑人就是要满足自己的原始本能——他们喜爱噪音，让人性欲勃发的东西最对他们的胃口。”[4] 这说明他难免也受到了种族歧视观点的影响。“如果没有吵闹的歌唱相伴，爵士乐是无法让美国人满意的。随着音量的提高（让耳朵难以忍受的痛苦也随之而来），观众的情绪也越来激动；他们的叫声越来越高，手掌越拍越响，直到你什么都听不见。”

学校在星期天不供应膳食，学生们只好自行解决。很多国际学生，包括像库特卜这样的穆斯林，星期天晚上会到教堂去。格里利的 50 多家教堂在礼拜仪式之后都会供应简餐，有时还举办舞会。“舞厅装点着黄、红、蓝各色彩灯，”[5] 有一次库特卜回忆说。“留声机里狂热的音乐让整个房间都在震动。舞动着的光腿挤满了大厅，胳膊搭在腰间，胸脯抵着胸脯，嘴唇触着嘴唇，房间里充斥着情欲的气氛。”牧师带着赞许的神情欣赏着这一切，甚至还调暗了灯光，以增添浪漫的氛围。接着他放了一首名为《宝贝，外面很冷》的曲子，这首俏皮的情歌出自当年夏

---

① 对易卜拉辛·因萨里的采访。
② 对赛义卜·达贾尼的采访。
③ “Bali Ha’i” 在音乐剧中指的是一个幻想中的迷人岛屿，和现实生活中的巴厘岛并无关系。——译者
④ 库特卜，“Amrika allati ra’ayt”（b），第 1301 页。
⑤ 同上，第 1301—1306 页。

天埃丝特·威廉斯主演的电影《海神的女儿》①。库特卜最后不无嘲讽地说："牧师停了一下，看着这些被他照料的年轻人在富有挑逗意味的歌声中随着节奏轻轻地摇摆；然后他就走了，留下他们去尽情享受这个快乐、纯洁的夜晚。"

在12月份写给朋友的信中，他的笔调又出现了新的变化。他开始谈起自己在思想和肉体上感到的"疏离"②。那个时候，他没有再去上任何一门课。

赛义德·库特卜在美国又待了8个月，大部分时间是在加利福尼亚。他所感受到的美国，与大多数美国人对本国文化的看法大相径庭。在文学和电影之中，特别是在电视这一新兴媒介上，美国人都把自己描绘成对性感到好奇却缺乏经验的人。然而，库特卜眼中的美国却与金赛性学报告中勾勒的情景更为相似。他看到了一个精神的荒原；不过当时在美国，对上帝的信仰却几乎是全民一致。库特卜坚持认为，美国教堂、宗教书籍和宗教节日的不断增加很容易让人产生错误的印象；但不变的事实却在于，物质主义才是美国人真正的上帝。"对美国人而言，灵魂毫无价值，"③ 他写信告诉朋友。"有一篇博士论文探讨的竟然是清洗盘子的最佳方法；对他们来说，这个问题似乎比《圣经》或宗教还重要。"很多美国人也逐渐得出了类似的结论。美国人生活中疏离的主旋律，才刚开始给战后的欢庆气氛蒙上阴影。从许多方面来看，库特卜的分析虽然有些尖刻，但也不过是超前了一点而已。

当然，这次旅程并没有让库特卜在埃及的朋友们如愿以偿。美国的经历非但没有让库特卜变得开放，反倒让他在回国时更为激进。此外，

---

① *Neptune's Daughter*，摄于1949年，是一部轻松欢快的爱情喜剧片。或译《洛水神仙》。——译者

② 哈立迪，《从内部看美国：赛义德·库特卜的视角》，第157页。

③ 赛义德·库特卜致陶菲克·哈基姆的书信，见哈立迪，《从内部看美国：赛义德·库特卜的视角》，第196—197页。

他对美国的糟糕印象在见诸报端之后，将深刻地影响阿拉伯和伊斯兰国家对这个新世界的看法；当时，它们原本十分敬重美国和美国的价值观。

他带回国内的还有一种新的、持久的愤怒，其根源是种族问题。“欧洲或美国的白人是我们的头号敌人，”① 他宣称。“我们把白人的文明、普遍准则和高尚目标教给自己的孩子，但与此同时白人却把我们踩在脚下……我们教育孩子，要对主人心怀畏惧和尊敬，但这个主人却在践踏我们的尊严，把我们当作奴隶。让我们转而在这些孩子的灵魂中埋下仇恨、憎恶和报复的种子。从这些孩子羽翼未丰的时候起我们就要教导他们，白人是全人类的敌人，一有机会就应该加以消灭。”

奇怪的是，在美国与库特卜相识的人都说他似乎挺喜欢这个国家。在人们的印象中他是个腼腆而礼貌的人，有政治立场，但对自己的宗教信仰并不张扬。只要是给他做过介绍，任何一个人的名字他都不会忘记；他也极少表露直接针对客居国的批评意见。或许他把轻蔑之情都藏在了心里，等到回国后再安全地散布出来。

显然，他所写的内容并非仅限于美国。他关注的核心问题是现代性。现代的价值观——世俗论、理性、民主、主体性、个人主义、性自由、宽容和物质主义——借助西方殖民主义的媒介传染给了伊斯兰。如今，美国是上述所有观念的代表。库特卜把抨击指向了那些试图改变伊斯兰教以适应现代社会的埃及人。他想要表明，伊斯兰和现代性这两者完全无法相容②。他的宏伟构想（此时才初露端倪），是要捣毁现代性的整个政治与哲学架构，还伊斯兰以其未被污染的本来面目。对他而言，这是一种神圣的同一状态，是真主与人类的完全结合。圣哲与凡俗、国家与宗教、科学与神学、心智与灵魂，这些概念之间的分裂是现代性的

---

① 罗登贝克，《开罗：胜利之城》，第 39 页。
② 阿布-拉比，《现代阿拉伯世界中伊斯兰复兴的思想根源》，第 156 页；伯曼，《恐怖与自由主义》，第 87 页起。

标志，西方世界已成为它的俘虏。但是，伊斯兰教无法容忍这样的分裂。他坚信，在伊斯兰教之中，神性一旦遭到削弱，就只能以毁灭告终。伊斯兰教是完全的，绝不会作出妥协。这是真主的不易之言。可是，受西方世界迷惑的穆斯林却忘记了这一点。只有让伊斯兰教重新成为他们生活、法律和政府的核心，穆斯林才有望夺回他们作为世界主流文化的应有地位。这是他们的责任；不仅是对他们自己的责任，也是对真主的责任。

1950 年 8 月 20 日，库特卜乘环球航空公司的班机飞回开罗[①]。像他一样，这座城市显然也变得越发激进了。由于腐败现象与暗杀事件肆虐，再加上 1948 年与以色列交战时蒙受的羞辱，埃及政府的统治在民众中毫无威信可言，完全对占领国惟命是从。虽然英国名义上已经从埃及撤军，并把部队集中到了苏伊士运河区，但帝国之手仍然深深影响着这个动荡的首府。从俱乐部到酒店、从酒吧到电影院、从各家欧洲餐厅，到这个饱经风霜的败落城市之中的百货商店，随处都可以看到英国人。脑满肠肥的法鲁克国王不顾民众嘘声一片，乘着他两百辆红色轿车[②]之中的一辆（在这个国家只有他才能坐红色的车）在开罗街头飞驰，去勾引年轻的姑娘（如果有人胆敢直言的话，这就是事实）；要不就是带着他的游艇船队，扬帆前往里维埃拉海岸的各个赌场，他在这些地方的荒淫生活足以打破历史纪录。与此同时，衡量绝望的常见标准——贫穷、失业、文盲与疾病——都远远超出了人们的控制。随着股票的下跌，投资也纷纷抽离了这个摇摇欲坠的国家，政府虽然忙得团团转，却根本于事无补。

在这种腐朽的政治环境之中，有一个组织却始终坚持为人民的利益

---

① 对穆罕默德·库特卜的采访；哈立迪，《赛义德·库特卜：学者、批评家、传教者、斗士、解疑人与先驱》，第 152 页。

② 罗登贝克，《开罗：胜利之城》，第 152 页。

而行动。穆斯林兄弟会修建了自己的医院、学校、工厂和福利组织；他们甚至建立了自己的军队，在巴勒斯坦与其他阿拉伯国家的军队并肩作战。与其说这个组织是一个反对派的政府，还不如说他们是一个反对派的社会；事实上，建立这样的社会正是他们的目标。兄弟会的创建者哈桑·班纳不愿把他的组织视为一个单纯的政党；它应该是对所有政治理念的挑战。班纳完全反对西方社会世俗民主政府的政治模式，这与他认为伊斯兰教应统治一切的观念相悖。“伊斯兰教的本质就在于统治，而不是被统治；伊斯兰教就是要把它的律法施行到所有国家，把它的力量扩展到整个星球，”[①] 他这样写道。

面对英国的入侵，兄弟会是惟一一支有组织、有效率的抵抗力量，这一事实使他们得到了中下阶级民众的认可[②]。1948 年，民众痛恨的警察局长萨利姆·扎基在开罗大学医学院的一次暴乱中身亡，埃及政府随即正式解散了穆斯林兄弟会。但是，兄弟会当时的成员和支持者已经超过了 100 万[③]——而埃及的总人口是 1 800 万。虽然兄弟会是一种群众运动，它却结成了一个个关系紧密、相互合作的“家庭”[④] ——每个像这样的基层组织，其成员最多不超过 5 人。这种组织结构赋予了兄弟会灵活、隐秘的特点，让它不容易被发现，更难以彻底根除。

穆斯林兄弟会有其暴力的一面，这种特点日后将深深植根于伊斯兰激进主义运动之中。在征得班纳的同意之后，组织内部建立了一个“秘密机构”。虽然兄弟会的大部分行动所针对的是英国人和数量剧减的埃及犹太人，但他们也在幕后指使了两起埃及电影院的爆炸事件、杀害了一位著名的法官，还刺杀了（另有多次刺杀未遂）政府的几名官员。到政府将班纳杀害的时候，这个秘密机构借着自我保护的名义，在兄弟会

---

① 尼尔·麦克法夸尔，“埃及组织耐心地追求着伊斯兰国家的梦想”，《纽约时报》，2002 年 1 月 20 日。

② 易卜拉辛，《埃及伊斯兰教与民主：评论文集》，第 36 页。

③ 对萨阿德·阿丁·易卜拉辛的采访。

④ 米切尔，《穆斯林兄弟会社团》，第 32 页。

内部拥有了强大而难以约束的权威。

1952年1月，英国军队为报复针对其基地的袭击，突袭了运河城市伊斯梅利亚的一处警察驻地，在近距离开枪扫射长达12小时，打死了50名新招募的警员[①]。消息一传开，开罗的街头就聚起了一群群激动的民众。他们烧毁了英国人常去的赛马俱乐部和著名的谢泼德大酒店。在穆斯林兄弟会秘密机构成员的带领下[②]，纵火者割断了赶来救火的消防车的软管，然后又跑到开罗的欧洲区，将市中心的电影院、赌场、酒吧和酒店全部付之一炬。直到第二天早晨，废墟上空的浓烟都还没有散尽。至少有30人被杀，750座建筑被毁，1万5千人失业，1万2千人无家可归。开罗这座大都市已不复存在。

不过，新的事物也即将出现。当年7月，在极具领袖才能的年轻陆军上校贾迈勒·阿卜杜勒·纳赛尔的指挥下，发动政变的军人集团把法鲁克国王赶上游艇逐出埃及，并在未遇丝毫抵抗的情况下控制了政府。2 500年以来，这还是埃及第一次由埃及人自己来统治。

库特卜重新做起他在教育部干过的工作，并且回到了原先在赫勒万郊区的家。那地方以前是个古老的温泉疗养地，因水中含有硫磺能治疗疾病而知名。库特卜住的是一座邻近大街的两层别墅，前院里种着兰花树。会客厅里，他收集的古典音乐唱片摆满了整整一面墙[③]。

这次革命的部分筹划工作，就是在这个房间里进行的[④]。纳赛尔和

---

① 阿卜杜勒·马利克，《埃及：军事社会》，第34页；罗登贝克，《开罗：胜利之城》，第155页。纳丁，《纳赛尔》，第31页，书中给出的数字有所不同——43名警察死亡，72人受伤。

② 阿卜杜勒·马利克，《埃及：军事社会》，第35页。

③ 对法赫米·胡维迪的采访。对库特卜别墅的其他描述，是在与马赫福兹·阿扎姆一同走访赫勒万时作出的。

④ 对贾迈勒·班纳的采访；哈立迪，《赛义德·库特卜：活生生的烈士》，第140—141页；哈立迪，《赛义德·库特卜：学者、批评家、传教者、斗士、解疑人与先驱》，第159页。参与这一团体的其他“自由军官组织”成员，可见阿卜杜勒·马利克，《埃及：军事社会》，第94页，第210—211页。

政变的军事策划者在这里与穆斯林兄弟会的人见面，协调合作事宜。其中的几位军官，包括后来继任纳赛尔的安瓦尔·萨达特，都与兄弟会有着密切的关系。如果政变失败，兄弟会将帮助军官们逃离埃及。结果，政府轻而易举就被推翻了，兄弟会在政变的过程中并没有参与多少。

库特卜后来发表了一封致革命领导人的公开信，向他们提出建议：要想清除旧政权造成的道德腐败，惟一的办法就是施行“正义的独裁”[①]，这样才能保证政治权力只掌握在“有德者”的手中。纳赛尔后来邀请库特卜担任革命指挥委员会的顾问[②]。库特卜本希望在新政府的内阁中得到一席之地，但政府给他的选择却是教育部长或开罗广播电台总经理[③]，这两个职位他都拒绝了。纳赛尔最后任命他为革命编委会的负责人，但是库特卜上任几个月之后就辞了职。这两个人之间的棘手谈判，也反映出了兄弟会与自由军官组织之间最初紧密合作的关系；不过在这场社会革命中，两个组织都认为革命应该由自己来控制。其实，这两个派别在民众中都没有足以统治国家的权威。

两个组织之间的竞争，迅速缩小到了军事社会还是宗教社会的选择上；而这样的故事，在中东地区还将被一再重演。纳赛尔掌握着军队，兄弟会则控制着清真寺。纳赛尔的政治梦想是实现泛阿拉伯国家的社会主义，这是一种现代、平等、世俗而工业化的制度，福利国家的作用将无所不在，并主导人们的生活。他的理想，与库特卜和兄弟会所信奉的伊斯兰神权政治毫无共同之处。后者想要自上而下地彻底重塑社会，把伊斯兰教的价值观加诸生活的各个层面，让每一个穆斯林都能以最为纯粹的方式来表达伊斯兰精神[④]。要想做到这些，就只有严格施行伊斯兰教法。教法是从《古兰经》和圣训中提炼出的法则，统管着生活的方方面面。伊斯兰激进分子认为，任何达不到教法要求的事物都不属于伊斯

① 西旺，《激进伊斯兰：中世纪的技术与现代的政治》，第 73 页。
② 穆罕默德·库特卜，个人通信。
③ 哈立迪，《赛义德·库特卜：活生生的烈士》，第 142 页。
④ 对奥利维尔·罗伊的采访；罗伊，《阿富汗：从圣战到内战》，第 37—39 页。

兰，而是“贾西利亚”——也就是先知得到神谕之前的蒙昧世界。库特卜反对平等主义[①]，因为《古兰经》称：“我们按阶层一级级创造了你们。”他反对民族主义，因为它与穆斯林统一的理想相悖。事后看来，我们很难理解库特卜和纳赛尔对彼此的认识为什么会有如此大的偏差。他们之间惟一的共同点，就是都心怀宏伟的设想，而且都敌视民主政权。

1954年，纳赛尔第一次把库特卜投进监狱，但三个月后又把他放了出来，并同意让他担任兄弟会杂志《穆斯林兄弟会》的编辑。看来，纳赛尔是希望这一仁慈姿态能提高自己在伊斯兰教徒中的声望，让他们不再反对新政府日渐显著的非宗教目标；也许他还认为监狱的经历能让库特卜有所收敛。和前面那位国王一样，纳赛尔也总是低估了这个对手有多么固执。

当纳赛尔和英国人进行谈判，打算就在名义上结束埃及被占局面的问题签署条约的时候，库特卜写了许多尖锐的批评社论，号召对英国人发动圣战。1954年8月，政府查禁了《穆斯林兄弟会》杂志。当时，兄弟会与军方领袖彼此间的恶意已经演变成冷漠的对立。纳赛尔显然无意发动一场伊斯兰的革命，虽说他在当月颇为高调地朝拜了圣地麦加。大为愤怒的库特卜与埃及的共产主义者结成了秘密联盟[②]，试图推翻纳赛尔，但行动后来以失败告终。

围绕埃及前途的意识形态之战在1954年10月26日达到了最高潮。当日，纳赛尔在亚历山大的一个广场对大批民众发表演说。正当全国上下通过广播收听演讲的时候，一名穆斯林兄弟会成员走上前去，向这位埃及总统连开8枪，打伤了一名警卫，但纳赛尔却毫发未损。这是纳赛尔总统任期中的一个转折点。面对惊惶失措、一片混乱的人群，纳赛尔在枪声大作之际仍然继续演讲。“让他们杀死纳赛尔吧！纳赛尔只不过

---

① 海卡尔，《愤怒之秋：萨达特被刺事件》，第127页。
② 海卡尔，《愤怒之秋：萨达特被刺事件》，第141页。

是人民大众之中的一员!”[①] 他高喊。“我还活着；就算我死了，这里所有的人也都会成为贾迈勒·阿卜杜勒·纳赛尔!”假如枪手打死了纳赛尔，枪手可能就会被人们奉为英雄；但是，行刺的失败却让纳赛尔赢得了空前的民众支持。他迅速利用了这一点，绞死了6名刺杀策划者，并把几千人关进集中营[②]。库特卜被指控为穆斯林兄弟会秘密机构的成员[③]，而策划此次未遂刺杀的正是这一机构。纳赛尔以为，自己这一回已经彻底地摧毁了兄弟会。

赛义德·库特卜在狱中备受折磨的故事，在伊斯兰激进分子中间成为了一幕殉教者受难的活剧。据说，库特卜被捕时发着高烧[④]；然而，国家安全部的官员还是给他上了手铐，逼着他一直走到监狱。途中库特卜晕倒了几次。监狱的人把他和几条恶狗关在同一间牢房里，长达好几个小时；在长时间的讯问中，他还遭到了毒打。“这场革命的原则，其实是被用在了我们的身上，”[⑤] 他一边说，一边掀起自己的衬衣，向法庭展示酷刑留在身上的印记。

凭借兄弟会其他成员的供词，检察官描绘出了一幅耸人听闻的场景：该组织预谋夺取政权[⑥]，还要破坏亚历山大和开罗，炸毁尼罗河上的所有桥梁，并策划了大量未遂的刺杀事件——这是一场史无前例的恐怖活动，其目的就是要把埃及变成一个原始的神权国家。不过，证词中也显示出兄弟会太缺乏组织，因此根本无法完成这些可怖的任务。包括

① 网页：nasser. bibalex. org
② 同前；被捕人数由“几十”（卡尔弗特，“‘不孝的孩子’”，第101页）到“七千”（阿卜杜勒·马利克，《埃及：军事社会》，第96页）不等。
③ 汉诺宁，“埃及的伊斯兰话语：论哈桑·班纳与赛义德·库特卜的政治社会思想”，第43页。
④ 穆萨利，《伊斯兰激进主义：赛义德·库特卜的意识形态与政治话语》，第34页。哈立迪，《赛义德·库特卜：活生生的烈士》，第145页，书中也提到刑讯者在拷打赛义德·库特卜时用了狗。
⑤ 哈立迪，《赛义德·库特卜：活生生的烈士》，第154页。
⑥ 米切尔，《穆斯林兄弟会社团》，第152页。

安瓦尔·萨达特在内的三位有强烈偏向的法官监督了这次审判。他们判处库特卜终身监禁，但鉴于他的健康状况不断恶化，刑期又被减为15年。

库特卜的身体一向虚弱[①]。他心脏不好，肠胃敏感，还有造成长期疼痛的坐骨神经问题。30岁时他生过一次肺炎[②]，从那以后支气管就常犯毛病。在监狱里他两度心脏病发作，肺部还出过血，可能是酷刑或肺结核所致。1955年5月，他被转入监狱的医院，在那里一住10年[③]。他住院的大部分时间都在写一部长达8卷的评论著作，题为《在〈古兰经〉的庇荫下》。这部浅显易懂的著作与库特卜的个人经历密切相关，奠定了他作为现代伊斯兰卓越思想家的地位。不过，他的政治观点却变得愈发晦暗。

被囚禁的一些兄弟会成员发动了一场罢工，拒不离开牢房。他们遭到了枪击。23名成员死亡，46人受伤。伤者被送进监狱医院时库特卜还住在那里。他大为惊骇，想不通穆斯林的同胞怎能如此自相残杀。

库特卜得出了一个很能体现他性格的激进结论：监狱的看守们在为纳赛尔及其世俗国家效命，从而放弃了真主。因此，他们就不再是穆斯林。库特卜在心目中已经把这些人开除出了伊斯兰的群体。在阿拉伯语中，这个过程被称为“塔克费尔”（*takfir*）。虽然他并没有用这个词，但伊斯兰教内部历来用以为诸多流血事件正名的开除出教法则，在那所监狱医院里又得到了新生。

在亲朋好友的帮助下，库特卜一点一点地把一份名为《里程碑》的宣言偷偷送出了监狱。这份宣言秘密地流传了许多年，其形式是库特卜写给兄弟姐妹们的长信，他们也是伊斯兰激进分子。信中的语气急迫而热切，透着亲密，也令人绝望。1964年这些信件终获出版，但很快就被

---

① 穆罕默德·库特卜，个人通信；穆萨利，《伊斯兰激进主义：赛义德·库特卜的意识形态与政治话语》，第34页，第62页注。

② 福阿德·阿拉姆，个人采访。

③ 穆萨利，《伊斯兰激进主义：赛义德·库特卜的意识形态与政治话语》，第36页。

查禁；不过查禁前已经有人复印了5份。任何人如被发现持有此书的复印件，都会被指控犯有煽动罪。这本书强有力的、启示录一般的笔调，或许可以与卢梭的《社会契约论》和列宁的《怎么办?》相提并论——它们都造成了同样的结果。

“今天的人类正站在悬崖边上，”[①] 库特卜的文章开篇就这样断言。对人类造成威胁的，不仅是核毁灭，还有价值观的缺失。西方世界已失去了活力，马克思主义也失败了。“在这个至关重要而又令人困惑的时刻，伊斯兰教和穆斯林集体的机会已经来临。”但是，伊斯兰要想领导世界，就必须先让自己重获新生。

库特卜将世界分为两个阵营：伊斯兰和“贾西利亚”，后者指的是先知穆罕默德带来神谕之前的蒙昧而野蛮的时期。库特卜用这个词涵盖了现代生活的所有方面；礼仪、道德、艺术、文学、法律，甚至还有大部分被视为伊斯兰文化的事物。他不仅反对现代技术，还反对科学崇拜；他认为科学创造使人类疏离了自然的和谐。只有彻底反对理性主义和西方的价值观，才能为伊斯兰的救赎带来一线希望。这就是选择：要么是单纯、原初的伊斯兰教，要么就是人类的毁灭。

他的革命性言论，使有名无实的伊斯兰国家成为圣战瞄准的目标。“穆斯林群体很久以前就消失了，”他声称。它在“错误的法律与教义的重压之下被摧垮了，这些法律和教义与伊斯兰教义毫无干系。”除非穆斯林能够重新恢复他们起初那最为纯粹的表达方式的光彩，否则人类就无法得到拯救。他写道，“我们要在某些伊斯兰国家率先发起复兴伊斯兰的运动，”这是为了树立榜样，最终引导伊斯兰实现其统治世界的使命。“应该有一个先锋队，带着这一决心开展征程，并坚持沿着这条道路走下去，”库特卜宣称。“《里程碑》这本书，就是我为了这些先锋们而写的，我认为这支队伍不久之后就会成为现实。”这些话将回响在一代代年轻穆斯林的耳际，他们一直希望能在历史中发挥某种作用。

---

① 库特卜，《里程碑》，第511页。

1964年，在伊拉克总统阿卜杜勒·萨拉姆·阿里夫的亲自劝说下，纳赛尔准许库特卜假释出狱。阿里夫还邀请库特卜去伊拉克，并许诺让他担任重要的政府职务。库特卜婉言谢绝，说埃及仍然需要他。他出狱后就立即回到了他在赫勒万的别墅，开始谋划推翻革命政府。

还在监狱的时候，库特卜就设法重建了兄弟会的秘密机构。担心受到纳赛尔革命影响的沙特阿拉伯政府，暗中为库特卜的组织提供了资金和武器[①]。但是，参与这次运动的人员中遍布着告密者。有两个人把颠覆政府与刺杀公众人物的密谋和盘托出，还供出了库特卜的名字[②]。出狱后才6个月，库特卜就在亚历山大东部的一个海边胜地被安全部门的警察再次逮捕[③]。

对赛义德·库特卜及其42名追随者的审判于1966年4月19日开庭，并持续了将近三个月时间。审判一开始，库特卜就以挑战的姿态说道："让穆斯林捐躯的时刻已经来到，他的牺牲将宣告伊斯兰运动的诞生。"[④] 他不无讽刺地承认，反殖民主义的新埃及比它所取代的前政府更加暴虐。法官们不再费心去假装公正；实际上，主审法官经常越俎代庖地扮演公诉人的角色，观众则不断以嘘声为这场装模作样的大戏喝倒彩。审判中提出的惟一对库特卜不利的真实证据，就是他写的《里程碑》一书。库特卜快慰地接受了自己的死刑判决。"感谢真主，"他说。"我坚持了15年的圣战，终于赢得了这个以身殉教的机会。"[⑤]

直到最后，纳赛尔对他这位强硬对手的判断都是错误的。当示威者遍布开罗街头、抗议即将举行的死刑的时候，纳赛尔才意识到对于自己来说，杀死库特卜比留他一命还要危险。他派萨达特去了监狱[⑥]，身披死刑犯穿的红色麻布长袍的库特卜和萨达特见了面。萨达特许诺，只要

---

① 阿鲁西，*Muhakamat Sayyid Qutb*，第80—82页。
② 对福阿德·阿拉姆的采访；阿鲁西，*Muhakamat Sayyid Qutb*，第43页。
③ 对福阿德·阿拉姆的采访。
④ 哈立迪，《赛义德·库特卜：活生生的烈士》，第154页。
⑤ 哈立迪，《赛义德·库特卜：活生生的烈士》，第156页。
⑥ 对马赫福兹·阿扎姆的采访。

库特卜认罪，纳赛尔就会手下留情；事实上，纳赛尔甚至愿意让他重新担任教育部长一职[1]。库特卜拒绝了。后来，和库特卜同样身陷囹圄的姐姐哈密达被带来见他。“伊斯兰运动需要你，”她恳求道。“签字吧，”库特卜回答：“他们把我杀掉，我的话就会更有力量。”[2]

1966年8月29日，赛义德·库特卜在黄昏时分的祷告结束之后被绞死。政府拒绝把库特卜的尸体交还给家人，他们担心他的坟墓会成为追随者心目中的圣地[3]。这位伊斯兰激进分子的威胁似乎已告结束。但是，库特卜的先锋队已经听到了战斗的乐声。

① 哈立迪，《赛义德·库特卜：活生生的烈士》，第154页。
② 对马赫福兹·阿扎姆的采访。
③ 对穆罕默德·库特卜的采访。

第二章　体育俱乐部

艾曼·扎瓦希里——将成为库特卜先锋队领袖的人——在开罗以南一个名叫迈阿迪[①]的宁静的中产阶级郊区长大，那儿离纷杂喧嚣的开罗市有5英里。迈阿迪不像是一个孕育革命的地方。20世纪的最初10年中，有一帮埃及裔犹太金融家想在芒果和番石榴种植园以及尼罗河东岸的贝都因人居住地之间建立一个英国式的村庄，于是就开始出售地皮。地产开发商给这里的一切都定下了规矩，从花园篱笆的高度，直到街道两旁豪华别墅上百叶窗的颜色。和格里利的创建者内森·米克一样，迈阿迪建立者的梦想也是一个乌托邦式的社会，它不但安全、整洁、有序，而且能以包容和自如的态度存在于现代世界之中。他们种植桉树以驱赶蚊蝇，还在花园里栽下玫瑰、茉莉和九重葛，让空气中弥漫花香。许多早期的定居者是英国军官和公务员，他们的妻子发起了花园俱乐部和文学沙龙；随英国人之后来定居的是犹太家庭，二战结束时他们在迈阿迪的人口中已将近三分之一。战争结束之后，迈阿迪逐渐演变成了一个汇集各色人等的大杂烩：流亡国外的欧洲人、美国的商人和传教士，还有一些特定类型的埃及人——他们在餐桌上说的是法语，对板球比赛特别关注。

这个世界性社区的中心是迈阿迪体育俱乐部。它建立于英国仍占领埃及的时期，而且有些与众不同：俱乐部接受埃及成员。关于社区事务的讨论常常在全是沙地的18洞高尔夫球场上进行，背后就是吉萨金字塔和棕榈摇曳的尼罗河。俱乐部为休息室里的英国人提供下午茶；努比亚仆人则端着一杯杯冰凉的雀巢咖啡，穿行在游泳池边晒日光浴的帕夏[2]和公主之中。火烈鸟迈着长腿在花园水塘的睡莲间漫步。迈阿迪俱乐部成为创建者心目中理想埃及的表现——世故、尘俗、种族多样，但又结合着英国人的阶级观念。

然而，创建者悉心制定的规矩却无法承受开罗日益膨胀的人口的重压。20 世纪 60 年代，另一个迈阿迪在这个充满异域风情的社区扎下了根。沿铁路修建的 9 号公路将迈阿迪的繁华地带与巴拉迪区划分开来。巴拉迪区指的是社区内本地人居住的部分，埃及自古以来得不到控制的贫穷在这里表露无遗。驴车在未经铺砌的街道上嘚嘚地走着，兜售花生和山药的小贩四处叫卖，肉店里挂着叮满了苍蝇的畜体。然而，这个城区里也住着一小部分中产阶级——其中有教师和中层官员——吸引他们前来的是迈阿迪更为清新的空气，以及一个几乎不可能实现的指望：跨过铁路，成为体育俱乐部的一员。

1960 年，穆罕默德·拉比耶·扎瓦希里医生[3]和妻子乌梅玛从赫里奥波里斯搬到了迈阿迪。拉比耶和乌梅玛出身于埃及最显贵的两个家族。扎瓦希里家族正逐渐成为医学界的王朝。拉比耶是艾因沙姆斯大学的药理学教授。他的弟弟是一位享有盛誉的皮肤科医生，也是性病方面的专家。他们树立的传统将在下一代身上延续：1995 年开罗的一份报纸刊登了工程师卡什夫·扎瓦希里的讣告，提到了该家族 46 位成员的名字，其中 31 人不是医生就是药剂师或配药师，遍布在阿拉伯国家和美国；其余的人里还有一位大使、一位法官和一位议会的议员。

不过，扎瓦希里家族的名字首先是和宗教联系在一起的。1929 年，

---

① 有关迈阿迪历史与社会状况的信息，主要来自对萨米尔·W·拉发特的采访，以及他所著《1904—1962 年的迈阿迪：一个开罗郊区小镇的社会与历史》。

② “帕夏”（pasha）是旧时奥斯曼帝国和北非高级文物官员的称号，现在多用作对有一定社会地位的名人的尊称。——译者

③ 有关扎瓦希里家族的信息主要来自对马赫福兹·阿扎姆和奥马尔·阿扎姆的采访，以及与他们的个人通信。

拉比耶的叔叔穆罕默德·艾哈迈德·扎瓦希里成为爱资哈尔大学①的校长，这是位于旧开罗中心一所有上千年历史的大学，目前仍是中东伊斯兰学术界的中心。伊玛目②穆罕默德被认为是这所大学最杰出的现代主义者，尽管那时候他人缘很差③，最后因师生罢课罢工抗议他的政策，而不得不离开学校。拉比耶的父亲和祖父也都是爱资哈尔的学者。

拉比耶的妻子乌梅玛·阿扎姆的家族也同样显赫，但是更富有，更具政治地位。她父亲阿卜杜勒·瓦哈卜·阿扎姆是开罗大学的校长，也是利雅得沙特国王大学的创建人。除了繁忙的学术工作，他还担任过埃及驻巴基斯坦、也门和沙特阿拉伯大使的职务。他是当时泛阿拉伯国家最杰出的知识分子。他的叔叔曾经是阿拉伯联盟的创建人，也是该联盟的第一任秘书长。

虽然出身如此显赫，扎瓦希里教授和乌梅玛却搬到了铁道巴拉迪一侧 100 大街的一处公寓房。后来他们在靠近火车站的 154 大街 10 号租了一所复式公寓。迈阿迪的社会对他们没什么影响。他们信仰宗教，但并不显得多么虔诚。乌梅玛出门时不带面纱，不过这并不是很少见；公开表现宗教热忱的事情在当时的埃及很少有，迈阿迪的居民对此则几乎是闻所未闻。这一带的教堂比清真寺多，还有一所颇为繁荣的犹太会堂。

很快，扎瓦希里的家里就有了许多孩子。老大艾曼和双胞胎妹妹乌姆尼亚出生于 1951 年 6 月 19 日。这对双胞胎兄妹后来在医学院念书时始终是佼佼者。3 年后，他们的小妹妹赫巴出生，后来也当了医生。另两个孩子穆罕默德和侯赛因则成了建筑师。

艾曼的父亲是个秃头大胖子，眼睛稍有点斜视，以行为古怪和心不

---

① 爱资哈尔大学（Al-azhar University）由爱资哈尔清真寺演变而来，地处埃及首都开罗，是伊斯兰世界最进步、最负盛名的大学。——译者

② “伊玛目”（Imam）在阿拉伯语中的原意为站在前列的人，即引路人和领袖。宗教上一般用来指清真寺领拜人和伊斯兰教的大学者。——译者

③ 尤南·里兹克，“爱资哈尔的 1934 年”，《金字塔周刊》，2004 年 5 月 13—19 日。

在焉出名；不过他深受学生和邻家孩子们的喜爱。大部分时间他不是呆在实验室，就是呆在他的私人诊所[1]。由于研究的关系，扎瓦希里教授偶尔会去捷克斯洛伐克；而当时由于对货币进出的限制，埃及鲜有人能出国旅游。他总是带着大包小包的玩具回来。他喜欢带孩子们到迈阿迪体育俱乐部去看电影，影院对非会员是开放的。小艾曼很喜欢看卡通片和迪斯尼电影，这些电影每星期在露天影院放三个晚上。到了夏天，他们一大家子会去亚历山大的海滩。不过，一家人都要靠着教授的薪水生活，经济状况往往颇为局促，尤其是还得担负 5 个雄心勃勃的孩子的教育。直到艾曼长大成人，他们家才买了一辆汽车。和很多埃及学者一样，为了多挣点钱，扎瓦希里教授最终离开埃及去国外——阿尔及尔——教了几年书。为节省开支，扎瓦希里一家还在屋子后面养了母鸡和鸭子，教授则经常买回整箱的橘子和芒果，让孩子们补充天然维生素C。虽说他的本行就是药剂师，但他还是反对大量服用化学药品。

对 50、60 年代居住在迈阿迪的人来说，有一条定义性的社会标准：迈阿迪体育俱乐部的成员资格。迈阿迪社会的一切都以这条定义为中心。由于扎瓦希里夫妇从来没有加入俱乐部，所以艾曼就总是被权利和地位的核心拒之门外。这个家庭逐渐因保守和稍许落后出了名；如果照着别人对他们的称呼，这家人就是“赛义迪”（saeedis）——指来自上埃及某个地区的人——俗话说就是“土包子”。

迈阿迪的一端，是被绿草茵茵的游戏场和网球场包围着的维多利亚私立学校，是英国人为男孩子们建立的预备学校。学生们上课时都得穿外套、打领带。该校最著名的毕业生之一是极具天赋的板球手米歇尔·沙勒胡卜[2]；后来他成了电影演员，又改名为奥马尔·谢里夫。巴勒斯坦学者和作家爱德华·萨义德，以及后来的约旦国王侯赛因，也曾在该校就读。

---

① 对哈立德·阿布·法德勒的采访。
② 拉发特，《1904—1962 年的迈阿迪：一个开罗郊区小镇的社会与历史》，第 185 页。

然而，艾曼·扎瓦希里上的州立中学位于这个郊区的另一端，是绿色大门内一幢很普通的低矮建筑。这所学校是给 9 号公路那一边的孩子们开的。两所学校的学生生活在不同的世界里，即便在玩耍时也从不碰面。维多利亚学院按照欧洲的标准来评估教育成绩，州立中学却对西方持反对态度。在那扇绿色的大门内，操场上是恃强凌弱者的天下，课堂中的统治者则是暴君一般的老师。像艾曼这样一个身体羸弱的小男孩，不得不寻找策略以谋生存。

孩童时的艾曼长着一张圆脸和一双机警的眼睛，平平的嘴唇很少露出笑容。他酷爱读书，学习成绩非常出色，而且讨厌激烈的体育运动——他认为这些运动“不人道”①。小小年纪他就因信仰虔诚而出了名，经常到侯赛因·西德基清真寺做礼拜。这座不起眼的清真寺是一座大型公寓楼旁边的附属建筑，曾经有一位著名的演员因为觉得演艺职业对真主不敬而放弃了自己的事业，这座清真寺就是以他的名字来命名的。毫无疑问，身处一个有众多著名宗教学者的家族之中，艾曼对宗教感兴趣显得很自然；不过，这愈发强化了他温和与超凡脱俗的形象。

他是个出色的学生，总是能得到老师们的喜爱。他的同班同学认为他是个“天才”②，但他喜欢沉思，上课时好像总是在神游。有一次，校长让人给扎瓦希里教授捎去一个便条，说艾曼漏了一次测验。教授答复道：“从明天起，你就会因为身为艾曼·扎瓦希里的校长而自豪。将来，你更会对此感到骄傲。”③ 事实上，艾曼不费吹灰之力就取得了优异的成绩。

虽然别人认为艾曼总是非常严肃，可在家时他却有更活泼的一面。“他笑起来的时候会浑身打颤——那种笑法我们叫‘亚尼’（yanni），是发自内心的，”他在迈阿迪当律师的舅舅马赫福兹·阿扎姆说。

艾曼的父亲于 1995 年去世。乌梅玛·阿扎姆如今还在世，住在迈

---

① 对马赫福兹·阿扎姆的采访。
② 对扎基·穆罕默德·扎基的采访。
③ 对马赫福兹·阿扎姆的采访。

阿迪一个家电商场楼上的舒适公寓里。她厨艺很好，最拿手的就是做库纳发——一种以奶酪和坚果为馅、在香橙花果酱里浸过的酥点。乌梅玛是地主上层阶级的孩子，她从父亲那里继承了吉萨的几块肥沃耕地和法尤姆绿洲，这为她提供了基本独立的收入。艾曼和母亲都酷爱文学，她还会背下艾曼写给她的诗——通常是表达对她热爱之情的赞美诗。

扎瓦希里的舅舅马赫福兹是阿扎姆家族的族长。他发现，虽然艾曼秉承了扎瓦希里家族的医学传统，但在政治方面却和母亲的家族更为接近。自从150多年前第一个埃及议会诞生时起，阿扎姆家族中就有人在政府担任公职，不过他们通常都站在与政府对立的一方。马赫福兹继承了反抗的传统，15岁就因为密谋推翻政府被关进监狱。1945年总理艾哈迈德·马希尔被刺，马赫福兹在政府对激进分子的围捕中再次被捕入狱。“艾曼做出的事，我自己当年也是准备要做的，”他自豪地说。

赛义德·库特卜曾在1936年当过马赫福兹·阿扎姆三年级时的阿拉伯语老师，他和这位年轻的学生建立起了毕生的友谊。后来，阿扎姆为穆斯林兄弟会写稿，革命初期库特卜将之发表出来。于是，他成了库特卜的私人律师，也是库特卜被执行绞刑前最后见到的人。库特卜赴死之前，阿扎姆来到了监狱医院。当时库特卜非常平静。他签署了委托书，授权阿扎姆处置他的财产，然后在自用的《古兰经》上签了名，送给阿扎姆——这是殉教者留下的珍贵遗产。

年轻的艾曼·扎瓦希里曾一次又一次地听他亲爱的舅舅马赫福兹讲述库特卜纯粹的人格，还有他在狱中所受的折磨。这些事迹带来的影响，在1960年中期发生的一件事上得到了体现。当时，艾曼和弟弟穆罕默德刚做完黄昏时的祷告，离开清真寺步行回家。埃及副总统侯赛因·沙菲的车子停了下来，他提出要捎两兄弟一程。对扎瓦希里兄弟来说，坐汽车还是比较稀罕的，更别说是和副总统共乘了。但艾曼说：“我们不想和一个参与审判杀害穆斯林的人同坐一辆车。”①

---

① 对奥马尔·阿扎姆的采访。

小小年纪就对权威如此鄙夷，这表现出扎瓦希里个人的大无畏精神和强烈道德观念，以及对自己信仰正确性的深信不疑。这种刚愎自用的性格此后一直伴随着他，使他与遇见的每一个人几乎都会发生摩擦。而他对世俗政府当局的蔑视，也使他在政治上始终是一位流放者。在一个没有自律的人身上，这些反叛的特征也许会造成一团混乱；但在艾曼身上，它们却变得很有条理，并为他一生的事业指引了方向——将库特卜的愿望付诸行动。

“纳赛尔政权以为杀死赛义德·库特卜和他的同志，就是给了伊斯兰激进运动致命的一击，”① 扎瓦希里后来写道。“但是表面的平静掩盖了库特卜思想的直接作用，以及现代伊斯兰圣战运动的核心在埃及的形成。”其实，就在赛义德·库特卜走上绞刑架的那一年，艾曼·扎瓦希里协助成立了旨在推翻政府、建立伊斯兰教国家的地下组织。当时他只有 15 岁。

“我们都是来自迈阿迪高中和其他学校的学生，”扎瓦希里后来作证说。他那个组织的成员通常在彼此家里见面，有时则在清真寺碰头，然后再转到尼罗河沿岸的大街上找一个僻静的场所。起初他们只有 5 个人，很快扎瓦希里就成为组织的“埃米尔”，即首领。他不断暗中吸收新成员加入他们的事业，可是这个事业根本没有成功的机会，而且很容易就能让他们送命。“我们的手段实现不了我们的抱负，”在证词中他坦言承认。但是他却从来没有质疑过自己的决定。

迈阿迪的居民享受着这里的繁荣和社会地位，这个地方让他们不致受到变化无常的宫廷政治的影响，但现在这一切却使他们觉得自己成为了埃及革命的目标。父母们甚至不敢当着自己孩子的面表达看法②。同时，像扎瓦希里这样的秘密组织在全国大批涌现。这些组织主要由一些

---

① 扎瓦希里，“先知麾下的骑士”，（三）。
② 对扎基·穆罕默德的采访。

躁动不安、受到疏远的学生组成，它们规模很小，缺乏组织，往往不知道彼此的存在。后来，爆发了1967年与以色列的战争。

在对以色列进行了多年的口诛笔伐之后，纳赛尔要求联合国维和部队撤出西奈半岛，继而封锁了蒂朗海峡和以色列之间的航运。作为回应，以色列则先发制人地发起了大规模的袭击，仅用两小时就摧毁了埃及的空中力量。约旦、伊朗和叙利亚加入了对抗以色列的战争，但就在同一天下午，他们的空中力量也被消灭了。几天之后，以色列占领了西奈半岛，耶路撒冷，约旦河西岸和戈兰高地。在当代中东历史上，这是一个心理转折点。以色列在“六日战争”中取胜如此之快，胜得又如此彻底，这对很多穆斯林来说是莫大的羞辱。他们一直都认为真主是站在自己这边的。他们不仅丧失了军队和领土，更失去了对领导者、国家乃至自己的信心。而在这全面崩溃的时刻，宗教激进主义强烈地吸引着埃及和其他国家。清真寺里出现了一种新的、尖锐的声音；这个声音说，打败他们的力量远远不是以色列这个小国。是真主抛弃了穆斯林。而返回真主身旁的惟一途径，就是回归纯粹的宗教信仰。这个声音给绝望的人们提供了一个简单的解答：伊斯兰教才是出路。

在解答的过程中，人们有一个心照不宣的认识：真主站在了犹太人一边。直到二战结束，伊斯兰世界中的反犹主义都还很少见，可如今这种态度正在扭曲这个地区的政治与社会。犹太人在穆斯林的统治下安然地——不过也是恭顺地——生活了1 200年，享受着充分的宗教信仰自由。但到了30年代，纳粹在阿拉伯语短波无线电上的宣传，以及基督教传道士的诽谤，把反犹主义这种古老的西方偏见传染到了伊斯兰世界。二战之后，开罗成为纳粹分子的避难所，他们还在开罗的军队和政府中担任顾问。伊斯兰激进运动的兴起恰逢法西斯主义的衰落，但是这两者却在埃及重合在一起；于是，法西斯的病菌被传给了一个新的载体。

以色列国的建立，以及它以惊人的速度发展为军事强国的事实，使阿拉伯人的身份认同大受震撼。阿拉伯人发现自己身处劣势之中，这让他们倍感挫折。历史在逆转；如今的阿拉伯人就好像回到了蒙昧年代，和当初一样四分五裂、没有组织、处于边缘地位。连犹太人都能支配他们。清真寺里的声音说，阿拉伯人丢弃了赐予他们真正力量的武器：信仰。历史上，是宗教让阿拉伯人成为了伟大的民族；现在的人们如果能恢复这一宗教的热情与纯粹，真主就会再次站在他们这边。

埃及伊斯兰激进分子的主要攻击目标，是纳赛尔的世俗政权。在圣战的术语中，首要任务是打败“近处的敌人”——也就是不纯粹的伊斯兰社会。至于“远处的敌人”——西方社会，则可以等到伊斯兰完成自身的改造之后再来对付。对扎瓦希里和他的战友们来说，这意味着最起码要在埃及施行伊斯兰教的律法。

扎瓦希里还想要复兴哈里发，即由伊斯兰传道士统治国家。这种统治形式正式结束是在 1924 年奥斯曼帝国瓦解之后，不过自 13 世纪起哈里发的统治就没有了实权。扎瓦希里相信，只要建立起哈里发的统治，埃及就会成为其他伊斯兰国家的集结点，并领导它们发动对抗西方世界的圣战。“真主庇佑，随后历史就会出现新的转变，”① 扎瓦希里后来写道：“这将对美利坚帝国和犹太人在世界上的支配地位大为不利。”

1970 年，纳赛尔死于心脏病突发。他的继位者安瓦尔·萨达特迫不及待地要确立自己的政治合法性，于是很快就与伊斯兰教徒达成和解。萨达特称自己是“有信仰的总统”，是“伊斯兰的第一人”，他和穆斯林兄弟会做了一笔交易。如果萨达特在对抗纳赛尔余党和左翼分子的斗争中得到兄弟会的支持，他就会同意该组织宣道布教，只要他们不使用武力即可②。萨达特释放了关押在监狱里的伊斯兰激进分子，却没有意识到这些人对他自己的政权构成的威胁，尤其是那些受赛义德·库特卜文章影响成为激进派的年轻一代兄弟会成员。

---

① 扎瓦希里，“先知麾下的骑士”，（六）。
② 对萨阿德·阿丁·易卜拉辛的采访。

1973年10月，在斋月期间，埃及和叙利亚跨过苏伊士运河，同时攻打了被以色列占领的西奈半岛和戈兰高地。尽管叙利亚军队很快被击退，而埃及的第三军在联合国的介入下才被解救出来，埃及还是把这次战争视为一场挽回了面子的大胜仗，它为萨达特提供了急需的政治胜利。

且不论这些情况，扎瓦希里的地下组织开始逐渐壮大——到1974年该组织已经有了40名成员。那时的扎瓦希里已长成一个又高又瘦的年轻人，带着大大的黑边眼镜，蓄着和嘴唇一般宽的胡子。他的脸更瘦了，发际也在后退。他还是开罗大学医学院的学生，伊斯兰激进组织在这所学校闹得热火朝天。但他身上却没有狂热分子的明显特征。他身着西方的服装——通常穿西服外套，打领带——他的政治行为在当时几乎无人知晓，连家人都蒙在鼓里[①]。对那些知道他激进立场的人，他则恳请他们不要发动革命。他认为革命从来都很血腥，因此更倾向于发动突如其来的军事行动，一举夺下政府的控制权。

不过，他也没有把自己的政治感受完全隐藏起来。埃及向来有把政治苦难转变成幽默的传统。扎瓦希里的家人回忆起他曾讲过的一个笑话[②]，说的是一个可怜的女人带着她胖乎乎的小宝宝——在埃及地方的阿拉伯语中，小宝宝叫“革艾罗斯”（go’alos），去看携皇家仪仗途经此地的国王。女人为她的宝宝祷告说：“真主保佑，让大家看到你将来也像他一样风光！”有个军官无意中听到了她的话。他质问道：“说什么呢你！你疯了吧？”但20年之后，这个军官又看到携庞大仪仗的萨达特从同一个地方经过。军官惊呼：“真主啊，革艾罗斯！你真的成功了！”

在医学院的最后一年，扎瓦希里带着美国新闻记者阿卜杜拉·施莱费尔参观了学校，这个人后来成为开罗美国大学从事媒体研究的教授。

---

① 查纳·罗斯托姆，“扎瓦希里的妹妹首次谈论兄长”，《最后一点钟》周刊，2001年10月24日。

② 对马赫福兹·阿扎姆和奥马尔·阿扎姆的采访。

在扎瓦希里的生命中，施莱费尔是对他很有激励的一个人。他身材瘦长，头发拳曲，身高6英尺5英寸，蓄着一部山羊胡须，这胡子早在他50年代的叛逆时期就开始留了；总之，施莱费尔的样子和诗人埃兹拉·庞德惊人地相似。他生长在长岛一个并不严守教规的犹太家庭。他经历过信奉马克思主义的时期，还曾与黑豹党和切·格瓦拉交好；后来1962年在去摩洛哥的途中，他碰巧又接触到了伊斯兰教的苏菲派。“伊斯兰”这个词有一个含义是“归顺”，施莱费尔就是这么做的——他皈依了伊斯兰教，把自己的名字“马克”改为“阿卜杜拉”，此后他的职业生涯都在中东度过。1974年，在美国国家广播公司（NBC）新闻部工作的施莱费尔初次来到开罗，担任当地分部的主管。对他来说，扎瓦希里的舅舅马赫福兹·阿扎姆就相当于一个赞助人。美裔犹太人皈依伊斯兰教是非常少见的；而从施莱费尔那一方面来看，他觉得马赫福兹这个人很有意思。没过多久，他就感觉到自己处在了阿扎姆全家的庇护之下。

施莱费尔很快感觉到了埃及学生运动的转变。埃及校园中出现了年轻的伊斯兰激进分子，首先是在该国南部地区，然后是开罗。他们自称“伊斯兰组织”。萨达特政府对此持默许态度，还偷偷地为他们提供武器①，让他们能够保护自己不受马克思主义者和纳赛尔分子的攻击。在这样的鼓励之下，伊斯兰组织使大部分埃及大学变得激进起来。不同的组织像穆斯林兄弟会那样，结成了一个个被称为“安曲得”（意为一串葡萄）的小规模分支机构②。短短4年之内，伊斯兰组织就完全控制了校园，男学生蓄起胡子，女学生则蒙上面纱；在大部分埃及人新近的记忆里，这还是头一回。

施莱费尔需要有人指导他更好地认识当时的环境。他通过马赫福兹和扎瓦希里见了面，扎瓦希里同意带他到学校里看看，私下向他介绍一

① 对希沙姆·卡西姆的采访。
② 库利，《并不神圣的战争》，第40页。

些情况。“他很瘦，戴了眼镜却特别显眼，”施莱费尔说，这让他想起自己认识的美国激进主义者。“我总感觉，30年前城市大学的左翼知识分子就应该是这副模样。”施莱费尔看到学生们在为游行示威印制海报，年轻的穆斯林女性在缝制着头巾，虔诚的穆斯林妇女都会带这种头巾。随后，扎瓦希里和施莱费尔沿着大街穿过开罗动物园，走到了大学桥。等他们站到宽广的、缓缓流淌的尼罗河之上，扎瓦希里夸耀说，伊斯兰运动在大学招募时，从医学和工程学这两个最出色的学院里招来的人最多。“难道你不觉得这很了不起吗？”

施莱费尔不以为然地附和了一下。他提到，这两个系在20世纪60年代也曾是马克思主义青年运动的大本营。他发现，伊斯兰运动只是学生反抗运动中的一个新潮流。“听着，艾曼，我以前是个马克思主义者。听你说话的时候，我好像又回到了党组织里。我觉得，和我谈话的这个人好像并不是一个传统的穆斯林。”扎瓦希里很有礼貌地听着，但看起来施莱费尔的评论有点让他摸不着头脑。

此后不久，施莱费尔又碰到了扎瓦希里。那是在一年一度的宰牲节，一年中最为神圣的日子。迈阿迪法鲁克清真寺漂亮的花园里举行了户外祈祷。施莱费尔到了那儿之后，发现扎瓦希里和他的一个弟弟在一起。兄弟俩非常紧张。他们铺开塑料的祷告垫，竖起了麦克风。本应吟诵《古兰经》并进行冥想的时刻，却变成了一场力量悬殊的比赛：一方是整个集会上的人群，一方是拿着麦克风的扎瓦希里兄弟。“我发现他们在介绍沙拉夫派的教义，这种教义不承认任何晚于先知时代的伊斯兰传统，”施莱费尔回忆道。“这情景让祈祷的优雅气氛荡然无存。当时一片混乱。”

后来，他走到扎瓦希里面前。“艾曼，你这么做是不对的，”施莱费尔指责道。扎瓦希里想解释，但施莱费尔打断了他。“我不想和你辩论。我是沙菲派，你是沙拉夫派。但是你现在想制造‘菲特纳’（fitna）”——这个词的意为挑起争端，是《古兰经》所禁止的行为——“你要是想这么干，就应该到你自己的清真寺里去。”

扎瓦希里驯顺地回答说："你说得对，阿卜杜拉。"

终于，互不相关的地下组织逐渐发现了彼此的存在。仅开罗一地就有 5 个或 6 个基层组织，成员大多不超过 10 人①。这些基层组织之中的 4 个②（包括扎瓦希里的组织在内）后来合并为圣战组织，简称"圣战"。虽然他们的目标和穆斯林兄弟会主流伊斯兰激进分子的目标类似，但是他们却无意通过政治手段达到目的。扎瓦希里认为，这种方法玷污了纯粹伊斯兰国家的理想。对于穆斯林兄弟会甘愿作出妥协的态度，他逐渐心生鄙夷。

扎瓦希里 1974 年从医学院毕业，随后到埃及陆军当了三年军医，驻地在开罗市外的一个基地。服完兵役后，这位年轻医生就在他和父母住的复式公寓里开了一家诊所。这时他已经有二十七八岁，到了该结婚的年纪。直到那时，他还没有女朋友。按照埃及的传统，他的亲朋好友开始为他介绍合适的对象。扎瓦希里对浪漫的爱情不感兴趣。他想要找的生活伴侣，应该拥有与他同样坚定的信念，而且甘愿承受他清教徒般的性格必将带来的磨难。在介绍给艾曼认识的"未来"新娘之中，有一位名叫阿扎·努维埃尔，她是一位家族世交的女儿。

与扎瓦希里和阿扎姆的家庭一样，努维埃尔家也是开罗的望族。阿扎生长在一个富有的迈阿迪家庭。她身材特别娇小——就像个小姑娘一样——但性情却非常刚毅。如果在另一个时代，另一个地方，她或许会成为一位职业女性或社会工作者。但在开罗大学的第二年，她就开始带头巾；家人看到她对新投身的宗教信仰如此虔诚，都被吓了一跳。"在这以前，她穿的都是最时髦的衣服，"③ 她哥哥埃萨姆说。"我们不希望她虔诚到这个地步。她开始频频祷告，还读起了《古兰经》。慢慢地，

---

① 对阿卜杜勒·哈利姆·曼杜尔的采访。
② 对卡迈勒·哈比卜的采访。
③ 对埃萨姆·努维埃尔的采访。

她彻底改变了。”很快阿扎就又有了进一步的举动，她带上了盖头(niqab)。这种盖头把女性眼睛以下的脸部全遮住了。据她哥哥说，阿扎会整夜整夜地读《古兰经》。早上醒来时，他常看到阿扎坐在祷告垫上，手里捧着圣书睡着了。

盖头给这位已到婚嫁年龄的姑娘造成了难以逾越的障碍，尤其是在埃及这个仍希望跻身西方化的现代社会的国度。对大多数同辈来说，阿扎决定把自己隐藏在盖头之后，这等于是以令人震惊的方式否定了她的阶级。她拒绝摘掉面纱的举动，成为一种对意志的考验。“求婚者很多，全都出自拥有显赫官阶、财富与社会地位的家庭，”她的哥哥说。“但几乎所有的求婚者都想让她摘掉盖头。她很冷静地拒绝了。她想找一个能够完全接受她的人。艾曼也是这样。”

两人第一次见面时，阿扎按照风俗把面纱掀开了几分钟。“他见到了她的脸，然后就离开了，”埃萨姆说。后来两个年轻人在几个场合又简短地谈过话，但都不是很正式。在举行婚礼之前，艾曼一直都没有再见过她的未婚妻。

他给努维埃拉一家留下了很好的印象。他们很佩服艾曼显赫的家族，但他对信仰的虔诚又让他们心怀戒惧。虽然他很有礼貌，又非常和气，却从不跟女人打招呼，那些穿裙子的女人他连一眼都不瞧。艾曼从来没有和阿扎的家人讨论过政治，而他向阿扎透露了多少别人也不得而知。不管怎样，阿扎对他的地下激进活动肯定持赞成态度。她曾经对朋友说，她最大的愿望就是以身殉教①。

1978 年 2 月，他们在大陆索威酒店举行了婚礼，这里曾经是开罗剧院广场著名的英埃人酒馆，不过现在已经风光不再，只剩下了一点过时的尊严。依照新娘新郎的意愿，婚礼上没有音乐，也不让拍照。“仪式是半传统的，”施莱费尔说。“我们在男宾区，整个区的人都滴酒不沾，一本正经；大家喝了许多咖啡，也没人开玩笑。”

---

① 对奥马尔·阿扎姆的采访。

“命运的转折使我在 1980 年夏天开始与阿富汗人接触，”[①] 扎瓦希里在他简短的回忆录“先知麾下的骑士”中写道。那时他正替另一位医生在穆斯林兄弟会的一家诊所上班。诊所所长问他是否愿意陪他去巴基斯坦，照料那里的阿富汗难民。当时由于苏联入侵，成千上万的难民逃过了边境。扎瓦希里立即答应了。一直以来他都暗自打算在那里为圣战建立一个安全的基地，因为从现实情况考虑这在埃及是不可能的。“尼罗河流淌在两片沙漠间的狭窄山谷之中，既没有农作物也没有水，”他在回忆录中说。“由于这种地形，在埃及根本不可能开展游击战；而且，这样的地形让山谷里的居民只能听命于政府当局，让他们做工人受剥削，还使得他们不得不应征入伍。”要建立一支伊斯兰激进分子的军队，最终打回埃及掌握政权，巴基斯坦或阿富汗国内的地点也许会比较合适。

扎瓦希里和一位麻醉师和一位外科医生一起去了白沙瓦。“我们三个是率先到这里参加援助工作的阿拉伯人。”扎瓦希里称。他在巴基斯坦待了 4 个月，一直为国际红十字会在伊斯兰国家的分支机构红新月会工作。

白沙瓦这个名字源于一个梵语词，意为“花之都市”。在佛教时代，白沙瓦也许真的是名副其实；不过，如今这里的优雅早已荡然无存。这个城市坐落于开伯尔山口东端，自亚历山大大帝和成吉思汗时起就是侵略军汇集之地，入侵者也在此地多元的人口中留下了自己的基因印记。白沙瓦曾是大英帝国的重要前哨站，从这里再往前就是一直延伸到莫斯科的广袤荒原。1947 年英国放弃了这个兵站，白沙瓦逐渐衰落为一个普普通通却难以管理的农业城镇。然而，战争却唤醒了这个古老的城市；扎瓦希里来到这儿的时候，城里充斥着走私贩、军火商和鸦片商。

这座城市还不得不应付大批拥入的阿富汗人，他们被赶出了家园，饥饿难耐。到 20 世纪 80 年代末，在巴基斯坦的阿富汗难民人数已达 140 万——第二年这个数字几乎又翻了一番——他们大部分都是从白沙

---

① 扎瓦希里，“先知麾下的骑士”，（二）。

瓦入境的，想在附近的营地里找到栖身之所。许多难民都因苏联的地雷或对城镇的猛烈轰炸而受伤，急需医疗救护。但是，医院和诊所的条件却日益恶化，尤其是在战争初期。扎瓦希里在家信中说，他经常不得不用蜂蜜来给伤口消毒①。

在给母亲的信中，他谈到了孤独带来的苦恼，还请求母亲多写点信给他②。在这些短笺中，他偶尔会借诗歌来表达绝望的心情：

她用善良来面对我的恶行，
却不要求任何回报……
愿真主消除我的愚笨
让她快乐吧，别因为我的冒犯伤心……
哦，真主啊，愿你能同情这个陌生人
他多么渴望见到自己的母亲。

通过和当地部族首领的接触，扎瓦希里秘密越过边界去了几趟阿富汗③。他成了最早见证阿富汗自由战士勇气的局外人之一。这些战士自称“穆贾赫丁”（mujahideen），也就是圣战者。同年秋天扎瓦希里回到开罗，也带回了一大批关于反苏圣战“奇迹”的传说。这是一场即使在阿拉伯国家也鲜为人知的战争，尽管在那时它是20世纪80年代最为血腥的武装冲突。扎瓦希里开始在各个大学到处游走，为圣战招募人手④。他蓄起胡子，还刻意穿上巴基斯坦式服装——下身是宽松的长裤，上身披着长罩衫。

当时，阿拉伯志愿者的人数还很少。有一个圣战者领导人的代表团

① 对马赫福兹·阿扎姆的采访。
② 对奥马尔·阿扎姆的采访；罗伯特·马昆德，“恐怖的信条”，《基督教科学箴言报》，2001年10月18日。
③ 对奥马尔·阿扎姆的采访。
④ 对马哈茂恩·凡迪的采访。

来到埃及，扎瓦希里带着舅舅马赫福兹到谢泼德酒店与他们见面。他们俩把阿卜杜拉·施莱费尔提出的一个想法转告给了阿富汗人。施莱费尔一直为西方新闻机构无法近距离采访这场战争感到苦恼。他让扎瓦希里帮他找三个聪明的阿富汗年轻人，他可以把他们训练成摄影师。这样，他们就能记录下自己的故事，施莱费尔则负责剪辑和旁白。不过他警告扎瓦希里："他们要是拍不到枪战，我们可不会播。"

此后不久，施莱费尔就去找了一趟扎瓦希里，询问自己的提议结果如何。他发现他的朋友说话时一本正经，而且语焉不详，叫人觉得奇怪。扎瓦希里一开始就说，美国人是敌人，我们必须与之对抗。"我不明白，"施莱费尔回答。"你刚从阿富汗回来，在那儿你还和美国人合作呢。现在你怎么又说美国是敌人?"

"当然，我们接受美国人的帮助只是为了去打苏联人，"扎瓦希里回答。"但他们都一样邪恶。"

"你怎么能做这样的比较?"施莱费尔非常愤怒。"在美国，信仰伊斯兰教要比在埃及自由得多。还有，苏联封掉了5万座清真寺!"

"你是个美国人，所以你不明白，"扎瓦希里说。

施莱费尔气愤地告诉他，他们俩之所以还能进行这番讨论，完全是因为北约和美国的军队阻止了苏联，使得它无法荡平欧洲，继而把注意力转向中东。这次谈话最终不欢而散。他们经常相互争辩，但总是带着尊敬，也不失幽默。这一次，施莱费尔感觉扎瓦希里不是在和他一个人谈话——他是在向一大群人发表演讲。

施莱费尔为阿富汗培养新闻记者的提议，没有达成任何结果。

1981年3月，扎瓦希里在白沙瓦的红新月会又工作了一段时间。这次他缩短了行程，两个月之后就回到了开罗。后来他写道，他把阿富汗的圣战视为"非常重要的训练课程，它能让圣战者做好准备，以针对当今独霸世界的超级大国，也就是美国，发动一场期待已久的战争"①。

---

① 扎瓦希里，"先知麾下的骑士"，(二)。

- - -

扎瓦希里回到迈阿迪继续行医，此时的伊斯兰世界仍因1979年的多次政治地震而动荡不已。这其中不仅包括苏联对阿富汗的入侵，还有阿亚图拉·鲁霍拉·霍梅尼回到伊朗，推翻孔雀宝座——这是伊斯兰激进分子首次成功接管一个重要国家的政权。流亡的伊朗国王穆罕默德·雷萨·巴列维到美国治疗癌症时，受阿亚图拉煽动的学生团体袭击了德黑兰的美国驻伊朗大使馆。萨达特认为霍梅尼是“一个精神失常的疯子……他将伊斯兰变作了笑柄”①。他邀请患病的伊朗国王来埃及住下。国王于第二年病逝。

对各地穆斯林来说，霍梅尼重新架构了与西方的争论。他不愿将伊斯兰的未来让给世俗民主的政治模式，而是要施行骇人的倒退。他那令人入迷的布道，在语言上唤起了过去一千年间伊斯兰不屈不挠的力量，而这也是本·拉登革命性抨击言论的先声。西方引起霍梅尼怒火的具体目标是自由。他掌握政权不久后曾说：“是的，我们是反动派，而你们是文明的知识分子：你们这些知识分子可别让我们回到1 400年前。你们，你们想要自由，一切都要自由，党派也要自由，你们这些想要一切自由的人，你们这些知识分子：你们要的自由会腐化我们的年轻人，会为压迫者扫清道路，会将我们的国家拖向地狱。”② 早在20世纪40年代，霍梅尼就表明他已经做好准备，要借助神学的掩护和物质的支持，以恐怖手段来羞辱伊斯兰的假想敌。

其实，霍梅尼来自伊斯兰的什叶派分支，而不是逊尼派；后者控制着伊拉克和伊朗之外的伊斯兰世界，这让他成为一个身处逊尼派激进分

---

① 易卜拉辛，《埃及伊斯兰教与民主：评论文集》，第30页注。
② 阿亚图拉·鲁霍拉·霍梅尼，“在Feyziyeh神学院的讲话”，1979年8月24日；转载于鲁宾和鲁宾，《反美恐怖主义与中东地区：文献读本》，第34页。

子之中的复杂人物[1]。不过，扎瓦希里的圣战组织还是对伊朗的革命给予了支持[2]。

那时，伊斯兰激进组织已经是一种广泛而多样化的运动，其中既包括穆斯林兄弟会这类愿意在某个政治体制之下运作的组织，也包括像扎瓦希里这样希望摧毁政府、建立宗教独裁国家的人。伊斯兰激进分子斗争的主要目的是施行伊斯兰教的律法——沙里亚（Sharia）。他们认为，构成伊斯兰教法基础的500篇《古兰经》经文是真主恒久不变的诫命[3]，而且提供了一条回归先知与先知直接继承者完美时代的道路——不过实际上，法令在先知死后的几个世纪中已经有了演变。这些经文对人的行为作出了细致而广泛的规定，从别人打喷嚏时该作何反应，到何种情况下允许佩戴黄金首饰。经文还对某些罪行——如奸淫和酗酒——制定了具体的惩治办法，但对于其他罪行（包括杀人）却没有说该如何处罚。伊斯兰激进分子说，虽然社会已经历了15个世纪的变迁，但由于伊斯兰教法直接来自真主的思想，所以它是尽善尽美、无可改进的。他们想无视穆斯林学者长期以来形成的司法观念，建立起一个更忠实于伊斯兰教宗旨的法律体制；这个体制不受西方影响的沾染，也不会因接触现代事物而临时作出改动。另一方面，非穆斯林和伊斯兰现代主义者则争辩说，沙里亚信条反映的是这个文化中苛严的贝都因部族准则；这些准则是伊斯兰教诞生的起源，显然不适合用来治理一个现代社会。在萨达特的统治下，埃及政府当局不断允诺要遵从伊斯兰教法，但是他的所作所为却表明这个诺言是多么的不可信。

萨达特与以色列的和平协定，让观点各异的伊斯兰激进派别团结到

---

① 公元632年穆罕默德先知死后，信徒们由于在继承次序问题上的争执发生了分裂。自称“逊尼派”的信徒支持选出新的哈里发；另一些信徒则成为“什叶派”，认为哈里发应该由先知的后人接任，第一位继承人应是先知的表亲和女婿阿里。此后，这两个分支在宗教和文化方面产生了众多分歧。

② 阿卜杜勒·纳赛尔，《埃及的伊斯兰运动：对1967—1981年国际关系的认识》，第73页。

③ 罗伊·莫塔希德，个人通信。

了一起。一条新颁布的法律也让这些派别怒火中烧；此项法律是由总统夫人吉汗倡导的，赋予了妇女离婚的权利，但在《古兰经》里妇女并没有这种特权。在后来的一次演讲中（也是他最后的一次）[①]，萨达特取笑虔诚妇女所戴的伊斯兰盖头是“帐篷”，并禁止大学中的女性戴这种盖头。激进分子对总统反唇相讥，把他描绘成一个“异教徒”。按照伊斯兰律法的规定，人们不得对统治者发起攻击，除非此人不信仰真主或是先知。宣称萨达特是异教徒，就等于公开号召人们来暗杀他。

为回应伊斯兰激进分子策划的一系列示威活动，萨达特解散了所有的学生宗教协会[②]，没收了协会的财产，还关闭了它们设立的夏令营。他一改往日对这些组织容忍乃至鼓励的态度，转而提出一个新口号：“宗教无政治，政治无宗教。”[③] 在伊斯兰激进分子的心目中，再没有什么比这句话更具挑衅意味了。

扎瓦希里不仅期望能除掉埃及的国家领导人，还想彻底推翻现有的秩序。他偷偷从埃及军队招募军官，等待圣战组织在人员和武器方面积蓄起力量、足以采取行动的时刻。他的首要军事策划阿布德·祖玛是军事情报机构的上校，也是1973年反以色列战争中的英雄（为了向他致敬，开罗的一条街道就以他的名字命名）。祖玛的计划是杀死国内的重要领导人，占领军事和国家安全部总部、电话交换大楼，当然还有无线电和电视大楼，这样伊斯兰革命的消息才能传播出去，才能掀起——照他的期望——全国范围内反对世俗政权的起义[④]。后来扎瓦希里作证说，这是个“周密而高明的计划”。

扎瓦希里组织里的另一个关键人物是勇猛的坦克指挥官埃萨姆·卡马里。由于有勇有谋，卡马里少校不断得到擢升，把同僚远远甩在身后。按照扎瓦希里的描述，他是一个“真正意义上的高贵人物。他心甘

---

① 格内纳，“‘圣战’：埃及的‘伊斯兰出路’”，第80—81页。
② 凯普尔，《圣战：政治伊斯兰之路》，第85页。
③ 阿卜杜，《万物非主，唯有真主：埃及与伊斯兰的胜利》，第54页。
④ 1981年对艾曼·扎瓦希里的审讯。

情愿地、沉着地忍受着诸多苦难和牺牲，而这些苦难和牺牲大都是由于他品格高贵而招致的”[1]。扎瓦希里虽然是迈阿迪地区分支机构的高级成员，却经常听从卡马里的意见。卡马里有着与生俱来的指挥才能——这种本领扎瓦希里显然并不具备。实际上，卡马里发现扎瓦希里身上“少了点什么”[2]，还曾经警告他：“不管你参加了哪个组织，都不要去当领导。”

卡马里开始从军事要塞中偷偷运出武器弹药，藏进扎瓦希里在迈阿迪的诊所。这家诊所就在扎瓦希里父母住的复式公寓的楼下。1981 年 2 月，当组织成员从诊所把武器转移到一个仓库时，警察抓住了一个带着包的年轻人，包里装满了枪支和军事布告，还有标明开罗所有坦克部队部署位置的地图。卡马里意识到自己很快就会受到牵连，于是就消失了，但他手下有几名军官被捕。令人费解的是，扎瓦希里却安然无恙。

直到逮捕这些人之前，埃及政府都自认为伊斯兰地下组织已被消灭。同年 9 月，萨达特下令逮捕了 1 500 多人，其中包括许多埃及的杰出人物——不仅有伊斯兰激进分子，还有一些没有宗教倾向的知识分子、马克思主义的信徒、埃及基督教徒、学生领袖、记者、作家，还有穆斯林兄弟会团体的医生——这是社会各界不同政见者的大杂烩。这次的搜捕之网漏掉了扎瓦希里，但却抓住了圣战组织的其他许多领导人。不过，在圣战组织分散的机构之中，有一个军事基层组织已在匆忙中策划了一次碰运气的行动。23 岁的哈立德·伊斯兰布利中尉提出，在下个月萨达特参加阅兵时将其刺杀。

扎瓦希里作证说，直至 1981 年 10 月 6 日上午 9 点之前，他都不知道关于这个计划的任何消息，而那时离预定发动刺杀的时刻只有几个钟头。他所在分支机构中的一个成员（一位药剂师）带来了这个消息。

---

① 扎瓦希里，“先知麾下的骑士”，（五）。
② 对亚西尔·瑟勒的采访。

“我大吃一惊，深感震骇，”扎瓦希里对审讯者说。药剂师提出，他们必须得做点什么，来帮助这个仓促的计划取得成功。“但我对他说，‘我们能做什么？难道他们想要我们到大街上胡乱开枪，然后让警察把我们抓去？我们什么都不要做。’”扎瓦希里又给他的病人看病去了。几个小时之后他听说阅兵表演仍在进行，于是就以为行动已经失败，而所有相关的人都已被捕。后来他去了一个妹妹家里。妹妹告诉他阅兵表演中止了，总统安然无恙。真正的消息此时还没有传开。

当时，萨达特正在庆祝1973年十月战争8周年的纪念日。他身边围绕着达官显贵，其中有几名美国外交官，还有后来成为联合国秘书长的布特罗斯·加利。萨达特向通过检阅台的部队致敬时，一辆军车突然改变方向朝检阅台驶来。伊斯兰布利中尉和另三名同谋跳出车子，往台上投掷手榴弹。伊斯兰布利把冲锋枪弹夹里的子弹全部射向萨达特。这位总统始终傲然挺立，直至身上布满弹孔。“我杀了法老!”伊斯兰布利高喊。

萨达特的死讯于当天晚些时候宣布，这并没有在阿拉伯世界中引起多少悲痛。由于萨达特与以色列讲和，阿拉伯人都把他视为叛徒。按照扎瓦希里的观点，这次刺杀就实现伊斯兰国家的目标而言上并未取得任何成就。不过，在事件过后的国内动荡之中，也许还有时间把这一伟大的计划付诸实施。埃萨姆·卡马里不再躲藏，他让扎瓦希里安排他和实施刺杀行动的组织接触[1]。当晚10点，距离萨达特被刺才8个小时，扎瓦希里就来到卡马里藏身的公寓，他们在公寓外的一辆小汽车里和阿布德·祖玛见了面。卡马里提出了一个大胆的建议，它有可能让他们消灭整个政府和许多外国领导人：在萨达特的葬礼上发动袭击。祖玛同意了，他要求卡马里提供十枚炸弹和两把枪。就在第二天，他们再次碰头。卡马里带来了武器和几盒弹药。与此同时，胡斯尼·穆巴拉克领导的新政府正在围捕数以千计的可能参与谋刺的人。阿布德·祖玛还没开

---

① 1981年对艾曼·扎瓦希里的审讯。

始实施行动计划就被捕了。

扎瓦希里肯定知道自己的名字会被供出来，但是他还是迟迟未走。10月23日，他终于收拾好自己的东西，准备再次前往巴基斯坦。他去向一些亲属告别。扎瓦希里的弟弟侯赛因开车送他去机场，在尼罗河滨海路被警察截了下来。“他们把艾曼带回迈阿迪的警察局，他身边围着一堆警卫，”他的表兄弟奥马尔·阿扎姆回忆说。“警察局长扇了艾曼一个耳光——艾曼一巴掌就扇了回去!”这件事让整个家族都大为惊讶，不仅是因为扎瓦希里不顾后果的鲁莽反应，更因为在家人们的印象中，他从来没有动过粗。敢回敬警察局长耳光的扎瓦希里，立即在狱友中名声大噪。

安全部队对新到囚犯的欢迎，就是脱光他们的衣服，蒙眼上铐，然后用棍子抽打。受到羞辱和恐吓、无所适从的犯人，随即被投入狭小的石头牢房，仅有铁门上小小的方形窗洞透进一丝光亮。这个地牢是12世纪伟大的库尔德征服者萨拉丁驱使十字军俘虏修建的。地牢是萨拉丁城堡的一部分①；这座城堡建在一座可以俯瞰开罗的山上，700年来它都是埃及政府的所在地。

受审狱友们发出的惨叫，让很多人都处于精神崩溃的边缘，虽说他们自己并没有受刑。由于扎瓦希里在组织中的地位，他频频遭到拷打；埃及负责审讯的情报75处所发明的诸般巧妙而残忍的刑罚，也常被用在他身上。

有一种说法认为，美国的“9·11”悲剧诞生在埃及的监狱之中。开罗的人权主义者认为酷刑催生了强烈的报复心理——首先是在赛义德·库特卜身上，然后就是他的门徒，包括艾曼·扎瓦希里。囚犯们的怒火针对的主要是世俗的埃及政府，但一股强烈的愤怒之情也指向了西方世界。在他们看来，西方世界是埃及暴虐政权背后的驱动力。他们认为伊斯兰社会的腐化与受辱是由西方造成的。实际上，羞辱这一主题

---

① 对蒙塔赛尔·扎耶特的采访。

（也就是酷刑的本质）对于理解伊斯兰激进分子的愤怒至关重要。埃及的监狱变成了一座制造激进分子的工厂，这些人寻求报复——他们把这叫做正义——的愿望压倒了一切。

蒙塔赛尔·扎耶特是和扎瓦希里关在一起的一名伊斯兰律师，后来他为扎瓦希里辩护，还给他写了一部传记[①]。扎耶特认为，扎瓦希里在监狱里的创伤经历让他由一个相对温和的圣战支持者，变成了一个暴力而无情的极端分子。扎耶特和其他证人还提到了他与埃萨姆·卡马里之间关系所受的影响。卡马里一直是扎瓦希里的密友，也是他非常崇敬的人物。扎瓦希里刚一被捕，内务部的官员就开始对他严刑拷打，逼他供出仍旧在逃的卡马里少校。当时，卡马里是埃及的头号通缉犯。卡马里在一场动用了手榴弹和自动武器的交火中安然脱身，警察却死伤甚多。在不顾一切搜捕卡马里的过程中，安全部队把显赫的扎瓦希里家族人员赶出门外，掀开屋里的地板，还把墙纸撕得精光，以搜寻证据。他们还守在扎瓦希里家中的电话机旁，指望着什么时候逃犯终究会打电话过来。两周之后，电话终于来了[②]。打电话的人自称“埃萨姆医生”，说要跟扎瓦希里见面。卡马里打电话的时候并不知道扎瓦希里已经被捕，因为当局对此一直秘而不宣。一名假扮家里人的警官对“埃萨姆医生”说他不在。打电话的人建议说，“请他和我一起去做昏礼吧，”[③]（即日落时分的祷告）地点在两人都知道的一家清真寺。

“卡马里和扎瓦希里订约时正在去迈阿迪的路上，但他注意到了安全部队的人，于是又逃走了，”时任内务部反恐组领导的福阿德·阿拉姆说。他是一位颇具长者风范的人物，嗓音非常低沉。阿拉姆在1965年审讯过赛义德·库特卜，从那以后还审过几乎所有主要的伊斯兰激进分子。“我叫艾曼·扎瓦希里到我的办公室，准备和他说我们的计划。”

---

① 他写的传记题为《我所认识的艾曼·扎瓦希里》，书中对传主诟病甚多。迫于扎瓦希里支持者的压力，扎耶特在开罗的出版商撤回了这本书。

② 对福阿德·阿拉姆的采访。

③ 对奥马尔·阿扎姆的采访。

阿拉姆感觉扎瓦希里“害羞而冷淡。他说话时不看你，这在阿拉伯国家是礼貌的表示。”据扎瓦希里的舅舅马赫福兹说，扎瓦希里此时已经遭到了残酷的折磨。他到阿拉姆办公室时实际上只穿了一只鞋，因为另一只脚上有伤。阿拉姆让人把扎瓦希里家的电话线转接到他的办公室，并把扎瓦希里一直扣在那里，直到卡马里再次来电。这一次扎瓦希里接了电话，约好和卡马里在埃姆巴巴的扎瓦亚清真寺见面。按照计划，扎瓦希里去了清真寺，并指认出了自己的朋友①。

扎瓦希里在自己的回忆录中并没有直接承认此事，只是写到在监狱中受到的“羞辱”时隐晦地提了一下。“被捕后最令人痛苦的事，莫过于圣战者迫于酷刑不得不向敌人供出他的伙伴，亲手破坏自己的运动，把自己和同伴的秘密交给敌人。”②

扎瓦希里指证了卡马里和其他 13 人之后，用心险恶的政府当局故意将卡马里和扎瓦希里关在了同一间牢房里。卡马里被处以 10 年徒刑。“和往常一样，他以非同一般的镇静和沉着接受了这个消息，”扎瓦希里写道。“他甚至试图安慰我，还说：‘我很同情你今后要背的包袱。’”1988 年，卡马里在越狱时被警察开枪打死③。

- - -

在 302 名被告之中，扎瓦希里的编号是 113。他们被控协助刺杀总统或策划刺杀，还有其他各种罪名（扎瓦希里的罪名是倒卖军火）。伊斯兰布利中尉和其他 23 人被指控实际参与刺杀行动，并单独受审。伊斯兰布利和其他 4 个同谋被处以绞刑。埃及几乎所有的著名伊斯兰激进分子都与这次刺杀行动有涉④。经常举办展览和会议的开罗埃及展览中

① 对马赫福兹·阿扎姆的采访。
② 扎瓦希里，“先知麾下的骑士”，（十一）。
③ 对卡迈勒·哈比卜的采访。
④ 扎瓦希里的弟弟穆罕穆德受到缺席审判，但后来指控被撤销。他最小的弟弟侯赛因在指控撤销前，在监狱里呆了 13 个月。

心里搭建了一个巨大的临时法庭，其他的被告（其中有些还是少年）全给塞在法庭一侧动物园一般的大笼里面。他们来自不同的组织——圣战组织、伊斯兰组织、穆斯林兄弟会——这些组织构成了伊斯兰运动四分五裂的核心。各国际新闻机构报道了这次审判。扎瓦希里在这些被告中英文最好，所以被指定为他们的发言人。

1982 年 12 月 4 日开庭首日的录像显示，电视摄像机的灯光照射在这 300 余名被告的身上，他们有喊口号的，有做祷告的，还有人在拼命朝家里人喊。最后，摄像镜头停在了扎瓦希里的身上，他超然于这些纷杂之外，神情严肃而专注。31 岁的他身穿白色长袍，肩披一条灰色围巾。

看到示意，其他囚犯都安静下来，扎瓦希里大声说："现在我们要和整个世界说话！我们是谁？他们为什么把我们带到这里？我们想说些什么？关于第一个问题，我们是穆斯林！我们这些穆斯林坚信自己的宗教，无论是在思想还是实践上。所以，我们要尽最大努力建立一个伊斯兰国家，一个伊斯兰的社会！"

其他被告用阿拉伯语喊道："万物非主，唯有真主！"

接下来，扎瓦希里用激昂的、抑扬顿挫的声音说道："我们不懊悔；对于我们为自己的宗教所做的一切，我们不懊悔；我们牺牲过，而且也准备要付出更多的牺牲！"

其他人高呼："万物非主，唯有真主！"

扎瓦希里又说："我们在这里——这里是真正的伊斯兰前线，是反对犹太复国主义、共产主义和帝国主义的真正伊斯兰抵抗力量！"他停顿了一下，然后说："现在，第二个问题的答案：他们为什么把我们带到这里来？他们把我们带到这里有两个原因！其一，他们想彻底破坏杰出的伊斯兰运动……其二，他们想实现一个阴谋——为犹太复国主义的渗透扫清障碍。"

其他人喊道："我们不会让穆斯林为了美国人和犹太人流血！"

囚犯们拽下鞋子，掀起长袍，展示他们身上酷刑留下的伤疤[①]。扎瓦希里谈到“埃及肮脏监狱之中的虐待……我们在那里遭到了最为残酷的非人待遇。他们踹我们，打我们，用电线抽我们，还给我们上电刑！他们还放野狗咬人！他们还放野狗咬人！他们把我们吊到门檐上，”——他弯下身子演示当时的情状——“我们被反绑着双手吊起来！他们抓走了我们的妻子、母亲、父亲、姐妹和儿子！”

被告们高喊：“穆斯林的军队必将回归，我们一定会打败犹太人！”

摄像机拍到了一个眼睛特别大的被告，他穿着绿色的束带长袍，把胳膊伸出囚笼栏杆大声叫喊，接着就晕倒在身旁囚犯的怀中。扎瓦希里高声报出几个囚犯的名字，他说这几个人都死于酷刑。“民主在哪里？”他大声喊道。“自由在哪里？人权在哪里？正义在哪里？正义在哪里？我们永远不会忘记！我们永远不会忘记！”

扎瓦希里对酷刑的指控，后来在国外的医疗报告中得到了证实。报

---

① 据称福阿德·阿拉姆亲自监督了刑讯。他声称从未发生过刑讯折磨事件，所有这类说法都是编造。他的话也许有一定的真实性。囚犯们讲述的许多故事都过于恐怖怪诞，让人感觉是凭空想象出来的；而这些人肯定也是刻意被推到记者面前的，以达到破坏政府名誉、提高伊斯兰激进分子地位的目的。阿拉姆给了我一段摄于1982年的录像。录像上，年轻的蒙塔赛尔·扎耶特（他对我说自己曾屡次遭到毒打和电击）在托拉监狱愉快地欢迎新入狱的犯人，还告诉他们自己受到的待遇有多好。“他们甚至给了我这本《古兰经》，”他举着手里的一本袖珍书说。现在，扎耶特则坚称自己是在严刑拷打之下被迫说那番话的。不过，贾迈勒·哈比卜（他两手都有香烟烫出的疤痕）却说扎耶特从来没有遭到过拷打。“他只不过对媒体这么说罢了，”他告诉我。

问题在于，扎瓦希里究竟遭到了何种待遇。“你在组织里的级别越高，受到的拷打也就越多，”哈比卜说。“艾曼认识几个军官，而且还持有武器。他遭到了严刑拷打。”曾经入狱的几个人告诉我，最常见的一种刑罚是把人双手反绑，然后吊到门框上——整个人的重量都集中在反绑的双手上，有时一吊就是几个小时。多年之后，哈比卜两臂的麻木感才完全消失。扎瓦希里本人从来没有谈过自己的经历，但他曾写道：“刑讯折磨是一具残酷的踏车，它压断人们的骨头，剥掉他们的皮肤，撼动他们的精神，毁灭他们的灵魂。它的手段是慢慢地折磨。它拘捕女人，实施性侵犯，用女里女气的名字称呼男人，让犯人挨饿，给他们变质的食物，断他们的水，不让外人探访，以羞辱被拘捕者”（扎瓦希里，“先知麾下的骑士”，[四]）。可以想见，对于扎瓦希里医生这样傲气的一个人来说，狱中的屈辱肯定是更加不堪。

扎瓦希里称监狱里把“野狗”当作一种刑罚，曾经入狱的人也经常提到此事。据说赛义德·库特卜第二次被捕时也曾遭狗撕咬。狗在伊斯兰文化中被视为低贱的流浪动物，因此这种刑罚对人的侮辱尤其严重。

告指出，他身体各部位的6处伤是受到“坚固物体”击打所致。后来扎瓦希里在一件控告情报75处（负责监狱审讯的部门）的案子中作证。一名情报军官的证词证实了扎瓦希里的话。这名军官供认，他曾目睹扎瓦希里在监狱里的情形，“他的头发给剃光了，他的尊严在经受种种折磨时被彻底摧毁”。情报军官后来还说，有一次他在审讯室的时候，另一个囚犯也被带了进来，手脚都上了镣铐。审讯人员想让扎瓦希里招认自己参与了萨达特刺杀案。那个囚犯说，“他明知这种罪是死刑，你们还指望他招认吗?”扎瓦希里则回答：“死刑比折磨要仁慈得多。”

- - -

审判拖拖拉拉地进行了三年。有时被告们每天都得去临时法庭，但随后可能要过一个多月再去。他们来自不同的组织，许多人被关到一起之前还不知道对方的存在。他们自然而然地搞起了密谋。有的囚犯急切地说要重建组织，也有人在深入地探讨令人丧气的现实：这么多人被捕，运动这么快就被泄漏。扎瓦希里向一个狱友承认：“我们被击败了，因此变得很迷茫。”① 他们花了很多时间来思索地下行动为何会失败，而怎样做才可能成功。“艾曼对我说，他并不希望萨达特被刺事件发生，”他的狱友和传记作者蒙塔赛尔·扎耶特回忆说。“他认为他们应该等待机会，通过军事政变来连根拔除埃及政权。他没有那么嗜血成性。”

扎瓦希里受过的教育、家庭背景和相对富足的家境，让他成为令人瞩目的人物。每隔一天，家里都会派一个司机给他送吃的来②，扎瓦希里则会把食物分给其他囚犯。他还在监狱的医院里帮过忙。

在这个时期，扎瓦希里遇到了埃及最著名的伊斯兰激进分子奥马尔·阿卜杜勒·拉赫曼谢赫，他也在萨达特遇刺案中以密谋者的罪名受到指控。拉赫曼谢赫是个奇怪而又令人难忘的人物，年幼时因患糖尿病

---

① 对奥萨玛·鲁什迪的采访。
② 对奥萨玛·鲁什迪的采访。

双目失明，不过生就一副动人心魄的洪亮嗓音。由于对纳赛尔提出了有力的批判，拉赫曼谢赫在未受任何指控的情况下被纳赛尔投入监狱关了8个月，因此他在伊斯兰圈子里颇有名气。纳赛尔死后，这位盲人谢赫的影响也扩大了，尤其是在上埃及——他在当地的爱资哈尔大学艾斯尤特分校讲授神学。他在学生中发展了一批追随者，并成为伊斯兰组织的领导人。为了给激进运动筹集资金，一些年轻的伊斯兰激进分子开始敲诈科普特基督徒①。这一派的基督徒在埃及总人口中占大约10%，但大都是店主和小企业主。年轻的激进分子曾多次闯入科普特教徒的结婚典礼，抢劫在场的来宾。按圣战神学理论的规定，某些行动必须要经过圣令（即宗教裁决）的神圣化，否则就会被视为犯罪。奥马尔谢赫非常热心地签署了圣令，赞成对基督教徒大开杀戒、对科普特教徒开的珠宝店实施抢劫。圣令的根据是：基督教徒和穆斯林目前正处于交战状态。

自从萨达特最终试图对伊斯兰激进分子加以约束以来，这位盲人谢赫在沙特阿拉伯等其他阿拉伯国家逗留了三年时间，并在那里为他的事业找到了富有的资助者。1980年回到埃及时，他已不仅仅是伊斯兰组织的精神顾问，而是成为了“埃米尔”。在奥马尔谢赫最早发出的圣令中，有一篇宣称一位异教徒的领袖理应被有信仰者杀死。当他因共谋刺杀萨达特接受审判时，他的律师成功地使法庭相信，鉴于他的代理人并未直接提到萨达特总统的名字，所以他和刺杀事件的关系至多也不过是附带提及而已。入狱6个月之后，奥马尔谢赫被释放了。

虽然伊斯兰组织和圣战组织这两个最主要激进组织的成员有着共同的目标——把当局政府搞垮，但他们的意识形态和行动策略却截然不同。盲人谢赫宣称全人类都应该信奉伊斯兰教，而且只要能把这个讯息传播开来他就知足了。扎瓦希里极不赞成这种观点。他不相信群众；除

---

① 科普特教会是基督教东派教会之一，属一性论派。科普特一词是7世纪中叶阿拉伯人占领埃及时对埃及居民的称呼，后专指信奉科普特礼仪的基督教信仰者。在埃及，科普特教会至今仍是基督教各派中最大的教会，宗主教座堂设在亚历山大里亚。——译者

了自己对伊斯兰教的那种刻板理解，其他任何形式的信仰他都不屑一顾。因此他宁愿在暗中进行单方面的行动，直至他的组织能够夺取权力，施行其极权主义的宗教观点。

在奥马尔谢赫的领导下，伊斯兰组织和圣战组织曾经合作过，但是圣战组织一方（包括卡马里和扎瓦希里在内）却试图让自己的人来主持大局。在开罗的监狱中，两个组织的人就实现真正伊斯兰革命的最佳途径进行了激烈的争论，还在谁是革命最佳领导者的问题上争吵不休。扎瓦希里指出，伊斯兰教法规定埃米尔不得是盲人①。奥马尔谢赫反驳说，伊斯兰教法也规定埃米尔不得是囚犯。两人之间的敌对变得非常激烈。扎耶特试图让扎瓦希里在抨击奥马尔时略加收敛，但是扎瓦希里拒不让步。结果，圣战组织和伊斯兰组织又分裂了。由于这两个人互不妥协的性格，这两个组织还将继续保持两极分化的状态。

扎瓦希里被裁定犯有贩卖武器罪，处以三年徒刑。审判结束的时候，他的刑期差不多也已经服完。也许因为扎瓦希里在指证其他囚犯时的合作态度，政府撤销了对他的其他几项指控。

1984 年扎瓦希里获释出狱，此时的他变成了一个冷酷的激进主义者，他的信仰也已经被锤炼为不可动摇的决心。扎瓦希里出狱不久，开罗美国大学的著名社会学家萨阿德·阿丁·易卜拉辛和他谈过话。易卜拉辛感到他身上有着明显的不信任感和强烈的报复欲，这都是在监狱中受到虐待的人所表现出的特性。酷刑折磨对这些有着强烈宗教信仰的人或许还产生了其他始料不及的影响。很多人都说自己在受到拷打之后曾出现幻觉②，看到圣人把他们迎入天国，而正义的伊斯兰国家也因他们的殉难而成为现实。

易卜拉辛在 20 世纪 70 年代就完成了一份关于埃及政治犯的研究。

---

① 对蒙塔赛尔·扎耶特的采访。

② 易卜拉辛，《埃及伊斯兰教与民主：评论文集》，第 20 页。

根据他的研究，大多数新加入的伊斯兰激进分子都是出身乡村、到城市求学的年轻人。绝大多数是政府中层官员的孩子。他们很有抱负，往往被科学与工程领域所吸引，而这两个领域只接收最具资格的学生。与社会学家的看法不同，他们并非异化的、居于边缘地位的年轻人。相反，易卜拉辛写道，他们是“模范的埃及年轻人。如果要说他们不够典型，那也是因为他们远远超越了同代人的普通水准”①。易卜拉辛认为，伊斯兰激进组织之所以能成功招募这些青年，是因为他们很看重兄弟情谊、分享与精神上的支持；作为由农村来到城市的移民，这些因素让他们得以“软着陆”。

扎瓦希里在监狱里就读过这份研究报告，并激烈反对其中的观点。他说，被招募者响应的是伊斯兰激进组织的理想，而不是其组织所能满足的社会需求。“你那世俗的分析把我们的运动变成了微不足道的小事，”② 他对易卜拉辛说。“愿真主怜悯你。”

易卜拉辛用阿拉伯的一句古语来回应扎瓦希里的质疑：“任何付出努力的人，都有一份回报。如果他成功了，得到的回报就是双份。但要是他没有成功，也还有一份回报——他努力过。”

扎瓦希里笑笑说：“你得到了一份回报。”

扎瓦希里重操旧业，又做了外科医生；不过，由于他曾在控诉刑讯折磨一案中指证情报 75 处，他担心这会招致政治后果③。他想申请英国的一项外科研究员基金④。虽然埃及政府禁止他在三年内离开埃及，他还是计划到沙特阿拉伯吉达市的伊本·纳菲西医院工作。扎瓦希里弄到了去突尼斯的旅游签证（可能用的是假护照）⑤。显然他并没有打算再回来。出狱之后他就刮掉了胡子，这表明他要重新开始地下工作。

---

① 易卜拉辛，《埃及伊斯兰教与民主：评论文集》，第 19 页。
② 对萨阿德·阿丁·易卜拉辛的采访。
③ 对马赫福兹·阿扎姆的采访。
④ 赫巴·扎瓦希里，个人通信。
⑤ 对奥萨玛·鲁什迪的采访。

扎瓦希里正要离开的时候，在开罗机场碰见了朋友阿卜杜拉·施莱费尔。“你要去哪儿?”施莱费尔问道。

“沙特,”扎瓦希里直言相告。他看上去轻松快乐。

两个人拥抱在一起。“听着，艾曼，离政治要远一点。”施莱费尔告诫道。

“我会的!”扎瓦希里回答。“我会的!”

第三章　创始人

34 岁时的艾曼·扎瓦希里医生是个令人生畏的人物。他一直是个坚定的革命者，十几岁起就领导着地下的伊斯兰激进基层组织。他的政治手段在监狱里无穷无尽的辩论中得到了磨炼，出狱时变成了一个虔诚、尖刻而极为坚决的人。

据沙特阿拉伯情报部门说，扎瓦希里于 1985 年来到沙特王国[①]，拿的是朝觐签证，后来又换成了工作签证。他在吉达的伊本·纳菲西医院当了一年医生。扎瓦希里的妹妹赫巴（她是开罗大学国家癌症研究所的肿瘤学教授）说他在那期间通过了申请外科研究员基金的初试。母亲和其他家里人都以为他最后还是要回埃及的，因为他仍在给迈阿迪的诊所支付租金。扎瓦希里的弟弟穆罕默德当时也在沙特阿拉伯，在麦地那当建筑师。

扎瓦希里的律师、前狱友蒙塔赛尔·扎耶特前往麦加时途经吉达，他发现扎瓦希里很严肃，而且情绪不高。“难以言状的酷刑留在他躯体上的伤痕已经平复，”[②]扎耶特后来写道，“但他的心还在为此作痛。”扎耶特认为，扎瓦希里之所以逃离埃及，是因为背叛朋友的愧疚给他的良心造成了极大的负担[③]。由于在狱中指证了自己的同志，扎瓦希里失去了领导圣战的资格。他要寻找一个地方来偿还自己的罪过，还要让伊斯兰激进运动在那里站稳脚跟。“埃及的局面每况愈下，”[④]扎耶特后来写道，“简直可以说是一触即发。”

吉达是沙特王国的商业中心，是每年数百万朝觐者前往麦加时的必经之途。对每一个穆斯林来说，只要是力所能及，这被称为“哈吉”(hajj) 的朝觐之旅至少都得走一遭。在麦加留下来的一些人成为银行与商业巨族的创始人——其中包括本·马赫福兹、阿里礼萨和卡舒吉这几个大家族——他们从也门、伊朗和土耳其等地远道而来。来自世界各地的传承，把这座城市与文化和种族上都封闭孤立的内地区分了开来。在吉达，居于重要地位的是家族，而不是部落；本·拉登家族的名字，就在支配吉达社会的少数几个家族之列。

扎耶特认为扎瓦希里在吉达结识了本·拉登[5]；他们的初次会面虽然未见记载，但很可能就是在这里。扎瓦希里入狱前已经去过两次阿富汗，而且打算尽快再回去。从沙特通往阿富汗的渠道处于本·拉登的直接控制之下；任何资助过圣战或自愿加入的人，肯定都见过这位很有魄力的沙特青年。无论如何，在圣战这个密切的圈子里，扎瓦希里与本·拉登迟早都会注意到对方的存在。

在阿拉伯语中，“吉达”一词的意思是“祖母”。根据传说，这座城市的名字指的是人类的女祖先哈娃，相传她的埋骨之地如今是工人阶级居住区一个有围墙的宽阔大院，奥萨玛·本·拉登就在这里长大。12世纪时，这个传说中的坟墓引来了许多崇拜者，他们勾勒出了女祖先巨大遗骸（足有500英尺长）的轮廓，并在据说是女祖先肚脐的位置建起

---

① 对艾哈迈德·巴兹卜的采访。
② 扎耶特，《通往基地组织之路：本·拉登得力干将的故事》，第31页。
③ 同前，第49页。
④ “显微镜下”，半岛电视台，2003年2月20日。
⑤ 扎耶特，“伊斯兰组织：局内人的观点”（四），《生活日报》，2005年1月12日。扎耶特称此事是听扎瓦希里说的，但他2002年和我谈话时并没有提到这一点。当时他说扎瓦希里和本·拉登可能是1986年在白沙瓦认识的。扎耶特坚称，这个新情况的依据是他后来与扎瓦希里的谈话。《生活日报》驻开罗记者穆罕默德·萨拉赫告诉我，根据他的消息来源，这两个人是1985年结识的，地点应该在吉达。其他人则猜测扎瓦希里与本·拉登初次见面是在巴基斯坦；例如贾迈勒·伊斯梅尔就告诉彼得·伯根，两人第一次会面是在1986年的白沙瓦。伯根，《我所认识的奥萨玛·本·拉登：基地组织领袖的口述历史》，第63页。

一座圆顶圣坛作为标记。1853 年理查德·伯顿爵士参观了墓地，在查看了遗骸的尺寸之后说："如果我们的这位始祖从头至腰长 120 步，从腰至足长 80 步，那么样子看起来肯定和鸭子差不多。"[①] 1928 年，反对尊崇坟墓的瓦哈比派教徒（这个严守教规的派别在沙特阿拉伯居于支配地位）在占领吉达后不久捣毁了墓地。如今，这里成了一个典型的瓦哈比教徒的墓园，园中一排排没有特征、没有标记的坟墓就像是光秃秃的花坛。1967 年奥萨玛·本·拉登 59 岁的父亲死于空难[②]之后，就安葬在这里[③]。

如果不了解这位父亲的成就，就不可能明白他的儿子为什么会有那么大的野心。在儿子奥萨玛降生之前，穆罕默德·本·阿瓦德·本·拉登就已是一位传奇人物。对于把他视为偶像、希望在成就上与他比肩（且不说超越）的年轻人来说，穆罕默德是个令人敬畏的典范。穆罕默德出生在也门中部的一个偏远村庄。这个名为哈德拉毛的地区以土坯建造的塔楼知名，它们精巧得如同沙砌的城堡，最高的足有 12 层。这些美轮美奂的建筑为哈德拉毛人赢得了善于营造和建设的声誉[④]。但是，哈德拉毛之所以闻名遐迩，主要还是因为那些离开此地的人。1 000 年来，他们踏出的道路穿过阿拉伯南部被称为"空白之地"的沙漠，然后沿着红海东岸的荒凉山脉进入汉志——伊斯兰的发祥地。从那儿起他们之中的许多人就分道扬镳，前往黎凡特[⑤]、东南亚甚至菲律宾等地，做起了商人、实业家和承包商。20 世纪 30 年代哈德拉毛地区发生了严重的旱灾，许多人不得不离开故土——他们不仅仅是为了寻找机会，也是

---

① 伯顿，《自述：到麦地那与麦加的朝觐之旅》，2：274。

② 奥斯曼·米利亚巴里和阿卜杜拉·哈桑宁，"国家失去了一位白手起家的大人物"，《欧卡兹报》，1967 年 9 月 7 日。

③ 对本·拉登家族匿名发言人的采访。

④ 埃里克·沃特金斯，个人通信。

⑤ Levant，第一次世界大战前对地中海东部地区的统称，其范围大致相当于现在的叙利亚、黎巴嫩、巴勒斯坦、以色列和约旦等地。——译者

为了求得生存。穆罕默德就是其中的一员。他在埃塞俄比亚[1]呆了没多久，就在阿拉伯海南岸登上了一艘开往吉赞的船[2]。到吉赞之后他加入了一支前往吉达的骆驼队。来到吉达时，他才 23 岁。

1931 年的阿拉伯半岛是世界上最贫穷、最荒凉的地区之一。当时它尚未统一——沙特阿拉伯王国第二年才建立。这个四分五裂的沙漠王国的统治者是阿卜杜勒·阿齐兹·本·阿卜杜勒·拉赫曼·本·费萨尔·沙特[3]，他住在利雅得一所土坯砌成的简陋宫殿里。他刚刚平定了一帮伊赫万宗教极端分子发动的险恶叛乱，该宗教组织是基地组织的直接前辈。这些宗教极端分子曾经是阿卜杜勒·阿齐兹自己的一支冲锋队，他们打着“以伊斯兰教名义净化阿拉伯半岛”的旗号，屠杀了数以千计的无辜农民[4]。阿齐兹国王试图控制伊赫万组织，以防他们的血腥行动扩散到邻近国家。国王与英国的联盟，还有他妻妾成群的生活方式，本来就让伊赫万组织十分鄙夷，但他们最终反戈还是因为国王试图遏止圣战——对他们来说，圣战是永无休止的，一定要进行下去；圣战是他们对真主的义务。

为了控制这些杀戮成性的极端分子，阿卜杜勒·阿齐兹必须获得宗教权威的许可。对于现代的沙特阿拉伯而言，这是个至关重要的时刻。瓦哈比派的神职人员把发动圣战的权力授予国王一人，从而再次确立了自己在高度宗教化的沙特社会之中的专制地位。在汽车、机关枪和英国

① 对本·拉登家族发言人的采访。
② 对萨利赫·M·宾拉丁的采访。
③ 西方通常称他为伊本·沙特。
④ 阿布里什，《沙特家族的兴起、腐化与将要来临的败落》，第 24 页。据阿布里什记载，“伤亡人数至少有 40 万，因为伊赫万组织不抓俘虏，他们的主要任务就是杀戮与征服。在伊本·沙特征服的土地上，起码有 100 多万居民逃到了其他国家。”沙特历史学家马达维·拉希德指出这些数字很难采信，因为当时根本无人统计。不过她在个人通信中写道：“沙特以统一国家为名犯下了滔天罪行。”她补充道：“伊赫万组织不过是伊本·沙特调动的一支雇佣兵，他们在为他个人而战，唯他的个人目的是从。一旦这些人完成了沙特交给的任务，他就找别的雇佣兵来屠杀他们；这一次的雇佣兵是内志南部的二等公民、其他部族，以及当时驻扎在科威特和伊拉克的英国皇家空军。”

轰炸机的帮助下，国王最终打败了伊赫万组织的骆驼骑兵。然而，从建国伊始，王室与宗教极端派之间的矛盾就成为了现代沙特阿拉伯社会结构的一部分。

大部分沙特阿拉伯人都不愿使用瓦哈比这个名字；他们或是把自己称为“穆瓦希顿”（一神教徒），因为他们信仰的核心是真主的独一性；或是把自己称为沙拉夫派——“沙拉夫”一词指的是他们的先辈，即先知身边受人尊敬的追随者。运动的创始人伊本·阿卜杜勒·瓦哈比是一位 18 世纪的伊斯兰复兴主义者，他认为穆斯林已经偏离了真正的宗教信仰——先知与其直接继任者所处的黄金时代的信仰。阿卜杜勒·瓦哈比提出了许多神学上的创见[①]，其中有：认为真主用人的面目来隐藏自己的身份；反对向圣人求告以及对死者表示敬畏；要求男性穆斯林拒绝修剪胡须。他禁止了假日，甚至包括先知的生日在内；他的追随者则毁掉了很多被他视为荒谬的神圣场所。他抨击艺术是毫无意义而危险的东西。他授权给自己的追随者，允许他们杀死、奸淫或劫掠那些拒不服从他命令的人[②]。

当时，阿拉伯世界的其他伊斯兰国家把阿卜杜勒·瓦哈比视为一个危险的离经叛道者。1744 年，被逐出阿拉伯半岛中部内志地区的瓦哈比，向第一个沙特国家的创始人穆罕默德·本·沙特寻求庇护。尽管沙特家族不久之后就被奥斯曼帝国击败，但阿卜杜勒·瓦哈比与本·沙特两人建立的联盟却在他们的后代中延续了下去。双方达成一致的根本在于，他们都认为宗教与政府这两者并无区别。阿卜杜勒·瓦哈比的极端主张，此后始终是沙特王朝统治中的一部分。

19 世纪出现的第二个沙特国家，由于皇族内部斗争很快就垮台了。到了 20 世纪，当阿卜杜勒·阿齐兹第三次让沙特家族登上王位的时候，

---

① 施瓦茨，《伊斯兰的两面：从传统走向恐怖的沙特家族》，第 69 页起。

② 哈立德·阿布·法德勒，“丑陋的现代与现代的丑陋：要求恢复伊斯兰之美”，第 33—77 页。

阿卜杜勒·瓦哈比的教义正式成为国教，其他所有形式的伊斯兰信仰都被禁止。这一禁令是在先知的名义下执行的，因为先知曾说过阿拉伯世界只能有一个宗教。根据瓦哈比教徒狭隘的观点，伊斯兰教义只有一种诠释——沙拉夫教义——而其他所有学派的穆斯林思想都是异端邪说。

穆罕默德·本·拉登事业的轨迹恰好与当时沙特阿拉伯的发展吻合——起初缓慢，随后在突然间飞速上升。1931 年他初到此地时，新生的王国正处于危险的经济衰退状态。沙特阿拉伯的主要收入来源历来是每年前往麦加、麦地那两座圣城的大量朝觐者，但大萧条使得朝觐者急剧减少，连椰枣出口的一点微薄收入也大受打击。国家的未来看来注定要和过去一样渺茫而悲惨，能不倒退就不错了。在走投无路的国王的邀请下，美国地质学家卡尔·特威切尔于同年 4 月来到沙特，勘探水源和金矿[①]。这两样东西他一样也没找到，不过他觉得这里可能会有石油。

特威切尔的发现促成了一家合伙企业的建立——这就是后来的阿拉伯美国石油公司，简称阿美石油公司。在随后的几年之中，一帮石油工程师和油井工人在东部省建立起一个石油基地。阿美石油公司最初的规模并不大，但由于沙特王国几乎没有什么经济生活，这家公司很快就成为整个国家发展的主宰。起先在吉达当船坞工人[②]的穆罕默德·本·拉登，设法找到了一份阿美石油公司的工作——在德黑兰盖房子。

20 世纪 50 年代初的第一次石油大发展，让贫瘠的阿拉伯半岛发生了剧变。一辈子吃椰枣喝骆驼奶的沙漠王子们，转眼之间就把自己的游艇停泊在摩纳哥。不过，虽说沙特人新近以国际挥霍者闻名，他们并没有把财富全浪费在里维埃拉的赌场。外国承包业的巨头们（尤其是美国的贝克特尔公司）带着各种硕大无朋的机器来到沙特王国，开始建设马路、学校、医院、港口、发电站，它们让王国具备了现代的面貌。早期

---

① 莱西，《王国：沙特阿拉伯与沙特家族》，第 231 页起；李普曼，《幻景之中：美国与沙特阿拉伯脆弱的伙伴关系》，第 15 页起。

② 对纳瓦夫·奥贝德的采访。

的建设项目大都是由阿美石油公司委托的。任何国家都没有经历过如此迅速、如此压倒一切的转变。

沙特政府对美国工程师施加压力，要求他们训练并雇用更多当地的工人，本·拉登也因此交了好运：工程师们开始把一些大公司不屑一顾的项目交给他做。他很快就以一丝不苟和诚实可靠的作风得到了认可。他个子不高，长相英俊，装着一只玻璃假眼[①]——小时候他第一天上学就被老师一拳打坏了眼睛[②]。本·拉登从那以后就没有再去学校，所以他不识字——“他的签名就像是小孩子写出来的，”[③] 他的一个儿子回忆说。尽管如此，他还是颇有数学头脑，能够毫不费力地进行默算，而且从来不会忘记测量出的数值。在 50 年代认识他的一个美国人形容他“肤色黝黑、为人友善，而且很有活力”[④]。阿美石油公司后来开展了一个项目[⑤]，允许雇员离职一年，尝试着自己做生意。如果做得不成功，他们还可以回到公司，职位不受影响。穆罕默德·本·拉登公司就是在阿美赞助下起步的多家企业之一[⑥]。本·拉登一直坚持和手下的人共同工作，因此雇员们对他都非常忠诚。“我从小就是个劳动者，而且我也喜欢和劳动者一起工作、一起生活，”[⑦] 他说。“如果不是因为热爱工作，我永远都不可能取得成功。”他也知道把团队凝聚起来的重要性，所以

---

① 对本·拉登家族匿名发言人的采访。

② 对贾迈勒·哈利法的采访。本·拉登家族的一位发言人对教师殴打穆罕默德·本·拉登的说法表示怀疑；他说穆罕默德的那只眼睛是在埃塞俄比亚的一次事故中受伤的。当时工地上护目镜还不多见，砌砖工和凿石工常常被石屑和粉碎机弄瞎眼睛。我之所以采纳教师打人的说法，是因为哈利法从妻子那里听说了此事，而她与父亲很亲近。我采访过的其他本·拉登兄弟则承认，他们对父亲失明的情况并不太了解。

③ 对萨利赫·M·宾拉丁的采访。

④ 对小迈克尔·M·阿明的采访。

⑤ 托马斯·C·巴杰，“梦想的诞生”，《沙特阿美的世界》，第 35 页，no. 3（1984 年 5—6 月刊）。

⑥ 对图尔基·费萨尔王子的采访。“阿美石油公司是惟一一家能够建设的机构，”图尔基王子告诉我。“阿卜杜勒·阿齐兹国王如果想做什么事，他就会让阿美石油去做，或者征求他们的意见。本·拉登就是这样进入圈子的。他是阿美石油推荐的人。”

⑦ 奥斯曼·米利亚巴里和阿卜杜拉·哈桑宁，“国家失去了一位白手起家的大人物”，《欧卡兹报》，1967 年 9 月 7 日。

有时为了让手下人不致失业，他还会接一些无利可图的项目[1]。雇员们称他为“穆阿里姆”[2] ——这个词指的既是手艺人，也是老师。

本·拉登在吉达翻修房屋期间[3]，引起了财政部长阿卜杜拉·本·苏莱曼谢赫[4]的注意。部长向阿卜杜勒·阿齐兹国王称赞了本·拉登的建筑技艺。多年以后，奥萨玛·本·拉登还记得父亲当初得到老国王赏识的经过[5]。当时国王因坐轮椅行动不便，想在吉达的霍扎姆宫建一个斜坡，这样汽车就可以一直开到他在二楼的卧室。斜坡完工后，穆罕默德·本·拉登自己把国王的汽车开了上去，证明斜坡经得住车子的重量[6]。为了表示感谢，国王把修建几处新王室宫殿的工程交给了他，其中还包括雅得的首座混凝土建筑[7]。后来国王还让本·拉登当了公众事务部的名誉部长[8]。

随着本·拉登的声誉日渐提高，他与王室的关系也越来越密切，而且能响应他们的心血来潮。与其他外国公司的经营者不同，他愿意在半途停下一项工程，转而去做另一项；王室囊中羞涩的时候他耐心等待，而且从来不会拒绝任何工程。后来，修建吉达和麦地那之间公路的一家英国承包商违了约，本·拉登的忠心在此刻得到了回报：财政部长把工程交给了他，并同意按外国公司同样的标准付酬[9]。

沙特阿拉伯亟须建设公路。即使是在 20 世纪 50 年代，国内也只有

---

① 对匿名沙特消息来源的采访。
② 对贾迈勒·哈利法的采访。
③ 对本·拉登家族匿名发言人的采访。
④ 穆罕默德·贝萨拉马，“老师——穆罕默德·阿瓦德·本·拉登谢赫”，《欧卡兹报》，1984 年 6 月 2 日。
⑤ 对阿里·苏凡的采访。
⑥ 对本·拉登家族匿名发言人的采访。
⑦ 匿名沙特消息来源。
⑧ 穆罕默德·贝萨拉马，“老师——穆罕默德·阿瓦德·本·拉登谢赫”，《欧卡兹报》，1984 年 6 月 2 日；对本·拉登家族匿名发言人的采访。
⑨ 穆罕默德·贝萨拉马，“老师——穆罕默德·阿瓦德·本·拉登谢赫”，《欧卡兹报》，1984 年 6 月 2 日。

从利雅得至德黑兰这一条路铺设得还算不错①。本·拉登看到对手贝克特尔公司规模巨大，意识到如果自己没有合适的设备，就不可能在真正重要的合同上与之竞争。他开始购置机械设备，在很短时间内就成了卡特皮勒挖掘设备公司的全球最大客户②。自那以后，沙特王国几乎每一条重要公路都是由他建造的。他的老东家阿美石油公司免费为他提供沥青③。本·拉登携家人迁到了吉达。

阿拉伯世界最受欢迎的歌星乌姆·卡勒苏姆④造访麦地那先知清真寺时，对寺内摇摇晃晃的柱子和穹顶上的裂缝深感担忧⑤。她开始为修缮该寺募集款项，这让老国王觉得颜面尽失。他命令本·拉登去解决清真寺的问题。这座土坯木柱结构的寺始建于公元 622 年，后来又扩建过几次，但其设计规模根本无法容纳数以百万计的朝觐者。在 1950 年开始的第一次整修中，本·拉登把先知清真寺的规模扩大了两倍。但是，要说到穆罕默德·本·拉登在伊斯兰几处至圣之地留下的印记，这还只是个开头。

先知清真寺整修期间，阿卜杜勒·阿齐兹国王的一个儿子——塔拉勒王子——担任财政部长。他想让整修过程变得有序一些，但本·拉登习惯在不受监管的情况下工作，把各种数字装在自己的脑袋里，只听命于国王一人。塔拉勒发现他连开工所需的正式法律文件都没有提交，不禁大为震惊。塔拉勒指责道："我们必须得把工程组织起来!"⑥ 本·拉登没有服从。他说，要么让他以自己的方式来干活，要么他就走人。

塔拉勒王子决定建立一个名义上由国王本人领导的委员会，以监督整修工作。后来他还提出让本·拉登也加入其中。"这个机构就是负责监管他的，让他成为其中的一分子其实并不对，"塔拉勒承认。"幸运的

---

① 迈耶，"本·拉登一家"。
② 匿名沙特消息来源。卡特皮勒挖掘设备公司的发言人拒绝对此发表意见。
③ 李普曼，《幻景之中：美国与沙特阿拉伯脆弱的伙伴关系》，第 49 页。
④ Umm Kathoum (1904—1974)，埃及著名女歌星、歌曲作者和演员。——译者
⑤ 对哈立德·巴塔菲的采访。
⑥ 对塔拉勒·本·阿卜杜勒·阿齐兹王子的采访。

是，他答应了。如果我一直坚持反对他，国王可能会让我走人，而把本·拉登留下。”

1953年11月阿卜杜勒·阿齐兹去世后，长子沙特继承了王位。这位新国王的奢侈浪费无人能及，几乎仅凭一人之力就创造出了沙特人新的典型形象——他乘着车子穿行在沙土街道上，向空中抛撒钞票①。虽说王室成员自己拨给自己的石油津贴已非常丰厚，但无论什么承包合同、委托、特许权还是企业联盟，他们但凡能够染指就会强行插上一脚，这样一来限制王室参与投机的规定——虽说本来就没多少——也就失去了作用。

然而，这正是建筑业发展的大好时机。沙特国王开始大兴土木——宫殿、大学、输油管、海水淡化厂、机场——本·拉登的公司也以惊人的速度成长起来。1984年，沙特政府由吉达迁到了利雅得，这就要建造整个政府的所有办公设施，以及与新首都相配套的使馆、酒店、住宅楼和公路。由于财政上开支过度，政府不得不把亚玛玛酒店（利雅得当时的两座五星级酒店之一）当作报酬支付给本·拉登②。

通过与实力强大的外国公司巧妙结盟，本·拉登开始向多样化发展③。本拉登凯泽公司成为世界上最大的工程建筑公司之一。本拉登埃科公司则生产建造清真寺、酒店、医院和体育馆所需的混凝土预制件。迈扎尔与本拉登开发公司为希望进入沙特市场的外国公司提供咨询服务。本拉登电讯公司是贝尔加拿大公司的代理，该公司获得了沙特地区的丰厚政府合同。另一家联合企业沙特交通安全公司，是世界上最大的高速路道路标识公司之一。不断发展的企业帝国还开设了许多工厂，生产砖头、门窗、绝缘材料、混凝土、脚手架和空调。

在这一时期，沙特逐渐确立了一种雄伟宏大、近乎斯大林式的建筑

① 莱西，《王国：沙特阿拉伯与沙特家族》，第302页。
② 对小迈克尔·M·阿明的采访。
③ 阿美石油公司，《本·拉登兄弟发展承包与实业》（出版商、出版时间不明）。

风格。由预应力混凝土构筑而成的巨大空间（有时甚至令人生畏），宣告了历史上一个崭新强国的诞生。名为“沙特本拉登集团”[①] 的企业帝国，定义了这种规模庞大、装饰性极强的建筑美学。集团的声誉在麦加大清真寺的整修工程中达到了巅峰——这是沙特王国最显赫的一份建筑合同。

麦加的周围群山环抱，赛拉特山区的峭壁遮住了不信真主者的眼睛。这个城市兴起在两条古代商队路线的交汇点上，为从亚非两洲运往地中海地区的丝绸、调味品和香料提供了储藏地。早在伊斯兰教兴起之前，这个重要的商业中心就被人们视为圣地，这是因为当地一座被称为“克尔白”（天房）的中空立方体建筑。按照穆斯林的传统，天房是整个世界的中心，是所有穆斯林祷告时朝向的地方。据说天房最早是由人类祖先阿丹修建的，先知易卜拉辛（也就是犹太教与基督教传统中的先知亚伯拉罕）和他的儿子伊斯玛仪（阿拉伯人的祖先）后来又用周围群山中的灰蓝色岩石加以重建。这样，整修大清真寺的穆罕默德·本·拉登就与人类的始祖和一神教的创始者联系在了一起。

大清真寺的整修花了 12 年[②]。穆罕默德·本·拉登去世时工程还没有完成；实际上，沙特本拉登集团后来又再次整修了大清真寺和先知清真寺，总共耗资 180 亿美元。本·拉登最初的大清真寺整修方案堪称人群管理上的杰作。这个方案设计了 42 个主入口和每座可容纳 1 440 人的沐浴设施，电梯系统每小时能运送 10 万人。两列宽阔的拱门夹峙着一个巨大的开放式庭院。在朝觐期间，清真寺可以同时接待 100 万信徒。寺内的每一个表面（甚至包括屋顶）都以大理石砌成，为整座建筑平添了一种冷静、漠然而令人畏惧的光彩——这是现代沙特阿拉伯宗教建筑的普遍特征。

沙特国王的统治从许多方面来说都是灾难性的，这使得费萨尔王储

---

① 公司使用的名称在各种英语译法中略有不同，家族成员在称呼公司时也是如此。

② 数字据阿巴斯，《大拓展的故事》，第 364 页起，以及沙特本拉登集团的宣传片。

于1958年夺取了政府的控制权。费萨尔后来说，自己接替王位时国库里只剩下不到100美元[1]。他发不出工资，连王国债务的利息都还不起。国家商业银行拒绝了费萨尔的贷款申请，理由是前沙特国王的信用记录太糟糕。正当王储四处寻找其他机构以将政府救出经济困境之时，穆罕默德不事声张地拿出了这笔钱[2]——这一举动确立了本·拉登家族与王室的紧密关系，特别是在费萨尔国王与他的首席建筑师这两个人之间。

穆罕默德·本·拉登是最早从空中而非骆驼背上俯瞰王国的几个人之一。在禁止私人飞行的沙特，国王给了本·拉登特许权[3]，这样他就可以从上空检视自己的巨大工程。他的飞行员大都来自美国军方，1953起他们开始为沙特训练军队[4]。沙特阿拉伯国土的面积相当于美国的东半部，但如果你在20世纪50年代从波斯湾（按阿拉伯人的说法是阿拉伯湾）飞往红海，一路上几乎都看不到什么文明的迹象，只有沙漠地面上偶尔出现的几辆奔驰卡车，在沿着模糊难辨的商队小径蜿蜒前行。壮观的沙丘过后是平坦的沙地，片片绿洲的踪迹逐渐隐没在闪亮细滑的沙子中间。没有河流，没有大的水体，树木也寥寥无几。开发地区主要集中在东部省各盐滩的油田。面积相当于法国的整个沙特南半部被称为“空白之地”——这一大块难以逾越的空地是世界上最大的沙质沙漠。如果在沙特中部的上空飞行，就可以看到一片没有特色的鹅卵石平原。如果飞到北部，当时为数不多的几个飞行员会降到低空，这样就能看到

① 莱西，《王国：沙特阿拉伯与沙特家族》，第323页。
② 对匿名沙特消息来源的采访。
③ 李普曼，《幻景之中：美国与沙特阿拉伯脆弱的伙伴关系》，第127页。当时，沙特王国中飞机的每一次起降也必须由国王亲自批准。
④ 雷切尔·布朗森，个人通信。据布朗森说，沙特王室于1945年准许美国人在国内建立空军基地，该基地旨在为二战期间太平洋战区的部队调动提供便利。二战结束后两国重新协商了美国的军事存在问题，美方还就沙特的军事需要进行了调查。1953年美国与沙特阿拉伯签订协议，准许美军训练沙特部队。此后两国的所有军事合作都以这一协议为基础。

汉志铁路的废墟[1]；一战期间，T·E·劳伦斯领导的阿拉伯部队捣毁了这条铁路。

但如果往西飞，你就会看到地形陡然上升，形成了赛拉特山脉。这座陡峭的山地屏障从约旦一直伸展到也门南岸，绵延 1 000 英里，有些山峰的高度超过 10 000 英尺。赛拉特山区把沙特分成了不平均的两部分，西部汇集世界各地人口的汉志地区地势狭长，夹在群山与红海的空隙之间——这将它与地域广阔、思想激进的内地有效地分割了开来。

古老的避暑胜地塔伊夫，像卫兵一样耸立在山脉边缘。这里与阿拉伯世界的其他地方迥然不同。红海吹来的风碰上山脉后产生了上升气流，将高原笼罩在雾气和阵阵骤雨之中。到了冬季，这里偶尔还会结冰。伊斯兰时代之前，这一地区以葡萄园知名，后来著名的出产则是仙人果等其他各种水果——桃子、杏子，还有石榴。塔伊夫玫瑰的香气特别浓郁，因此人们用它来制作昂贵的香水。在一片片野生的熏衣草地间，曾有山狮悄悄追踪成群的阿拉伯羚羊；但后来山狮被人们捕杀殆尽，当地的阿拉伯狒狒就大批繁衍起来，在高地四处游荡，宛如一帮强行索食的乞丐。老国王阿卜杜勒·阿齐兹临终前来到了有清凉花园与芬芳桉树围绕的塔伊夫，并于 1953 年 11 月去世。

不幸的是，历史上塔伊夫曾两度成为阿拉伯统一的障碍——第一次是在精神上，第二次是在政治上。公元 630 年，先知穆罕默德围困了这座有墙垣保护的城市，因为它一直拒绝承认他的权威。在征得领袖的同意之后，军队用投石机攻击塔伊夫城的防线。（后来，基地组织用这一先例来为“9·11”事件中杀害非战斗人员正名，他们把撞向塔楼的飞机比作遥远年代的投石机[2]）。历史上的那次围城以失败告终，穆罕默德撤回了军队。不过，塔伊夫城的领导者当年就皈依了伊斯兰教，异教徒的最后一个前哨基地就此陷落。第二次则是在 1924 年，当时阿卜杜

---

① 对斯坦利·格斯的采访。

② 维克托洛维茨和卡尔特纳，“以伊斯兰的名义杀戮：基地组织对‘9·11’的借口”。

勒·阿齐兹正在为统一阿拉伯半岛四处征战。塔伊夫城虽然向伊赫万部队投降[①]，但城镇还是遭到了洗劫，有300多名男居民被杀——征服者割断他们的喉咙，然后把尸体扔进公共水井。随着塔伊夫的陷落，汉志的其他地区也在沙特军队的面前门户洞开。

当时，费萨尔是阿卜杜勒·阿齐兹国王在外征战的几个十几岁的王子之一。那次屠杀之后，他率领沙特部队走上了盘山而下通往麦加的险峻商队小路。当时他就有一个设想[②]：将来无论牺牲多少人，也要修建一条真正的道路，把汉志地区和家族正在缔造的王国连接起来。

但是等费萨尔当上国王，通往塔伊夫的道路仍然是一个无法实现的梦想。赛拉特山区的峭壁，让最复杂、最精密的现代建筑手段都束手无策。人们可以在岩石间爆破出一条路来，但怎样把建筑设备运到工地上去还是个大问题——如挖掘机、推土机、铲车、自卸车和平土机这类现代建筑所必需的工具。另外，建造这条道路必须采取开挖隧道的方法，修好一段之后才能接着修下一段。费萨尔请来许多外国公司参与工程投标，但没有一家公司能想出修路的办法，即便花再多的钱也不行。这时，本·拉登提出要修建这条路。他甚至还提交了一份工程时间表。

本·拉登想出了一个绝妙的办法来解决运送设备的问题[③]：把巨大的机器设备拆成零件，再用驴子和骆驼驮上去。等推土机、拖拉机的零件都运到工地上，就可以重新组装起来工作了。

塔伊夫人相传，为了确定公路修建的路线，本·拉登把一头驴子赶过山崖边，然后跟在驴子后面，以它下山时走的路径来规划未来的公路[④]。从1961年开始[⑤]的整整20个月时间[⑥]，他都和手下的工人呆在山

---

① 钱皮恩，《自相矛盾的王国：沙特阿拉伯与改革势头》，第49页起；拉希德，《沙特阿拉伯史》，第66页；莱西，《王国：沙特阿拉伯与沙特家族》，第188页。

② 对图尔基·费萨尔王子的采访。

③ 本·拉登家族匿名发言人，个人通信。

④ 对马哈茂德·阿利姆的采访。据阿里·苏凡说，奥萨玛·本·拉登也经常讲这个故事。

⑤ 沙特本·拉登集团宣传册。

⑥ 本·拉登家族匿名发言人，个人通信。

上，还亲自埋设炸药①，用粉笔标出推土机行进的路线②。尽管定下了时间表，工程进度还是很慢。费萨尔国王偶尔会到工地来，询问工程未经预算的开支③增加到了多少。

本·拉登修建的两车道公路，紧挨着花岗岩的山壁一圈圈蜿蜒而下，经过了空中盘旋的鹰隼，跨越了不同的地质学时代。在远方，地平线上就是红海；再往前去，则是贫瘠的苏丹海岸。仿照不远处商队小径修建的岩壁和桥梁，显示出了工人们的高超技艺。在通往山下大约三分之二的地段，山壁的花岗岩变成了玄武岩，再往下又变成了砂岩；公路拓宽为 4 车道，向下的坡度也缓和了一些；最后，拓宽到 6 车道的公路在沙漠平坦的黄色地面上完全舒展开来。从塔伊夫到麦加的公路只有 55 英里长；它修建完毕的时候，沙特阿拉伯最终实现了统一，而穆罕默德·本·拉登则成了民族英雄。

按照王国的传统，有所乞求的人在斋月期间可以向王室和社会上的富人提出自己的愿望；这种体现善心的方式特别亲切而直接。穆罕默德·本·拉登以好心和慷慨知名。他为西班牙的一个失明者支付了手术费用④。还有一次，有个人求他帮忙在村里建一口水井。本·拉登不仅如他所请，还捐资修建了一座清真寺。如此慷慨的馈赠往往会带来很多关注，但本·拉登总是避免因此引起注意，他说自己这么做只是为了取悦真主，而不是想赢得名誉。“我记得他总是按时祷告，还鼓励身边的其他人也这样做，”⑤ 他的儿子奥萨玛有一次回忆说。“在我的记忆中，他从来没有做过任何一件不符合伊斯兰教法的事情。”

穆罕默德·本·拉登天性中奢侈的一面，在女人身上体现了出来。

---

① 对哈立德·巴塔菲的采访。

② 对贾迈勒·哈利法的采访。

③ 对图尔基·费萨尔王子的采访。

④ 奥斯曼·米利亚巴里和阿卜杜拉·哈桑宁，“国家失去了一位白手起家的大人物”，《欧卡兹报》，1967 年 9 月 7 日。

⑤ “我的父亲亏本整修了阿克萨清真寺”，《伊斯兰社群》，1991 年 10 月 18 日。

伊斯兰教允许一个男人同时娶 4 位妻子，离婚则是件很简单的事情——至少对男人来说，想离婚只需宣布“我要休了你”即可。在去世之前，穆罕默德·本·拉登与 22 位妻子正式生养了 54 个孩子[①]。他妻子的总数究竟有多少根本无从查证[②]，因为他常常是下午“娶”妻，当晚就把她给休了。一个助理会跟在他后面，负责照料他弄出来的每一个孩子[③]。本·拉登还养了许多小妾[④]，她们如果为他生了孩子就可以住在家族的宅子里。“我父亲曾说过，他为圣战生养了 25 个儿子，”[⑤] 本·拉登的第 17 个儿子奥萨玛[⑥]后来回忆说。

50 年代初的时候，穆罕默德已经从拉塔基亚港娶了一位叙利亚妻子[⑦]。他常到那里出差，1956 年夏天的时候又遇到了一位名叫阿利娅·加尼姆[⑧]的 14 岁姑娘[⑨]。她的家人是种柑橘的农民，住在拉塔基亚港郊外名叫奥姆兰尼亚和巴卜朗的两个小村子里。这个区域处于阿拉维教派[⑩]的中心地带。阿拉维是什叶派穆斯林的一支，在叙利亚拥有包括当

---

① 对本·拉登家族匿名发言人的采访。他告诉我一共有 29 个女儿和 25 个儿子。“9·11”事件调查委员会的《“9·11”调查委员会报告》（第 55 页）则称穆罕默德共有 57 个孩子。

② 对本·拉登家族匿名发言人的采访。

③ 对本·拉登家族匿名发言人的采访。

④ 卡门·本·拉登，《王国之内：我在沙特阿拉伯的生活》，第 69 页。

⑤ 匿名，《透过敌人的眼睛》，第 82 页。

⑥ 《“9·11”调查委员会报告》，第 55 页。

⑦ “本·拉登的第一位妻子和她的 11 个孩子身处阿富汗，这让她在拉塔基亚的兄弟姐妹甚为担忧”，《中东日报》，2001 年 11 月 14 日。

⑧ “《Al-Majellah 周刊》走访叙利亚奥萨玛·本·拉登叔辈所在的村庄”，《Al-Majellah 周刊》，2001 年 12 月 8 日。

⑨ 对哈立德·巴塔菲的采访。

⑩ 约瑟夫·巴胡特，个人通信。阿利娅·加尼姆本人是否阿拉维派仍有争议。艾哈迈德·巴兹卜（图尔基王子任沙特情报部门主管时的助理）告诉我她是个阿拉维派，奥萨玛·本·拉登的姐夫贾迈勒·哈利法和朋友贾迈勒·卡舒吉也这么说。加尼姆家族否认此事——当然，这可能是在掩饰宗教信仰。艾哈迈德·扎伊丹告诉我，奥萨玛的儿子 2001 年在贾拉拉巴德举行婚礼的时候，他曾向来宾询问阿利娅是不是阿拉维派，他们说她不是。20 世纪 40 年代，来自拉塔基亚的阿拉维教徒瓦希卜·加尼姆是复兴社会党的创始人之一。不过，加尼姆家族中也有基督徒和逊尼派穆斯林，尤其是在黎巴嫩的一支中。

权者阿萨德家族在内的150万信徒。在伊斯兰教内部，阿拉维教派往往被贬为邪说，因为它的信仰中结合了基督教、琐罗亚斯德教[①]和异教徒的某些元素。这一派的教徒相信重生，认为人死后会转生为另一种生灵，甚至是星辰。他们还奉行“塔齐亚”（意为掩饰宗教信仰）——比如，他们在外人面前不承认自己是教派成员，以融入主流社会。

阿利娅嫁进本·拉登家时是第四位妻子[②]——处于这一地位的妻子有时会被称为“妻奴”，尤其是在先进门的妻子们口中。阿利娅才14岁就远离家人，被带进本·拉登限制极严的家庭环境之中，这样的地位对她来说想必更为艰难。与本·拉登的其他妻子相比，阿利娅要更现代、更世俗一些[③]，但她出门在外时也像她们一样用面纱把自己遮得严严实实，连眼睛都要用几层黑色的亚麻挡住。

1958年1月[④]，穆罕默德·本·拉登和阿利娅惟一的孩子在利雅得出生，取名奥萨玛——这是先知身旁一位追随者的名字，意思是“雄狮”。奥萨玛6个月时一大家人都搬到了圣城麦地那，本·拉登当时正在那里整修先知清真寺。不过，奥萨玛的孩提时代基本上都在吉达度过。尽管他的父亲已是一位富有而备受尊重的人物，一家人还住在阿玛

---

① 琐罗亚斯德教（Zoroastrian）是基督教诞生之前中东最有影响的宗教，是古代波斯帝国的国教。曾被伊斯兰教徒贬称为“拜火教”，在中国称为“祆教”。——译者

② 纳瓦夫·奥贝德说阿利娅其实是个小妾，卡门·本·拉登也证实了这一点。贾迈勒·卡舒吉说，“她生下奥萨玛，这只意味着他们结了婚，但买妾的现象确实存在——20世纪50年代这种事很多，尤其是在阿拉维派教徒之中。”

③ 对贾迈勒·哈利法的采访。

④ 本·拉登说：“我出生在伊历1377年的7月。”“我的父亲亏本整修了阿克萨清真寺”，《伊斯兰社群》，1991年10月18日。他曾对贾迈勒·伊斯梅尔说，“多亏真主仁慈，他让我于伊历1377年降生在阿拉伯半岛、利雅得马拉兹一带的穆斯林家庭”——按月份推算，这个时间可能是公历1957或1958年。贾迈勒·伊斯梅尔，“奥萨玛·本·拉登：基地的毁灭”，萨拉赫·纳吉姆主持播出，半岛电视台，1999年6月10日。据信，那次采访中本·拉登说自己出生于1958年3月10日，但文字抄录中并没有相关记载。此外，像他这个年纪的沙特人往往不知道自己准确的出生日期，因为他们没有庆祝生日的习惯。沙特当局在护照或其他官方文件上常随意给许多人指定同一个生日。例如，本·拉登的朋友贾迈勒·哈利法的“官方”生日是1957年2月1日；凑巧的是他在家庭日记看到了一条记录，说他其实出生在1956年9月1日。本·拉登家族的档案（其实没什么内容）并未记载他的实际出生日期。

利亚区一所破破烂烂的大房子里。阿玛利亚是个朴素的地方，店铺都很小，住家的阳台外晾着衣服。这里是离吉达最近的郊区，就建在旧城区的墙外。奥萨玛住过的房子现在已经没有了，取而代之的是一座清真寺；不过，街对面穆罕默德·本·拉登的办公室还在——那是座灰扑扑的拉毛粉饰平房，开着一长串装有栏杆的窗户。这所房子正代表着本·拉登的朴素；他非常鄙视这个新兴国家中极为典型的炫耀财富之举。“我的父亲是个非常严格的人，而且从不在意表面的东西，愿他的灵魂安息，”[①] 奥萨玛说。“和为我们工作的大多数人相比，我们住的房子还没有他们的好。”

在父亲的房子里，奥萨玛和一大帮孩子共同度过了儿童时光。穆罕默德治家的方式和管理公司一样：每个妻子负责她自己的那一支。孩子们很难见到这位伟大的人物[②]，因为他经常出差在外。每次回到家，他就会把孩子们喊到办公室里去[③]，好好看看自己蔚为壮观的血脉。在穆斯林的节日里，他会亲吻孩子，然后给他们每人一枚金币[④]；其他时间他很少和孩子们说话[⑤]。“记得有一次我给他背了一首诗，他给了我100里亚尔；在当时这可是一大笔钱，”[⑥] 奥萨玛回忆说。孩子们要么就努力讨他的欢心，要么就躲着他。并不奇怪，虽然两人之间很少交流，这位冷淡而威严的父亲在羞涩而纤弱的儿子心中激起了强烈的向往。

穆罕默德常常在自己朴素的家里招待尊贵的男宾，尤其是朝觐期间。来自世界各地的朝觐者前往圣地时会途经吉达。按照传统的沙特习俗，客人们都光脚坐在地毯上，一只手臂倚着长枕；穆罕默德年纪较小

---

① “我的父亲亏本整修了阿克萨清真寺”，《伊斯兰社群》，1991年10月18日。
② 对阿里·苏凡的采访。他说，“奥萨玛的兄弟们告诉我，他顶多也就见过父亲三四次。”
③ 对贾迈勒·哈利法的采访。
④ 对匿名沙特来源的采访。
⑤ “本·拉登同父异母的兄弟将出资为其辩护”，美联社，2005年7月5日。伊斯兰·本·拉登曾在阿拉伯卫视台上说自己害怕父亲，但他这番话在美联社的英语节目中却被曲解为“曾遭父亲责打”。
⑥ “我的父亲亏本整修了阿克萨清真寺”，《伊斯兰社群》，1991年10月18日。

的几个孩子则在他们中间一声不出地穿行，为客人送上椰枣，用长嘴银壶斟出稀淡的小豆蔻咖啡。孩子们的父亲很喜欢宗教辩论[①]，他会把王国最著名的宗教界人士聚在一起，探讨往往极为晦涩的神学问题。

当时，本·拉登的建筑业帝国早已扩展到了沙特之外的广大地区。穆罕默德在王国之外接下的一大工程，是耶路撒冷阿克萨清真寺的整修。这意味着他在伊斯兰教的三个至圣之地都留下了印记。“他召集起工程师，让他们估算修整所需的费用——不计任何利润，”[②] 奥萨玛后来说。“多蒙真主的眷顾，有时他能在一天之内到所有的三座圣寺去祷告。”

穆罕默德·本·拉登有个习惯，常把为他生过孩子的前妻转嫁给公司的雇员[③]。妻子们在这种事上基本没有发言权。有些妻子发现自己被嫁到了地位更低的阶层，比如嫁给一个司机；母亲再嫁的情况，会影响到孩子在本·拉登家族中的地位。阿利娅被穆罕默德休掉的时候还算幸运。她被赏给了一个名叫穆罕默德·阿塔斯[④]的经理，他是先知的后裔。当时奥萨玛大概四五岁[⑤]。他和母亲搬到了几个街区之外贾达尔阿拉伯路上的一栋两层小楼。这座白色的水泥抹灰建筑有一个小小的庭院，车库前面装着黑色的雕花铁门。楼房的平顶上有高耸的电视天线。房前的一扇门上张着棕白色条纹的遮阳篷，是女人专用的入口；男人们则从大门口进入庭院。

奥萨玛搬进新家之后不久，穆罕默德·本·拉登死于飞机失事。他当时正要去迎娶另一位十几岁的新娘[⑥]。尸体烧焦了，人们靠他戴的手

---

① 里夫，《新一代“胡狼”：拉米兹·优素福、奥萨玛·本·拉登与恐怖主义的未来》，第159页。

② 萨拉赫·纳吉姆和贾迈勒·伊斯梅尔，“奥萨玛·本·拉登：基地的毁灭”，半岛电视台，1999年6月10日。

③ 对本·拉登家族匿名发言人的采访。

④ 对哈立德·巴塔菲的采访。

⑤ 对贾迈勒·哈利法的采访。

⑥ 对小迈克尔·M·阿明的采访。

表才鉴别出身份[1]。穆罕默德死的时候不到59岁，还是个积极而精力充沛的人，正处于事业的最高峰。"父亲去世的时候，费萨尔国王说那一天自己失去了左膀右臂，"[2] 奥萨玛有一次说。穆罕默德的儿子们年纪尚幼，还不能接管家族的企业。因此，国王指派了三位委托人，让他们在今后10年内经营本·拉登公司[3]。这三人中的穆罕默德·萨利赫·巴哈尔斯谢赫还要监督本·拉登孩子的教育情况。孩子们继承的财产暂且由委托人保管，直到他们年满21岁。不过，这些财产之中的大部分，都和本·拉登创立的建筑业帝国的所有权紧密相连。

阿利娅和第二位丈夫的婚姻很持久。阿塔斯为人善良平和，但由于继子是老板的儿子，他和奥萨玛之间的关系还是受到了一些影响。而奥萨玛则是从一个儿女成群的家庭，来到了另一个只有他一个孩子的家。后来家里又多了三个同母异父的弟弟和一个妹妹，奥萨玛管教起他们来简直就像是第三位家长。"继父如果有什么事要办，就会交待给奥萨玛，"奥萨玛儿时的伙伴、住在街对面的哈立德·巴塔菲回忆说。"他的几个弟弟说，比起父亲，他们更怕奥萨玛。"只有在母亲面前，奥萨玛才会放下威严的架子。"奥萨玛只有跟她才会聊一些琐碎的事情，"巴塔菲说，"比如他今天中午吃了些什么。"

哈立德·巴塔菲和奥萨玛·本·拉登都来自肯达尔这个大部族，族人多达10万。这个部族发源于王国的中心地带内志，不过后来迁入了也门的哈德拉毛。"肯达尔人以聪慧闻名，"巴塔菲说。"他们一般都比较好斗，身体强壮，而且总是很自信。"哈立德发现他这位新伙伴"安静、害羞，简直有些女孩子气。他性子平和，但发起火来却很吓人。"

---

① 对本·拉登家族发言人的采访。卡门·本·拉登，《王国之内：我在沙特阿拉伯的生活》，第65页。

② 里夫，《新一代"胡狼"：拉米兹·优素福、奥萨玛·本·拉登与恐怖主义的未来》，第159页。

③ 穆罕默德·贝萨拉马，"老师——穆罕默德·阿瓦德·本·拉登谢赫"，《欧卡兹报》，1984年6月2日。

奥萨玛喜欢看电视，尤其是西方的节目。他最爱看的是《大淘金》，还特别喜欢《愤怒》，这部系列剧说的是一个男孩，还有他那匹毛色像丝绸般黑亮的骏马。夏天的早晨，男孩子们做完晨祷后会去踢足球。奥萨玛球技平平；他要是能专心于这项运动，还可以踢得更好。不过，他的心思总是在别的什么事情上。

穆罕默德·本·拉登死后，委托人把他的大部分孩子都送到黎巴嫩接受教育。只有奥萨玛留了下来[①]，这让他成了本·拉登儿子之中地方观念最强的一个。不过，他上的却是从吉达到麦加最好的萨格尔学校[②]。这所学校是20世纪50年代初费萨尔国王为了教育众王子而创立的。虽然这是一家免费的公立学校，标准却非常高，校长直接听命于国王。学校的宗旨是培养来自沙特社会各个阶层的人才，对学生的评价完全以学业表现为准。这个原则一直被严格遵行，后来哈立德国王的几位王子甚至在他当政期间被退了学。

奥萨玛所在的班级有68个学生[③]，其中只有两人来自王室。他的同学里后来有50人拿到了博士学位。“他是个中等的学生，不算特别出色，”曾教过奥萨玛三年科学的艾哈迈德·巴兹卜说。本·拉登与巴兹卜两人的命运今后将以出乎预料的方式交织在一起——本·拉登加入了圣战，而巴兹卜则成了沙特情报部门的一员。

学校的所有学生都要穿西式服装——冬天要穿外套、打领带，其他时间则是长裤和衬衫。奥萨玛在学生中间显得很突出，因为他个子高，身材细瘦，发育得也晚。班上同学纷纷留起小胡子或山羊胡的时候，奥萨玛脸上还是刮得干干净净，因为他的胡子长得太稀。老师们觉得他很害羞[④]，而且害怕犯错。

---

① 对匿名沙特消息来源的采访。

② 对阿姆鲁·穆罕默德·费萨尔王子的采访。

③ 对艾哈迈德·巴兹卜的采访。这两位王子是阿卜杜勒·阿齐兹·本·米沙勒·本·阿卜杜勒·阿齐兹和阿卜杜勒·阿齐兹·本·艾哈迈德·本·阿卜杜勒·拉赫曼。

④ 布赖恩·法伊赫尔德-谢勒的话，引自“与奥萨玛·本·拉登会面”，PBS，2005年1月12日。

14 岁那年，奥萨玛经历了宗教与政治上的觉醒。有人认为这一转变要归功于学校里一位颇具领袖魅力的叙利亚体育老师①，他是穆斯林兄弟会的成员。奥萨玛不看牛仔电视节目了②。出了学校，他也不再穿西式的衣服。有时他会坐在电视机前，因巴勒斯坦的新闻而哭泣。“他十几岁时一直是个很乖的孩子，”③ 奥萨玛的母亲说。“但他变得越来越忧虑、悲伤、沮丧；这主要是因为阿拉伯国家和伊斯兰世界的问题，尤其是巴勒斯坦的局势。”他试图向朋友和家人诉说自己的感受，但他的激烈情绪却让他们不知所措。“他觉得穆斯林和安拉不够接近，穆斯林青年则总是在玩耍、享乐，”他母亲最后说。奥萨玛仿照先知的做法，开始每星期在周一和周四斋戒两次。晚间的祷告一结束，他就上床就寝④。除了每天正常的 5 次祷告，他还给自己定下凌晨 1 点的闹钟，天天晚上都一个人爬起来做祷告。奥萨玛对同母异父的弟弟妹妹也变得很严厉，尤其是在一件事上：督促他们早起去清真寺做晨祷。

他很少动怒，除非是碰到与性有关的事情。有一次奥萨玛以为自己同母异父的弟弟在调戏婢女，就扇了他一耳光。还有一次是在贝鲁特的一家咖啡馆，当时他弟弟的一个朋友拿了本色情杂志出来。奥萨玛当即声明，此后无论是他，还是他的任何一个弟弟，都不会再和那孩子有任何来往。在他的一生中，似乎从来都不曾屈从于肉欲的罪恶、腐化或下流的行为，以及烟酒和赌博的诱惑。食物引不起他多大的兴趣。除了冒险、诗歌等少数几样爱好，他的爱全都给了真主。

奥萨玛的母亲看到他的信仰越来越坚定，觉得有些担心。她偷偷把自己的忧虑告诉了妹妹莱拉·加尼姆。“奥萨玛刚走上这条道路时，作

---

① 对塔里克·阿里·阿里礼萨和艾哈迈德·巴兹卜的采访。

② “同父异母的兄弟称本·拉登活得很好” www. cnn. com/2000/WORLD/meast/03/18/osama. brother，2002 年 3 月 19 日。

③ 哈立德·巴塔菲，“对奥萨玛·本·拉登母亲的采访”，《周日邮报》，2001 年 12 月 23 日。

④ 对哈立德·巴塔菲的采访。

为母亲的她非常担忧，”[①] 她的妹妹后来说。“后来她意识到这是他所坚信的东西，是不可能因别人改变的信仰，她就说：‘愿真主保护他。’”

有一次，奥萨玛和家人坐车去叙利亚探望母亲的亲戚，这是他们每年夏天的惯例。开车的司机放了一盘埃及歌星乌姆·卡勒苏姆的磁带。她浑厚的颤音中蕴涵着无尽的爱与渴望，常会使听者潸然泪下，或是感到一阵阵不由自主的冲动。那首歌的歌词引用了沙漠吟游诗人的古老诗句：

> 你比我的白天还要珍贵，比我的睡梦还要美丽
> 带我去享受你的甜蜜吧，远离这个世界
> 远远地，远远地离开

奥萨玛勃然大怒。他命令司机把音乐关掉。司机不干。“是我们付钱让你开车的，”奥萨玛提醒他。“你要是不马上把音乐关掉，就送我们回吉达去！”面对奥萨玛的愤怒，车里包括他母亲和继父在内的所有人都鸦雀无声。司机只好让步。

在奥萨玛所处的上层社会圈子里，像他这样毫不妥协的虔诚者并不多见；但是，确实有许多年轻的沙特人在激烈的宗教信仰中找到了慰藉。他们所接触到的思维方式（甚至是对伊斯兰教的诠释）非常有限，因此就被困在了一个只有二元的精神世界之中；他们的选择只有“更为极端”或“不太极端”这两种。极端主义确实能给人带来安慰，它历来如此；对奥萨玛来说，极端的信仰显然让他免去了少年性欲冲动的烦恼。他的天性中还有一份与沙漠精神的亲近——沙漠是朴素的，没有任何让人分心的事物。他一辈子都渴求朴素的生活，这几乎成了一种怪癖：沙漠，山洞，以及他此时尚未表达过的愿望——默默无闻地战死在

① 迈克尔·斯莱克曼，“据叙利亚的亲戚说，本·拉登的母亲曾试图阻止他”，《芝加哥论坛报》，2001年11月13日。

堑壕中。不过，对于一个坐着家族的奔驰车、到处都由司机接来送去的人来说，要坚持这样的自我认识确实很困难。

与此同时，奥萨玛也努力使自己不要显得太一本正经。他反对人们演奏乐器，不过还是组织几个朋友成立了一支宗教歌唱队。他们甚至还录制了一些关于圣战的曲子——当时，圣战对他们来说并不是“神圣的战争”，而是为了提高自我而进行的内在奋斗。奥萨玛会把曲子翻录出来，给每人一盘磁带。踢足球的时候，奥萨玛会给大家带金枪鱼奶酪三明治，即便在自己斋戒的日子里也是如此。由于行为上要做到保守，他不再穿普通的足球短裤，而是穿上长裤踢球。踢球的伙伴都尊重他的信仰，于是也纷纷效仿。

他们常到吉达最贫困的地方去踢球。吃午饭时（即使他在斋戒），奥萨玛会把他的队友划成几个小组，分别以先知几位追随者的名字命名[①]，然后抢答关于《古兰经》的问题。“阿布·贝克尔小组获胜!”[②]他会大声宣布。“好了，咱们吃蛋糕吧。”

他青年时代做过许多冒险的事——去土耳其爬山，到肯尼亚猎捕大动物。奥萨玛在吉达南郊的家庭农场里有一个马厩，最多时养了 20 匹马，其中有一匹名叫巴尔恰的母马他最喜欢。他还爱骑着马打枪，就像小时候在电视里看到的牛仔那样。

奥萨玛小小年纪就开上了车，而且开得还很快。70 年代中期他十六七岁的时候开过一辆白色的大克莱斯勒，后来不小心在一条暗渠里撞毁了。神奇的是，他自己没有受伤。不过，从那以后他开车时就刻意提醒自己要慢下来。后来他开的是丰田吉普和奔驰 280S——沙特的体面商人都开这种车。不过，他的脚总是控制不住地老往油门上踩。

教他科学的老师艾哈迈德·巴兹卜，注意到了这位意志坚定的年轻

---

① 拉希姆拉·优素福扎，“恐怖活动嫌疑人：对奥萨玛·本·拉登的采访，”ABCNews.com，1988 年 12 月。

② 对哈立德·巴塔菲的采访。

学生身上的变化。“当时，奥萨玛想在公司里证明自己，”巴兹卜说。“本·拉登家族有一条规矩：如果你能证明自己是个男人，就可以继承家业。”沙特本拉登集团在吉赞靠近也门边境的地方承包了一项大工程，奥萨玛急切地想参与其中。“为了实现自己的目标和梦想，我决定要辍学，”[①] 本·拉登后来说。“让我惊讶的是，这个想法遭到了很多人的反对，特别是我的母亲。她哭着求我改变主意。最后，母亲的泪水让我实在无法拒绝。我只得回到学校，继续接受教育。”

1974 年，还在上高中的奥萨玛第一次结婚。那时他 17 岁，她 14 岁——他的妻子纳吉瓦·加尼姆来自母亲在叙利亚家乡的村庄，是他的表亲。纳吉瓦的个子比一般女孩高，长相很美。结婚时男人们在奥萨玛家里开了一个小型的聚会[②]，不过新娘始终没露面。本·拉登未来的弟媳卡门形容纳吉瓦性情温顺，“老是怀着孕。”[③]

也就是在高中的这段时间，本·拉登加入了穆斯林兄弟会。这个组织在 20 世纪 70 年代的沙特阿拉伯基本处于地下状态。“只有执着得近乎痴迷的人才会加入，”[④] 一个成员回忆说。兄弟会的成员都是像本·拉登这样笃信宗教的十几岁少年。虽然他们并未积极谋划反政府的行动，但开会时还是在私人住所里悄悄进行。成员们有时会结伴去麦加朝觐或出行海边，在那里做祷告，劝人们皈依。“我们希望建立一个伊斯兰国家，无论是在哪里，”本·拉登的一个朋友贾迈勒·卡舒吉说，他也在大约同一时间加入了兄弟会。“我们相信，第一个国家的建立会带动第二个国家，这种多米诺效应将扭转人类的历史。”

1976 年，本·拉登考入吉达的阿卜杜勒·阿齐兹国王大学。他学的是经济[⑤]，但参与更多的还是校园里的宗教活动。“我在学校里建立了

---

① “我的父亲亏本整修了阿克萨清真寺”，《伊斯兰社群》，1991 年 10 月 18 日。
② 对哈立德·巴塔菲的采访。
③ 卡门·本·拉登，《王国之内：我在沙特阿拉伯的生活》，第 160 页。
④ 对贾迈勒·卡舒吉的采访。
⑤ 对贾迈勒·哈利法的采访。关于本·拉登大学生活的情况主要由他提供。

一个宗教慈善团体，并且组织大家花了大量的时间来诠释《古兰经》和圣战，”[1] 他后来说。

上大学第一年，本·拉登结识了兄弟会的另一个成员、后来成为他挚友的穆罕默德·贾迈勒·哈利法。哈利法大本·拉登一岁，是个很合群的人，脸上总是带着随和的笑容。哈利法来自一个贫寒的家庭，但他的祖先可以一直追溯到先知身上——这让他在沙特社会中拥有了与家境经济状况颇不相同的崇高地位。他和奥萨玛一起踢足球。个子高、速度快的本·拉登当射手，总是冲在前面。两个年轻人很快就好得形影不离。

到了周末，他们会去吉达和麦加两地之间的沙漠，通常就住在本·拉登家里的农场，那是一个名叫巴鲁德的绿洲。为防止贝都因人住到他的地产上来，本·拉登盖起一座只有一厨一卫的小屋，还经营起了农场。他养了一小群羊，还有一厩马。即使是夏天，他一到农场就会把鞋子踢掉，赤着脚走在灼热的沙地上[2]。

“奥萨玛很固执，”哈利法说。“有一次我们在沙漠里骑马，跑得非常快。我看到前方的沙漠是细沙，就告诉奥萨玛有危险，最好绕着走。他不听我的，继续往前跑。于是他的马就栽倒了，把他给摔了下来。他一边笑一边爬起身。还有一次我们开的是吉普。只要看到沙丘，他就会开着车飞快地翻过去，但我们根本不知道沙丘另一面有什么。真的，他多次让我们置身险境。”

对他们两人来说，这都是一段精神上充满困惑的时期。“伊斯兰教与其他任何宗教都不同；它是一种生活方式，”哈利法说。“我们想要知道，对于如何饮食、娶什么样的女人、怎样谈话这类问题，伊斯兰教是如何教导的。我们读了赛义德·库特卜的书。他是对我们这一代影响最大的人。”阿齐兹国王大学的许多教授都是被逐出埃及或叙利亚的兄弟

① “我的父亲亏本整修了阿克萨清真寺”，《伊斯兰社群》，1991 年 10 月 18 日。
② 对贾迈勒·哈利法的采访。

会成员。他们来到这所学校时也带来了伊斯兰教高度政治化的理念。这种观点把国家与宗教融为一体，形成了一个单一的、包罗万有的神学体系。本·拉登和哈利法深受这些教授的吸引，因为他们的思想显得比沙特学者更为开放，还愿意借一些书给学生看，例如库特卜的《里程碑》和《在〈古兰经〉的庇荫下》，这些书将改变他们的一生。殉教者库特卜的弟弟穆罕默德·库特卜每周都会到学校来上课[①]。虽然本·拉登从来没有正式上过库特卜的课，但常会去听他的公开讲座。库特卜非常受学生欢迎。他们发现，这位老师虽说曾在纳赛尔的监狱里苦受折磨，却仍然保持着沉着的气度。

当时，穆罕默德·库特卜正在小心翼翼地守护着兄长的声誉——现代伊斯兰主义者对这位殉教者提出了抨击。他们认为，《里程碑》一书让一群新生的、更为暴力的激进分子有了权力。尤其是在埃及，这些人用赛义德·库特卜的著作来为自己的行为开脱，去攻击一切被他们视为离经叛道者的人，甚至包括其他穆斯林在内。在库特卜的批评者之中，时任穆斯林兄弟会最高指导的哈桑·胡达比居于首位。他出版了自己在监狱中写的书《传教者，而非审判者》，以此驳斥库特卜唆使动乱的言论。胡达比的神学观念要正统得多，他认为任何一个穆斯林都不能否定另一个穆斯林的信仰，只要他能用简单的一句话证明自己的信念："万物非主，唯有真主，穆罕默德是主的使者。"原先库特卜与胡达比在埃及监狱里进行的辩论，迅速传遍了整个伊斯兰世界；而年轻的穆斯林也在这"谁是穆斯林谁不是"的争辩中采取了各自的立场。"奥萨玛在1978年读了胡达比的书，我们还就此讨论过，"贾迈勒·哈利法回忆说。"奥萨玛完全赞成他的观点。"不过，他的看法很快就会发生转变。正是这根本性的转变——由胡达比包容、认可的伊斯兰理念，转向库特卜那狭窄而批判的观点——打开了通往恐怖之途的大门。

就在那一年，奥萨玛和纳吉瓦的儿子阿卜杜拉降生。他们一共生了

---

① 对哈立德·巴塔菲、贾迈勒·哈利法和穆罕默德·库特卜的采访。

11个孩子[1]，阿卜杜拉是老大。按照阿拉伯的传统，阿卜杜拉的双亲分别被称为阿布（父亲）·阿卜杜拉和乌姆（母亲）·阿卜杜拉。与自己的父亲不同，奥萨玛很关心孩子，常和他们一起玩耍——他喜欢带着迅速壮大的一家人去海滩——但他对孩子们也很严格。他抱着非常坚定的看法，认为人生艰难，一定要让孩子为此做好准备。到了周末，他会带着儿女们去农场，和骆驼、马住在一起。他们会在星空下露宿，天冷时则挖个坑，以沙为被[2]。本·拉登不让他们去学校上学[3]，而是把老师请进家来，这样他就能监督孩子们教育中的每一个细节。"他希望让孩子们变得坚强，而不是像其他孩子那样，"贾迈勒·哈利法说。"他觉得别的孩子都被宠坏了。"

本·拉登的第二个儿子阿卜杜勒·拉赫曼[4]出生时患有一种罕见的先天性缺陷——脑积水，通常被称为水脑。当时人们对这种病了解得很少。它是由于大量脑脊液在脑室中积聚造成的，会让婴儿的脑袋越变越大，大脑则逐渐萎缩。患儿出生之后脑袋还会继续扩大，除非把积液抽出来。拉赫曼的病状特别严重，于是本·拉登自己带着婴儿去英国看病。这可能是他惟一一次踏足西方国家。他听医生说要在拉赫曼的脑子里装一个分流管，就没有让他们做手术。他回到了沙特，自己用蜂蜜为婴儿治病[5]——蜂蜜在民间被用来治疗多种疾病。不幸的是，阿卜杜勒·拉赫曼成了轻度弱智。长大之后，他经常会大发脾气。他和家里其他的孩子合不来，尤其难以适应本·拉登要求孩子们参与的活跃户外生活；如果有什么事不合自己的意，他常会用哭泣引来别人的关注，或是挑起打斗。尽管这样，本·拉登携大家出行时总是坚持要带上拉赫曼，

① 对哈立德·巴塔菲的采访。道格拉斯·法拉和达娜·普里斯特，"本·拉登之子在基地组织中扮演关键角色"，《华盛顿邮报》，2003年10月14日。
② 对哈立德·巴塔菲的采访。
③ 对贾迈勒·哈利法的采访。
④ 对贾迈勒·哈利法的采访。
⑤ 对扎纳卜·艾哈迈德·哈德尔的采访，她的孩子也患有类似缺陷。她和阿卜杜勒·拉赫曼的母亲讨论过这种病。

还特别关照他，不让他孤零零一个人。

贾迈勒·哈利法也想结婚了。按照沙特阿拉伯的风俗，结婚前新郎要付给新娘一笔钱，还得有一所房子，这样才能举行婚礼。哈利法找到了一个合适的年轻女人，但他没那么多钱，买不起公寓。本·拉登在大学附近有一块地，于是他就在那里为朋友建了一座小屋。遗憾的是，哈利法的新娘觉得这房子太简陋。

本·拉登不以为忤；实际上，他又作出了一个更为慷慨的表示。当时，他和母亲、继父和弟弟妹妹住在同一栋房子里。奥萨玛和妻子儿女住一楼。他在起居室中间修起一堵墙，把一楼划成两半，然后邀请哈利法和他的新娘搬进来。“你们住这边，我住那边，”本·拉登说。1980年从阿齐兹国王大学毕业前，哈利法和妻子一直住在这里。

还在大学念书的时候，奥萨玛和贾迈勒就下定了一个决心。他们决意实行一夫多妻制。当时，这个制度已不被沙特社会接受。“我们的父辈并没有很好地运用一夫多妻制。他们没有对各位妻子平等相待，”哈利法承认。“他们有时会在结婚的当天离婚。埃及媒体以前在电视上播报过这类事情，造成了很坏的影响。因此，我们就说了：‘让我们来实行这个制度，向世人表明我们能把它做好。’”1982年，本·拉登先作了表率：他又娶了一位来自吉达萨巴尔家族的女子，这个家族是先知的后裔。新娘受过高等教育，是儿童心理学方面的博士，在阿卜杜勒·阿齐兹国王大学的女子学院教书。她比奥萨玛大7岁，为他生了一个名叫哈姆扎的男孩，因此被人们称为乌姆·哈姆扎[①]。

照管两个家庭并不轻松，但本·拉登没有泄气。他为多重婚姻想出了一套理论。“娶一个妻子挺好，就像是在走路。娶两个就像是骑自行车：比走路快，但不太稳当。娶三个就成了三轮车，稳当，但有点慢。

---

① 对扎纳卜·艾哈迈德·哈德尔（本·拉登孩子的情况也是她提供的）和玛哈·埃尔撒姆纳的采访。

如果娶了四个妻子，啊！这才是最理想的。这样你就能超过所有的人了！”

他买下了一栋有 4 个单元的破旧公寓楼，地处瓦迪萨法街与瓦迪比沙街的交叉口，离母亲的家大约有一英里。几个单元外墙的颜色分别是灰色和桃红色，每个单元都装着窗式空调。公寓楼附近原来有一家老的意大利面点厂，而沙特国内的街道又很少使用数字编号，本·拉登的新居后来就被人们称为“通心粉大街上的那座房子”①。他把自己的两个家庭安置在不同的单元里。几年之后，他又娶了一位来自麦地那谢里夫家族的女子。这位新娘也受过高等教育——她是阿拉伯语语法学的博士，在当地教育学院教书。他们后来生了三个女儿，一个儿子，因此她就被称为乌姆·哈立德。奥萨玛的第 4 个妻子乌姆·阿里来自麦加的吉拉尼家族，为他生了三个孩子。

本·拉登自己的学业并不出色，显然他对此也不感兴趣。他不愿意做那些体面的职业，如法律、工程或医学，而这类工作本可能让他在经济上独立起来。他的兄弟们当时正在世界一流的大学里接受教育，但对他而言，最为重要的榜样却是他那不识字的父亲。奥萨玛常谈到父亲，而且把他视为完人。他渴望取得能与父亲比肩的成就——但在他所处的沙特文化之中，个性是不被允许的，至少也是仅限于王室。与沙特的其他上层阶级一样，本·拉登家族也是依靠王室的青睐而繁荣起来的，他们决不愿意让这种关系受到损害。这里没有政治体系，没有公民社会，也没有可以取得伟大成就的明显途径。在沙特王国，神职人员是王室之外惟一的权势阶级，但本·拉登没有接受过神学方面的训练。看来，他的未来注定是呆在家族的公司里，论资排辈时则远远落在后面；虽然他在家族的势力范围内能得到尊重，但永远不可能留下什么真正的声名。

本·拉登继续和兄长们软磨硬泡，求他们让自己在公司工作；最后，他们终于在麦加圣城的米纳给他安排了一份兼职。他们希望在 6 个

① 对贾迈勒·哈利法的采访，他还带我去了那里。

月之内做完米纳的工程，但本·拉登宣布："我要和父亲一样。我会日夜无休地工作。"① 他还想完成大学的学业，于是就在每天上完课之后匆忙赶往麦加的工地。他负责的工作是把小山坡平整成空地，以供沙特本拉登集团修建新的公路、酒店和朝觐中心。虽说本·拉登本应去监督工人们工作，但他却坚持要和他们一起干活，而且还长时间地操作推土机和挖掘设备。沙特人干体力劳动的景象在那时本身就很少见——这种活儿大都由菲律宾或印度分包商带来的外籍劳工负责——因此，看到公司创始人那瘦瘦高高的子弟在建筑工地上干重活，弄得浑身又是汗又是土，人们都觉得很惊讶。"回想那段经历我觉得很自豪，因为我是家族中惟一一边工作、一边保持优异学习成绩的人，"② 本·拉登后来夸口说。但是实际上，如此紧张的日程是根本无法完成的，即便他本·拉登也不行。到那个学期的期末，他在离大学毕业还有一年的时候辍了学，开始全职在公司工作。

他的身高刚过6英尺③——并不是后来众口相传的巨人。一个熟人还记得在这一时期见过他，那时圣战还没有改变一切。"有人去世了，我们前去哀悼，"这位朋友说。本·拉登当时20岁出头，长得非常英

---

① 对贾迈勒·哈利法的采访。

② "我的父亲亏本整修了阿克萨清真寺"，《伊斯兰社群》，1991年10月18日。

③ 《"9·11"调查委员会报告》，55。据美国情报部门的画像显示，本·拉登身高6英尺5英寸。据迈克尔·朔伊尔说，这个估计来自本·拉登的首位传记作者埃萨姆·德拉兹，他告诉我本·拉登"身高2米多，可能是2米05或2米04"——超过6英尺8。ABC电视台的约翰·米勒采访过本·拉登，他说本·拉登有6英尺5，不过米勒只见过本·拉登一次。半岛电视台伊斯兰堡站的主管艾哈迈德·扎伊丹曾见过几次本·拉登，他估计本·拉登身高1米8，大约5英尺11英寸。但是，朋友们对本·拉登身高的估计都很一致。贾迈勒·卡舒吉告诉我，本·拉登"身高和我一模一样"——1米82，将近6英尺。本·拉登在苏丹的朋友伊萨姆·图拉比则说本·拉登身高1米83或1米84，大约6英尺。本·拉登大学期间的朋友、合住一所房子的贾迈勒·哈利法估计他的身高是1米85，6英尺刚出头。本·拉登的儿子阿卜杜拉的身高就是6英尺出头，他说父亲比他高两英寸。本·拉登的朋友穆罕默德·洛伊·拜兹德也说本·拉登比自己高两英寸，但拜兹德的身高只有5英尺7。当然这可以用理论来解释——人们的认知存在着巨大的差异；但我将这番调查写进此书只是想说明，记者为一个简单问题（只是许多众说纷纭的问题之一）寻求答案时会遭遇怎样的困难。

俊；他肤色白皙，留着一部浓密的胡须，宽宽的嘴唇很饱满。他的鼻子很长，形状则有点复杂——上部窄而直，下部突兀地向两边扩展成了宽大的鼻翼，还有个上翘的鼻尖。他在白头巾上缠了一条黑色的带子，头巾下面是鬈曲的黑色短发。由于斋戒和辛劳的工作，他显得有些憔悴。他高亢尖利的嗓音、严肃而又慵懒的举止，愈发给人以身体虚弱的印象。“他很自信，而且颇具领袖魅力，”朋友评价说。虽然有宗教学者在场，本·拉登却让人们觉得他与这些学者是平等的。他说话的时候，那镇定自若的气度令人着迷。房间里的每个人都被他吸引了。“让我印象最深的是，他自己出身于一个非常看重等级的家庭，”他的朋友说，“但他却打破了等级。”

第四章　变化

费萨尔国王把王子们送到美国接受教育。最小的王子图尔基 1959 年被送到了新泽西州的劳伦斯维尔学校，那时他才 14 岁。劳伦斯维尔是一所上层阶级的预科学校，不过对图尔基来说，来这儿上学就已经体验到了美国的平等主义。上学第一天，有个学生就在王子的屁股上一拍，算是自我介绍，然后问他叫什么。图尔基回答之后，那学生问道："跟感恩节的火鸡[①]一样？"[②]谁也不知道他究竟是什么身份，也没人在乎。这种新奇的体验，让他能化身为一个完全不同的人。同学们叫他特克，或是费萨尔斯蒂克斯[③]。[④]

他长相俊美，英气逼人：高高的前额，鬈曲的黑发，下巴上有一个深深的凹陷。他五官刚硬的线条和父亲一样，但眼神里却没有老头子眼中闪动的那份凌厉；他的样子显得比较内向，还有点迷迷糊糊。虽说做了学校法语俱乐部的主席，他却并不是个好学的人，而是更喜欢运动。他在校足球队踢球，还代表新泽西击剑队参加了 1962 年的青少年奥运会。他非常聪明，但总不能专心学业。高中毕业时他上了几英里之外的普林斯顿大学，但一个学期之后就因成绩不合格被退学。他又转到华盛顿特区的乔治敦大学学习。1964 年，一个同学走过来问他："听到消息了吗？你父亲当国王了。"[⑤]

身处美国安定的环境之中，图尔基始终关注着祖国发生的动荡，包括穆罕默德・本・拉登的经济救援——这一及时的举动让费萨尔得以重组政局，稳定王国的统治，否则当时恰逢阿拉伯社会主义兴起之际，王室都有可能被推翻。王室与本·拉登家族之间建立的纽带，在费萨尔国王孩子们的这一辈尤为紧密。他们永远不会忘记父王继位时本·拉登对他的帮助。

1967年以色列在六日战争中获胜后，整个阿拉伯世界都陷入了沮丧之中。情绪极度低落的图尔基开始逃课，后来又不得不在暑假里上补习班，把落下的课程补回来。他的一个同学——是个性情随和的阿肯色州小伙子，名叫比尔·克林顿[6]——花了4个小时给他补课，准备即将到来的伦理学考试。那天是8月19日，恰逢比尔·克林顿21岁生日。图尔基那门课得了个B；不过没过多久，他还没有拿到本科学位就从乔治敦退学了。他继续在普林斯顿和坎布里奇大学听课，但始终没有足够的学习动力去读到毕业。

1973年他终于回到沙特王国。他去见父亲，问他自己接下来该怎么办。国王以为图尔基是想找份工作。于是他高高挑起右侧的眉毛，说道："听着，你那些哥哥的工作都不是我给的。自己的工作自己去找。"[7]当然，国王这位最小的王子没什么好担心的，因为他的地位早已有了保障：王室拥有巨大的财富，而父亲又把王国的事务牢牢攥在手中。图尔基的舅舅卡迈勒·阿扎姆谢赫让他在外事联络局担任工作。"我对情报工作不感兴趣，"图尔基说。"我当时甚至没意识到这是一份情报领域的工作。我还以为是和外交有关的事情。"他说话时轻声细语，知识分子气很浓，似乎更适合那种宴会席间觥筹交错、网球场下亲切协商的工作，而不是去搞需要阴险手段的情报。他娶了来自王室一个旁支的努弗·宾特·法赫德·沙特公主，安心过起日子来——在整个地球上，他

---

① 图尔基的名字Turki与英语中的"火鸡"（turkey）同音。——译者
② 图尔基·费萨尔王子的讲话，乔治敦大学当代阿拉伯研究系，2002年2月3日。
③ 与英语中的"fiddlesticks"（胡说八道）谐音。——译者
④ "劳伦斯"，劳伦斯维尔学校年鉴，劳伦斯维尔，新泽西，1962年5月4日，第5页。
⑤ 图尔基·费萨尔王子的讲话，乔治敦大学当代阿拉伯研究系，2002年2月3日。
⑥ 克林顿，《我的生活》，第110页。
⑦ 对图尔基·费萨尔王子的采访。

这样的日子没几个人能比得上。但历史的板块正在发生变动，他所享受的安逸生活则在朝一场大灾难漂移而去。

图尔基王子回到故乡之际，沙特正处在至关重要的时刻。自第一次石油大发展以来，国内发生的剧变让许多沙特人猝不及防。他们记忆中的国家在所有方面都相当原始。在 20 世纪 50 年代，大部分沙特人的生活和 2000 年之前的祖先没什么两样。很少有人会把自己视为沙特人，因为国籍的概念对他们没有什么意义，而政府在他们的生活中基本起不到任何作用。他们是没有边界限制的部族居民。贫困是无可抗拒的现实，而人们的期望又非常有限，因此就产生了一个没有等级可言、像沙地一般平坦的社会。《古兰经》的训谕和部族的行为准则，指引着人们的思想与行动。许多人（可能是绝大多数）从来没看到过汽车，也没见过外国人。他们除例行背诵《古兰经》之外几乎就没有接受过其他教育，而且也没有这个必要。对于阿拉伯半岛的居民来说，生活的本质就在于没有变化。永恒与现世完全是一回事。

突然间，这片沙漠就充满了变化：公路、城市、学校、外籍劳工、美钞，随之而来的还有一种凌驾一切的新认识：人们意识到了周围的世界，也意识到了自己在其中的地位。他们的国家和生活都变得很陌生。他们被抛进了充斥着各种观念和价值的国际市场；许多向自身传统之中求索的沙特人，在对伊斯兰教始终不变的信仰中找到了答案。面对怒涛一般席卷而来的现代洪流，瓦哈比派的教义在沙特竖起了一座防御的堤坝。不仅是极端分子，沙特有许多人都认为发展的潮流正在侵蚀阿拉伯民族的根本品质——这是它最为神圣的东西。

令人难以想象的财富从天而降，掉在这些清苦沙漠游民的头上——他们深信这是真主对虔诚子民的奖赏。但矛盾的是，这种奖赏却正在危害他们民族独特性的方方面面。在 20 世纪 50 年代第一次石油大发展以来的20年间，沙特的人均收入几乎赶上了美国[①]；按照这样的增长速度，沙特王国肯定会成为全球最大的经济强国。令人不胜向往的前景掩盖了一个事实：由于阶级分化，这个仍然自视为部族大群体的社会其实已四分五裂。奢侈的沙特人，在全世界成了贪婪、饕餮、腐败和虚伪的典型象征；还有一个说法可能更伤沙特人的自尊——他们成了世人嘲笑的对象。他们在赌台、美酒和妓女身上挥霍无度，贪心的沙特女人身披银貂皮、拎着香榭丽舍大街的购物袋，随随便便买下的珠宝足以倾覆国民经济，这般景象让整个世界在发噱之余也感到震惊：看来，沙特人今后可能会拥有世上的一切。1973年的石油禁运愈发加深了世人的这种忧虑。禁运使油价飙升，也为沙特政府造成了一个实实在在的问题：钱多得真不知该怎么花。无论在公众还是私人场合，沙特人都大笔大笔地挥霍着财富，这更加表明沙特阿拉伯已经变成了一个深不见底的钱袋——至少是对王室而言。

王室不仅统治着国家，而且这国家基本上都归他们所有。一切无主的土地都属于国王；只有他一人才能决定把这地给谁。随着国家的扩展，国王的叔叔婶婶、兄弟姐妹、侄子侄女、表亲堂亲都拿到了最肥沃的地皮。犹未餍足的王子们还以“代理人”、“咨询”的名头强行插足商业交易之中，搜刮了几十亿美元的回扣和贿赂。且不算这笔来自商业的“过路费”，沙特家族（王室）本来就已经侵占了全国石油利润的30％到40％[②]，其名义是供给王室成员的津贴。整个民族独特性趋于腐化的所有迹象，都在沙特家族的身上得到了体现；因此，他们的子民想发动革命也是自然而然的事情。

尽管如此，在一个几乎没有什么公共机构的社会中，沙特王室还是一支颇为进步的力量。1960年，费萨尔王储不顾瓦哈比教派的坚决反对，开始在女性中推行教育；两年之后，他正式废除了奴隶制。在沙特

① 赖特，“沉默的王国”。1981年，沙特的人均收入与美国持平。
② 赖特，“沉默的王国”；对贝尔汉·海卢的采访。

与也门的边境战争中，他说服约翰·F·肯尼迪总统派来美国的部队，保护沙特王国。他把电视引进了沙特，不过他的一个侄子却在1965年领导反对电视台开张的抗议活动时丧生。与前一位国王相比，费萨尔行动时有了更大的自由；这是因为他自己的虔诚无可置疑，而且还对极端分子保持着警惕——他们始终在监视沙特主流社会的思想与行动。对伊斯兰极端分子来说，费萨尔统治时期最为阴险的一项功绩就是吸收了“乌莱玛”（宗教学者）[①] ——他把乌莱玛变成了国家的雇员。政府大力推行较为温和的宗教观点，试图以此平息在现代化造成的社会动荡中孳生的激进情绪。费萨尔是一位强有力的统治者，因此他能以惊人的速度在社会中推行这些变革。

国王的儿子们帮助他巩固了权力。图尔基当上王国间谍组织的首脑，他哥哥沙特王子则被任命为外交部长。依靠这两位接受过美国教育的王子，沙特阿拉伯逐渐巩固了自己在世界共同体中的地位。王国的巨大财富，能够缓解飞速变化带来的不知所从，缓和人们对王室腐败的憎恨；而新兴的精英阶层老于世故，对技术也很熟悉，他们能让这个疑心深重、笃信宗教的社会打开紧闭的窗户。然而，费萨尔国王在1975年遭侄子刺杀（他是抗议电视台开张的那个人的兄弟），这充满希望的未来也随他而逝。

- - -

1979年11月20日清晨，图尔基接到父亲的继任者哈立德国王的召见。图尔基当时在突尼斯，正和法赫德王储一起参加阿拉伯国家峰会。那一年图尔基34岁，他即将面临沙特阿拉伯短暂历史上最大的一场危机。

那天早晨的破晓时分，麦加大清真寺年迈的伊玛目穆罕默德·苏巴

① 拉希德，《沙特阿拉伯史》，第124页；亦可见泰特尔鲍姆，《假作虔诚：沙特阿拉伯的伊斯兰反对派》，第17页起。

伊尔谢赫，准备带领朝觐最后一天汇集在这里的5万名穆斯林[①]做祷告。正当他朝麦克风走去的时候，有人猛然把他推开，接着清真寺的圣殿里就响起了一阵枪声。四散混在朝觐者中间的一群叛乱分子突然从长袍下掏出步枪。他们用铁链锁上大门，把朝觐者关在清真寺内，还杀死了几名警卫。“穆斯林，注意！”[②] 一个长相粗豪、胡子乱蓬蓬的男人喊道：“真主至大！马赫迪出现了！”

“马赫迪！马赫迪！”持枪的男人们喊高喊。

那天是伊历1400年的元旦——这血腥的宣言迎来了一个动荡的新世纪。按照某些口耳相传、颇有争议的伊斯兰传说，马赫迪（“指引者”）将在世界末日来临前不久出现。马赫迪是一个很有争议的概念，尤其在瓦哈比派的伊斯兰教之中，因为《古兰经》里并没有提到这位救世主。根据传说的描述，马赫迪是先知的后裔，而且继承了他的姓名（穆罕默德·本·阿卜杜拉）；他会在朝觐期间出现。最后，尔撒将重返人世，要求人们坚持奉行伊斯兰教。尔撒和马赫迪将共同与伊斯兰的敌人战斗，并恢复世间的公正与和平。

自称马赫迪的人名叫穆罕默德·阿卜杜拉·卡坦尼，但暴动真正的领导者却是朱海曼·奥泰比。奥泰比是宗教激进主义的传道师，在国民警卫队当过下士。他们两人曾因煽动叛逆罪被关押在一起。据奥泰比说，就在那段时间，真主托梦喻示他卡坦尼就是马赫迪。

由于奥泰比的这个梦，卡坦尼相信自己必定就是被真主选中的人。两个人出狱后，卡坦尼娶了奥泰比的妹妹。他们关于救世主的言论很快就引来了追随者，尤其是来自麦地那伊斯兰大学（当时是穆斯林兄弟会激进运动的一个中心）的年轻神学学生。靠着富有支持者的大力捐助，

---

① 莱西，《王国：沙特阿拉伯与沙特家族》，第478页。事件情况主要来自莱西和詹姆斯·巴肯，“伊赫万派归来”，见霍尔登和约翰斯，《沙特家族：阿拉伯世界最强大王朝的兴起与统治》，第511—526页。

② 海卡尔，《伊朗：不为人知的故事》，第197页。科奇干称那天寺内的数千名朝觐者谁都没听到卡坦尼说的话，“更没有任何人”召唤马赫迪。科奇干，“伊斯兰复古主义与沙特阿拉伯的变化”，第15页。我找不到其他可以支持这一断言的消息来源。

奥泰比的门徒配备了精良的武器，而且训练有素。这批人之中有一些（包括奥泰比本人在内）是负责保卫王室的沙特国民警卫队成员。他们的目标是夺取政权并推行神权统治，为很快就要降临的大灾难做好准备。

贾迈勒·哈利法当时还住在本·拉登家的房子里，他曾在几个不同的清真寺碰见奥泰比与他的追随者讲道。他们在引用《古兰经》时常会搞出严重的错误。本·拉登当时肯定也见过这些人。人们听到他们公开声言反对政府，都十分震惊。他们甚至还把里亚尔钞票撕成两半，因为那上面印着国王的像。

在一个受到严格控制的国家，这样的行为是闻所未闻的；然而，政府方面也有一种根深蒂固的观念——他们不愿与极端分子直接对抗。有一度"乌莱玛"的成员曾盘问过奥泰比和卡坦尼，看他们是否在传播异端邪说，但并没有抓到什么把柄。他们被视为伊赫万狂热分子（阿卜杜勒·阿齐兹国王的冲锋队）在乡村的重现；实际上，奥泰比还真是一名伊赫万成员的孙子。没有人认为他们对既定的社会秩序构成了真正的威胁。

就在叛乱分子切断大清真寺的电话线之前，本·拉登集团还在寺内做整修的一位雇员①给公司总部打了电话，报告了发生的事件；公司的一位代表又把情况通报给哈立德国王。

当晚 9 点，图尔基从突尼斯飞回吉达，然后开着自己的车来到麦加。整个麦加城都被疏散了，空无一人的街道显得很诡异。平时把清真寺照得通明的巨大射灯已经关闭，寺内的全部电源也已切断，整座建筑如山峰一般耸立在暗影之中。图尔基去了一家酒店，时任国防部长的叔叔苏丹王子正在那里等他。图尔基拉开门刚要进去，只听一声枪响，宣礼楼上叛乱分子的狙击手把酒店的玻璃门打得粉碎。

那天晚些时候，图尔基又来到清真寺 100 米开外的指挥部；接下来

---

① 卡门·本·拉登，《王国之内：我在沙特阿拉伯的生活》，第 123—124 页。

的两周他都将在那里度过。大多数人质已被释放，但还有数量不明的人质被关在圣寺里面。谁也不知道叛乱者有多少人、持有多少武器、做了怎样的准备。内务部一支约有 100 人的安全部队发动了首次攻击，试图夺回清真寺。他们很快就倒在了枪口下。

剩下的安全部队很快得到了来自沙特陆军和国民警卫队的支援。然而，现场的王子们如果要下令对清真寺发动军事袭击，必须事先征得沙特宗教权威的同意；当时，谁也不知道他们是否能得到这一恩准。根据《古兰经》的规定，大清真寺内禁止使用任何暴力——即便是拔棵树也不行——因此对政府和乌莱玛而言，要在圣地之内发动枪战都是个两难的选择。如果国王下令在圣地内开枪，可能会遭到自己人的违抗。另一方面，如果乌莱玛拒不签署授权政府夺回清真寺的圣令，人们就会以为他们和叛乱分子站在一边。王室和神权之间由来已久的契约将就此破裂，结果如何谁都无法想象。

乌莱玛的领袖是年届 70 的盲人阿卜杜勒·阿齐兹·本·巴兹。他是一位著名的宗教学者，但对科学持怀疑态度，而且很敌视现代事物。他声称太阳绕着地球旋转[①]，而载人登月一事根本就是子虚乌有。当时，本·巴兹发现自己陷入了一种尴尬且颇受牵累的境地：奥泰比是他在麦地那教过的学生[②]。乌莱玛与哈立德国王在那一晚的会晤中究竟达成了什么协议，人们无从知晓；不过，政府随后拿出了批准使用致命武力的圣令。有了乌莱玛的许可，苏丹王子下令实施一轮炮击，继而对三个主要入口发起正面进攻。部队根本就没能突破叛乱分子的防线。

清真寺里有 400 到 500 名叛乱分子[③]，其中包括一些妇女和儿童。

---

① 阿布哈利勒，《本·拉登、伊斯兰教和美国的新“反恐战争”》，第 64 页。

② 霍尔登和约翰斯，《沙特家族：阿拉伯世界最强大王朝的兴起与统治》，第 517 页。

③ 拉希德，《沙特阿拉伯史》，第 144 页；莱西估计为 200 人，见《王国：沙特阿拉伯与沙特家族》，第 484 页；阿布里什估计为 300 人，见《沙特家族的兴起、腐化与将要来临的败落》，第 108 页。阿拉伯方面则称有数千人。保罗·巴里上尉说有 1 500 名叛乱分子，见《突击队》，2002 年 10/11 月。

他们不全是沙特人，还有也门人、科威特人和埃及人，甚至还有一些美国的黑人[①]。在朝觐之前的几个星期，他们从国民警卫队的武库[②]盗出自动武器，放在连架棺材里[③]（通常用来抬死者进寺清洗遗体）偷偷运入寺内。叛乱者把武器和给养藏入庭院下方的数百个地下小室，这些隐蔽的洞室是供朝觐者静思用的。现在，他们布下了防御工事，还占据着清真寺上层的制高点。沙特军队的人只要一露头，就可能被他们的狙击手干掉。

清真寺外的现场指挥部里，聚集起了一帮身居高位的王子和来自不同兵种的将军。他们不顾后果的命令，再加上美国和巴基斯坦众武官一大堆相互矛盾的建议，不仅造成了一片混乱，也带来了不必要的伤亡。当天中午，苏丹王子发动了一场自杀式直升机攻击，把部队绳降到清真寺中心的阔大庭院之中。他们被杀得精光。这之后，国王转向了年轻的图尔基王子，让他坐镇指挥。

图尔基制定了一个方案，以尽量减少人员伤亡和对圣地的破坏。首要的任务是获取情报，为此他找到了本·拉登家族。他们手里有清真寺的地图、电气布局图，以及一切与该寺有关的技术信息。这些情报对图尔基正在筹划的攻击至关重要。

萨利姆·本·拉登手里挥舞着冲锋枪，坐在车前盖上来到了指挥部[④]。他是兄弟之中的老大，也是本·拉登家族的族长。萨利姆是个很有意思的人物，与他虔诚、冷淡而寡言的父亲恰好是两个极端。他酷爱冒险，还有着近乎疯狂的幽默感，这在全国都出了名，也让他与国王十分亲近。虽然萨利姆有时也敢拿国王开玩笑，国王还是很喜欢他。他是个胆大无比的飞行员，敢低空掠过沙漠里的国王行营，还在空中玩出各种花样，后来国王只好禁止他再开飞机[⑤]。家族里流传的一个故事说，

---

① 霍尔登和约翰斯，《沙特家族：阿拉伯世界最强大王朝的兴起与统治》，第 520 页。
② 麦基，《沙特人：在沙漠王国之中》，第 231 页。
③ 莱西，《王国：沙特阿拉伯与沙特家族》，第 484 页。
④ 对贾迈勒·哈利法的采访。
⑤ 和父亲一样，萨利姆也死于飞机失事。1988 年，他在得克萨斯圣安东尼奥郊外驾驶一架超轻型飞机时失事身亡。

萨利姆有一次做痔疮手术时叫人把过程录下来，然后把带子送给了国王。在极端保守的沙特社会，行事如此胆大妄为的人恐怕没有几个——除他之外估计再无第二人。

奥泰比及其追随者控制了清真寺的广播系统，并借此机会向全世界播送他们的信息。虽然政府极力想把叛乱分子边缘化，将他们描绘成一帮因电视游戏和橄榄球风行而不满的宗教狂热分子，奥泰比高声提出的要求依然在麦加的街道之中回荡，让全国上下的每一个咖啡馆和水烟吧都骚动起来。

奥泰比坚持要求奉行伊斯兰的、非西方的价值观，并与西方各国断绝外交关系，从而扭转使社会走向现代的各种变化。这些人想要创造一个极度封闭的沙特阿拉伯。王室的统治权将被剥夺，他们从沙特人民手中攫取的财富则要进行全面清点。不仅是国王，连支持其统治的乌莱玛也要遭到谴责——他们对人民不公，犯下了种种恶行。对美国的石油出口要被切断，所有的外国公民与军事专家都将被逐出阿拉伯半岛。这些要求预示着本·拉登将在15年之后提出的主张。

到了星期五，包围的第5天，沙特部队已夺回大清真寺的上层和两座宣礼楼。天房圣殿周围封闭的走廊里展开了激战，尸体的恶臭使空气变得污浊不堪。叛乱分子的尸体遭到了损毁——女叛乱者用枪把尸首的脸部打得稀烂，让政府查不出他们的身份。在政府找到的还算完整的尸体之中，有一具就是传说中的马赫迪穆罕默德·阿卜杜拉·卡坦尼，尸体的下巴被枪打飞了[①]。然而，即便救世主马赫迪的死也没有让叛乱终结。

利用萨利姆提供的清真寺地图，图尔基派特种部队执行了一系列侦察行动。他们悄悄溜进清真寺的数百间门户，把阵亡士兵的遗体带了出来。但图尔基想亲眼看看寺内的情况。他把部长穿的长袍

① 霍尔登和约翰斯，《沙特家族：阿拉伯世界最强大王朝的兴起与统治》，第525页。

换成了一套普通士兵的卡其布制服，然后和为数不多的几个人（包括他的哥哥沙特王子和萨利姆·本·拉登）一起进入了这座神圣的清真寺。

清真寺长长的拱廊和宏伟的广场都空荡荡的，感觉很瘆人。图尔基和随行的人发现，大部分叛乱分子都已逃入地下的祷告室，这些兔子洞一般的小室是在大庭院地底的火山岩中挖出来的。他们现在占据的地势就像是一个地下蜂房，易守难攻。政府根本不知道叛乱分子在储藏室里备下的椰枣和水能让他们支持多久，而有没有可能对这个地下迷宫发动进攻也是个未知数，因为那里面随处都可以设伏。数千名士兵可能会因此送命，叛乱分子手里的人质更不知得死掉多少。费萨尔国王的两位王子和穆罕默德·本·拉登的大儿子在寺里蹑手蹑脚地走了半个小时，画出从叛乱分子位置目力所及的范围，还有他们可能布下的防线。他们的行动关系到整个王国的命运，因为如果他们无法夺回这片圣地，就会失去沙特人民的信任。对于他们来说，对于四面八方的穆斯林来说，世间万物之中唯有这座清真寺最为神圣。如今它却成了一个荒诞的战场。先前那阵炮击造成的损坏令人震惊。图尔基注意到，连清真寺里的鸽子都飞走了；很早以前就有朝觐者说，这里的鸽子总是按着和朝觐人群同样的逆时针方向，在清真寺上空盘旋。在图尔基看来，人类的这场血腥冲突似乎已打乱了自然界的虔诚。

政府方面曾有过一个设想，用水把地下的洞室灌满，然后通上高压电，把里面的人统统电死。不过，这是个把人质和叛乱分子一锅端的方案；另外，图尔基还意识到，“得用整个红海的水才能把洞室灌满。”另一个方案是把炸药捆在狗的身上，然后遥控引爆。

面对这些无望的选择，图尔基原本可以请求美国中央情报局援助；中情局当时正在麦加附近的塔伊夫城为沙特训练特种部队。但是他发现，在需要采取立即行动的时候，法国人办起事来没有美国人那么复杂。他征询了时任法国秘密情报部门首脑的传奇谍报人物——身材高大、气派威严的克洛德·亚历山大·德马朗什伯爵。德马朗什建议使用毒气[1]。图尔基同意了，但他坚持一定要用非致命的气体。计划的设想是要让叛乱分子不省人事。来自法国国家宪兵特勤队的三名突击队员来到了麦加。由于非穆斯林不得进入圣城，于是人们就举行了一个简短而正规的仪式，让这三个队员皈依伊斯兰教[2]。突击队员把毒气送进了地下的洞室，但令人头疼的是，这些洞室都是相互连通的；毒气没能发挥作用，叛乱分子仍旧继续抵抗。

由于伤亡人数不断增多，沙特部队只得在寺内的庭院中钻洞，再往地底的洞室里扔手雷。这种不辨敌我的办法炸死了许多人质，但也把余下的叛乱分子逼到了更为开阔的地带，神枪手就可以将他们消灭。进攻开始后过了两个多星期，剩余的叛乱分子终于投降。

奥泰比也在投降者之列。他的模样看起来就像个疯子；当叛乱分子从地穴中踉跄而出的时候，他还傲气十足地转过脸，把乱作一团的头发和胡子冲着电视台的采访镜头。等这场悲剧一结束，他的傲气也就消失了。图尔基去医院看过奥泰比，当时他正在那里治伤。奥泰比跳下病床，抓住王子的手就亲。“请您让哈立德国王宽恕我！”他哭着说。“我发誓再也不干这种事了！”

图尔基错愕不已，一时说不出话来。“宽恕？”他最后说。“你该去求真主宽恕。”

政府把奥泰比和他的 62 个门徒分别送往 8 座不同的城市，并于 1980 年 1 月 9 日在各地将他们斩首。这是沙特阿拉伯有史以来规模最大

---

① 对图尔基·费萨尔王子的采访。

② 关于这一事件有许多相互矛盾的说法。达拉热在书中引用了保罗·巴里上尉（他带领三名法国队员前往麦加）的话，称他们为了对大清真寺实施袭击，当场就“皈依”了伊斯兰教。见奥利维耶·达拉热，“15 年前：攻入麦加大清真寺”（Il y a quinze ans: La prise de la Grande Mosquée de La Mecque），《世界报》，1994 年 11 月 20、21 日。阿布里什称叛乱分子是被法国空降部队制服的，他们确实往洞室里灌了水、通了电。见阿布里什，《沙特家族的兴起、腐化与将要来临的败落》，第 108 页。图尔基则说法国人既没有皈依，也没有进入麦加。德马朗什也称法国人没有进入麦加。见德马朗什和奥克朗，《邪恶帝国：如今的第三次世界大战》，第 112 页。根据沙特情报部门一个匿名来源所提供的权威消息，我采用了巴里上尉的说法。

的一次处决。

沙特政府承认，叛乱期间政府方面有 127 人死亡，461 人受伤。约有 12 名朝觐者和 117 名叛乱分子被杀。但是，根据非官方的统计，死者则超过了 4 000 人①。无论伤亡究竟有多少，沙特王国都遭到了重创。王室的权威受到了公然的挑战。从此以后，一切都与以往不同了。沙特阿拉伯走到了必须改变的关头——但这改变应该何去何从？是走向开放、自由、宽容、现代和西方的民主进步观念，还是走向变本加厉的专制和宗教压迫？

在清真寺之围的最初几天，奥萨玛·本·拉登和弟弟马赫鲁斯遭到逮捕②。他们当时正从巴鲁德的家族农场（在麦加和吉达之间的路上）驱车回家。政府当局发现了两人的车从沙漠开出时扬起的灰尘，还以为他们是逃脱的叛乱分子。被捕的时候，兄弟俩说他们不知道麦加已经被围。他们被扣押了一两天，但家族显赫的社会地位起到了保护作用。奥萨玛后来把自己关在家里，一个星期足不出户。他原先一直反对奥泰比和自己身边的众多沙拉夫派极端分子。然而，5 年之后的奥萨玛将会对白沙瓦的一位圣战者兄弟说，奥泰比和他的追随者是真正的穆斯林③，他们并没有犯下任何罪过。

从叛乱分子投降到大规模处决的一个月间，伊斯兰世界又遭到了一次新的冲击：苏联部队于 1979 年圣诞夜入侵了阿富汗。“我愤怒之极，立刻赶去那里，”④ 本·拉登后来宣称。“我几天之内就赶到了阿富汗，那时 1979 年还没过完。”据贾迈勒·哈利法说，本·拉登在那之前根本就没听说过阿富汗这个国家，而且直到 1984 年才去那里，当时巴基斯

---

① 泰鲁，《沙暴：在阿拉伯的日日夜夜》，第 90 页。
② 对贾迈勒·哈利法的采访。
③ 伯克，《基地组织：投下恐怖的阴影》，第 55 页。
④ 罗伯特·菲斯克，“反苏战士把他的军队指向和平之路”，《独立报》，1993 年 12 月 6 日。

坦和阿富汗地区的人才初次注意到他。本·拉登解释说，他1984年之前的阿富汗之行“是严格保密的，这样才不至于让我的家人发现。”[①] 他说自己成了一名信使，负责递送富有沙特人的慷慨捐赠。“那时我一把钱交给对方就直接返回，因此对真正的情况并不是很清楚。”[②]

对本·拉登参与阿富汗圣战影响最大的人物名叫阿卜杜拉·阿扎姆，是一位颇具领袖魅力的巴勒斯坦学者和玄学家。阿扎姆1941年出生于吉宁，1967年在以色列占领西岸地区之后逃往约旦。他考入开罗的爱资哈尔大学，并于1973年在该校获得伊斯兰法学博士学位，比他的朋友奥马尔·阿卜杜勒·拉赫曼[③]（盲人谢赫）晚了两年。这之后他成了约旦大学的老师，但因其巴勒斯坦激进主义观点而于1980年被学校解雇[④]。他很快又在吉达的阿卜杜勒·阿齐兹国王大学找到了一份工作，负责在学校的清真寺引领祷告。

对于像奥萨玛·本·拉登这样情绪高涨的年轻穆斯林来说，阿卜杜拉·阿扎姆谢赫[⑤]是现代传道师战士的代表——这类人物在伊斯兰教传统中有着牢固的地位，就像日本的武士一样。阿扎姆将自己的虔诚与博学，与一种平静却又不惜流血的强硬态度结合在一起。他提出的口号是“只要圣战与长枪；不要谈判，不要会议，也不要对话。”[⑥] 他戴了一条直披至肩的黑白色巴勒斯坦头巾，提醒人们他是个自由战士。他来到吉达的时候，已经以勇气和雄辩而远近闻名。阿扎姆个子很高，身体结实，夹杂着两绺白须的黑胡子非常惹眼，深色的眼睛里散发着坚定的光芒。他说自己认为伊斯兰将通过武力统治世界，这番远景让听者如痴

---

① “我的父亲亏本整修了阿克萨清真寺”，《伊斯兰社群》，1991年10月18日。

② 同前。

③ 韦弗，《埃及画像：在激进伊斯兰世界之中的旅程》，第180页。

④ “显微镜下”，半岛电视台，2003年2月20日。

⑤ 他和艾曼·扎瓦希里母亲的家庭（开罗的阿扎姆家族）并无亲戚关系。

⑥ 阿布杜拉·本·奥马尔，“奋斗着的谢赫：阿布杜拉·阿扎姆”，《伊斯兰的召唤》，穆罕默德·赛义德英译，1996年7月—9月，www.islam.org.au/articles/14/AZZAM.HTM.

如醉。

尽管阿扎姆的追随者越来越多，身在吉达的他却坐立不安；他急欲参加新生的阿富汗抵抗运动。“圣战对于他来说，就像水对鱼一样，”① 他妻子乌姆·穆罕默德说。没过多久，他就在巴基斯坦伊斯兰堡的国际伊斯兰大学找到了一份教《古兰经》和阿拉伯语的工作②，并于1981年11月以最快速度搬到了那里③。

不久之后，他每个周末都要在白沙瓦度过，那里是阿富汗抵抗苏联占领军的总部。他去了难民营，看到了人们遭受的可怕磨难。他和以白沙瓦为基地的“穆贾赫丁”（圣战者）领导们会面。“到了阿富汗，我简直不敢相信自己的眼睛，”④ 阿扎姆后来在传遍世界的无数录像和讲话之中回忆说。“我感觉自己经历了一次死去重生。”根据他的说法，那场战争是原始的、超自然的，是在一片奇迹之地上进行的战争。他以引人入胜的方式，把阿富汗人描述成一个正义、虔诚的前工业时代民族，他们代表着人性中最为纯洁质朴的一面，正在和残暴、冷漠而机械的现代力量进行斗争。在这场战争之中，伊斯兰教的信徒得到了天使无形之手的援助。阿扎姆说有苏联直升机被人们用绳子拽下来，还声称鸟群起到了预警雷达系统的作用⑤——天边飞来的苏联喷气机还没进入人们的视野，它们就会振翅而起。他的故事中提到，圣战者屡次发现身上的衣服被子弹射穿，但他们自己却安然无恙；殉教烈士们的遗体始终不腐，还散发着芳香。

按照库特卜的构想（阿扎姆对此深信不疑），斗争的对象是“贾西利亚”——伊斯兰教诞生之前没有信仰的世界。如今，这个世界仍然在用物质、世俗和性别平等的种种诱惑，腐化与损害着伊斯兰的虔诚徒

---

① 穆罕默德·沙菲，“《中东日报》对乌姆·穆罕默德的采访，”《中东日报》，2006年4月30日。
② “显微镜下”，半岛电视台，2003年2月20日。
③ 穆罕默德，《阿富汗的阿拉伯志愿者》，第37页。
④ 阿卜杜拉·阿扎姆的招募录像，无题，1988年。
⑤ 对贾迈勒·哈利法的采访。

众。在阿富汗这片原始的土地上，人们面对苏联巨人发起的这场英勇但似乎注定要失败的圣战，颇有几份划时代的历史意义。经过阿卜杜拉·阿扎姆谢赫的巧妙包装，阿富汗圣战者的传奇事迹将传遍整个世界。

阿扎姆回到沙特王国的时候常会去吉达，就住在本·拉登留宿客人的套房里[①]。他在本·拉登的公寓楼里举行招募活动，向沙特青年描述阿富汗难民的疾苦与圣战者的英勇，让他们深受触动。“你们一定要去!”他告诉他们。“这是你们的责任！把一切都放下，去阿富汗!”

本·拉登崇敬阿扎姆，认为自己就要成为像他这样的人。从阿扎姆那一方面来说，这位手眼通天而生活极为克己的年轻主人也让他觉得很有意思。“他在家里过的是穷人的生活，”阿扎姆感到惊讶。“连一张桌子、一把椅子都看不到。任何一个约旦或埃及工人的家都要比奥萨玛的家像样。但是，如果你要他为圣战者捐助100万里亚尔，他当场就会给你开出支票。”不过，有一件事还是让阿扎姆颇为困惑：沙特的天气热得要命，本·拉登却没有开屋里的空调。“既然有空调，你为什么不用?”[②] 他没好气地说。本·拉登勉勉强强地答应了客人的要求。

很快，吉达就成为了响应阿卜杜拉谢赫号召、加入阿富汗圣战“行旅”的年轻人的中转站。本来就拿着报酬的征兵者四处搜罗想要参战的人[③]，还把新兵入伍时拿到的钱（通常是几百美元）扣下一半，装进自己的腰包。年轻的穆斯林朝觐者是特别受关注的征召对象。为了把人弄上前线，征兵者许诺说他们将来能在援助组织里工作——但这些组织根本就不存在。来自阿尔及利亚和埃及的逃犯纷纷溜进沙特王国，而沙特情报部门则为他们提供伪造的证件。沙特本拉登集团在开罗设有办事处[④]，招募熟练工人去两所圣寺工作，这个集团逐渐成为了激进分子前

① 阿扎姆，《高山》，第150页。
② 对贾迈勒·哈利法的采访。
③ 萨拉赫，*Waqaf Sanawat al-Jihad*。
④ 奥达·盖哈德博士和阿马里·阿里·哈桑博士，“战略论文：激进伊斯兰运动的全球化——对埃及的研究”，www.ahram.org.eg/acpss/eng/ahram/2004/7/5/SPAP5.htm.

往阿富汗参加圣战的渠道。扎瓦希里很可能联络过经吉达前往阿富汗的埃及人，这也就让他进入了本·拉登的领域。

本·拉登为应征入伍者建立了一个中途之家①，甚至还在自己家里留宿他们。到了夏天，他会为高中和大学的学生开设特别军事夏令营②。虽说年纪轻轻，本·拉登很快就成了一个高明的资金募集者。包括王室成员在内的富有沙特人纷纷慷慨解囊。为鼓励这类活动，沙特政府对国航飞往巴基斯坦的航班做了大幅度折扣——巴基斯坦是圣战资金的交付点。阿卜杜拉王储个人捐赠了几十辆卡车③，以支持圣战事业。这种全国性的努力固然激动人心，但它所养成的慷慨习惯和伙伴关系将在未来造成灾难性的后果。集合前往阿富汗参与圣战的人们认为，共产主义的进逼对伊斯兰教本身构成了威胁。对他们之中的大部分人来说，阿富汗这个国家并没有什么意义，但阿富汗人民的信仰却至关重要。他们正守卫着自己的宗教——那是真主最后的嘱咐，是人类得到拯救的惟一希望。

贾迈勒·哈利法完全被阿扎姆的观点说服了。后来他对朋友奥萨玛说，自己决定去阿富汗。为表示对朋友的支持，本·拉登提了一个建议，希望贾迈勒娶他最喜欢的姐姐谢哈为妻。她比奥萨玛大几岁，离了婚，奥萨玛在照顾她和她的三个孩子。按照习俗贾迈勒一开始还不能见她，因此奥萨玛就把姐姐的好性子、幽默和虔诚大大地夸了一番。

“你这算是什么建议？”哈利法说。“要是我死在那儿了怎么办？”

但他还是同意在妥为安排的情况下尽快和女方见面。两人见面后贾迈勒就打定了主意，他说谢哈是他“这辈子遇到的最好的女人。”不过，因为考虑到自己有可能在阿富汗牺牲，他把婚期推后了一年。

本·拉登也想公开地去阿富汗，但他得不到当局的许可。“沙特政

---

① 对埃萨姆·德拉兹的采访。

② 穆罕默德·萨迪克，“阿富汗阿拉伯人的故事：他们参加了圣战与激烈的战斗”，《Al-Majellah 周刊》，1996 年 5 月 11 日。

③ 沙迪德，《先知的遗产：专制者、民主派，以及伊斯兰的新政治》，第 83 页。

府正式要求我不得进入阿富汗，因为我的家族与沙特领导者的关系极为密切，"① 本·拉登后来说。"他们命令我在白沙瓦好好呆着；因为如果苏联人把我抓住，就能证明沙特在支持反苏力量。政府认为我进入阿富汗是授人以柄。我没听他们的。"

他还要与另一个权威对抗；对他而言，这个权威更难以违逆。他的母亲不许他去。他苦求母亲允可，说他去阿富汗只是为了照料圣战者的家人。他说自己会每天打电话回家。最后他还是做了保证："我一定离阿富汗远远的。"②

---

① 半岛电视台对奥萨玛·本·拉登的采访，2001 年 10 月 7 日。本·拉登称这一谈话是在 1979 年，也就是他自称初次前往阿富汗的那一年。

② 对哈立德·巴塔菲的采访。

第五章 奇迹

苏联入侵阿富汗一个月之后，图尔基·费萨尔王子去了巴基斯坦。苏联占领阿富汗让图尔基十分震惊，他认为这是向波斯湾温暖海域的征程的第一步，下一步就要轮到巴基斯坦。他认为，苏联的最终目标是控制位于波斯湾底部的霍尔木兹海峡。阿曼与伊朗在这里隔海相望，地势就像是一只鱼钩在朝张开的嘴里伸去。苏联从这里能控制住石油的供应线：将石油从沙特、伊拉克、科威特和伊朗运出的巨型油轮都必须经过此地。无论谁掌握了这个海峡，就等于是把刀子架在了世界石油供应的咽喉上。

图尔基在巴基斯坦三军情报局的同行向他通报了阿富汗抵抗运动的情况，然后带他去了白沙瓦郊外的难民营。民众遭受的苦难如此深重，这让图尔基震撼莫名。他回国时许诺要为圣战者捐助更多的资金，不过他认为这支参差不齐的队伍绝对不可能战胜苏联红军。“阿富汗已经完蛋了，”他下了结论。他只希望能够拖延苏联必将对巴基斯坦发动的入侵。

华盛顿方面也有人持同样的看法，特别是时任卡特政府国家安全顾问的兹比格涅夫·布热津斯基。不过，布热津斯基却把苏联的入侵视为一次机会。他立即致信卡特，称“现在我们也可以让苏联陷进自己的越南战争了。”[①] 实现这个目标需要盟友的支持，美国人自然而然地转向了沙特人，其实也就是图尔基——这位受过美国教育的王子掌管着阿富汗人的财务。

在美国与沙特通过巴三军情报局向抵抗力量输送资金和武器的秘密联盟之中，图尔基成为了关键人物。这个计划必须严格保密，以免被正在为入侵巴基斯坦寻找口实的苏联抓住把柄。美国人出一块钱，沙特人也出一块，直到战争结束；捐款的数额则从第一笔的 7.5 万美元增长到了后来的数十亿美元。

图尔基面临着一个最为紧迫的问题：圣战者差不多就是一群乌合之众。20 世纪 80 年代中期，阿富汗境内的武装民兵队伍约有 170 支之多[②]。为控制住这种混乱的局面，巴基斯坦三军情报局在阿富汗流亡者之中选出了 6 个主要团体，指定由他们负责接受援助。阿富汗难民（到 1988 年人数已达 327 万）必须在这 6 个官方指定团体中的一处登记，才有资格领取食物和供应品。最大的两个流亡者团体分别由古勒卜丁·希克马蒂亚尔和布尔汉丁·拉巴尼率领，它们各自负责着白沙瓦的 80 万难民[③]。图尔基强行建立了第 7 个官方指定的团体，以更好地代表沙特阿拉伯的利益。这个组织名为“伊斯兰联盟”（Ittihad-e-Islami），由本·拉登等人私下提供资金，领导者是阿卜杜勒·拉苏尔·赛义夫[④]。这个阿富汗军阀气概不凡，仪表堂堂，个头足有 6 英尺 3，身上披着五颜六色的毛毯。他曾就读于开罗的爱资哈尔大学，能说一口漂亮的古典阿拉伯语。他所信奉的瓦哈比派信仰与战前在阿富汗居于主流的沙菲派传统并不合拍，但对于沙特阿拉伯政府及其宗教权威来说却最合适不过。这 7 个圣战者团体的领导，后来被中情局等为其提供主要支持的情报机构称为“七个小矮人”。

图尔基预见到这几个贪婪而好斗的“小矮人”会带来很多麻烦，于是他反复敦促各个你争我斗的组织团结起来，实行统一指挥。1980 年，他把这些圣战者的领袖带到麦加。图尔基的助理艾哈迈德·巴兹卜负责

① 库特，《并不神圣的战争》，第 19 页。
② 同前，第 232 页。
③ 对阿卜杜拉·阿纳斯的采访。
④ 乔恩·李·安德森，“喀布尔来信：行刺者”，《纽约客》，2002 年 6 月 10 日。

陪同。巴兹卜找到了平息抵抗军首领之间争端的最好办法：把他们关进塔伊夫的一座监狱[①]，直到他们同意选赛义夫（图尔基的人）为全体的领导。但是，他们刚一离开沙特王国，监狱里达成的协议就破裂了。“他们又成了老样子，”图尔基抱怨道。

阿富汗战争早期，“不敢亲身参与”[②] 的心理让本·拉登一直远离战场，后来他对此深以为耻。他去巴基斯坦的时候仅限于拉合尔和伊斯兰堡两地，连白沙瓦都不会涉足，然后就匆匆赶回吉达的家中。在两国之间的频繁穿梭，让他最终放弃了自己的工作。由于他不再参与沙特本拉登集团在麦地那先知清真寺的重建工作，也就放弃了自己的那份收益[③]——据阿卜杜拉·阿扎姆估计，这笔钱有 800 万里亚尔，大约相当于 250 万美元。

1984 年，阿扎姆说服本·拉登越过边境来到加吉，赛义夫在那里的山上有一个军营，山下就是苏军的一处大型基地。“我惊讶极了。他们的装备少得可怜，其余的一切——武器、道路和战壕——也都很糟糕，”[④] 本·拉登回忆说。“我向万能的真主请求宽恕。由于听从了那些劝我不要去阿富汗的人，我觉得自己犯下了罪过……我感觉这 4 年的拖延是不可饶恕的，除非我为圣战牺牲。”

1984 年 6 月 26 日早晨 7 点，加吉营地的大部分圣战者还在睡觉。当时是斋月期间，他们白天要斋戒，祷告和吃饭都改在晚上，一直得忙到深夜。一架苏联喷气机的轰鸣让他们清醒过来。营地上的人纷纷跳进浅浅的战壕。“轰炸让整座山都颤抖起来，”[⑤] 本·拉登说。他看到空袭的敌机飞得那么低，都惊呆了。“落在营地外面的导弹发出阵阵巨响，

---

① 科尔，《幽灵战争：中情局、阿富汗与本·拉登的秘史——从苏联入侵到“9·11”》，第 83 页。
② 穆罕默德，《阿富汗的阿拉伯志愿者》，第 85 页。
③ 阿扎姆，《高山》，第 150 页。
④ 同前。
⑤ 同前。

把圣战者还击的炮声都淹没了，好像那些炮根本就不存在似的。别忘了，光是听到爆炸的声响，你都会说世上再没有比这更大的动静。还有导弹落在营地里面，感谢真主，它们没爆炸。那些导弹就像铁块一样坠落在地上。我感觉自己从未如此接近过真主。”

据本·拉登的记录，圣战者那天早晨击落了 4 架苏联飞机。“我亲眼看到了（其中一名）飞行员的所剩无几的尸骸，”他惊叹地说。“三根手指、一段筋、半边脸皮、一只耳朵、脖子，还有背部的皮。有些阿富汗弟兄过来给尸体拍照，就好像那是只被宰的羊！我们大声欢呼。”他还满怀敬佩地提到，空袭开始之时阿富汗人和吓坏了的阿拉伯人不一样，他们根本就没往战壕里躲。“感谢真主，我们的弟兄没有一个人受伤。事实上，那场战斗给了我极大的动力，鼓励我继续坚持这项事业。我愈发坚信圣战者绝对不会受到伤害，除非那是真主的意愿。”

本·拉登当即返回沙特阿拉伯，并在斋月结束前为圣战者募集到一笔巨款——“数额大概在 5 000 万到 1 亿美元之间”①，阿卜杜拉·阿扎姆骄傲地回忆道。“具体数字我记不太清了。”这笔钱之中有 200 多万来自本·拉登同父异母的一个妹妹。在那之前，人们大都把本·拉登视为阿卜杜拉谢赫的一位大有可为的门徒。但是，他突然间就遮蔽了导师的光芒，成为了圣战最主要的私人资助者。

阿扎姆对此的反应，是正式与这位门徒携手合作。1984 年 9 月，他们在麦加的朝觐期间见了面。虽然本·拉登是个温和而恭敬的人，但他此时已经有了自己的计划。这个计划可能是在加吉遭受的那次空袭中诞生的，当时阿拉伯人全都跳进战壕躲了起来。本·拉登发现，阿富汗人只把他们当作“尊贵的客人”，而不是真正的圣战者。他向阿扎姆提议：“我们应该负责来自阿拉伯的圣战者，因为我们比较了解他们，而且能对他们进行更严格的训练。”两人就此达成一致，决定让阿拉伯人以更为正规的方式在阿富汗发挥作用，虽说当时真正投身于圣战的阿拉伯人

---

① 阿扎姆，《高山》，第 88 页。

并没有多少。决心改变这种状况的本·拉登，宣布要为每一个加入圣战队伍的阿拉伯人（以及他的家庭）提供到阿富汗的机票、住所和生活费。这些费用加起来大约是每家每月 300 美元①。

除了本·拉登宣布的惊人消息，阿扎姆又发布了一条让各地穆斯林激动不已的圣令。阿扎姆在后来以《保卫穆斯林的土地》为题出版的书中指出，阿富汗的圣战对于每一个体格健全的穆斯林来说都是必须履行的义务②。他把发行前的一本样书送给了沙特阿拉伯的首席宗教学者阿卜杜勒·阿齐兹·本·巴兹谢赫。巴兹为此书作了序，并在吉达本·拉登家族的清真寺中发布了自己表示支持的圣令。

阿扎姆的圣令对“个人主命”（fard ayn）和“全体主命”（fard kifaya）这两个概念做了区分。第一个概念指的是所有穆斯林都必须履行的个人义务，例如祷告和斋戒。如果有谁逃避这种义务，那他就不是一个虔诚的穆斯林。如果不信真主者侵略了穆斯林的土地，驱逐侵略者对当地的穆斯林来说就是“个人主命”——强制性的义务。如果他们失败了，那么这种义务就会扩展到邻近地区的穆斯林身上。“如果他们也不能成功，或者是出现了人手不够的问题，那么他们后面的穆斯林就有责任挺身而出，依此类推。这个过程将一直持续下去，直到它成为全世界穆斯林的‘个人主命’。”只要是想参加抗击侵略者的圣战，孩子们不需要征得父母的同意，欠债者不必求得债主的许可，连女人都无需得到丈夫的批准。而第二个概念“全体主命”，则是群体的责任。阿扎姆举了一个例子：一群人正走在海滩上，“他们看到了一个快要溺死的孩子。”他说，这个孩子就是阿富汗。对于在场的所有会游泳者来说，他们有义务把这个溺水的孩子救上来。“如果其中有人冲上去救他，那么

---

① 伯根，《圣战：在本·拉登的秘密世界之中》，第 56 页。

② 有趣的是，这位前巴勒斯坦游击队的成员认为阿富汗的斗争比巴勒斯坦抗击以色列的斗争更为重要。他说，阿富汗战争的目的是要建立一个伊斯兰国家，而巴勒斯坦的斗争事业已被各种各样的团体据为己有，其中包括“共产主义者、民族主义者和现代主义的穆斯林，”他们是在为了一个世俗的国家而斗争。

其余的人也不会犯下罪过。但是，如果谁都不行动，那么会水的人就全都有罪。”阿扎姆进而指出，反苏圣战既是每一个穆斯林的个人义务，也是整个穆斯林的义务；除非侵略者被击退，否则所有的穆斯林都是有罪的。

得到了本·巴兹等其他著名宗教学者的认可，阿扎姆圣令的消息在世界各地的伊斯兰群体之中迅速传播开来。虽然阿富汗阿拉伯运动确实始于这两个事件——本·拉登宣布为阿拉伯圣战者提供经济支持，以及阿扎姆振奋人心的圣令——但不得不说的是，他们最初的努力基本上都以失败告终。没有几个阿拉伯人真正响应他们的号召；至于那些确实加入圣战的人，既可以说他们是遵从阿扎姆圣令的嘱咐，受保卫伊斯兰的义务所驱使，也可以说是受到了本·拉登金钱的吸引。

本·拉登和阿卜杜拉·阿扎姆谢赫一回到巴基斯坦，就建立了一个被他们称为“服务局”（Makhtab al-Khadamat）的组织，地点设在本·拉登在白沙瓦大学城地区租的一所房子里[①]。本·拉登每月提供 2.5 万美元[②]以维持服务局的运转。他租的这所房子也成了阿拉伯圣战者投宿的旅店，以及阿扎姆办杂志和印刷书籍的总部。服务局基本上就是一个资金汇集点；两人通过广泛募集活动筹来的钱都存放在这里。贾迈勒·哈利法也来到了服务局，与本·拉登和阿扎姆一起工作。他们付出了很大努力，以确保捐款（常常是整箱整箱的现金）能真正发到难民的手中。阿扎姆在穆斯林兄弟会之中有着资深地位，这使他能在国际范围内为自己不断宣传的反抗事业呼号。不过，他所做的努力仍然无法与本·拉登相比。这个被他称为“上天所赐[③]”的人，与沙特王室和海湾地区石油业界的亿万富豪都有着直接的关系。

本·拉登还利用了自己与图尔基王子的关系。图尔基的幕僚长、

① 穆罕默德，《阿富汗的阿拉伯志愿者》，第 119 页。
② 匿名，《透过敌人的眼睛》，第 99 页；穆罕默德，《阿富汗的阿拉伯志愿者》，第 198 页。
③ 伯恩斯坦，《晴天霹雳：2001 年 9 月 11 日的故事——从圣战到地面零点》，第45 页。

本·拉登以前的科学老师艾哈迈德·巴兹卜每月要去两次白沙瓦，为圣战者领导人送去现金[①]。沙特政府每年要向阿富汗圣战捐赠3.5亿到5亿美元[②]。这笔钱存在一个由美国政府控制的瑞士银行账户上，美国人用它来支持圣战者；不过，沙特人还通过自己私下的捐助项目，为他们拥护的圣战指挥官募集了数百万美元。在私下募集的捐款之中，超过十分之一的数目被用于支持本·拉登的非官方活动。

图尔基说他第一次见到本·拉登是在白沙瓦，时间大约是1985[③]或1986年。那次会面后不久，他们又在沙特驻伊斯兰堡领事馆举办的一次招待会上相遇。本·拉登尽职尽责地向图尔基汇报了自己的活动，比如他带来了重型机械设备和工程师，以修建防御工事。他给王子的印象是害羞、说话轻声细语、友好和善，“几乎给人以性情温柔之感”，而且是个很有用处的人。通过本·拉登，图尔基可以招募阿拉伯青年加入圣战，还能在不受巴基斯坦三军情报局控制的情况下对他们进行训练和教导[④]。此外，本·拉登还募集到了大量不经账面的钱款，这对熟练的情报人员而言是一笔可资利用的宝贵财富。

服务局成了来白沙瓦寻找参战途径的阿拉伯青年的登记处。它为这些年轻人（其中有许多高中生）提供了暂住地，并把他们带到各个训练营。在这个神奇故事动辄涌现的地方，本·拉登也成了圣战传说的一部分。许多阿富汗阿拉伯人效忠于阿扎姆，但本·拉登却在为他们支付房租。他很快就以富有和慷慨闻名。瘦高而醒目的本·拉登在医院的病房中穿行，一边向受伤的战士分发腰果和巧克力[⑤]，一边细心地记下他们

---

① 对艾哈迈德·巴兹卜和赛义德·巴兹卜的采访。据赛义德·巴兹卜说，沙特政府始终支持着圣战，直到1989年本·拉登离开阿富汗。

② 与马克·萨吉曼的个人通信。他当时是中情局负责阿富汗方向的官员之一。

③ 图尔基在其他著作中称，“我们第一次会面应该是在1984年左右。”“接着奥马尔毛拉就冲我大喊”，《明镜》周刊，2004年11月。

④ 克拉克，《针对所有敌人》，第52页。

⑤ 贾森·伯克，“他何以成为本·拉登，（二）”，《观察家报》，2001年10月28日。

的姓名住址。他建起了一个神学图书馆[①]，让在市里打发时间的圣战者提高修养，还至少教过一名年轻的阿富汗战士阿拉伯语[②]。他出资让赛义夫在紧邻白沙瓦的部族地区创立了圣战大学[③]，这所学校后来将以恐怖分子的培训地而举世闻名。他还参与了阿扎姆出版的阿拉伯语杂志《圣战》[④]。与服务局其他的一些人不同，他在政治上并不是很老练圆滑，但工作起来却不知疲倦——“他是个极富想象力的活动家，”与他在服务局共事的阿尔及利亚人阿卜杜拉·阿纳斯评价说。“他吃得很少，睡得也很少。他非常慷慨。他会把自己的衣服给你穿，把自己的钱给你用。”

然而，本·拉登给人的印象却并不是一位很有魅力的领袖，尤其是当他处于阿卜杜拉·阿扎姆的阴影之下时。“他脸上总挂着一丝微笑[⑤]，一双手长得很柔软，”一位久经沙场的巴基斯坦圣战者回忆说。“跟他握手，感觉就像是和一个女孩子握手。”他显得害羞而严肃，许多人都觉得他有些天真幼稚。他笑起来的时候会以手掩口。后来成为本·拉登密友的一个叙利亚人还记得他们初次见面的情景：“那是 1985 年的 11 月。他那时还没什么名气。我们在一家旅店的大厅里祷告。大家让他说两句，于是他就谈起了马。他说，如果你喜爱一匹马，它也会响应你。他那时脑袋里想的就是这个——马。”[⑥]

阿卜杜拉谢赫把聚集在白沙瓦的一小群阿拉伯人称为“外乡旅”[⑦]。阿拉伯人不与当地人来往，还建起了自己的清真寺、学校，办起了报

---

① 匿名，《透过敌人的眼睛》，第 98 页。
② 贾森·伯克，“他何以成为本·拉登，（二）”《观察家报》，2001 年 10 月 28 日。
③ 富达和菲尔丁，《恐怖的主谋：全世界最具毁灭性的恐怖袭击背后的真相》，第 91 页；库利，《并不神圣的战争》，第 238 页。
④ 伯克，《基地组织：投下恐怖的阴影》，第 56 页。
⑤ 对哈立德·赫瓦贾的采访。
⑥ 对基地组织匿名消息来源的采访。
⑦ 穆罕默德，《阿富汗的阿拉伯志愿者》，第 177 页。

纸。有些人来到这里时身上只揣了一个电话号码，除此之外别无长物。有了本·拉登发放的慷慨补助，他们之中的许多人就在哈亚塔堡的郊外安顿下来。那里靠近部族地区的边缘，由一片两层楼的屋村住宅构成。屋里的各种现代设施一应俱全：冰箱、洗衣机、烘干机，等等①。实际上，这里的许多人生活得比本·拉登还要舒适。

开伯尔山口的那边就是战争。来到白沙瓦的阿拉伯青年向真主祈祷，希望在穿过山口之后能以身殉教，进入天国。为了打发时间，他们互相交流自己的传奇故事，讲述吸引穆斯林青年前来解放阿富汗弟兄的召唤。实际上，真正参与这场战争的几乎全都是阿富汗人。尽管有阿扎姆著名的圣令和本·拉登的补助，反苏战争期间来到此地的外乡人最多也没有超过 3 000 人②——他们被称为阿富汗阿拉伯人——而这其中的大部分从来就没有出过白沙瓦。

这些阿富汗阿拉伯人在祖国往往都是为人唾弃的叛逆者。他们发现，自己刚一离开，身后的国门就关上了。其他一些穆斯林青年则是受到了本国政府的鼓动，而他们真正加入圣战之后却又被政府指责为狂热分子。对于许多人来说，此后恐怕很难再回到故乡。这些被抛弃的理想主义者自然很希望有一个领袖。除了事业和彼此之外，他们再没有什么可以依靠。他们是没有国家的人，自然连国家这个概念都极为反感。他们把自己视为一支没有边界的武装，在真主的授权下保卫着整个穆斯林。这恰恰是本·拉登的梦想。

在白沙瓦，他们有了新的身份。阿拉伯群体里的人极少使用真名，问别人的真名也是极不礼貌的。在这个隐姓埋名的地下社会中，孩子们往往连父亲的真实身份都不知道③。圣战者所取的化名中通常会反映出

---

① 对扎纳卜·阿卜杜勒·哈德尔的采访。

② 对阿卜杜拉·阿纳斯的采访。时任中情局阿富汗站主管的米尔特·比尔登称，“我们估计，同时呆在这里的阿富汗阿拉伯人大约有 2 000 名，此外还有 1 000 名把这里当成一条龙旅游的阿富汗阿拉伯人”——他们是来度假的。“与此相对的是 25 万全天或临时参战的阿富汗人，以及 12.5 万苏联人，”比尔登说。

③ 对扎纳卜·艾哈迈德·哈德尔的采访。

他第一个儿子的名字，或是与本人个性相符的某种特点。圣战者常见的姓名（如阿布·穆罕默德）之后所缀的一个名字则表示此人的国籍——例如，“利比”代表他是利比亚人。这种姓名的密码很简单，想要破解却很难，因为你必须得了解一个人的声名或家庭，才能明白他姓名中暗指的事物。

召唤许多阿拉伯青年来到白沙瓦的，并不是在阿富汗战争中获胜，而是死亡。在遍及清真寺与阿拉伯语书店的书籍、传单、录像带和磁带之中，“以身殉教”成了阿扎姆极力兜售的东西。“我四处旅行，就是要让人们了解圣战，”① 回顾他在世界各地的清真寺和伊斯兰中心所做的演讲，阿扎姆这样说道。“那时我们是在努力满足人们对殉教的渴求。如今，我们仍然热爱这种牺牲。”阿扎姆每年都要去美国筹集资金，并从那些被他编织的神话深深吸引的当地穆斯林青年中招募人员——从堪萨斯城、圣路易斯到达拉斯，他走遍了美国的腹地和各大城市。

他讲述了许多圣战者的故事②，说他们几乎仅凭一人之力就击败了成群结队的苏军。他宣称，有些英勇的战士被坦克从身上碾过，竟然活了下来；还有人被敌军击中，但子弹却无法射进他们的身体。一旦死亡真的来临，发生的事情可就更为神奇了。有一位敬爱的圣战者咽气时，救护车里充满了蜜蜂的嗡嗡声和鸟儿的啁啾声，但那是在深夜时分的阿富汗沙漠之中③。死去一年后从墓中挖出来的殉教者遗体仍然散发着芳香，血液还在流动。天国与自然也在协力抗击罪恶的侵略者。众天使骑着马冲进战场，敌机扔下的炸弹被鸟儿截住——它们赶到喷气机的前头，在战士们上方组成一道保护的屏障。众口相传，阿卜杜拉谢赫会付钱给那些提供惊人事迹的圣战者，因此讲述奇迹的故事自然也大量涌现④。

---

① 阿卜杜拉·阿扎姆的招募录像，无题，1988。

② 例如阿卜杜拉·优素福·阿扎姆，“阿富汗圣战中‘至仁主’的圣迹”，www. islamicawakening . com/viewarticle. php? articleID=877&.

③ 阿卜杜拉·优素福·阿扎姆，“阿布一蒙齐尔·阿什谢里夫”，www. islamicawakening. com/viewarticle. php7articleID=3o&.

④ 对穆罕默德·洛伊·拜兹德的采访。

以辉煌而有意义的方式死去，这对人们来说有着强大的吸引力，尤其是当生活中的乐趣与回报在政府压迫和经济剥夺之下所剩无几的时候。从伊拉克到摩洛哥，各个阿拉伯国家的政府都在扼杀自由；当全球其他所有地区的民主状况与个人收入都在迅速提高的时候，这些国家却几乎没有创造什么财富。作为阿拉伯国家之中的首富，沙特阿拉伯生产力的低下可谓举世闻名——虽然该国有极为丰富的石油资源，却没能利用它创造出任何其他重要的收入来源；实际上，如果除去海湾各国的石油收入[①]，那么总共 2.6 亿阿拉伯人的出口额还比不上 500 万芬兰人。人们的期望不断提高，机遇却越来越少，激进主义通常就兴起于这样的落差之中。在海湾地区，这种情况就更为显著：人口以年轻人居多，他们无所事事，百无聊赖；艺术极度贫乏；人们的娱乐消遣（电影、戏剧和音乐）不是处在监控之下，就是完全付之阙如；年轻男人不能与女性接触，因此也无法从中得到安慰，并进行正常的社会交往。成年人不识字，这在大多数阿拉伯国家是司空见惯的事。失业率则在第三世界中居首。愤怒、憎恨与屈辱，促使年轻的阿拉伯人去寻找极端的出路。

对于这些年轻人来说，以身殉教在他们鲜有回报的生活之外提供了另一种理想的选择。光荣的死亡召唤着犯下罪行的人（据说，罪人在第一股鲜血喷溅而出时即可得到宽恕），而罪人在临死之前就能够看到自己已跻身天国。由于他的牺牲，他的家族中将有 70 名成员免受地狱之火的煎熬。贫穷的殉教者在天国将被授予冠冕，那上面镶嵌着一颗比整个地球还要贵重的宝石。有些阿拉伯国家的女性被紧锁深闺，没有前途的男人根本别想娶到老婆，殉教牺牲则将给来自这种地方的年轻人带来有 72 名处女相伴的闺中乐趣，据说她们都是“深色眸子的天国美女，如秘藏的珍珠一般贞洁。”她们等待着殉教者的来临，还为他备下了盛

① 詹姆斯·R·伍尔西，“击败石油武器”，《评论》，2002 年 9 月。这是 20 世纪 90 年代中期的统计数字。其他统计数字由 2002 年官方的《阿拉伯国家人类发展报告》推断而来。

宴；席间摆满了肉食和瓜果，杯中则是最醇厚的美酒。

阿扎姆在全世界穆斯林面前把殉教描绘得如此引人入胜，从而创造出一种对死亡的崇拜，它将在后来成为基地组织的核心。对于报道战争的新闻记者来说，阿富汗阿拉伯人就像是穿插在真实战斗之中的一场古怪表演；这些人之所以显得与众不同，是因为他们对死亡极其痴迷。如果有一名战士倒下，周围的战友都会向他表示祝贺，并且因自己没能和他一样战死而哭泣。这样的景象让其他穆斯林也觉得很怪异。阿富汗人是在为自己的国家战斗，而不是为了天国，或是一个理想化的伊斯兰社群。对他们而言，以身殉教并不是第一要务。

拉希姆拉·优素福扎是一家巴基斯坦报纸（《新闻报》）驻白沙瓦分部的主管。他曾目睹阿富汗阿拉伯人设在贾拉拉巴德的一个营地遭受攻击。阿拉伯人在前沿阵地上支起白色的帐篷，这让他们成为苏联轰炸机轻易就能发现的目标。“为什么要这么干?”这位记者难以置信地问道。“我们就是要他们来轰炸!”阿拉伯人告诉他。“我们希望去死!”他们坚信自己是在响应真主的号召。如果他们真的是有福之人，真主就会恩赐他们像殉教者那样死去。本·拉登后来引用先知的话宣告：“我愿为真主之道圣战殉教，然后复活再圣战再殉教，然后再复活再圣战再殉教。”①

《古兰经》里提到圣战；这其中有些经文说的是为追求完美而进行的内在斗争，先知称之为“更为伟大的圣战”。有的伊斯兰学者做了解释，称它们只适用于不信真主者发起战争、穆斯林遭到迫害，或是伊斯兰自身受到威胁的情况。这些学者指出，《古兰经》也要求穆斯林“你们当为主道而抵抗进攻你们的人，你们不要过分，因为真主必定不喜爱过分者。”②

---

① 奥萨玛·本·拉登，“致伊拉克人民的信”，半岛电视台，2003年10月18日。
② 引自《古兰经》(马坚译本)，2∶190。——译者

受阿富汗战争的影响，许多伊斯兰激进分子逐渐认为圣战将永无休止。对他们而言，抗击苏联的斗争在这场永恒的战争中只不过是一次小小的冲突。他们把自己称为圣战者，这表明战争是他们宗教认识之中的核心。他们是伊斯兰教重死轻生观念的自然产物。穆斯林兄弟会的创始人哈桑·班纳曾宣称："如果一个人到死都未曾战斗过，而且没有战斗的决心，那么他的死就是'贾西利亚'式的死。"[①] 他还补充了一句带着些许沙菲派神秘主义色彩的话："死亡是一种艺术。"

《古兰经》明确指出，"对于宗教，绝无强迫。"[②] 这条教义似乎禁止了任何针对非穆斯林和持不同信仰的穆斯林的战争。但是，对于认为圣战只是保护信仰群体的防御手段的观点，赛义德·库特卜却嗤之以鼻。"伊斯兰并不仅仅是'信仰'，"[③] 他写道。"伊斯兰是要将人们从他人的奴役下解救出来的宣言。因此，它从一开始就要努力废除任何以'人统治人'为基础的体制和政府。"库特卜指出，没有伊斯兰指引的生活就是奴役[④]；因此，如果不彻底消灭"贾西利亚"，就不可能实现真正的自由。只有清除人对人的统治，施行沙里亚（伊斯兰律法），才不会再有宗教上的强迫，因为人们那时只剩下一个选择：伊斯兰教。

然而，圣战的宣言使穆斯林群体产生了分裂。阿富汗圣战究竟是不是真正的宗教义务，穆斯林对此始终没有达成共识。例如在沙特阿拉伯，穆斯林兄弟会的当地分支机构就拒绝派成员参加圣战[⑤]，但他们鼓励人们去阿富汗和巴基斯坦参与援助工作。真正参加圣战的人往往都与国家认可的穆斯林组织脱离了关系，因而也更容易受到激进主义的影

---

① 米切尔，《穆斯林兄弟会社团》，第 207 页。

② 引自《古兰经》（马坚译本），2：256。——译者

③ 库特卜，《里程碑》，第 58 页起；以下库特卜的其他引文也出自本书。

④ 这种观点在罗克珊·L·尤本的文中得到了更为充分的阐述，见"比较政治理论：伊斯兰原教旨主义对理性主义的批评"，《政治学杂志》，59，no. 1（1997 年 2 月）：第 28—55 页。

⑤ 对贾迈勒·卡舒吉的采访。

响。许多忧心忡忡的沙特父亲来到训练营，把自己的儿子拖回家去[①]。

对于响应阿扎姆号召的狂热理想主义者而言，阿富汗战争是伊斯兰重归世界统治地位的开端。他们不仅要解放阿富汗人民，最终还要再次夺取从西班牙到中国的广大地区——在欧洲陷身黑暗中世纪的时代，这一地区都处于开明穆斯林的统治之下。不过，恢复昔日的帝国还只是第一步。接下来就是要对不信真主者发动一场最终的战争，并在审判日达到顶点。

阿富汗阿拉伯人并不都是甘愿自杀或持末日论的思想家。他们之中也有些人是出于好奇，或者把打仗当作度假，还有想在假期里找点刺激的学生。其他一些人则是为了寻觅在平凡生活中找不到的意义。

“我不是信徒，”移民到美国的叙利亚人穆罕默德·洛伊·拜兹德回忆说。1985 年他 24 岁，自以为是个习惯了购物中心和快餐的典型美国中产阶级青年。但是，他无意中看到了阿卜杜拉·阿扎姆的一张油印传单。他心想，既然有这么多奇迹，那怎么也得去看看。他那时正在密苏里州堪萨斯城的一所社区大学里读工程学。谁也不知道从堪萨斯城到阿富汗的战场该怎么走，于是他就坐飞机来到伊斯兰堡，然后打了传单上印的电话号码。阿扎姆当时要是没接电话，他都不知道自己接下来该怎么办。

拜兹德本打算只待三个月，不过当地的异国风情和一心想要殉教的圣战弟兄让他着了迷。拜兹德长着一双富有表现力的黑眉毛，嘴里的笑话说个没完，这让他在一群严肃的圣战者中显得极不协调。“我去阿富汗的时候什么都不懂，只不过是怀着良好的愿望而已，”他说。“所有的一切都很陌生。那感觉就好像我刚刚出生，还是个婴儿，所有的一切都得重新学起。有了那样的经历，再离开那儿回去过你原先正常的生活，就不太容易了。”他给自己起了个圣战者的名字——阿布·里达·苏里。

未经训练却急于参战的“外乡旅”一直都很焦躁不安，后来阿扎姆

---

① 对穆罕默德·胡尔瓦的采访。

终于同意带他们进入阿富汗，与在吉哈德沃尔附近与苏军作战的当地指挥官古勒卜丁·希克马蒂亚尔会合。本·拉登和60名阿拉伯人以及一个阿富汗向导乘车越过边境。他们本以为一到达就会直接投入战斗，所以各人的口袋里都塞满了葡萄干和鹰嘴豆；这些干粮大部分都在漫长的路程上消耗掉了。他们开始称自己是“鹰嘴豆旅”。当晚10点左右他们终于到达了阿富汗人的营地，才知道苏军已经撤退。

第二天早晨，希克马蒂亚尔不耐烦地告诉他们：“你们不用呆在这儿了。这就回去吧。”①

阿扎姆当即同意，但本·拉登和其他几个阿拉伯人却显得很失望。“既然他们是撤退走的，我们起码也应该追击一下吧？”他们问道。阿扎姆在栏杆柱上竖起几个靶子，让手下人练了一会儿射击。打完靶，阿拉伯人把武器交还给一名阿富汗指挥官，然后搭公共汽车返回白沙瓦。这时他们称自己是“荒唐旅”。一回到市里，大家就散伙了。

1986年，本·拉登把几房妻子和孩子全都带到白沙瓦②，加入了响应阿卜杜拉·阿扎姆谢赫圣令的阿拉伯群体。这个群体规模虽小，却仍在不断扩大。从当时的形势来看，阿富汗人显然将赢得这场战争。苏共总书记米哈伊尔·戈尔巴乔夫承认，阿富汗是一个“流血不止的伤口”。那一年，美制“毒刺”导弹也被引进了阿富汗。这种单兵发射的导弹成了苏联飞机的致命克星，让战争态势发生了有利于圣战者的决定性转变。虽然此时距苏联人最终从阿富汗的困境中脱身还得经过血腥的三年，几千名阿拉伯人（其中仅有几百人参加了战斗）在这期间并未对战局造成任何重大影响。

国外运来的武器大批涌入卡拉奇港。负责把武器分给各阿富汗指挥

---

① 穆罕默德，《阿富汗的阿拉伯志愿者》，第178页。

② 这是埃萨姆·德拉兹的说法，但穆罕默德·洛伊·拜兹德称他们迁到阿富汗是在1988年。

官的巴基斯坦三军情报局需要建立一个存放点，最好是在白沙瓦以远的地区，但又必须处于苏军的势力范围之外。在巴基斯坦的部族地区，沿开伯尔山口西南部山脉处有一块明显突入阿富汗的区域，被人们称为“鹦鹉嘴”。鹦鹉嘴的北坡叫做托拉博拉，意为“黑色的尘土”。这个偏远而贫瘠的地区遍布着山洞，洞壁都是极为坚硬的石英和长石。本·拉登把天然的洞穴扩大，又开挖出新的岩洞，用来存储军火[①]。这些兔子洞一般的岩窟是本·拉登为圣战者修建的弹药库，他将来向美国宣战也就是在个地方。

1986 年 5 月，本·拉登带着一小拨阿拉伯人来到驻加吉的阿富汗部队，那是赛义夫控制的地区，靠近巴基斯坦边境。一天晚上有许多东西砸到了阿拉伯人的帐篷上，好像是石头，可能是被远处偶然落下的炸弹崩落的。一个也门厨子起身去准备晨祷前的早餐，然后就传来了一声巨响。“真主至大！真主至大!”[②] 厨子大叫。“我的腿！我的腿!”惊醒之后的阿拉伯人发觉营地的周围撒满了地雷；不过，隐藏在草丛之中的绿色地雷很难看清。正当他们撤出营地的时候，一枚导弹打在离本·拉登只有几码远的地方。接着山顶上又响起了剧烈的爆炸声，被掀起的大石头和树木碎片纷纷落在被困的阿拉伯人身上。有三个人受了伤，一个来自埃及的研究生则送了命。阿拉伯人被吓得手足无措，后来又遭到了进一步的羞辱：阿富汗部队请他们走人，因为他们实在太无用。

尽管那次的表现非常差劲，1986 年底本·拉登还是出资建起了第一个永久的全阿拉伯人营地，位置也在加吉[③]。这个举动让他与导师阿扎姆产生了分歧——阿扎姆强烈反对这一计划。他们两人都怀着宏大而不切实际的梦想，因此也各有各的烦恼。阿扎姆渴望能消除妨碍穆斯林团结的国籍界限。出于这一原因，他总是试图把阿拉伯志愿者分散到不

---

① 对马克·萨吉曼的采访。
② 穆罕默德，《阿富汗的阿拉伯志愿者》，第 185 页。
③ 贾迈勒·伊斯梅尔，“奥萨玛·本·拉登：基地的毁灭”，半岛电视台，1999 年 6 月 10 日。

同的阿富汗指挥官属下，即便没有几个阿拉伯人会说当地的语言，也没有多少人接受过实际的训练。一旦上了战场，他们就是最容易送命的人。另一方面，阿富汗人进行的战争是打了就跑的游击战，本·拉登设想的营地却是固定的目标，这无疑是对钱财和人命的极大浪费。本·拉登当时已经在考虑未来将要进行的圣战，而加吉的营地就是他的第一步行动：他要创建一支能够在任何地方发动战争的阿拉伯军团。以前，本·拉登一直把自己的梦想置于那位长者的目标之下，但现在他逐渐感到了命运对自己的大力推动。

阿扎姆要极力阻止本·拉登偏离自己的轨道，于是就派贾迈勒·哈利法前去劝说。作为本·拉登的老友和姐夫，哈利法无疑是最能直言、最具权威的游说人选。哈利法乘车穿过阿富汗边界，同行的还有控制加吉附近山区的指挥官赛义夫。建在高山上的营地很冷，完全暴露在无情的寒风之中。奥萨玛（他名字的意思是雄狮）把这个地方命名为“马萨达”(Massada)，即“狮子的洞穴”。他说名字的灵感来自先知最喜爱的诗人哈桑·伊本·萨比特，他曾在诗中描写过一处同名的要塞[①]：

无论有谁想听到金铁交鸣，
就让他来到马萨达，
在那里他将看到勇敢的战士
准备为了真主而献身

当时，本·拉登的“狮穴”与将来在洞穴基础上建成的复杂训练中心还没有任何相似之处。哈利法以前是个非常投入的童子军，有丰富的宿营经验；在他看来，这个隐藏在松树林中的地方又脏又乱，连孩子们的营地都远远不如。营地的装备包括一台推土机、埃及仿制的苏式卡拉什尼科夫步枪、迫击炮、从白沙瓦军火市场买来的一些小口径防空武

① 穆罕默德，《阿富汗的阿拉伯志愿者》，第241页。

器，以及没有发射装置的中国制火箭弹。圣战者如果要发射火箭弹，就得把它靠在一块石头上，安好引线，然后在远处点火——这种疯狂的发射方法既危险，又没有准头。

透过望远镜，哈利法观察了仅仅3公里开外宽阔山谷之中的苏军基地[①]。阿拉伯人的营地处在一个孤立的位置上，而且很容易受到攻击。他们倒是有一辆车[②]，可以在晚上偷偷运送水和给养；但他们很可能被苏军困在山上，进而被全部消灭。在本·拉登疏忽大意的指挥下，已经有一些阿拉伯人丢掉了性命。看到他们冒着无谓的风险，还有人白白送命，哈利法十分愤怒。

他在营地呆了三天，和本·拉登周围的人谈话——大部分都是隶属扎瓦希里圣战组织的埃及人和沙特阿拉伯的高中生，其中一个叫瓦利汗的还是哈利法的学生。哈利法在麦地那教生物课的时候，瓦利汗是班上的尖子。哈利法得知，他们把本·拉登——而不是阿扎姆或赛义夫——选为自己的领导。这个消息让他十分吃惊。他从来没想到自己的朋友会去追逐权力。

哈利法怀疑，奥萨玛可能是受到了营地中埃及人的操纵。当时，照顾本·拉登生活的是两个身材高大、威风凛凛的埃及人，名叫阿布·乌贝达和阿布·哈夫斯。有一次这两个人堵住了哈利法，想试探他的政治观点，这愈发增加了他的疑心。他们先是说阿拉伯国家的领导都是“卡非尔”——这个说法指的是不虔诚者或不信真主的人，但如果用在其他穆斯林身上，则意味着他们是背弃自身宗教信仰的变节者。许多宗教激进分子认为，这样的叛徒应被杀死。哈利法不赞同两个埃及人的观点，于是他们就想拦着他，不让他见本·拉登。哈利法径自从他们身边走了进去；他才不会让这些陌生人左右自己。

哈利法和本·拉登晚上睡在一个帆布为墙、木板为顶的散兵坑里，

---

① 穆罕默德，《阿富汗的阿拉伯志愿者》，第233页。
② 同前，第216页。

坑顶上还堆着土。哈利法发现朋友说话时总是含糊其辞，觉得他肯定有什么事瞒着自己。到了第三天，哈利法终于把话挑明。“大家都很不开心——他们都反对你建立这个营地，”哈利法说。“连和你在一起的人也是这样。我跟他们谈过。”

本·拉登很吃惊。“他们怎么不跟我说?”他问道。

“这个问题你应该问问你自己。”哈利法回答。“但是，在阿富汗的每一个人都反对你这个想法!”

于是本·拉登又把自己的设想复述了一遍：他要创建一支能够在任何地方守护穆斯林事业的阿拉伯部队。他在山里建起这个可怜巴巴的营地，就是要创立这样的一支队伍。

“我们到这儿来是为了帮助阿富汗人，不是建立我们自己的队伍!”哈利法提醒他。“再说，你又不是军人，到这儿来干什么?”

两个人越说嗓门越高。他们相识已有十年，从来没有发生过争执。“这是圣战，”本·拉登喊道。“这是我们进入天国的道路!”

哈利法告诫本·拉登，说他要为营地里这些人的性命负责。“他们所流的每一滴血，真主都将唯你是问。我是你的朋友，所以我不能让你留在这儿。要么你离开此地，要么我就离开你。”

本·拉登冷冷地拒绝了。哈利法离开了营地。他们的友谊再也没有恢复。

- - -

尽管本·拉登拒绝了哈利法等人的恳求，阿拉伯旅的一再失败和“狮穴”营地人员面临的危险还是让他很担心。“我开始考虑新的策略，比如挖掘山洞和隧道，”[①] 他说。他从沙特本拉登集团借了一大批推土机、运土车、自卸车和掘进机器，还带来了熟练的工程人员[②]，打算开

① “我的父亲亏本整修了阿克萨清真寺”，《伊斯兰社群》，1991 年 10 月 18 日。
② 对本·拉登家族匿名发言人的采访。

掘7个非常隐蔽的人造山洞[1]，山洞的位置就俯瞰着来自巴基斯坦的主要补给线。其中有几个山洞的长度超过100码，高达20英尺，将作为防空洞、住宿区、医院和武器库。

干建筑活让本·拉登手下的人很不耐烦，他们总是缠着他，想找机会攻打苏联人。这些人当中闹得最凶的是一个45岁的巴勒斯坦大胖子，塔米姆·阿德南谢赫[2]。他本是个英语老师，后来成了沙特阿拉伯德黑兰空军基地的伊玛目，结果因其激进观点被开除。他面色苍白，浑身是肉，留着一部参差不齐的大胡子，鬓角处已开始变白。被开除之后，塔米姆谢赫转而四处讲演，为圣战者募集了数百万美元。他博学多识，老于世故，还非常渴望以身殉教，因此拥有了足以和本·拉登抗衡的权威。阿卜杜拉·阿扎姆非常喜欢他，还称他为"高山"。

塔米姆谢赫体重将近400磅。他肥硕的体态给年轻的阿拉伯战士(大部分都还不到18岁[3]) 带来了不少乐趣。有时他们不得不用绳索把塔米姆拖上陡峭的山路，还开玩笑说马都认得他了，不肯再驮他上山。不过，塔米姆谢赫对圣战的虔诚也激励着他们。虽说年纪比较大，身体状况也很差，他还是和别人一同训练。他一直催促本·拉登让大家赶快投入战斗。他的意见代表着营地中大胆、冒失、渴求死亡的一部分人。本·拉登对他能拖则拖，说大家还缺乏训练，而山洞的工程又必须尽快完工，但塔米姆总是不肯罢休。

1987年3月底本·拉登回了一趟沙特阿拉伯，塔米姆谢赫抓住了这个机会。本·拉登离开时把狮穴交给阿布·哈耶尔·伊拉克指挥，塔米姆就撺掇哈耶尔去攻打附近的一个苏军小基地。阿布·哈耶尔不干，说自己没有做这个决定的权力；但坚持不懈的塔米姆谢赫最终说服了他。阿布·哈耶尔犹犹豫豫地同意了。这位谢赫很快集合起14到16个年轻

---

① 对埃萨姆·德拉兹的采访。
② 对巴西姆·A·阿利姆和穆罕默德·洛伊·拜兹德的采访。
③ 穆罕默德，《阿富汗的阿拉伯志愿者》，第211页。

人。他们把重武器架在一匹马的背上，缓缓朝山下走去。武器老是从马背上滑落到雪地里。塔米姆只知道要去进攻苏联人、打完就立即撤退，除此之外再无计划；至于自己究竟走的是什么方向，他也不是很清楚。如果当时阿拉伯人真的和敌人交上了火，塔米姆谢赫也许就不能和随行的小战士逃回山去了。不过，一如往常，谨慎行事并不是他计划中的一部分。

突然，步话机里响起了阿布·哈耶尔的声音。本·拉登回来了，此事让他大为吃惊。他下令让他们马上返回营地。

“你告诉他，我是不会回去的，[①]” 塔米姆谢赫回答说。

本·拉登拿过了步话机。“塔米姆谢赫，立刻给我回来！”他命令道。“我是你的指挥官，而且我命令你回来；所以，你要是不回来，就是有罪之人。”

塔米姆老大不情愿地放弃了作战计划。但他发誓说要一直斋戒，除非等到参加战斗的机会。回到狮穴之后，塔米姆接连三天不饮不食。他变得虚弱不堪，本·拉登只得安排了一次小规模的行动，好让塔米姆完成自己的诺言——至少是象征性地了结此事。他让谢赫爬上一个山头，朝敌人打了一通机关枪和迫击炮。但是，塔米姆谢赫仍然对本·拉登的权威构成了挑战，因为有许多阿拉伯人和他站在一边，说他们来这儿是为了打圣战，而不是到山间露营。“我担心有些弟兄回国以后会说，他们在这儿呆了 6 个月却一枪未发，”[②] 本·拉登承认。“人们可能会据此得出结论，认为我们并不需要他们的支持。”他必须证明阿拉伯人并不仅仅是观光客，证明他们有能力对阿富汗圣战作出真正的贡献。如果一直不让手下人参加战斗，他这个指挥官还能再当多久都是个问题。

1987 年 4 月 17 日，冰雪还没有完全消融，本·拉登率领一支 120

---

① 阿扎姆，《高山》，第 23 页。塔米姆谢赫终究没能以身殉教。第二年，他在佛罗里达州奥兰多巡回演讲时死于心脏病发作。

② 穆罕默德，《阿富汗的阿拉伯志愿者》，第 261 页。

人的队伍[1]对阿富汗政府军在霍斯特附近的一个驻地发起骚扰袭击。他把攻击的日子选在星期五[2]，因为他认为全世界的穆斯林在这个时候都会为圣战者祷告。两位阿富汗指挥官赛义夫（他能说阿拉伯语）和希克马蒂亚尔同意提供炮火支援。进攻定于晚上 6 点进行——这个时间足够他们发起一轮快速袭击，随后降临的夜色则可以提供掩护，因为苏联飞机很快就会向他们扔下雨点般的炸弹。塔米姆谢赫苦求要参加行动，但本·拉登命令他呆在狮穴营地。

即将进行的这场战斗已经策划了几个月，在白沙瓦的后方也做了广泛的宣传。“我听说要发动这次进攻，就决定参加，”来自堪萨斯城的圣战者阿布·里达后来回忆说。“我开车赶去。本来我对计划知道得很少，不过到那儿以后在山谷里看到了许多驮着武器的驴子和马。”到达集结地点之后，他发现那里的阿拉伯人一片混乱。预定发起攻击的时刻到了，几个阵地上却都没有弹药——弹药还在老远的路上，全塞在路尽头的一辆车里。人们开始发疯一般地运送弹药——有的把火箭弹和迫击炮背在背上，有的则用当时仅有的 4 头骡子去驮。有些战士还没开战就已经累得要死，于是就溜回狮穴睡觉去了；留下来的人则又饿又气，因为干粮已被吃光。到了最后的一刻，一位指挥官才发现谁都没有带连接火箭弹和引爆装置的电线。他派一个人骑马回营地去取。更有甚者，本·拉登还生了病——战斗之前他经常这样——不过他竭力在手下人面前保持着镇定。

阿卜杜拉·阿扎姆谢赫发表了一通动人的演说，强调大家要坚定不屈。但还没等阿拉伯人做好冲锋的准备，阿富汗政府军的一名士兵就听到了他们战前动员的动静，而且一个人用一挺郭留诺夫式机枪[3]就把阿拉伯人打得抬不起头来，直到夜幕降临。本·拉登命令部队撤退。令人

① 阿布·穆罕默德，见阿扎姆，《高山》，第 97 页。
② 穆罕默德，《阿富汗的阿拉伯志愿者》，第 265 页。
③ 前苏联武器专家郭留诺夫于二战期间设计的气冷式重机枪。——译者

称奇的是，他们只死了一个人，另有两人身负重伤；但是，他们的尊严却被击得粉碎——他们给一个人击败了！阿富汗圣战者都在笑话他们。由于这场灾难，巴基斯坦方面开始关闭阿拉伯人设在白沙瓦的旅店①。阿富汗阿拉伯人的不幸遭遇，似乎就要以这种丢脸的方式收场。

5月，一小队阿拉伯人参加了另一场小规模战斗。策划这次行动的是埃及军事指挥阿布·乌贝达，他率领人们从侧翼对一支苏军部队发起攻击。“他们一共9个人，再加上我一个，”② 本·拉登后来回忆说。“谁都没有犹豫。”苏联人退却了，阿拉伯人欣喜若狂。但是，这短暂的胜利却促使苏军对狮穴发起了一场坚决的反击。根据阿卜杜拉·阿扎姆神话般的描述，苏联人集结了一支9千到1万人的部队③——包括苏联特种部队和阿富汗正规军——来对付只有区区70人的圣战者。

塔米姆谢赫恳求本·拉登让他上前线，但本·拉登说他太胖，不适合参加激战。他把塔米姆打发到了地下洞穴深处的通讯室。阿拉伯人始终按兵不动，直到苏军车队进入他们三座迫击炮的射程。随着本·拉登“真主至大!”的一声高喊，阿拉伯人纷纷开火，苏军在猝不及防中退了回去。“兄弟们情绪高涨，完全沉浸在狂喜之中，”阿扎姆写道。他们看着苏军开来的救护车运走了阵亡的士兵，其中还包括加吉地区的军事指挥。

本·拉登估计苏军会发起一场更大规模的反击，于是把队伍分成两半，让35人留守狮穴。他和另外9个人爬上了一个山头，看到200名苏联特种部队的士兵正偷偷向营地摸去。“突然，雨点般的迫击炮弹朝我们落了下来，”本·拉登说。神奇的是，阿拉伯人竟然没有受伤。一个小时之后，苏联人信心十足地继续向前推进。“一等他们爬上山顶，

---

① 对穆罕默德·洛伊·拜兹德的采访。
② 阿扎姆，《高山》，第109页。
③ 同前，第100页起，这段描述主要依据此书、穆罕默德所著《阿富汗的阿拉伯志愿者》，第310页起，以及“我的父亲亏本整修了阿克萨清真寺”，《伊斯兰社群》，1991年10月18日。

我们就开始攻击，”本·拉登续道。“有几个人被打死，其余的都逃了回去。”

连续几个星期，苏联人用120毫米迫击炮和凝固汽油弹轰击狮穴周围圣战者的阵地。看到敌人造成了如此巨大的破坏，阿扎姆流着泪为战士们的安全祷告。树木烧着了，连下雨都浇不熄，火光把夜空照得通明。一天早晨，就在这弹片和火焰的暴风雨之中，塔米姆谢赫手持《古兰经》从通讯洞室里钻了出来，开始在林中的空地上走来走去；战友们恳求他回来，他毫不理会，而是吟诵起了《古兰经》，还抬起头把一副圆圆的金丝边眼镜朝着天空，高声祈祷说要以身殉教。大地战栗着，子弹和爆炸把他周围的树林撕得粉碎。那是在斋月快要结束的一天，塔米姆认为自己要是在这个时候死了，就会得到特别的赐福。

这一偏离战争主题的疯狂举动，似乎让其他人平静了下来。“我们很快就遭到火力袭击，”本·拉登回忆说。“有一次敌人停火了大约30秒时间。我和身边的人说，还以为大家这回都要死了。但没过一分钟，火力袭击又开始了。这次我读起了神圣的《古兰经》，直到我们能安全地转移到另一个位置。我们走了还不到70米就再次遭到攻击，但我们觉得自己非常安全，就好像是呆在空调房间里一样。”

尽管大家表现英勇，本·拉登还是很担心：如果继续留在此地，他的人可能会全部送命。他不得不放弃狮穴营地。这是他最惨重的一次失败。听到这个决定，他手下的人都很震惊。其中一个人表示反对。本·拉登“冲着我大喊大叫，说的那些话我还是第一次从他嘴里听到，”[1] 塔米姆谢赫嚷嚷着说，气得把自己的胡子都拽了下来。“我觉得他是着魔了，”[2] 本·拉登回忆说。他斥责塔米姆，说他这种固执的态度给全体战士带来了危险。“塔米姆谢赫，他们都上车了，”本·拉登警告他。“他们之中只要有一个人送命，你就得永远背着罪过；到了审判日那一天，

---

① 穆罕默德，《阿富汗的阿拉伯志愿者》，第316页。
② 阿扎姆，《高山》，第30页。

你要为他流的血负责。”塔米姆谢赫哭着上了面包车，和其他人坐到一起。

能走路的人步行跟在车子后面。撤退之前他们毁掉了狮穴的大部分设施，让苏联人没东西可抢。他们把火炮推进山谷，把自动武器埋到地下。其中一个人往食堂里扔了一颗手榴弹。他们花了偌大精力建设起来的营地，现在已成了一片废墟。一小队人留在后面，以掩护这帮游击队员撤退。

本·拉登又生病了。“我感觉特别累，走不到 20 米就要停下来喝水。我的精神和身体都承受着极大的压力。”① 他的磨难才刚刚开始。

这帮东倒西歪的阿拉伯人来到赛义夫的营地之时，赛义夫正在气头上。当时，他已经意识到狮穴营地的价值所在——它俯瞰着一条为圣战者运送给养的战略供应线。他断然否决了本·拉登的弃营命令，让阿拉伯人返回狮穴；他还派了一些可靠的阿富汗战士和他们同去，以确保阿拉伯人能守住营地。

尴尬难当、筋疲力尽的阿拉伯战士五人一群十人一伙地回到了狮穴。黎明时分，25 个阿拉伯人和 20 个阿富汗人聚集在营地的废墟之中，心情郁郁地庆祝斋月末尾的盛宴之日。他们基本没什么可吃的东西，因为厨房已经给炸掉了。每个人分到了三只柠檬。早晨晚些时候，本·拉登和另外 10 个战士也回来了。遭到斥责的他无心再树立自己的权威，于是就把营地交给军事指挥阿布·乌贝达。看到自己建立的营地毫无必要地毁在了自己的手里，这肯定让他很难承受。

阿布·乌贝达决定找点事给他做做。“去守卫营地的西侧吧，”② 阿布·乌贝达说。“我觉得他们要是进攻肯定会走西边，那里的路最近。”

本·拉登带着人去了山上的一个突出部，让大家在树林中散开。他们看到一支苏联部队就在 70 米开外的地方。本·拉登喊大家往上冲，

---

① “我的父亲亏本整修了阿克萨清真寺”，《伊斯兰社群》，1991 年 10 月 18 日。
② 穆罕默德，《阿富汗的阿拉伯志愿者》，第 326 页。

但他的嗓子哑了，别人没意识到他是在跟他们说话。他爬上一棵光秃秃的树，好让大家听见他的声音，这立即招来了敌方的火力。一枚火箭弹差点把他炸下树来。“它从我身边掠过，在附近爆炸了，”[①] 本·拉登有一次说，“但我根本就没受影响——实际上，多亏伟大的真主安拉的慈悲，我感觉只不过是身上被洒了一把土。我冷静地爬下树，告诉兄弟们敌人的位置在中间方向，而不是左翼。”在另一次讲述中，本·拉登最为激烈的战斗经历就没有这么平静了。“那是一场可怕的战斗，最后我的半个身子都陷在了土里，不管看到什么东西就朝那儿开枪。”[②]

整整一天，本·拉登和他手下的人都处在敌军迫击炮火的压制之下。“我离苏联人只有30米远，他们想把我抓住，”[③] 他说。“虽然身处炮火轰击之下，我心里却极为平静——后来我睡着了。”人们常会讲述本·拉登战斗中小睡的故事，这证明他在战火之下仍不失优雅风范。其实，他可能就是晕过去了。本·拉登患有低血压，常感到头晕目眩。他身上总是带着一包盐[④]，觉得头晕时就会沾湿一个指头，伸到口袋里蘸点盐吃。这能够防止血压降低。

神奇的是，到了下午5点，阿布·乌贝达率领的阿拉伯部队成功地从侧翼包抄了敌军。由于没有空中支援，苏联军队的大部撤退了。“我们只有9个兄弟，对抗的却是多达100人的苏联特种部队；但因为恐惧和慌乱，身处密林的苏联人搞不清我们到底有多少人，”[⑤] 本·拉登说。“总共有大约35名苏军特种部队士兵和军官被打死，其他的都逃了……

---

① 奥萨玛·本·拉登，见阿扎姆，《高山》，第112，113页。

② “我的父亲亏本整修了阿克萨清真寺”，《伊斯兰社群》，1991年10月18日。

③ 罗伯特·菲斯克，“曾招募圣战者的沙特商人，如今利用他们在苏丹从事大型建筑工程”，《独立报》，1993年12月6日。

④ 对贾迈勒·卡舒吉的采访，他还提到本·拉登患过疟疾和肺炎。低血压和糖尿病之间有一定联系，有人据此说本·拉登接受过胰岛素注射。见伯根，《圣战：在本·拉登的秘密世界之中》，第57页；亦可见哈辛·比纳扬，“在利雅得获释的基地组织成员把一切和盘托出”，《阿拉伯新闻报》，2001年11月26日。但是，贾迈勒·哈利法说本·拉登并没有糖尿病。

⑤ 奥萨玛·本·拉登，见阿扎姆所著《高山》，第114页。

不仅是在我们的地区，全阿富汗圣战者的士气都大受鼓舞。”

刚刚遭受过最惨痛的失败，本·拉登紧接着又获得了最伟大的胜利。狮穴战斗结束后，阿布·乌贝达把从一名苏联军官尸体旁拿来的战利品赠给了本·拉登[①]——一把小型的卡利科夫 AK-74 突击步枪[②]，枪托是胡桃木做的，配有醒目的铁锈红色弹夹，这标志着此枪是伞兵部队配备的高级型号。此后，本·拉登总是将这把枪扛在肩上。

整个行动持续了三个星期。发起这场行动的其实是赛义夫（后来他接管了狮穴）而非本·拉登，但阿拉伯人却以勇敢和不顾一切出了名。这种声名从此奠定了他们的传奇——至少在他们自己看来是这样。阿拉伯人设在白沙瓦的旅店很快又重新开放。从苏联的角度来看，狮穴之战在他们从阿富汗实施战术撤退的过程中只是一场无足轻重的小仗。然而，在围绕着本·拉登追随者的高涨宗教气氛之中，头脑昏昏的人们都觉得自己仿佛生活在一个超自然的世界里，连现实也要向他们的信仰屈膝。对阿拉伯人而言，狮穴之战成了一个神话的基础——他们打败了超级大国。没过几年，苏维埃帝国就土崩瓦解了——圣战者认为，是穆斯林在阿富汗造成的伤害要了这个帝国的命。当时，他们已经建成了要把战斗继续向前推进的先锋队。基地组织的孕育源于几种认识的结合：信仰比武器或国家都要强大，而要想进入发生此类奇迹的神圣领域，就必须具备赴死之心。

---

① 对穆罕默德·洛伊·拜兹德的采访。

② Kalikov AK-74，前苏联著名枪械设计专家卡拉什尼科夫设计的 5.45 毫米口径自动步枪。——译者

第六章　基地

到 1986 年，已有数百万阿富汗难民涌入巴基斯坦的东北边疆省，把首府白沙瓦变成了反苏侵略圣战的主要集结地。城市的街道上混杂着各种各样的语言和民族服装，形成了一种奇特而令人兴奋的世界主义风格，让每个穿行其间的人都深为着迷。来自世界各地的援助工作者、毛拉[①]和情报员纷纷做起了各自的事业。在这个历来都靠违禁品大发其财的城市，资金与武器的地下流动为经济带来了繁荣。已经有阿富汗国家博物馆的珍宝[②]（雕像、宝石、古董，甚至是被拆散的整座佛教寺庙）被偷偷地带进走私者市场（白沙瓦市郊一个公开买卖的集市）以及破旧旅馆开设的礼品商店，这些旅馆里住满了为报道战争而来的各国记者。阿富汗的军阀们都把家搬到了大学城，职业阶级的居所就处在这里的桉树与木兰树丛间。军阀们从美国人和沙特人提供的补助里捞足了油水，已经成了富人[③]。他们有杀戮成性的竞争对手[④]，每周都会遭到空袭，还是克格勃与哈德（阿富汗情报部门）的刺杀目标，这使得白沙瓦地区阿富汗指挥官的死亡率比战场上还要高。以往，这个城市的交通主要依靠手工涂漆的私人公共汽车和冒烟的摩托棚车，这种车开起来的动静就像是链锯从空中划过；突然，街上的驴车中间就有崭新的奔驰大轿车和丰田陆地巡洋舰在悠然穿行。柴油浓厚的烟雾把空气染成了蓝色。“白沙瓦变成了一个无处可去者纷纷投奔的地方，”一位年轻的圣战者奥萨玛・鲁什迪回忆说。“在那样的环境之中，一个人的处境有可能会越来越糟糕，最终陷入绝望。”

1986年，艾曼·扎瓦希里医生结束了他和吉达那家诊所的合同，加入了白沙瓦不断壮大的阿拉伯人社团。比起当年入狱前来到此地的时候，如今的他长得胖了一些。他夸耀说白沙瓦就像是自己的“第二故乡”⑤，因为他小时候就在阿富汗呆过，他的外祖父曾是埃及驻阿富汗的大使。他很快适应了当地人长衫配宽松长裤的传统服装沙尔瓦克米兹（shalwar kameez）。自小就忠心追随着他的弟弟穆罕默德也来到了白沙瓦。兄弟俩长得很像，不过穆罕默德的肤色比较黑，个头略高，体型则偏瘦一点。说话轻声细语、对哥哥言听计从的穆罕默德，建立起了圣战从开罗经沙特阿拉伯到巴基斯坦的经济渠道⑥。

扎瓦希里在科威特支持的一家红新月会医院里开业行医。和市内大多数援助机构一样，这家医院也受穆斯林兄弟会成员的支配。由于扎瓦希里所写的长篇抨击性著作《苦涩的收获》⑦，兄弟会对他很敌视。他在文中谴责兄弟会与不信真主的政权合作——所谓“不信真主”的政权，指的也就是所有的阿拉伯政府。他把兄弟会称为“暴君手中的工具”。他要求他们公开宣布放弃“宪法与人为制定的法律、民主、选举和议会”，并向他们曾经支持的政权发动圣战。这本私人出资印刷的书制作得非常精美，在白沙瓦随处可见。“这些书是免费赠送的，”⑧ 当时在白沙瓦工作的一个兄弟会成员回忆说。“你如果去领食品，那儿的职员就会问你，这种书要不要带上一两本？”

---

① 一些伊斯兰国家对精通伊斯兰神学的穆斯林、伊斯兰教法的教师和诠释者以及饱学之士的尊称。——译者

② 对穆罕默德·萨瓦尔和拉希姆拉·优素福扎的采访。

③ 对马克·萨吉曼的采访。萨吉曼并不赞成这种常见的说法，他说军事领袖们没有借海洛因交易中饱私囊。

④ 对拉希姆拉·优素福扎的采访。

⑤ 对贾迈勒·伊斯梅尔的采访。

⑥ 中央情报局未公开文件，“关于穆罕默德·扎瓦希里的报告”（日期、作者不明）。

⑦ 有些圣战组织成员认为这本书是扎瓦希里剽窃来的。他们说此书的真正作者是赛义德·伊马姆·谢里夫（亦称法德勒医生）。

⑧ 对卡迈勒·赫勒巴维的采访。

扎瓦希里从事地下工作时的另一个同事也来了。他是个内科医生，名叫赛义德·伊马姆，圣战组织中的人都称他为法德勒医生[①]。他和扎瓦希里在白沙瓦的同一家医院工作。和扎瓦希里一样，法德勒医生也是一位作家、理论家。因为他年纪较长，而且曾在扎瓦希里入狱期间担任圣战组织的伊玛目，于是就再次接管了这个组织。扎瓦希里也取了一个化名：阿卜杜勒·穆伊兹（在阿拉伯语中，“阿卜杜”的意思是“奴隶”，“穆伊兹”指的则是“荣誉的给予者，”是真主的99个名字之一）。他和法德勒医生当即开始重建圣战组织，从年轻的埃及圣战者之中招募新成员。起初他们自称“圣战组织”，后来又把名字改为“伊斯兰圣战”。不过，这仍旧是以前的那个圣战组织。

科威特支持的这家红新月会医院[②]，成了阿富汗阿拉伯社群走向分裂的源头。一位名叫艾哈迈德·乌德[③]的阿尔及利亚医生素以崇尚暴力闻名，医院在他的影响之下变成了一种新理念的温床——这种残忍的理念将使圣战者分道扬镳，并使得阿富汗战争结束后迅速在阿拉伯国家中蔓延开来的自相残杀有了理由。

“塔克费尔”（或称开除出教）这种异端邪说，从伊斯兰教早期开始就始终是个问题。7世纪中期，一个名为“哈里哲”的教派发起叛乱，反抗第四任哈里发阿里的统治。引发这一叛乱的具体事件是阿里决定向一位政敌作出妥协，却没有发动同胞相残的战争。哈里哲派教徒认为只有他们才遵行着伊斯兰的真正信条，而所有不赞同他们观点的人都是变节者，连先知钟爱的女婿阿里也不例外。阿里最终被哈里哲派暗杀。

20世纪70年代早期，埃及出现了一个名为“塔克费尔希吉拉[④]”[⑤]

① 对亚西尔·瑟勒和哈姆迪·里兹克的采访，“‘阿尔巴尼亚遣返者’的供述，标志着埃及‘圣战组织’的末日”，《团结》周刊，1999年4月19日。外国广播讯息处英译。

② 对贾迈勒·卡舒吉和奥萨玛·鲁什迪的采访。

③ 对卡迈勒·赫勒巴维和阿卜杜拉·阿纳斯的采访。

④ 凯普尔，《埃及的穆斯林极端主义：先知与法老》，第73—78页。

⑤ “希吉拉”一词的原意为“出走”、“离开”，后来用以代表公元622年伊斯兰先知穆罕默德带领信众离开麦加、迁移到叶斯里卜（麦地那）的事件。——译者

(出教与离开）的团体，它可以说是基地组织的先驱。团体的领导人舒凯里·穆斯塔法在埃及的集中营里呆过，他吸引了数千名追随者。他们阅读库特卜的著作，打算在流亡之中积蓄足够的力量，期待着终有一天能消灭不信真主者，带来天启。与此同时，他们在埃及西部的沙漠中游荡，晚上就睡在山洞里。

开罗新闻界把穆斯塔法的追随者称为“阿尔卡夫”（ahl al-kahf），意即“山洞人”。这个称呼源自“以弗所七睡者”的典故。这是个基督教的传说，说的是7名拒绝放弃信仰的牧羊人。罗马皇帝德修下令将他们封进一个洞穴（位置在今天的土耳其），以示惩戒。这个传说称，洞穴在三个世纪之后被人们发现，而沉睡其中的7个人醒来时还以为自己只睡了一夜。《古兰经》中有整整一个苏拉（章节）提到了这个故事。和舒凯里·穆斯塔法一样，本·拉登也紧紧抓住了洞穴在穆斯林心目中唤起的情感。此外，“塔克费尔希吉拉”早在1975年就确立了将来成为基地组织潜伏机构一贯风格的行动手法：离开、准备与掩饰。

两年后，这一组织的成员绑架了负责开罗宗教捐赠事务的前部长穆罕默德·扎哈比谢赫。扎哈比是一位著名的学者，为人谦逊，常在马斯基德·努尔清真寺讲演，那里是扎瓦希里年轻时常去的地方①。埃及政府拒绝了绑架者提出的金钱和知名度要求，穆斯塔法遂将这位年老的谢赫杀害。他的尸体在开罗的街道上被人发现，双手反绑，胡子也被扯掉了一部分。

埃及警察很快围捕了“塔克费尔希吉拉”的大部分成员，并匆匆对其中几十人进行了审判。舒凯里·穆斯塔法与其他5人被处决。从那以后，将穆斯林驱逐出教（以名正言顺地把他们杀死）这一革命性的观念似乎就被消灭了。但是，圣战的地下话语之中又树立起了另一种改头换面的“塔克费尔”。在舒凯里·穆斯塔法早年宣扬教义的上埃及地区（法德勒医生也在这里长大），这种“塔克费尔”仍然如地火一般隐隐燃

① 对哈立德·阿布·法德勒的采访。

烧。扎瓦希里的圣战组织弟兄刺杀安瓦尔·萨达特时所使用的手榴弹和弹药，就是由“塔克费尔希吉拉”的残部提供[①]。笃信这种异端邪说的一些人又把它传到了北非各国，包括阿尔及利亚——艾哈迈德医生知晓“塔克费尔”就是在那里。

“塔克费尔”是伊斯兰教的镜像；它颠倒了伊斯兰的根本原则，同时又在表面上保持着与宗教正统相似的假象。《古兰经》明确指出穆斯林不应杀害任何人，除非是为了惩罚谋杀罪行。《古兰经》告诫说，枉杀一人，“如杀众人”[②]。杀害穆斯林的罪行则更为严重。《古兰经》说，犯下这种罪行的人“是要受火狱的报酬，而永居其中”。[③] 那么，圣战组织和伊斯兰组织之类的团体为掌握权力而对穆斯林兄弟使用暴力，他们又怎能为这种行为开脱？赛义德·库特卜指出了途径：如果一位领袖不在自己的国家中施行沙里亚律法，那么他就必定是叛教变节者。先知有一句人所共知的格言：不应让穆斯林流血[④]，除非遇到以下三种情况——惩罚谋杀、通奸或是背弃伊斯兰教的罪行。虔诚的安瓦尔·萨达特，就是“塔克费尔”颠倒黑白的逻辑在现代时期的第一个牺牲品。

法德勒医生和艾哈迈德医生之类的新“塔克费尔”主义者扩大了死刑令适用的范围，连登记参加投票的人也被包括了进去。按照他们的观点，民主制度是反伊斯兰教的，因为它把本应属于真主的权威放到了普通人手中。因此，任何参与投票的人都是叛教变节者，其罪行要拿命来偿还。如果有谁不赞同他们对伊斯兰教了无趣味的理解方式，那么这些人也一样是叛教者——包括他们假意要帮助的圣战者领袖，乃至所有的阿富汗人；阿富汗人不是沙拉夫派，因此被视为离经叛道者。新“塔克费尔”主义者认为，只要有人阻挡他们的道路，无论他是谁，他们都有

① 海卡尔，《愤怒之秋：萨达特被刺事件》，第251页。
② 引自《古兰经》（马坚译本），5：32。——译者
③ 引自《古兰经》（马坚译本），4：93。——译者
④ 《布哈里圣训》，vol. 9，bk. 83，no. 17。

权将其杀死[1]；实际上，他们把这种杀戮视为一种神圣的职责。

在来到白沙瓦之前，扎瓦希里一向都不赞同这种大规模的谋杀。他始终以外科医生的方法来对待政治变革：发动一场迅速、精确的军事政变是他毕生的理想。但在红新月会与法德勒医生和艾哈迈德医生共事期间，他脑海中区分政治抵抗与恐怖主义的道德界限变得宽松了。扎瓦希里的朋友和以前的狱友注意到他的性格发生了变化。这位谦逊、礼貌的医生在辩论时一向非常严谨，现在却扯着嗓子大喊，充满了敌意，而且奇怪的是说话还不合逻辑。他会抓住对方的无心之论不放，然后恶意地对其进行曲解。也许，这是扎瓦希里成年以来第一次面临身份危机。

扎瓦希里的生命充满了方向感和使命感，能称之为转折点的时刻寥寥无几。其中一个时刻是扎瓦希里 15 岁时赛义德·库特卜被处决；实际上，那是他此后所有历程的起点。酷刑折磨非但没有改变扎瓦希里，反而让他的决心变得更为纯粹。他生命中的每一步都是为了实现自己的目标——在尽可能少流血的情况下，建立统治埃及的伊斯兰政府。但是，“塔克费尔”提倡的教义让他震惊。“塔克费尔”主义者坚信，全人类得到拯救的途径在于道德观念的另一端——那历来都是被罚入地狱者的领域。他们篡夺了神的权威，来裁定谁是真正的穆斯林，谁又不是，谁该活，谁该死，这是在冒灵魂永世受罚的危险。

扎瓦希里正站在一条巨大的分界线上。界线的这边，他面前是一条缓慢前行的道路：在流亡中重新建立自己的运动，等待机会（如果有机会的话）返回埃及，夺取政权。这是他毕生的目标。然而，当他向另一边望去，通往天启的道路却只有一小步，看起来要容易得多；跨过一片血海之后（他肯定知道这一点），真正的伊斯兰教必将在全世界复兴。

在后来的 10 年中，这两个方向一直让扎瓦希里举棋不定。返回埃及的道路是圣战组织，那是由他创建并定义的。全世界复兴的道路虽然

① 对奥萨玛·鲁什迪的采访。

尚未命名，却已经逐渐成形。它将被称为基地组织。

扎瓦希里的妻子阿扎在巴基斯坦的哈亚塔堡安了家，许多阿拉伯人也住在这里。圣战组织成员的妻子们不与别人来往，她们在公众场合身着黑色的阿巴雅长袍，脸部也要遮起来。扎瓦希里一家租了一座有四个卧室的别墅，其中一间始终空着，以供来往的许多访客居住。“他们有了富余的钱就会拿给穷人，”阿扎的哥哥埃萨姆说。“他们自己有一点点就满足了。”

阿扎的母亲纳比拉·贾拉勒到巴基斯坦探望过阿扎和艾曼夫妇三次。她给几个外孙女和外孙带去了成箱的费雪牌玩具[①]。她觉得阿扎他们是“特别亲密的一家子，行动时总是抱成一团。”[②] 但她虔诚的女儿所选择的伴侣仍然令她感到困惑。他似乎一直在让妻子和孩子们走向越来越危险的境地。1981 年，他们的第一个孩子法蒂玛刚降生扎瓦希里就被捕入狱，纳比拉对从那时开始的致命趋势根本就无能为力。纳比拉替扎瓦希里照料着妻子和孩子，直到他三年后出狱。扎瓦希里逃离埃及并在吉达重新安家之后，他们的第二个孩子乌梅玛（以扎瓦希里母亲的名字命名）又出生了，纳比拉尽职尽责地前来照顾。纳比拉来吉达探访时，阿扎私下对母亲吐露了心声，说她非常想念埃及，想念自己的家人。阿扎人生方向的变化，一次又一次地让纳比拉感到不安。

“有一天我收到了阿扎的信。她信中的话让我痛苦万分，”纳比拉说。“信上说，她要和丈夫一起去巴基斯坦。我不愿让她去那个地方，但我知道谁都无法阻挡命运。她非常清楚丈夫对她的权力，也很清楚自己对他的义务；因此，就算丈夫走到天涯海角，她都要追随在他身后。”

来到白沙瓦之后，阿扎在 1986 年生了纳比拉（以她母亲的名字命

---

① 对玛哈·埃尔撒姆纳的采访。

② 查纳·罗斯托姆，“扎瓦希里最近的受害者”，《最后一点钟》周刊，2001 年 12 月 12 日。

名），第二年又生下第四个女儿赫蒂彻。1988年，艾曼·扎瓦希里惟一的儿子穆罕默德降生，这让他终于有了被称为阿布（父亲）·穆罕默德的荣耀。纳比拉最后一次探访女儿就是在外孙出生后不久。她永远也忘不了阿扎带着几个女儿到机场接她的情景——她们全都戴着盖头，朝她微笑着。那是纳比拉最后一次见到她们。

- - -

本·拉登有时会到扎瓦希里工作的医院来讲演。虽然这两个人当时各有各的目标，但彼此之间的共同点已经足以让他们走到一起。尽管怀着激进的宗教观点，他们都是很现代的人，都属于受过教育的技术阶层。本·拉登年轻时就管理过从事复杂建设项目的大批工人，而且在巨额融资的领域中游刃有余。长他几岁的扎瓦希里则是个外科医生，潜心钻研过现代科学和医疗技术。他们都出身于闻名整个阿拉伯世界的家族。两个人说起话来轻声细语，都笃信宗教，也同样遭到过本国政权的政治压迫。

他们彼此满足了对方的需要。扎瓦希里需要金钱与合同，这两样东西本·拉登有的是。作为一个喜欢投身各种事业的理想主义者，本·拉登寻求的则是指引——这正是扎瓦希里这位久经历练的宣传家所能提供的东西。他们并非朋友，而是盟友。两个人都认为自己能利用对方，而两个人也都被对方引向了自己从未考虑过的方向。埃及人扎瓦希里只把阿富汗视为将来在本国发动革命的集结地，除此之外他对这个国家并无兴趣。他打算利用阿富汗圣战的机会，重建自己业已分崩离析的组织。他觉得本·拉登是一个富有、颇具魅力而又易受影响的赞助者。这个年轻的沙特人是虔诚的沙拉夫派教徒，但他的政治思维却并不是很成熟。在遇到扎瓦希里之前，他从未对本国政府或其他压迫民众的阿拉伯政权表达过反对意见。他主要的兴趣是把不信真主的侵略者从属于穆斯林的土地上赶走，但他也怀有一种病态的渴望：要惩罚美国和西方国家，因为它们对伊斯兰犯下了罪行。扎瓦希里和本·拉登之间关系的发展变化，让他们成为了独自一人时根本不可能成为的人；此外，他们将要创立的机构——基地组织——也受到了埃及人和沙特人这两股力量的共同推动。两个人都不得不为了适应对方的目标而作出妥协；因此，基地组织也就走上了全球性圣战的独特道路。

本·拉登有一次在医院演讲时谈到要抵制美国产品，以此来支持巴勒斯坦人的斗争。扎瓦希里告诫他，攻击美国人会让他进入危险的领域。“从现在开始，你就应该改变保卫自己的方式，”[①] 扎瓦希里说。“你应该改换所有的安全系统，因为现在想要你脑袋的人不光是共产主义者和俄国人，还有以色列人和美国人——你这一击打在了蛇头上。”

为策应他的这个建议，扎瓦希里向本·拉登提供了一批经过严格训练的圣战者骨干。与阿富汗阿拉伯人群体中大批十几岁的孩子和流浪汉不同，扎瓦希里招募来的人都是医生、工程师和士兵。他们早已习惯了秘密工作。这些骨干中有许多人在监狱里呆过，已经为自己的信仰付出了可怕的代价。他们将成为基地组织中的领导。

1988 年 2 月正下着雪的时候，一位名叫埃萨姆·德拉兹的埃及电影工作者带着匆匆召集的摄制队伍来到狮穴。在一块突出的悬崖之下，斜挎子弹带、手持卡拉什尼科夫步枪的圣战者守卫着主洞的入口。他们看到了摄像机，顿时紧张起来。德拉兹解释说，本·拉登允许他到狮穴来采访、拍摄阿拉伯人；但是，他和摄制组还是被迫在洞外刺骨的寒风中等了一个钟头。后来一个守卫终于说德拉兹可以进去，但摄制组必须呆在外头。德拉兹愤怒地拒绝了。“要么让我们全部进去，要么我们就全都呆在外面，”他说。

没过几分钟扎瓦希里出现了，他自称是阿卜杜勒·穆伊兹医生。他对这种有失礼貌的待客之道表示歉意，并邀请他们进洞喝茶吃面包。那天晚上德拉兹睡在山洞的地上，旁边就是扎瓦希里；他在那儿监督狮穴

① 扎瓦希里，“先知麾下的骑士”，（二）。

一个隧道医院的施工。

埃及人在狮穴的山洞中建立了自己的营地。本·拉登把他们列入工资表[①]，每人每月发给4 500沙特里亚尔（大约1 200美元），让他们供养家人。埃及人之中有一个叫阿明·阿里·拉希迪，他按圣战者习惯改名为阿布·乌贝达·班希里[②]。阿布·乌贝达以前当过警官，他的哥哥曾参与刺杀萨达特的行动。扎瓦希里把乌贝达引见给了本·拉登[③]。本·拉登发现他有无可替代的才能，就让他担任阿拉伯人的军事指挥。阿布·乌贝达相继在赛义夫和本·拉登的旗下作战，在战场上以英勇无畏著称。几个月前阿拉伯人神话般地战胜了苏军，那一役就是他的功劳。德拉兹觉得他像孩子般地害羞。阿布·乌贝达的二把手穆罕默德·阿提夫以前也是个警官，大家都叫他阿布·哈夫斯[④]。他肤色黝黑，长着一双亮闪闪的绿眼睛。

狮穴那时刚来了一个喜怒无常、脾气暴躁的家伙，名叫穆罕默德·易卜拉辛·马卡维[⑤]。他曾在埃及陆军的特种部队担任上校，因此指望着到这里就能指挥阿富汗阿拉伯人。马卡维长得又小又黑，尽管身边全都是留着大胡子的宗教激进分子，他还是把脸刮得干干净净[⑥]，保持着一副军人仪表。“其他阿拉伯人都恨他，因为他总是一副军官派头，”德拉兹说。有些伊斯兰激进分子感觉马卡维情绪不稳定，是个危险人物[⑦]。1987年离开开罗之前，马卡维曾仔细考虑过自己的去向：是到美国效力

---

① 展示的证据，来自美国诉埃纳姆·M·阿努尔一案中提交法庭的“奥萨玛的历史”文件。

② 对贾迈勒·卡舒吉和埃萨姆·德拉兹的采访。

③ “本·拉登的同伙被审问”，《中东日报》，1999年6月24日。

④ 对埃萨姆·德拉兹的采访。

⑤ 纳比勒·谢拉夫丁，“本·拉登故事刻画者的详情，(3)”，《祖国报》，2001年9月29日。外国广播讯息处英译。据阿卜杜·齐纳赫“名列美国通缉要犯清单的5名埃及恐怖分子的概况”一文（《中东日报》，2001年12月20日），马卡维1998年去了沙特阿拉伯，然后去了阿富汗。

⑥ 对蒙塔赛尔·扎耶特的采访。他是马卡维的律师。

⑦ 对卡迈勒·哈比卜和穆罕默德·萨拉赫的采访。

美军，还是到阿富汗进行圣战？与此同时他还告诉一位埃及议员，说他打算把一架班机撞进埃及的国会①。马卡维很可能就是后来化名赛义夫·阿德勒②的那个人。扎瓦希里和马卡维之所以能够彼此容忍，完全是因为他们有推翻埃及政府的共同决心。

德拉兹成了本·拉登的第一位传记作者。他很快注意到，埃及人在这个被动得有点奇怪的沙特人周围形成了一圈屏障；本·拉登极少提出自己的观点，而是宁愿向身边的其他人听取意见。这种谦恭的态度，这种似乎不谙世故的性格，让包括德拉兹在内的许多人都对本·拉登起了保护之心。德拉兹说他试图遏制本国同胞们的影响，但每当他想私下和本·拉登谈话，一帮埃及人就会把这位沙特人围起来，然后拽着他去另一个房间。他们全都在打他的主意。德拉兹认为，如果本·拉登战时的传奇经历转变成和平时期的政治生涯，那他就有可能成为"又一个艾森豪威尔"。不过，这可不是扎瓦希里的打算。

1988年5月，苏联开始分阶段从阿富汗撤军，这标志着战争即将结束。慢慢地，白沙瓦又回到了先前固有的那种破败状态，阿富汗圣战者的领导人则开始囤积武器，准备面对不可避免的新敌人——他们彼此。

本·拉登和他的埃及操纵者们也在为未来考虑。扎瓦希里和法德勒

---

① 对开罗匿名政治人物的采访。"我认为他是'9·11'事件真正的创始人，"这位消息来源告诉我。他还称马卡维是个"精神病"。

② 名为赛义夫·阿德勒的基地组织人物是否就是穆罕默德·马卡维，这个问题存在争议。美国在起诉时认为两个身份是同一人，但据阿里·苏凡说，"我们并不知道赛义夫·阿德勒的真名，连埃及情报部门也不知道他身在何处。不过，他曾在阿富汗与苏联人作战。"曾在阿富汗作战的利比亚伊斯兰主义者努曼·本·奥斯曼称他既认识马卡维，也认识赛义夫·阿德勒。他说这两个人完全不同。穆罕默德·沙菲，"利比亚伊斯兰主义者本·奥斯曼谈基地组织成员赛义夫·阿德勒的身份"，《中东日报》，2005年5月30日。另一方面，最近采访过赛义夫·阿德勒的约旦作家福阿德·侯赛因则说他就是马卡维。福阿德·侯赛因，"扎卡维……基地组织的第二代，（二）"，《阿拉伯圣城报》，2005年6月16日。外国广播讯息处英译。20世纪80年代在一家伊斯兰报纸担任驻白沙瓦记者的贾迈勒·伊斯梅尔说，赛义夫·阿德勒不是马卡维，而是现居伊朗的另一个埃及人；伊斯梅尔说马卡维如今在欧洲避难。

医生不断地把各种勾勒着“伊斯兰”远景的意见书塞给他[①]，那上面反映的都是他们的“塔克费尔”倾向。本·拉登的一位密友在那段时间去白沙瓦看他，却被告知本·拉登不方便见客，因为“艾曼医生在给他上课，教他如何成为一位国际组织的领袖”[②]。

扎瓦希里一面调教本·拉登，使他适应自己为其设计的角色，同时也试图削弱阿卜杜拉·阿扎姆谢赫的力量。在赢得本·拉登关注的竞赛中，阿扎姆是他惟一的有力对手。“我不知道有些人跑到白沙瓦来是要干什么，[③]”阿扎姆向女婿阿卜杜拉·阿纳斯抱怨说。“他们在抨击圣战者。他们只有一个目的——在我和这些志愿者中间制造‘菲特纳’（混乱）。”他特别指出，挑起事端的人之中就有扎瓦希里。

阿扎姆意识到，真正的危险在于“塔克费尔”。这种业已感染阿富汗阿拉伯群体的异端邪说正在不断传播，并且有可能使圣战的精神纯洁性受到致命的损害。阿扎姆认为，斗争应该针对不信真主者，而不应该在穆斯林信徒的群体之间进行，无论这个群体分化得多么严重。他发布了一条圣令[④]，反对用为阿富汗抵抗运动筹集的资金来训练恐怖分子，并宣称杀害外国平民——特别是妇女儿童——的做法有悖伊斯兰教。

不过，阿扎姆自己也赞成按照赛义德·库特卜的原则建立一支“先锋队”[⑤]。“对于我们希冀的社会而言，这支先锋队构成了一个坚固的基础，”阿扎姆在1988年4月写道。理想的伊斯兰社会将建立在这个基础之上。阿扎姆认为，阿富汗只是一个开端。“无论征途有多么遥远，我们都应该把圣战继续下去，直至胸中的最后一次呼吸和脉搏的最后一次跳动——或者，直至我们看见伊斯兰国家的建立。”按照他的设想，未来的圣战领域将包括苏联南部的加盟共和国、波斯尼亚、菲律宾、克什

---

① 对贾迈勒·哈利法的采访。
② 对穆罕默德·洛伊·拜兹德的采访。
③ 对阿卜杜拉·阿纳斯的采访。
④ 古纳拉特那，《基地组织探秘：全球恐怖网络》，第22页。
⑤ 阿扎姆，“坚实的基地”。

米尔、中亚、索马里、厄立特里亚和西班牙——这是曾经辉煌的伊斯兰帝国的整个版图。

然而，未来的第一个战场是巴勒斯坦。阿扎姆协助创立了巴勒斯坦抵抗组织哈马斯，他认为这一组织是阿富汗圣战的自然延伸。哈马斯以穆斯林兄弟会为基础，其目的是作为一个伊斯兰的机构，来制衡亚西尔·阿拉法特的世俗巴勒斯坦解放组织。阿扎姆试图在阿富汗训练哈马斯战士[①]，他们回国之后就能与以色列战斗。

但是，阿扎姆为巴勒斯坦设计的方案却与扎瓦希里在伊斯兰国家内部（特别是埃及）挑起革命的意图发生了冲突。阿扎姆极力反对穆斯林自相残杀的战争。随着反苏战争逐渐平息，关于圣战未来的争论也以这两个意志坚定的人为核心而展开。他们所要争夺的奖品是一个富裕的、易受影响的年轻沙特人，而他也有着自己的梦想。

本·拉登想要什么？无论是扎瓦希里还是阿扎姆心目中的要务，他都不是很关注。巴勒斯坦的悲剧在他的演讲里是一个经常出现的主题，但他并不太愿意参与巴勒斯坦人反对以色列的暴动。和阿扎姆一样，他也憎恨亚西尔·阿拉法特[②]，因为阿拉法特是个现世主义者。本·拉登也不情愿在将来向阿拉伯各国政府发动战争。当时，他期望把斗争推进到克什米尔和菲律宾等地，特别是中亚共和国地区，他在那里可以继续进行反苏圣战[③]。值得注意的是，美国当时还不在任何一个人的目标名单之列。对于本·拉登将要创立的先锋队而言，共产主义是他们主要的斗争对象。

① 贾迈勒·伊斯梅尔，个人通信。
② 阿卜杜勒·巴里·阿特万，见伯根，《我所认识的奥萨玛·本·拉登：基地组织领袖的口述历史》，第170页。
③ 对贾迈勒·卡舒吉的采访。值得注意的是，波斯尼亚同样不在本·拉登的潜在圣战目标之列。

1988年8月11日是白沙瓦具有决定意义的一天①。阿卜杜拉·阿扎姆谢赫召集会议，探讨圣战的未来。到会的有本·拉登、阿布·哈夫斯、阿布·乌贝达、阿布·哈耶尔、法德勒医生和瓦埃勒·朱莱丹。非同寻常的经历让这些人走到了一起，但各不相同的目标和观念又让他们产生了深刻的分歧。阿扎姆的目标之一是：如果阿富汗发生内战，要保证阿拉伯人不被卷入。以前，他坚持要把阿拉伯人分散到不同的圣战者指挥官手下；可一旦阿富汗人开始窝里斗，他的这种立场就会带来灾难性的后果。现在他已经与本·拉登达成一致，认为需要建立一个独立的阿拉伯团体，不过两人对于该团体的发展方向还有争议。“塔克费尔”主义者（哈夫斯、乌贝达和法德勒）关注的主要是夺取埃及政权，但对于最近的事务他们也希望有发言权。来自伊拉克的库尔德人阿布·哈耶尔一直对埃及人怀有疑心，往往在原则上反对他们；但他在几个“塔克费尔”主义者之中是最激进的，因此很难断定他将会支持哪一方。虽然阿扎姆在主持会议，但与会者的意见全都是说给本·拉登听的。大家都知道圣战的命运由不得自己控制，而是掌握在本·拉登的手中。

根据阿布·里达在会议记录中留下的潦草笔迹②，与会者首先讨论了三个主要议题：

1. 你是否同意阿卜杜拉谢赫的观点
   →知道谢赫的军事团体已经解散。
2. 未来的计划符合埃及弟兄的利益。
3. 下一步是在国外的工作
   →存在争议

① 经中间人对穆罕默德·洛伊·拜兹德（阿布·里达·苏里）和瓦埃勒·朱莱丹的采访。拜兹德称会议期间他不在国内，阿布·哈耶尔后来把情况告诉了他。芝加哥法庭称会议上手写记录的笔迹确实是拜兹德的。当时在会的瓦埃勒·朱莱丹通过中间人告诉我，阿卜杜拉·阿扎姆也在场。

② 展示的证据，来自美国诉埃纳姆·M·阿努尔一案中提交法庭的“奥萨玛的历史”文件。我的英译与提交法庭的英译文件有几处不同。

→有充足的武器

与会者说，狮穴建成已有一年多，但还只不过是个训练营。阿拉伯人仍然被排斥在真正的战斗之外。他们承认训练年轻人确实很重要，但现在已到了采取下一步行动的时刻。“我们应该把注意力集中在来到此地时的最初想法上，”阿布·里达用歪歪扭扭的笔迹写道。“这一切都是为了从头开始一项新计划。”

答复大家意见的时候，本·拉登回顾了自己一直以来在阿富汗的经历。由于他在阿拉伯人中间的威望越来越高，大家也称他为谢赫。“我只不过是一个人。我们既没有建立组织，也没有建立伊斯兰的团体。一年半的时间——这是一个教育的时期，建立信任的时期；它考验了来到这里的兄弟，也让我们向伊斯兰世界证明了自己。虽然我开始做这些事业时的处境极其艰难，时间又这么短暂，我们还是取得了巨大的收获。”本·拉登没有提到阿扎姆的任何功劳，而阿扎姆才是阿富汗阿拉伯人的真正先驱；这一运动现在成了本·拉登的传奇。人们第一次听到了本·拉登演讲中那标志性的雄壮语调——那是一个将命运掌握在手中的人的声音。

“至于我们的埃及弟兄，”本·拉登说道，他提起了一个显然在许多追随者之中颇有争议的话题。“他们在最为艰难的时刻和我们站到了一起，这一点决不能忽略。”

一位与会者说，虽然阿拉伯人的主要目标尚未实现，“我们还是利用了一切可以利用的条件，”但“我们浪费了许多时间。”

“我们的进展很不错，”本·拉登回答道，也许他是想为自己辩解。他指出，“我们训练出了服从而忠诚的年轻人，”这些人随时可以派上用场。

尽管笔记中没有反映出来，与会者投票形成了一个新的组织，其目标是在苏军撤退之后继续进行圣战。很难想象这些人会在什么事情上达成一致，但只有阿布·哈耶尔对这个新组织投了反对票。阿布·里达总结了会议，他说必须要制订一个有合理时间安排的计划，还必须找到可以胜任的人来执行。“根据初步预计，基地组织建立之后的 6 个月内将训练出 314 名能投入战斗的弟兄。”对参加会议的大部分人来说，“基地组织”这个名字还是第一次出现。新组织的成员将从阿富汗阿拉伯群体内最有前途的应征者之中遴选。但是，组织在圣战之后该何去何从，这一点尚不清楚。也许连本·拉登自己都不知道。

会议室里没有几个人知道，几个月前本·拉登的一小批心腹就已经秘密创立了基地组织。本·拉登在吉达的朋友、娶他侄女为妻的迈达尼·塔伊布①早在 5 月 17 日斋月结束的第二天就加入了这个组织，因此 8 月 11 日举行的组织会议不过是让已在暗中进行的事浮出了水面。

8 月 20 日星期六早晨，同一帮人再次会晤，以确立被他们称为“卡伊达阿斯卡里亚”（al-Qaeda al-Askariya）② 的军事基地。“前述的基地组织基本上是一个有组织的伊斯兰派别，其目标在于弘扬真主的言论，让真主的宗教取得胜利，”会务秘书在会议记录中写道。创建者把军事工作（这是他们的说法）划分为两个部分：第一部分是“限制阶段”，这个时期阿拉伯人将接受训练，并分配到阿富汗圣战者的队伍中，直至反苏圣战结束；到了第二个“公开阶段”，阿拉伯人则会“进入一个考察营地，他们之中最出色的弟兄将被挑选出来。”完成第二阶段营地训练的人，就会成为基地组织这一新实体的成员。

秘书列出了希望加入这一新组织者的必备条件：

> 公开阶段的参与者。
>
> 听从命令、服从指挥。
>
> 讲究礼貌。
>
> 有可信的推荐者。

---

① 对贾迈勒·哈利法的采访。

② 展示的证据，来自美国诉埃纳姆·M·阿努尔一案中提交法庭的“奥萨玛的历史”文件。

遵守基地组织的章程与指示。

另外，创建者们还写下了新成员加入基地组织时要颂读的誓词：“我向真主和真主的神圣契约立誓，要积极听从上级，服从其命令；无论局势是艰难还是顺利，都要为这项事业日夜奋斗。”

“会议于1988年8月20日星期六晚间结束，”秘书记录道。“基地组织的工作从1988年9月10日开始，当时共有15位兄弟。”他在这页纸的底部加了一句，“到了9月20日，阿布·乌贝达指挥官前来通知我基地组织已有30位兄弟达到了要求，感谢真主。”

本·拉登为这一新组织命名时并没有带上什么特别含义。“阿布·乌贝达·班希里兄弟[①]——愿他的灵魂安息——建立了一个营地，训练年轻人与压迫民众、不敬真主、奉行恐怖手段的苏联战斗，”他后来说。“我们把这个营地称为‘卡伊达’（al-Qaeda）——意思指它是一个训练基地——基地组织这个名字就是这么来的。”

本·拉登的伙伴们对基地组织的成立反响不一。来自堪萨斯城的圣战者阿布·里达·苏里称，第一次听说本·拉登在建立阿拉伯国际军团的时候，他不无怀疑地问有多少人加入。“60个，”[②] 本·拉登骗他说。

“你打算怎么运送这些人？”阿布·里达问道。“该不是用法兰西航空吧？”

基地组织的建立，让阿富汗阿拉伯人有了新的争夺对象。在一个没有多少内容的文化领域之中，每一项新出现的事业都会引起竞逐，每一个鹤立鸡群者都会成为攻击的目标。在清真寺里展开的语言和思想之争中，正在进行的阿富汗圣战变成了可有可无的事情。连本·拉登和阿扎姆为帮助想参加圣战的阿拉伯人设立的服务局也未能幸免：这个深受尊

---

① 艾哈迈德·扎伊丹，“搜寻基地组织”，“显微镜下”，半岛电视台，2004年9月10日。外国广播讯息处英译。

② 对穆罕默德·洛伊·拜兹德的采访。

重的组织被污蔑为中情局的掩护机构，阿扎姆则被指为美国的走狗。

追根溯源，造成这些争吵的罪魁祸首其实很常见——金钱。白沙瓦就像一个漏斗，流向圣战的现金和旨在帮助难民的大量援助物资都要汇集到这里。资金的主要来源是美国和沙特阿拉伯每年的捐助，再由巴基斯坦三军情报局发放给阿富汗的各派军阀；随着苏联准备从阿富汗抽身而退，这个主要来源也渐趋枯竭。资金的匮乏，让人们愈发狂热地争夺起了剩余的来源——国际援助机构、私人慈善捐助，以及本·拉登的腰包。

从一开始，支持本·拉登的埃及人就把阿扎姆视为一个难以克服的障碍。在阿拉伯人之中，没有任何人的声望能与他相当。受圣战吸引的年轻人大都是响应阿扎姆的号召而来，而且对他满怀敬畏之情。“他是个天使，会整夜不饮不食，流着泪朝拜真主”他以前的助手阿卜杜拉·阿纳斯回忆说。阿纳斯娶了阿扎姆的女儿，就是希望能跟在导师身边。对大多数暂住白沙瓦的阿拉伯人而言，阿扎姆是他们见过的最著名的人物。许多人（包括本·拉登）来到白沙瓦的第一夜都睡在阿扎姆家里。他们谈到阿扎姆的睿智、慷慨和勇气时都很动容。他成了阿富汗阿拉伯人高尚精神的代表，他的庇荫遍及整个世界。要毁灭如此著名的一位偶像，无疑是一件危险重重的事情。

有意扳倒阿扎姆的还不仅仅是埃及人。沙特人担心这位极富魅力的领袖会使得年轻的圣战者改投穆斯林兄弟会。他们希望让一个“独立的机构”[①]（在沙特人的控制之下）来管理圣战者的事务，与此同时该机构还要以沙特王国的利益为重。在他们看来，本·拉登与基地组织就是个不错的选择：这个机构属于沙拉夫派，管理者则是沙特政权的一位忠诚子民。

阿富汗阿拉伯战士最伟大的榜样阿卜杜拉·阿纳斯此前在阿北部与艾哈迈德·马苏德并肩作战，这时刚刚返回白沙瓦。他听说阿拉伯人的领袖要举行会议，打算选人替换自己的岳父阿卜杜拉·阿扎姆，不禁大为震惊。阿纳斯和岳父谈了此事。阿扎姆让他放心，说这次选

① 对阿卜杜拉·阿纳斯的采访。

举完全就是表面工作。"我现在领导着阿富汗的阿拉伯人，沙特当局对此很不快，"[①] 阿扎姆解释说。"所有资助孤儿寡妇和学校的钱都来自沙特阿拉伯。看到年轻的沙特人在我的领导下组织起来，他们很不高兴。他们害怕这些年轻人会成为穆斯林兄弟会的一部分。"沙特人希望由自己的人来掌权。阿扎姆继续说道，如果奥萨玛·本·拉登做了新的"埃米尔"，沙特人就会觉得安全。"他们就能放松下来；因为他们一旦感觉奥萨玛失去了控制，还可以阻止他。但我是个巴勒斯坦人。他们没法阻止我。"

对阿扎姆来说，劝说老朋友塔米姆谢赫支持这个提议就更困难了。虽然阿扎姆告诉他选举只不过是为了赢得沙特人的支持而装装样子，但与会的其他人显然另有打算。他们利用这一机会诋毁阿扎姆的声誉，指责他偷窃、贪污，对服务局也管理不善。愤怒万分的塔米姆谢赫转向了本·拉登。"你倒是说话啊，"[②] 他请求说。

"我是本次会议的'埃米尔'，"本·拉登答道。"等轮到你的时候再说话。"

"谁说你是我的'埃米尔'了？"塔米姆哭起来。"阿卜杜拉谢赫劝我支持你，可你怎么能让他们说这种话？"塔米姆拒绝承认投票结果——本·拉登以压倒多数当选为阿拉伯人的新领袖。

阿扎姆很达观，似乎对此毫不介怀。"奥萨玛能力有限，"[③] 他让支持者们放心。"奥萨玛怎么能把人组织起来？谁都不认识他！用不着担心。"

阿扎姆并未意识到自己的力量已被严重削弱。扎瓦希里的手下、一个名叫阿布·阿卜杜勒·拉赫曼[④]的埃及裔加拿大人对阿扎姆提出了控诉。拉赫曼在阿富汗主管一个医疗和教育项目。他声称阿扎姆的人没收了专供项目使用的资金，强行从他手中夺走了这个项目。他进而控诉阿

---

① 对阿卜杜拉·阿纳斯的采访。

② 同前。

③ 对阿卜杜拉·阿纳斯的采访。

④ 他的真名是艾哈迈德·赛义德·哈德尔。对扎纳卜·艾哈迈德·哈德尔、玛哈·埃尔撒姆纳和穆罕默德·洛伊·拜兹德的采访。审判的细节来自瓦埃勒·朱莱丹（他通过中间人答复了我的问题），以及美国诉埃纳姆·M·阿努尔一案中提交法庭的"奥萨玛的历史"文件。

扎姆散布谣言，污蔑他打算把人道主义项目卖给美国领事馆，或是某个基督教组织。

这些指控在白沙瓦激起了轩然大波。传单四处散发，墙上贴满了要求对阿扎姆进行审判的布告。清真寺里，不同阵营的支持者大打出手。在这些针对阿扎姆的指控背后，是科威特红新月会医院的几位“塔克费尔”派医生——扎瓦希里和他的同事。他们已经设法把阿扎姆逐出了医院清真寺的领导层①，现在则欢欣鼓舞地预言他即将倒台。来自阿尔及利亚的艾哈迈德·乌德医生在一次会议上宣称，“很快我们就将看到阿卜杜拉·阿扎姆控制白沙瓦的手被斩断。”②

他们设立了一个法庭来听取这些指控，法德勒医生身兼公诉人与法官二职。这个“塔克费尔”法庭曾审理过另一个圣战者的案件。被告被裁定犯有叛教变节罪。后来人们在白沙瓦街上的一只麻袋里发现了他被剁成碎块的尸体。

审判的第二天，已过午夜时分，本·拉登急匆匆地去接他最亲密的沙特朋友瓦埃勒·朱莱丹。朱莱丹当时得了疟疾，正躺在床上打寒战，还发着高烧。本·拉登坚持要朱莱丹马上跟他走。“我们不能相信埃及人，”③ 他宣称。“我向真主起誓，这些人只要能作出对阿卜杜拉·阿扎姆博士不利的判决，就一定会杀了他。”朱莱丹跟着本·拉登回到法庭，审理又持续了几个小时。法官判定阿扎姆有罪，慈善机构则交还阿布·阿卜杜勒·拉赫曼；但幸亏本·拉登的干预，法庭才免去了阿扎姆被当众肢解之辱。然而，从阿扎姆敌人的角度来看这个判决还不够彻底，因为阿扎姆还能继续当他的领袖人物；他们决意要斩草除根。

1989年2月15日，苏军在阿富汗的统帅鲍里斯·V·格罗莫夫将

① “阿富汗阿拉伯人的故事：从初来阿富汗到与塔利班分道扬镳（五）”，《中东日报》，2004年12月12日。

② 对阿卜杜拉·阿纳斯的采访。

③ 对贾迈勒·哈利法的采访。

军走过友谊桥，进入对岸的乌兹别克斯坦。“在我身后，没有留下任何一位苏联士兵或军官，”[①] 将军说道。“我们为期 9 年的停留从此结束。”苏联人死了 1.5 万[②]，还有 3 万多人受伤。约有 100 万到 200 万阿富汗人丧生[③]，其中可能有 90%是平民。村庄被夷为平地，庄稼、牲畜损失殆尽，到处都布满了地雷。全国三分之一的人口寄居在巴基斯坦或伊朗的难民营[④]。不过，喀布尔的阿富汗共产主义政府仍然掌握着政权，圣战则进入了一个令人困惑的新时期。

苏军占领结束之际，也正是阿拉伯圣战者出人意料地大批拥入的时期。这其中包括数以百计的沙特人，他们急欲追击退却之中的苏联大军。据巴基斯坦政府统计，1987 到 1993 年间有 6 000 多名阿拉伯人[⑤]来参加圣战，人数是此前参与抗击苏联占领军的圣战者的两倍。这些年轻人与受阿卜杜拉·阿扎姆吸引来到阿富汗的一小批信徒不同。他们“有大把的钞票，情绪激昂得要命，[⑥]”基地组织的一个人在日记中写道。这些被宠坏的波斯湾孩子到阿富汗是来旅游的，住的是装有空调的货柜集装箱[⑦]；他们配备了火箭弹和卡拉什尼科夫步枪，尽可以朝天开火，然后就能回家吹嘘自己的冒险经历了。许多人是新近加入伊斯兰教的高中生或大学生，根本没受过历练，也没有人为他们担保。自本·拉登掌舵之后，一直以来都有可能对运动造成灭顶之灾的混乱局面与野蛮行为急剧恶化。银行抢劫和谋杀变得越来越普遍，而且都以荒唐的宗教宣言为借口。一帮“塔克费尔”主义者甚至抢劫了一辆伊斯兰援助机构的卡车[⑧]；他们说援助机构的沙特人是异教徒，以此来为自己的行为开脱。

---

① 科多韦斯和哈里森，《走出阿富汗：苏联撤军的内幕》，第 384 页。
② 博罗维克，《隐秘之战：一位俄罗斯记者描述的苏联阿富汗战争》，第 12—13 页。
③ 威廉·T·沃尔曼，“阿富汗来信：跨越分歧”，《纽约客》，5 月 15 日，2137。
④ 对图尔基·费萨尔王子的采访。
⑤ 伊斯梅尔汗，“对白沙瓦阿拉伯人的打击”，《伊斯兰堡新闻报》，1993 年 4 月 7 日。
⑥ “来自世界之巅的谈话”，“和睦文件”第六号。
⑦ 本杰明和西蒙，《神圣恐怖的时代》，第 101 页。
⑧ 对贾迈勒·卡舒吉的采访。

本·拉登现在既然做了阿拉伯人的埃米尔，也就不再参与各个伊斯兰组织之间的竞争。为了争得更多的新丁，这些组织闹哄哄地斗作一团。在机场，他们一面互相推推搡搡，一面抢着把新来的人往自己的大巴上推。这种吵吵嚷嚷在埃及人中间闹得尤其厉害。两个主要的埃及组织——奥马尔·阿卜杜勒·拉赫曼谢赫领导的伊斯兰组织和扎瓦希里的圣战组织——建起互相抢生意的旅店，还开始印制杂志和大幅布告，其目的就是为了诋毁对方。伊斯兰组织控诉扎瓦希里犯下了种种罪行，包括以武器换取黄金，再存入一家瑞士银行①；他们还称扎瓦希里是为美国人工作的特务——这是全球通用的叛国罪指控。扎瓦希里也还以颜色，写了一份题为“瞎子领袖”② 的传单来攻击奥马尔谢赫，文中重述了两人在监狱中为控制激进运动而发生的争执。这些铺天盖地的造谣毁谤有一个未经明言的原因：究竟谁才能控制本·拉登这只下金蛋的鹅。后来本·拉登奖励给圣战组织10万美元③，供其开展活动，从而公开了自己的倾向。

与此同时，贾拉拉巴德④正在酝酿一场新的战斗。贾拉拉巴德是进

---

① 拉斐尔，“艾曼·穆罕默德·拉比·扎瓦希里”。

② 对奥萨玛·鲁什迪的采访。

③ 伯根，《我所认识的奥萨玛·本·拉登：基地组织领袖的口述历史》，第70页。

④ 以下描述是根据几次采访作出的，但采访中有些说法相互矛盾，值得一提。时任中情局驻巴基斯坦情报官员的马克·萨吉曼告诉我，守卫机场的450名阿富汗士兵很快就投降了。由于各圣战者派系之间的猜忌与不和，他们决定将抓获的俘虏均分。阿拉伯人得到了九分之一——49名俘虏。阿拉伯人杀害了俘虏，把尸体肢解后装进板条箱。然后他们将箱子装进一辆补给车，贴上“这就是叛教者的下场!”的告示，再派人把卡车开进被包围的城市。从那一刻起，战争态势发生了急剧转变。贾拉拉巴德城内的阿富汗部队停止了投降的谈判，并开始还击。几天之内，阿富汗空军就将圣战者逐出机场，还迫使他们退回山区。如果这个说法属实，那么它就是本·拉登残忍好杀的第一个证据。法国的大学者、致力阿富汗研究的奥利维尔·罗伊说，他从围城之中的阿富汗人那里听到的描述也基本相同。但是，萨吉曼和罗伊两人都没有亲临那场战斗。亲历战斗的埃萨姆·德拉兹称从未发生过这种事情，报道战斗的记者艾哈迈德·扎伊丹也这么说。在那场战争之中，双方都经常不分对象地屠杀战俘。

贾拉拉巴德之战的另一个问题是本·拉登是否受了伤。时任中情局亚力克站主管的迈克尔·朔伊尔说，本·拉登在反苏圣战之中曾两次负伤：一次是在加吉伤了脚，一次是被一块弹片伤了肩膀。埃萨姆·德拉兹称本·拉登在那次战争中从未负伤，贾迈勒·哈利法的说法也是这样。

入开伯尔山口阿富汗一侧的战略要地，所有的道路和山谷都汇集于此。敌人不再是超级大国苏联。现在的敌人是共产主义的阿富汗政府，它并未像许多人预测的那样垮台。（阿富汗阿拉伯人远征军有诸多极具讽刺意味之处，其中一点就是组成这支队伍的大多数穆斯林都是来与同胞厮杀的，而不是为了抗击苏联侵略者。）围攻贾拉拉巴德应该能终结共产主义者在阿富汗的统治。因苏军撤退而胆气倍增的圣战者根本没把敌人放在眼里，决定对阿富汗阵地发起正面进攻。贾拉拉巴德市的前面是一条河，还有苏军布设的宽阔地雷带，数千名阿富汗政府军守卫着城市。巴基斯坦报刊上的文章称圣战者即将发动攻击，而且很快就会迎来必然的胜利，这让守军的士气很低落。

第一次攻击于1989年3月开始，大约5 000到7 000名阿富汗圣战者①沿1号公路冲了下去。8个不同的指挥官领导着他们，这还不算跟随本·拉登的阿拉伯人。圣战者占领了城郊的机场，随后又在敌人的有力反击下退了回来；接着局势就陷入了出乎意料的僵持状态——参加围攻的各位圣战者指挥官拒绝相互合作。

本·拉登和他的军事参谋占据了山上的一个小岩洞，该地比贾拉拉巴德市高出4 000米②。他手下指挥着不到200人③。这一回，他又生病了。

他的传记作者埃萨姆·德拉兹来了，还带来了维生素和12盒阿卡利恩（Arcalion），这是本·拉登总得服的一种药。他跟德拉兹说这种药能帮助他集中注意力。阿卡利恩通常用于治疗一种影响肌肉力量或精力的严重疾病，它可能由缺乏维生素、铅中毒等原因引起。本·拉登年轻时住在沙漠，身体一直很好，但山区恶劣的环境已经让他的健康遭受了几次沉重打击。和手下的许多人一样，他也得了疟疾；1988年到1989年的严冬之中，他和几位同伴给一场暴雪困在车里，几天后才被救出

① 优素福和阿德金，《捕熊夹：阿富汗不为人知的故事》，第227—228页。
② 对埃萨姆·德拉兹的采访。
③ 对阿卜杜拉·阿纳斯的采访。

来，他险些死于肺炎①。围攻贾拉拉巴德拖了很长时间，战况又出乎意料，这让他已被削弱的体质进一步恶化；更有甚者，他的背部还莫名其妙地阵阵作痛，极度的疲惫让他几乎倒下。

扎瓦希里已经在阿拉伯战士中间赢得了医疗天才②的美誉，他每周两三次从白沙瓦开车去贾拉拉巴德治疗伤者。当然，扎瓦希里最主要的病人是本·拉登——他需要静脉滴注葡萄糖，这样能防止晕倒。本·拉登在山洞的地上一躺就是几个小时，痛苦不堪，却又动弹不得。扎瓦希里的诊断是低血压，而这通常是另一种疾病的症状③。无论本·拉登到底有什么健康问题，他和扎瓦希里之间的友谊总归是复杂化了——现在，一个人的命掌握在另一个人的手里。

阿富汗轰炸机一天要出动 20 来次④，用集束炸弹猛轰圣战者的步兵。本·拉登和手下的人躲进了山上两个阵地之间的堑壕里。有一次，本·拉登正等着扎瓦希里给他吊葡萄糖⑤。扎瓦希里支起一个金属杆来挂输液瓶，然后把滴注管连在瓶子上。本·拉登卷起袖子，等医生把套管针扎进血管。就在那时，一架轰炸机从人们头顶低空掠过，接着就是一阵地动山摇的爆炸。被烟雾和尘土笼罩的圣战者悄悄爬出堑壕，看外头什么地方被炸了。他们发现炸弹落在高处的山顶上，但堑壕里到处乱

---

① 对贾迈勒·卡舒吉的采访。

② 对埃萨姆·德拉兹的采访。

③ 从本·拉登的情况来看，他可能患有阿狄森氏病。这是一种内分泌系统紊乱的疾病，症状有低血压、体重下降、肌肉疲劳、肠胃敏感、背部剧烈疼痛、脱水，以及异常嗜盐。这个诊断完全是猜测，但本·拉登表现出了上述所有的症状。虽然阿狄森氏病可以用类固醇来控制，但严重发作时（本·拉登经历的也许就是这种情形）如不能立即补充葡萄糖盐水，可能会导致病人死亡。我要感谢珍妮·瑞安医生，她和我一起探讨了这些情况，并作出了诊断。虽说中情局等机构估计本·拉登患有肾病，但那个时候如果他不能常做透析就已经死了；况且肾病的症状与文中描述的情况并不一致。瑞安医生指出，肾病患者无法承受额外摄入的盐。熟悉本·拉登的人都知道他常常会蘸盐吃。阿狄森氏病的重要指征之一是肤色最终会发黑，这一点当本·拉登后来在录像中露面时表现得很明显。

④ 优素福和阿德金，《捕熊夹：阿富汗不为人知的故事》，第 230 页。

⑤ 这一事件的细节来自对埃萨姆·德拉兹的采访，以及阿扎姆著作中对他所述情况的整理，《高山》，第 80 页起。

飞的石头把输液的架子打翻了。

扎瓦希里平静地重新竖起支架，解开缠在一起的滴注管。他还有一支消过毒的套管针。但本·拉登刚把胳膊伸出来，外面又是一阵爆炸，飞起的石头纷纷打在人们身上，连支撑堑壕壁的木柱都被震断了。炸弹就落在他们头顶上方。大家都紧紧贴在地面上，直到飞机远去。扎瓦希里又一次拿起支架和那个葡萄糖瓶子——这回它飞到了堑壕的另一边。这时候，堑壕里的人都直盯盯地看着瓶子，“就好像那是个藏着秘密的活物，”德拉兹回忆说。

一个人向扎瓦希里抱怨说，“你还不明白吗？每次你把那个瓶子挂到架子上，我们就得挨炸！”

扎瓦希里付之一笑，坚持不换葡萄糖瓶。他说：“这不过是巧合罢了。”但他刚准备插针头，就又是一连串撼天动地的可怖爆炸，大家发一声喊全趴下了，嘴里喃喃地念起《古兰经》的经文。支撑顶部的木头被炸开了，堑壕暴露在天空之下。然后又有人喊遭到了毒气攻击。他们迅速把防毒面具戴上。在一片烟雾、恐惧和混乱之中，扎瓦希里耐心地把金属支架重新装起来，再一次捡起了那个葡萄糖瓶子。

堑壕里的每一个人都冲他喊起来，“把那瓶子扔出去！别碰它！”

本·拉登想提醒他们伊斯兰教禁止迷信凶兆，但就在扎瓦希里准备连上滴注管的时候，一个沙特人站起身，一言不发地从他手中拿过那个葡萄糖瓶子，扔到了堑壕外面。大家都笑了起来，连本·拉登也不例外；不过，看到瓶子不见了他们都很开心。

围攻贾拉拉巴德期间，有个名叫沙菲克[1]的小伙子随本·拉登一起作战。他身高不到5英尺，大概只有90磅重。虽然如今围绕在本·拉登身边的扈从是一帮埃及人，有少数几个很早就来到阿富汗的沙特人却仍然忠于这位领袖，沙菲克就是其中之一。贾迈勒·哈利法在麦地那的

① 对阿卜杜拉·阿纳斯和贾迈勒·哈利法的采访。

时候当过他的老师，还记得沙菲克是一个彬彬有礼、仪容整洁的小伙子，16 岁就辍学参加了圣战。他的父亲不久就来到阿富汗，把他带回了家。哈利法后来又在沙特阿拉伯见到了这位以前的学生，不禁大为震惊。沙菲克乱作一团的头发直拖到肩膀上，穿着脏兮兮的鞋子和阿富汗长裤。从前的男学生已经完全变成一位顽强的战士，急不可耐地要返回战场。没过几个星期，沙菲克就偷出了被父亲藏起来的护照，又回去打仗了——这是个具有历史意义的决定。

有一天，贾拉拉巴德的一个哨兵发现阿富汗军队的直升机正朝阿拉伯人的阵地飞来，后面还跟着坦克和步兵。为他们引路的是一个叛变投敌的圣战者，他出卖了阿拉伯人。哨兵通知本·拉登手下的人撤出山洞，但那时装甲分队已经盯上了他们，准备把整个营地毁灭掉。

本·拉登与手下的其他战士匆匆离开了，只有沙菲克留了下来。他一个人用一门小口径迫击炮掩护他们撤退。如果没有沙菲克争取来的少许喘息之机，本·拉登很可能就会带着他未竟的梦想死在贾拉拉巴德。那场战斗是阿富汗阿拉伯人所经历的最大灾难，共有包括沙菲克在内的 80 人丧生①。

贾拉拉巴德溃败之后不久，基地组织在靠近阿富汗霍斯特地区的法鲁克营地举行了第一次招募会议。法鲁克营地属“塔克费尔”派②，由扎瓦希里和法德勒医生建立，专门用来训练阿拉伯圣战者之中的精英，让他们为加入本·拉登的私人部队做好准备。尽管翻过山就是狮穴营地，法鲁克营地却一直与其他营地相隔绝，这样受训的年轻人就能处于严密的监视之下。被选中的都是年轻、狂热而顺从的圣战者③。每人都

---

① 对阿卜杜拉·阿纳斯的采访。其他人称死亡人数高达 500。“阿富汗阿拉伯人的故事：从初来阿富汗到与塔利班分道扬镳（六）”，《中东日报》，2004 年 12 月 13 日。

② 对阿卜杜拉·阿纳斯的采访。

③ 哈辛·班延，“最年长的一名阿富汗阿拉伯人向《中东日报》讲述自己的事业，这一事业最终让他在沙特阿拉伯锒铛入狱”，《中东日报》，2001 年 11 月 25 日。

拿到了一笔奖金，上头还让他们向家人永别。

为了给本·拉登出谋划策，基地组织建立了一个大都是埃及人的领导委员会，其中包括扎瓦希里、阿布·哈夫斯、阿布·乌贝达和法德勒医生。委员会中也有来自阿尔及利亚、叙利亚和阿曼的成员。基地组织在哈亚塔堡的一栋两层别墅中设立了办公室，那里地处白沙瓦郊区，是大部分阿拉伯人的住地。

新招募的人员要填好一式三份的表格①，在效忠本·拉登的宣誓书上签字，并发誓保守秘密。作为回报，单身的组织成员每月能拿到1 000美元左右的工资，已婚成员则有 1 500 美元②。每人每年都发给一张回家探亲的往返机票③，还有一个月的假期。组织成员可以享受医疗保障，改变主意的人则有一项买断协议：他们将拿到 2 400 美元，然后各走各的路。从一开始，基地组织就把自己标榜为一种颇有吸引力的工作机会，最适合那些因圣战而中断了教育和事业的人。

基地组织的领导制定了章程和若干细则④，明确描绘了该组织的乌托邦式目标："树立真理，祛除邪恶，建立一个伊斯兰的国家。"实现这一目标的途径是教育和军事训练，以及在全世界协调、支持圣战运动。组织将由一位公平、坚决、可信、耐心而正义的统帅来领导；他应该具备至少 7 年的圣战经验，最好能有大学的学位。他的职责包括任命一个每月会晤的顾问委员会、安排组织的预算，以及制订每年的行动计划。只要看看基地组织的官僚机构，就能了解它是多么野心勃勃：这个机构包括许多委员会，分别主管军务、政治、信息、行政、安全和监控。军事委员会还下设分支机构，分别负责训练、行动、研究和核武器。

贾拉拉巴德战败之后，阿富汗圣战者陷入了一场灾难性的内战。在

---

① 古纳拉特那，《基地组织探密：全球恐怖网络》，第 56 页。

② 对杰克·克卢南的采访。

③ 基地组织雇用合同的具体情况，可见"和睦文件"，来源于美国国防部的一个数据库，www. ctc. usma. edu/aq _ harmonylist. asp.

④ 同上。

自相残杀的圣战者之中，古勒卜丁·希克马蒂亚尔和艾哈迈德·沙阿·马苏德率领的两支队伍最为强大。这两个领导者都来自北方，性情残忍而又颇具魅力，一心要在阿富汗建立伊斯兰政府。更具政治技巧的希克马蒂亚尔是普什图人，这个部族在巴基斯坦和阿富汗两国都占大多数。他有巴基斯坦三军情报局撑腰，因此也得到了美国和沙特阿拉伯的支持。马苏德则是20世纪最杰出的游击队领导人之一。他是塔吉克人，来自一个说波斯语的部族，该族是阿富汗的第二大民族。马苏德的基地设在喀布尔以北的潘杰希尔山谷，他很少去白沙瓦——那里是各情报机构和国际媒体的温床。

大部分阿拉伯人都站在希克马蒂亚尔一边，除了阿卜杜拉·阿扎姆的女婿阿卜杜拉·阿纳斯。阿纳斯劝阿扎姆谢赫去见一下马苏德，亲眼看看他是怎样的一个人。要见到这位潘杰希尔的雄狮，得越过兴都库什山脉中的4座山峰，一路要徒步走上8天。在翻山越岭的时候，阿扎姆回顾了贾拉拉巴德的那场灾难。他担心阿富汗的圣战已经成了一场混乱不堪、误入歧途的失败。苏联人走了，现在穆斯林又跟自己人打了起来。

马苏德带着一支百人卫队在巴基斯坦边境和他们碰头，然后领着他们下到了潘杰希尔山谷。马苏德住在一个辟有两间卧室的山洞里——“就像个吉卜赛人，”为他们当翻译的阿纳斯说。马苏德的谦逊让阿扎姆大为心折，而马苏德手下纪律严明的部队也令他叹服，这支部队与其他散兵游勇的圣战者形成了极大的反差。“我们也是你的兵了，”① 阿扎姆保证说。“我们爱戴你，而且要帮助你。”

回到白沙瓦之后，阿扎姆根本没有掩饰自己对马苏德业已改变的看法。他甚至去了沙特阿拉伯和科威特，声称“我见到了真正的伊斯兰圣战。那就是马苏德！”阿扎姆突然的转变让希克马蒂亚尔极为恼怒，因为这可能会危及阿拉伯人对他的支持。

阿扎姆原本就已经招来了许多心黑手毒的敌人。本·拉登恳求阿扎

① 对阿卜杜拉·阿纳斯的采访。

姆离开白沙瓦，这个地方对他这位以前的导师来说实在太危险。有一个星期五，希克马蒂亚尔的人在阿扎姆家附近的清真寺里发现并拆除了一枚威力巨大的炸弹[①]。那是个反坦克地雷，就装在阿扎姆领祷时站的演讲台底下。炸弹要是爆炸了，数百名朝拜者可能会死于非命。

由于对圣战者之间的内战深感困惑与绝望，而贾拉拉巴德之战带来的难堪仍未消除，本·拉登回到了沙特阿拉伯，向沙特情报部门征询意见。他想知道自己在战斗中应该加入哪一方。图尔基王子的幕僚长艾哈迈德·巴兹卜告诉他，“你最好离开那儿。”[②]

在彻底离开之前，本·拉登回了一趟白沙瓦，向阿扎姆告别。本·拉登地位的上升让阿扎姆陷入了易受攻击的境地，但不知何故两个人仍然维持着友谊。他们拥抱了很长时间，两个人都流了许多泪，好像知道从此再无相见之日[③]。

1989年11月24日，阿扎姆和两个儿子易卜拉辛和穆罕默德坐车去清真寺，穆罕默德开着车。就在穆罕默德停车的时候，路边一枚由20公斤TNT[④]制成的炸弹轰然爆炸，巨大的力量把车子炸得粉碎。断体残肢都飞到了树枝和电线上。阿扎姆一个孩子的一条腿飞进了100码开外一家商店的橱窗。但是，据人们说，阿扎姆的尸体安详地靠在墙上，全身上下完好无损，没有受到一点破坏。

那个星期五的早些时候，阿扎姆主要的对手艾曼·扎瓦希里在白沙瓦街头散布谣言，称阿扎姆在替美国人工作[⑤]。第二天，扎瓦希里又在阿扎姆的葬礼上对这位以身殉教的谢赫大加赞扬；因为他的死而欢欣鼓舞的其他许多敌人也是这么说的。

---

① “‘阿富汗’沙特人讲述自己与基地组织和本·拉登的瓜葛”，《中东日报》，2001年11月25日。
② 对艾哈迈德·巴兹卜的采访。
③ “显微镜下”，半岛电视台，2003年2月20日。
④ 古纳拉特那，《基地组织探密：全球恐怖网络》，第23页。
⑤ 对奥萨玛·鲁什迪的采访。

第七章　英雄归来

名望本身就能产生权威，即便在注重谦逊精神、刻意削弱非王室人物威信的沙特阿拉伯也是如此。除了王室统治者那几张无所不在的面孔，这个国家禁止公开展示其他任何人的肖像；王子们还用自己的名字来命名街道、医院和大学，把一切可以捞到的荣誉揽在自己手中。因此，1989 年秋天本・拉登回到故乡吉达的时候，就给沙特统治者带来了当代历史上独一无二的困境。他只有 31 岁，却指挥着一支规模不知几何的国际志愿军。本・拉登当真相信沙特政府鼓吹的神话，认为他率领的阿拉伯军团击败了一个强有力的超级大国，所以这次回国时对自己的未来抱着空前的期望。他的声望几乎超出了所有人，除了少数几位王子和瓦哈比教派的高层神职人员——他们是王国第一批真正的名流。

他很有钱，尽管还没有达到王室的标准，甚至比不上汉志地区的商业巨族。他当时在沙特本拉登集团持有的股份价值 2 700 万沙特里亚尔——相当于 700 万美元多一点。他还能从公司年收入中分得一部分，这笔钱每年大约在 50 万到 100 万里亚尔之间①。他重新做起了家族的生意，协助建设塔伊夫和艾卜哈两地的公路②。他在吉达有一所房子，还有一所在麦地那。麦地那始终是本・拉登最喜爱的城市，因为在那儿，先知清真寺近在咫尺。

这位年轻的理想主义者带着一种神圣的使命感回到了王国。他已经冒过生命危险，而且奇迹般地（他认为是这样）生还了。走的时候，他是一位崇高的穆斯林战士的门徒；归来之际，他已成为阿富汗阿拉伯人无可争议的领袖。他身上透着一股颇具威严的自信，而与生俱来的谦逊又让这种自信的吸引力变得愈发强大。当时，沙特人对自己在现代世界中的身份越来越不确定，本·拉登在人们心目中成了一个完美无瑕的典型。他虔诚而谦逊的风范让沙特人想起了本民族的历史形象——羞涩、毫不张扬，却又不失勇猛与严厉。本·拉登被一些年轻的崇拜者称为“他这个时代中的奥斯曼③”——这个称呼指的是伊斯兰早期的一位哈里发，此人非常富有，而且以正直闻名。

本·拉登的声誉令人不快地衬托出了沙特王室的无行，这是不可避免的。王室中首屈一指的是那位以在法国里维埃拉海岸纵酒狂欢而闻名的法赫德国王，他出游时会把那艘长达 482 英尺、价值 1 亿美元的“阿卜杜勒·阿齐兹”号游艇④停在里维埃拉的港口。这艘船的特色是配备了两个游泳池、一个舞厅、一个健身房、一座剧院、一个移动式花园、一个设有重症监护室和两间手术室的医院，以及 4 枚美制“毒刺”导弹。国王也喜欢乘坐他那架价值 1.5 亿美元的波音 747 喷气机飞往伦敦，飞机上竟然装了喷泉。去这些地方游玩的时候，他在赌场里输掉的钱有数百万之多。一天晚上，由于对英国赌博业法定的宵禁大为不满，他雇人在自己的酒店套房里开起了 21 点和轮盘赌⑤，这样他就可以整夜大玩特玩。其他沙特王子也满怀热情地效仿他的榜样，特别是法赫德国

---

① 对本·拉登家族发言人的采访。娶本·拉登同父异母的姐姐为妻的贾迈勒·哈利法告诉我，本·拉登每年分得的收入“还不到 100 万里亚尔”——相当于 26.6 万美元——此数字得到了本·拉登家族发言人的证实。这个金额远远低于“9·11”调查委员会给出的保守估计。报告称：“从 1970 至 1994 年，本·拉登每年的收入大约是 100 万美元——这无疑是一个很可观的数额，但它远非所谓‘用来资助圣战的 3 亿美元资产’。”“9·11”事件调查委员会《“9·11”调查委员会报告》，第 170 页。贾迈勒·卡舒吉告诉我，本·拉登从阿富汗回国的时候对自己的兄弟们说，他已经把自己那份遗产全花在了圣战上，他们应该掏腰包来补偿他；但本·拉登家族的一位发言人对此表示怀疑。

② 罗伯特·菲斯克，“曾招募圣战者的沙特商人，如今利用他们在苏丹从事大型建筑工程”，《独立报》，1993 年 12 月 6 日。

③ 对蒙索尔·尼亚丹的采访。

④ 西蒙斯，《沙特阿拉伯：一个封建附属国的形态》，第 28 页。

⑤ 玛丽·科尔文，“挥霍无度的谢赫们”，《星期日泰晤士报》，1993 年 8 月 29 日。

王的儿子穆罕默德。根据英国的法庭记录，这位王子收受了超过 10 亿美元的贿赂，用于支付各种花销：“妓女、色情物品、由百余辆高性能轿车组成的车队、戛纳和日内瓦的豪宅，还有汽船、私人包机、滑雪别墅和珠宝之类的奢侈品。”①

20 世纪 80 年代中期油价暴跌，沙特经济因此出现了赤字。但是，王室照旧从国家银行里提取巨额的个人“贷款”，这些钱他们极少偿还。每一项重大的商业交易都必须向王室“黑手党”支付“佣金”——也就是回扣，这样生意谈起来才能滑溜顺利。王子们以个人名义没收土地、强行插手私人生意；这还不算每位王室成员每月的津贴，虽说这笔津贴是私下拿的，数额却极为可观。“沙特家族”成了腐化、虚伪和贪得无厌的代名词。

然而，10 年前大清真寺遭到的袭击使王室清醒地认识到了革命这一危险的前景。沙特家族从那场血腥对峙中得到了一个教训：只有赋予宗教极端分子权力，才能保护自己不受他们的伤害。因此，由政府资助的宗教治安队伍“穆塔瓦”（*muttawa*）成为王国之中的一股强大力量。这些人在购物中心和餐馆游荡，一到祷告时间就把街上的男人赶进清真寺，还要确保女人的衣着遮蔽得合乎规矩——连盖头下露出一绺头发，都有可能遭到这帮人轻便手杖的毒打。为了扑灭罪恶行为和异端邪说，这些人甚至会闯入私人住宅和商店；他们还对国内日益增多的卫星天线发起了战争——开着政府配发的雪佛兰越野车，用政府配发的武器对天线开火②。“穆塔瓦”成员的官方称呼是“提倡德行与防止邪恶委员会”的代表，这个组织将成为阿富汗塔里班效仿的对象。

图尔基王子与王室的公众形象构成了鲜明的反差。他彬彬有礼、风

① 戴维·利和戴维·帕利斯特，“里维埃拉阳光之中的暗影”，《卫报》，1999 年 3 月 5 日。

② 对穆罕默德·拉希德的采访。

度迷人、说话轻声细语，是许多人熟悉和喜欢的那种类型。但他也很有戒备心，不愿多谈私事；他把自己生活中的各个方面严格区分了开来，这样一来谁都不可能真正了解他。他很喜欢王室身份带来的特权，但他在沙特王国国内的生活却简朴得叫人感动。他和妻子努弗公主以及6个孩子住在利雅得一栋相对比较朴实的平房里[①]；到了周末，他会回沙漠牧场休息，他在那儿养了鸵鸟[②]。他穿的是沙特人一成不变的服装：一件长及脚踝的白色袍子（名叫“梭卜［thobe］”），还戴着一块红格子头巾。宗教激进分子敬重他，因为他是一位宗教学者；但他还提倡女性的权利，所以革新派也把他视为潜在的支持者。他主管沙特在中东地区的情报机构，这往往意味着酷刑和暗杀行动，但他很快就以尽可能避免流血的行动准则知名。图尔基的父亲是殉难的费萨尔国王，他敬爱的母亲埃法特则是沙特历史上第一位被称为王后的女性。所有这一切，再加上他年纪轻轻就身居要职，意味着一旦阿卜杜勒·阿齐兹的孙辈等到竞争王位的机会，图尔基必将成为重要人选。

在王国之外，图尔基过的则是另一种生活。他在伦敦有一所房子，在巴黎还有一间精致的公寓。他游弋地中海的时候会乘坐“白色骑士”号游艇[③]，这是他拥有的几艘海船之一。在伦敦和纽约的上流社交界，人们都知道他喜欢偶尔来上一杯香蕉代基尔[④],[⑤] 不过他既不是赌徒，也不是酒鬼。图尔基能轻松自如地融入几个不同的世界，因此有本领折射出别人希望在他身上看到的品质。

阿富汗圣战期间，中央情报局与图尔基及其情报机构密切合作，并对他留下了深刻的印象：图尔基极富洞察力，知识面广，而且对美国的

---

① 对弗兰克·安德森的采访。

② 贾迈勒·卡舒吉，个人通信。

③ 德斯皮纳·萨希尼诉图尔基·赛义德（又名图尔基·费萨尔·本·阿卜杜勒阿齐兹·沙特）一案中萨希尼的申诉，希腊雅典初审法院，2003年2月2日。

④ daiquiri，一种以糖、柠檬汁和朗姆酒调配的鸡尾酒。——译者

⑤ 科尔，《幽灵战争：中情局、阿富汗与本·拉登的秘史——从苏联入侵到“9·11”》，第73页。

风俗了如指掌。对美国情报圈内的某些人来说，图尔基好像就是“我们在利雅得的人”；但另一些人则认为他很狡诈，不愿与人分享信息。这些不同的评价，恰恰反映了让美国人和沙特人都深陷其中的棘手关系。

在一个星期五，图尔基去了利雅得的一座清真寺，那里的伊玛目曾抨击过某些女性慈善机构，其中一个机构就是由费萨尔家族的5位女性成员掌管的。图尔基当时听的是一盘讲道的磁带，那个伊玛目在录音中把负责慈善机构的女人称作娼妇。这是对沙特家族和瓦哈比教派之间古老协议的悍然破坏。第二个星期图尔基就坐到了清真寺的前排。那个伊玛目刚起身要说话，图尔基就愤然上前与他对质。“这个人污蔑了我的家人!”[①] 图尔基冲着麦克风大喊。“我的姐妹！我的儿媳！要么让他证明自己的话，要么我就起诉!”目击此事的一个人说，图尔基甚至威胁要当场杀掉那个伊玛目。

胆大包天的诬蔑与图尔基王子的愤怒回应，让整个国家都骚动起来。时任利雅得市长的萨勒曼王子逮捕了出口伤人的伊玛目。他很快表示道歉，图尔基也接受了。但图尔基意识到两股势力之间的平衡已开始发生变化。他家族中的许多成员都很害怕横行在商店和街头的宗教治安队伍，连警察都要听这些人的指挥。“穆塔瓦”是一个极度虔诚的宗教组织，肯定会紧紧盯住王室某些成员惹人注目的腐化行径；然而，现在这个组织甚至开始攻击几位深得人心、行为端正的公主所做的慈善工作，她们不过是想推动女性事业。显然，王室决不能容忍如此的侮辱；但有人公开污蔑王室的事实也表明“穆塔瓦”已经有了足够的胆量，敢于在王国统治者的鼻子底下挑起革命。

和美国的中央情报局一样，图尔基的情报机构也不应在本国国内开展行动——国内事务是纳伊夫王子的领域。主管内务部的纳伊夫是图尔基的叔叔，生性残忍，对自己的势力范围守得很严。图尔基认为国内的局势已危险到了不容忽视的程度，必须采取措施，即便这意味着要侵犯

---

① 对艾哈迈德·巴兹卜的采访。

纳伊夫的领地。他开始秘密监控“穆塔瓦”的成员。他发现，该组织的许多成员以前都是罪犯[①]；这些人之所以能得到工作，惟一的原因就是他们背熟了《古兰经》，想以此减轻自己的刑罚。但是，图尔基认为他们的势力已变得非常强大，甚至有颠覆政府的危险。

在沙特阿拉伯，人们的生活历来以禁欲、顺服和宗教狂热为特征，但“穆塔瓦”组织的控制却把社会交往也扼杀了，还强制推行一种危险的新宗教正统。数百年来，麦加圣城传授与研究的伊斯兰教法有四大学派——哈纳菲派、马利基派、沙菲派和汉巴里派[②]。瓦哈比派教徒表面上不屑于进行这种教义上的区分，但实际上却在排除伊斯兰信仰的其他诠释方式。政府禁止什叶派（什叶派在沙特是具有相当规模的少数派信仰）修建新的清真寺或扩建原有寺庙[③]。只有瓦哈比派的信仰才是自由的。

沙特政府并不满足于在国内消除最低限度的宗教信仰自由，他们还开始向整个伊斯兰世界传道。利用宗教税（名为“札卡特”）中征收的几十亿里亚尔，他们在全球修建了数以百计的清真寺和大学，还有数以千计的宗教学校，再配上瓦哈比派的伊玛目和老师。最后，穆斯林人数仅占全世界1%[④]的沙特阿拉伯为全球伊斯兰信仰承担了90%的开支[⑤]，远远凌驾于其他伊斯兰传统之上。

音乐在沙特王国已销声匿迹。1979年麦加大清真寺遭袭之后不久，国内的各家电视台封杀了歌手乌姆·卡勒苏姆和法鲁兹这两位阿拉伯世界的百灵鸟；电视屏幕上本来充斥的都是些大胡子男人，为了宗教律法的细枝末节辩论不休。大清真寺遭袭前沙特阿拉伯还有几家电影院，但

---

① 对艾哈迈德·巴兹卜的采访。
② 对萨米·安加维的采访。
③ 西蒙斯，《沙特阿拉伯：一个封建附属国的形态》，第34页。
④ 亚马尼，《身为沙特人》，第63页。
⑤ 达乌德·希里安，“沙特阿拉伯该怎么办?”，《生活日报》，2003年5月19日。

很快就被关闭了。1989年，利雅得建成了一座美轮美奂的音乐厅，可这里连一场演出都没举行过。审查制度扼杀着艺术和文学，精神生活还没等在这个年轻的国家中开花结果，就已经枯萎。偏执与狂热，自然而然地占据了人们封闭而恐惧的心灵。

如此了无生趣的一个环境，让年轻人觉得未来比现在还要黯淡。仅仅几年之前，由于国内丰富的石油资源，沙特阿拉伯按人均水平计算已接近全世界最富有的国家。如今，下跌的油价让这种期望化为泡影。原本保证大学毕业生都能找到工作的政府收回了承诺，由此产生了前所未有的失业现象。无论在哪个社会之中，绝望情绪与游手好闲相伴都是很危险的，年轻人不可避免地会去寻求他们心目中的英雄——这个人能表达他们对变革的渴望，而且能为他们找到发泄怒火的目标。

虽说沙特王国历史上从未有过这样的一个人物，既非宗教学者亦非王室成员的奥萨玛·本·拉登还是担任了这个新的角色。他以传统的、穆斯林兄弟会的方式对阿拉伯世界的艰难处境作出了评价：阿拉伯民族总是不能取得成功，造成这种耻辱的罪魁祸首是西方世界，特别是美国。"他们攻击了我们在巴勒斯坦的兄弟，也攻击了其他地方的穆斯林和阿拉伯人，"① 在一个春夜，晚祷刚刚结束的时候，他在吉达本·拉登家族的清真寺里说道。"穆斯林在流血。这太过分了……我们在别人眼中只不过是一群绵羊，这是我们的奇耻大辱。"

本·拉登身穿白袍，肩上披着一件薄薄的驼色斗篷。他讲演时单调的话音几欲催人入睡，时而晃着一根又细又长的食指来强调重点，但他的神态很放松，做手势时则有气无力。他后来发表宣言时有一个特点，就是双眼像救世主一般始终盯着面前不近不远的地方，这在那一次演讲中已经有所体现。在本·拉登面前的地毯上，几百个男人盘膝而坐。他们之中的许多人曾与他在阿富汗并肩作战，现在则想寻求新的人生方

---

① 1990年4月奥萨玛·本·拉登在吉达本·拉登家族清真寺的讲话，埃萨姆·德拉兹拍摄。

向。他们的夙敌苏联已土崩瓦解，但美国似乎还算不上是一个确定无疑的新对头。

起初，人们很难理解本·拉登基于何种原因提出这样的控诉。美国从来就不是一个殖民国家，而沙特阿拉伯也从未成为别人的殖民地。当然，他说话时代表的是穆斯林全体，美国支持以色列的行为给他们带来了痛苦；但在阿富汗圣战中，美国一直是他们的盟友，而且发挥了决定性作用。本·拉登所表达的耻辱之感，其实主要来自穆斯林在现代世界中所处的地位。本·拉登对家乡的听众说，他们的生命在被人以贱价出卖——这句话也证明他们觉得别人的生命（西方人和美国人）更为充实，也更有价值。

本·拉登给他们上了一堂历史课。“美国跑到几千英里开外的越南，用飞机轰炸当地人。但是，美国人承受了沉重的损失之后才从越南脱身。有 6 万多名美国士兵丧生，后来连他们本国的人民都发起了反战示威。美国人是不会停止支持巴勒斯坦犹太人的，除非我们能对他们予以痛击。除非我们对美国人发动圣战，否则他们就不会停手。”

再向前一步，本·拉登就会跨过主张对美国动用暴力手段的门槛；但是，他在演讲中突然间刹住了脚步。“我们必须对美国发动一场经济战争，”他继续说道。“我们必须抵制所有的美国产品……我们买这些产品所花的钱，都被他们拿给了犹太人，用来杀害我们的兄弟。”这个在反苏战斗中赢得声名的人如今又谈起圣雄甘地，说他通过“抵制英国的产品、穿非西方的服装”打垮了大英帝国。他敦促人们发起一场公关运动。“只要见到一个美国人，我们就应该让他知道我们的不满，”本·拉登以颇为温驯的态度结束了演讲。“我们应该给美国的各个领事馆写信。”

本·拉登后来会说，美国一直以来就是他的敌人。他称自己对美国的仇恨始于 1982 年，“那一年美国听任以色列人入侵黎巴嫩，美国的第七舰队还充当了帮凶。”[1] 他回忆了当时的血腥场面：“遍地都是鲜血和断肢、到处都躺着妇女和儿童的尸体。房舍被毁时里面还住着人；被炸垮的高层建筑就坍塌在楼内居民的身上……那时的局势就像是一个无助的孩子碰到了一条鳄鱼，他除了尖叫之外完全无能为力。”本·拉登说，这种景象激起了他与暴政斗争的强烈愿望，以及对复仇的渴望。“当我看到黎巴嫩被炸毁的高楼，我就想我们应该用同样的方法来惩罚压迫者；我们应该摧毁美国的高楼，让他们也尝尝我们经历过的滋味。”

可他当时的行动，却与这种公开的立场不符。阿富汗圣战期间，本·拉登私下接触过几位王室成员，表达了他对美国参与这场战争的谢意。时任沙特驻美大使的班达尔·本·苏丹王子记得本·拉登来找过他，还对他说：“感谢你。感谢你带来了美国人，帮助我们消灭那些世俗的、不信真主的苏联人。”[2]

在人们眼中，本·拉登从来都不是一位令人关注或独具创见的政治思想家——直到那时，他对时局的分析始终是典型的宗教激进主义的陈词滥调，并未反映出任何对西方的深入认识。然而，被编织起来的神秘光环所围绕的本·拉登在沙特社会中却有着极高的地位，这足以让他的宣言变得分量十足。在一个极端压制言论自由的国家，本·拉登竟能发表对美国评头论足的言论，这一事实本身就向其他沙特人表明，他发起的反美运动必然已得到王室的首肯。

世界上没有几个国家像美国和沙特阿拉伯这样既迥然不同，又相互依赖[3]。美国人建立了沙特的石油工业；美国建筑公司（如贝克特尔公司）修建了沙特国内的大部分基础设施；霍华德·休斯的环球航空公司为沙特建立了民航业务；福特基金会使沙特政府实现了现代化；美国工程兵部队建立了沙特的电视与广播设施，并监督其国防工业的建设。与

① 本·拉登录像，半岛电视台，2004年10月29日。
② 网页：www. pbs. org/wgbh/pages/frontline/
③ 参见李普曼，《幻景之中：美国与沙特阿拉伯脆弱的伙伴关系》。

此同时，沙特阿拉伯把国内顶尖的学生送往美国大学——在20世纪70、80年代，每年有3万多学生前往美国[1]。而自从沙特发现石油时起，也有20多万美国人曾在沙特王国生活和工作[2]。沙特阿拉伯需要在美国投资、管理、技术和教育的引导下跻身现代世界。美国则越来越依赖沙特的石油资源，这样才能确保它在经济和军事方面的霸权地位。1970年，美国是沙特石油的第十大进口国[3]；10年之后，美国已名列第一。

当时，沙特阿拉伯已取代伊朗成为美国在波斯湾地区的主要盟国。沙特王国依靠美国的武器和防御协定来保卫自己。因此，当本·拉登对美国的口头攻击不断升级的时候，沙特王室似乎却对此持赞成态度，这种有悖常理的做法简直就像是在自取灭亡。但是，只要本·拉登能继续瞄准国家外部的敌人，沙特人民的注意力就会被吸引过去，他们也就不会太关注王室对石油财富的掠夺和愈演愈烈的宗教狂热了。后来发生的事件，很快就让本·拉登拥有了一直在寻找的借口，从而使美国人成为了他所需要的敌人。

\- - -

1989年，本·拉登向图尔基王子提出了一个大胆的方案[4]。他准备利用自己的阿拉伯非正规军来颠覆南也门的马克思主义政府。祖辈的故乡处在共产主义者的统治之下，这让本·拉登怒火中烧；他觉得可以借助这个机会，利用自己与沙特政府的合作关系，彻底清除世俗政权在阿拉伯半岛的影响。这将是本·拉登把基地组织投入实战的第一个良机。

沙特阿拉伯与南北也门这两个又小又穷、人口却更多的南方邻国向来关系不睦。这两个争执不断的兄弟国也给沙特带来了战略上的问题。南也门是阿拉伯世界中惟一的马克思主义政体，地处阿拉伯半岛南部的

① 彼得森，《沙特阿拉伯与安全的幻觉》，第46页。
② 图尔基·费萨尔王子在西顿霍尔大学的讲话，2003年10月14日。
③ 阿布里什，《沙特家族的兴起、腐化与将要来临的败落》，第169页。
④ 对赛义德·巴兹卜和艾哈迈德·巴兹卜的采访。

尖端，正好扼住红海的咽喉。北也门则是一个亲西方的军事政权，但经常与沙特王国发生边界争端。

图尔基听取了本·拉登的提议，并婉言拒绝。“这不是个好主意，”他告诉本·拉登。沙特人干涉也门两国事务的历史由来已久，因此图尔基反对这一计划并非是出于正当性的考虑。本·拉登大谈“我的圣战者”，还声称要把南也门从“卡非尔”（不信真主者）的手中解放出来。他那幅雄才大略的派头让图尔基心生反感。

本·拉登与沙特情报部门的主管会面之后不久，南北也门出人意料地达成了协议，决定将两国合并为一个名为也门共和国的整体。这两个贫困国家一直没有明确划定的交界地区发现了石油，这促使它们通过政治手段而非武力来解决争端。

但是，和平却不能使本·拉登安心。他深信美国人与社会主义者达成了在也门建立军事基地的秘密协议①，因此他打算资助一场游击战，以粉碎南北也门之间的联盟。很快，参加过阿富汗圣战的也门老兵就出现在本·拉登在吉达的公寓，离开时都带着整箱整箱用来支持叛乱的现钞②。

本·拉登以前的老师艾哈迈德·巴兹卜有一次去看他，这无疑是出于图尔基的授意。本·拉登当时在吉达做投资管理。两人交谈的时候，巴兹卜听出这位以前的学生怒火难抑，意识到肯定要发生什么事情。本·拉登完全无法容忍联合政府中含有共产主义分子的事实。他坚持要施行自己对伊斯兰政府那模糊不清的构想，以此来取代也门双方达成的和平而实际的政治解决方案。在本·拉登的心目中，整个阿拉伯半岛都是神圣的，必须将一切外国势力清除出去。他的父亲就出生在也门南部的哈德拉毛，这愈发坚定了他将族人从共产主义残余的统治之下解放出

① 对贾迈勒·卡舒吉的采访。
② 兰德尔，《奥萨玛：一个恐怖主义者的成长》，第 100 页。

来的狂热信念。他到新成立的共和国去了几次[①]，并在当地的清真寺演讲，以挑起敌对情绪。他手下的基地组织部队则与也门北方的部族领袖协作，对南方的城市发动袭击，并刺杀社会主义领袖[②]。

这些血腥的袭击带来了后果。由于南北双方脆弱的联盟岌岌可危，国家有再次陷入内战的危险，也门共和国的新任总统阿里·阿卜杜拉·萨利赫去了沙特阿拉伯，恳请法赫德国王对本·拉登加以约束。国王明确指示本·拉登，让他不要插手也门的事务。本·拉登不承认自己与此有涉，但他很快就又在也门出现，而且举行了更多的反对共产主义者的演讲和活动。又失望又愤怒的也门总统返回沙特阿拉伯，再次向法赫德国王陈情。这位国王还没碰到过多少敢违背他命令的臣民，更不用说公然对他撒谎的人了。他让家族中的执法者去办理此事。

内务部部长纳伊夫王子是个非常专横的人物，常被人们比作J·埃德加·胡佛[③]。他在办公室里召见了本·拉登。内务部所在的大楼是一栋怪异得令人不安的建筑（外观呈倒置的金字塔形），矗立在利雅得市中心。楼内用大理石修建的中庭大得叫人晕头转向，一部部黑洞洞的管状电梯间拔地而起——这种设计似乎就是要让置身其中者心生渺小之感。阿富汗圣战期间，本·拉登曾多次到这栋楼里向纳伊夫汇报，将自己的行动一丝不苟地告知政府。由于他的家庭、他的地位，以及多年来对王室表现出的忠诚，以往他每次来时都会得到充满敬意的接待。

这一次情况就不同了。纳伊夫说话时疾言厉色，还要他交出护照。至于本·拉登个人的外交政策，王子一个字也不想听。

现实泼了本·拉登一头凉水，可他感觉自己被出卖了。“我这么做

---

① 对艾哈迈德·巴兹卜和赛义德·巴兹卜的采访。

② 也门政府称，“1990年到2004年间，阿富汗也门人群体借奥萨玛·本·拉登所发布的圣令之力，杀害了几名社会主义人士，并发起了158次行动。”引述，见匿名，《透过敌人的眼睛》，第112页。也门人显然没有意识到，这些行动的发起者其实是一个新的组织——基地组织。

③ J. Edgar Hoover（1895—1972），美国联邦调查局前任局长，在位长达48年，去世前始终掌握着极大的政治权力。——译者

都是为了沙特政府!”[1] 他向朋友们抱怨说。

沙特阿拉伯是本地区最富有的国家，但它周围环伺着心怀嫉妒的邻国，因此它的顾虑也最多。1969 年费萨尔国王在沙特进行了第一次人口统计，实际人口数量之少让他大吃一惊，于是他立即把数字增加了一倍[2]。从那时起，沙特王国的所有统计数字都是在这个谎言基础上的歪曲。1990 年，沙特阿拉伯宣称有 1 400 多万人口，几乎与伊拉克相当；但据图尔基王子私下估计，王国的人口只有 500 万出头[3]。由于始终担心国家会遭到占领或劫掠，沙特政府在武器上花费数十亿美元，从美国、英国、法国等国购进市面上最为先进的装备，而这些交易中的丰厚回扣也让王室成员变得愈发富有。20 世纪 80 年代，王国建立起了耗资 500 亿美元的防空体系；美国工程兵部队则把海外总部从德国搬到了沙特阿拉伯，为沙特陆海空三军及国民卫队修建基地、学校和总部大楼[4]。美国国会后来通过了一项法律，禁止本国公司利用驻外代理人行贿、提供回扣，于是沙特政府就和英国谈成了有史以来最大的一笔军火交易。到了 80 年代末，沙特王国的武备将足以抵御邻国构成的直接威胁。沙特有了武器；它所缺少的只是训练和部队——换言之，一支真正的军队。

本·拉登在 1990 年警告说，伊拉克杀戮成性的暴君萨达姆·侯赛因对沙特阿拉伯构成了威胁。大家只把他当作不可相信的卡珊德拉[5]。“我在清真寺演讲时曾多次警告大家，说萨达姆会侵入海湾地区，”[6]

---

① 对艾哈迈德·巴兹卜的采访。
② 对纳瓦夫·E·奥贝德的采访。
③ 威廉·B·匡特教授，个人通信。
④ 西蒙斯，《沙特阿拉伯：一个封建附属国的形态》，第 214 页。
⑤ Cassandra，希腊神话中特洛伊国王 Priam 之女。阿波罗向她求爱，赋予她预言的能力，后因所求不遂又下令不准人信其预言。——译者
⑥ 1997 年 5 月 10 日 CNN 记者彼得·L·伯根和彼得·阿内特对奥萨玛·本·拉登的采访。

本·拉登痛惜地说。“没有人相信我。”萨达姆公开表示他反对西方，还威胁说要用化学武器“烧掉半个以色列”①，这种言论让大多数阿拉伯国家都深受鼓舞。萨达姆在沙特阿拉伯尤其受欢迎，沙特与北方邻国伊拉克一直保持着亲密的关系。尽管如此，本·拉登仍然一意孤行地反对萨达姆及其世俗的复兴社会党。

本·拉登又一次让国王大为恼怒——这种处境对任何一个沙特臣民来说都很危险。沙特王国与伊拉克签署了互不侵犯的协议②，萨达姆还亲自向法赫德国王保证他没有入侵科威特的意图③，虽说他正在把伊拉克共和国卫队的几个师移向边境。沙特政府再次警告本·拉登不要多管闲事，并继之以威胁：沙特的国民卫队突袭查抄了本·拉登的农场④，还逮捕了他的几名工人。本·拉登就这一暴行向国民卫队司令阿卜杜拉王储提出抗议，但王储声称自己并不知情。

7 月 31 日，法赫德国王亲自主持了伊科双方代表之间的会议，以对两国的争端进行仲裁。这一争端涉及的是所有权问题——谁能拥有伊科边境上价值无算的油田。萨达姆还声称，科威特石油的高生产率致使油价下降，从而对伊拉克经济造成了毁灭性的打击；其实，萨达姆在 1980 年挑起的两伊战争持续了 8 年之久，造成 100 万人伤亡，伊拉克经济在这场战争中本来就已经趋于崩溃。尽管有法赫德国王从中斡旋，伊科之间的会谈还是很快破裂了。两天之后，规模庞大的伊拉克军队征服了小小的邻国科威特；突然间，阻挡萨达姆·侯赛因侵入沙特油田的障碍就只剩下了窄窄几公里的沙漠，以及一支虽然装备超强，却心怀畏惧、人

---

① 阿马泽亚·巴拉姆，“伊拉克入侵科威特”，《萨达姆·侯赛因读本》，图里·蒙特编，第259 页。

② 据莱斯莉·科伯恩和亚历山大·科伯恩所著“王室的烂摊子”，《纽约客》，1994 年 11 月 28 日，沙特人还一直在资助伊拉克的核武器研究。另一方面，理查德·A·克拉克在一次采访中称此事“实在难以置信”，因为持有核武器的萨达姆将是沙特阿拉伯最可怕的敌人。

③ 网页：www. kingfahdbinabdulaziz. com/main/1300. htm

④ “奥萨玛·本·拉登传，圣战战友著，略有改动”，伊斯兰观察中心，外国广播讯息处英译，2000 年 4 月 22 日。

员不足的沙特军队。守卫这些油田的是沙特国民卫队的一个营[①]——兵力还不足1 000人。

震惊之下，沙特王室迫使政府控制的媒体封锁消息，让他们一个星期之后再公布伊拉克入侵科威特的新闻。此外，虽说多年来为与邻国培养友好关系花费了数十亿美元，沙特王室如今却惊骇地发现自己在阿拉伯世界中竟然极为孤立。巴勒斯坦人、苏丹人、阿尔及利亚人、利比亚人、突尼斯人、也门人，就连约旦人也公开支持萨达姆·侯赛因。

在伊拉克部队陈兵沙特边境之际，本·拉登致信法赫德国王[②]，恳请他不要向美国人寻求保护；随后，他还激动不已地向身居高位的王子们发起了一轮游说。对于目前应采取何种行动，王室本身就存在分歧[③]。阿卜杜拉王储强烈反对向美国求助，而纳伊夫王子却认为这是个最好不过的选择。

不过，美国人已经做出了决定。如果萨达姆在吃掉科威特之后再吞下沙特阿拉伯的东部省，他就能控制住世界现有石油供应的大部分。这不仅会危及沙特王国，也将对美国的安全构成不可容忍的威胁。美国防部长迪克·切尼携顾问团（诺曼·施瓦茨科普夫上将也在内）飞往吉达，劝说法赫德国王让美国军队来保卫沙特阿拉伯。施瓦茨科普夫上将拿出的卫星照片显示，科威特境内有伊军的三个装甲师，后面还跟着地面部队[④]——他指出，占领弹瓦之地的科威特根本用不着这么多兵力。根据沙特方面的情报，伊军已经有几支侦察分队越过了沙特边境。

阿卜杜拉王储反对让美国人进入沙特，他担心他们来了就不会再离

---

① 伍德沃德，《指挥官》，第 248 页。

② 埃斯波西托，《非圣战：伊斯兰名义下的恐怖》，第 12 页。

③ 阿比尔，《沙特阿拉伯：政府、社会与海湾危机》，第 174 页。

④ 后来，新闻报道对这些照片的准确性提出了质疑。报道指出，据俄罗斯商用卫星照片显示，沙特边境地带的沙漠空无一物。斯科特·彼得森，“在战争之中，有些事实并非那么真实”，《基督教科学箴言报》，2002 年 9 月 6 日。理查德·A·克拉克在采访中说，施瓦茨科普夫将军拿出的照片所反映的并非边境地区，而是伊拉克占领科威特的情况。

开。切尼以美国总统的名义保证[①]，一旦伊拉克的威胁解除，或是沙特国王让他们走人，美国部队就会立即撤出。这个承诺起到了决定性的作用。

“把你们能带来的人全都带来，”[②] 国王恳求道。“一定要尽快。”

9月初，美国部队到达沙特之后几周，本·拉登和国防部长苏丹王子谈了一次话[③]，在场的还有几位阿富汗圣战者指挥官，以及参加过那场战争的沙特老兵。这次会晤等于是以一种怪异而夸张的方式，重现了施瓦茨科普夫上将所做的情况简报。本·拉登带来了自己的边境地区地图，并提出一个详细的攻击方案；方案所附的图表和表格标有沿边境线设置的堑壕和沙地陷坑，它们将利用沙特本拉登集团的大量挖掘设备来修建。除此之外，他还将创立一支由阿富汗圣战弟兄和失业沙特青年组成的圣战者部队。“三个月之内，我就能集结起10万名战斗力很强的战士，”[④] 本·拉登向苏丹王子保证。“你不需要美国人。你不需要任何非穆斯林的部队。有我们就够了。”

“科威特可没有山洞，”[⑤] 王子说。“要是他用携带生化武器的炸弹来炸你们，那怎么办?”

“我们会以信仰来抗击他，”本·拉登答道。

本·拉登也向图尔基王子提出了自己的建议。本·拉登估计萨达姆会对王国造成威胁，图尔基是赞同这一观点的少数几个王子之一；实际上，多年来他曾几次建议中情局用秘密手段除掉萨达姆[⑥]，但都遭到了

---

① 克拉克，《针对所有敌人》，第58页。

② 对理查德·A·克拉克的采访。

③ 伯克，《基地组织：投下恐怖的阴影》，第124页；参见匿名，《透过敌人的眼睛》，第114页；老托马斯·E·伯内特诉巴拉克投资与发展公司等一案，第三次（最终）修正诉状。

④ 哈马迪，“基地组织内幕：本·拉登私人保镖阿布·占达勒讲述”（八），2005年3月26日。

⑤ 道格拉斯·耶赫尔，“圣战吸引沙特人加入，统治者对此置之不理”，《纽约时报》，2001年12月27日。

⑥ 图尔基·费萨尔王子的讲话，乔治敦大学当代阿拉伯研究系，2002年2月3日。

拒绝。科威特入侵发生之际，图尔基在华盛顿特区度假。他那时正坐在电影院里看《虎胆龙威2》[1]，突然接到白宫的召见。当天晚上他一直待在中央情报局，忙于协调将伊拉克逐出科威特的作战方案。在图尔基看来，如果让萨达姆留在科威特，他只要有一点小小的借口就会侵入沙特王国。

因此，本·拉登把计划拿出来的时候，这个在阿富汗打过仗的年轻人的天真想法让图尔基惊愕不已。整个沙特军队的人数只有5.8万[2]。而伊拉克的常备军就有将近100万人——人数在全世界名列第四——这还不算后备役部队和准军事部队。萨达姆的装甲部队共有5 700辆坦克，而他手下国民卫队中的几个师是中东地区最令人畏惧、最训练有素的部队。本·拉登对这些都不屑一顾。"我们把苏联人赶出了阿富汗。"[3]他说。

王子难以置信地笑了起来[4]。在本·拉登性格中看到的"剧变[5]"，第一次让图尔基感到担忧。本·拉登原来是个"平静、安详而和蔼的人"，把帮助穆斯林作为惟一的目标；现在，他却认为自己"能够集结并指挥一支解放科威特的军队。这暴露出了他的自负和傲慢。"

被政府拒绝之后，本·拉登转而向宗教权威寻求支持。他反对美国援助的理由是先知临终前所说的话："阿拉伯只能有一个宗教。"自从先知说出这句话之后，人们对它的意义一直争执不下。图尔基王子认为，先知的意思只是说阿拉伯半岛不应受其他任何宗教的支配[6]。他指出，

---

① 对艾哈迈德·巴兹卜和哈桑·亚辛的采访。
② 阿比尔，《沙特阿拉伯：政府、社会与海湾危机》，第176页。
③ 对艾哈迈德·巴兹卜的采访。
④ 阿诺·德博什格拉夫，"奥萨玛的沙特潜伏间谍"，《华盛顿时报》，2003年8月1日。
⑤ 贾迈勒·卡舒吉，"图尔基：奥萨玛提出要组建部队，以挑战萨达姆的大军"，《阿拉伯新闻报》，2001年11月7日。
⑥ 贾迈勒·卡舒吉，"沙特王国在阿富汗要扮演重要角色"，《阿拉伯新闻报》，2001年11月6日。

先知尚在人世之时，阿拉伯半岛就有犹太教徒和基督徒来往。直到公元641年，也就是伊历的20年，奥马尔哈里发才开始在阿拉伯某些地区清除本地的基督教徒和犹太教徒[①]。这些人被重新安置在伊拉克、叙利亚和巴勒斯坦。自那时起，麦加和麦地那两座圣城才禁止非穆斯林进入。对本·拉登和其他许多穆斯林而言，这还远远不够。他们认为先知临终前的嘱咐非常明确：应该将整个阿拉伯半岛上的所有非穆斯林驱逐出去。

尽管如此，沙特政府也意识到外国军队会危及自己在人民心目中的合法性，因此他们以这些部队是为了保卫伊斯兰而来为借口，敦促宗教权威发布了一条允许非穆斯林军队进入王国的圣令。这样一来，政府就有了自己所需的宗教掩护。本·拉登愤然向高级宗教学者提出质问。"这是坚决不能允许的，"[②] 他对他们说。

"奥萨玛，我的孩子，我们不能讨论这个问题。我们不敢，"一位谢赫回答说。他用手指着自己的脖子，示意如果谈论此事就得掉脑袋。

几周之内，50万美国大兵涌入了沙特王国，许多沙特人都担心这将是永久的占领。尽管美军与其他联军部队大都驻扎在城市之外，以免惹人注目，沙特人仍然深感耻辱——他们得依靠基督徒和犹太教徒来守卫伊斯兰的圣地。外国士兵之中有许多还是女性，这让沙特人愈发尴尬不已。1 500名外国记者赶来报道战争集结的情况[③]，于是沙特这个国家的软弱无能，以及它卑躬屈膝地向西方寻求保护的行径，都被呈现在全世界的面前。沙特民族是一个看重隐私、对宗教极度热忱的民族，而国内的新闻界又完全处于政府的控制之下，世人如此仔细的审视难免会让他们不知所从——既觉得羞耻，也感到兴奋。国内交织着畏惧、愤怒、耻辱和恐外情绪的紧张气氛简直是点火就着，但许多沙特人非但没有团

① 刘易斯，《伊斯兰的危机：神圣之战与不神圣的恐怖》，xxix—xxx。
② 哈马迪，"基地组织内幕：本·拉登私人保镖阿布·占达勒讲述"（八），2005年3月26日。
③ 拉希德，《沙特阿拉伯史》，第166页。

结起来支持岌岌可危的国内政府，反倒认为这是一个改变政局的难得机会。

在沙特阿拉伯历史上的这个尴尬时期，全世界都在透过窗户向里窥探；沙特的革新派因此也壮起了胆子，要推行他们并不过分的计划。11月，47名妇女决定挑战王国不允许女性开车的非正式禁令。后来人们发现，沙特根本就没有禁止女性开车的法律。她们在利雅得西弗韦超市的门口集合，命令司机下车，然后开着车子在首都街头转了15分钟，以示挑战。一名警察把这些女人拦了下来，但他没有任何拘捕她们的法律理由。不过，纳伊夫王子当即下令禁止女性开车，而首席宗教学者阿卜杜勒·阿齐兹·本·巴兹谢赫也很配合地发布了一条圣令，称女性开车会导致堕落。这47名妇女的护照被没收，其中几位沙特国王大学的女教授后来还被开除——她们教的女学生发起了抗议，称不愿意让“离经叛道者”[①] 给她们上课。

12月，改革派四处发动请愿，要求制止针对部族出身的歧视行为，按照传统建立一个国王的顾问委员会（名为“舒拉”[shura]），允许更大的新闻自由，施行治国所需的某些基本法律，并对泛滥的宗教圣令给予一定的监督。

几个月之后，宗教权威以一封措词激烈的“要求信”[②] 发起还击。这封信公开要求由伊斯兰教来控制王国，而且几乎毫不掩饰地抨击了居于支配地位的王室。在信上签名的400位宗教学者、法官和教授呼吁整个社会严格遵守沙里亚律法，包括禁止支付利息、通过全民训练来建立一支伊斯兰的军队，以及对媒体进行“净化”，使之更好地为伊斯兰教服务。这封信给王室带来的震撼，甚至超过了萨达姆·侯赛因对科威特的入侵[③]。

---

① 赖特，“沉默的王国”。

② 拉希德，《沙特阿拉伯史》，第170页；亦可见钱皮恩，《自相矛盾的王国：沙特阿拉伯与改革势头》，第218页起；阿比尔，《沙特阿拉伯：政府、社会与海湾危机》，第186页起。

③ 钱皮恩，《自相矛盾的王国：沙特阿拉伯与改革势头》，第221页。

宗教异见者提出的许多要求，与 1979 年大清真寺袭击事件领导人所提的要求如出一辙。这些要求成为本·拉登为沙特王国制定的政治计划的基础。

美军的使命很快就从保护沙特阿拉伯，扩展到将伊拉克人逐出科威特。战争于 1991 年 1 月 16 日爆发。当时，大多数沙特人已经适应了美军和其他 34 支组成反伊联盟的外国部队的存在。成百上千的科威特公民逃往沙特王国，他们讲述的经历令人怜悯：国家遭到劫掠，平民被绑架、折磨、杀害，科威特妇女还惨遭伊军士兵奸污。不过当伊拉克飞毛腿导弹纷纷向利雅得射来的时候（无论是多么徒劳无功），连宗教激进分子也噤口不言了。但对许多沙特人而言，外国“十字军”（这是本·拉登对多国部队的描述）在伊斯兰圣地上的存在是一场灾难，它远比萨达姆对科威特造成的破坏严重。

“今晚的伊拉克，萨达姆将走在废墟之中，”乔治·H·W·布什总统在 3 月 6 日夸口说。“他的战争机器已被粉碎。他造成大规模毁灭的能力已不复存在。”尽管萨达姆仍掌握着政权，但在美国军队和团结在美国领导下的多国部队所展示的惊人力量面前，这只不过是一件无足轻重的小事罢了。总统非常高兴。苏联已经垮台，美军随即又赢得了这场闪电般的胜利，美国的霸权地位已无可争议。“我们能看到，一个新的世界已逐渐展现在眼前，”布什对国会说。“我们确实有了创造新世界秩序的可能……摆脱了冷战僵局羁绊的联合国已经做好准备，要实现其创建者心目中的历史使命。一个重视自由、尊重人权的世界，将在所有国家的努力下出现。”

这些充满希望的话语，在奥萨玛·本·拉登听来却饱含着讽刺。他也希望建立一种新的世界秩序，一个由穆斯林主宰、不受美国左右、不被联合国强迫的秩序。本·拉登野心的庞大规模开始显露出来。他幻想着自己能以穆斯林救世主的身份载入史册。

为了拿回自己的护照，本·拉登对沙特高层发起了攻势。他说自己要回巴基斯坦协助调解圣战者之间的内战，沙特政府非常希望解决这场冲突。“我能起到作用，”[①] 本·拉登恳求说。许多地位显赫的王子和谢赫都替他说话。纳伊夫王子最终作出让步，把本·拉登的旅行证件还给了他；但在这之前，纳伊夫先让这位令人头疼的战士签了一份保证书，承诺此后不再插手沙特阿拉伯或其他任何阿拉伯国家的政务。

1992 年 3 月，本·拉登来到了白沙瓦。在他离开后的三年中，阿富汗的共产主义政府虽然艰难地守住了执政地位，但也已经到了垮台的边缘。分别由艾哈迈德·沙阿·马苏德和古勒卜丁·希克马蒂亚尔率领的两支你争我夺的圣战者部队，为决定谁来掌权的问题已打响了一场血腥的战斗。那些利用了阿富汗、打算让共产主义和资本主义在这里拼个你死我活的大国，在战后的一片狼藉之中全都消失得无影无踪。图尔基王子希望在阿富汗建立一个临时政府，将争战不休的圣战者首领团结起来，使国家恢复稳定。他和巴基斯坦总理纳瓦兹·谢里夫共同主持了在白沙瓦举行的谈判。

由于担心伊朗对阿富汗西部边境的影响[②]，图尔基倾向支持不愿妥协、偏于宗教激进主义的逊尼派势力，他们的领导人是希克马蒂亚尔。相反，本·拉登则试图扮演一位公正的中间人的角色。他安排马苏德和希克马蒂亚尔参加了一次电话会议，并在会谈中恳求希克马蒂亚尔坐到谈判桌边来。希克马蒂亚尔不肯让步——毫无疑问，他知道自己得到了图尔基的支持。但是，马苏德的部队却在半夜悄悄溜进了喀布尔市。第二天早晨，大吃一惊的希克马蒂亚尔愤然向喀布尔发射火箭弹，开始围攻首都。阿富汗内战从此开始。

本·拉登在谈判中和图尔基对着干，他知道自己这次做得太过分了。他对身边的几位同伴说，沙特方面招了巴基斯坦的情报人员来杀他[③]。原

① 对贾迈勒·卡舒吉的采访。

② 对迈克尔·朔伊尔的采访。当时他曾与图尔基谈话。

③ 斯蒂芬·恩格尔伯格，“一个人，与一个全球暴力网络”，《纽约时报》，2001 年 1 月 14 日。

先在圣战中形成的合作关系已经破裂。他和图尔基王子现在成了死对头。

离开阿富汗之前本·拉登乔装改扮，以某种不知名的疾病住进了卡拉奇的一家诊所。他的医生扎瓦希里那时在也门。不过，他们很快就会重聚。

第八章　天国

尽管喀布尔陷落之后战事始终没有平息，阿富汗的圣战却已经落下了帷幕。有的阿拉伯人留了下来，并卷入阿富汗内战之中，但大部分人都离开了。这些阿拉伯人大都不受故国欢迎；他们还没去阿富汗的时候，就已经被国家视为格格不入者与极端分子。然而，正是这些国家的政府鼓动年轻人去参加圣战，还为他们发放旅行补贴，期望这帮总惹麻烦的人在一场注定要失败的战争中死个精光。几乎没有人想过，将来这批数以千计的年轻人回来时会怎么样。如今，他们已成了打游击战的老手，因胜利的神话而不可一世。与所有从战场归来的士兵一样，他们回家时也带着各种各样的心理问题，还有不堪回首的记忆。即便是那些没有多少实际战斗经验的人，也被灌输了殉教牺牲和“塔克费尔”的观念。他们在清真寺里趾高气扬地走来走去，常常穿着阿富汗的服装，以标榜自己的特殊地位。

沙特情报机构估计有 1.5 万到 2.5 万名沙特青年① 在阿富汗接受过训练，不过其他部门的估算则要少得多。回到沙特王国的圣战者都被直接送进监狱②，接受为期两三天的审讯。有些国家干脆就拒绝圣战者回国。他们成了一帮没有国家、漂泊无定的宗教雇佣兵。有许多人在巴基斯坦扎下根来，娶当地的女子为妻，还学起了乌尔都语。有的人则去克什米尔、科索沃、波斯尼亚或车臣打仗。阿富汗战火的余烬蔓延到了世界各地，而且很快就会在大部分伊斯兰国家中燃烧起来。

有些圣战老兵虽然漂泊不定却具有强烈的意识形态观念，一个新的家园正在等待他们。1989 年 6 月，就在阿富汗圣战结束的同时，伊斯兰激进分子对苏丹的国民民主政府发动了军事政变。政变的领导人哈桑·图拉比是非洲最复杂、最具创见、最有领袖魅力、城府最深的人物之一。

与本·拉登和扎瓦希里一样，图拉比也把阿拉伯世界的失败归咎于一个事实：阿拉伯各国政府没有充分体现伊斯兰精神，而且过于依赖西方。但图拉比有异于这两个人的地方在于，他是一位《古兰经》学者，而且对欧洲和美国非常熟悉。1960 年他还是个苏丹学生的时候就曾到美国各地漫游，在普通人的家里借宿——“甚至还在北美印第安人和农民的家里住过”③——这段异乎寻常的经历，将帮助他日后对现世主义和资本主义作出一针见血的分析。1961 年，他在伦敦经济学院获得法学硕士学位，三年之后又在巴黎的索邦大学获得法学博士学位。

图拉比希望建立一个国际穆斯林社群——“乌玛”（*ummah*），以苏丹为总部。这个社群将扩散到其他国家，通过不断扩大的圈子来传播伊斯兰革命。以文化而论，苏丹历来是伊斯兰世界中的一潭死水；如今它将成为这一变革的思想中心，而图拉比则是变革的精神向导。为了实行这个计划，图拉比向所有的穆斯林敞开了国门，无论他们是什么国籍，也不问他们是什么来历。自然，响应图拉比邀请的往往都是在别处一概不受欢迎的人。

苏丹政府对本·拉登的拉拢始于 1990 年。他们给本·拉登发了一封邀请信，随后又派了苏丹情报部门的几个人去见他。基本上，苏丹政府愿意把整个国家提供给他，作为自由开展行动的场所。那一年年底，

---

① 对史蒂文·西蒙的采访。其他人估算的数字在 5 千到 1.5 万之间。里夫，《新一代“胡狼”：拉米兹·优素福、奥萨玛·本·拉登与恐怖主义的未来》，第 3 页；亦可见哈利迪，《震撼世界的两小时》，第 166 页。马克·萨吉曼在个人通信中提醒道：“当时我想自己把数字尽量弄准确。结果我发现，根本就没人知道这些数字，连该怎么估算都搞不清。到目前为止，所有的数字都不过是照着凭空猜测，随便写写而已。”

② 对赛义德·巴兹卜的采访。

③ 对哈桑·图拉比的采访。

本·拉登派他信任的4名同伴[1]前往苏丹，调查该国政府所承诺的“商业”机会。图拉比渊博的学识让这几位代表赞叹不已，他们回来之后呈上了一份热情洋溢的报告。“你要做的事，就应该在苏丹做!”[2] 他们告诉本·拉登。“那里的人有头脑，是专业人士！你要是去了那儿，绝对不至于和碌碌无为的羊群混在一起。”

很快，本·拉登的另一位使者就带着大笔钞票出现在喀土穆。他名叫贾迈勒·法德勒，是基地组织的苏丹籍成员。他租了几所房子，又在几处地方买下准备用于训练的大片土地。此前基地组织已经进入苏丹，扎瓦希里个人还给了法德勒25万美元[3]，让他买下首都喀土穆以北的一座农场。周围的邻居开始抱怨，说农场未经开垦的田地里老是响起爆炸声。

作为额外的激励，沙特本拉登集团还得到了在苏丹港修建机场的合同，这样一来奥萨玛就得常到苏丹来监督建设进展[4]。最后在1992年，本·拉登带着4位妻子和17个孩子[5]（当时是17个）从阿富汗飞往苏丹，举家迁居喀土穆。他还带来了推土机和其他重型设备，并宣布自己打算在苏丹东部修建一条300公里长的公路，作为对苏丹国的礼物。苏丹领导人送上花环，向他表示欢迎[6]。

很少会有哪两个人像本·拉登和图拉比这样拥有极为相似的梦想，但性格却迥然不同。虽然说话时与本·拉登一样简洁精练，但图拉比的语言却更为流畅，讲起理论来没完没了，是个夸夸其谈的高手。他常在自己家里举行晚会；每逢这种场合，图拉比客厅里靠墙摆着的绿色灯芯绒长椅上都会坐满高层人物或尊贵的宗教学者，大家一边喝茶，一边听

---

① 贾迈勒·法德勒的证言，美国诉奥萨玛·本·拉登等人一案。
② 对穆罕默德·洛伊·拜兹德的采访。
③ 贾迈勒·法德勒的证言，美国诉奥萨玛·本·拉登等人一案。
④ 对加齐·萨拉赫·阿丁博士的采访。
⑤ 对扎纳卜·阿卜杜勒·哈德尔的采访。
⑥ 艾哈迈德·扎伊丹，“搜寻基地组织”，半岛电视台，2004年9月10日。

他一个人长篇大论。他能一口气说上几个小时，根本用不着别人提词，除非是需要和在场的听众互动；他比划起手势来两手并用，说俏皮话的时候还会紧张地笑一下。图拉比身材瘦小，黝黑的肤色与他那一尘不染的白袍和头巾形成了鲜明的对比；再加上粲然而笑的神态，这副形象让他愈发显得生气勃勃。

本·拉登几乎每月都会参加一次图拉比举行的晚会[①]，这主要是出于礼貌，而不是好奇。图拉比的每一个观点他几乎都不赞成，但在这位教授的会客室里他远远不是对手。图拉比竭力要用极其激进的、非民主的手段来创建一个伊斯兰国家，但令人惊讶的是，他理想中的国家其实很进步。图拉比倡议弥合逊尼派和什叶派这两个伊斯兰分支之间由来已久的分裂，但在本·拉登看来这种倡议根本就是异端邪说[②]。图拉比谈到要将“艺术、音乐和歌唱”[③]融入宗教，这更使本·拉登的瓦哈比派观念深受冒犯。在职业生涯的早期，图拉比还以一位提倡女性权益的伊斯兰思想家知名。他认为，与曾经拥有的相对平等地位相比，穆斯林妇女如今的处境是一种大踏步地倒退。“先知就曾向妇女——而不是男人——征求建议。她们那时还可以引领祷告。即便是在先知领导的战斗之中，也有女性的身影。在选举奥斯曼和阿里两人谁来继承先知的时候，她们也投了票！”[④]

本·拉登终于生活在了一个激进的伊斯兰国家之中，他希望了解一些实际的问题。例如，伊斯兰激进分子打算怎样在苏丹施行沙里亚律法，以及准备如何处理该国南部的基督徒。得到的答案往往让他很不满意。图拉比告诉他沙里亚律法将逐步施行，而且仅适用于穆斯林；穆斯林将与基督徒组成联合政体，分享权力。本·拉登每次参加晚会只待10分钟到半个小时，然后就借故溜走。他迫不及待地想离开那种地方。

---

① 对易卜拉辛·塞努西的采访。
② 对贾迈勒·哈利法的采访。
③ 对哈桑·图拉比的采访。
④ 对哈桑·图拉比的采访。

"这家伙是个马基雅弗利[1]式的人物，"本·拉登私下对朋友们说。"他根本不在乎使用什么手段。"虽然图拉比和本·拉登还需要相互利用，他们很快就把对方视为敌手。

喀土穆的生活，逐渐成了本·拉登成年以来最幸福的一段时光。他在市区梅卡尼米尔街上一栋破破烂烂的平房里设立了一个小小的办事处。房子共有 9 个房间，天花板很矮，笨重的空调直往人行道上滴水。他在这里开设了瓦迪阿奇奇公司，作为他名下多家企业的控股公司；公司的名字取自麦加的一条河。街对面就是苏丹的伊斯兰事务部，那所房子在英国占领时期曾是一家著名的妓院。"我跟奥萨玛说了这段历史，他只是付之一笑，"哈桑·图拉比的儿子伊萨姆回忆说。

本·拉登和伊萨姆成了朋友，因为两个人都特别喜欢骑马。全苏丹共有 400 万匹马，全国各地都靠马来当交通工具、干农活，但也爱用马来进行体育运动。本·拉登来苏丹时伊萨姆虽说才 25 岁，就已经是国内顶尖的养马人之一，而且还给喀土穆的赛马场驯马。有一个星期五，本·拉登来赛马场想买一匹母马，伊萨姆带着他去满是苍蝇的马厩中挑选。这位沙特客人的模样让伊萨姆为之一震。"他个子不高，但非常英俊——那眼睛、那鼻子——他长得可真漂亮。"本·拉登最后在另一位养马人的栏里看中了一匹模样不凡的纯种马，伊萨姆帮他做成了这笔生意，却没有要他的佣金。本·拉登对别人在钱财上贪他的便宜早已习以为常，因此这个朴实的人情给他留下了特别深刻的印象。他决定把自己的马托给伊萨姆照料。他又给自己买了 4 匹苏丹纯种马，还为孩子们买了十来匹本地马，然后让它们和从沙特王国空运来的阿拉伯马交配。本·拉登对本地马表现出来的"浪漫"感情，让伊萨姆觉得很不屑。

---

① Machiavelli（1469—1527），意大利政治思想家，主张君主专制和意大利的统一，认为为达政治目的可以不择手段。他的名字常被用来指玩弄权术、诡计多端的人。——译者。

"我们这儿都是要培养纯种，尽量不和阿拉伯马沾边。但他想要鼓捣出自己的培育方案。"

喀土穆赛马场的圆形场地尘土飞扬，混乱不堪。常常有野狗窜过寸草不生的内场，跟在马屁股后头撵。摇摇晃晃的大看台被分成上下两个区域，普通人站在下面，社会精英和马主们则坐在视野更好的上半部，这里相对要舒服一些。虽说身为董事会成员的伊萨姆在赛马场有一个贵宾包厢，奥萨玛还是坚持要在下半部的看台观看比赛。苏丹赛马的场面几近疯狂，观众则吵得要命，常常是又唱又跳。每当乐队奏起音乐的时候，这位著名的圣战者都得用手指头塞住耳朵。他看赛马的心情全给搅了。他有时会请求那些观众别再唱歌，他们却叫他滚蛋。

"这儿有音乐不是你的错，"伊萨姆会善意地提醒本·拉登。"乐队又不是你雇来的。"本·拉登还是气愤难平。"音乐，"他宣称，"是魔鬼的笛子。"最后，他干脆再也不去看赛马了。

在喀土穆市内的利雅得区，他买了一栋三层水泥抹灰的红色别墅。别墅对面，隔着一条未经铺设的街道，他又盘下了一家没有家具设备的旅店，用来招待客人。据邻居说[1]，他每天从下午5点起要接待50来个客人，大都是身穿直拖到腿肚子的长袍、大胡子留得老长的阿拉伯人——一大帮宗教激进主义者。本·拉登年纪尚小的儿子们赤着脚在人群中穿行，送上甜味的木槿茶。每天本·拉登都会为他招待的客人们宰一头羊，但自己却吃得很少，宁愿只嚼一点客人们剩在盘中的食物[2]。他认为，以弃物为食能赢得真主的眷顾。

有时本·拉登会带着儿子们，拿上三明治和汽水去尼罗河岸野餐，还会在河岸边坚实的沙地上教他们开车。本·拉登穿上了朴素的苏丹服装——白色的头巾和长袍（gallabea），还拿着一根有V字形手柄的拐

---

① 努尔·艾哈迈德·努尔，"邻居说他不爱多说话"，《生活日报》，2001年11月19日。

② 对伊萨姆·埃尔丹·图拉比的采访。

杖。“他越来越像个苏丹人，”伊萨姆说。“看来他想永远待在这里。”本·拉登终于得到了平静。基地组织的成员都在本·拉登日益扩大的企业里忙忙碌碌，因为他们几乎没什么别的事好做。每个星期五祷告结束后，基地组织的两支足球队会一决雌雄[①]。他们也进行训练，但强度并不高，主要都是让这些去过阿富汗的人放松的项目。基地组织几乎成了一个农业机构。

- - -

在苏丹，本·拉登有了效仿父亲的机会——造公路，做一个生意人。图拉比在本·拉登来苏丹不久之后的一次招待会上说，他是一位“伟大的伊斯兰投资者”[②]。本·拉登确实堪称苏丹的商业巨头，不过这个国家的巨头基本上也只有他一个。苏丹第纳尔不断贬值，政府欠的债一拖再拖。国内以阿拉伯人为主、信仰伊斯兰教的北方地区与南部的黑人基督徒争战不休，不仅掏空了国库，也吓走了投资者——他们本来就已经被恐怖主义分子和实验性的伊斯兰统治吓得够呛。本·拉登竟然愿意把资金投入这样的一个国家，这使他愈发受到苏丹人的珍视。关于本·拉登财富的夸张传言不胫而走；人们说他在苏丹的投资有 3.5 亿美元[③]，可能还更多，这肯定能使国家得到拯救。还有人说本·拉登为一家银行提供了 5 000 万美元资金[④]，其实这远非他的经济实力所能及。

本·拉登利用自己从事建筑业的希吉拉公司，在苏丹修建了几条主要的公路，包括通往苏丹港的干道。由于政府无力支付工程款，他就要了大片的土地作为抵偿。每片土地的面积都“比巴林还大，”[⑤] 他向自己的兄弟夸耀说。政府还把喀土穆的一家制革厂额外送给他，本·拉登的

---

① 对杰克·克卢南的采访。

② “本·拉登苏丹生活系列报道之一：伊斯兰主义者欢庆‘伟大的伊斯兰投资者’的到来”，《阿拉伯圣城报》，2001 年 11 月 24 日。外国广播讯息处英译。

③ 同前。

④ 老托马斯·E·伯内特诉巴拉克投资与发展公司等一案，第三次（最终）修正诉状。

⑤ 对哈立德·巴塔菲的采访。

雇员们后来就在这家厂里制作销往意大利的皮革[①]。本·拉登经营的另一家卡都拉特公司则从俄罗斯与东欧地区进口卡车和机械设备。

但是，最让本·拉登着迷的还是种地。苏丹政府的物物交换，让他成了可能在全国都首屈一指的土地所有者。他在苏丹东北部的加什河三角洲拥有100万英亩的土地[②]；在东部最肥沃的加达里夫省有一大块地；在青尼罗河西岸靠近埃塞俄比亚边境的达马津还有一大块。通过从事农业的蒂玛尔穆巴拉卡公司，本·拉登几乎垄断了苏丹几样主要农产品的出口[③]——芝麻、白玉米和阿拉伯树胶。本·拉登其他的一些附属公司则出产高粱、蜂蜜、花生、鸡、牲畜和西瓜。他声称只要善加管理，苏丹就能为全世界人口提供粮食；为证明这一点，他向大家展示了一株在加达里夫省种出的特大向日葵。“它应该进入吉尼斯世界纪录，”他对国务部长说。

以苏丹的标准而论，本·拉登算是一位比较慷慨的雇主。他每月付给大部分工人200美元，高级经理们的薪水则在1 000到1 500美元之间。他在自己的组织中引入了企业管理方法，例如要求雇员就经手的事项（如购买轮胎）填写三联表格[④]。本来就是基地组织成员的雇员每月能拿到数额从50至120美元不等的津贴[⑤]，金额多少取决于成员家庭的大小与国籍——沙特人多[⑥]，苏丹人少——此外还能享受免费住宿与医疗保障。在苏丹为本·拉登工作的大约有500人[⑦]，但这其中基地组织现役成员的人数从来就没有超过100[⑧]。

---

① 伯根，《圣战：在本·拉登的秘密世界之中》，第81页。
② 伯尔，《革命的苏丹：哈桑·图拉比与伊斯兰国家》，第71页。
③ 美国国务院关于奥萨玛·本·拉登的信息一览表，1996年8月14日。
④ 对布鲁斯·霍夫曼的采访。
⑤ 哈马迪，“基地组织内幕：本·拉登私人保镖阿布·占达勒讲述”（九），2005年3月28日。
⑥ 对丹·科尔曼的采访。
⑦ 对哈萨布拉·厄梅尔的采访。
⑧ 同前。贾迈勒·法德勒的证言（美国诉奥萨玛·本·拉登等人一案）令人困惑，他显然是将本·拉登各公司雇员的人数，与正式向本·拉登宣誓效忠者的实际人数混为一谈了。

对于苏丹南部地区的棘手冲突，本·拉登一直尽量回避。这场冲突每天要使捉襟见肘的苏丹政府耗费100万美元[1]，最终还将导致100多万人丧生。打过仗的伊萨姆认为这是一场圣战；在他看来，本·拉登这位著名的伊斯兰战士竟然不肯参与其中，这似乎是不对的。本·拉登解释说，他已经受够了战争。他说自己决心要彻底与基地组织断绝关系，改行当个农民。

他对许多朋友也说过类似的话。他正处于人生的十字路口。苏丹的生活虽然单调，却令人愉快。早晨，他步行到附近的清真寺去做祷告，身后跟着一群门徒和崇拜者；他会留下来向寺内神圣的学者们讨教，还时常与他们共进早餐；这之后，他会去自己的办事处，或是在不断壮大的各家公司中选一家工厂去转转，要么就跳上一辆拖拉机，在他那硕大无朋的地产里犁它几块田。尽管身为一个欣欣向荣的企业帝国的总裁，他依然坚持着在周一和周四斋戒的老习惯[2]。星期五的祷告之前，他有时会在喀土穆的大清真寺讲话，力劝穆斯林同胞向平静中寻找幸福[3]。

经营生意、潜心静思的生活虽然强烈地吸引着本·拉登，但一个令人屈辱的事实却总是让他无法完全投入其中：美国军队仍然驻留在沙特阿拉伯。法赫德国王曾保证说，战争一结束，这些不信真主者就会离开；但伊拉克战败已过了几个月，多国部队仍然盘踞在沙特空军基地监督停火协议。认为外国军队将永久占领圣地的本·拉登感到痛心疾首。他必须得做点什么。

凑巧的是，前往索马里的美国军队当时正在也门停留。索马里的灾荒引起了国际社会的关注，美国派出了一支规模不大的部队，保护联合国援助人员不受四处劫掠的当地部族的伤害。

---

① 伯尔，《革命的苏丹：哈桑·图拉比与伊斯兰国家》，第36页。
② 努尔·艾哈迈德·努尔，“邻居说他不爱多说话”，《生活日报》，2001年11月19日。
③ 对加齐·萨拉赫·阿丁·阿塔巴尼的采访。

然而，基地组织的战略家们却觉得自己被包围了。他们把最近的这一局势变化视为直接的攻击行为：美国人已经控制了波斯湾，现在他们又要以索马里饥荒为借口来占据非洲之角[①]。也门和索马里两国隔海守卫着通往红海的通道，从这个位置可以很容易地封锁红海地区。虽说基地组织制定了那么多传播伊斯兰革命的计划，在整个地区影响越来越大的看来却是美国——它在控制阿拉伯世界的战略要地，并开始侵入基地组织的领域。网越收越紧了。苏丹将是下一个目标。基地组织产生这种想法的时候，美国还从未听说过这个组织；美国人认为这次去索马里执行任务是一次出力不讨好的慈善行动，而苏丹这个国家则太微不足道，根本无需介怀。

每个周四的晚上，基地组织的成员都会到本·拉登在喀土穆的旅店碰头，听取领导人的指示。1992 年末的一个星期四，他们讨论了美国势力越来越严重的威胁。让基地组织真正脱胎为一个恐怖主义组织的，就是本·拉登和他的舒拉顾问团在这段短暂时间里作出的决定——本·拉登此时仍然犹豫不决，平静的生活与圣战的召唤对他来说都有着强大的吸引力。

担任本·拉登宗教顾问的是他亲密的朋友马姆杜·萨利姆，又名阿布·哈耶尔·伊拉克[②]。他是个库尔德人，长相英俊、头脑冷静，会让所有见到他的人留下深刻印象。阿布·哈耶尔为人严肃，神情傲慢，留着整齐的山羊胡，一双深色的眼睛极具穿透力。两伊战争期间他曾在萨达姆的军队里当过上校，专司通讯，后来从部队开小差逃往伊朗[③]。他和本·拉登同年（1992 年两人都是 34 岁）。他们曾在白沙瓦的服务局共事，又在阿富汗并肩作战，建立起了无人能够破坏的亲密友谊。与本·

---

① 位于非洲东北部，是东非的一个半岛。非洲之角地处亚丁湾南岸，向东伸入阿拉伯海数百公里。作为一个更大的地区概念，非洲之角包括吉布提、埃塞俄比亚、厄立特里亚和索马里等国。亦称东北非洲。——译者

② 对汤姆·科里根、丹尼尔·科尔曼、艾伦·P·哈伯、贾迈勒·哈利法和穆罕默德·洛伊·拜兹德的采访。

③ 对马姆杜·马哈茂德·萨利姆·艾哈迈德的审讯，慕尼黑，1998 年 9 月 17 日。

拉登在苏丹时身边的其他人不同，阿布·哈耶尔从未向他宣誓效忠；他认为自己与本·拉登是平等的，而本·拉登待他也同样如此。阿布·哈耶尔非常虔诚，又是个有学问的人，因此大家就让他领祷；他会以忧郁的伊拉克风格吟唱《古兰经》的经文，那饱含感情的嗓音让本·拉登潸然泪下①。

阿布·哈耶尔不光是本·拉登的朋友，还是他的伊玛目。基地组织的成员中没有几个人接受过广泛的宗教训练。尽管他们有热忱的信仰，但在神学方面基本上都是外行。阿布·哈耶尔把《古兰经》背得烂熟，因此在他们中间拥有至高的精神权威；但他只是个电气工程师，而不是神职人员。尽管如此，本·拉登还是让他做了圣令委员会的主管——这是个决定性的选择。基地组织正是在阿布·哈耶尔的权威之下，从本·拉登最初设想的反共伊斯兰军队，转变成了一心要袭击美国的恐怖主义组织。美国是硕果仅存的超级大国；在本·拉登和阿布·哈耶尔看来，它是对伊斯兰最大的威胁。

这些人为什么要转而反对美国？美国是一个很注重宗教信仰的国家；就在不久之前，它还是他们在阿富汗的盟友。在很大程度上，这是因为他们把美国视为基督教权力的所在地。对宗教信仰的虔诚，曾经是将穆斯林圣战者与美国政府的基督教领袖联系在一起的纽带。实际上，美国新闻界对圣战者领导人进行了相当浪漫化的描述，这些人还去过美国各地的教堂，并因为在与马克思主义和无神论者的共同战斗中表现出的勇敢精神而备受赞扬。但是，基督教——特别是美国的基要主义分支——与伊斯兰教显然是两种势均力敌的信仰。在这些精神上还维系于公元7世纪的穆斯林眼中，基督教不仅是竞争对手，也是他们的头号敌人。对他们来说，十字军东征是一种连续不断的历史进程；除非伊斯兰取得最后的胜利，否则这个问题就无法得到解决。他们满怀苦涩地认识到了这个愿望与现实之间的矛盾：从维也纳的城门开始，伊斯兰就总是

① 对丹尼尔·科尔曼的采访。

一退再退——1683 年 9 月 11 日[1]（如今，这是个令人心有余悸的日子），波兰国王在维也纳打响的战斗逆转了穆斯林军队一路西进的势头。从那以后的 300 年中，日益壮大的西方基督教社会一直令伊斯兰相形失色。然而，本·拉登和他手下的阿富汗阿拉伯人却认为他们已经在阿富汗扭转了态势，伊斯兰已重新向前挺进。

现在，他们面对的是一个人类文明史上无论军事、物质还是文化都最为强大的国家。“反美圣战?”[2] 基地组织的一些成员惊愕地问道。“美国对我们了如指掌。人家连我们穿什么牌子的内裤都知道!”他们看到了自己国家的政府有多么软弱、多么四分五裂——这些政府之所以还有权力，完全是因为美国人需要维持现状。从海洋到天空，就连天国里都有美国人在巡逻。美国并不遥远；它无所不在。

基地组织中的经济专家指出，正是“我们的石油”为美国的疯狂扩张提供了能源；他们感觉自己的东西被别人偷了——被偷走的其实并不是石油（虽然本·拉登认为油价太低），而是本应随着石油大卖而来的文化复兴。他们生活在生产力极其低下的社会之中，财富就像沙漠中的雪一样迅速消融；留下来的，只有一种普遍的、被人出卖的感觉。

当然，石油确实给某些阿拉伯人带来了财富，但他们在日益富有的过程中不是变得更加西化了吗？消费主义、道德败坏与个人主义这些被伊斯兰激进分子视为美国现代文化标志的特征，如今有可能毁灭伊斯兰世界——它们正在使伊斯兰融入一个全球化、公司化、相互依存、现世主义的消费世界之中；基地组织的人一旦说起“美国”，这样的世界就是题中应有之义。但是，基地组织的思想家把现代性、进步、贸易、消费，甚至是乐趣都定义为西方对伊斯兰发起的袭击，这样一来他们自己拥有的东西也就所剩无几了。

---

① 贝洛克，《伟大的异端》，第 85 页。

② 哈马迪，“基地组织内幕：本·拉登私人保镖阿布·占达勒讲述”（八），2005 年 3 月 26 日。

如果说美国掌握着未来，伊斯兰激进分子则要拥有过去。他们并不排斥科学技术；实际上，基地组织的许多领导人（如艾曼·扎瓦希里和阿布·哈耶尔）本来就是搞科学的。但是，他们认为技术会削弱意志的观点却有些自相矛盾。比如，本·拉登对挖掘机械和基因改造农作物很感兴趣，但却绝对不喝冰镇的水。通过恢复沙里亚律法的统治，伊斯兰激进分子就能抵御不断侵蚀的西方势力。即便是美国人宣扬的那些有利于全世界的价值（民主、公开、法治、人权、政教分离），在圣战者看来也不可信；他们认为这些价值来自西方，因此也是现代的。基地组织的责任在于让伊斯兰国家清醒地认识到世俗的、现代化的西方世界所构成的威胁。本·拉登对手下人说，为了实现这个目标，基地组织将使美国陷入一场与伊斯兰的战争——“战线将极为广大，让美国无力控制。”[1]

在整个阿拉伯世界以及非洲和亚洲的部分地区，穆斯林纷纷进行了自发的沙拉夫运动。这些运动大都在各国内部进行，但是得有一个协调全局的地方。他们把喀土穆作为避风港，因此自然而然地打起了交道，并相互学习。

这些群体之中包括两大埃及组织——扎瓦希里的圣战组织和奥马尔·阿卜杜勒·拉赫曼谢赫的伊斯兰组织，以及中东地区几乎所有的暴力激进团体。巴勒斯坦哈马斯组织的目标是摧毁以色列，代之以一个逊尼派的伊斯兰国家；该组织以杀害以色列公民著称，而且还经常拷打、杀害那些它认为与以色列合作的巴勒斯坦人。同样来自巴勒斯坦的阿布·尼达尔组织则更为暴力，更坚持抵制主义[2]，它主要以犹太人和持温和观点的阿拉伯人为目标，已经在 20 个国家中杀害了 900 多人[3]。阿

---

① 哈马迪，“基地组织内幕：本·拉登私人保镖阿布·占达勒讲述”，（五），2005 年 3 月 23 日。

② 指阿拉伯国家中拒绝、抵制与以色列谈判的一种态度。——译者

③ 美国国务院，《2004 年度全球恐怖主义形势报告》，2005 年 4 月。

布·尼达尔组织最著名的行动有：维也纳一座犹太会堂的机枪扫射、巴黎一家餐馆的手榴弹爆炸、英国航空公司驻马德里办事处的炸弹袭击、埃及航空的一架班机被劫持到马耳他，以及对罗马和维也纳机场的血腥袭击。旨在建立一个革命什叶派国家的黎巴嫩真主党，则是当时杀害美国人最多的一个恐怖组织。真主党最擅长绑架与劫机，不过它也在巴黎制造了一系列爆炸事件。被全世界通缉的头号恐怖分子伊里奇·拉米雷斯·桑切斯（又名“胡狼”卡洛斯）[①] 也扮作法国军火商在喀土穆住了下来。卡洛斯是个马克思主义者，也是巴勒斯坦人民解放阵线的成员。1975 年，他在维也纳绑架了石油生产国联盟欧佩克组织的 11 名部长，并用飞机把他们运往阿尔及尔，以勒索赎金。卡洛斯已不再信仰共产主义，他现在认为唯有伊斯兰激进组织这种冷酷无情的力量，才能够摧毁美国的文化与经济霸权。被世界各国通缉的卡洛斯并不难找——他早晨常会在喀土穆的美丽殿酒店喝咖啡、吃羊角面包。

本·拉登虽然不信任图拉比，甚至对此人颇为憎恨，不过他却尝试了图拉比最为进步、最有争议的一个想法：与什叶派合作。他让阿布·哈耶尔做基地组织成员的工作，说他们现在只有西方世界这一个敌人，伊斯兰的两大分支应该团结起来将其摧毁。本·拉登邀请什叶派的代表来基地组织讲话，并派遣他最出色的手下去黎巴嫩，接受真主党组织的训练。负责真主党安全事务的伊马德·穆尼亚来苏丹拜会本·拉登，并同意为基地组织训练人员，以换取武器[②]。穆尼亚策划了 1983 年针对美国大使馆、美国海军陆战队和法国空降兵部队驻贝鲁特军营的几起自杀式汽车炸弹袭击，造成 300 多名美国人和 58 名法国士兵死亡，并致使美国维和部队迅速从黎巴嫩撤军。这个先例给本·拉登留下了深刻的印象。他认为，自杀式炸弹袭击者能起到毁灭性的效用，而美国尽管十分

---

① 对蒂姆·尼布洛克和哈萨布拉·厄梅尔的采访。肯·西尔弗斯坦，“被官方遗弃的苏丹，对美国的反恐战争有着重要价值”，《洛杉矶时报》，2005 年 4 月 29 日。

② 道格拉斯·法拉和达娜·普里斯特，“本·拉登之子在基地组织中扮演关键角色”，《华盛顿邮报》，2003 年 10 月 14 日。

强大，却并不愿意卷入冲突。

1992 年 12 月 29 日，一枚炸弹在也门亚丁的莫凡比旅馆爆炸，另一枚针对附近的古德莫霍豪华酒店的炸弹则在停车场提前爆炸。炸弹袭击者的目标是途经也门的美国军队——他们要去索马里参加国际社会救援饥荒的“恢复希望”行动。实际上，美军士兵根本就不在他们炸的旅馆里。本・拉登后来声称这次搞砸了的袭击是他所为，但由于事件中并无美国人死亡，美国几乎就没有关注此事。美军部队按原计划前往索马里，但洋洋得意的基地组织领导人却自认为他们吓走了美国人，并取得了一场轻松的胜利。

但是，这场胜利是有代价的。袭击导致一位澳大利亚游客和一名也门旅馆员工死亡，另有 7 人严重受伤，大多是也门人。在苏丹一片欣喜若狂、自称自赞的声音背后，道德的问题也浮现了出来。基地组织的成员开始产生了怀疑：他们究竟要成为怎样的一个组织？

一个星期四的晚上，阿布・哈耶尔谈到了杀害无辜者的伦理问题。他向人们说起 13 世纪一位名叫伊本・塔米亚的学者，他的思想是瓦哈比派教义的一个主要来源。在那个时代，伊本・塔米亚面对的问题是蒙古人：他们曾蹂躏过巴格达，但后来又皈依了伊斯兰教。应不应该对这些已成为穆斯林同胞的人进行报复？伊本・塔米亚认为蒙古人仅仅是宣称自己信仰伊斯兰，算不得真正的信徒；因此，这些人可以杀。此外，阿布・哈耶尔向坐在本・拉登会客室地毯上、胳膊肘撑着长枕、嘴里啜着芒果汁的三四十名基地组织成员解释说，伊本・塔米亚还发布了一条具有历史意义的圣令①：任何人只要是帮助过蒙古人、向他们买东西、卖东西给他们，甚至是站在蒙古人边上，也可以一并杀却。如果被杀者是个好穆斯林，就能上天国；他要是个坏人，就会下地狱——这岂不是谢天谢地?！因此，死掉的那位游客和那个旅馆员工都将各自得到应有的回报。

---

① 贾迈勒・法德勒的证言，美国诉奥萨玛・本・拉登等人一案。

基地组织的新理念从此诞生。阿布·哈耶尔的两条圣令——第一条允许对美国军队发起袭击，第二条则允许杀害无辜者——让基地组织变成了一个全球性的恐怖主义组织。基地组织此后的重点并不是与军队作战，而是杀害平民。按照基地组织先前的理念，它是一支由圣战者组成的流动军队，旨在守卫任何受到威胁的穆斯林土地；现在，这个理念已经被抛到了一边，取而代之的则是彻底颠覆西方世界的政策。苏联已经完蛋了，共产主义对伊斯兰世界边缘构成的威胁也不复存在。惟一能阻止古老的伊斯兰帝国复兴的力量就是美国，他们必须与之对抗、将其击败。

第九章　硅谷

清晨，阳光照上世界贸易中心双塔的时候，并排的两个长影会一直拖过整个曼哈顿岛。这两座建筑的目标就是要引人注目。1972 年、1973 年分别竣工时，它们是全世界最高的两座大厦。不过，这个记录并没保持多久，因为建筑业的野心始终在努力向天空延伸。虚荣是双塔最为明显的特征；除此之外，这两座大厦既乏味，又不实用。楼里的租客有与世隔绝之感；就连到地面去吃顿中饭，也得费点时间换乘几部电梯下到底层，再匆匆穿过广场，最后才能接触到迎面而来的都市气息与喧嚣。支撑起这一对巨型高楼的是“管筒”结构，因此立柱与立柱之间的距离只有 22 英寸，呆在大厦的办公室里不禁令人有置身铁笼之感。但是，这里的景致却非常壮观：新泽西图恩派克高速公路上的车灯连成了绵延不尽的长龙；矗立在繁忙港口中央的自由女神像看起来只有小小的一点；油轮和游船划过海天相接处大西洋弯曲的水面；长岛灰蒙蒙的海岸；康涅狄格州叶色初变的树林；斜斜伸开的曼哈顿岛就像一位女王，在两河[①]夹峙的巨大床榻上舒展着身体。如此巨大的建筑物必然会侵入人们的潜意识之中，而这本来也就是它们的用意所在——“这两座令人惊叹的、象征性的塔楼，证明的是自由、人权与人性”[②]——这是本·拉登对它们的评价。

如果想欣赏世贸中心的壮观建筑，最佳的位置就在哈得孙河对岸的泽西市；而在该市被称为小埃及[③]的地区，盲人谢赫奥马尔·阿卜杜勒·拉赫曼的追随者正密谋要把双塔搞塌。阿卜杜勒·拉赫曼当时要求在美国政治避难，不过国务院已经把他作为恐怖分子列入监控名单。和埃及的时候一样，他在美国也发布了一条圣令[4]，允许追随者抢劫银行、杀害犹太人。他在美国和加拿大四处旅行，通过往往是针对美国人的讲道来鼓动数以千计的年轻穆斯林移民。他说美国人是“猿猴和猪的后代，一直在吃犹太复国主义者、共产主义者与殖民主义者餐桌上的残羹剩饭。”[5]他号召穆斯林攻击西方世界，“封锁西方国家的交通，将其彻底切断，摧毁它们的经济，烧掉它们的公司，抹杀它们的利益，炸沉它们的轮船，击落它们的飞机，从海洋、空中和陆地上扼杀它们。”[6]

他的追随者确实在为实现这一启示而努力。为了使纽约陷入瘫痪，他们打算刺杀几位政要，并同时引爆炸弹摧毁纽约最重要的标志性建筑——乔治·华盛顿大桥、林肯隧道、荷兰隧道、联邦广场，还有联合国大厦。这是他们对美国支持埃及总统胡斯尼·穆巴拉克（他们打算在穆巴拉克访问纽约时将其杀死）的回应。联邦调查局后来得知，奥萨玛·本·拉登为谢赫的活动提供了经济支持[7]。

没有几个美国人知道伊斯兰激进分子在这个国家内部已经发展到了什么程度，即便在情报界也是如此。对他们来说，盲人谢赫说的阿拉伯语和火星语没什么两样，因为联邦调查局里精通中东语言的专家寥寥无几，更不用说地方警察了。即便有谁听懂了也理解了谢赫发出的威胁，大部分人也不会觉得这有多危险。美国人的感觉已经不太敏锐了，因为世界上的种种问题往往都影响不到他们，而一种令人宽慰的想法则让他们受到了蒙蔽，即：任何生活在美国的人都不会与美国为敌。

---

① 即哈得孙河与东河。——译者
② 2001年10月泰西尔·阿卢尼对奥萨玛·本·拉登的采访，半岛电视台。CNN英译。
③ 凯普尔，《圣战：政治伊斯兰之路》，第301页。
④ 对汤姆·科里根的采访。
⑤ 科尔曼，《基地组织在欧洲的圣战：阿富汗-波斯尼亚网络》，第26页。
⑥ 同前，第185页。
⑦ 对汤姆·科里根的采访。

1993年2月26日，一辆租来的福特伊克诺莱恩厢型车开进了世贸中心巨大的地下停车库。坐在车里的人名叫拉米兹·优素福。至今人们仍不清楚他是不是本·拉登派去的，但他确实出身于基地组织在阿富汗的一处营地——他在那儿学会了制作炸弹的技术。他到美国来是为了监造一枚炸弹。联邦调查局后来发现，这是他们有史以来所见的最大的自制爆炸装置。优素福点燃4根20英尺长的导线，然后就逃往卡纳尔街以北的一个有利位置，他打算在那里看着塔楼倒塌。①

优素福长得又黑又瘦，一只眼睛总是在眼眶里乱转，脸上和双手都有烧伤的疤痕——那是意外爆炸造成的。他的真名是阿卜杜勒·巴西特·马哈茂德·阿卜杜勒·卡里姆。优素福的母亲是巴勒斯坦人，父亲是巴基斯坦人；他在科威特城长大，后来到威尔士学习电气工程。他的妻子和一个孩子在巴基斯坦俾路支省的首府奎达，还有一个孩子即将出世。优素福并不是个特别虔诚的穆斯林——激励他行动的主要原因是对巴勒斯坦事业的热忱，以及对犹太人的憎恨——但他却是对美国本土发动恐怖袭击的第一个穆斯林。更重要的是，他阴险而夸张的想象力就如同一个茧，脱胎换骨的激进运动将从中破茧而出。在优素福来到美国之前，布鲁克林的分支机构已经用钢管炸弹做过实验。正是由于优素福的野心和技术，恐怖活动的性质才发生了剧变。

优素福把汽车炸弹放在了车库的南角。他的意图是让一座塔楼倒向另一座，从而摧毁整个建筑群。他希望这场爆炸能杀死25万人；在他看来，这个数字能够抵偿巴勒斯坦人因美国支持以色列而遭受的痛苦。他本打算造成尽可能多的人员伤亡——在硝酸铵和燃油制成的炸弹里加入剧毒的氰化钠②，或是利用从前苏联走私来的放射性物质制作一个

---

① 对弗兰克·佩莱格里诺、戴维·凯利、刘易斯·斯基利罗、詹姆斯·卡尔斯特伦、乔·坎蒂梅萨、理查德·A·克拉克、托马斯·皮卡德、帕斯库利·“帕特”·达穆罗、马克·罗西尼、玛丽·加利根和汤姆·科里根的采访。

② 里夫，《新一代“胡狼”：拉米兹·优素福、奥萨玛·本·拉登与恐怖主义的未来》，第43页。

“脏弹”[1]，以使下曼哈顿的大部分地区受到放射性污染。

炸弹炸穿了6个楼层的结构钢材和水泥，下至车库下方的PATH[2]地铁站，上至车库上方的万豪舞厅。爆炸造成了强烈的冲击，连一英里开外埃利斯岛上的游客都感觉到地面在震动[3]。有6人丧生，1 042人受伤，医院收治伤者的人数达到了美国历史上自内战以来的最高纪录[4]。双塔出现了震动和摇晃，但这两栋巨大的建筑并未倒下。时任联邦调查局纽约主管的刘易斯·斯基利罗查看了处于庞大建筑群地下核心位置、宽达240英尺的炸坑，惊得目瞪口呆。他对一位结构工程师说，“这座建筑将永远屹立不倒。”

优素福乘飞机回到巴基斯坦，此后不久又迁居马尼拉。在马尼拉的时候，他开始策划一些非同寻常的阴谋——同时炸毁数十架美国班机、刺杀教皇约翰·保罗二世和比尔·克林顿总统，以及驾驶私人飞机撞向中情局总部。值得注意的是，早在那时伊斯兰激进分子就渴望发动复杂的、极具象征意义的恐怖袭击，其他任何恐怖组织所取得的成就都无法与这些袭击相提并论。戏剧性始终是恐怖的一大特征，而这些恐怖分子刻意追求惊人效果的野心无人能及。但是，拉米兹·优素福和盲人谢赫的追随者并不仅仅是想引起人们对一项事业的关注；他们希望通过尽可能多杀人的方式来羞辱敌人。他们盯住的是必将引起强烈反应的脆弱经济目标，而且一心期待敌人来报复，因为这样就能挑动其他的穆斯林。但是，可以说他们并没有什么切实的政治计划。对各种各样的不公进行报复是他们一贯的宗旨，尽管这些恐怖事件的密谋者大都在美国享受着故国所不能给予的自由和机遇。一帮积极主动的密谋者组成了这些恐怖

---

① 里夫，《新一代“胡狼”：拉米兹·优素福、奥萨玛·本·拉登与恐怖主义的未来》，第147页。

② “Port Authority Trans Hudson”的缩写，指跨越哈得孙河、连接纽约和新泽西州的地铁系统。——译者

③ 里夫，《新一代“胡狼”：拉米兹·优素福、奥萨玛·本·拉登与恐怖主义的未来》，第12页。

④ 同前，第15页。

分子的网络，他们个个情绪激昂，急于发动袭击。要想对美国实施真正毁灭性的袭击，圣战恐怖分子所缺乏的惟一条件，就是艾曼·扎瓦希里及圣战组织在组织与技术方面的本领。

世界贸易中心炸弹爆炸一个月之后，扎瓦希里在加利福尼亚的几座清真寺开始巡回讲演①。他是从瑞士伯尔尼来的，圣战组织在那里有一处安全屋。（扎瓦希里的叔叔是埃及驻瑞士的外交官。）② 尽管扎瓦希里入境时登记的是真名，但在美国国内周游期间则化名为阿卜杜勒·穆伊兹医生，扮作科威特红新月会的代表。他说自己要为那些被圣战期间埋下的苏联地雷炸伤的阿富汗儿童募集捐款。

多年以来，美国一直是阿拉伯与阿富汗圣战者募集资金的主要对象。阿卜杜拉·阿扎姆谢赫在布鲁克林、圣路易斯、堪萨斯城、西雅图、萨克拉门托、洛杉矶和圣迭戈各地的清真寺里开辟了一条筹资之路——本·拉登和阿扎姆创立的服务局在总共 34 座美国城市中开设了分支机构，以支持圣战。反苏战争也在世界各地催生了许多慈善机构，

① 扎瓦希里究竟在何时来到美国、是否来了不止一趟，这些问题都存在很大争议。联邦调查局关于此事的主要消息来源阿里·穆罕默德对调查者说，扎瓦希里 1988 年陪同阿布·哈立德·马斯里来到布鲁克林。马斯里是穆罕默德·舒基·伊斯兰布利的化名，此人是安瓦尔·萨达特刺杀者的兄弟，也是圣战组织舒拉顾问团的成员。至于加利福尼亚之旅，穆罕默德说那是在 1993 年 2 月 26 日世贸中心发生爆炸案之前。然而，在加利福尼亚招待扎瓦希里的主人阿里·扎基医生却说，他在 1989 或 1990 年见过扎瓦希里一次。住在加利福尼亚的另一名圣战组织成员哈立德·阿布·达哈卜也曾在埃及法庭上作证。1999 年，阿布·达哈卜在开罗的法庭上说："艾曼·扎瓦希里曾经到美国募集捐款。"据阿布·达哈卜的证言，扎瓦希里到美国的时间很晚，大概是在 1994 年或 1995 年。在本书的叙述中，我采纳了联邦调查局对旅行日期的看法。

据丹·科尔曼说，扎瓦希里曾于 1988 年探访圣战者在布鲁克林开设的服务局分支办事处。办事处地处大西洋大道，负责人穆斯塔法·沙拉比是扎瓦希里在圣战组织中的心腹之一。两年后，沙拉比因金钱问题和扎瓦希里的夙敌奥马尔·阿卜杜勒·拉赫曼谢赫发生了争执。盲人谢赫希望用中心募集来的钱资助国际圣战。沙拉比希望把钱投入反抗埃及政府的伊斯兰革命。他拒不交出账户的控制权。1991 年 3 月，有人闯入沙拉比在布鲁克林的公寓，毒打了沙拉比，而后将他勒死，还刺了他三十几刀——此案始终没有破获。

② 对杰克·克卢南的采访。

美国的这类组织尤为密集；而在苏联四分五裂、阿富汗人开始自相残杀之后，这些机构仍在继续运作。扎瓦希里希望能为圣战组织开发美国的这座富矿。

扎瓦希里在美国的向导阿里·阿卜杜勒苏德·穆罕默德是谍报史上非同寻常的人物。穆罕默德身高6英尺1英寸，体重200磅，长得非常结实。他是个功夫高手[①]，而且精通多种语言——除了母语阿拉伯语之外，还能说流利的英语、法语和希伯来语。穆罕默德很有修养，聪明过人，喜爱交际，特别擅长结交朋友——是那种无论在哪个组织都能跻身顶层的人物。他曾当过埃及陆军少校，刺杀萨达特的哈立德·伊斯兰布利就出自他所在的那个分队；政府怀疑他是宗教极端分子，这一点倒也不错[②]（他已是圣战组织成员[③]）。穆罕默德被埃及陆军开除之后，扎瓦希里交给他一项艰巨的任务：打入美国情报机构。

1984年，穆罕默德大胆地径自来到中央情报局在开罗的情报站[④]，提出要为美国人服务。对他进行评估的情报员认为他可能是埃及情报部门安插的人[⑤]；不过，这位情报员还是给别的分站和总部发了电报，看看有哪个部门对此人感兴趣。中情局伊朗方向办事处所在的法兰克福情报站答复了电报，穆罕默德很快就被调往汉堡，当上了一名实习情报员。后来他走进一家与真主党有关联的清真寺，马上就找到管寺的伊朗阿訇，说自己是被派来渗透穆斯林社群的美国间谍。他并不知道中情局已经打入了这座清真寺；他的这番声明立刻就被报了上去。

中情局称他们终止了穆罕默德的工作，发电通知各机构此人极度不可信任，还把他列入了国务院的监控名单，以防他进入美国。不过，等到他们做完这些事的时候，穆罕默德已经凭着中情局自己担保的一项免

---

① 对马克·罗西尼的采访。
② 本杰明和西蒙，《神圣恐怖的时代》，第123页。
③ 申诉，美国诉阿里·穆罕默德一案。
④ 对杰克·克卢南的采访。
⑤ 对迈克尔·朔伊尔的采访。

签证计划[1]来到加利福尼亚——该计划的适用对象，是那些具有重要情报价值，或是为美国作出过重大贡献的人。要想留在美国，穆罕默德必须成为美国公民，因此他娶了一位名叫琳达·桑切斯的加利福尼亚女子为妻。他是在飞往美国的跨大西洋航班上认识她的[2]。

穆罕默德来到美国一年之后又重新投入军旅生涯；这一次他加入了美国陆军。他想方设法地分到了北卡罗来纳州布拉格堡的约翰·F·肯尼迪特种作战中心与学校。虽说穆罕默德只是个管后勤的中士，却给部队留下了深刻的印象；他曾因“表现出色”而得到指挥官的特别嘉奖，还在有世界一流士兵参加的健身竞赛中夺得了名次。对穆罕默德大为赞叹的上级觉得他“无可挑剔”，而且“工作成绩一贯突出。”

穆罕默德之所以能够守住其双重身份的秘密，也许就在于他从不掩饰自己的信仰。他每天早晨都会在破晓时分做祷告，然后带着随身听出去长跑，边跑边听《古兰经》；他想把经文背下来。为保证饮食合乎伊斯兰的规范，他都是自己做饭吃。除了军队里的工作，他还在攻读伊斯兰研究的博士学位[3]。美国军队对他的观点非常尊重，还请他协助讲授中东政治与文化方面的课程，并制作一系列向其他士兵介绍伊斯兰教的录像带。根据穆罕默德的服役记录，他“为即将派驻中东地区的部队准备并讲授了 40 多次国情概况。”与此同时，他却偷偷把地图和训练手册从基地里带出来，拿到金考快印店[4]里缩印。利用这些材料，他写出了足有好几卷的恐怖分子训练指南——也就是基地组织后来的行动手册。到了周末，他会前往布鲁克林和泽西市，为那里的宗教激进分子进行战

---

① 保罗·奎因-贾奇和查尔斯·M·森诺特，“据称，恐怖主义案件中被传讯者进入美国时得到了中情局的帮助”，《波士顿环球报》，1995 年 2 月 3 日。

② 彼得·瓦尔德曼、杰拉尔德·F·塞布、杰里·马康和克里斯托弗·库珀，“渗透者：阿里·穆罕默德曾在美国陆军服役——他也在本·拉登的圈子里干过”，《华尔街日报》，2001 年 11 月 26 日；米勒，斯通和米切尔，《分支机构：“9·11”密谋的内幕，以及联邦调查局与中央情报局为何没能阻止它》，第 141 页。

③ 伯根，《圣战：在本·拉登的秘密世界之中》，第 129 页。

④ 对杰克·克卢南的采访。

术训练。这些人当中有圣战组织的成员[①]，包括后来在1990年杀害犹太极端主义者梅厄·卡亨拉比的埃及人赛义德·诺萨里。

1988年，穆罕默德随随便便地对上级军官说，他假期里要去阿富汗"杀苏联人"[②]。收假归队的时候，他拿出几个皮带扣向大家炫耀，说是从他打埋伏干掉的苏联兵身上搞来的。其实，他一直在培训第一批自愿学习非常规作战手段的基地组织成员。这类手段包括绑架、暗杀和劫持飞机[③]——都是他从美国特种部队学来的本事。

穆罕默德于1989年退出现役，转而加入美国陆军的后备役部队。他和妻子在硅谷安了家。他一直做着一份保安的工作（这家公司是国防承包商，当时正在研制三叉戟导弹[④]系统的一种点火装置[⑤]），虽说他有时会几个月不见人影，说是去巴基斯坦和阿富汗"买地毯"[⑥]。与此同时，他仍在想方设法打入美国的情报部门。在北卡罗来纳州当兵的时候，他向中情局和联邦调查局两个部门提交了担任译员的工作申请。

1993年5月，联邦调查局圣何塞[⑦]办事处一位名叫约翰·曾特的特工找到了穆罕默德，询问他有关伪造驾照行当的情况。穆罕默德仍希望被美国情报机构招募，于是就把话题引向当地一座清真寺的激进主义活动，还讲述了一些在阿富汗和苏军打仗时的惊人事迹。由于穆罕默德透露的情况与军事有关，曾特联络了国防部；后来，马里兰州米德堡[⑧]的一个反情报专家小组来到圣何塞，与穆罕默德交谈。他们在曾特办公室

---

① 对汤姆·科里根的采访。
② 本杰明·韦泽和詹姆斯·里森，"激进主义者的假面具：特别报道；一名士兵在美国和中东的神秘踪迹"，《纽约时报》，1998年12月1日。
③ "阿富汗阿拉伯人的故事：从初来阿富汗到与塔利班分道扬镳（五）"，《中东日报》，2004年12月14日。
④ 美国海军装备的一种潜射弹道导弹。——译者
⑤ 对杰克·克卢南的采访。
⑥ 对杰克·克卢南的采访。
⑦ San Jose，美国加利福尼亚州西部城市。经圣克拉拉至圣何塞近50公里的一条狭长地带即为硅谷。——译者
⑧ 美国国家安全局总部所在地。——译者

的地板上摊开阿富汗地图，穆罕默德指出了圣战者训练营地的位置。他提到了奥萨玛·本·拉登的名字①，说此人正在组建一支准备推翻沙特政权的军队。穆罕默德还提到了一个在苏丹开设训练营的组织——基地组织。他甚至承认自己向该组织的成员传授了劫机与间谍活动方面的技巧。看来，当时的讯问者认为他透露的情况没有什么价值。美国情报部门再次听到基地组织的名字是在三年之后——至关重要的三年。

穆罕默德透露这些细节，也许是出于某种希望提高自身重要性的心理需要。"他以詹姆斯·邦德自居，"② 后来与他交谈的一位联邦调查局特工评价说。但还有一种更大的可能性：穆罕默德这一针对性很强的举动，是为了完成扎瓦希里交给他的任务：打入美国情报部门。1993 年春天的时候，圣战组织和基地组织仍然是两个各自独立行动的实体，而扎瓦希里也还没有加入本·拉登发起的反美运动。看来，扎瓦希里为了打入美国情报部门（这对他自己的组织有好处），甘愿把本·拉登出卖掉。

如果联邦调查局和国防部的反情报小组对穆罕默德的主动表示作出回应，他们就得应对一个极其危险、本领高强得可怕的双重间谍。穆罕默德公开表明自己是本·拉登周围小圈子里受到信任的成员，但这一点在当时对调查者来说毫无意义。曾特特工写了一份报告，呈送调查局总部之后就被遗忘了。后来，联邦调查局想取回与米德堡反情报专家的谈话记录，看看当时还讨论过其他哪些内容，国防部却说记录已经弄丢了③。

圣战组织的钱一直都不够用。扎瓦希里的许多追随者有家有口，而

---

① 对杰克·克卢南的采访。本·拉登这个名字和他的组织连媒体都开始有所知晓。法新社 1993 年 5 月 30 日有一篇题为"约旦激进分子在阿富汗接受训练，以对抗本国政权"的文章，文中称一名"27 岁的激进分子"承认自己"接受过基地组织的训练。这个秘密组织设在阿富汗，资助者是沙特富商、在吉达拥有一家建筑公司的奥萨玛·本·拉登"。

② 对哈伦·L·贝尔的采访。

③ 对丹尼尔·科尔曼的采访。

大家也都需要食物和住所。少数人开始靠偷东西和敲诈勒索维持生计。扎瓦希里对这种做法极不赞成。后来圣战组织的人抢劫了德国驻也门使馆的一位武官①，扎瓦希里调查此事后将犯事的人逐出了组织。但是，钱的问题仍然没有解决。他希望能在美国募集到足以维持组织生存的资金。

扎瓦希里并不具备像盲人谢赫那样的领袖魅力，或是声望。因此，每当他在晚祷之后来到圣克拉拉②的努尔清真寺，称自己是"阿卜杜勒·穆伊兹医生，"谁也不知道他到底是何方神圣。阿里·穆罕默德把他介绍给圣何塞一位名叫阿里·扎基的妇科医生，并邀请扎基医生在"穆伊兹医生"探访硅谷的时候陪他们同去。扎基带着扎瓦希里去了萨克拉门托和斯托克顿的清真寺。两位医生大多数时间都在讨论扎瓦希里在阿富汗碰到的医学问题。"我们谈到了受伤的孩子，还有被大批苏联地雷炸得缺胳膊断腿的农民，"扎基回忆说。"他是个头脑清醒、有良好教育的内科医生。"

有一次，扎基认为扎瓦希里对穆斯林的理解很狭隘，两个人就此争了起来。和大多数圣战者一样，扎瓦希里遵循伊本·塔米亚的沙拉夫派教义。塔米亚是一位13世纪的变革者，试图推行严格按字面意义诠释《古兰经》的办法。扎基对扎瓦希里说，他遗漏了穆斯林的另外两个分支：一是苏菲派创始人哈里西·穆哈西比笔下诞生的神秘主义，一是理性派，代表人物是爱资哈尔清真寺伟大的谢赫穆罕默德·阿卜杜。"你的那一支伊斯兰信仰永远不可能在西方盛行，因为西方最好的一点就是人们有选择的自由，"扎基说。"在这儿你能看到神秘主义传播得风风火火，但因为信仰沙拉夫派而皈依穆斯林的人却一个都没有!"听到这番话，扎瓦希里却不为所动。

---

① 艾哈迈德·易卜拉辛·赛义德·纳贾尔的供述，"阿尔巴尼亚遣返者"一案，1998年9月。

② Santa Clara，美国加利福尼亚州圣克拉拉县的一座城市，也是组成硅谷的重要城市之一。——译者

扎基估计，他们在加利福尼亚走访清真寺时募集的钱最多也只有几百美元。阿里·穆罕默德预测的数字是 2 000 美元[①]。不管是几百还是两千，扎瓦希里回到苏丹时都面临着一个令人沮丧的选择：他那个自力更生、一直在经济上苦苦挣扎的组织要么继续保持独立，要么就得正式与本·拉登联合。

扎瓦希里与本·拉登大约在 10 年前相遇的时候，扎瓦希里掌握着更大的力量；他背后有一个组织的支撑，目标也很明确：推翻埃及政府。但现在，始终具有金钱优势的本·拉登也有了自己的组织，它的野心比圣战组织要大得多。本·拉登在一个控股公司名下从事多种生意，他也试图用同样的方法把所有这一类的恐怖组织合并成一个多国联合体，统一进行训练，形成规模经济效益，设立专司从人员到决策的各项事务的部门。门徒渐渐超过了导师——这一点两个人都心中有数。

扎瓦希里还面临着被盲人谢赫和伊斯兰组织的活动比下去的危险。扎瓦希里聚集起了一批能干而忠诚的骨干，其中许多人都是像阿里·穆罕默德这样受过良好教育的熟练情报人员。他们能痛痛快快地从硅谷的郊区，搬到喀土穆尘土飞扬的街巷。尽管如此，圣战组织连一次成功的行动都没有发起过。与此同时，盲人谢赫追随者的疯狂杀戮和劫掠却无人能敌。为了削弱政府、挑起民众的叛乱，他们把支撑埃及经济的旅游业作为袭击目标，因为旅游业使埃及向西方的腐化行为敞开了大门。伊斯兰组织向埃及的安全部队宣战，声称他们每天要杀一名警察。他们还把外国人、基督徒、尤其是知识分子当作袭击的对象。这类袭击始于 1992 年，当时有一位不信教的专栏记者法拉杰·福达遭到枪杀。这位记者在生前的最后一篇文章里暗示说，伊斯兰激进分子的动力并不是政治，而是被压抑的性欲。盲人谢赫还发布了一条针对埃及诺贝尔文学奖获奖作家纳吉布·马赫福兹的圣令[②]，称他是离经叛道者；1994 年，马

---

① 对杰克·克卢南的采访。
② 对纳吉布·马赫福兹的采访。

赫福兹被人用刀刺伤，险些丧命。这是一次具有可悲讽刺意味的袭击：第一个发现马赫福兹天赋的人是赛义德·库特卜；马赫福兹成名后为报答知遇之恩，曾去监狱探访过库特卜。现在，库特卜的后辈却在大肆破坏（某种程度上）由这位前辈创建的知识界。

扎瓦希里认为这些行为不仅毫无意义，而且是在自己拆自己的台。在他看来，这些行为的成功只能激怒安全部队，而且会使通过军事政变实现迅速而彻底的变革的机会——他毕生的目标————变得越来越渺茫。事实上，袭击事件发生后政府就对激进分子进行了镇压，伊斯兰组织和圣战组织在埃及的势力都被消灭殆尽。

扎瓦希里在圣战组织内部采取了分支互盲的结构，这样一个分支的成员就无从得知另一分支成员的身份或活动情况；然而，埃及当局却碰巧抓住了掌握着所有成员名单的那个人——圣战组织的会籍主管。他电脑中的一个数据库记录着每名成员的住址、采用的化名和可能的藏身处。有了这些信息，埃及安全部队一举抓获了数百名嫌疑犯，并以煽动罪对他们提起控诉。新闻界把这帮人称为“征服先锋队，”① 但实际上他们是圣战组织内部的一派。虽说对他们不利的证据不够充分，但埃及司法的标准谈不上有多严格②。

“政府的报纸欣喜若狂地宣称，他们一枪未发就抓获了圣战组织的800名成员，”扎瓦希里在简短的回忆录中颇为苦涩地写道。他辛辛苦

① 扎瓦希里，“先知麾下的骑士”，（六）。扎瓦希里究竟是不是先锋队的指挥，这一点始终存在争议。有几篇新闻报道将先锋队称为圣战组织中因意见不同而分裂出来的一支，由艾哈迈德·阿加兹和亚西尔·瑟勒领导。但是，我向瑟勒询问此事时他却语焉不详。“1993年和1994年，有许多人不赞成埃及发生的事，”他说。“但钱掌握在扎瓦希里手中。组织可没有钱。”开罗的一位伊斯兰律师马姆杜·伊斯梅尔告诉我，“先锋队”是媒体起的名字；实际上，被捕者大都是圣战组织的成员——这个看法得到了开罗人权倡导者、出版人希沙姆·卡西姆，以及蒙塔赛尔·扎耶特的响应。“从来就没有什么‘征服先锋队’，”扎耶特断言。

② 据开罗出版人、人权工作者希沙姆·卡西姆说，“先锋队被控试图颠覆政府。证物之中有一根棒球棍，还有一支气枪。法庭要是觉得谁是危险人物，就把他绞死；其余的人全都给了无期徒刑。所有的一切都是安排好的。”

苦建立起来的组织已所剩无几，残余势力都分散在其他国家的寄居地——英国、美国、丹麦、也门、阿尔巴尼亚，等等。他意识到自己必须采取行动，把圣战组织残余的零星力量集中在一起。为了做到这一点，他需要钱。

虽然圣战组织在经济上朝不保夕，残余成员中的许多人却对本·拉登心存疑虑，而且也不愿转移组织在埃及以外的活动。另外，组织的弟兄在开罗被围捕，随后举行的审判又是装模作样，这都让他们怒火中烧。尽管如此，圣战组织的大多数成员在那时都已名列基地组织的工资表。扎瓦希里认为，这只是一种出于利益考虑的暂时联盟。后来他私下对自己的一位主要助手说，与本·拉登联手“是保住圣战组织境外力量的惟一办法。[①]”

当然，扎瓦希里并没有放弃夺取埃及政权的梦想。实际上，苏丹正是向埃及发起袭击的理想地点。两国之间漫长的边境人迹罕至，而且几乎是完全不设防，这为秘密活动提供了便利；古老的商队路线，能让他们用骆驼把武器和爆炸物偷偷运入埃及[②]；苏丹情报部门的积极协作与该国的军事力量，则确保了扎瓦希里和手下的安全。

圣战组织对埃及发动袭击，始于针对内务部长哈桑·阿勒菲的又一次刺杀行动。阿勒菲是镇压伊斯兰激进分子的负责人。1993年8月，一辆装有炸弹的摩托车在部长座车的旁边爆炸，炸死了炸弹袭击者及其同伙。“部长幸而没死，但断了一只胳臂，”[③] 扎瓦希里假惺惺地写道。

第二次刺杀又失败了，但它却是一次意义重大的失败：扎瓦希里在

---

① 安德鲁·希金斯和克里斯托弗·库珀，“斗篷与匕首：中情局支持下的一个小组以残暴手段突破基层恐怖组织”，《华尔街日报》，2001年11月20日。

② 贾迈勒·法德勒的证言，美国诉奥萨玛·本·拉登等人一案。

③ “《中东日报》刊载圣战组织领导扎瓦希里新书的节选”，外国广播讯息处英译，《中东日报》，2001年12月2日。

这次行动中首次采用了自杀式炸弹袭击。这种袭击成了圣战组织暗杀活动的标志，后来基地组织的“殉教行动”也以此为特征。它打破了伊斯兰教禁止自杀的强大禁忌。虽然1993年什叶派组织真主党用自杀式卡车炸弹袭击了贝鲁特的美国大使馆和海军陆战队军营，逊尼派的恐怖组织却从未进行过此类行动。在20世纪90年代中期奥斯陆协议渐趋破裂之前，自杀式爆炸事件在巴勒斯坦几乎也是闻所未闻①。扎瓦希里到伊朗募集过资金②，还曾派阿里·穆罕默德等人去黎巴嫩接受真主党的培训，因此自杀式爆炸的想法很可能就来源于此。扎瓦希里还搞了另一个创新：在行动前录下炸弹袭击者要殉教牺牲的誓言。扎瓦希里四处散发这些录音带③，让人们听到袭击者是自己决定要献出生命的。

11月，对圣战组织的审讯仍在进行，扎瓦希里试图刺杀埃及总理阿提夫·西德基。就在部长的座车驶过开罗一座女子学校的时候，一枚汽车炸弹爆炸了。坐在防弹车里的部长安然无恙，但爆炸却导致21人受伤，还有一个名叫沙伊玛·阿卜杜勒-哈利姆的女学童被一扇炸飞的车门砸死。她的死激起了全埃及人的愤怒；在过去的两年中，他们已经目睹240多人被伊斯兰组织杀害。虽然圣战组织杀死的只有一个人，但小沙伊玛的死却让人们受到了前所未有的触动。当人们抬着她的棺材在开罗街头穿行的时候，群众高喊：“恐怖主义是真主的敌人!”④

扎瓦希里被民众的愤怒震撼了。“一个无辜的孩子意外丧生，我们都感到很痛苦。但我们没有办法，只能和政府斗争，”⑤ 他在回忆录中写道。他提出要给女孩家人一笔钱作为补偿。埃及政府又逮捕了280名扎

---

① 1994年4月6日，巴勒斯坦的第一个自杀式炸弹袭击者在以色列阿富拉炸毁了一辆公共汽车。

② “圣战组织最后一位领导的自白”，《鲁兹·优素福》周刊，1997年2月2日。外国广播讯息处英译。

③ 萨拉赫，《圣战有年：阿富汗阿拉伯人的旅程》。

④ “埃及悼念者谴责恐怖分子”，美联社，1993年11月27日。

⑤ 艾曼·扎瓦希里，“《中东日报》刊载圣战组织领导扎瓦希里新书的节选”，《中东日报》，2001年12月2日。外国广播讯息处英译。

瓦希里的追随者；其中 6 人最后被处以死刑。扎瓦希里写道："这意味着他们想让我那时只有两岁的女儿，还有我其他战友们的女儿，都成为没有父亲的孩子。又有谁为我们的女儿哭泣，又有谁去关心她们？"①

① 艾曼·扎瓦希里，"《中东日报》刊载圣战组织领导扎瓦希里新书的节选"，《中东日报》，2001 年 12 月 2 日。外国广播讯息处英译。

第十章　失乐园

许多国家的青年来到了喀土穆以南10公里的索巴农场——一个尘土飞扬的偏僻地方。本·拉登会向这些基地组织的新兵表示欢迎，然后他们就要开始学习恐怖主义的课程。他们的动机各不相同，但都有一个共同的信念：伊斯兰——纯粹而原初的、未被现代事物软化、不向政治妥协的伊斯兰——将治愈社会主义或阿拉伯民族主义未能平复的伤口。他们满怀激愤，但在自己的国家里却无能为力。他们并不认为自己是恐怖分子，而是自视为革命家；像历史上的所有革命家一样，他们也是在寻求正义这一简单人类需要的驱使下才被迫采取行动。有些人曾遭到残暴的压迫；有些人则只是喜欢血腥与混乱。从建立之时起，基地组织中就既有革命家，也有虚无主义者。这两类人之间不可调和的关系有着自我毁灭的性质，但由于事件发展得过于迅速，人们几乎分不清这个组织中究竟谁是思想家，谁又是反社会者。他们都被奥萨玛·本·拉登富有领袖魅力的人格凝聚在了一起；这位领袖人格之中兼具的理想主义和虚无主义，形成了一种强有力的混合体。

由于新兵们差别很大，动机也各不相同，本·拉登的主要任务是让他们把目标转向共同的敌人。他对美国已经形成了固定的看法，并且要将其解释给基地组织招募的每一批新成员。他告诉他们，美国看起来强大无比，但实际上却既软弱又胆小。看看越南，看看黎巴嫩。每当有躺在运尸袋里的士兵被送回国内，美国人就会在惊惶失措中撤退。像这样的一个国家，只要挨上两三记痛击就会仓皇逃窜，它历来如此。尽管拥有无数的财富和资源，美国却缺乏信念。它无法抵挡信仰坚定、不畏牺牲的战士。美国在波斯湾的战舰将退回大海，轰炸机将从阿拉伯国家的空军基地消失，驻扎非洲之角的军队则会迅速逃回自己的国家。

发表这些观点的本·拉登从来没去过美国，但他喜欢让曾在那里生活的人围绕在自己身边——比如阿布·里达·苏里、瓦埃勒·朱莱丹和阿里·穆罕默德。这些人强化了他脑海中美国骄横而堕落的形象。本·拉登迫不及待地要将长矛刺入这最后一个超级大国的心脏。他在索马里看到了第一个机会。

在击败萨达姆·侯赛因后欢欣鼓舞的几个月之中，索马里成了对美国世界新秩序的首次考验。联合国当时在索马里监管救援饥荒的国际行动，这场饥荒已造成35万人丧生①。和海湾战争期间一样，世界各国也在索马里组成了一支由联合国领导、受美国支持的多国部队。但是，这次多国部队要面对的敌人不是伊拉克的大军，不是共和国卫队，也不是装甲师，而仅仅是一帮手持冲锋枪和火箭弹、毫无组织的暴民。但是，这些暴民的威胁也在一次造成24名巴基斯坦士兵丧生的伏击事件中得到了充分的证明。

本·拉登声称他派了250人②去索马里与美军作战。据苏丹情报机构说，基地组织派去的战士其实就没几个人③。基地组织的游击队员们为索马里人提供训练，并试图融入在饥馑中打个不停的无政府部族战争——这种饥饿景象正是由战争造成的。基地组织的人并没有给他们的索马里主人留下什么好印象；举个例子，阿拉伯人曾制作了一枚汽车炸

① 休班德，《先知的战士：为伊斯兰而战》，第36页。
② 匿名，《透过敌人的眼睛》，第136页。
③ 对哈萨布拉·厄梅尔的采访。侯赛因·赫奇图的证言称，基地组织只有几个战士被派往索马里，因为他们肤色较黑，可以扮成当地人。美国诉奥萨玛·本·拉登等人一案。基地组织参与索马里事件的程度至今仍不明确。联邦调查局重点调查索马里问题的玛丽·德博拉·多兰在信中告诉我："我觉得基地组织肯定在索马里起了作用，而且我认为该组织与1993年10月美国游骑兵被杀有关——即便他们不是亲手扣动扳机的人（这一点我们无从知晓，除非能找到真正的开枪者，或是当时在场的人），我还是认为要不是因为他们，此事就不会发生。"

弹来袭击联合国部队，但炸弹却没爆炸。“索马里人对我们的态度很恶劣，”[1] 一个阿拉伯人抱怨说。“我们试图让索马里人相信，我们只不过是受人派遣而来的信使，但他们根本就不信。由于那里的领导情况太糟糕，我们决定撤回来。”

一天晚上，摩加迪沙的几个基地组织战士看到两架美国直升机被击落。美国人还击时打中了紧靠他们藏身处的一座房子。由于害怕被美国人抓住，他们第二天就离开了索马里。然而，1993 年 10 月这两架美国直升机被击落的事件却成了战争的转折点。愤怒的索马里族人耀武扬威地拖着美国机组成员的尸体在摩加迪沙街头游行，这一景象促使克林顿总统迅速撤出驻索马里的所有美军士兵。本·拉登对美国性格的分析得到了证实。

虽说自己的手下逃离了战场，本·拉登仍然声称是基地组织在索马里击落了美军的直升机，还侮辱了美国军人的尸体。由于这些实际上与他无甚干系的成功反叛事件（比如在阿富汗和索马里），本·拉登的影响力大为增加。他直接把此类胜利据为己有。“根据我们在索马里参与圣战的弟兄发来的报告，”[2] 本·拉登在半岛电视台吹嘘说，“我们得知他们目睹了美国军队的软弱、脆弱与胆怯。美军只不过死了 18 个人。不过，在叫嚣了一番世界新秩序之后，他们还是满怀失望地、灰溜溜地逃走了。”

本·拉登以提供武器和训练为诱饵，把各种各样的民族主义团体吸引到自己旗下。他手下有具备多年战斗经验的教官。扎瓦希里手下的双重间谍阿里·穆罕默德凭着自己从美国特种部队学到的本事，在基地组织教起了侦察课程[3]（本·拉登自己也是穆罕默德教的第一期学员）。组

---

① 哈马迪，“基地组织内幕：本·拉登私人保镖阿布·占达勒讲述”（二），2005 年 3 月 24 日。
② 泰西尔·阿鲁尼对奥萨玛·本·拉登的采访，半岛电视台，2001 年 10 月。
③ 对杰克·克卢南的采访。

织使用的武器来自托拉博拉存放圣战者残留武备的仓库，本·拉登偷偷将它们运入了苏丹。本·拉登还为革命提供了种子资金。看到花费这么点钱就能取得如此成就，他一定觉得非常快意。

1992年，阿尔及利亚的一场军事政变阻止了选举的进行。伊斯兰政党伊斯兰拯救阵线（简称FIS）本来有望在选举中获胜。第二年，本·拉登派卡里·赛义德[①]（他是阿尔及利亚人，也是基地组织舒拉顾问团的成员）去阿尔及利亚，与逃入山中的几位抵抗力量领导人见面。当时，伊斯兰激进分子正在敦促不得人心的军政府与他们谈判。基地组织的使者赛义德带去了本·拉登的4万美元。他警告伊斯兰领导说，他们打圣战只是为了政治，而不是为了真主，这是一种罪行。他告诉他们，对于一个不信真主的政府，根本就不应该留下任何妥协的余地。全面战争才是惟一的解决办法。“这一番简单的论证把我们给毁了，”身为抵抗力量成员的阿卜杜拉·阿纳斯回忆说。那些和阿纳斯一样赞成与政府进行对话的人，则受到了他们当中被灌输了“塔克费尔”观点的其他阿富汗阿拉伯人的排挤。

阿尔及利亚的叛乱引来了一帮年轻、贫穷、大多来自城市的游击队员，他们聚集在伊斯兰武装集团（简称GIA）的旗下。在接下来的5年之中，他们让整个国家浸透了鲜血。可想而知，这个过程走的是一条“塔克费尔”式道路。起初，伊斯兰激进分子杀的是非穆斯林，以教士、修女、外交官、知识分子、女性主义者、医生和商人为主。按照伊斯兰武装集团的逻辑，民主与伊斯兰是不相容的；因此，任何拿了投票卡的人都是反伊斯兰的敌人，理当处死。杀人许可的范围后来又扩展到一切在与政府有关的机构中工作的人，如公立学校的教职员工。仅仅在1994年的两个月中就有30名教师和校长被杀害，538座学校被烧毁[②]。然而，这个武装集团恐怖分子杀害的还不只是教师和民主人士。常常有整

---

① 对阿卜杜拉·阿纳斯的采访。

② 维克托洛维茨，“新的全球性威胁：跨国沙拉夫运动与圣战”。

座村庄的居民在夜半时分惨遭屠戮。武装集团每周在伦敦出版的《辅士报》对此类暴行大加颂扬，常会登出这样的标题：“感谢真主，我们今天割断了 200 条喉咙![1]”，或者是“为了安拉，我们的一位弟兄砍掉了父亲的脑袋”。这种宗教疯狂的顶峰，是一份谴责阿尔及利亚全体国民的宣言。武装集团的一份公报以严峻的语气陈述了以下原则：“我们进行的战争不存在中立。除了那些和我们站在一起的人，其他所有人都是叛教变节者，理应处死。”对于将阿尔及利亚的冲突视为宗教启示的人而言，这个原则确实十分好用。

面对这般景象，连本·拉登也畏缩了——他的畏缩如果说不是出于暴力本身，也是由于国际社会对伊斯兰激进分子行为的强烈反感。他希望“为圣战创造一个更好的形象。”[2] 后来武装集团的几个领导人来到喀土穆，想多要点资金。他们竟然冒冒失失地指责本·拉登对民主人士“太灵活”[3]，说这让他显得有些“软弱”。本·拉登大为光火，彻底中止了对该组织的支持。但是，他先前助纣为虐的 4 万美元已经造成了一场灾难。将有 10 万多人在阿尔及利亚内战中丧生[4]。

1993 年底，一个传言在喀土穆不胫而走，说有位苏丹将军弄到了一点黑市铀。本·拉登本来就有意购买一些更具威力的武器，这样才配得上他将基地组织建设成国际恐怖组织的宏大设想。当时他正在和苏丹政府合作研制化学武器，准备用来对付南部的基督徒，还利用苏丹航空的货机从阿富汗偷运武器[5]。他买了一架 T－39 型美国军用飞机，专门用来运载“毒刺”导弹。因此，铀的消息一传来就让他激动不已。他派

---

① 对阿卜杜拉·阿纳斯的采访。
② 埃文·科尔曼，“阿富汗阿拉伯人的遗产：个案研究”（国际政治优秀论文，乔治敦大学，2001 年）。
③ 对阿卜杜拉·阿纳斯的采访。
④ 凯普尔，《圣战：政治伊斯兰之路》，第 254 页。
⑤ 贾迈勒·法德勒的证言，美国诉奥萨玛·本·拉登等人一案。

贾迈勒·法德勒[①]去谈价钱。

据法德勒自己说，他是第三个宣誓效忠基地组织的人，因此本·拉登对他青睐有加。他是个身材细瘦、动作敏捷的运动高手，在本·拉登的足球队里踢中锋。法德勒脸上总是笑容可掬，而他那富有感染力的呵呵大笑能把人吓一跳。和基地组织核心圈子里的许多人一样，他也是从美国来参加圣战的，曾在服务局设于布鲁克林大西洋大道的办事处工作。法德勒是苏丹人，而且熟悉本地的房地产市场，所以本·拉登在基地组织迁到喀土穆之前就委托他购买组织的农场和房屋。

那位将军给铀开的价是150万美元[②]，包括佣金在内。他拿出了一个长2.5英尺、直径约6英寸的圆柱形罐子，以及证明此物来自南非的一些文件。本·拉登听到这个消息觉得很满意，还给了法德勒1万美元，作为他做成这笔交易的报酬。后来他们发现，罐子里全是一种名叫红色氧化汞[③]（亦称朱砂）[④] 的东西，其物理特征与氧化铀相似，但化学性状则截然不同。红色氧化汞被用于核诈骗，已有超过25年的历史。尽管有了这次代价高昂的教训，本·拉登仍在继续搜寻浓缩铀或是俄罗斯的核弹头[⑤]——据说在前苏联瓦解后的帝国残余中能找到这东西。

当时是90年代早期，本·拉登仍在完善基地组织的概念。这个组织只是他从事的诸多事业之一，但它却为他提供了一个可能极为强大的权力基础。他采取的行动（如突袭索马里）规模都很小，带有投机的性

---

① 对杰克·克卢南和马克·罗西尼的采访。

② 贾迈勒·法德勒的证言，美国诉奥萨玛·本·拉登等人一案。穆罕默德·洛伊·拜兹德——即阿布·里达·苏里——（据说他曾为本·拉登购买“铀”）称根本就没有这回事。他的说法得到了当时在沙特情报部门工作的哈萨布拉·厄梅尔的支持。他们两人都说喀土穆有过类似的谣言和诈骗活动，法德勒的证言可能就是据此编造的。

③ 与罗伊·施维特斯的个人通信。

④ 红色氧化汞（mercuric oxide/ red mercury）与朱砂（cinnabar）并不相同，后者的主要成分为硫化汞（HgS），作者此处可能有误。——译者

⑤ 匿名，《透过敌人的眼睛》，第125页。

质；但如果有了足够强大的工具——例如核武器或化学武器——基地组织就能改变人类事件的进程。

1994年，本·拉登的生活达到了顶峰。他在苏丹的头两年充满了快乐和好运。几位妻子和几个家庭全都聚在他的大别墅里；他对商业的兴趣不断扩展；基地组织的力量和势头都在增长——不过也引起了警惕。虽然西方情报机构大多不知道有本·拉登这号人物，或是根本没有意识到他的力量已有相当规模，但沙特人和埃及人却注意到了苏丹的活动。不过，基地组织是个很难渗透的组织。忠诚、亲属关系与狂热精神给好奇的局外人构成了一道难以逾越的屏障。

每逢星期五，本·拉登通常都要去与喀土穆隔尼罗河相望的恩图曼，到市郊的安萨·苏纳清真寺祷告①。2月4日，一小撮手持卡拉什尼科夫步枪的“塔克费尔”主义者在一个名叫穆罕默德·阿卜杜拉·希莱菲的利比亚人的率领下悍然闯入两所警察局，打死两名警察，还抢走了一些武器弹药。希莱菲和两个同伙接着又去了清真寺，当时晚祷刚刚结束。他们不分对象地朝人群开枪，当场打死16人，还打伤了20来人。这帮杀手在机场后面躲了起来。第二天，他们驱车在喀土穆四处寻找其他目标，朝街上的警察开枪，还枪击了本·拉登的瓦迪阿奇奇公司在市区办事处的雇员。这是一帮疯狂而毫无约束的人，但他们显然是想杀本·拉登。

下午5点，本·拉登通常会打开会客室欢迎客人。那天的这个时

---

① 这次谋刺的具体情况来自穆罕默德·易卜拉辛·纳奇德，“首次企图刺杀本·拉登者是一名在黎巴嫩受训的利比亚人”，《生活日报》，2001年11月18日；易卜拉辛·哈桑·阿迪，“《祖国报》明确了基地组织头目身在苏丹的时间”，《祖国报》，2001年10月25日；“奥萨玛·本·拉登：在欧洲生活的穆斯林都是‘卡非尔’”，《鲁兹·优素福》周刊，1996年12月9日；哈马迪，“基地组织内幕：本·拉登私人保镖阿布·占达勒讲述”（三），2005年3月21日；以及对伊萨姆·图拉比、萨迪克·迈赫迪、哈萨布拉·厄梅尔和哈立德·优素福的采访。有几个消息来源称本·拉登实际上曾两度遇刺，而且有人说两次行动相隔几个星期之久。但这类说法其实源于本·拉登本人。他把自己遇刺前夜清真寺的枪击事件也算作刺杀行动。

候，他正在和长子阿卜杜拉吵架。阿卜杜拉自小就患有哮喘[①]，辗转白沙瓦和喀土穆两地的经历对他来说颇为艰难。他那时 16 岁，总想和吉达的朋友和表亲在一起，他们就在窄窄的一湾红海对面。阿卜杜拉毕竟是富豪家族的一员，而且在吉达他能享受家族私有的海滩胜地、游艇、聚会、轿车，以及其他种种为父亲所厌恶的奢华。他还担心父亲规定的家庭式辅导让他远远落在了同辈的后面——实际上，本·拉登和第一位妻子生的孩子也就勉强能识几个字。奥萨玛认为他的家人在苏丹过得有点太惬意了。他希望让他们的生活变得更简朴，而不是更加舒服。

本·拉登父子在屋子里说话的时候，客人们陆续来到街对面他的那家办事处。"就在那时，我听到旅店的方向传来一声霰弹枪响，"[②] 本·拉登回忆说。"接着又有人朝房子开了几枪。"他从长袍口袋里掏出一支手枪，把另一支枪给了阿卜杜拉。

杀手把车开到本·拉登两所房子之间的街上，然后就立即开火。希莱菲和他的两名同伙本以为本·拉登会在办事处里招待客人。"他们瞄准的就是我常坐的那个地方，"[③] 本·拉登说。他和阿卜杜拉以及几个在附近巡逻的苏丹治安人员朝袭击者开了枪。本·拉登的 3 个客人和几名警卫被杀手打中。希莱菲受了伤，他的两个同伙都被击毙。

本·拉登隐晦地指责"我们阿拉伯地区的政权"[④] 策划了这些袭击事件。老朋友贾迈勒·卡舒吉问他这话是什么意思，本·拉登就明确指出此事是埃及情报部门所为[⑤]。中央情报局认为这次刺杀的幕后主使是沙特人[⑥]。图尔基手下的情报主管赛义德·巴兹卜说："我们从来都没打

---

① 对贾迈勒·哈利法的采访。关于本·拉登儿子阿卜杜拉的某些具体情况来自哈马迪，"基地组织内幕：本·拉登私人保镖阿布·占达勒讲述"（三），2005 年 3 月21 日。

② "奥萨玛·本·拉登：在欧洲生活的穆斯林都是'卡非尔'"，《鲁兹·优素福》周刊，1996 年 12 月 9 日。

③ 同上。

④ 赖特，"本·拉登背后的人"。

⑤ 对贾迈勒·卡舒吉的采访。

⑥ 对迈克尔·朔伊尔的采访。

算杀他。我们只想让他冷静下来。”

这次险些成功的谋杀，为扎瓦希里创造了一个对本·拉登施加更大影响的绝好机会。扎瓦希里让他的心腹阿里·穆罕默德去调查行刺者。穆罕默德了解到希莱菲是个利比亚人，曾在黎巴嫩受训，后来于1988年去了白沙瓦。他在那里加入阿富汗圣战军，并与本·拉登相遇。但他也受到了“塔克费尔”教义的影响。希莱菲是个反社会者，他但凡要杀害被自己认定为叛教者的人，都会用这种教义来开脱。这种行为与扎瓦希里和本·拉登的所作所为其实没什么两样，只不过在规模上要小得多。“塔克费尔”这种武器，可能在任何执有者的手中爆炸。

扎瓦希里安排阿里·穆罕默德为本·拉登训练保镖，并确保埃及人在这些保镖中占大多数——他在这个沙特人周围布下的影响之索越收越紧。本·拉登则沮丧地意识到，他在苏丹的闲暇生活已到了尽头。尼罗河边的野餐，想着心事漫步走向清真寺、星期五的赛马——这一切都成了过去。他现在出行时得带上车队，而且总是拿着一支卡利科夫AK-74步枪——那是他当年在战场上得到的奖励。

本·拉登的家庭生活也发生了变化。虽说对孩子很严厉，他对几位以职业为重的妻子却出人意料地宽容。身为儿童心理学教授的乌姆·哈姆扎和教阿拉伯语语法的乌姆·哈立德婚后都继续在大学里工作[①]，搬到苏丹的那几年她们就往返于苏丹和沙特两地之间。乌姆·哈姆扎住在喀土穆别墅的底层，还给当地的妇女讲授伊斯兰教义。

但是，对乌姆·阿卜杜拉而言，喀土穆的生活就没这么让人满意了。她的两个儿子阿卜杜拉和奥马尔对父亲强加给他们的贫苦和危险心怀怨恨。她还得一直照顾弱智的儿子阿卜杜勒·拉赫曼；如今几大家人都挤在一起，拉赫曼发起脾气来就更叫人难办了。

第四个妻子乌姆·阿里提出了离婚。这在本·拉登的预料之中。

---

① 对苏丹匿名消息来源的采访。

“从一开始我们的关系就不是很好，”[1] 他曾向贾迈勒·哈利法坦白。奥萨玛和贾迈勒在大学期间就决定施行一夫多妻制，他们当时立誓永不主动提出离婚，以免破坏自己的道德准则。本·拉登不愿像父亲那样娶十几个妻子，而是希望能对四位妻子平等相待。但是，这意味着他必须耐心等待乌姆·阿里自己提出离婚的要求，并且忘掉多年来的不快经历。

按照伊斯兰教法，离婚时不到 7 岁的孩子归母亲；如果年纪超过 7 岁，女孩归父亲。7 岁以上的男孩可以自己决定跟哪一位家长。他们最大的孩子阿里那年 8 岁，他要和母亲在一起。乌姆·阿里带着三个孩子回到了麦加的娘家。两个女儿长大后也一直跟着她。

本·拉登很珍视忠诚；实际上，他身边几乎所有的人都曾正式向他宣誓效忠。他就像一个封建领主，掌握着数百人的命运。在此之前，他的领地之中几乎从未有过背叛这回事。家里的几个亲人突然弃他而去，这对自视为伊斯兰家庭价值典范的本·拉登来说无疑是个沉重的打击。他强加于儿辈的斯巴达式道德，让几个孩子与他反目。不过，他还是愿意放手让他们离开。

本·拉登也很怀念故乡。母亲和其他家人他只见过几次，而且都是因为沙特王室派他们去了喀土穆，命令他回到王国。本·拉登一再的不忠表现把法赫德国王气得发疯。阿尔及利亚和也门愤然对沙特人施加压力，要求他们制止这个在两国挑起叛乱的祸害分子。不过，最终迫使沙特王国作出选择的则是埃及[2]：他要么就继续纵容本·拉登这个浪子，要么就和强大的盟国埃及保持良好关系。埃及人受够了从苏丹蔓延而来的暴力事件，并一而再、再而三地提出抗议，称本·拉登是幕后的主谋。最后，法赫德国王于 1994 年 3 月 5 日亲自作出决定，剥夺了本·

① 对贾迈勒·哈利法的采访。
② 对贾迈勒·哈利法的采访。

拉登的沙特公民权[①]。

沙特阿拉伯是个关系紧密的国家，国内的各大家族和部族错综复杂地交织在一起。一个沙特人如果被逐出王国，就等于是被赶出了这种对于每个沙特人来说都至关重要的复杂关系。公民权在沙特是严加控制的，极少授予外国人；而来自也门的本·拉登家族全都加入了沙特社会，这表明他们的地位十分尊贵，同时也很脆弱。国王剥夺本·拉登的公民权之后，他的长兄贝克尔·本·拉登立即公开对他提出谴责，家族从此将他抛弃。许多沙特人都认为，本·拉登彻底走向激进就是在国王宣布决定的那一刻。一名使者来到苏丹向本·拉登正式通告此事，并要他交出护照。本·拉登把护照扔给了他。“既然你们觉得这东西能左右我，那就拿去吧!”[②] 他宣称。

愤愤不平、心怀怨望的本·拉登让他的代表在伦敦设立了一个办事处。（他曾打算自己向英国寻求政治避难[③]，但英国国内安全部一听说此事就立即禁止他入境。）这个办事处名为“咨询与改革委员会”，由一个叫哈立德·法瓦兹的沙特人和圣战组织的两名埃及成员经管。他们向数以百计的沙特显贵发去传真。一众显贵看到本·拉登在传真中公然谴责王室的腐败行为，以及王室成员与宗教权威之间种种见不得人的交易，都大为震惊。当时沙特国内要求改革的情绪已十分激烈，这些传真更是掀起一片哗然。本·拉登发表了一封致沙特“乌莱玛”领导人本·巴兹谢赫的公开信，指责他发布的圣令使得王室能够将美军留在圣地，并拘捕持异见的伊斯兰学者。

“让这家伙老实点儿，”沙特国王向图尔基王子下令。有人考虑过暗杀计划，但沙特人要做杀手还不够精明，图尔基也无意采取这种过于冒险的举动。王国采取了另一个手段：内务部命令本·拉登家族切断对他

---

① 对赛义德·巴兹卜的采访。

② “我的父亲亏本整修了阿克萨清真寺”，《伊斯兰社群》，1991 年 10 月 18 日。

③ 丹尼尔·麦格罗里，“奥萨玛·本·拉登寻求政治避难的那一天——在英国”，《时代》周刊，2005 年 9 月 29 日。

的经济支持，于是家族就收回了本·拉登在公司的股份——价值大约700万美元①。这种行动虽然可想而知，但还是让本·拉登猝不及防。他得依靠家族公司每月支付的津贴来生活②——实际上，这是他惟一的真正收入来源。

他的商业生涯可谓一败涂地。来到苏丹之后他就四处花钱③：苏丹粮食出现短缺，领救济的人排成了长队，他就把硬通货借贷给政府去买小麦；他帮助苏丹建设电台和电视台的设施；碰到政府资金紧张，他偶尔还会替苏丹进口的石油付账。在这个一贫如洗的国家，本·拉登并不算多的财富几乎成了第二经济。但是，他对经营自己的公司或监督投资情况却毫不关心。虽然他有一间配了传真机和电脑的办公室，却很少呆在那儿，而是宁愿在白天鼓捣自己的那些农业项目，到了晚上则办聚会招待显贵与圣战者。

他把大把的钱扔进了知之甚少的商业计划之中。他当时的兴趣包括碎石机械④、杀虫剂、制皂、皮革鞣制——共有十多个互不相干的领域。他用基地组织不同成员的名字，在喀土穆、伦敦、马来西亚、香港和迪拜的多家银行开设账户，这样一来情报机构就难以追踪资金流向，可这些账户他自己也几乎无法管理。他常会随随便便地投入项目之中，根本不经仔细考虑。有一次，他的一名助理认为从阿塞拜疆进口廉价自行车是明智的投资手段，可是在苏丹根本就没人骑自行车；不过，这事情办起来很简单——助理找到基地组织的三个经理签了一份表格，于是本·拉登就进入了自行车业界。

这些天差地别的业务，乱七八糟地集中在多家公司实体之下。从一开始，为本·拉登打理商业利益的人就意识到将来会有麻烦。1992年

---

① 对本·拉登家族发言人的采访。

② 对贾迈勒·哈利法的采访。

③ 对哈萨布拉·厄梅尔的采访。

④ 本杰明·韦泽，“前任助手称有人密谋刺杀本·拉登”，《纽约时报》，2001年2月21日。

贾迈勒·法德勒和阿布·里达·苏里与本·拉登会谈的时候，就问他是否有必要通过开公司来赚钱。“苏丹的商业状况很不好，”[①] 他们警告说。通货膨胀率超过了 150%，苏丹货币与美元的比价一跌再跌，所有的投资项目都受到了影响。“我们的目标可不仅仅是经商，”本·拉登随口答道——这一句话就否定了所有负责任的管理措施。来自沙特的津贴突然中止之后，本·拉登就不得不面对一长串赤字和没有稳定收入来源的问题。“我们有 5 家公司，但生意都不行，”他的主要商业顾问阿布·里达说。“这几家公司全在赔钱。以遥控方式经营公司是不行的。”

财政危机于 1994 年末来临。本·拉登对基地组织的成员说他不得不降低他们的工资，因为“所有的钱都赔光了。”[②] 本·拉登的一个飞行员侯赛因·赫奇图有一次说他得去肯尼亚续办飞行执照，那是他在基地组织工作时花了三年学出来的；本·拉登告诉他，“算了吧。”几个月之后，赫奇图的妻子生孩子得做剖腹产，他向基地组织的出纳要 500 美元做手术。“根本就没钱，”那人告诉他，“我们什么都没法给你。”

突然之间，赫奇图觉得自己成了个可有可无的人。让成员们留在基地组织的同志情谊，其实都在于本·拉登所提供的经济保障。他们一直以为本·拉登是个亿万富翁[③]，是取之不尽的财富源泉，而本·拉登也从来没有去纠正这种错误的印象。如今，本·拉登被夸大了的富有形象与新出现的贫困现实之间的反差，让组织里一些人打起了自己的算盘。

贾迈勒·法德勒是本·拉登最青睐、最信任的人之一，他一直对组织里偏向沙特人和埃及人的区别性工资标准心怀不满。有一次本·拉登拒绝给这位苏丹籍秘书涨工资，于是他就开始偷窃组织的资金。他利用这些钱买了几块地产，还有一辆车。在喀土穆小小的社交圈子里，法德勒的暴富很快就引起了注意。遭到质问的时候，法德勒承认他拿了 11

---

① 贾迈勒·法德勒的证言，美国诉奥萨玛·本·拉登等人一案。对穆罕默德·罗伊·拜兹德的采访。
② 侯赛因·赫奇图的证言，美国诉奥萨玛·本·拉登等人一案。
③ 贾迈勒·法德勒的证词，美国诉奥萨玛·本·拉登等人一案。

万美元。“钱我不在乎，我在乎的是你。你是基地组织最优秀的成员之一，”本·拉登对他说。“如果你需要钱，就应该来找我们。”本·拉登告诉他，组织里其他一些成员要求过帮助，他们有的得到了新车，有的得到了房子。“你却没有开这个口，”本·拉登说。“你直接就去偷钱。”

法德勒乞求本·拉登宽恕他，但本·拉登说那是不可能的，“除非你能把所有的钱补回来。”

法德勒对这个条件考虑了一番，然后就消失了。他将成为基地组织的第一个叛徒。他曾向中东地区各国（包括以色列）的情报机构兜售自己掌握的情况。1996 年 6 月法德勒走进美国驻厄立特里亚的大使馆，最终找到了买主。他当了美国政府的证人，并拿到一笔将近 100 万美元的酬金①。在受到保护性拘留期间，他又中了新泽西州的彩票②。

- - -

20 世纪 90 年代中期，非洲在流血。利比亚、安哥拉、塞拉利昂、刚果、尼日利亚、卢旺达、布隆迪和津巴布韦各地的大规模战争和国内冲突使几百万人死于非命。对本·拉登而言，战乱却是扩大基地组织影响的良机。他派阿里·穆罕默德去肯尼亚首都内罗毕，对美国、英国、法国和以色列的目标进行侦察。之所以选择这些国家，是因为它们加入了当时仍在进行的“恢复希望”行动。

阿里·穆罕默德扮成一名游客，走遍了内罗毕街头。他考虑过的潜在袭击目标包括法国文化中心和英国所有的诺福克旅馆，后者是殖民时代最出色的建筑之一。以色列大使馆的建筑结构太坚固，而以色列航空设在当地一条商业街上的办事处则有严密的守卫。

相比之下，美国大使馆就成了一个可观而脆弱的目标。使馆的建筑

---

① 同前。实际金额为证人保护计划的 795，200.49 美元，以及联邦调查局的151 047.02 美元。这并不包括首先讯问法德勒的中央情报局可能支付给他的钱。

② 对杰克·克卢南的采访。

紧邻街道，这样汽车炸弹就能靠得很近，并造成极大破坏。穆罕默德带着两架照相机——一架像游客那样挂在脖子上，还有一架奥林巴斯微型相机则拢在手里[①]。接连四五天他都会从使馆楼前走过，迅速拍下每天不同时刻的照片，并留意交通状况和警卫换班的规律。他记下闭路监控摄像机的位置，还搞清了它们的拍摄距离。他自己冲洗出拍下的照片，然后把它们混在一大沓别的照片里面，这样就不致引人注目。他制定出袭击的计划，将其保存在一台苹果 PowerBook 140 笔记本上，然后回到喀土穆向本·拉登汇报这个方案。

“本·拉登看了美国大使馆的照片，还指出了用于自杀式炸弹袭击的卡车应该停放的位置，”[②] 穆罕默德后来作证说。但是，国际社会后来撤出了索马里，这个悲惨的国家重又陷入一片尚待平复的绝望之中，基地组织袭击内罗毕使馆的那一点苍白的借口也已不复存在。然而，袭击方案并没有被遗忘；它只是被暂时搁置了起来。

1995 年，本·拉登对自己的生活产生了怀疑。他竭力维持着企业的生存，还要防止组织走向四分五裂。他再也没有精力涉猎多种爱好，但还是不愿放弃那些无钱可赚的项目；从未经历过的破产困境则让他大为气馁。他也非常怀念熟悉的环境。“我累了，”[③] 他对一个追随者说。“我怀念麦地那的生活。只有真主才知道我多么思念故乡。”

那时，基地组织仍然一事无成。这个组织又是一项他极度热衷却可望不可即的事业，既无领导，也没有明确的方向。基地组织的会计、娶奥萨玛侄女为妻的迈达尼·塔伊布[④]总是敦促本·拉登与国王和解，藉

---

① 对杰克·克卢南的采访。

② 申诉，美国诉阿里·穆罕默德一案。

③ 哈辛·班延，“最年长的一名阿富汗阿拉伯人向《中东日报》讲述自己的事业，这一事业最终让他在沙特阿拉伯锒铛入狱”，外国广播讯息处英译，《中东日报》，2001 年 11 月 25 日。

④ 对贾迈勒·哈利法的采访。

此改善组织严峻的经济状况。沙特政府曾派了几个代表去喀土穆见他[①]。据本·拉登说，政府提出可以把护照和钱归还给他，条件是"我在媒体上声明国王是一位好穆斯林。"他还宣称，沙特人表示只要他放弃圣战，就给他的家人20亿里亚尔（相当于5.33亿美元）。本·拉登想坚持自己反对国王的正义立场，同时又亟须资金来维持组织的生存，这让他左右为难。本·拉登拒绝了政府的提议，塔伊布随后就叛逃了；组织成员看到他后来又在沙特阿拉伯出现，不禁大为恐慌。对于塔伊布令人震惊的脱逃行径，有些人解释说他被人施了魔法。

本·拉登也想回到故乡，但他对法赫德国王实在太憎恶，根本不可能称国王为一位"好穆斯林"。在这段时间，他曾梦见自己回到麦地那，听到了盛大庆典的声音。他从一堵土墙上望过去，看到阿卜杜拉王子驾临。"这意味着阿卜杜拉将成为国王，"[②] 他告诉阿布·尼达尔。"这下人民可以放心了，他们会很高兴。如果阿卜杜拉当了国王，我就会回去。"

但阿卜杜拉仍旧是个王储。本·拉登给他写了一封措辞谨慎、意示和解的短信[③]，想探探他的口风。他了解到，只要自己立誓放弃圣战，沙特政府就欢迎他回国[④]；否则，他一回来就会被送进监狱，或遭到软禁。

本·拉登的家人听说他渴望回到故乡，就找到了他多年的老朋友、曾报道过他阿富汗历险的记者贾迈勒·卡舒吉。卡舒吉的任务是让奥萨玛接受一次采访，并在采访中宣布放弃暴力。这将向政府传递一个极为公开的信息，表明本·拉登已接受政府的条件。

本·拉登高兴地接待了朋友。以前卡舒吉到喀土穆看过他几次。那时奥萨玛刚开始对沙特政府发动宣传攻势，卡舒吉看到他身边围满了年轻的沙特异见者。每当他想要说明什么问题，他们就会给他找来相关的

---

① 匿名，《透过敌人的眼睛》，第146页。
② 对穆罕默德·洛伊·拜兹德的采访。
③ 对贾迈勒·卡舒吉的采访。
④ 对艾哈迈德·巴兹卜的采访。

剪报文章。这一次，他可没看到任何剪报。本·拉登显得闷闷不乐，一副心事重重的样子，身边总是放着他那支自动步枪。他们在本·拉登屋旁的露台上吃晚饭，旁边就是花园。在场的有几个沙特人、一个苏丹人，还有伊拉克人阿布·哈耶尔。他们吃饭大约是在9点，这个时候的气温还可以让人忍受。苏丹仆人在地上铺开塑料布，然后按着沙特风格摆开米饭和羊肉做的主菜。

卡舒吉说明了他的来意，本·拉登当即以明确的、毫不含糊的语言谴责了在沙特国内使用暴力的行为。卡舒吉拿出了他的录音机。“你何不再正式说一遍?”他说。

“明天晚上再说吧，”本·拉登说道。

第二天，本·拉登带卡舒吉参观自己的基因实验室。他在实验室里大谈穆斯林有责任通过学习技术来改善生活，足足说了几个小时。他举例说，丹麦人就垄断了最好的香蕉品种。穆斯林为什么不能以他们那样的精细程度来专注园艺？本·拉登试图在这个实验室里开发适合苏丹环境的高质量种子。他还谈到自己打算建造另一条大型公路。看来，他全心投入了自己的各种项目之中——愉快、满足、平和，但很想家。

吃晚饭的时候，本·拉登出人意料地吹嘘起了基地组织。他说他坚信美国人很容易就能被赶出阿拉伯半岛。他举出也门的例子。“我们在亚丁给了美国人一下子，他们就跑了，”他骄傲地说。“我们在索马里又给他们来了一下，他们又跑了。”

“奥萨玛，这很危险，”贾迈勒答道。“你简直是在宣战。你这么做，等于授权让美国人来追杀你。”

本·拉登只是微微一笑。

卡舒吉再一次拿出录音机。他的朋友再一次婉言拒绝，不肯正式表态。

接下来的那天，卡舒吉晚上最后一次来吃饭。他们又一次在露台上席地而坐。饭菜和他前两天吃的简单食物一模一样——米饭和羊肉。本·拉登吃饭时偶尔会用勺子，不过他更喜欢用右手的手指去抓，因为这叫做“逊奈”(Sunna)，是先知吃饭的习惯。他满怀激情地说起自己多么想念麦地那，多么盼望回到那儿安顿下来。卡舒吉回应说，他只需把私下里说过的话——放弃使用武力——正式声明一遍就行了。

就在那时，有人走到本·拉登跟前和他耳语了几句。奥萨玛站起身，走进了花园。卡舒吉能看到阴影中两三个埃及口音的人在悄声跟他说话。5分钟之后，本·拉登回到席间，卡舒吉又提出了刚才的问题。

“我这么说又能得到什么呢?”本·拉登问道。

卡舒吉吃了一惊。奥萨玛以前做事从来不会像政客那样，为个人的好处讨价还价。“我不知道，”卡舒吉承认。“我不是代表政府来的。你好歹说点东西，把僵局打破嘛！也许会引起积极的回应。别忘了，你可是说过王国不少坏话。”

本·拉登微微一笑。“是啊，但这样的行动得好好算计才行。”他挑明了几条可能的交换条件：沙特政府应赦免他的所有过错，并给出美军完全撤出阿拉伯半岛的时间表。

卡舒吉感觉他的朋友已无法把握现实状况。本·拉登开始谈起苏丹的好处，说这里有绝佳的投资机会。他向卡舒吉问起两人都认识的几个朋友，还说他们应该来苏丹考察发展农业的前景。他很乐意带他们四处转一转。

“奥萨玛，现在所有的沙特人都不敢在公开场合和你在一起，他们害怕被人看见，”贾迈勒说。“这你还不明白吗?”

本·拉登只是微微一笑，那笑容还是卡舒吉熟悉的老样子。他似乎没有意识到自己的所作所为和他如今的样子，在沙特同胞眼中是怎样的一种形象。

气恼非常的卡舒吉对本·拉登说他明天就走。如果奥萨玛想接受采访，可以打电话到希尔顿酒店找他。

本·拉登始终没打电话。

第十一章　黑暗王子

1995年2月一个星期天的早晨，白宫负责协调全国反恐怖行动的理查德·A·克拉克去了自己的办公室，查看周末发来的情报电文。其中一份报告提到，有人在伊斯兰堡发现两年前涉嫌幕后策划世贸中心爆炸案的拉米兹·优素福。克拉克立即给联邦调查局总部打电话，不过根据他的经验星期天那儿几乎就没有人。一个男的接了电话，声音听来不熟。"我是奥尼尔，"[①]他嘟囔着说。

"你是谁？"克拉克问道。

"我是约翰·奥尼尔，"那男人回答。"你他妈又是谁？"

奥尼尔刚刚被任命为联邦调查局反恐分部的主管。他原来在调查局的芝加哥办事处，现在被调到华盛顿。开了一整夜车之后，星期天早晨他连行李都没放就直接去了总部。偌大的J·埃德加·胡佛大楼里除了保安之外就只有奥尼尔一个人，而他正式到这里上班本该是下周二。克拉克通知他，联邦调查局通缉的头号恐怖分子拉米兹·优素福在9 000英里之外碰响了警报。这一来，奥尼尔就得负责集合一队人马把嫌疑犯带回纽约；1993年，优素福在纽约被控策划世贸中心爆炸案，还密谋炸毁美国的班机。

奥尼尔穿过空荡荡的走廊，打开战略信息与行动指挥中心（简称SIOC）的房门。这间屋子没有窗户，用于和白宫、国防部以及联邦调查局的其他分支机构进行保密视频会议。它是调查局的神经中枢，只在紧急情况下开放。奥尼尔开始打电话。接下来的三天，他都没离开过总部大楼。

按照调查局的说法，“转移”[2]行动指的是合法地绑架身在外国的嫌疑犯，其过程既复杂又费时，往往要提前几个月准备。奥尼尔得找架飞机把嫌疑犯送回国内。由于调查局悬赏 200 万美元捉拿优素福，关于他身在何处的假报告满天飞，奥尼尔的一个首要任务就是确保自己找到了正主。奥尼尔还必须有一位指纹专家，以确定嫌犯是优素福本人无疑。万一优素福受了伤，或患有某种他们所不知道的疾病，奥尼尔还需要一名医生来照顾他。他必须敦促国防部与巴基斯坦政府联系，征得对方同意，允许美方立即进行抓捕行动。在通常情况下，他们会请求嫌犯所在的国家先将其扣留，等两国签好引渡文件联邦调查局就可以正式进行拘捕。当时这样做已经来不及了。再过几个钟头，优素福就要乘长途汽车去白沙瓦。除非迅速将他逮捕，否则他很快就会穿过开伯尔山口进入阿富汗，再也抓不着。

指挥中心的屋子里渐渐聚满了探员。他们有的一身周末便装，有的则为做礼拜穿得仪表堂堂。纽约办事处的一个分队飞到了总部；如果优素福被抓获，就由他们负责正式逮捕，因为嫌犯是在他们的管区被起诉的。

对屋子里的许多探员来说，奥尼尔都是张新面孔。毫无疑问，他们突然要听一个从没见过的人发号施令，这感觉肯定有些奇怪。但大部分人都听说过他。在喜欢韬光养晦的调查局圈子里，奥尼尔这个家伙可是令人难忘。他肤色微黑，相貌英俊，梳着背头，一双黑眼睛闪闪发亮，下巴长得又宽又圆；他说起话来很粗鲁，带着一副招来许多人模仿的新泽西口音。奥尼尔在 J·埃德加·胡佛的时代就加入了调查局，而他的局内生涯自始至终都带有那些从底层干起的老派调查员的作风。他戴一

① 对理查德·A·克拉克的采访。

② “9·11”事件之后，“转移”行动（rendtion）尤指将犯罪嫌疑人绑架并转送到美国以外的国家进行秘密审讯或拷问，亦称“非常转移”（extraordinary rendition）。——译者

只宽宽的粉色戒指，脚踝处的枪套里别着一支 9 毫米自动手枪。他爱喝芝华士威士忌，加水，放一片柠檬，再来上一根上好的雪茄。他行为粗率、举止鄙俗，不过指甲却修剪得干干净净。他身上穿的衣服总是无可挑剔，甚至讲究得有点过头：黑色的双排扣西服、半透明的黑袜子，锃亮的便鞋简直和芭蕾舞鞋一样柔韧——照他一位同事的评价，“一身夜店行头。”①

小时候，奥尼尔在电视系列剧《FBI》里看到小埃弗雷姆·津巴利斯特主演的刘易斯·厄斯金督察，从那时起他就想到调查局工作。刚从大西洋城的高中毕业，他就在调查局找了一份指纹录入员的工作，并靠着在联邦调查局总部当讲解员挣来的钱读完了美国大学的本科，以及乔治·华盛顿大学的法医学硕士课程。1976 年他当上了调查局巴尔的摩办事处的全职特工，1991 年又被任命为芝加哥办事处副指挥。从在芝加哥工作的时候起，各种外号就跟上了他——撒旦、黑暗王子——形容他没完没了地拼命工作、整夜不睡觉，而且常常让与他共事的人心生畏惧。时间对他来说没什么意义；他总是把办公室的窗帘拉得严严实实，仿佛生活在永恒的黑夜之中。

奥尼尔在战略信息与行动指挥中心的房间里走来走去，两边耳朵上各贴着一部电话；他在一条线上协调“转移”小组的行动，在另一条线上安排空军运人的飞机。由于巴基斯坦不允许美国军用飞机在其领土降落，奥尼尔下令空军把喷气机漆成民航飞机的颜色——马上就漆②！他还提出了另一项要求：如果抓到优素福，送他回美国的飞机必须在空中加油；他担心飞机要是中途在另一个国家降落，优素福可能会提出政治避难。奥尼尔布置行动时远远超出了自己的职权，但他生来就是一副不计后果、飞扬跋扈的性格。（后来五角大楼寄给他一张 1 200 万美元的账单③，

---

① 对史蒂文·西蒙的采访。
② 对保罗·E·布西克将军的采访。
③ 纳夫塔利，《盲点：美国反恐秘史》，第 242 页。

是空中加油和喷漆的费用。这张账单一直也没付。）

发现优素福的消息传开后，司法部长珍妮特·雷诺和联邦调查局局长路易斯·弗里来到了战略信息与行动指挥中心。这个房间里开展过许多至关重要的行动，但如此紧迫而复杂的行动还是第一次。“转移”这个措施最近才借助一项行政命令而得以实施。此项命令将联邦调查局的权限延伸到美国境外，从而将其转变为一个国际警察机构；但在实际操作上，调查局仍处于摸索阶段——不仅要摸索如何在国外环境下开展行动，还要摸索如何在美国政府的诸多驻外机构之中开出一条路来——对付这些机构不是得压，就是得哄。处理这些复杂的关系往往需要进行冗长的协商。但当时已经没有谈判的功夫了。如果优素福逃走，绝大多数人都认为他会设法实施炸毁美国航班的计划，甚至像他以前计划的那样，把飞机撞向中央情报局总部。

奥尼尔把“转移”小队送上了飞机，但他还需要布置一支抓捕队伍。联邦调查局当时在巴基斯坦只有一个特工可以勉力参与此事。奥尼尔从禁毒署和国务院外交安全局找到了几个也在巴基斯坦的特工。他们又招募了几名巴基斯坦士兵，迅速前往优素福住的汽车旅馆，要在他上车前将其抓获。

2 月 7 日巴基斯坦时间上午 9 点 30 分，特工们摸进伊斯兰堡的苏卡萨旅店①，敲响了 16 号房间的门。睡眼惺忪的优素福刚一开门就被摁倒在地，铐上手铐。片刻之后消息传到联邦调查局总部，特工们一片欢腾。

在战略信息与行动指挥中心的那三天，约翰·奥尼尔步入了人生的第 43 个年头。他终于把行李搬到了自己新的住处。那是在星期二，他正式上班的第一天。

---

① 里夫，《新一代“胡狼”：拉米兹·优素福、奥萨玛·本·拉登与恐怖主义的未来》，第 104 页。

在华盛顿，奥尼尔成了一个恐怖主义问题专家小组的成员。这个关系紧密的群体以迪克·克拉克[①]为核心。与恐怖主义有关的各联邦机构组成了一张大网，克拉克就好比是坐镇中央的蜘蛛。任何触动这张大网的事件，最终都会引起他的注意。他是国家安全委员会负责协同反恐行动的第一人——这个职位其实就是他依靠自己强大的人格力量创造出来的。以他为核心的内部圈子被称为“反恐安全小组”（CSG），成员大都来自中央情报局与国家安全委员会，以及国防部、司法部和国务院的上层机构。他们每周在白宫情况室碰头。

联邦调查局向来是反恐安全小组中比较麻烦的一个成员。调查局的代表通常口风都很紧，而且不愿意帮忙；无论是否碰到了真正的犯罪案件，他们都会把一切情报当作潜在的证据来处理，唯恐其法律效力遭到损害。奥尼尔与他们不同。他会和其他机构里的同僚交朋友，而不是用官僚主义那一套来阻挡推搪。以克拉克的经验，联邦执法部门的官员大多既愚蠢又迟钝。等这些人升到上层管理者的职位，他们这辈子能拿的薪水也已经到顶，一个个都数着日子只等退休了。在这一派死气沉沉的背景之中，奥尼尔跃然而出——他极富领袖魅力，擅长随机应变，说起话来直言不讳，而且是个复杂得颇有几分神秘的人物。

克拉克和奥尼尔搞起内部斗争来同样无情，而且都容易与人结仇。但他们也在对方身上看到了可以为己所用的特点。克拉克一直在培养重要的盟友，他们能保护他不受政府人事变动的影响，并向他提供内幕信息。在政府呆了20多年之后——始于1973年在五角大楼当管理实习生的时候——克拉克的门徒已遍布国会山。他非常聪明，但性情孤僻，一个人住在弗吉尼亚阿灵顿一座装有蓝色护墙楔形板的房子里，门廊前种满了杜鹃花，二楼飘扬着一面美国国旗。他说话时总是一副强调和宣告式的口气，根本不容置辩。野心勃勃、性情急躁的克拉克总是呆在老行政楼三楼他那间俯瞰白宫西厅的办公室，几乎没时间去过自己的生活。

① 即理查德·A·克拉克。——译者

很少有人能被他视为对手。克拉克玩起政治游戏来罕有其匹，不费吹灰之力就能把想与他竞争的官僚挤到一边。

虽然克拉克精明强干，令人生畏，但他并不擅长社交；和别人说话的时候，他常会把对方看得太透。他的头发微微发红——现在已经变白了，笑起来就像个超现实主义者一样，既不自然也不合时宜。克拉克发现奥尼尔和他一样深为恐怖主义的威胁所困扰，而当时华盛顿还没有多少人把恐怖主义视为一种威胁。他们俩都出身低微，好不容易才挣脱了命运的束缚，因此心中都怀有那种无特权可言的局外人的怨恨之情。奥尼尔身上还带着一丝泽西街头的气息，而父母分别是工厂工人和护士的克拉克很看重这一点。而奥尼尔和克拉克一样，也能看穿政治舞台上的种种滑稽剧。

他们两人为多年来在官场之争中斗得不可开交的各个情报机构建立了明确的职责分工。1995 年，他们的努力促使总统发布政令，规定无论世界何处存在威胁美国人或美国利益的恐怖主义行动，联邦调查局在调查与防范两方面都拥有最高权威。当年 4 月俄克拉何马城发生爆炸事件后，奥尼尔组建了一个独立的国内反恐分部，并致力于重组和扩展负责国外的分支。他不顾自己的办事处与中情局反恐中心的共同抵制，在两个部门之间组织了代表互换。

对那些符合他要求——绝对忠诚——的年轻特工而言，奥尼尔成了一个家族顾问式的人物。在调查局各部门的领地之中，奥尼尔称得上是一位强有力的恩主。他会用胳臂揽住自己的雇员，说他爱他们；这种爱的具体表示，就是如果任何一位下属碰到了健康问题或是经济困难，他都会想方设法地去帮助。另一方面，要是有谁没能达到他的期望，奥尼尔也会变得很严酷——不仅是对下级，对上司也是如此。许多起初憎恨他的人都成了他最忠诚的追随者；直到现在，他们在调查局里还自称“约翰的人”①。其他人则闭上嘴巴，闪到一旁。那些极力想跟上他步伐

---

① 对马克·罗西尼的采访。

的人往往会发现自己在考虑一个问题：我还愿意牺牲什么？婚姻、家庭、私人生活，一切的一切——除了调查局。而这些东西，都是奥尼尔早已作出的牺牲。

奥尼尔在联邦调查局任职期间，恰逢犯罪活动与执法行为走向国际化。联邦调查局从1984年起开始行使其权限，调查针对境外美国人的犯罪活动，但由于和国外警察机构缺乏沟通，这些工作受到了阻碍。奥尼尔但凡碰到进入自己领域的外国警察或情报人员，都会把他们好好招待一番。他称这是自己的“夜间工作。”在克拉克看来，奥尼尔就像一个爱尔兰裔的选区头儿，借助相互交织的友谊、人情和义务控制着局面。他总在打电话，不是给别人帮忙，就是奉承联络人，创造出为调查局国际工作提供便利的人际关系网。几年之内，奥尼尔就成了全世界可能最广为人知的警察。他还将成为最理解奥萨玛·本·拉登目标的人。

美国司法部门或情报机构之中没什么人（包括奥尼尔在内）对伊斯兰有切身经历，也很少有人理解究竟是何种怨恨致使他们对世贸中心发动袭击，并策划其他针对美国的阴谋。实际上，在一个像美国这样存在巨大差异的国家，联邦调查局领导层出身的范畴却窄得令人吃惊。主管调查局的人多是爱尔兰或意大利裔的天主教徒。局内许多特工（尤其是高层人员）的背景几乎单调得如出一辙，和奥尼尔也很相似——都来自泽西、费城或波士顿等地。他们彼此以亲切的名字相称——汤米、丹尼、米基[①]——全是从小当祭坛助手或为圣十字会打曲棍球时喊出来的名字。他们都非常爱国，自孩提时代起接受的训导就是不要去质疑等级制度。

联邦调查局的内部文化形成于该局和黑手党斗争的几十年间。这一犯罪组织创建者的出身与局内人员的背景极为相似。调查局在那时很了解自己的敌人，但对于如今出现的这种新威胁却知之甚少。伊斯兰激进

---

① 分别是“汤姆”、“丹尼尔”和“迈克”的昵称。——译者

分子出身的国家不要说没几个特工去过，连听说的人都很少。他们所说的语言在局里只有少数几个人懂。就连把嫌疑犯或消息提供者拗口的名字念出来都是个挑战。在那个时候，他们很难相信这些离自己如此遥远、来自陌生国度的人构成了真正的威胁。调查局里有一种感觉：这些人既然和我们不一样，因此也就不是什么令人瞩目的敌手。

就任新职位的奥尼尔很快就表现出了与众不同之处——他认识到恐怖主义的性质已发生改变；它已经走向国际，而且变得杀戮成性。就在不久前，美国的恐怖活动大多还源自国内，制造事件者多为三K党、黑豹党、犹太保卫联盟等地下组织。调查局也曾在美国领土上遭遇国外的恐怖势力，其中以民族解放武装力量最为著名。20世纪70年代和80年代早期，这个来自波多黎各的独立组织在美国进行了约150起恐怖行动。但这些袭击事件所造成的死亡大多是意外，起码也不是行动的主要目的。奥尼尔意识到（赞同他看法的人很少），伊斯兰激进分子对恐怖主义的设想更为宏大、更富戏剧性，而大规模谋杀就是其中的一部分。他是最早认识到他们具有巨大野心、并在美国内部积极活动的人之一。奥尼尔发现，操纵这一全球恐怖主义网络的人是一个藏身苏丹的沙特异见者，他的梦想是摧毁美国与西方世界。担任调查局反恐主管没多久，奥尼尔对本·拉登的关注就上升到着迷的程度，连同事们都对他的判断力产生了怀疑。

奥尼尔与本·拉登之间隔着好几重不同的文化与信仰，但他竭力想通过映照出人性的黑暗之镜来认识这个新的敌人。奥尼尔和本·拉登两人虽然截然不同，但却是势均力敌的对手：两个人同样野心勃勃、富于想象力、严酷无情，而且都急于毁掉对方及其代表的一切。

在镜子的另一边，本·拉登眼中的美国并不仅仅是一个普通的国家，甚至不只是一个超级大国。他把美国视为一支全球远征军的先锋队，它身后是由基督徒和犹太人组成的大军。也许本·拉登并没有读过1993年塞缪尔·P·亨廷顿那篇关于“文明冲突”的论文，不过他还是攫取了这一概念，并且在后来的采访中加以借用，称自己的责任就在于促使冲突发生。他认为历史的发展就像是漫长而平缓的波浪，而文明之间的竞争自从伊斯兰教诞生起就一直在进行。“这场战斗并不是基地组织和美国之间的战斗，”本·拉登后来解释说。“而是穆斯林与全球十字军之间的斗争。”① 换言之，这是一场为了全人类的救赎而进行的信仰之战。

1995 年 8 月，本·拉登与祖国之间的关系发生了决定性的变化。在一篇被他称为“坦诚宣言”的传真评论文章中，本·拉登直接抨击了法赫德国王。表面上看，此文是对一周前沙特内阁改组的回应。和王国的大多数政治事件一样，这次改组的目的在于给人以改革的表象，而实质上却没有作出任何真正的变化。在冗长的开场白中，本·拉登基于《古兰经》和伊斯兰学者的评述对国王提出法律控诉，称他为叛教变节者。这篇评论明显受到了“塔克费尔”教义的影响，不过本·拉登提出的某些理由不仅鲜为人知，而且还有点过于天真。例如，本·拉登引用了海湾合作委员会章程的第九款，这个组织是为了解决波斯湾阿拉伯国家的贸易冲突而设立的。第九款规定，委员会将遵循其宪章、国际法律与国际规范，以及伊斯兰教法的原则。“这是对安拉宗教的莫大嘲讽！”本·拉登叹道。“你们竟然把伊斯兰教法放在最后一位！”

但是，本·拉登这篇抨击文章里提到的许多观点，都已经为许多沙特人深信不疑，而且还反映了伊斯兰革新派的看法；革新派曾以礼貌得多的请愿方式提出类似要求，结果有几位著名的宗教学者却因此被判入狱。“致信给你的主要原因，并不在于你压制了人民和人民的权利，”本·拉登在开头写道，“不在于你辱没了国家的尊严，不在于你亵渎了国家的圣地，也不在于你贪污了国家的财富和资源。”本·拉登提到了海湾战争之后的经济危机、“疯狂的通货膨胀”、拥挤不堪的教室，以及不断上升的失业率。“人人都能看到你那辉煌的宫殿日夜灯火通明，你

① 泰西尔·阿鲁尼对奥萨玛·本·拉登的采访，半岛电视台，2001 年 10 月。

怎么还敢要求人民去节约电力?”他问道。“国王啊，难道我们没有权利问你一句，那么多钱都到哪里去了?算了，你无需回答——我们都知道你的口袋里装进了多少贿赂和佣金。”

他接着又谈到美军驻留王国这一令人屈辱的问题。“仅仅是为了保住你的王位，并且让美国人保护他们自己要用的石油资源，你就昧着良心把王国变成美国士兵的殖民地，让他们肮脏的脚在我们的土地上四处践踏，”他写道。“我们决不能允许这些肮脏的、不信真主的十字军留在圣地。”

对本·拉登而言，由于国王接受了普通人制定的法律，并且容许不信真主者的军队驻留国内，这就证明他是个离经叛道者，他的统治必须被推翻。“你给我们的人民带来了两场最深重的灾难：亵渎神灵与一贫如洗，”他写道。“我们对你最好的建议是：现在就提交辞呈。”

可以想见，这样一封信给沙特人带来了怎样的冲击，国王就更不用说了。在一个无人能自由发表意见的社会之中，本·拉登雷鸣般的语言让他沉默的同胞深受震撼，举国为之哗然。但他并没有号召发动革命。虽然他指责几位身居高位的王子腐败无能，却没有要求人们推翻王室。除了要求国王退位，他并未对自己指出的问题提供任何解决方案。在这篇抨击文章中，本·拉登对王位的第一继承人阿卜杜拉王储刻意一字不提。虽然此文的笔调极具煽动性，文中表现出的抱负却并不过分。它表明本·拉登是一个忠诚的革新者，而且在政治观点上没有什么创见。他强烈的反叛欲望指向的是美国，而不是自己的祖国。

许多沙特人和他一样，对美军继续驻留王国心怀敌意，何况迪克·切尼保证美军会撤出沙特的承诺早已尽人皆知。表面上看，美军留在沙特是为了强制实施联合国在伊拉克上空规定的禁飞区。但到了1992年，尤其是1993年，海湾地区已达成了许多新的基地协议①，美国人完全可以撤出沙特而不致影响其任务的执行。但是，沙特的基地既方便又有良

① 对理查德·A·克拉克的采访。

好的设施，而且当时撤离的必要性并不迫切。

本·拉登辱骂国王的信发表一周之后，纳伊夫王子宣布要处决阿卜杜拉·胡达伊夫。胡达伊夫是阿富汗阿拉伯军团的一员，并没有被判处死刑；他朝一名安全部队官员（据称曾是个刑讯者）的脸上泼酸液，因此被处以20年徒刑。沙特家族当时的顾问是埃及的前内务部长①，此人曾对本国的异见者进行残酷镇压。沙特王国的人普遍感觉反抗政府的代价变得更高了，而迅速处决胡达伊夫是在向本·拉登及其追随者传递讯息。胡达伊夫的阿富汗阿拉伯兄弟则要求向政府复仇。

在沙特阿拉伯利雅得市区的泰来廷街上，设有沙特国民卫队的一个通讯中心，正对着街对面的“牛排屋”餐馆。国民卫队的任务是保卫王室、维持稳定。这两个目标对美国也很重要，因此两国达成了一个协议：美国陆军将与维纳尔公司（美国的一家国防承包商）共同培训国民卫队，指导他们对沙特公民进行监控与侦察。

1995年11月13日中午刚过，在沙特王国生活了三年的工程师艾伯特·M·布利克利上校从中心出来，朝自己停在外面的汽车走去。突然，一阵灼热的气浪猛然把他掀到几英尺开外。布利克利好不容易爬起身，看到一排汽车都着了火，包括他那辆炸得只剩下残骸的雪佛兰。“我的车怎么会爆炸？”② 他觉得很奇怪。“车里哪来的炸弹？”

袭击者把一辆装有100磅塞姆丁塑性炸药的厢型车停在了通讯中心的三层楼房外面。现在房子已被炸塌，还在燃烧。布利克利一瘸一拐地走进废墟中。他的脖子在流血，耳朵被巨大的爆炸声震得嗡嗡作响。快餐厅里躺着三个人，他们给一面混凝土墙砸死了。另有4人死亡，60人受伤。死者之中有5个美国人。

---

① 阿兰·格里什，《审查制度索引》，www. geocities. com/saudhouse _ p/endofan. htm，1996年4月。

② 凯文·丹尼希，“一位科德角男士回顾自己在沙特阿拉伯恐怖分子炸弹袭击中侥幸脱险的经历”，《科德角时报》，2001年10月25日。

袭击发生后，沙特政府围捕了一批阿富汗阿拉伯人，并严刑拷问出其中4人的口供①。4名嫌疑犯中有三人曾在阿富汗作战，另一个人也在波斯尼亚打过仗。据称这几个人的头儿是穆斯利赫·沙姆拉尼，他曾在基地组织设于阿富汗的法鲁克营地②受训。4名袭击者在沙特电视台上宣读了几乎一字不差的认罪供述③，承认自己受到了本·拉登等著名异见者言论的影响。随后，他们被带到一个广场斩首示众。

虽然本·拉登从未公开承认自己下令发动了这次袭击，或是训练过袭击者，他还是把这几个人称为“英雄”④，并暗示他们的行动是在响应他针对美国占领军的圣令⑤。“他们把祖国额头上耻辱与臣服的标志扯了下来，”他说。他指出，驻留沙特王国的美军人数因袭击而有所减少——这又证明了他对美国的软弱性的分析。

由于袭击者被迅速处决，想要弄清基地组织与他们之间究竟有何种关系也不可能了。本·拉登本人曾私下向《阿拉伯圣城报》的编辑承认，由于沙特政府没有回应他对美军驻留阿拉伯土地的抗议，他就起用了一个由阿富汗圣战老兵组成的潜伏小组。约翰·奥尼尔则怀疑被处决的几个人与袭击事件没有任何关系。他派出了几位特工，试图对嫌疑犯进行讯问；但还没等美国人和他们谈上话，这些人就被处决了。无论基地组织与这次袭击究竟有没有关联，图尔基王子后来还是把国民卫队遭炸弹袭击的事件称为本·拉登的“第一次恐怖打击”⑥。

---

① 耶利乔所著的《沙特档案：人物、权力，政治》一书生动地描述了1995年炸弹爆炸事件之后阿富汗阿拉伯人遭到围捕与拷打的情况，见第136—140页。

② 科尔曼，《基地组织在欧洲的圣战：阿富汗-波斯尼亚网络》，第158页。

③ 泰特尔鲍姆，《假作虔诚：沙特阿拉伯的伊斯兰反对派》，第76页。

④ 匿名，《透过敌人的眼睛》，第141页。

⑤ 萨拉赫·纳吉姆和贾迈勒·伊斯梅尔，“奥萨玛·本·拉登：基地的毁灭”，半岛电视台，1999年6月10日。

⑥ 图尔基·费萨尔王子在西顿霍尔大学的讲话，2003年10月14日。

第十二章　间谍男孩

埃及总统胡斯尼·穆巴拉克身材矮胖，脖子短得几乎没有，饱满的下嘴唇一讲话就会噘出来，脸颊丰满，眼皮特别厚，就像是一个还没完全捏好的粘土人形。1995 年他已经有 67 岁，但一头鬈发仍然染得又黑又亮，而开罗街头告示牌上的他还保持着 20 年以前的形象——永恒不变，这就是他治国之道最显著的特征。安瓦尔·萨达特在检阅台上被刺之际，穆巴拉克就站在他的身边；而穆巴拉克接任总统时宣布的紧急状态，直到 14 年后仍未解除。就任早期他曾试图使政治进程自由化，但这番努力先是碰上了穆斯林兄弟会的胜利，继而又在 90 年代遭遇了伊斯兰激进分子的恐怖活动。穆巴拉克的表现与叛乱分子一样无情，不过那时的暴力行动还没有发展到最高峰。

1995 年 4 月，埃及情报部门获悉扎瓦希里在喀土穆主持了一次圣战组织的会议，与会的还有对手伊斯兰组织的重要成员①——这是个令人担忧的状况。报告称这两个组织准备联手在埃及重新开展恐怖活动，而且还得到了苏丹政府的帮助——苏丹为它们提供武器和假造的文件。至于它们准备如何行动、在哪里行动，当时还没有任何消息。

哈桑·图拉比的宏大伊斯兰革命遇到了阻碍，无法扩展到苏丹以外的地区。埃及当然是最终的目标，但穆巴拉克把国家牢牢掌握在自己的手中。扎瓦希里与其他密谋者认为，如果除掉穆巴拉克就会造成权力真空，从而使非主流的伊斯兰力量在即将到来的议会选举中掌握大权。

6 月 26 日，穆巴拉克将要飞往埃塞俄比亚首都亚的斯亚贝巴，参加非洲统一组织的会议。这个机会埃及的激进主义者已经等待了一年多；他们利用这段时间在亚的斯亚贝巴安插了执行刺杀行动的组员。有的组员还娶了当地的女子[2]，表面上已融入社区之中。

为配合伊斯兰组织的刺客，苏丹情报部门将武器偷偷运入该国驻埃塞俄比亚的使馆[3]。刺杀行动的领导者、埃及人穆斯塔法·哈姆扎是基地组织的资深成员，也是伊斯兰组织军事机构的指挥官。在喀土穆以北的一个农场，扎瓦希里对将要执行暗杀计划的 9 名恐怖分子做了一番动员[4]，然后就前往埃塞俄比亚查看刺杀地点。

他们计划在通往机场的路上安排两辆车——这是进入首都亚的斯亚贝巴的惟一路线[5]。等穆巴拉克的豪华座车开近第一辆车，刺客们就会用自动武器和火箭弹发起攻击。如果穆巴拉克逃过第一道伏击，前面还有第二辆车在等着他。

穆巴拉克的飞机提前一小时抵达机场[6]，不过为他调动车队、集合保镖又拖延了一点时间，足以让刺客们就位。豪华坐车出现了，枪手们纷纷开火，但火箭弹的发射器却出了故障[7]。穆巴拉克的两名埃塞俄比亚保镖在交火中丧生，还有 5 名袭击者被打死。穆巴拉克也许是自己救了自己的命——他命令司机掉头返回机场[8]，因而躲开了第二道埋伏。

三名刺客被抓获，还有一人逃回了苏丹。

埃塞俄比亚警方很快就弄清了刺杀计划，还揭露出苏丹政府也参与其中。这次一败涂地的刺杀行动促使联合国一致通过决议，对苏丹进行严厉的经济制裁。苏丹代表虽然否认了这些指控，但形势本来就对该国

---

① 《金字塔》周刊，1995 年 7 月 5 日。
② 对戴维·希恩的采访。
③ 对萨迪克·迈赫迪的采访。
④ 《金字塔》周刊，1995 年 7 月 5 日。
⑤ 对赛义德·巴兹卜的采访。
⑥ 对希沙姆·卡西姆的采访。
⑦ 对穆罕默德·沙非的采访。
⑧ 对赛义德·巴兹卜的采访。

代表团不利；仅仅在两年之前，苏丹就曾卷入炸毁联合国总部的密谋，那是盲人谢赫摧毁纽约标志性建筑的计划之一。国际社会已经受够了图拉比的革命，但他竟然还有本事把局面搞得更糟——他对谋刺穆巴拉克的行动大加赞扬。“先知摩西的子孙们，穆斯林们，都起来反对他吧，打乱他的计划，让他滚回自己的国家，”[①] 他说。至于他个人和埃及总统未来的关系，图拉比则说：“我发现这个人的思维与看法都远远在我之下，而且太愚蠢——连我的这些宣言都听不懂。”

所有人都知道，这必将招致惩罚。

从开罗的贫民窟，到上尼罗河土壁泥墙的村庄，穆巴拉克的安全部队为扑灭伊斯兰激进分子的势力在埃及四处活动。房屋被烧毁[②]。嫌疑犯消失无踪。有时安全部队会把一位母亲拖到大街上扒光衣服，警告她的孩子们：如果下次来时他们的哥哥还不在家，他们的母亲就会遭到奸污。按照穆巴拉克新施行的一条反恐法律，就连对恐怖活动表示同情也是犯罪。埃及新建了 5 座监狱，用来关押政府围捕的数以千计的嫌疑犯[③]，其中许多人被抓时根本就没有受到指控。

为对付扎瓦希里，埃及情报部门的特工制定了一个极其恶毒的计划[④]。他们以喝果汁、看录像为诱饵，把一个名叫艾哈迈德的 13 岁男孩骗进一间公寓。艾哈迈德是埃及著名的宗教激进分子、圣战组织资深成员穆罕默德·沙拉夫[⑤]的儿子。男孩被下药迷倒，并遭到鸡奸；等孩子醒过来，他们就把他搞同性恋的照片摆在他面前，还威胁要把这些东西拿给他父亲看。对孩子来说，这种事暴露的后果不堪设想。“他甚至有

---

① 彼得森，《苏丹内幕：政治伊斯兰、冲突与灾难》，第 179 页。
② 对希沙姆·卡西姆的采访。
③ 据人权组织估计，目前埃及仍有约 1.5 万名伊斯兰激进分子被关在狱中；伊斯兰激进分子则称被囚禁者有 6 万人。
④ 对亚西尔·瑟勒、蒙塔赛尔·扎耶特和哈尼·西巴伊的采访。
⑤ 穆罕默德·沙菲，“扎瓦希里的秘密文件”（六），《中东日报》，2002 年 12 月18 日。

可能被自己的父亲杀死，”[①] 与扎瓦希里关系密切的一个消息来源说。

埃及情报部门逼迫艾哈迈德去发展另一个叫穆萨卜的孩子，他的父亲阿布·法拉杰也是圣战组织的成员，还在基地组织当会计。穆萨卜也经历了迷药加性虐待这种令人屈辱的入行程序，被迫背叛自己的家庭。埃及特工教孩子们如何在自己的家里安放窃听器，如何用相机拍下文件。凭借这两个男孩间谍提供的信息，特工们抓了几个人。

接下来，埃及特工又决定利用两个男孩杀掉扎瓦希里。他们交给穆萨卜一枚炸弹，让他放到扎瓦希里全家住的那栋 5 层公寓楼里。但扎瓦希里并不在家，炸弹则被苏丹情报部门发现了。另一个孩子艾哈迈德因为得了疟疾住在医院，人们还不知道他是间谍。艾哈迈德的医生就是扎瓦希里，他每天都会来检视孩子的病情。埃及特工从艾哈迈德那里知道了医生前来的时间。第二天，一个暗杀小队在医院守候扎瓦希里，但不知为什么他却没有来。

不过，更好的机会又出现了：埃及情报部门获悉圣战组织的舒拉顾问团要举行会议。一名特工交给穆萨卜一枚手提箱炸弹，指示他把炸弹放进扎瓦希里及其同伴准备会面的办公室。然而，男孩刚从那名特工的车上下来，苏丹情报机构和圣战组织安全部门的人就已经在等着他了。埃及特工开着车飞速逃走，丢下孩子一个人听天由命。

关于穆萨卜由谁来拘留的问题，圣战组织和苏丹情报部门发生了争执。最终，扎瓦希里获准把男孩带走进行讯问。他保证会把孩子安安全全地送回来。没过多久，他把自己的小病人艾哈迈德也逮捕了。然后，扎瓦希里就召集起了一个沙里亚法庭。

圣战组织和基地组织的许多成员不赞成对两个孩子进行审讯，称这有悖于伊斯兰教。扎瓦希里的回应是让人把两个男孩的衣服剥光，看他们是否已开始发育。答案是肯定的。两个无助的孩子供认了一切。法庭判定他们犯有鸡奸、叛国和企图谋杀的罪行。

---

① 对亚西尔·瑟勒的采访。

扎瓦希里下令将两个孩子枪决。为了确保所有人知晓他的态度，他拍下了孩子们招供和被处决时的情景，并四处散发录像带，让那些可能背叛组织的人引以为戒。

得知孩子们被枪决的消息，图拉比和他手下的人愤怒异常。苏丹政府指责圣战组织的行为有如“国中之国”①，并命令扎瓦希里和他的组织立刻离开苏丹，连收拾行李的时间都没给。“我们所做的只不过是施行真主的沙里亚律法，”扎瓦希里抱怨说。“如果我们不能拿沙里亚来要求自己，又怎么能拿它来要求别人？”

圣战组织作鸟兽散，大部分人去了阿富汗、约旦和苏丹。许多成员与组织断绝了关系，因为处决两个小男孩的冷血行径让他们深以为耻。在扎瓦希里的手中，圣战组织分裂成了一个个愤怒而无家可归的小帮派。组织里剩下的成员不到100人②，许多人还在设法寻找在喀土穆丢下的家眷和财产。“那段时间很艰难，”③ 逃到也门的扎瓦希里在当地承认。他私下告诉几位同伴，说自己得了溃疡。

扎瓦希里追随者的幻想已经破灭，他们常会想起被扎瓦希里出卖的埃萨姆·卡马里少校在狱中所说的话，他说扎瓦希里的身上缺少某些至关重要的品质。卡马里曾告诉他，“不管你参加了哪个组织，都不要去当领导。”现在听来，这仿佛就是一句预言。

除了本·拉登的支持，扎瓦希里可以利用的资源已所剩无几。他决意迅速对埃及当局发起反击，以恢复自己的名誉，并守住残留的组织。年轻时的扎瓦希里回避革命，认为它太过血腥；如今，他的观点已发生了巨大的转变。现在他认为只有暴力才能改变历史。在打击敌人的时候，他就能创造出一种新的现实。他的策略是迫使埃及政府变得更具压迫性，让人们憎恨它。在这一点上他确实成功了。但是，埃及人并没有

---

① 穆罕默德·沙菲，“扎瓦希里的秘密文件”（六），《中东日报》，2002年12月18日。
② 艾哈迈德·易卜拉辛·赛义德·纳贾尔的供述，“阿尔巴尼亚遣返者”一案，1998年9月。
③ 同上。

转而投向他，或是他领导的运动。他们只是变得更痛苦、更不抱幻想、更恐惧，也更绝望。然而，复仇在扎瓦希里开始的游戏之中是至关重要的；实际上，它就是游戏的本身。

最初的行动往往会决定未来事件的进程。1995 年 11 月 19 日，在安瓦尔·萨达特前往耶路撒冷的第 18 个纪念日，扎瓦希里的人用炸弹袭击了巴基斯坦伊斯兰堡的埃及大使馆①。这次爆炸事件是圣战组织所为，但以目标选择和摧毁手段而言，它将成为基地组织未来袭击的范例。扎瓦希里手下一个名叫阿布·哈巴卜的埃及出租车司机②曾学过化学，后来成了组织里爆炸物方面的教员。他造出了一枚威力巨大的新型炸弹。两名男子朝使馆走去，其中一人带着个装满了武器的新秀丽牌公文包。他朝保安扔了几枚手榴弹，将他们吓走。一辆装着 250 磅炸药的小卡车冲进使馆的院子，司机随即引爆了炸弹。使馆被炸塌了。距离爆炸点半英里之内的许多其他建筑也严重受损。爆炸共造成 16 人死亡（不包括两名自杀式炸弹袭击者），60 人受伤。

这次大规模谋杀行动，是圣战组织在扎瓦希里领导下的首次成功。“炸弹将使馆的建筑化为废墟，从而传递了一个雄辩而明确的信息，”扎瓦希里在回忆录中写道。但是，本·拉登却不赞成这一行动；事件发生后他也并不开心。巴基斯坦仍然是进入阿富汗的最好途径，而且在这次事件之前一直庇护着战后留在当地的许多阿富汗阿拉伯人。现在，阿富汗政府却围捕了将近 200 名阿富汗阿拉伯人③，把他们关在白沙瓦的一座婚礼大厅里，打算把他们遣送回各自的国家。看到本·拉登出现在大厅，还拿着为被拘留者准备的前往苏丹的机票，阿富汗当局的人大感意

① 埃及使馆炸弹爆炸案的情况来自哈马迪，“基地组织内幕：本·拉登私人保镖阿布·占达勒讲述”（九），2005 年 3 月 28 日。

② “基地组织，奥萨玛·本·拉登行动的工具”，中央情报局未署名文件，2001 年 7 月 12 日。该文件称阿布·哈巴卜是“豪华轿车司机”，但在中东地区这通常是对出租车司机的委婉称呼。

③ 对伊斯梅尔汗的采访。

外。突然间，本·拉登手里就有了一帮坚定的恐怖分子；现在他们得依赖他，不过内心却忠于扎瓦希里。

在剩下的追随者之中，许多人也与扎瓦希里疏远了；无辜者的死亡与自杀式炸弹袭击的手段让他们感到担忧。谈到全球圣战的道德标准的时候，这两个问题将始终挥之不去。为回应这些反对意见，扎瓦希里创造出了一套神学理论，用来开脱伊斯兰堡炸弹攻击和后来基地组织的类似袭击。

他解释说，大使馆里没有无辜的人[①]。从外交官到保安，在那里工作的每一个人都是埃及政权的支持者，而这个政权拘捕了数以千计的宗教极端分子，还在阻碍伊斯兰律法的统治。那些替政府履行职责的人，必须为政府的罪恶承担责任。真正的穆斯林决不会为这样的一个政权工作。扎瓦希里的这番话重复了“塔克费尔”的观点。在阿尔及利亚，“塔克费尔”主义者已经把这种观点推行到逻辑的极限。扎瓦希里承认，爆炸中可能也有无辜的受害者死去，比如儿童和真正的穆斯林。但穆斯林的力量太薄弱，敌人又如此强大；在这样的紧急状况下，禁止杀害无辜者的规定就必须放宽一些。

自杀的问题则更为棘手。在伊斯兰教中，没有任何支持这种行为的神学依据；实际上，自杀是被明确禁止的。《古兰经》中规定：“你们不要自杀。”[②] 先知的圣训“哈底斯”（hadith）之中曾多次提到穆罕默德谴责这种行为的例子。对于自杀者的具体惩罚是火狱的烧灼，而且他用什么器具自杀，就将永受被那件器具反复杀死之苦。就连先知旗下最勇敢的一位战士在身受重伤之后，为解脱极度的痛苦而自投其剑，穆罕默德也宣称他将被罚入地狱。“一个人可能做了地狱之人所做的事，但他实际上却进入了天国；一个人也可能做了天国之人所做的事，而实际上

---

① 玛哈·阿扎姆，“基地组织：对瓦哈比派关联与暴力意识形态的误解”，《皇家国际事务研究院简报》，No. 1，2003年2月。

② 引自《古兰经》（马坚译本），4：29。——译者

他却下了地狱，”先知说道。“真正决定一个人事迹（回报）的，是他在最后时刻的行为。”①

为了给炸弹袭击辩解，扎瓦希里必须克服这一根深蒂固的宗教禁忌。他说，实施伊斯兰堡行动的炸弹袭击者代表着“一代圣战者，他们决心为真主的事业牺牲自己和自己的一切。这是因为，对于膜拜金钱而非真主的暴君及其帮凶来说，死亡与殉教牺牲是他们所不具备的武器。”② 他把炸弹袭击者比作基督教早期的殉教者。他在伊斯兰传统中所找的惟一例子，是伊斯兰早期历史中提到的一批穆斯林。“以物配主者”抓住了他们，并迫使他们作出选择：要么放弃自己的宗教信仰，要么就被杀掉。他们选择为信仰而牺牲。

扎瓦希里指出，这是个自杀式的选择。当时，其他的穆斯林并没有谴责他们，因为他们这么做是为了真主的荣耀和伊斯兰的更大利益。因此，任何为了追求真正的信仰而献出生命的人——例如伊斯兰堡的炸弹袭击者——都不应被视为将在地狱中受罚的自杀者，而应改被看作英勇的殉教烈士；他们无私的牺牲，将在天国得到非同寻常的奖赏。

凭着这番诡辩，扎瓦希里颠倒了先知的训谕，为大肆杀戮打开了方便之门。

“那个叫本·拉登的家伙你还记不记得？”③ 哈桑·图拉比在1996年初问他的儿子。

“当然记得！”伊萨姆回答。“我们一块儿玩马的。”

“我的党派里有些人想把他赶走，”他的父亲说。

这之后两位“马友”再次见面时，本·拉登沮丧的模样让伊萨姆大为吃惊。扎瓦希里和圣战组织已被逐出苏丹，本·拉登组织里的埃及核

---

① 《布哈里圣训》，vol. 8，bk. 77，no. 604。

② 穆罕默德·沙菲，“扎瓦希里的秘密文件”（六），《中东日报》，2002年12月18日。

③ 对伊萨姆·图拉比的采访。

心也因此被抽掉了，这一损失让他深受打击。伊萨姆以前觉得他是个轻松、爱玩的人，但现在这种性格已不知所踪。喀土穆流传着谣言，说本·拉登就是“下一个卡洛斯”。“胡狼”卡洛斯在苏丹接受右侧睾丸手术期间[1]，苏丹政府允许法国情报部门入境将其绑架。现在，苏丹情报机构又巧妙地传出了一个虚假的消息，称法国人已对本·拉登提出类似的指控[2]——毫无疑问，这是想将他吓出苏丹。

没有了埃及人，本·拉登如今孤立无援，犹疑不定。他无人可以信赖。他知道可能会有事情发生在自己身上。他已经开始寻找另一个庇护所，以防万一。

“你不应该离开苏丹，”伊萨姆建议他的朋友。“如果你走了，谁来管理你在这儿的投资?”本·拉登无以作答。

伊萨姆对本·拉登的困境很同情。他知道苏丹政界能变得多么残忍无情，尤其是对于一个可能蒙受巨大损失的天真外国人而言。“当时我很喜爱他，”伊萨姆说，“因为我发现他有那么多的想法。他的性格里没有虚伪的成分。他怎么说就会怎么去做，不会言行不一。不幸的是，他的智商却不是很高。”

苏丹的激进领袖自己制造出来的灾难，终于严峻地呈现在他们的面前。由于苏丹政府参与了阴谋袭击纽约以及谋刺穆巴拉克的行动，国际社会决定对其进行制裁，并于 1996 年 4 月生效。那时，喀土穆美国大使馆之中的美国职员已经和中情局喀土穆站一起搬到了肯尼亚。这是驻苏丹外交群体全面撤出的部分行动。苏丹渐渐被国际社会冷冻起来，而该国的领导人则在竭力寻找出路。

在苏丹的最后一夜，美国大使蒂莫西·卡尼和苏丹副总统阿里·奥斯曼·塔哈共进晚餐。他们探讨了苏丹如何才能改善其声誉的问题。卡

---

① 兰德尔，《奥萨玛：一个恐怖主义者的成长》，第 147 页。
② 对加齐·萨拉赫·阿丁·阿塔巴尼的采访。

尼提出的一个建议是：打发奥萨玛·本·拉登回沙特。他已经和沙特阿拉伯的一位高级官员谈过此事，这位官员向他保证，本·拉登“只要肯道歉”①，就还能返回沙特王国。

一个月后，苏丹国防部长埃尔法提赫·埃尔瓦少将在弗吉尼亚州罗斯林的一个旅馆房间会见了卡尼和中情局的潜伏特工。埃尔瓦传达了苏丹政府的愿望：从美国国务院恐怖主义资助国的名单上除名。他希望美国人提供一份书面文件，列出能使美国政府满意的待办事项。中央情报局方面则向他提交了一份备忘录，其中的要求之一是让苏丹交出本·拉登带入该国的所有圣战者名单，以及他们的护照号码和入境时间。在后来的会晤中美国人还对苏丹代表施加压力，要求他们将本·拉登驱逐出境。埃尔瓦告诉中情局最好是让此人留在苏丹，这样政府就可以盯着他；不过埃尔瓦还说，如果美国想对本·拉登提出起诉，“我们就把他交给你们。”②

克林顿政府当时仍把本·拉登视为一个令人头痛的富翁，而不是什么致命的威胁。他之所以作为恐怖活动资助者引起关注，主要是因为他对盲人谢赫的支持。美国方面一致认为应该把此人逼出苏丹的避风港，因为该国满是恐怖分子，而这帮人有了钱比没有钱要危险得多。不过，双方并未认真探讨将本·拉登驱逐出境的后果。强迫苏丹人把他移交给美国当局也没有什么意义，因为当时还没有任何证据证明他伤害过美国公民。美国政府官员曾怀有一种幻想，认为沙特人接收了本·拉登这个浪子之后，就会直接把他的头给砍掉③。苏丹总统奥马尔·贝希尔去沙

---

① 对蒂莫西·卡尼的采访。

② 对埃尔法提赫·埃尔瓦的采访。理查德·A·克拉克（当时负责协调全国的安全、基础设施保护和反恐事务）和他的副手史蒂文·西蒙都说苏丹方面从未正式提出要将本·拉登交给美国，但他们两人都没有参加那次会议；显然，当时主管国家安全事务的桑迪·伯杰确实探讨过接收本·拉登的可能性。但是，“9·11”调查委员会却称并未找到证明埃尔瓦曾提出这一交易的“可信证据”，《“9·11”调查委员会报告》，第110页。

③ 巴顿·格尔曼，“美国曾多次试图逮捕或刺杀本·拉登，但都以失败告终”，《华盛顿邮报》，2001年10月3日。

特王国朝觐时，在当地会晤了阿卜杜拉王储。贝希尔提出可以把本·拉登交给沙特家族，只要他们能保证对他不监禁、不起诉[①]。王储没有接受这些条件。认为本·拉登资助了谋刺穆巴拉克事件的埃及政府也在向沙特人施加压力，要求将本·拉登绳之以法。这一次，拒绝埃方的人是图尔基王子。他指出，并没有确凿的证据表明本·拉登与刺杀行动有涉。图尔基的副手艾哈迈德·巴兹卜私下告诉埃及人，“如果你们能给出证据，我们就去把他绑来。”[②] 但沙特王室向所有人明确表示，他们已经与本·拉登彻底断绝关系。本·拉登还没有成为他们想抓的通缉犯，但他显然是他们不想再见到的人。

美国人继续对苏丹政府施加压力。“让他离开你们的国家，”[③] 他们告诉埃尔瓦将军。“只要别让他去索马里就行。”

“他会去阿富汗的，”埃尔瓦警告说。

“让他去好了，”美国人答道。

连续三天，哈桑·图拉比和本·拉登都激辩到深夜[④]。本·拉登说他在苏丹投资了这么多，苏丹政府没有权力赶他走。他从未对苏丹国犯下任何罪行，而世界上也没有其他愿意接纳他的地方。图拉比回答说本·拉登只有两个选择：要么离开，要么就闭上嘴巴留下来。本·拉登说，只要沙特阿拉伯还有年轻的伊斯兰激进分子被关在冤狱之中，他就不会保持沉默。最终，他同意离开苏丹。

但是，他又能到哪里去呢？能让他进入世界任何国家的沙特护照已经没有了；现在他走到哪儿都是个声名狼藉的苏丹商人，据称还是恐怖活动的资助者。圣战组织的一些成员提出安排他去做整容手术，然后偷

---

① “图尔基：阿拉伯人与穆斯林必须打破屏障、相互联络”，《沙特公报》，2002 年 11 月 11 日。

② 对艾哈迈德·巴兹卜的采访。

③ 对艾哈迈德·巴兹卜的采访。

④ 哈马迪，“基地组织内幕：本·拉登私人保镖阿布·占达勒讲述”（三），2005 年 3 月 21 日。

偷把他弄进埃及，但据称正在保加利亚避风头的扎瓦希里不同意这个建议。他始终认为埃及这个地方太一览无余，自然环境中没有洞穴和山峰这类可供革命滋长的隐退所在。索马里也是个可能性，但当地民众对阿拉伯人的敌意让这个国家变得难以信任。

就像苏丹人警告的那样，阿富汗是本·拉登最显而易见的去向——可能也是惟一的去向。图拉比为本·拉登帮了个忙；他致电苏丹驻阿富汗的大使，为本·拉登回阿富汗提供方便①。然后，苏丹的统治者们就坐下来商议如何瓜分本·拉登的投资。

本·拉登修建了从喀土穆到苏丹港450英里长的公路，苏丹政府还欠他2 000万美元。作为公路的部分报酬，他曾接收了政府估价500万美元的一家制革厂，但他如今不得不含羞带辱地以极低的价格把厂子再卖给政府。他以最快的速度变卖了自己的其他几家公司，希望能回笼一部分资金，但他名下的所有东西几乎都在迫不得已之下全部拱手送了出去。苏丹政府没收了他的重型设备——履带式拖拉机、蒸汽压路机和吊车——都是他那家建筑公司的重要财产，仅这些设备本身的价值就将近1 200万美元②。他怀着那么多期望、那么多乐趣耕种过的大片土地，也被以几乎等于白抢的价格买走。他把自己的一群马卖给了伊萨姆，只要了几百美元。他曾颇为悔恨地承认，他在苏丹的净损失超过1.6亿美元③。本·拉登下结论说，图拉比的伊斯兰党是“是宗教与犯罪组织的混合体。”④

领导人眼看就要离开，这让基地组织乱作一团。有的成员受邀在将

---

① 贾森·伯克，“他何以成为本·拉登，(一)”《观察家报》，2001年10月28日。

② 罗伯特·布洛克，“在反恐之战中，苏丹通过盘剥本·拉登对恐怖主义予以痛击”，《华尔街日报》，2001年12月3日。

③ 本·拉登曾对阿卜杜勒·巴里·阿特万说，苏丹政府后来提出用可以转卖他国的粮食和牲畜来还债，因此他盘回了10%的投资（阿特万，《秘密历史》，第52页）。穆罕默德·洛伊·拜兹德告诉我，本·拉登在苏丹的投资只有2 000万美元，而他离开苏丹的时候手里可能只有5万美元。苏丹情报部门主管本·拉登档案的哈萨布拉·厄梅尔则估计本·拉登的总投资有3 000万美元，并且说他离开苏丹时已“一文不名”。

④ 同上。

来前往阿富汗，与本·拉登会合；其他的人则被告知组织无法再供养他们。他们每人都拿到了一张 2 400 美元的支票①，还有一张回家的机票。

将本·拉登的大部分资产盘剥一空之后，苏丹政府颇为“周到”地为他包了一架老掉牙的苏制图波列夫喷气机②。后来成为基地组织军事指挥的赛义夫·阿德勒手拿地图坐在副驾驶的位置上，好给旁边的俄罗斯飞行员指示方向；飞行员不会说阿拉伯语，他们也不信任他。和本·拉登同行的是两个小儿子萨阿德和奥马尔③，还有几个保镖。本·拉登在 1996 年 5 月 18 日离开苏丹。他的家庭分散在各地，而且已不复完整。他所建立的组织被弄得四分五裂。他认为，让自己急剧倒退、走到如今这步田地的罪魁祸首是美国④。

---

① 侯赛因·赫奇图的证言，美国诉奥萨玛·本·拉登等人一案。

② 对杰克·克卢南的采访。

③ 哈马迪，“基地组织内幕：本·拉登私人保镖阿布·占达勒讲述”（三），2005 年 3 月 21 日。

④ 对贾迈勒·卡舒吉的采访。

第十三章　希吉拉

苏丹已在身后。本·拉登飞越窄窄一湾明澈的红海，很快又掠过下面的吉达、麦地那，还有赛拉特山的峭壁；然后飞机就要越过一片巨大的黄色沙漠，他父亲那条横贯沙漠的公路是其中惟一的标志。他那时38岁。他曾是一个名人、一位英雄，但现在却成了个流亡者，连自己的国家都禁止他降落。他的飞机在阿拉伯联合酋长国加了油，该国政府的使者到机场略致欢迎，可能还给了他一些钱①。他本来一直都很有钱，但却把财产全搭进了糟糕的投资之中；这些投资无论情况如何，基本上也都已被别人偷走。如今，本·拉登不得不接受那些还记得他名字的人的施舍。

他飞过了波斯湾的许多港口；停泊在港边的巨型炼油厂等待输油的超级油轮，是带来如此多财富、也造成如此多麻烦的源泉。伊朗的前方是阿富汗南部空旷的沙漠，再往前就是坎大哈，周围环绕着灌溉渠和石榴园的废墟。现在这里只有罂粟田；在这个饱受20年战争摧残的国家，罂粟是惟一值得人们冒险种植的作物。苏军的野蛮行径，已经在阿富汗内战造成的混乱中被人遗忘。全国各地都处于无法无天的状态。道路控制权落入公路派的手中，他们强行征收过路费，有时碰到钱不够还会绑架儿童②。部族与部族交战，军阀与军阀相争；毒品团伙和运输黑帮支配着贫困不堪的经济。遭到严重破坏的城市，崩解成一堆堆的砖头和石块。早就没了电线的电线杆被20年间横飞的各式弹药削得七零八落，像鬼魂一样戳在路旁，让人想起阿富汗当年正要走向现代的时光。数以百万计的地雷成了阿富汗乡间的祸害；根据联合国的一项统计，地雷使该国4%的人变成了残废[3]，并且使大部分可以耕种的土地只能抛荒。

本·拉登飞过阿富汗首都喀布尔的时候，这座城市又被围困了——这次围城的人是塔利班。该组织1994年最初兴起时还是一小群学生，他们大部分都是在难民营长大的孤儿[4]，对圣战者混乱而腐败的统治恨之入骨。反苏战争中的解放者掌权之后，竟然比敌人还要野蛮残暴。胜利给阿富汗带来的苦难促使他们采取行动，塔里班也以惊人的速度迅速发展起来。在巴基斯坦情报部门的支持下，他们从一群民兵变成了一支令人生畏的、机动性很强的游击队，而且即将进一步巩固自己迅速兴起的势力——他们现在正逼近喀布尔郊区，向已是一片废墟的城市倾泻火箭弹。

在喀布尔的前方，兴都库什山脉底部的一个山谷中就是贾拉拉巴德。本·拉登的飞机在1989年他围攻过的同一个机场降落。3名从前的圣战者指挥官前来迎接[5]，然后他搬进了喀布尔河以北的一座小屋，那里曾经是苏军的哨所。几个星期之后，他又搬到贾拉拉巴德以南5公里处一个破败不堪的农场。农场的主人是长期支持本·拉登的尤尼斯·哈利斯[6]，他是个老军阀，专爱讨十几岁的小姑娘做老婆[7]。

阿富汗是个面积广大、地势崎岖的国家，被兴都库什山脉从东到西

---

① 对艾哈迈德·巴兹卜的采访。
② 对拉希姆拉·优素福扎的采访。
③ 蒂姆·弗兰德，“数以百万计的地雷严重妨碍着阿富汗的重建工作”，《今日美国》，2001年11月27日。
④ 据内布拉斯加-奥马哈大学阿富汗研究中心主任托马·古蒂埃说，80%的塔利班军队都是反苏战争中留下的孤儿。安娜·穆尔琳，“被揭示的威胁”，《美国新闻与世界报道》，2001年10月15日。
⑤ 伯克，《基地组织：投下恐怖的阴影》，第145页。
⑥ 对拉希姆拉·优素福扎的采访。
⑦ 科尔，《幽灵战争：中情局、阿富汗与本·拉登的秘史——从苏联入侵到“9·11”》，第327页。

分成两半；国内人口分为 4 个主要的民族群体，以及众多的部族与方言。这个国家即便在和平时期都很难治理，但和平的记忆已太过遥远，许多阿富汗人根本就没有经历过。人们对秩序的渴望是如此强烈，几乎任何一个强大的、能稳定国家的权力都会受到欢迎。

塔利班迅速夺取了阿富汗 30 个省之中的 9 个省。布尔汉丁·拉巴尼总统试图与塔里班谈判，但他们直接要求他辞职。政府军诡计多端、久经沙场的指挥官艾哈迈德·沙阿·马苏德设法把这群年轻的叛乱分子逼出喀布尔南部地区，继而又在其他几个省份打退了他们的攻势。沙特阿拉伯和巴基斯坦看到圣战者统治带来的无政府状态，认为塔利班是在阿富汗建立秩序的最佳机会，于是两国就帮助塔利班重建军队，为其提供训练、武器和车辆——大都是达特桑[①]四驱皮卡，车后架设了重机枪、加农炮、防空炮或多管火箭发射器。塔利班往往成群结队地快速运动，用速度和胆量来弥补组织与训练方面的欠缺。他们花钱请来曾为阿富汗前共产主义政权效力的飞行员和指挥官，作为塔利班的雇佣兵[②]。发现局势有变的反对派领导人趁机向塔利班索取贿赂，把自己的腰包塞得满满当当。已抵挡圣战者好几个月的贾拉拉巴德，突然间就向一辆吉普上的 4 名塔利班士兵投了降[③]。塔利班这下控制了通往开伯尔山口的门户。他们发现，一个著名的流亡者也处在自己的掌握之下。

塔利班从未邀请本·拉登返回阿富汗，对他也没有任何义务。他们向沙特政府发去信息，询问应如何处置此人。沙特方面请他们看紧本·拉登，并让他保持安静。这样一来，本·拉登就成了一位政治隐士——穆罕默德·奥马尔毛拉的责任，此人不久前刚刚宣称自己是“所有穆斯林的统治者”。

---

① “达特桑”是“日产”（Nissan）品牌的前身，上世纪 80 年代逐渐在“Datsun made by Nissan”的广告语中被淡化，并为“Nissan”品牌取代。——译者

② 美国大使馆（伊斯兰堡）机密电文，“塔利班终于有人开口了：关于这一宗教学生运动的起源与成员”，1995 年 2 月 20 日。

③ 对匿名巴基斯坦外交人员的采访。

1989年的贾拉拉巴德之战中，奥马尔毛拉被一枚炮弹炸瞎了右眼[①]，脸颊和前额也遭到严重毁损。他人很瘦，但长得高而结实，是个著名的神射手[②]，曾在阿富汗战争中击毁许多苏联坦克。和大多数圣战者不同，他能说一口还算过得去的阿拉伯语[③]，而且成了阿卜杜拉·阿扎姆谢赫讲演的忠实听众。虔诚、谦逊和勇气是他主要的个性特征。阿扎姆讲演的时候奥马尔很少受人关注，除了他那浓密的黑胡子底下偶然一现的羞涩笑容，以及他在《古兰经》和圣训方面的知识；他曾在巴基斯坦学习伊斯兰律法。

苏联从阿富汗撤军之后，奥马尔回到了坎大哈附近的一个小村庄，在一所宗教寄宿学校教书。然而，战事并未结束；即便1992年4月共产主义政府落入圣战者之手，战斗也没有平息。暴力活动完全没有界限可言。交战的部族与匪徒在乡间横行。古老的种族仇恨，再加上复仇的共同呼声，使野蛮行径愈演愈烈。当地的一个指挥官领着部下轮奸了几个小男孩。这类可耻的兽行随处可见。“腐败与道德堕落攫住了整个国家，”[④] 奥马尔后来说道。“杀戮、劫掠和暴力成了规范。没人想到局势会变得如此糟糕。同样，也没有人认为这种局面会有所改善。”

在这个绝望的时刻，奥马尔得到了神的启示。先知向他显灵[⑤]，指示这位平凡的乡村毛拉为他的国家带来和平。带着因完全笃信宗教而生的无畏精神，奥马尔借来一辆摩托车，开始走访本省其他宗教学校的学生。学生们（在普什图语中叫“塔利班”）都认为必须得做点什么，但没几个人愿意放弃学习，跟着奥马尔去从事他那危险的追求。最后，他

---

① 阿诺·德博什格拉夫，“奥萨玛·本·拉登——‘无效’”，合众国际社，2001年6月14日。

② 伊斯梅尔汗，“穆贾迪迪反对抬高塔利班的奥马尔”，《伊斯兰堡新闻报》，1996年4月6日。

③ 对法拉杰·伊斯梅尔的采访。

④ 扎伊丹，《揭秘本·拉登》。

⑤ 美国大使馆（伊斯兰堡）机密电文，“塔利班终于有人开口了：关于这一宗教学生运动的起源与成员”，1995年2月20日。

召集起53名最为勇敢的学生。奥马尔在反苏战争期间的老上级哈吉·巴沙尔对他受到先知启示一事大为敬佩，他帮助奥马尔筹集了资金和武器，而且还个人捐赠了两辆轿车、一辆卡车。很快，拥有近200名坚定信徒的塔利班就控制了坎大哈省的迈万德地区。当地的政府军指挥官率2 500名部下向塔利班投降[①]，并交出了大量武器储备、数架直升机、几辆装甲车，还有6架米格-21喷气式战斗机。由于极度渴求秩序，许多阿富汗人都团结起来支持塔利班——塔利班吹嘘自己是热忱为真主服务、永远不受腐蚀的仆人。

使塔利班日益壮大的三股力量，以惊人的速度在阿富汗全境蔓延开来。第一是来自沙特阿拉伯与巴基斯坦的物质支持——金钱和武器。有些塔利班成员曾就读于图尔基王子的幕僚长艾哈迈德·巴兹卜在战争期间设立的职业学校[②]；因此，从一开始沙特情报部门就和这些年轻的叛乱分子有着密切的关系。

第二股力量来自阿富汗巴基斯坦边境的另一侧，是挤满了阿富汗难民子弟的宗教学校（如艾哈迈德·巴兹卜建立的职业学校）。这些学校是亟需的教育设施，因为巴基斯坦是全世界文盲率最高的几个国家之一，其公共学校体系连教育本国儿童都力有不逮，更不用说苏联入侵后逃往巴基斯坦的300万阿富汗难民的子弟了[③]（伊朗境内还有300万阿富汗难民）。这些宗教学校的资金通常由沙特阿拉伯和其他海湾国家的慈善机构筹集，再通过当地宗教团体分发到各个学校。因此，本地原有的许多苏菲派清真寺都被关闭[④]，并改为传授瓦哈比派教义的学校。自然，这些宗教学校为当地的瓦哈比派团体创造了一大批政治支持者，因为它们不仅提供免费膳宿，居然还每月发放津贴[⑤]——对于许多学生的

① 诺尤米，《塔利班在阿富汗的兴起：大规模动员、内战以及该地区的未来》，第118页。
② 科尔，《幽灵战争：中情局、阿富汗与本·拉登的秘史——从苏联入侵到“9·11”》，第294—295页。
③ 对图尔基·费萨尔王子的采访。
④ 胡安·科尔，个人通信。
⑤ 诺尤米，《塔利班在阿富汗的兴起：大规模动员、内战以及该地区的未来》，第119页。

家庭来说，这是一笔至关重要的收入来源。

学校里的男孩子们成长在一个只有男性的世界之中，很长时间都不能与家人相见。祖国的传统、习俗和知识与他们天隔地远。他们被指为乞儿和娘娘腔[①]，常沦为那些接触不到女性的男人的猎物。这些学生埋头于严格围绕《古兰经》、沙里亚律法和歌颂圣战的学习之中，脑海中想象着一个完美的伊斯兰世界；而与此同时，他们身边却充斥着无法无天、野蛮残暴的行为。他们生活在打垮了超级大国的父亲与兄长的阴影之下，渴望着为自己赢得荣誉。一旦塔利班的军队需要增援，白沙瓦与部族地区的宗教学校就会直接停课，学生们则坐上送他们过边境的大巴，一边赞美真主一边奔赴战场。坎大哈投降 6 个月之后，塔利班的战士已达 1.2 万人[②]；再过 6 个月，这个数字又翻了一番。

第三股力量是鸦片。夺取坎大哈之后，塔利班立即牢牢地控制了国内鸦片生产的中心赫尔曼德省。在塔利班统治期间，阿富汗成了世界最大的罂粟种植基地。走私犯与毒品大亨要依赖塔利班清除运输道路上的匪徒；作为回报，他们会交上 10%的税款[③]，这成了塔利班的主要收入来源。

坎大哈市有一座清真寺，寺内保存着一件相传是穆罕默德先知所穿的斗篷。只有在发生灾祸的时候，这件古老的袍子才会被人们从银匣中请出来——上一次袍子出匣还是 70 年前的霍乱流行期间。1996 年 4 月 4 日，奥马尔把先知的斗篷拿到了坎大哈市中心的一座清真寺。他先在广播上宣布自己将公开展示这件圣物，然后就爬上了清真寺，穿着斗篷在寺顶招摇了半个小时。当时，周围狂热的人群欢呼他是“穆民的埃米尔”，即信众的领袖。群众中有人晕倒；有的人则把帽子和头巾抛向寺顶，希望能蹭到那件神圣的袍子。

---

① 兰姆，《赫拉特的缝纫组》，第 105 页。
② 伯克，《基地组织：投下恐怖的阴影》，第 113 页。
③ 诺尤米，《塔利班在阿富汗的兴起：大规模动员、内战以及该地区的未来》，第 136 页。

当然，世界所有地方的伊斯兰教徒都梦想他们的宗教能够在一位正直人物的领导下重新统一。有许多国王和君主曾想充当这个角色，但从来没有人像这位藉藉无名的毛拉一样，把先知的圣袍裹到自己身上。这个姿态既大违常理，又令人激动万分。奥马尔得到了继续进行战争所需的政治权威；但更重要的是，他的这个举动在象征意义上确保塔利班将作为一支道德力量席卷阿富汗，进而把影响力扩展到整个伊斯兰世界。

本·拉登的几个家庭和一些追随者来到贾拉拉巴德，要找一个基本过得去的住处：有帐篷给妻子们住、有厕所和排水沟，四周以带刺铁丝网作防护[①]。到了冬天，本·拉登又把家人安顿在苏联人以前修建的一座集体农场[②]，他把这座农场称为“圣战之星”[③]。男人们则住在不远处的托拉博拉，凑合睡在当年由本·拉登开掘、用作弹药库的山洞里[④]。他在最大的洞穴里设置了一个装满卡拉什尼科夫步枪的军火库，一座神学图书室，一个新闻剪报档案库，几床褥子则胡乱铺在装着手榴弹的板条箱上。

本·拉登重新开始经商，小打小闹地做起了蜂蜜买卖[⑤]；但阿富汗几乎就没有商业设施，因此他的生意也不可能有什么作为。和他在一起的三位妻子都已习惯了艰难的生活，而艰难对于本·拉登更是求之不得。他没法再每天宰一头羊款待客人了；现在他几乎不碰肉食，宁可吃椰枣、牛奶、酸奶和扁面包。他们每天只有三个小时可以用电[⑥]；由于没法打国际长途，他的妻子们与叙利亚和沙特阿拉伯的家人完全断

① 罗伯特·菲斯克，“本·拉登危险流亡生涯中的小小安慰”，《独立报》，1996 年 7 月 11 日。
② 贾森·伯克，“他何以成为本·拉登，（一）”，《观察家报》，2001 年 10 月 28 日。
③ “阿富汗阿拉伯人的故事：从初来阿富汗到与塔利班分道扬镳（三）”，《中东日报》，2004 年 12 月 10 日。
④ 对拉希姆拉·优素福扎的采访。
⑤ 对彼得·L·伯根的采访。
⑥ 穆罕默德·沙菲，“基地组织资助者的儿子称：‘我们住在本·拉登一家附近，他们不喜欢用电，还要求过清苦的生活’”，《中东日报》，2004 年 4 月 16 日。

了音讯[①]。本·拉登有一个卫星电话，但却很少用，因为他认为美国人在监听他的电话[②]。他对各种机械设备普遍都怀有疑心，甚至包括时钟[③]；他觉得别人能利用这些东西来侦察他的行动。

然而，他担心的主要还是塔利班。他不知道他们是些什么人。贾拉拉巴德失守之后不久，支持他的两位圣战者主管马哈茂德和毛尔维·萨兹诺在一次伏击中被杀[④]，从那时起本·拉登就开始教妻子们练习射击[⑤]。

不过，塔利班知道本·拉登的一些情况，而且他们对此人的担心不亚于他对塔利班的担心。“我们不希望有人从这里发起针对其他任何国家的颠覆活动，”[⑥] 塔利班的代理新闻部长宣称。“塔利班控制之下的地区没有恐怖分子。”但他们听说了本·拉登倾泻在苏丹的数百万美元，并且认为他仍然是一个富有的伊斯兰慈善家。他们希望利用他的金钱与专长来重建满目疮痍的阿富汗。奥马尔毛拉还惦记着他对沙特政府的承诺（无疑是在数百万沙特里亚尔钞票的支持之下），要让这位来客闭上嘴巴，别惹麻烦。

攻下贾拉拉巴德之后，塔利班终于进入喀布尔。取得胜利的年轻战士们闯进了联合国驻喀布尔办事处，前总统纳吉布拉在 4 年前阿富汗政府倒台后就一直藏身于此。纳吉布拉和他的弟弟遭到毒打、折磨、阉割、被挂在吉普车后拖行，遭到枪击，最后被吊死在喀布尔市区的一根交通标志杆上[⑦]。他们的嘴里被人填进香烟，衣袋里则塞满了钞票。以秘密警察刑讯者身份起家的纳吉布拉本人并不值得怜悯，但悍然置国际

---

① 罗伯特·菲斯克，“本·拉登危险流亡生涯中的小小安慰”，《独立报》，1996 年 7 月 11 日。

② 实际上，据杰克·克卢南说，美国情报部门直至 1997 年才知道本·拉登有卫星电话。

③ 伊斯兰观察中心，2000 年 4 月 22 日。外国广播讯息处英译。

④ 伯克，《基地组织：投下恐怖的阴影》，第 156 页。

⑤ “阿富汗阿拉伯人的故事：从初来阿富汗到与塔利班分道扬镳（三）”，《中东日报》，2004 年 12 月 10 日。外国广播讯息处英译。

⑥ 蒂姆·麦格克，“远离故土的家”，《时代》周刊，1996 年 12 月 16 日。

⑦ 拉希德，《塔利班：阿富汗军阀的故事》，第 49 页。

法准则于不顾、满不在乎地干出野蛮行径、肆意损毁尸体（这是伊斯兰教禁止的行为）、所有司法机构都付之阙如，这一切为标志着塔利班时代的狂热宗教暴政奠定了基础。图尔基王子很快出现在喀布尔，祝贺塔利班取得胜利。在塔利班统治的整个时期，全世界只有三个国家承认阿富汗政府——沙特阿拉伯、巴基斯坦和阿拉伯联合酋长国。

“女人们，你们不应走出自己的家门，”① 新政府发出了命令。可想而知，女性成为特别受塔利班关注的目标，因为这帮男人与她们相处的经验少之又少。这条法令还规定，“如果女人身穿时髦、装饰华丽、紧身或引人注目的衣服出门展示自己，她们就会受到沙里亚律法的谴责，将永远不能进入天国。”塔利班禁止女性参加工作与接受教育，这使医疗体系和行政部门遭到了沉重打击，并且几乎彻底毁掉了初级教育。阿富汗有四成医生和半数政府工作人员是女性，而 10 名教师中就有 7 位女老师。在塔利班的统治下，许多职业女性都成了乞丐。

塔利班还把注意力集中到普通的生活乐趣上。他们禁止放风筝和赛狗。信鸽全被宰掉。根据塔利班的刑法典，“不洁之物”② 都在被禁之列；这个一体通用的范畴包括：“猪肉、猪、猪油，所有的人发制品、卫星天线、摄影、任何带来音乐之乐的器具、台球桌、奶酪、面具、烈酒、磁带、电脑、录像机、电视，任何宣传性欲、充斥音乐的事物、葡萄酒、龙虾、指甲油、爆竹、雕像、缝纫手册、图片、圣诞卡。”

按照对仪容的强制规定，男人胡须的长度必须超过手掌的一握。触犯这一规定的人将被关进监狱，直到脸上的茂密程度合乎标准。男人要是留着“女里女气”的头发，就会被剃成秃瓢。如果一个女人没戴面纱就走出家门，那么按照塔利班刑法的规定，“她的家将被作上标记，她

① 同前，附录 1，第 217 页起。拉希德复述了译自达里语并发放给记者们的塔利班法规。他没有改动原英译中的语法和拼写错误。女性雇员的统计数字来自安娜·穆尔琳，“被揭示的威胁”，《美国新闻与世界报道》，2001 年 10 月 15 日。

② 埃米·瓦尔德曼，“不许看电视、不许下象棋、不许放风筝：塔利班法典大全”，《纽约时报》，2001 年 11 月 22 日。

的丈夫将遭到惩罚”[1]。动物园里的动物（前政府统治期间尚未被偷走的那些）要么被宰杀，要么给活活饿死。一个狂热的塔利班（此人可能是个疯子）跳进熊舍割掉了熊的鼻子，据传他这么干是因为熊的“胡子”长得不够长。还有一个战士被事态发展和自己的力量冲昏了头脑，跳进狮子笼中高喊：“现在我才是狮子！”狮子把他弄死了。另一个塔利班战士朝笼子里扔了一枚手榴弹，炸瞎了狮子。这两只动物——无鼻熊和瞎眼狮子，还有两只狼，就是塔利班统治下幸免于难的所有动物[2]。

宗教警察局（这些警察是沙特人训练的）的墙上贴着一个告示：“把理性拿去喂狗吧，那东西散发着腐化的恶臭。”[3] 然而，这种秩序尽管代价高昂，被战争弄得精疲力竭的阿富汗民众起初仍对其表示欢迎。

本·拉登在贾拉拉巴德安顿下来的时候，他的朋友与军事指挥阿布·乌贝达在东非领导着两年前建立的当地基地组织分支机构。这位前任埃及警察在基地组织中很受尊重。他的英勇事迹被众口相传。反苏战争期间他就和本·拉登在一起，从狮穴的战斗一直到围攻贾拉拉巴德。有人说，如果扎瓦希里控制着本·拉登的头脑，那么乌贝达控制的就是他的心。乌贝达是本·拉登最信任的使者，常在基地组织和圣战组织之间传递消息。他曾在波斯尼亚、车臣、克什米尔和塔吉克斯坦训练圣战者，为基地组织吸收了可贵的人员。他在肯尼亚换了新的身份，娶一名当地女子为妻，自称从事采矿业；实际上，他在准备基地组织针对美国的首次大规模袭击。

5月21日，本·拉登离开苏丹前往阿富汗的第三天，阿布·乌贝达和他的肯尼亚妻弟阿希夫·穆罕默德·朱马正坐在一艘超载渡轮的二等

---

① 埃米·瓦尔德曼，“不许看电视、不许下象棋、不许放风筝：塔利班法典大全”，《纽约时报》，2001年11月22日。

② 对巴赫拉姆·拉赫曼的采访。

③ 伯克，《基地组织：投下恐怖的阴影》，第111页。

舱里，前往维多利亚湖对岸的坦桑尼亚[1]。船上有一个压载水仓是空着的，渡轮于清晨时分倾覆在湖面的风浪之中。朱马好不容易从客舱门逃到走廊上，但挤在狭小舱室里的另外5个乘客却被困住了。舱门当时在他们的头顶上，湖水从一个敞开的洞口猛往里灌。乘客们大声惊呼，行李和褥子纷纷落在他们头上，一帮人又抓又打地争着去够舱门——那是惟一的生路。朱马抓住阿布·乌贝达的手，把他的半个身子拖出舱室，但舱门的铰链突然断了；基地组织的军事指挥被几个必死无疑的旅伴拖回了舱室之中。

这是本·拉登事业的最低点。

阿布·乌贝达还不是他惟一的损失。阿布·哈耶尔等人决定不再到阿富汗追随本·拉登。这个沙特人如今孤立无援，曾经拥有的巨大财富已被人剥夺，还要仰赖于一支他并不了解的势力；但是，他并没有崩溃，甚至都不觉得灰心。他的生活有两个领域，一个是生存，一个则是宗教。飞往贾拉拉巴德的经历，还有眼下这令人难堪的境况，在某种程度上肯定会让他觉得这是一种毫无希望的流亡；但是在精神层面上，这段生活却重现了先知穆罕默德生命中的一个重要时刻：622年，备受排斥与嘲笑的先知在被逐出麦加之后逃往麦地那。这个被称为“希吉拉”（出走）的事件是一个意义重大的转折，因此伊斯兰纪年就以它作为起点。“希吉拉”转变了穆罕默德和他士气低落的追随者。几年之内，他们新兴的宗教就从麦地那蔓延开来，并通过闪电般的皈依和征服，迅速传遍从西班牙到中国的广大地区。

从童年时起，本·拉登就有意识地效仿先知生活中的某些特点：在先知斋戒的日子里斋戒，在穿着上尽量模仿先知可能穿过的服装，甚至连坐姿和吃饭的动作都比照传统所描述的先知的样子；虽说这种效仿在恪守教义的穆斯林中并不罕见，本·拉登却本能地以先知与先知的年代

---

① 阿希夫·穆罕默德·朱马的证言，美国诉奥萨玛·本·拉登一案。

为标准，来参照自己的生活与时代。介于两个时代之间的历史对他来说没有什么意义。在本·拉登自己遭遇失败、被迫退却的时期，他自然会从先知的榜样之中寻找慰藉。然而，他也精明地认识到了自己这一“希吉拉”的象征力量，认识到可以利用它来激励自己的追随者，并召唤其他穆斯林加入他的神圣出走。本·拉登利用对许多穆斯林来说意义非凡、不熟悉伊斯兰的人却几乎熟视无睹的宗教形象，巧妙地重新诠释了自己和自己的运动所遭遇的灾难。

阿富汗已经充满了奇迹——在这里死去的殉教烈士留下了传奇，这里的人们还打败了超级大国。本·拉登现在把这个国家称为“呼罗珊”，它指的是一度覆盖中亚大部分地区的古伊斯兰帝国。他的追随者则用起了可以追溯到先知同伴或伊斯兰早期著名战士的名字。有一条颇具争议的圣训说，伊斯兰军队在最后的日子里将展开黑色的旗帜（就像塔利班的旗一样），冲出呼罗珊。这些军队用的都是化名，即各自所在城市的名字——塔利班军团的命名方式正是如此。所有这些典故，都是为了把现在与往日的辉煌联系在一起，并提醒穆斯林他们遭受了多么沉重的损失。

但是，本·拉登“希吉拉”之中的关键象征是山洞。先知第一次遇见天使加百列是在麦加的一个山洞之中，天使告诉他“你是真主的使者”。后来在麦地那，穆罕默德被敌人追踪时又藏进了一个山洞，洞口随即神奇地被蜘蛛网掩住。伊斯兰艺术作品中常出现钟乳石的形象，它们所指的既是山洞为先知提供了庇护，也是山洞让先知得以遭遇神灵。对本·拉登而言，山洞是世间的最后一块净土。只有远离社会——还有时间、历史、现代事物、腐化与令人窒息的西方，他才能够为真正的宗教代言。本·拉登发挥公共关系方面的天赋，利用托拉博拉存放武器的山洞，在渴望净化伊斯兰社会、恢复其往日统治地位的许多穆斯林心目中将自己神化了。

在生存的层面上，本·拉登是个处于边缘地位的局外人；但在他以自己为中心一点点编织起来的神话之中，他逐渐成为了所有被迫害、受屈辱的穆斯林的代表。他的生活，以及他用来包裹自己的各种象征，极为有力地代表着现代伊斯兰世界中典型的、普遍存在的被剥夺之感。本·拉登在自己痛苦的流亡经历之中，理解了穆斯林同胞的痛苦；他蒙受的损失，让他有权为别人代言；而他的复仇，则将使他们的苦难变得神圣。他提出的补偿办法，是向美国宣战。

“你们不是没有意识到，犹太人、基督徒及其代理人所组成的联盟给穆斯林带来了怎样的不公、压迫与侵略；穆斯林的鲜血成了最为低贱的东西，穆斯林的金钱和财富遭到了敌人的掠夺，”[①] 1996 年 8 月 23 日，本·拉登在“对占领两处圣地之国[②]的美国人发动战争的宣言”中说。穆斯林最近承受的屈辱——“穆斯林自先知去世以来遭受的最为深重的灾难之一”——是美军与多国部队在沙特阿拉伯的存在。他这一论述的目的，是“探讨、协商与谈论解决办法，以纠正伊斯兰世界中普遍存在、而以‘两座圣寺之地’最为严重的问题。”

“所有的人都在抱怨发生的一切，”本·拉登以街头穆斯林百姓的口气说。“人们为了生计问题忧虑不堪。经济衰退、物价高昂、负债累累，各地的监狱都人满为患。”至于沙特阿拉伯，“每个人都认为国家正在走向深渊。”少数直面政府、要求改变现状的勇敢沙特人却被置之不理；与此同时，战争的债务使得国家强行征税。“人们不禁怀疑：我们究竟是不是最大的石油出口国？他们感觉自己受到了真主的磨难，因为他们一直对国内政权的不公缄口不语。”

接下来，他又直指其名地嘲笑美国的国防部长威廉·佩里。“威廉啊，明天你就会知道，是哪个年轻人在和你们这伙被误导人的对抗……

---

① 奥萨玛·本·拉登，“对占领两处圣地之国的美国人发动战争的宣言”，《阿拉伯圣城报》，1996 年 8 月 23 日。

② “两处圣地之国”（The Land of Two Holy Places）即麦加、麦地那这两个伊斯兰圣地所在的沙特阿拉伯，下文“两座圣寺之地”（The Land of Two Holy Mosques）亦指沙特阿拉伯，两座圣寺即麦加大清真寺和麦地那先知清真寺。——译者

由于你们在我们的国土上耀武扬威，对你们进行恐吓是我们合法的权利，也是一种道德义务。”

由于本·拉登远远不具备实现这些威胁的能力，人们也许会认为他写出这样的一篇文章肯定是彻底疯了。山洞里的这个人确实已经进入了一种独立的现实；这种现实与穆斯林身份之中相信神话的心理有着深刻的联系，而实际上它是在召唤所有文化受到现代性、不纯粹与传统丧失威胁的人。在阿富汗的山洞中对美国宣战的本·拉登，就像是一个不受腐蚀、不屈不挠的原始人，要与美国这个世俗的、科技巨人的惊人力量抗衡；他所要对抗的是现代性本身。

至于身为建筑大王的本·拉登利用重型机械开掘洞穴，进而在洞中配备了电脑和先进的通讯设施，这一点倒是无关紧要。原始人的姿态具有强大的吸引力，尤其是对于那些因现代事物而深感失望的人来说；不过，要说到明白这种象征意义、还知道如何巧加利用的那颗头脑，其复杂性和现代程度可谓登峰造极。

托拉博拉建好营地后不久，本·拉登同意会见一位名叫哈立德·谢赫·穆罕默德的访客。反苏圣战期间他曾对穆罕默德略有耳闻，当时此人是本·拉登前赞助者赛义夫的秘书①，也当过阿卜杜拉·阿扎姆的秘书。更重要的是，哈立德·谢赫·穆罕默德也是1993年用炸弹袭击世贸中心的拉米兹·优素福的叔叔。如今优素福已被逮捕，他的叔叔则在逃命。

除了憎恨美国这一点之外，哈立德·谢赫·穆罕默德和奥萨玛·本·拉登几乎没有任何共同之处。穆罕默德长得又矮又胖；虽然虔诚，宗教知识却少得可怜②；喜欢装腔作势，是个滑稽人物；爱喝酒，还沉溺于女色。本·拉登乡气很重，讨厌旅行，尤其是去西方；而穆罕默德则跑遍了全球，精通好几门语言，包括英语在内——那是他在北卡罗来

① 对优斯里·富达的采访。
② 富达和菲尔丁，《恐怖的主谋：全世界最具毁灭性的恐怖袭击背后的真相》，第116页。

纳州立农业与技术大学攻读机械工程时掌握的。这所大学地处格林斯伯勒，学生以黑人居多。

在托拉博拉，穆罕默德向本·拉登简要介绍了他自反苏圣战以来的情况。受到拉米兹·优素福袭击世贸中心的鼓舞，穆罕默德1994年到菲律宾和侄子呆了一个月①。他们想出了一个非同寻常的计划：在太平洋上空炸毁12架美国巨型喷气机。他们把这个计划称为“波金卡”② ——这是穆罕默德在阿富汗打仗时听来的一个杜撰词。炸弹制作高手拉米兹·优素福制成了一种小型的硝化甘油爆炸装置，可以躲过机场的安检。他拿一架马尼拉飞往东京的班机来实验这种炸弹，中途在菲律宾群岛中部的宿雾岛下了飞机。坐在他原来位置上的乘客叫池上春树③，是一位24岁的日本工程师。两小时之后，池上座位底下的炸弹突然起爆，把他炸得血肉横飞，飞机也险些坠毁。优素福和穆罕默德策划的大规模袭击，将使国际航空完全陷于停顿。

尽管本·拉登声称自己并不认识优素福④，他却曾派一位使者去马尼拉⑤，请优素福帮他做一件事——暗杀将于1994年访问马尼拉的比尔·克林顿总统。优素福等人弄清了总统活动的路线，并给本·拉登发去示意图和草图⑥，标明可以发动袭击的地点；但是，优素福最终还是认为警卫过于严密。他们打算转而刺杀下个月要访问马尼拉的教皇约

---

① 对弗兰克·佩莱格里诺的采访。

② 《“9·11”调查委员会报告》，第488页注。此前的报道都误认为这个词在塞尔维亚-克罗地亚语中是“大爆炸”之意。

③ 里夫，《新一代“胡狼”：拉米兹·优素福、奥萨玛·本·拉登与恐怖主义的未来》，第79页。

④ 对贾迈勒·卡舒吉的采访。卡舒吉称本·拉登曾向他“发誓”，说自己不认识优素福。但是，1989年优素福确实在基地组织营地和安全屋呆过一段时间，而且本·拉登斡旋阿富汗内战期间他可能也在白沙瓦。科尔，《幽灵战争：中情局、阿富汗与本·拉登的秘史——从苏联入侵到“9·11”》，第249页。《生活日报》驻开罗记者穆罕默德·萨利赫告诉我，拉米兹·优素福和本·拉登在巴基斯坦见过面，但他不愿透露这一消息的来源。

⑤ 里夫，《新一代“胡狼”：拉米兹·优素福、奥萨玛·本·拉登与恐怖主义的未来》，第76页。

⑥ 对迈克尔·朔伊尔的采访。

翰·保罗二世[1]，甚至都弄到了教士的法衣，但这个计划同样未能实施。这帮人住处存放的化学物品意外失火，随后马尼拉警方就盯上了他们；优素福逃走时丢下了电脑，他们所有的计划都加密存在硬盘上。

不过，哈立德·谢赫·穆罕默德的脑子里还存着一份计划。他来见本·拉登时带来了一整套将来对美国发动袭击的方案，其中一项计划就是训练飞行员驾机撞向建筑物[2]。本·拉登没有明确表态，不过他正式邀请穆罕默德加入基地组织，并把家搬到阿富汗来。穆罕默德婉言谢绝了。然而，“9·11”的种子已经播下。

---

① 里夫，《新一代“胡狼”：拉米兹·优素福、奥萨玛·本·拉登与恐怖主义的未来》，第86页。

② 《“9·11”调查委员会报告》，第149页。

第十四章　行动起来

1996年6月25日，在弗吉尼亚州匡提科的联邦调查局训练中心，约翰·奥尼尔为调查局和中情局的特工们安排了一次私人休假。中心里有汉堡包和热狗供应，奥尼尔甚至还让中情局的官员们去射击场打靶，因为他们很少有机会开枪。那天天气不错。奥尼尔到匡提科的室外场地打了一轮高尔夫。突然，每个人的寻呼机都响了起来。

沙特阿拉伯宰赫兰的霍巴塔军营大楼发生了一起灾难性的爆炸事件①。这座楼房当时是4404空运联队的宿舍，他们负责强制实施伊拉克上空的禁飞区。19名美国士兵被炸死，另有将近400人受伤。奥尼尔集合起了一支由100多名特工、支援人员和各警察机构成员组成的队伍。第二天，这队人乘一架空军运输机飞抵沙特阿拉伯。一周之后，奥尼尔本人和联邦调查局局长路易斯·弗里也加入了他们。

弗里身材瘦削，是个严肃的人，他的性情在许多方面和奥尼尔恰恰相反。局长颇以自己是个顾家的男人为豪，通常下午6点就会离开办公室，好回家跟妻子和孩子们呆在一起。和喜欢摆弄新鲜玩意、口袋里总揣着最新款电子记事本或手机的奥尼尔不同，弗里对科技颇感厌烦。1993年他上任时办的头几件事之一，就是把办公桌上的电脑扔掉。弗里上台之前，联邦调查局在技术上本来就已经相当落后；但到他离任的时候，即便是教会团体都不愿接受调查局捐赠的古董电脑。和手下的大多数男特工一样，弗里穿的西服往往都是便宜货，鞋子也磨得很厉害，这与他那位下级——身穿英国巴宝利细条子西服、足蹬意大利布鲁诺马格利休闲鞋的奥尼尔——形成了强烈的反差。

他们俩在晚上到达了宰赫兰，随行的还有一小队行政人员。灾难发生的地方现在是一个宽 85 英尺、深达 35 英尺的巨大炸坑，被支柱上高高架起的灯照得通明；炸坑附近到处是烧焦了的汽车，还有被掀翻的悍马军车。矗立在这一片残骸之上的是军营大楼的废墟。这次袭击使用的炸弹比一年前摧毁沙特国民卫队培训中心的汽车炸弹还要大，其威力甚至超过 1995 年致使俄克拉何马城 168 人死亡的炸弹。奥尼尔在瓦砾堆中穿行，与累得精疲力竭的特工拥抱——他们得从沙子里筛寻证物，还得小心翼翼地把死者的遗物用袋子装好。尸体碎块还散落在沙地上，周围以红油漆画圈为记。在现场附近张开的一个帆布篷下，调查员们将装载炸弹的那辆卡车的碎片拼凑起来，逐步还原其形状。

沙特调查人员设置的障碍，让处理现场的特工们深感沮丧。沙特方面不允许他们向目击者了解情况，或是讯问嫌疑犯。他们甚至不能离开炸弹爆炸的现场。在特工们看来，沙特人之所以要阻碍调查，是因为他们不希望暴露王国内部存在斗争的事实。对中东地区没有什么经验的特工很快形成了一种印象：沙特王室的权力已经岌岌可危。

弗里起初很乐观，觉得沙特人会与他们合作；但看到深夜时分的会谈全都在闲聊打趣，奥尼尔却越来越灰心。他们又去了几趟沙特王国，

---

① 对约翰·利普卡、戴尔·沃森、杰克·克卢南和利雅得匿名官员的采访；弗里，《我的联邦调查局生涯：击垮黑手党、调查比尔·克林顿，进行反恐战争》，第 11 页起。肯尼思·M·波拉克在个人通信中写道："我们认为伊朗人是霍巴塔袭击的幕后主谋，沙特方面对此完全赞同。我从未从他们那里听说任何关于基地组织应对袭击事件负责的看法。不过，由于他们已开始与德黑兰恢复关系——特别是穆罕默德·哈塔米在伊朗当选之后——我们能强烈感到沙特方面不希望我们得出这个明确的结论，因为他们担心美国想对伊朗人发起报复性袭击，或是迫于压力而不得不这么做。"理查德·A·克拉克和史蒂文·西蒙在采访中也表达了类似的看法。但是，"9·11"调查委员会却认为霍巴塔爆炸案与基地组织可能存在关联，称有"确凿但间接的证据"表明该组织"确实起到了某种我们尚不了解的作用。"道格拉斯·耶赫尔，"没有发现沙特向基地组织支付金钱的证据"，《纽约时报》，2004 年 6 月 19 日。但这一证据并未公之于众。据迈克尔·朔伊尔说，这个关联是根据中央情报局作出并转交调查委员会的一份备忘录而确立的。

有一次两人乘飞机一同返回的时候，弗里兴致很高。“这一趟走得不赖吧？我觉得他们真的会帮我们的忙。”①

奥尼尔回答说：“你开玩笑吧？他们什么东西都不会给我们。他们只不过是在拿些屁话耍你罢了。”

那次飞行剩下的时间里，弗里都不肯再和奥尼尔说话。不过，他仍然认可奥尼尔的热忱与才能，并派他去沙特阿拉伯继续游说，以争取对方的合作。奥尼尔与纳伊夫王子和其他官员见了面。他们颇不情愿地听他提出各种请求。世界各国的情报部门都是谨慎而保守的组织，不愿与别人共享信息，这一点奥尼尔是了解的。他惯于利用个人的魅力和坚持不懈的精神，想方设法把自己想要的东西弄到手，但沙特人对他的百般央求似乎根本无动于衷。他们的口风比与他合作过的其他任何警察机构都要紧得多。美国人大为愤怒地了解到，几个月前沙特当局曾截下一辆从黎巴嫩开往霍巴的汽车，车上满载着炸药。主管内务部的纳伊夫王子决定不向美国同僚通报此事②。

除了根深蒂固、源于文化的沉默作风，沙特人和美国人打交道时如此谨慎还有法律方面的原因。沙特王国是通过沙里亚律法来管制的，因此宗教法官可以随心所欲地把任何不愿听取的证据扔到一边，比如由外国机构提交的材料。沙特人担心联邦调查局的干预会影响案件的审理。奥尼尔设法与沙特方面达成协议，允许联邦调查局的特工通过双向玻璃来讯问嫌疑人；这样既能让调查局接触到案件情况，同时也能在面子上保证沙特人所坚持的独立性。

证据逐渐表明制造袭击事件的人最有可能是伊朗支持的恐怖分子，但沙特对是否继续进行调查却犹豫起来。他们担心，如果伊朗人与此事有涉（这一点很快得到了证实），那么美国人会怎么做？沙特人自己的

---

① 对理查德·A·克拉克的采访。弗里在个人通信中否认了此事。不过，奥尼尔和许多人说过这个故事。

② 对匿名前任美国国务院官员的采访。

调查指向的是黎巴嫩真主党在王国的一个分支。对伊朗进行经济与外交制裁看来不太可能，因为欧洲人不会赞成此事。“也许你们是别无选择，”① 一个沙特人对奥尼尔说。“如果以军事行动来报复，那你们准备轰炸什么？你们会往他们头上扔核武器吗？把他们的军事设施夷为平地？还是摧毁他们的炼油厂？这么干又能达到什么目的呢？我们可是他们的隔壁邻居。你们远在6 000英里之外。”

在联邦调查局全球化的新时代，奥尼尔明白了一个道理：查清案子是一回事，而伸张正义又是一回事。

奥尼尔渴望离开华盛顿，渴望着“行动起来。”② 他想重新指挥查案。1997年1月，他成为纽约国家安全分部的主管特工——纽约办事处是联邦调查局规模最大、名气最响的外勤办事处。上任时，他把整整4盒罗勒德克斯名片堆在新秘书洛兰·迪·塔兰托的桌子上。然后他递给洛兰一张名单，上头列着所有他想要会见的人——市长、警察局长及各副局长、联邦机构的负责人，以及纽约市所有5个区的全部宗教领袖和民族领袖。不出6个月，他就勾掉了单子上的所有姓名。

这段时间过后，他俨然成了个一辈子都住在这儿的老纽约。这座城市是个巨大的舞台，而奥尼尔就是台上的主角。圣帕特里克节游行的时候，他和纽约市大主教约翰·卡迪纳尔·奥康纳并肩站在圣帕特里克大教堂的台阶上。他和布鲁克林区的伊玛目一起祷告。著名的运动员和电影明星（如罗伯特·德尼罗）都向他征求意见，并把他称作自己的朋友。他的一个老友在一次深夜聚会上看到每个人都对奥尼尔礼让有加，于是说：“约翰，你在这地方可是神通广大啊。”③ 奥尼尔答道：“要是连个官样子都没有，还当什么治安长官？”

---

① 对里哈布·马苏德的采访。
② 对约翰·利普卡的采访。
③ 对R·P·埃迪的采访。

如今，奥尼尔主管反恐与反情报事务的这座城市充斥着移民、间谍和行踪诡秘的外交官。按照调查局语焉不详的称呼习惯，专门负责中东地区的小组被称为I-49。该组的特工把大部分时间放在苏丹人、埃及人和以色列人身上，这三个国家的人全都在纽约积极招募人员。

组里的成员大多是土生土长的纽约人，工作的地方离家很近。他们中有路易斯·纳波利，他是纽约警察局的一位警探，通过反恐联合行动组[①]分到了I-49小组。纳波利至今还住在布鲁克林区他长大的那座房子里。约翰·安提塞弗和迈克·安提塞弗兄弟俩也来自布鲁克林，是克罗地亚移民的后代。理查德·卡尔涅维茨是布鲁克林波兰移民的儿子，会用手风琴演奏波尔卡舞曲。杰克·克卢南在马萨诸塞州的沃尔瑟姆长大，而他与众不同的地方还不仅仅是口音：他在大学里的专业是英语和拉丁语，并于1972年J·埃德加·胡佛局长去世当天加入联邦调查局。卡尔·萨默林是纽约州的一位黑人州警，以前还拿过网球冠军。凯文·克鲁斯毕业于西点军校，曾任82空降师上尉。玛丽·德博拉·多兰是一位联邦调查局特工的女儿；她曾在对外关系委员会工作，后来又到北爱尔兰攻读爱尔兰历史的研究生。他们的主管汤姆·朗来自皇后区，是个直率、粗俗、脾气暴躁的爱尔兰裔，和奥尼尔一样在调查局总部当过讲解员，两个人那时候就认识。组里的一些成员（像朗和安提塞弗兄弟）从事反恐工作已有多年。而黛比[②]·多兰等几个人则是新手；黛比于1996年加入调查局，奥尼尔上任前一个月她才分到纽约处。这个小组的规模很快就会大增，但核心还是这7名特工、一位州警和一名市局警探。组里还有一个成员是丹·科尔曼，他被外派到中情局的亚力克站，一直在辛辛苦苦地独力调查本·拉登的案子。

然而，奥尼尔上任的时候，I-49小组的大部分人都被抽去调查美

---

① 反恐怖主义联合行动组（Joint Terrorism Task Force）分布在美国各地，由联邦政府、州政府和当地执法机构共同组成，主要任务是查明并摧毁恐怖主义团伙，防止其发动恐怖袭击。——译者

② 德博拉的昵称。——译者

国环球航空公司800号航班坠毁事件[1]。空难发生于1996年7月，就在长岛海岸附近。数十名目击者报告说看到一道火光向上飞起，最后半空就发生了爆炸。看来，这似乎是美国历史上最为严重的一次恐怖主义活动。调查局调动起局内颇为可观的所有资源，以尽快查清此案。对霍巴塔爆炸案和环球航空800号空难的调查占用了局内可资利用的全部人力，但案件的水落石出仍然遥遥无期。

调查员们从一开始就认为飞机失事是奥马尔·阿卜杜勒·拉赫曼谢赫（当时他正在纽约接受审判）的追随者所为，他们为了报复在航班上放置了炸弹，或是将其击落。但经过3个月的调查，他们得出的结论是飞机发生了非常离奇的机械故障。空难的调查基本上变成了一个公共关系问题：面对目击者活灵活现的证言，调查局不知该如何向满腹狐疑的公众解释自己得出的结论。灰心丧气的特工们继续在飞机的残骸中四处搜索；这些残骸被运到了长岛的一个机库，要一块块地重新拼凑起来。

奥尼尔得把他的小组弄回来。在国防部的协助下，他确定了环球航空800号航班发生爆炸时的高度，以及飞机与长岛海岸间的距离。他证明飞机当时已超出了“毒刺”导弹的射程——对于目击者看到的明显气流尾迹，导弹袭击是当时可能性最大的解释。奥尼尔提出，火光可能是因为从飞机上漏出的燃油烧了起来；他还说服中央情报局就这种可能性做了视频模拟，结果和目击者的描述惊人地相似。这一下，他总算可以调查本·拉登的情况了。

中央情报局中职位与奥尼尔对应的迈克尔·朔伊尔喜怒无常，亚力克站[2]是以他韩裔养子的名字命名的。调查局和中情局首次协力调查同一个项目，这样的合作关系是空前的，但也有些尴尬。在朔伊尔看来，联邦调查局只不过是想在亚力克站安插一个内线，以窃取尽可能多的信

① 对理查德·A·克拉克、汤姆·科里根和汤姆·朗的采访。
② 对丹尼尔·科尔曼和迈克尔·朔伊尔的采访。

息。但牢骚满腹的朔伊尔逐渐对丹·科尔曼——调查局派驻在他的领地的第一人——产生了敬意。科尔曼体重超标，衣衫不整，留着浓密的小胡子，头发从来就没服帖过。他就像是一只浑身长刺的豪猪，总爱和别人吵架（调查局的同事背后叫他“臭脾气圣诞老人”），但他身上没有调查局那副深为朔伊尔不齿的、老子天下第一的派头。把科尔曼当作又一个无足轻重的官僚打发掉本来很容易，但他身上体现的智慧与正直，恰恰是朔伊尔最为敬重的品质。不过，即便友谊也无法弥和机构之间的根本冲突：作为一名联邦调查局特工，科尔曼的使命是搜集证据，并最终证明本·拉登犯下了罪行。而中央情报局的官员朔伊尔很早就认定，对付本·拉登的最好策略就是把他干掉。

虽然科尔曼尽职尽责地向调查局的上级汇报情况，对他所了解的情况真正感兴趣的却只有奥尼尔一个人。科尔曼第一次见到他是在白宫迪克·克拉克的情况介绍会上。奥尼尔对奥萨玛·本·拉登这位沙特异见者非常着迷，但当时知道本·拉登是何方神圣的人寥寥无几，即便是在调查局。后来，在奥尼尔调到纽约之前的几个月，科尔曼讯问了从基地组织叛逃的贾迈勒·法德勒，他透露出有这么一个恐怖主义组织，还说到该组织在全球范围的野心。科尔曼在德国的一处安全屋花了几周时间盘问法德勒，了解到基地组织的结构及其领袖的性格特征，从而得出了结论：美国面临着一个严重的新威胁。但是，他的报告却没有引起什么反响，感兴趣的只有几位公诉人，以及中情局和调查局的几个人——主要是朔伊尔和奥尼尔。

朔伊尔和奥尼尔是最有责任阻止本·拉登和基地组织的两个人，但他们却非常讨厌对方——这种情绪反映着两人代表的组织之间根深蒂固的敌对状态。美国情报机构对基地组织威胁的反应，从一开始就受到了他们俩所体现的冷淡人际关系与机构间斗争的阻碍。科尔曼被夹在这两个固执、暴躁而又极富才干的人中间，他们总是为了一个问题——本·拉登——和对方争执不休，而双方的组织对这个问题都不感兴趣。

在亚力克站分给他的隔间里，丹·科尔曼继续追查着讯问法德勒时得到的线索。他仔细检查了从电话录音中抄录下来的文字，这几部被窃听的电话与本·拉登在喀土穆的生意往来有关。有一个常接到电话的号码是瓦迪赫·哈吉的，他在肯尼亚内罗毕，是本·拉登的前任秘书。哈吉的大部分通话都是从阿拉伯语翻译出来的，但还有一些说的是英语，特别是在哈吉和他的美国妻子通话的时候。他常会笨拙地用密语说话，但他的妻子好像总也听不懂。

“送 10 张绿纸头过来，好吧?”哈吉在一次通话中说。

“10 张红纸头?”她问道。

“绿的。”

“你是说钞票啊，”她明白了。

“真是太谢谢你了，”他含讥带讽地回答。①

科尔曼对哈吉产生了兴趣。此人的谍报技术虽说不怎么样，但似乎还算是个慈爱的父亲、体贴的丈夫。出门在外时他都会给孩子们打电话，还叮嘱妻子别让他们总看电视。表面上他开设着一个名为“帮助非洲人”的慈善机构，同时靠经销宝石维持生计。

中央情报局认为可以把哈吉发展为己方的情报人员。研究过通话记录的科尔曼虽然觉得哈吉不太可能转变立场，但他还是同意去一趟肯尼亚，至少在那儿有可能找到一些证据，证实法德勒描述的这个基地组织确有其事。

1997 年 8 月，科尔曼和两名中情局特工带着搜查令来到哈吉在内罗毕的家，陪同他们的还有一名手持 AK-47 步枪、颇为紧张的肯尼亚警察。哈吉的屋子前面竖着一堵煤渣砖砌成的高墙，墙头插着碎玻璃，还有拴在绳子上的看家狗——一只骨瘦如柴的德国牧羊犬。哈吉的美国妻子阿普丽尔·布赖特斯凯·蕾和 6 个孩子②都在家里，还有阿普丽尔的母亲玛丽昂·布朗。已皈依伊斯兰教的母女俩都披着盖头。

① 展示的证据，美国诉奥萨玛·本·拉登等人一案。
② 保释听证，美国诉奥萨玛·本·拉登等人一案。

隔着那么远的距离研究过这家人之后，见到他们本人时的感觉有点奇怪。科尔曼认为这母女俩属于犯罪团伙妻子的那一类，大概知道家里的男人在从事不法活动，但从法律上说她们自己并未卷入其中①。阿普丽尔是个胖女人，一张圆圆的脸显得很和气。她说她丈夫出国做生意去了（实际上，他那时在阿富汗和本·拉登谈话），但他当天晚上就能回来。科尔曼给她看了自己带来的搜查令，说这是要搜寻被盗的文件。

屋子里污秽不堪，到处都是苍蝇。有一个孩子正发着高烧。中情局的人和阿普丽尔在另一间屋子里谈话的时候，玛丽昂·布朗则紧紧盯着科尔曼，看着他搜查家里的抽屉和壁橱。

“想不想来点咖啡?”布朗问道。

科尔曼瞟了一眼厨房，谢绝了。

“不喝就对了。说不定我会毒死你，”② 她说。

房间里到处堆着文件和记事本，还有时隔 8 年之久的煤气收据，以及一大堆银行家、律师、旅行代办人和除虫公司的名片。在卧室壁橱的顶层，科尔曼找到了一台苹果 PowerBook 笔记本电脑。

那天晚些时候，瓦迪赫·哈吉回到家中。他身材瘦削，留着大胡子，右胳膊已经萎缩。哈吉生在黎巴嫩，但借助妻子获得了美国公民身份。对于招募一事他有着自己的想法：和特工们见面时哈吉带来了许多宗教传单，整晚上都在劝科尔曼和中情局特工改信伊斯兰教。

不过，在内罗毕的那个晚上，中情局的一个人设法从 PowerBook 笔记本的硬盘上修复了几个被删除的文件，这些文件证实贾迈勒·法德勒所说的基地组织的确存在，也证实了该组织怀有恐怖主义目的。然而，针对本·拉登的犯罪证据还是不够集中。

通过检查文件，科尔曼和中情局的人摸清了哈吉出行的情况。他曾在东欧为本·拉登购买枪支，而且似乎经常往坦桑尼亚跑。基地组织肯

---

① 对丹尼尔·科尔曼的采访。
② 对丹尼尔·科尔曼的采访。

定是有所企图，但他们仍不清楚这企图究竟是什么。不管怎么说，这个行动显然级别不高，而内罗毕的安全屋一经暴露，行动无疑也就中止了。

第十五章　面包就白水

奥马尔毛拉派一个代表团去托拉博拉向本·拉登致意，并打探关于此人的更多情况。本·拉登的战争宣言及其在国际媒体掀起的风暴让塔利班大为震惊，也使得他们产生了分歧。有些塔利班指出，他们根本就没有邀请本·拉登来阿富汗，也没有义务来保护这个危及塔利班与别国关系的人。塔利班当时与美国并未发生冲突，而美国名义上还对塔利班在阿富汗起到的稳定作用表示赞许。此外，本·拉登对沙特王室的抨击直接破坏了奥马尔毛拉对图尔基王子的承诺——管住这位客人。

另一方面，塔利班也希望本·拉登能帮助阿富汗重建遭到严重破坏的基础设施，提供工作机会，使僵死的经济得以复苏。塔利班奉承本·拉登，说他们觉得自己就像是先知逃往麦地那时的支持者[①]。他们强调，只要他不再抨击支持塔利班的沙特阿拉伯，不再与媒体接触，塔利班就很欢迎他留在这里，并会为他提供保护。作为回报，本·拉登无条件地认可了塔利班的统治[②]。不过，他很快就辜负了他们的信任。

1997 年 3 月，美国有线电视新闻网（CNN）的一个电视摄制组被车送进贾拉拉巴德北部寒冷的群山，来到一间衬着毯子的小土房，他们要在这里和奥萨玛·本·拉登见面[③]。来到阿富汗之后，这个流亡的沙特人已经和在伦敦发行的《独立报》和《阿拉伯圣城报》的记者通过话，但这还是他第一次接受电视采访。新闻制作人彼得·伯根发现本·拉登好像病了。他进屋时拄着拐杖，整个采访过程中都在轻声咳嗽。

直到那时，除了在战场上，本·拉登很可能都没有杀过一个美国人，或是其他任何国家的人。亚丁、索马里、利雅得和宰赫兰的恐怖袭击也许曾受到他言辞的激励，但人们始终不能证明他指挥了实施行动的恐怖分子。虽然拉米兹·优素福曾在基地组织的一个营地受训，本·拉登与1993年世贸中心的爆炸案却没有关联。本·拉登对驻伦敦的巴勒斯坦编辑阿卜杜勒·巴里·阿特万说，1993年美军在摩加迪沙遭到伏击、1995年利雅得国民卫队培训中心的炸弹袭击和1996年霍巴塔的炸弹爆炸事件都是基地组织所为，但并没有任何证据能证实他的说法。毫无疑问，本·拉登身边围满了像扎瓦希里这样双手沾满鲜血的人，而他也支持他们在埃及的行动。按照中情局当时对他的描述，本·拉登是恐怖分子的资助者，而且是个没多少钱的资助者。然而，向美国宣战却成了对本·拉登及其事业的眩目广告——对于一个如此时乖运蹇的人来说，这是一种难以抵挡的诱惑。当然，本·拉登的塔利班主人不允许他这样大造声势；不过，本·拉登一旦抓住了整个世界的注意力，无论如何也不会再松手。

CNN记者彼得·阿内特首先请本·拉登提出他对沙特王室的批评意见。本·拉登说，王室对美国俯首帖耳，“按照沙里亚律法的规定，这样的政权应该被驱逐出宗教群体。”换言之，本·拉登对沙特王室宣布了“塔克费尔”（开除出教）的命令，称他们不应再被视为穆斯林，因而也就成了可杀之人。

阿内特接着问道，如果伊斯兰激进运动在沙特阿拉伯掌握政权，他打算创造怎样的一个社会。本·拉登的确切回答是：“我们相信，在真主的允可下——赞誉与荣耀归主——穆斯林将在阿拉伯半岛取得胜利，而真主的宗教——赞誉与荣耀归主——将在整个半岛盛行。我们将怀着极大的自豪与希望，恢复穆罕默德先知——愿他安息——曾受的神启，并

---

① 阿卜杜勒·巴里·阿特万，“对沙特反对派奥萨玛·本·拉登的采访”，《阿拉伯圣城报》，1996年11月27日。

② 伯克，“他何以成为本·拉登，(一)”《观察家报》，2001年10月28日。

③ 伯根，《圣战：在本·拉登的秘密世界之中》，第17页起。

以它作为裁定一切的标准。从前我们曾追随穆罕默德——愿他安息——的启示，并且获得了极大的幸福与尊严，功劳与赞誉都归于真主。”

值得注意的是，这个充满宗教辞藻的回答之中并没有提出任何现实的政治计划，除了施行沙里亚律法；而沙特阿拉伯无疑已经在实施这一律法。本·拉登所说的幸福与尊严处于历史的反面，与民族和国家的概念背道而驰。伊斯兰激进运动对于治理民众从来就没有明确的概念，也没有什么兴趣——这在塔利班的统治中得到了最为充分的证明。净化是他们的目标；一旦纯洁成为至高无上的要求，离恐怖也就不远了。

本·拉登把美国对以色列的支持列为他宣战的首要原因，第二个原因则是美军在阿拉伯世界的驻留。他补充说，美国的平民也必须离开伊斯兰圣地，因为他不能保证他们的安全。

阿内特在最发人深省的一轮对话中问道，如果美国答应本·拉登让他们离开阿拉伯的要求，他会不会停止圣战。“致使我们作出这种反应的，是美国针对整个伊斯兰世界的侵略政策，而不仅仅是其针对阿拉伯半岛的政策，”本·拉登说。因此，美国必须“在全世界”停止针对穆斯林的任何形式的干涉活动。本·拉登说话时俨然已是伊斯兰帝国的代表，一位即将就任的哈里发。“今天的美国制定了一种双重标准，任何反抗其不公行为的人都会被它称为恐怖分子，”他抱怨说。“美国想要占领我们的国家，窃取我们的资源，通过代理人来强行统治我们……而且还指望我们赞成这一切。如果我们拒绝服从，美国就会说，‘你们是恐怖分子。’”

这次奥马尔毛拉派了一架直升机去贾拉拉巴德，把本·拉登接到坎大哈与他见面①。本·拉登究竟是塔利班的盟友还是敌人，这一点尚不清楚。但无论是哪一种情况，奥马尔都不能再把本·拉登留在贾拉拉巴德；那地方远在阿富汗国土的另一端，处于塔利班控制范围的边缘。他

---

① 哈马迪，“基地组织内幕：本·拉登私人保镖阿布·占达勒讲述”（五），2005 年 3 月 23 日。

们必须控制住这个多嘴多舌的沙特人，否则就只能把他驱逐出境。

两人在坎大哈机场见面。奥马尔告诉本·拉登，塔利班情报机构声称他们发现有一帮部族雇佣兵密谋要绑架他①。无论消息是真是假，奥马尔毛拉总归找到了借口——他趁机命令本·拉登把手下撤出贾拉拉巴德，搬到坎大哈来；在这里塔利班可以盯着他。奥马尔亲自向本·拉登承诺会保护其安全，但他说那些新闻采访必须停止。本·拉登说他已决定停止自己的媒体宣传活动。

三天之后，本·拉登的全部家人与支持者乘飞机来到坎大哈，他自己则乘车跟在后面。他的整个运动又来了一次大迁移；又有一批灰心丧气的追随者离他而去。奥马尔给了本·拉登和基地组织两个选择：要么住在一栋为电器公司工人修建的宿舍楼里，楼内必需的生活设施一应俱全；要么就是一座名叫塔尔纳克农场的废弃农庄，那里的生活设施一概没有，连自来水都不通。本·拉登选择了破败不堪的农场。"我们想生活得简单一些，"② 他说。

农庄10英尺高的围墙之内有80来座用土坯或混凝土建造的房屋，包括宿舍、一座小清真寺、仓库，还有一栋摇摇欲坠的6层办公楼③。本·拉登的三位妻子全挤在一个有围墙的小院子里；据本·拉登的一名保镖说，她们生活得"非常和睦。"④ 在农庄的墙外，塔利班派驻了两辆苏制T-55坦克⑤。

和往常一样，本·拉登从生活的匮乏中汲取着力量，而且似乎完全没有觉察到如此恶劣的环境对别人造成的影响。一个名叫阿布·占达勒

---

① "我的父亲亏本整修了阿克萨清真寺"，《伊斯兰社群》，1991年10月18日。

② 哈马迪，"基地组织内幕：本·拉登私人保镖阿布·占达勒讲述"（五），2005年3月23日。

③ 科尔，《幽灵战争：中情局、阿富汗与本·拉登的秘史——从苏联入侵到"9·11"》，第391页。

④ 哈马迪，"基地组织内幕：本·拉登私人保镖阿布·占达勒讲述"（六），2005年3月24日。

⑤ 克拉克，《针对所有敌人》，第149页。

的也门圣战者向领导抱怨，说男人们几乎没东西可吃，本·拉登答道："占达勒，我的孩子，我们的境况还没有当年先知的同伴那么糟。他们那时用石头抵住自己的肚子，然后把它们紧紧绑在身上。安拉的使者自己还绑了两块石头呢！"

"那些人的信仰很坚定，真主是想考验他们，"阿布·占达勒反驳说。"而我们却是犯了罪的人，真主才不会考验我们呢。"

本·拉登笑了起来。

每天的伙食常常只有陈面包和井水。本·拉登会拿起硬撅撅的面包往水里一蘸，然后说："赞美真主！我们能吃到食物，可还有上百万人连这点东西都吃不上。"[①] 他们几乎没钱购买供应品。有一个阿拉伯人因有急事要去外国，就找到本·拉登问他要旅费；本·拉登进了屋子，搜集起所有能找到的现钞，最后拿着大约100美元走出来。阿布·占达勒意识到本·拉登已经掏空了自己的金库，就抱怨说："你为什么不把那笔钱留下一点来给我们？留在这里的人，比离开的人更有资格得到钱。"本·拉登回答说："不要担心。我们的生计自然会有着落。"但是这之后接连5天，除了本·拉登房子周围长的青石榴，农场里什么吃的也没有了。"一天三顿，我们都就着生石榴吃面包，"阿布·占达勒回忆道。

\- - -

自从1996年离开苏丹之后，扎瓦希里就成了个幽灵一般的人物。追踪他的埃及情报人员跟到了瑞士[②]和萨拉热窝。据说他在保加利亚寻

---

① 哈马迪，"基地组织内幕：本·拉登私人保镖阿布·占达勒讲述"（六），2005年3月24日。

② "扎瓦希里、本·拉登和赫兹布·塔赫里在欧洲开展恐怖主义行动时彼此之间关系的秘密"，《阿拉伯祖国》周刊，1995年10月13日。外国广播讯息处英译。扎瓦希里的一个同伙在埃及作证说，他曾用电话与身在日内瓦的扎瓦希里联系。哈立德·谢拉夫丁，"对埃及最大的国际宗教激进主义组织的审讯出人意料"，《中东日报》，1999年3月6日。外国广播讯息处英译。瑞士别墅，见"圣战组织恐怖主义者称中情局与恐怖分子有密切联系"，中东通讯社，1996年9月8日。与圣战组织关系密切的亚西尔·瑟勒在采访中坚称扎瓦希里从未在瑞士居住，但扎瓦希里的表亲玛哈·阿扎姆却说他在那儿住过。

求政治避难[1]，但埃及报纸又说他在靠近法国边境的一所瑞士别墅里享受着豪华的生活，他的一个秘密账户里存着 3 000 万美元。与此同时，扎瓦希里名义上还是圣战组织报纸《圣战者》的编辑，该报的办事处设在哥本哈根[2]。瑞士与丹麦两国的情报部门都不知道扎瓦希里那段时间是不是真在自己的国家呆过。扎瓦希里使用的一本假护照显示他去过马来西亚、新加坡、台湾地区和香港地区等地[3]。据称他曾到荷兰商讨开辟卫星电视频道的事宜[4]。他说自己得到了阿拉伯富豪的支持，他们希望在卡塔尔新近开播的半岛电视台之外，提供一种可供人们选择的宗教激进主义节目。按照扎瓦希里的方案，这个频道将每天向欧洲和中东地区播放 10 个小时，只使用男性播音员；不过，他的方案后来再也没有了下文。

扎瓦希里还去了车臣地区，他希望在那里建立圣战组织的新基地。“那里的条件好极了，”[5] 他在给同事的备忘录中写道。1996 年年初，俄罗斯人在与居民以穆斯林为主的叛乱地区实现停火之后，逐渐撤出了车臣一带。对伊斯兰激进分子而言，车臣提供了一个在高加索地区建立伊斯兰共和国的机会，他们可以从这里把圣战推向整个中亚地区。“如果车臣和其他高加索地区的圣战者抵达富含石油的里海沿岸，将他们与阿富汗分隔开来的惟一障碍就是中立国土库曼斯坦，”扎瓦希里在自己的回忆录中写道。“这将在俄罗斯南部形成一条伊斯兰圣战带；它将在巴基斯坦东部连接起来，克什米尔圣战者的活动已经蔓延到这一地区。”[6] 这样一来，哈里发帝国将逐渐重现。他所要创造的世界似乎唾手可得。

---

① 对赛义德·巴兹卜的采访。
② 对杰斯珀·斯坦的采访；迈克尔·塔恩比·詹森，个人通信。
③ 安德鲁·希金斯和阿兰·卡利森，“恐怖主义者的漫长历程：扎瓦希里医生的传奇彰显出基地组织的恐怖根源”，《华尔街日报》，2002 年 7 月 2 日。
④ 赖特，“本·拉登背后的人”，《纽约客》，2002 年 9 月 16 日。
⑤ 安德鲁·希金斯和阿兰·卡利森，“恐怖主义者的漫长历程：扎瓦希里医生的传奇彰显出基地组织的恐怖根源”，《华尔街日报》，2002 年 7 月 2 日。
⑥ 扎瓦希里，“先知麾下的骑士”，（七）。

1996年12月1日凌晨4点，扎瓦希里乘一辆小面包车进入俄罗斯境内。车上还有他的两位亲密助手马哈茂德·希沙姆·欣纳维和艾哈迈德·萨拉马·马布鲁克，后者是圣战组织阿塞拜疆分支机构的负责人。由于没有签证，一行人在关卡遭到拘留后被送往联邦安全服务部，并被控非法入境。扎瓦希里带着4本不同国家签发的护照，护照上的名字也各不相同[①]。俄罗斯人始终没弄清他的真实身份。他们搜出了6 400美元现金；其他一些伪造的文件，包括开罗大学医学院“阿明先生”的毕业证书；几本医学教科书；还有一台笔记本电脑、传真机和卫星电话。审判的时候，扎瓦希里假充是苏丹商人。他声称他不知道自己当时是非法越境，还说他来到俄罗斯是想“了解皮革、药物等商品的价格。”法官判处扎瓦希里和他的同伴6个月监禁。审判结束时，他们的刑期差不多也已经服完；几周之后，他们就被带到阿塞拜疆边境打发走了。“真主让他们对我们的身份视而不见，”[②] 扎瓦希里向支持者描述这次旅途的时候吹嘘说。这些支持者一直不知道他跑到哪儿去了，都很不满。

这次丢人的经历带来了十分深远的影响。扎瓦希里组织里叛逃的人越来越多，又没有真正的收入来源，他除了与坎大哈的本·拉登联手之外别无选择。他们两人都看到了联合起来的好处。与苏丹的兴盛时期相比，基地组织和圣战组织都已大不如前。不过，巴基斯坦情报部门劝说塔利班将霍斯特等地的基地组织营地重新交由本·拉登控制，以训练到克什米尔一带作战的民兵。靠着巴基斯坦三军情报局补贴的开支[③]，训练营地成了重要的收入来源。此外，本·拉登还能向几个自反苏圣战以来就一直支持他的人求助。因此基地组织还算有一点收入，足以让本·

---

① C·J·奇弗斯和史蒂文·李·迈尔斯，“车臣叛乱分子主要受民族主义驱使”，《纽约时报》，2004年9月12日。

② 安德鲁·希金斯和阿兰·卡利森，“恐怖主义者的漫长历程：扎瓦希里医生的传奇彰显出基地组织的恐怖根源”，《华尔街日报》，2002年7月2日。

③ 本杰明和西蒙，《神圣恐怖的时代》，第146页。

拉登购买高级汽车送给奥马尔毛拉和他手下的高级指挥官[1]，从而使自己更受欢迎。尽管基地组织的经济状况仍然十分严峻，扎瓦希里还是认为有了本·拉登对自己会更加有利。

许多埃及人在阿富汗重新会合起来，其中就有阿布·哈夫斯。阿布·乌贝达淹死之后，他被任命为基地组织的军事指挥。基地组织只能提供每月100美元的津贴[2]，是苏丹时的一半。伊斯兰组织的领袖来到了阿富汗，还有其他来自巴基斯坦和孟加拉国的伊斯兰激进分子。起初，他们和基地组织的家庭一起呆在贾拉拉巴德的山洞里——共有250人左右[3]——大部分人后来又跟随本·拉登搬到坎大哈。这里的情形让他们大惊失色：肮脏的环境、粗劣的食物、不洁的饮水，更糟糕的是没有生活设施。肝炎和疟疾大肆流行。“这地方比坟墓还差劲，”[4] 一个埃及人在家信中说。终于，他们的领袖扎瓦希里也来到了这里。

由于阿富汗已经没有了学校教育，孩子们整天都在一起玩耍。扎瓦希里的一位著名支持者有个性情固执的女儿名叫扎纳卜·艾哈迈德·哈德尔，是加拿大公民。全家离开白沙瓦的时候扎纳卜很难过；她那时18岁，一家人已经在那里舒舒服服地生活了15年。阿富汗就在那道挡住落日的陡峭山崖对面，但这个国家似乎还停留在上一个世纪。虽然扎纳卜那时已经把自己遮得严严实实，甚至戴上了手套，脸上也披着盖头，她还是很讨厌阿富汗女人不得不穿的“布尔卡”（burka）包头长袍。父母向扎纳卜保证她在这个国家会很开心，这里施行的是真正的伊斯兰信

---

① 瓦希德·穆杰德赫，见伯根，《我所认识的奥萨玛·本·拉登：基地组织领袖的口述历史》，第164页。

② 艾哈迈德·易卜拉辛·赛义德·纳贾尔的供述，“阿尔巴尼亚遣返者”一案，1998年9月。

③ 阿卜杜勒-拉赫曼·哈德尔，见伯根，《我所认识的奥萨玛·本·拉登：基地组织领袖的口述历史》，第173页。

④ 阿兰·卡利森和安德鲁·希金斯，“紧张的联盟：基地组织阿富汗骚乱的内幕”，《华尔街日报》，2002年8月2日。

仰；虽然和她一起长大的学校伙伴不在身边，她很快就能找到新的朋友。扎纳卜闷闷不乐地宣布她不想交任何朋友。

两天之后，母亲说他们要去见本·拉登一家人。“我**谁**都不要见！”她抗议说。

“你要是不听话，就别想再去白沙瓦了，”她的父亲不耐烦地说。

后来，本·拉登的几个女儿成了扎纳卜最亲密的朋友。长女法蒂玛1997年时14岁，是乌姆·阿卜杜拉的女儿；13岁的赫蒂彻是乌姆·哈立德的女儿。（“法蒂玛”是先知穆罕默德一个女儿的名字，而“赫蒂彻”则是他第一位妻子的名字。）扎纳卜和本·拉登的女儿们年龄差着好几岁，不过她也接受了这个事实；她们生活的圈子实在是太小。

本·拉登的三位妻子带着孩子，分别住在农场自家的房子里。基地组织成员的孩子们全都穿得破破烂烂，想让他们保持最起码的整洁往往都是白费力气。扎纳卜发现，本·拉登几房妻子的家都很干净，而且截然不同。乌姆·阿卜杜拉没受过什么教育，但为人风趣、心肠又好；她特别喜欢装饰屋子。虽说另两位妻子的家也收拾得整整齐齐、干干净净，乌姆·阿卜杜拉的家还很漂亮。屋子里摆着花，墙上有招贴画，还能看到给小小孩玩的涂色书。扎纳卜注意到，她家里的不少清扫活儿都得女儿法蒂玛来干，因为这位母亲“生来就不是干活的”。

法蒂玛是个很有趣的孩子，不过反应有点慢。她私下对扎纳卜说自己绝对不要嫁给父亲身边的任何一个男人，因为“我父亲将会被全世界通缉”。

“他犯的罪就是让你结婚①，法蒂玛，”扎纳卜说。

“得了吧你。”

扎纳卜不是在开玩笑。在这些女孩生活的世界里，婚姻不仅是两个人的结合，也是两个家庭的联盟。扎纳卜觉得，法蒂玛似乎忘了自己的

---

① 原文中的“marrying you”意带双关，既可指“嫁出女儿”，也可指“与女儿结婚”。——译者

身份。（当然，法蒂玛也无法决定自己会嫁给谁；后来成为她丈夫的人——本·拉登的追随者之一——将在 4 年之后组织撤出坎大哈时丧生。）

乌姆·哈立德的家则大不一样——这里的生活更为宁静，也更有条理。和乌姆·阿卜杜拉不同，乌姆·哈立德试图自己来教育三个女儿和一个儿子。农场里为阿拉伯男孩设立了一所私立学校，但女孩子们都在家里学习。身为阿拉伯语语法学博士的乌姆·哈立德帮助扎纳卜学习这门课程，还经常和女孩子们一起做饭。本·拉登教女儿们数学和科学，每天都会抽点时间和她们呆在一起。有时他还会搞测验，看她们有没有跟上进度。

乌姆·哈立德的大女儿赫蒂彻喜欢学历史和生物。在扎纳卜看来这几个孩子接受的教育都不怎么样，不过她认为赫蒂彻"非常、非常的聪明"。

乌姆·哈姆扎只有一个孩子，是个男孩。但照扎纳卜看，与其他两位妻子相比，"乌姆·哈姆扎最棒。"她也是最年长的一位妻子，比丈夫大 7 岁。她视力不好，体质虚弱，患有习惯性流产。作为一位出身既富且贵的沙特女性，她身上自然流露出一种庄严之感，但她对本·拉登的事业也非常投入。本·拉登向乌姆·哈姆扎求婚时，他的家人感觉大受冒犯，因为这是本·拉登第二次结婚。但她同意了；她想嫁给一位真正的圣战者。乌姆·哈姆扎在基地组织的社区中很有人缘。其他的女人觉得可以向她倾诉，而与她交谈的时候，她们感觉自己的问题对她来说也很重要。"我们知道周围的一切都有可能崩溃，因此会情绪低落，"扎纳卜说。"她能让大家坚持下去。"

本·拉登也很依赖她。虽然他试图按照《古兰经》的训谕，对几位妻子平等相待，但所有人都知道他最爱的是乌姆·哈姆扎。她并不美丽，但通情达理，信仰虔诚。她的家永远是最干净整齐的。屋子里只有一张床，一个箱子，她所有的衣服都装在里面。她会在门背后挂上一件干净的沙尔瓦克米兹（最常见的阿富汗长袍），等着给本·拉登换上。

浴室的小架子上放着一瓶她自己用的香水，还有一瓶则是丈夫的。

他们的亲密关系让乌姆·阿卜杜拉嫉妒得要命。虽然乌姆·阿卜杜拉在几位妻子中排行老大，还为本·拉登生了11个孩子，她也是妻子中年纪最小、教育程度最低的一个。美貌是她惟一的优势，她也下了很大功夫来保持自己的吸引力。每当组织里有别的女人出门，尤其是去西方国家，乌姆·阿卜杜拉都会给她们开一张列有名牌化妆品和内衣的购物单，她最中意其他任何人都不会买的美国牌子。本·拉登的几位妻子都住在农场的同一个内院之中，乌姆·阿卜杜拉会穿上运动服，在院子里绕圈跑步，以保持体形。"她总和奥萨玛吵架，"她的朋友玛哈·埃尔撒姆纳回忆说。"我常常告诉她，这个男人可能一眨眼就会被从你身边夺走。你应该好好享受和他在一起的时光。不要每次他一来，就把他搞得那么痛苦。"

女孩们有时会彼此搞一些孩子气的恶作剧。有一次法蒂玛不想让扎纳卜回家，就哄她妹妹伊曼把扎纳卜的鞋子和盖头藏起来，一直拖到实施宵禁的时间；这样一来，扎纳卜只好整晚呆在她们家。

本·拉登的孩子并不像社区的其他人那样，把他视为一位极为虔诚、决不妥协的人物。有一回法蒂玛想借几盘磁带，扎纳卜告诉她："我可以把磁带给你，但有一个条件。可别让你爸听到这些东西。有些人对教规守得太严了。"

"我爸又不会把这些磁带砸掉，"法蒂玛抗议说。"他其实没那么厉害。他只不过是在手下面前装出那副样子罢了。"

"他真的会听歌?"扎纳卜惊讶地问道。

"是啊，他又不反对。"

生性爱马的本·拉登在乌姆·哈立德家里收藏了许多相关书籍，甚至保留着彩印书和印有马儿图片的日历；不过，社区里的其他家庭都不得在墙上挂图画。扎纳卜的结论是："这位谢赫挺不拘小节。"

本·拉登年纪略长的儿子们常和父亲呆在附近的托拉博拉。在这些十几岁的男孩的身上，奇怪而又不稳定地混合着两种特点：一是无聊，二是极度危险。和女孩不一样，男孩们有机会上学，但他们在学校除了整天背《古兰经》之外几乎就无事可做。本·拉登允许年纪稍小的几个儿子玩任天堂游戏机[1]，因为实在没有什么别的娱乐方式。男孩们都很野，为了摆脱单调的生活往往会干出不计后果的事来。扎纳卜有个弟弟叫阿卜杜勒·拉赫曼，和本·拉登的一个儿子正好同名，两个人成了朋友。在整座农庄里，只有他们俩的父亲才有能力给孩子买马骑。有时他们不骑马，而是挑动两人的马打架。阿卜杜勒·拉赫曼·本·拉登的马是一匹性子很烈的阿拉伯马，不过后来差点被阿卜杜勒·拉赫曼·哈德尔买的一匹更为强壮的马弄死。本·拉登的儿子往枪膛里压了一枚子弹，用枪指着哈德尔，说如果他不把自己的马拉开就要把他打死。谋杀与暴力始终在酝酿之中。

到了下午，男孩们常打排球，奥萨玛有时也会上场。他的健康状况显得非常好。有一次他从塔利班手里买了一匹马，据称是他们从艾哈迈德·沙阿·马苏德那里夺来的。那是一匹金色的高头大马，有三条小腿是白色。始终没人能驾驭它，后来本·拉登跃上马背，骑着它跑远了。25分钟之后他骑着马回到农庄，马儿已对他俯首帖耳。

这里的男人们让整个世界如此畏惧而鄙视，但他们在自己家里时似乎却没有那么可怕；他们会和孩子们打打闹闹，还辅导他们做功课。扎纳卜记得，有一次她们一家去了扎瓦希里在坎大哈的家，这位父亲拿着冲锋枪走进了家门。扎瓦希里正要上楼梯，扎纳卜10岁的弟弟抱住了他的腿，缠着他要枪玩。“阿卜杜勒·卡里姆，等我们进了房间再说嘛！”扎瓦希里说。小男孩就是不放手；他求个不停，还要去够枪。扎瓦希里终于绷不住了，就把武器给孩子看了个够。在扎纳卜和其他人眼中，这是个很温情的时刻。“而这样的一个人，却被他们说得简直像恶魔一样！”她叹道。

---

① 阿卜杜勒·巴里·阿特万，见伯根，《我所认识的奥萨玛·本·拉登：基地组织领袖的口述历史》，第170页。

扎瓦希里的4个女儿聪明、率直、相貌美丽，尤其是纳比拉。长到12岁的时候，她在社区里为儿子物色媳妇的母亲眼中已是备受关注的对象。扎瓦希里惟一的儿子穆罕默德长得也很漂亮，是几个姐姐的宠儿。但长大之后，他更多的时间都要和男人们和同学相处。对于这样一个身体纤弱、彬彬有礼的男孩来说，周围的环境实在是太糟糕。他老是遭到挑逗、被人欺负。他宁可呆在家里帮母亲做事。

扎瓦希里的女儿们常常聚在一起嬉戏，或是锻炼身体。她们的母亲阿扎喜欢办小规模的聚会，不过可以待客的东西实在太少——有时只是面条和西红柿[①]。扎瓦希里的二女儿乌梅玛订婚的时候，扎纳卜去了她们家。从早饭到中饭，再从中饭到晚餐，女孩子们一直叽叽呱呱地说个不停。那天晚上到了深夜她们还在唱歌，闹腾得要命，连艾曼医生敲门让她们安静一点都没听见。“我在想，这个人让全世界胆战心惊，但他甚至都没冲我们大喊大叫。我们觉得他是个脾气温和的好人。”

扎瓦希里的妻子为人端庄，不过她还是坚持在生活中保留一份讲究。阿扎的衣服都是自己缝制的，她比较喜欢古典的款式。她弄来一些伊朗的衣服样子，还自学了一点波斯语，好看懂上面的说明。她还靠缝制睡衣来攒钱，常会把自己收入的一部分捐给亟需用钱的事业。她和女儿们用糖纸做成花束挂在墙上，还拿石头在她们家寒碜的土房前面摆出漂亮的图案。

1997年，阿扎碰到了一件意外的事：在上次生孩子将近10年之后，她又怀孕了。婴儿出生在冬天，体重严重不足。艾曼医生一看到自己的第5个女儿，马上就意识到这孩子患有唐氏综合症[②]。阿扎本来就肩负着在艰难环境中照顾一大家人的重任，但她仍然接受了这个新的负担。他们给孩子取名艾莎。家里的每个人都爱护她，但只有阿扎一人才能照

---

① 对玛哈·埃尔撒姆纳的采访。

② 唐氏综合症是由于婴儿先天染色体缺陷而引发的，通常与母亲的年龄有关。孕妇的年龄越大，产下患儿的可能性越高。患有唐氏综合症的婴儿智力较低，很可能同时患有先天性心脏病、消化道畸形等并发症。——译者

顾到她所有的要求。

回顾自己与本·拉登和扎瓦希里两家孩子的友谊，扎纳卜说这两家人“经历过起起落落，但他们都是很正常的孩子。他们的童年也挺正常的。”

1997年7月，扎瓦希里回到阿富汗两个月之后，埃及局势发生了可能危及他整个运动的变化，这让他愤怒异常。伊斯兰律师蒙塔赛尔·扎耶特在伊斯兰激进组织和埃及政府之间促成了一项协议。这项被称为“非暴力倡议”的协议起源于一所监狱之中，16年前扎耶特和扎瓦希里就曾被囚禁那里[①]。由于2万名伊斯兰激进分子被埃及逮捕，还有数千人被安全部队杀害[②]，宗教极端主义运动已陷于瘫痪；伊斯兰激进组织的领袖清楚地认识到，除非他们正式放弃暴力，否则就无法再见天日。

倡议宣布后，奥马尔·阿卜杜勒·拉赫曼谢赫在美国监狱的囚室里附议表示赞同。埃及政府虽然不承认达成过什么交易，还是于第二年释放了2 000名伊斯兰激进组织成员[③]。扎瓦希里圣战组织的许多资深成员也加入了这项与政权和解的运动。

起初，只有扎瓦希里一个人对此事独持异议。“用政治语言来说，这个倡议就等于投降，”[④] 他极为愤怒。“哪一场战争之中的战士，会被迫结束自己的战斗与煽动，束手就擒，还要交出自己的手下和武器——却得不到任何回报?”针对此事，扎瓦希里和其他伊斯兰激进分子向伦敦发行的一家阿拉伯语报纸的编辑发去连珠炮一般的信件，后来这些信被人们称为“传真之战”。扎瓦希里说，他理解狱中领袖们遭受的磨难，但“如果我们现在把运动停下来，当初又何必开始?”

---

① 对蒙塔赛尔·扎耶特的采访。

② 韦弗，《埃及画像：在伊斯兰激进世界之中的旅程》，第264页。韦弗估计被杀的伊斯兰激进分子在7千至8千人之间，第267页。

③ 鲁宾，《埃及政治中的伊斯兰宗教极端主义》，第161页。

④ 穆罕默德·沙菲，“扎瓦希里的秘密文件”（五），《中东日报》，2002年12月17日。外国广播讯息处英译。

扎瓦希里的立场使埃及伊斯兰激进分子产生了分歧：留在埃及国内的人希望和平，流亡国外者则反对和解。扎瓦希里召来了两位支持者——新任伊斯兰激进组织反对派埃米尔的穆斯塔法·哈姆扎，以及该组织的军事指挥里法伊·艾哈迈德·塔哈，他们两人都在阿富汗。（盲人谢赫附和此项倡议时，也许是将其视为和美国人讨价还价的筹码[①]，他希望美国人能放自己出狱。后来他看到出狱显然没有可能，就收回了对倡议的支持。）埃及流亡者决定通过一次扭转局面的袭击行动，来为继续使用暴力的做法正名。

原定的袭击目标可能是一场歌剧演出。1997 年 10 月，尼罗河西岸靠近卢克索的哈特谢普苏特女王[②]陵庙前上演了威尔第讲述古埃及故事的歌剧《阿伊达》。壮观的陵庙遗迹是新埃及王国最伟大的古迹之一。总统夫人苏珊·穆巴拉克主持了歌剧的开场庆典。

伊斯兰激进组织的策略是袭击埃及经济的命脉与对外交流的主要来源——旅游业，以刺激政府作出更压迫民众、更不得人心的反应。圣战组织一向很鄙视这种做法，认为它会适得其反。但这次歌剧演出将有许多重要人物和政府官员参加，包括总统本人在内，因此它也为实现圣战组织除掉政府首脑的目标提供了机会。不过，庆典时在场的 3 000 名埃及安全部队官兵，却使得他们未能发动起初策划的袭击[③]。

1997 年 11 月 17 日，壮丽的陵庙遗迹和往常一样守望着南方琥珀色的沙漠，35 个世纪以来它一直如此——比起耶稣、穆罕默德，甚至是几个一神宗教的创始人亚伯拉罕[④]，它的历史都要早得多。夏日的酷热已经消退，这标志着旅游旺季的开始；数百名游客徜徉在陵庙之中，有

---

① 对希沙姆·卡西姆的采访。

② Hatshepsut，或译哈采普苏特，开创一代盛世的古埃及第 18 王朝女王（公元前 1479 年—公元前 1458 年左右在位），也是古埃及时期唯一的女性法老。——译者

③ 韦弗，《埃及画像：在激进伊斯兰世界之中的旅程》，第 272 页。

④ 亚伯拉罕（阿拉伯语中称为易卜拉辛）是犹太教、基督教和伊斯兰教的先知，是上帝从世上众生中捡选并给予祝福的人。同时也是传说中希伯来民族和阿拉伯民族的共同祖先。——译者

的结队跟着埃及导游，还有一些人在拍照，或是在售货亭前买东西。

早晨将近9点的时候，6名身着黑色警察制服、手提塑料包的年轻男子进入了陵庙的建筑。其中一人开枪打死一名保安，然后他们全都绑上了红色的头带[①]，表明自己是伊斯兰激进组织的成员。两名袭击者守在大门口准备与警察交火，但警察始终都没来。其他几人则在陵庙阶梯状的院子里来回搜索，先开枪打腿把游客们撂倒在地，然后再有条不紊地走上前对准头部射击，结果他们的性命。他们停下来，用宰牲口的刀肢解了几具尸体。一位年长的日本男子被他们挖掉了内脏。后来人们发现他体内塞着一本小册子，上面写道："不许游客来埃及。"[②] 小册子的署名是"奥马尔·阿卜杜勒·拉赫曼的破坏与毁灭分队——伊斯兰激进组织。"

被困在陵庙中、缩身石灰岩柱廊之后的游客想躲起来，但他们无路可逃。陵庙成了一个绝好的陷阱。在受害者的惨叫声中，伴随着袭击者重新装弹时"真主至大"的高喊。屠杀持续了45分钟，地面上血流成河。死者中有一个5岁的英国孩子，还有4对正在度蜜月的日本夫妇。陵庙装饰精美的墙壁，溅上了脑浆和碎发。

任务完成之后袭击者劫持了一辆公共汽车，准备再找些游客来杀，但他们终于碰到了警方的检查点。一名袭击者在随后发生的枪战之中受了伤。伤者的同伴将其杀死，然后逃入山中；许多导游和村民骑着小轮摩托或驴子紧紧追赶，他们手里的武器只有铲子和石头。

后来，人们在一个山洞里发现了袭击者排成一圈的尸体。埃及新闻界猜测他们是被愤怒的村民们打死的，但看起来他们是按照某种仪式结果了自己的性命。其中一人的口袋里装着张纸条，上面说他因为没有尽早实施这次行动而深感遗憾。

---

① 道格拉斯·耶赫尔，"70人在埃及陵庙袭击事件中丧生"，《纽约时报》，1997年11月18日。

② 韦弗，《埃及画像：在伊斯兰激进世界之中的旅程》，第259页。

不包括袭击者在内，共有58名游客和4名埃及人被杀。这是现代埃及历史上最为严重的恐怖行动。大部分受害者是瑞士人（35人）；其他死者则来自日本、德国、英国、法国、保加利亚和哥伦比亚[①]。此外，还有17名游客和9名埃及人受伤。一名瑞士女子眼睁睁看着父亲在自己面前被割掉了脑袋。

第二天，伊斯兰激进组织宣称对袭击事件负责。里法伊·塔哈说，按计划袭击者本应该绑架人质，迫使政府释放狱中的伊斯兰领袖[②]，但有条不紊的屠杀过程表明这显然是个谎言。杀人凶手的死亡则反映出了扎瓦希里的影响；在此之前，伊斯兰激进组织从未进行过自杀式行动。瑞士联邦警察后来查明，本·拉登资助了这次袭击事件[③]。

埃及举国震惊。深感憎恶和耻辱的民众彻底走向了伊斯兰激进分子的对立面。而这个组织突然又表示收回先前的说法，并指责起常见的几个替罪羊来。盲人谢赫在监狱里怪罪以色列人，称这次屠杀出于摩萨德[④]之手。扎瓦希里则指责埃及警方，说杀人者其实是警察，不过他还说受害者也有责任，因为他们来到了埃及。“埃及人民认为，外国游客呆在这里是对穆斯林和埃及的侵犯，”他说。“年轻人都在说，这儿是我们的国家，而不是供人嬉闹消遣的地方，特别是你们这些外国人。”[⑤]

卢克索成了埃及反恐怖主义运动的转折点。无论阿富汗的策略家们认为这雷霆一击会带来怎样的好处，事件的后果却落到了他们自己头上，并没有伤及敌手。他们的支持消失无踪；而在失去了民众的认可之后，他们再也找不到藏身之处。在卢克索事件之前的5年中，埃及的暴

---

① 阿兰·考埃尔，“在瑞士的一个机场，卢克索36名死者的遗体被送回国内”，《纽约时报》，1997年11月20日；亦可见道格拉斯·耶赫尔，“现代的恐怖，降临在尼罗河畔古老的遗迹之中”，《纽约时报》，1997年11月19日。

② 匿名，《透过敌人的眼睛》，第199页。

③ 贾兰·哈拉韦，“本·拉登，卢克索屠杀的幕后主谋?”，《金字塔周刊》，1999年5月20—26日。

④ 以色列情报机构，全称为“以色列情报和特殊使命局”（The Institute for Intelligence and Special Operations）。——译者

⑤ 劳伦斯·赖特，“本·拉登背后的人”，《纽约客》，2002年9月16日。

力恐怖组织杀害了 1 200 多人，其中许多是外国人。而在卢克索之后，伊斯兰激进分子的袭击就完全停止了。“我们还以为这些人此后就销声匿迹了，”[①] 一位开罗人权工作者说。

- - -

也许是因为身处与世隔绝的坎大哈，圣战者的领导人——特别是埃及人——认识不到他们这次失败的本质。他们的思维被封闭在自己所创造的逻辑之中。他们谈话的主要对象就是彼此；为证实自己的观点，他们从《古兰经》和圣训的教导之中挑出特定的文字，让人们觉得他们肩负着上天注定的使命。他们生活在一个不断遭受暴力摧残的国家，因此卢克索的恐怖事件也不会显得多么非同一般；实际上，在塔利班革命的激励下，他们还想变得更为血腥、更不妥协。然而，卢克索事件发生之后，圣战者领导人也进行了一段时间的反思。他们分析了自己的困境，并制定了一个让伊斯兰取得胜利、与不信真主者进行最后决战的策略。

他们分析中的主要观点是：不合法的领导给伊斯兰国家带来了深重的灾难[②]。圣战者接着又自问，这种局面是由谁造成的[③]？他们说，罪魁祸首就是所谓的基督教-犹太教联盟。随着 1916 年英法两国瓜分阿拉伯土地的《赛克斯-皮科协定》，以及第二年要求在巴勒斯坦建立犹太国的《贝尔福宣言》，这个联盟就产生了。不久之后奥斯曼帝国土崩瓦解，伊斯兰的哈里发帝国也随之消亡。这一切都被视为基督教-犹太教联盟为扼杀伊斯兰教而进行的持续斗争，他们利用的工具则是联合国、屈从的阿拉伯统治者、跨国公司、卫星频道以及国际救援机构。

伊斯兰激进组织以前也曾兴起过，但都由于不够团结和缺乏明确计划而失败了。1998 年 1 月，扎瓦希里开始起草一份将聚集在阿富汗的所

---

① 对希沙姆·卡西姆的采访。

② 福阿德·侯赛因，“扎卡维……基地组织的第二代（十四）”，《阿拉伯圣城报》，2005 年 7 月 13 日。

③ 扎瓦希里，“先知麾下的骑士”，（十一）。

有圣战者团体团结到同一旗帜下的正式宣言①。这一宣言将使运动的目标从地区性冲突，转向针对美国的全球伊斯兰圣战。

与本·拉登两年之前的战争宣言相比，这份宣言措辞慎重，简明扼要。扎瓦希里申诉了美国的三大罪状。第一，海湾战争结束已有7年，但美军还驻留在沙特。“如果说以前还有人对占领的问题存在争议，那么如今阿拉伯半岛的所有人民都已认清这一事实，”他评论道。第二，据他说美国已造成100多万平民死亡，这证明美国企图摧毁伊拉克。第三，美国打算通过残害阿拉伯国家来扶持以色列，因为削弱与分裂阿拉伯国家是以色列赖以生存的惟一保证。

所有这一切就等于是“针对真主、主的使者和穆斯林的战争”。因此，圣战者联盟的成员发布了圣令，“裁定杀死美国人及其盟友——不论军人还是平民——是每一位穆斯林的个人责任；只要有可能，他们应在任何一个国家实施这种行动。”

2月23日，伦敦发行的《阿拉伯圣城报》刊载了这篇圣令，新联盟在其中自称“伊斯兰反犹太和十字军国际阵线”。圣令的签署者有本·拉登（以个人名义）；圣战组织的领导人扎瓦希里；伊斯兰激进组织的领导人里法伊·塔哈；巴基斯坦伊斯兰促进会秘书米雷·哈姆扎谢赫；还有孟加拉圣战运动的领导人法兹勒·拉赫曼。签名中没有用到基地组织的名字。这个组织的存在仍然是一个严格的秘密。

在阿富汗境外，伊斯兰激进组织成员看到这一宣言时简直难以置信。经历了卢克索事件的灾难之后，他们震惊地发现自己成了一个从未邀请他们加入的联盟的成员。塔哈被迫从圣令上撤回了自己的签名；按照他对伊斯兰激进组织其他成员所作的拙劣解释，他只不过是在电话中受到邀请，联合发表了一份支持伊拉克民众的声明②。

圣战组织也是一片哗然。扎瓦希里将他在阿富汗的支持者召集起

① 肯尼思·M·卡拉斯的结案陈词，美国诉奥萨玛·本·拉登一案。
② 扎耶特，《通往基地组织之路：本·拉登得力干将的故事》，第89页。

来，以解释这个新的全球性组织。成员们指责他背离了组织夺取埃及政权的首要目标，而且反对把圣战组织拖进本·拉登针对美国的宏大战争。有些人则反对本·拉登本人，说他“历史阴暗[①]”，担任新联盟的领袖无法取信于人。扎瓦希里在一封电子邮件中答复了这些针对本·拉登的抨击：“这位承包商（本·拉登）以前也许确实有过未能兑现的诺言，但现在他已经改变了……即便在这个时候，我们所享有的一切几乎都是首先来自真主，然后来自他。”[②] 到那时，他已经完全附属于本·拉登。如果没有本·拉登的钱（不管这钱变得如何紧缺），基地组织就无法生存。

最后扎瓦希里发誓说，如果成员不认可他的行动，他就要辞职[③]。成员被捕和叛变已经把圣战组织弄得乱作一团，都到了崩溃的边缘；因此，他们要么继续追随扎瓦希里，要么就只能离开圣战组织。许多成员作出了后一种选择，其中包括扎瓦希里自己的弟弟、也是他军事指挥的穆罕默德[④]。从地下运动的时期开始，兄弟俩就始终在一起。他们曾经发生过争执——有一次，艾曼当着同伙的面痛斥穆罕默德，说他没有管理好组织那点菲薄的资金。但穆罕默德很得人心；每逢艾曼因为出行或入狱长时间不在组织里，身为副埃米尔的穆罕默德就会承担起领导的责任。然而，与本·拉登联手一事让穆罕默德无法接受。他的背弃给组织带来了沉重的打击。

伊斯兰激进组织的几名成员试图推举盲人谢赫做伊斯兰阵线的埃米尔，但这个提议根本没人理会，因为奥马尔谢赫还关在美国的监狱之中。本·拉登早已受够了埃及不同派系之间的内讧。他告诉这两个组织，他们在埃及的行动收效甚微而且代价高昂，现在已到了“把枪口转

---

① 穆罕默德·沙菲，“扎瓦希里的秘密文件”（二），外国广播讯息处英译，《中东日报》，2002年12月14日。

② 穆罕默德·沙菲，“基地组织的秘密电子邮件”（二），外国广播讯息处英译，2005年6月13日。

③ 扎耶特，《通往基地组织之路：本·拉登得力干将的故事》，第109页。

④ 对哈尼·西巴伊的采访。

向”美国和以色列的时候。扎瓦希里的助理艾哈迈德·纳贾尔后来告诉埃及的调查员，“我亲耳听见本·拉登说，我们的主要目标现在已经集中到一个国家——美国，它要求我们对所有的美国利益发动游击战争，不仅是在阿拉伯地区，而且是在整个世界。”①

① 艾哈迈德·易卜拉辛·赛义德·纳贾尔的供述，“阿尔巴尼亚遣返者”一案，1998年9月。

第十六章 “这下开始了”

在联盟发布圣令，要求随处诛杀美国人之后，基地组织的运气开始有了好转。在这以前，除了沙特和苏丹两地之外，没有多少人知晓本·拉登这个名字和他的事业；但是，圣令的消息又激励起了新一代的战士。他们有些来自巴基斯坦的宗教学校，有些则来自开罗或丹吉尔[①]的街头。西方世界中的穆斯林群体也听到了这一号召。1998年3月，圣令宣布才一个月时间，艾哈迈德·雷萨姆就从蒙特利尔赶来。原籍阿尔及利亚的雷萨姆是个小偷，后来因企图炸毁洛杉矶国际机场被捕。在阿富汗的基地组织新人得先到哈尔丹营地受训，雷萨姆是营地里的30来个阿尔及利亚人之一。生活在伦敦的摩洛哥裔法国公民扎卡里亚斯·穆萨维也于同一个月抵达；后来，他承认犯下了阴谋袭击美国的罪行。来自也门、沙特阿拉伯、瑞典、土耳其和车臣的男青年聚集到哈尔丹，每个国家的人都有自己的埃米尔。[②]他们建起一个个小组织，准备将来移植到自己的祖国或是客居的国家。有些人去克什米尔和车臣打仗。许多人则为塔利班效命。

知名度是本·拉登使用的货币。财富没有了，他用名声取而代之；名声为他换来了应征者和捐赠。尽管本·拉登向奥马尔毛拉保证会保持沉默，他在圣令发布后还是举行了一系列新闻发布会并接受采访。首先来采访的是一行14人的巴基斯坦记者，他们上车后先被拉着兜了两天圈子，然后才被送到离出发点只有几英里远的一个基地组织营地。记者们百无聊赖地四下站着，等候本·拉登现身。突然，一阵枪炮和火箭弹的齐鸣宣告本·拉登抵达营地：他乘着由 4 辆皮卡组成的车队，还有蒙面保镖护送。一条狗疯跑着找地方躲，连滚带爬地逃到了一棵树后。

这个场面让巴基斯坦记者感觉很滑稽，一看就是事先安排好的[③]。他们对本·拉登向美国宣战并没有兴趣，那宣言似乎只是个哗众取宠的荒唐噱头。印度刚刚实验了一种核设施，他们希望本·拉登转而对印度宣布圣战。大失所望的本·拉登试图把记者们重新引到自己的议程上来。"我们来谈谈真正的问题吧，"[④]他请求说。

"恐怖主义既可能是值得称赞的，也可能是应受谴责的，"[⑤] 等一位追随者提出一个早有安排的问题，本·拉登就谈起了大道理。"恐吓一个无辜的人，对他实施恐怖行动，这是应该反对的不公行为；而不公正地对人实施恐怖行动也是不对的。反之，对压迫者、罪犯、窃贼与强盗实施恐怖行动则很有必要，因为这样才能保证人们的安全，保护他们的财产……我们所施行的，就是这种值得称赞的恐怖主义。"

正式采访结束后，伊斯兰堡《新闻报》的记者拉希姆拉·优素福扎把本·拉登拉到一旁，问他能否谈谈自己的生活。比如说，他有几位妻子，有多少个孩子？

"我数不清，"本·拉登笑着说。

"起码有几个妻子你还是知道的吧，"优素福扎提示道。

"我想我有三个妻子，不过孩子有多少已经搞不清了，"本·拉登说。

优素福扎接着又问本·拉登有多少钱。本·拉登以手抚心，微微一笑。"我这里很富有，"他说。他还是在回避个人问题。

优素福扎刚回到白沙瓦，就接到了奥马尔毛拉怒冲冲打来的电话。

---

① Tangier，摩洛哥北部古城、海港。——译者
② 伯克，《基地组织：投下恐怖的阴影》，第 186 页。
③ 对伊斯梅尔汗的采访。
④ 对拉希姆拉·优素福扎的采访。
⑤ 网页：www. pbs. org/frontline.

“本·拉登召开记者招待会宣布圣战，竟然都不告诉我一声?”他大叫。“阿富汗只能有一个统治者，要么是我，要么是他本·拉登。”

虽说本·拉登在采访时拼命喝茶喝水，这样的采访总是会让他的嗓子大受影响。每次接受采访，第二天他的声带就会红肿不堪，根本说不了话，只能用手势与人交流[1]。他的保镖声称这是苏联化学武器的残留影响，但有些记者则认为他肯定患有肾病[2]——这种说法，引出了一个持久而未被证实的传奇。

与巴基斯坦新闻界谈话两天后，本·拉登接待了记者约翰·米勒和美国广播公司（ABC）的新闻摄制组。采访之前，这位无可取代的美国记者在一座小屋中和扎瓦希里席地而坐，向他说明新闻摄制组的要求。“医生，我们要拍摄本·拉登在营地里走动、和手下人交流、观看他们训练之类的情况，然后我们就能以这些镜头作为背景画面，来讲述他的故事，”米勒说。扎瓦希里会意地点点头。“你们需要一些‘B’带，”[3]他说的是代表这种拍摄的专业术语。他轻声一笑，又说道：“米勒先生，你得明白，这次采访可不是你们台的萨姆·唐纳森[4]和总统在白宫玫瑰园散步。本·拉登先生是一位**非常重要的人物**。”

那一刻，米勒意识到扎瓦希里可能是本·拉登身后的真正力量。不过，本·拉登自己随后也到了，那一番精心安排、令人敬畏的枪炮齐鸣再次上演。在土房外蟋蟀的鸣叫声中，米勒问本·拉登他的圣令是针对所有美国人，还是仅仅针对美国军人。“纵观历史，美国人似乎并不以

---

① 哈马迪，“基地组织内幕：本·拉登私人保镖阿布·占达勒讲述”（六），2005 年 3 月 24 日。

② 对拉希姆拉·优素福扎的采访。

③ B-roll，指拍摄时通常没有画外叙述的录像素材，常用于新闻报道的背景画面或辅助材料。由于传统上剪辑室内的主要素材和辅助素材会被分别列入 A、B 两类，故有此名。——译者

④ Sam Donaldson（1934— ），美国广播公司资深记者，曾多年担任 ABC 新闻常驻白宫的首席记者。——译者

区分军人和平民、男人和妇女，或是成人和儿童著称，”本·拉登平静地回答。他时不时以羞怯而天真的眼神对美国人一瞥，就像担心会冒犯对方似的。“我们认为美国的未来会一片黑暗。它将不再是合众国，而是一个四分五裂的国家”——如同以前的苏联一样。本·拉登戴着白色的头巾，身穿一件绿色的军用夹克。在他脑袋上方的后墙上能隐约看到一张大幅非洲地图，那是个并不引人注目的线索。

“你就像是中东地区的泰迪·罗斯福，”[①] 米勒最后说。

采访过程中，本·拉登的许多追随者也拥进了小屋。其中有两个沙特人名叫穆罕默德·奥瓦里和“圣战阿里”阿扎姆[②]，他们正在为下个月基地组织的第一次大行动作准备。等米勒的摄制组录好像，本·拉登的技术专家在录像带中抹掉了这两个沙特人的脸，然后才把带子还给美国人[③]。

采访之中，米勒问到了在马尼拉被捕的瓦利汗·阿明·沙阿。“美国当局认为他替你工作，从你这里接受资金，并在马尼拉设立了训练营；这一计划的部分目标是……刺杀或企图刺杀出访马尼拉的克林顿总统，”米勒说。瓦利汗是“一位亲密的朋友，”本·拉登温和地答道。“至于你说他为我工作，我没什么好说的。这件事我们全都参与了。”

瓦利汗被美国人逮捕一事本应严格保密，但有人把消息透露给了米勒。看到这位记者竟然在电视上直接对本·拉登提起瓦利汗的名字，联邦调查局和美国检察官办公室的人怒不可遏。他们知道，约翰·奥尼尔是ABC新闻调查制作人克里斯托弗·艾沙姆的朋友，他俩常一起去伊莱恩餐厅喝酒。纽约南区的助理公诉人帕特里克·菲茨杰拉德极为气愤，甚至威胁要起诉奥尼尔。艾沙姆和米勒两人都说奥尼尔不是自己的

---

① 即美国第26任总统西奥多·罗斯福，以对外实行“大棒政策”知名。——译者
② 斯蒂芬·高丁的证言，美国诉奥萨玛·本·拉登一案。
③ 米勒，斯通和米切尔，《分支机构：“9·11”密谋的内幕，以及联邦调查局与中央情报局为何没能阻止它》，第192页。

消息来源，还主动表示愿意为此接受测谎仪的测试。菲茨杰拉德没有再追究下去，但奥尼尔和记者谈话口无遮拦的说法从此却挥之不去，成了他名誉的污点。与美国情报界的调查相比，有些记者对本·拉登的调查可谓更具创意，但全都于事无补。

事实上，无论是在基地组织内部，还是在围绕本·拉登的塔利班保卫部队之中，中央情报局都没有内线。中情局在少数几个阿富汗部族中还有联络人，那是反苏圣战时期遗留下来的资源。在亚力克站，迈克·朔伊尔设想了一个利用他们绑架本·拉登的计划①。阿富汗人将从塔尔纳克农场后面围栏下的排水沟钻进农场。另一队阿富汗人将偷偷摸进前门，用无声手枪杀死任何碍手碍脚的人。找到本·拉登之后，他们就会把他藏到30英里以外的一个山洞里。即使阿富汗人在绑架行动中被抓住，也不会留下美方的任何痕迹；如果没有被抓，那么他们就会在大约一个月或更晚的时间之后，等搜寻者放弃了搜索，再把本·拉登交给美国人。

中央情报局装配了一个形似货运集装箱的柜子，可以放进民用C-130运输机的货舱。集装箱里面放着一把牙医治疗椅，配有专为一名个头很高的男子设计的拘束器具（中情局以为本·拉登身高6英尺5英寸）；柜子里还将配备一名医生，以及可供他使用的多种医疗器械。这其中包括一台透析机，以防本·拉登真的患有肾病。中情局甚至在得克萨斯埃尔帕索附近的一处私人牧场修建了一条跑道，让飞行员在没有灯光指示、使用夜视仪的条件下练习夜间降落。

朔伊尔的计划是把本·拉登送到埃及，在那里可以用野蛮手段对他进行审讯，然后再悄悄地把他处理掉。约翰·奥尼尔对这个想法愤然提出抗议。他是个执法官，而不是杀手。他希望在美国逮捕并审判本·拉

---

① 对迈克尔·朔伊尔、戴尔·沃森、马克·罗西尼、丹尼尔·科尔曼和理查德·A·克拉克的采访。

登。他向美国司法部长珍妮特·雷诺提出了自己的理由，部长同意如果本·拉登真的被抓获，就把他交由调查局控制。丹·科尔曼很快就被派到埃尔帕索，演练他作为逮捕人员的角色。飞机降落后货舱的门会被打开，然后装着一名上了镣铐的恐怖分子的集装箱将被卸到仓库里。科尔曼走进集装箱，就能看到被捆在牙医治疗椅上的奥萨玛·本·拉登。然后科尔曼将向他宣读权利。

但如果想做到这一点，科尔曼需要对本·拉登的指控。中情局已经开始了训练，纽约的一个联邦大陪审团仍在听取证据。科尔曼在内罗毕瓦迪赫·哈吉的电脑中发现的一份文件，初步将基地组织和索马里美军士兵被杀事件联系了起来，这一关联成为了 1998 年 6 月纽约陪审团最终认定本·拉登犯罪指控成立的基础。然而，针对他的这几项具体起诉后来被撤销了，而随后对恐怖分子的审判也没有任何证言表明基地组织或本·拉登在那年 8 月之前杀害过美国人——或是其他任何人。如果本·拉登在那时被捕，很可能无法对他定罪。

由于调查局奥尼尔与中情局朔伊尔两人之间的争执，再加上国家安全委员会不愿批准这项可能会以令人尴尬的血腥局面收场的行动，计划陷入了瘫痪。情急之下，中情局局长乔治·特内特于 1998 年 5 月两次飞往沙特王国，请求沙特人给予帮助。据朔伊尔说，阿卜杜拉王储明确表示，如果沙特人能成功地把本·拉登从塔利班手里弄出来，美国情报部门“可一个字都不能透露。”

沙特人对本·拉登有自己的顾虑。图尔基王子获悉，本·拉登曾试图把武器偷偷运给他在王国内部的支持者，以供他们袭击警察局。沙特人一再向塔利班抗议本·拉登在干预沙特的内部事务，但却没有任何作用。最终，国王在 1998 年 6 月召见图尔基，告诉他：“把这事结果了。”①

图尔基乘的飞机直接从堡垒般的塔尔纳克农场上空飞过，抵达坎大

---

① 对图尔基·费萨尔王子的采访。

哈机场。在此之前，图尔基从来没见过奥马尔毛拉。王子被带到一家破旧的旅店。这里以前是一位富商的宅子，还能依稀看到几分城市曾经的优雅面貌。奥马尔毛拉一瘸一拐地走上前迎接他。这位独眼领袖显得很瘦，面色苍白，胡子老长，一只似乎患有某种疾病的手总是紧握在胸前。战争造成的伤疤和其他疾患在阿富汗极为常见。塔利班内阁的绝大部分成员都截过肢，或是身患各种各样的严重残疾；在任何男性集会之中，都很难看到有哪个人双手、双脚、双眼一应俱全。握手之后，图尔基在会客厅的地上与他相对而坐。奥马尔身后的两扇落地窗开向一个半圆形的露台，再往前就是灰扑扑、光秃秃的庭院。

即便在如此重要的一个礼节性场合，周围还是一派漫不经心、令人不安的混乱气氛。房间里挤满了人，老老少少闲着没事就溜进来看热闹。令图尔基感到些许欣慰的是屋里仅有的一台空调，它好歹缓和了阿富汗夏季令人窒息的酷热。

图尔基来访时带上了阿卜杜拉·图尔基谢赫，他是一位著名的伊斯兰学者，曾任负责宗教捐赠事务的部长。对于塔利班来说，宗教捐赠是颇为丰厚的赞助来源。让阿卜杜拉谢赫随行，不仅是为了提醒塔利班沙特在支持他们；有这位宗教权威在场，因本·拉登地位而起的任何宗教与法律问题都能迎刃而解。图尔基先提醒奥马尔毛拉，说他曾承诺不让本·拉登对王国发起任何形式的攻击，然后就要求他交出本·拉登；不巧的是，此人在图尔基访问期间恰好离开了坎大哈[①]。

奥马尔毛拉宣称这让他非常意外。“我不能就这么把他交给你们带上飞机，”奥马尔抱怨说。“毕竟我们在为他提供庇护。”

这番出尔反尔让图尔基王子目瞪口呆。奥马尔毛拉接着又向他大谈了一通普什图部族的道德规范，他说他们部族会严惩出卖客人的行为。

阿卜杜拉·图尔基谢赫指出，如果一位客人言而无信——比如本·拉登就一再出尔反尔，屡次接受新闻采访——主人就无需再承担保护他

① 对迈克尔·朔伊尔的采访。

的责任。这仍然不能让塔利班的领袖信服。

图尔基王子以为奥马尔想让他们作出一点妥协，好保住自己的面子，于是就提议由他们两人建立一个委员会，商讨正式移交本·拉登的事宜。这之后，图尔基王子和随行人员站起身准备告辞。图尔基当时还特意问了一句："你是不是在原则上同意把本·拉登交给我们？"①

奥马尔毛拉说他同意。

会晤之后，据称沙特阿拉伯给塔利班送来了400辆4驱皮卡和其他经济援助，作为要回本·拉登的定金②。6星期之后，这笔资金和卡车让塔利班得以重新夺取马扎里沙里夫，这座城市是说波斯语的什叶派少数民族哈扎拉人的堡垒。塔利班战士之中有本·拉登派去的几百名阿拉伯人③。由于贿赂使得恰到好处，守卫城市的哈扎拉士兵只有1 500人，他们很快就被干掉了。塔利班一进入没有任何防卫的城市，就开始了连续两天的奸淫和杀戮，不分对象地朝所有会动的东西射击，然后再割断人们的喉咙，还照着男尸的睾丸开枪。死者被曝尸街头任由野狗撕扯，过了6天幸存的人才获准将尸首埋葬。徒步逃出城外的居民遭到了塔利班空军的轰炸。还有数以百计的人被塞进货柜集装箱，扔到沙漠中让烈日活活烤死。联合国估计这场屠杀中受害者的总数在5 000到6 000人之间。受害者中包括10名伊朗外交官和一名记者。塔利班把他们抓住之后，带到伊朗领事馆的地下室中开枪打死。400名妇女被抢去做了小老婆。

但是，马扎里的屠杀很快就会因发生在远方的其他悲剧而相形失色。

伊斯兰阵线成立之后，美国情报机构对扎瓦希里和他的圣战组织给

---

① 与奥马尔毛拉会晤的情况主要来自图尔基的第一手叙述。根据中情局掌握的会议情况，迈克尔·朔伊尔称奥马尔和图尔基曾发生争执。据称奥马尔说："殿下，我只有一个问题：你们王室什么时候成了美国人的走狗？"

② 拉希德，《塔利班：阿富汗军阀的故事》，第72—73页。

③ 同前，第139页。

予了更多的关注。这个组织虽然仍独立于基地组织，但和它有着密切的联系。1998 年 7 月，中情局特工在阿塞拜疆巴库的一家餐馆外绑架了艾哈迈德·萨拉马·马布鲁克①和圣战组织的另一名成员。马布鲁克是扎瓦希里关系最信赖的政治心腹。特工们把他的笔记本电脑整个儿克隆了一份，其中的资料有基地组织的结构图和圣战组织在欧洲成员的花名册——用丹·科尔曼的话说，这就是“基地组织的罗塞塔石碑”②。但是，中情局却拒绝把它交给联邦调查局。

这种典型的、毫无意义的官场制衡手段，从一开始就阻碍了两个组织的反恐行动；而由于中情局几名高级官员（包括朔伊尔在内）对奥尼尔个人所怀有的恶意，这种做法更是愈演愈烈。对情报本身过于重视的中情局就像一个黑洞，除非受到比自身引力更强的猛烈冲击，否则决不会吐出任何东西；中情局认为奥尼尔就是这样的一种力量。他会**利用**信息——提出指控，或进行公开审判——这样一来信息就不再是秘密，也不再是情报了；它会成为证据，成为新闻，成为对中情局来说毫无用处的东西。哪怕有一点点情报被曝光，中情局都会将其视为一种失败；把马布鲁克的电脑资料当作皇冠上的宝石一般紧紧攥住不放，这也是中情局的天性使然。如此高质量的信息是很难获取的，而信息到手之后要对其采取行动，更是难上加难。由于几十年来美国一直在削减从事情报工作的人员，中情局只有 2 000 名真正的特工（即间谍）在负责全球范围的行动。

怒不可遏的奥尼尔派一名特工去了阿塞拜疆，要求该国总统把原来的那台电脑交给美方。这一要求被拒之后，奥尼尔又说服克林顿总统亲自向阿塞拜疆总统说情。联邦调查局最终弄到了电脑，但调查局与中情局之间的敌意却并未消退，这对双方围捕基地组织网络的努力都造成了

---

① 对丹尼尔·科尔曼、马克·罗西尼和蒙塔赛尔·扎耶特的采访。

② 罗塞塔石碑是 1799 年在埃及罗塞塔镇附近发现的古埃及石碑，碑文用古埃及象形文字、通俗文字和希腊文字刻成。这块石碑的发现为解读古埃及象形文字提供了线索，因此也被用来喻指有助于理解疑难问题的事物。——译者。

影响。

中情局对阿尔巴尼亚地拉那的另一个圣战组织分支机构采取了行动。这个机构是穆罕默德·扎瓦希里在20世纪90年代初创建的。在中情局的指挥下，阿尔巴尼亚特工绑架了该机构的5名成员，把他们蒙上眼，审问了几天，然后把其中的埃及成员送回开罗。这几名成员在当地遭到严刑拷打①，并与另外100多名恐怖分子嫌疑犯一起接受了审判。他们苦受折磨的结果，是长达2万页的供认状。扎瓦希里兄弟俩都在缺席审判中被判处死刑。

8月8日，阿尔巴尼亚的分支机构被捣毁一个月之后，扎瓦希里向伦敦出版的《生活日报》发去以下声明："我们希望简明地告诉美国人，他们传递的信息已经收到了，而对于这一信息的答复——我们希望他们能仔细地读——正在准备之中，因为在真主的帮助下，我们在书写答复时将使用他们所能理解的语言。"

\- - -

基地组织尽管大肆恐吓、大搞媒体宣传，还发出了圣战的可怖号召，它其实一直都没有实施任何行动。这个组织有宏伟的计划，还声称以往曾取得胜利，但这些胜利不是与基地组织只沾着一点边，就是毫不相干。虽然基地组织成立已有10年，它还是个藉藉无名、无足轻重的组织；例如，它根本无法与哈马斯或黎巴嫩真主党相提并论。基地组织营地训练出的数千名年轻男子回到自己的国家去制造破坏；由于这些人的训练经历，他们将被各情报机构称为"基地组织相关人员"。但是，除非他们向本·拉登宣誓效忠，否则他们就不是组织的正式成员。基地组织在坎大哈正式成员的人数要比喀土穆时少，因为本·拉登没有能力供养那么多人。他给记者们看的火力表演，其实是由雇来的阿富汗圣战者搞的。基地组织和本·拉登就像气泡鱼一样，要让自己表面上显得很

① 对哈菲兹·阿布-萨阿达的采访。

强大。但是，一个新的基地组织即将初露头角。

那是在1998年8月7日，马扎里沙里夫屠杀开始的同一天，也是美军8年前进入沙特阿拉伯的日子。

在肯尼亚，一个名叫萨利赫的埃及炸弹制造者[①]（他是扎瓦希里的手下）监督造出了两个巨型爆炸装置。第一个装置由2 000磅TNT炸药、硝酸铝和铝粉制成；爆炸物被放进几个连着电池的箱子之中，再装上一辆棕色的丰田货运卡车。ABC那次采访时在场的两名沙特人穆罕默德·奥瓦里和"圣战阿里"开着车穿过内罗毕市区，朝美国大使馆驶去。与此同时在坦桑尼亚，萨利赫的第二颗炸弹也正在运往达累斯萨拉姆美国大使馆的途中。这个炸弹的构造与前者相似，不过萨利赫为了使爆炸时产生更多的碎片，还加上了一些氧气瓶或煤气罐。运送炸弹的车是艾哈迈德·阿卜杜拉驾驶的一辆油罐车。他是埃及人，由于长着一头金发，得了个"德国佬艾哈迈德"的绰号。爆炸时间定在星期五早晨10点30分，这个时候虔诚的穆斯林应该都在清真寺里。

基地组织有据可查的第一次恐怖袭击就带有其未来行动的特征。同时在多处发动自杀式炸弹袭击的奇特手段是一种创新而冒险的策略，它使得行动更有可能失败，或被人发现。如果这两处的袭击能够成功，基地组织将引起全世界前所未有的关注。炸弹袭击将能配上本·拉登对美国那宏大的、看似疯狂的战争宣言，而袭击者自杀则将为两起旨在尽量多杀人的行动提供那么一丁点道德掩饰。在袭击的意图方面，基地组织也与众不同。造成大规模死亡本身就是一个目标。基地组织根本没有试图去避免伤害无辜，因为无辜这一概念已经被他们从计算中剔除。虽然《古兰经》明确禁止杀害妇女和儿童，美国驻肯尼亚大使馆被选为袭击目标的原因之一就是女大使普鲁登斯·布什内尔，炸死她将引起公众更

---

① 他的真名是阿布杜拉·艾哈迈德·阿布杜拉，又名阿布·穆罕默德·马斯里。他始终没有被抓获。对阿里·苏凡的采访；亦可见斯蒂芬·高丁的证词，美国诉奥萨玛·本·拉登等人一案。

多的关注。

行动的每一个方面都暴露出基地组织经验不足。“圣战阿里”把车开进大使馆后方的停车场，奥瓦里随即跳下车向保安岗亭冲去。他本应该逼着没有武器的保安升起门口的横杆，但保安拒不服从。奥瓦里的手枪放在他的夹克衫里，落在了卡车上。他倒是把自己的任务完成了一部分——朝院子里扔了一颗眩晕手榴弹。手榴弹发出的巨响引起了使馆楼内人们的注意。扎瓦希里从三年前对伊斯兰堡埃及大使馆的炸弹袭击中汲取了一个经验：第一次爆炸让人们纷纷涌向窗口，而真正的炸弹引爆时许多人都被飞射的玻璃削掉了脑袋。

突然间，奥瓦里面临着一个道德选择；他认为这个选择将决定自己永生永世的命运——至少后来他对一位联邦调查局特工是这么说的。他本打算成为一名殉教烈士；在这次行动中死去，将保证他立即跻身天国。但是他意识到，自己引爆眩晕手榴弹的任务已经完成了。他解释说，如果他继续干这件必定会让自己送命的事，那就是自杀，而不是以身殉教。他的命运将是被罚入地狱，而不是得到救赎。天国和地狱的差别就在这一线之间。为了拯救自己的灵魂，奥瓦里转身就逃，因此没有完成他的主要任务——升起横杆，让卡车能更靠近使馆的建筑。

奥瓦里没跑多远。爆炸把他掀倒在人行道上；他的衣服给炸得稀烂，背上还扎进了碎片。等他好容易站起身，在爆炸过后一片诡异的沉寂之中，他看到了自己造成的后果。

使馆大楼表面大块大块的混凝土墙壁被掀掉。死掉的人还坐在自己的桌前。铺着柏油的马路烧了起来，一辆挤满乘客的公共汽车也着了火。在使馆的紧邻，一家肯尼亚秘书学校所在的犹方迪大楼完全坍塌。许多人被压在瓦砾堆下；充满恐惧和痛苦的叫喊声很快就响成一片，一直持续了好多天，直至这些人被救出，或因死亡而归于沉寂。死者的人数是213人，包括12名美国人；共有4 500人受伤，其中150多人被飞溅的玻璃弄瞎了眼睛。废墟的火烧了许多天。

9分钟之后，“德国佬”艾哈迈德把卡车开进达累斯萨拉姆美国大使馆的停车场，按下了连在仪表盘上的引爆器。幸运的是，他的卡车与大使馆之间还隔着一辆水罐车。这辆水罐车被炸得足足飞起三层楼高，直摔到大使馆档案室的旁边，但它却使炸弹袭击者无法贴近到足以把建筑炸塌的位置。爆炸造成 11 人死亡，85 人受伤，全都是美国人。

除了让世人注意到基地组织存在这一明显的目的，两起炸弹袭击的意图并不明确，而且有些令人不解。内罗毕的行动以麦加的神圣建筑天房命名；达累斯萨拉姆的炸弹袭击则被称为“阿克萨行动”，名称源于耶路撒冷的阿克萨清真寺；这两个名字与美国驻非洲的大使馆都没有明显的关联。本·拉登对袭击事件给出了几种解释。他起初说，之所以把两处大使馆选为袭击目标，是因为美国对索马里的“侵略”；后来他又描述了一个美国瓜分苏丹的计划，据他说这个计划是在内罗毕的大使馆酝酿出来的。他还对追随者说，卢旺达的种族屠杀就是在这两处美国大使馆之中策划的。

炸弹袭击的消息，让全世界的穆斯林感到恐惧和震惊。袭击造成了这么多人死亡，大部分是非洲人，还有很多是穆斯林，从而激起了抗议浪潮。本·拉登说，炸弹袭击让美国人尝到了穆斯林所经历的暴行。但对世界大多数人、甚至某些基地组织成员而言，这两起袭击似乎毫无意义，只是一次意在炫耀的屠杀行动；除了挑起激烈的报复行动之外，它并未对美国的政策造成任何显著影响。

但后来人们发现，袭击的目的恰恰是要挑起报复。本·拉登希望诱使美国人进入阿富汗，这个国家已被人们称为葬送帝国的坟墓。恐怖行动通常的目标，是引诱对手犯下压迫民众的错误；而本·拉登的袭击，正抓住了美国历史上一个脆弱而又倒霉的时刻。

\- - -

“这下开始了，”[①] 炸弹袭击消息传来时美国助理检察官帕特·菲茨

---

① 对丹尼尔·科尔曼的采访。

杰拉德对科尔曼说。他打电话的时候是纽约时间凌晨 3 点 30 分。科尔曼爬起身，马上就开车前往华盛顿。两天之后，他的妻子到 95 号州际公路上的一家“奶品皇后”店和他碰头，给他捎来了药和换洗衣服。她知道科尔曼得在战略信息与行动指挥中心呆很长时间。

联邦调查局总部把大使馆爆炸案交给了华盛顿外勤办事处，海外的调查通常由该处负责。奥尼尔急切希望控制局面。纽约市对本·拉登的指控已获得批准，这样一来，如果他真是使馆爆炸案的幕后主谋，调查局纽约办事处就有权要求办理此案。但是，本·拉登仍然是个无名之辈，即便在联邦调查局高层的眼中也是如此；“基地组织”这个名字几乎就无人知晓。调查局当时讨论了几个有可能犯下此案的组织，其中包括黎巴嫩真主党和哈马斯。奥尼尔必须向他自己的调查局证明本·拉登是首要嫌疑人。

他从其他组里拽来了一个名叫阿里·苏凡的年轻特工，他是黎巴嫩裔美国人。苏凡是纽约办事处惟一会说阿拉伯语的人，而在调查局全国各机构中会说这门语言的人也只有 8 个。他自己一个人研究过本·拉登的圣令和访谈。因此，当一个闻所未闻的组织在爆炸当天向几家新闻机构发去声明，表示对事件负责，苏凡立刻辨认出声明的作者就是本·拉登。声明的语言风格和本·拉登的前几次宣言如出一辙。多亏了苏凡，奥尼尔才能在炸弹袭击发生当天向总部发去电传，指出本·拉登以往的宣言和这份署假名的声明所提的要求极为相似，足以定罪。

调查局局长弗里当时正在度假，局内事务暂时由总部犯罪处主任托马斯·皮卡德管理。他拒绝了奥尼尔让纽约办事处负责调查的请求。皮卡德希望让华盛顿办事处来监管这次调查，他以前是该处的主管。奥尼尔发疯似的动员了与他有联系的每一位权势人物，包括司法部长雷诺，以及他的朋友迪克·克拉克。最终，调查局不得不屈服于这位下属设法调动的强大压力；但作为惩罚，他们不允许奥尼尔本人去肯尼亚监督调查过程。这次两败俱伤的冲突所留下的暗伤始终没有平复。

两起炸弹爆炸发生仅 8 小时之后，数十名联邦调查局调查员就出发前往肯尼亚。最终将有大约500人到非洲调查这两起案件，这是调查局有史以来规模最大的海外人员部署。在进入内罗毕市的路上，载着调查局特工的机场大巴停了下来，让一个马赛族人赶牛过马路[①]。特工们盯着外面满是自行车和驴车的拥挤街道，眼前那令人眼花缭乱的景象可谓美丽，充满异国风情，但又处处透着骇人的贫困。许多特工对美国以外的世界并不熟悉；实际上，他们之中有些人临行前才第一次拿到护照[②]。特工们要在外国工作，但他们对于当地的法律和风俗都知之甚少。他们的心情忐忑不安，而且十分警觉，因为他们知道自己现在也成了基地组织可能袭击的目标。

来自波士顿北区、长着一头红发的壮汉斯蒂芬·高丁拿出自己的短托冲锋枪，放在膝上[③]。直到最近，他的调查局生涯都是在纽约上城区一个只有两个人的办事处里度过的，该处就设在一家邓金甜面包圈店的楼上。他从未听说过基地组织。他参加这次调查负责的是保卫工作，但聚集在大使馆周围的人山人海把他惊呆了。他看到的事物没有一样是熟悉的。如果他根本不知道周围在发生什么事情，又怎么能保卫其他的特工？

大巴把他们放在了大使馆还在闷烧的废墟前。毁坏的严重程度让特工们不知所措。从这头到那头，大楼的内部全都暴露在外；那所肯尼亚秘书学校被彻底夷为平地。救援人员用双手在瓦砾堆中挖掘，试图够到压在底下的伤者。史蒂夫[④]·高丁目瞪口呆地盯着废墟，心想：“我们该他妈怎么办？”联邦调查局从来还没有破获过发生在海外的炸弹袭击案。

被埋在秘书学校废墟底下的人当中有一位名叫罗斯琳·万吉库·姆旺吉的女子，大家都喊她罗茜。救援人员能听到她在和另一个腿被砸坏

---

① 对帕斯库利·“帕特”·达穆罗、斯蒂芬·高丁、马克·罗西尼和肯尼思·马克斯韦尔的采访。
② 对阿里·苏凡的采访。
③ 对斯蒂芬·高丁的采访。
④ 斯蒂芬的昵称。——译者

的伤者说话，让他不要气馁。在两天的时间里，罗茜那鼓舞人的声音始终激励着救援者，他们一刻不停地拼命干活。最后，他们终于挖到了那名腿被砸坏的男子，然后小心翼翼地把他从瓦砾堆中解救出来。他们向罗茜保证，不出两个小时就能救她出来。但等他们最终挖到罗茜被困的地方，已经太迟了。对于精疲力竭的救援者来说，她的死是一个令人心碎的打击。

炸弹爆炸事件是对美国全球地位的悍然冲击。实施这两起几乎同时发生的爆炸需要有惊人的协同能力与技术水平，但更令人担忧的则是基地组织希望使暴力水平升级。联邦调查局最后发现，曾有5座美国大使馆被列为目标①——多亏了运气和较为出色的情报工作，其他三座使馆才幸免于难。调查员们还大为震惊地获悉，基地组织的一名埃及成员大约一年前曾走进美国驻内罗毕使馆，把炸弹袭击的计划告诉了中央情报局。中情局认为这个情报不可靠，未予理会。这并不是一个独立的事件。整个春季，本·拉登发布了一系列威胁和圣令，但没人把它们当成一回事。如今，这种疏忽的后果已严峻地呈现在人们面前。

炸弹袭击三天之后，史蒂夫·高丁的主管帕特·达穆罗让他去查一个线索。"内罗毕市外的一个旅馆里有个家伙，"达穆罗说，"他有点扎眼。"

"就这原因？"高丁问道。"他有点扎眼？扎眼是什么意思？"

"你要是不想查这个，我还有另外100多个线索，"达穆罗说。

高丁和另外几个特工开车去了一个棚户区，这里住的大都是索马里难民。他们的卡车从目不转睛的人群之中一英寸一英寸往前挪，最后停在一家破烂旅馆的门口。"无论如何你们都不要下车，"他们的肯尼亚同事警告说。"这里的人仇视美国人。"

特工们正紧张地等待那个肯尼亚警察回来，人群里有个男的把脊背

① 对马克·罗西尼的采访。

靠在了卡车的车窗上。“我跟你们说了别上这儿来，”他压着嗓子说。“你们会被弄死的。”

高丁估计这个人就是报信者。“你能帮我们吗？”他问道。

“他不在这儿，”那男人低声说。“他在另一家旅馆。”

特工们在第二家旅馆找到了一个扎眼的人：一个瘦瘦的阿拉伯青年，前额上歪歪扭扭地缝了几道，双手的绷带还在渗血。他自称是哈立德·萨利姆·本·拉希德，来自也门。他说他到肯尼亚是来寻找商业机会——他是个经销坚果的商人。“事故”发生时他呆在使馆旁边的一家银行里。他口袋里的东西只有8张崭新的百元美钞。

“那你怎么住到这家旅馆来了？”调查员问道。

本·拉希德说他出院之后上了一辆出租车，司机知道他不会说斯瓦希里语，就把他拉到这儿来了。阿拉伯人有时会在这家旅馆住。

“你其他的东西在哪儿呢？衣服、证件什么的？”

高丁听着这个年轻阿拉伯人回答美国调查员的问题，觉得他说的可能是实情。问话还轮不到高丁，得由经验更为丰富的特工负责。但高丁还是注意到，本·拉希德的衣服比他自己的衣服还要整洁。虽说高丁来到肯尼亚才几天，他的衣服就已经皱皱巴巴，满是尘土；而声称在那场灾难性爆炸之中弄丢了所有东西的本·拉希德，看起来却比他还要体面。但是，他为什么要就自己的衣服撒谎？

那天晚上高丁一夜无眠，脑袋里转来转去的一个重要念头让他深感忧虑。第二天上午继续讯问时，高丁问负责的调查员自己能否提几个问题。“我在军队呆了6年，”他告诉本·拉希德。他说自己在约翰·F·肯尼迪特种作战中心接受过抗审讯技巧的专门训练。那是一段残酷的经历。士兵们明白了自己在被俘后将要面临的情况。他们在训练中遭到毒打、恐吓；他们还被教会怎样编出令人信服的故事，以掩护自己。“我认为你也接受过这样的训练，”高丁断言。“好，要是你还记得当时的教导，那么你撒谎时编的故事就必须合乎逻辑。但是你犯了个错误。你说的一件事不合逻辑。”

本·拉希德并没有发出难以置信的大笑；他反而把椅子拉近了一点，问道："我哪个地方不合逻辑了？"

"你的故事就是在这个地方穿帮的，"高丁说。他说话时紧紧盯着本·拉希德的鞋子，那双鞋磨损得厉害，脏污不堪，就跟高丁自己的鞋一样。"你两手都划破了，但你穿的绿色劳动布裤子上连一滴血都没有。说实话，你身上还真是干净。"

"阿拉伯男人比美国男人要干净得多，"本·拉希德答道。

"就算你说的对，"高丁说。他仍旧盯着本·拉希德的鞋子。"也许你有一块神奇肥皂，能把衣服上的血洗掉。"

"没错。"

"你的背上也有很深的伤口。我估计，从楼上掉下来的一块碎玻璃不知怎么扎进了你的衬衫，却没有把它划破。"

"什么事都有可能。"本·拉希德说。

"也算你说的对。然后你就用你那块神奇肥皂洗掉了衬衫上的血，把它弄得跟新的一样。但有两样东西你是不会洗的。"

本·拉希德顺着高丁注视的目光往下看去。"当然了，我又不会洗这双鞋！"

"没错，"高丁说。他向前一倾身，把手放在本·拉希德的膝盖上。"但我刚才说，有两样东西你不会洗；你就是在这儿把训练教的东西给忘了。"高丁站起身，把手放在自己那条已磨损褪色的皮带上。"你不会去洗皮带的！看看你的皮带。崭新的！站起来，把皮带卸了！"

本·拉希德应声而起，就像个服从命令的士兵。他刚把皮带解下来，屋里的所有人都看到了上面的价格标签。

虽然本·拉希德很快就恢复了镇定，此时的审讯已进入另一个阶段。高丁找来了约翰·安提塞弗，他是I-49小组最早的成员之一。安提塞弗行事冷静，但他那双蓝眼睛就像探照灯一样厉害。他先是很礼貌地问本·拉希德是否有机会祷告。这个问题引出了关于赛义德·库特卜、阿卜杜拉·阿扎姆和盲人谢赫的讨论。本·拉希德放松了下来。他似乎很盼望这样的机会，能向一个西方人讲授这些人的重要性。他们一直聊到那天晚上很迟的时候。

“我们还有一个人没谈，”安提塞弗说。“奥萨玛·本·拉登。”

本·拉希德眼睛一眯，不再说话了。他的脸上浮现出一丝笑意。

一直像个入迷的学生一样听他说话的安提塞弗，突然把一支笔和一张纸杵进本·拉希德的手里。“把你在炸弹袭击后打的第一个电话号码写下来！”

本·拉希德又一次服从了命令。他写下“967-1-200578”，那是个也门号码。机主是一个名叫艾哈迈德·哈达的圣战者[①]。本·拉希德在炸弹爆炸前后都打过这个号码；调查员们很快了解到，本·拉登也是如此[②]。也门的这个电话号码将成为联邦调查局所发现的最为重要的信息之一，它让调查员得以弄清基地组织网络在全球范围的联系。

供出电话号码之后，本·拉希德就不再合作了。高丁和其他特工决定先让他一个人呆着，希望这会让他认为自己对美国人并不那么重要。与此同时，他们开始核实他说的情况。他们来到医院，想看看能否找到为本·拉希德治伤的医生，但炸弹袭击当天足有近 5 000 名伤者，在那片充满鲜血和痛苦的人潮中医务人员很难记住特定的一张面孔。后来有一位清洁工问特工们是不是因为他找到的子弹和钥匙而来。这些东西藏在一个厕所隔间上方的窗台处。钥匙与炸弹袭击中使用的卡车吻合。

特工们在机场找到了本·拉希德的入境牌，牌子表明他登记的内罗毕住址就是他后来被发现的那家旅馆——因此，本·拉希德说炸弹袭击后出租车司机把他载到旅馆就是撒谎。特工们根据电话记录追踪到一栋大别墅，炸弹袭击半小时之前有人从这里给也门的哈达打过电话。证物组人员赶到之后，在这所房子里检出了炸药残留物。这里就是制造炸弹

---

① 对帕斯库利·帕特·达穆罗、丹尼尔·科尔曼和阿里·苏凡的采访。

② 联邦调查局文件，“五角大楼爆炸，要案 182 号，AOT-IT（恐怖主义行动-国际恐怖主义）”，2001 年 11 月 5 日。

的地方。

"你想拿这事来指责我?"本·拉希德在高丁拿出证据质问他的时候大喊。"这都是你们的错,是你们的国家支持以色列的错!"他气急败坏地说,嘴里直喷吐沫星子。与调查员前几天所见的克制举动相比,本·拉希德这副样子是个惊人的转变。"我的部族会把你杀掉,还有你的全家!"他信誓旦旦地说。

高丁也很愤怒。那一周的时间里,由于有许多受伤者伤重不治,死亡人数一直都在上升。"为什么要让这些人送命?"他问道。"他们跟美国、以色列和巴勒斯坦一点关系都没有!"

本·拉希德没有直接回答,而是说了几句让人惊讶的话:"我希望得到一个承诺,保证在美国对我进行审判。因为我的敌人是美国,不是肯尼亚。你要是能承诺这一点,我就把一切都告诉你。"

高丁把纽约南区公诉人帕特里克·菲茨杰拉德带进屋里。菲茨杰拉德拟定了一份合同,承诺调查员将尽一切努力,把嫌犯引渡到美国。

"我的名字不是哈立德·萨利姆·本·拉希德,"这时嫌犯说。"我叫穆罕默德·奥瓦里,来自沙特阿拉伯。"

他说自己年纪21岁,受过良好教育,出身于一个显赫的商人家庭。十来岁时由于听了录音磁带上的讲道,看了赞美殉教烈士的书籍杂志,他成为了一名非常虔诚的信徒。萨法尔·哈瓦里谢赫的一盘录音带对他触动特别大。哈瓦里谈的是"基辛格承诺"——据称这是由美国前国务卿亨利·基辛格为占领阿拉伯半岛而制定的一项计划[①]。这个无中生有的信息让奥瓦里义愤填膺,于是他就前往阿富汗投身圣战。

他在哈尔丹营地接受了基本训练,学习如何使用自动武器和爆炸物。奥瓦里的表现十分出色,因此获得了接受本·拉登面试的机会。本·拉登建议他再多学点东西。奥瓦里又继续学习了绑架、劫持飞机与公共汽车、夺取建筑物以及收集情报的技术。本·拉登一直关注着他,

---

① 斯蒂芬·高丁的证言,美国诉奥萨玛·本·拉登等人一案。

并且保证说总有一天会交给他任务。

奥瓦里和塔利班一起作战的时候，“圣战阿里”找到了他，说他们俩终于获准执行一项殉教行动，但地点是肯尼亚。奥瓦里大感沮丧。“我想到美国国内发动袭击，”他恳求说。奥瓦里的上线告诉他，对这两处使馆的袭击很重要，因为它们将在筹备真正袭击的过程中转移美国人的注意力。

“我们有一个袭击美国的计划，但还没准备好，”嫌犯奥瓦里对高丁和其他调查员说。“我们需要在国外的几个地方打击你们，这样你们就注意不到国内发生的事情。大的袭击就要来了。你们根本无法阻止它。”

为奥尼尔工作，有时候感觉就像是加入了黑手党。其他特工称奥尼尔的衣着和举止都是一副黑帮派头，更不用说他来自大西洋城[①]的背景了。奥尼尔刚刚进入联邦调查局的时候就引起了创始人局长J·埃德加·胡佛的关注，他甚至把这位年轻的特工拉到一旁，问他有什么“关系”[②]。惟一的关系，就是奥尼尔和黑手党一样，也出身于一个以个人忠诚为基础而繁荣起来的环境。另外，如果有哪个特工惹火了奥尼尔，他顶多也就是嘴上威胁两句，说要把人家的事业毁掉而已[③]。

使馆爆炸案发生后，奥尼尔安排每天下午4点开会，但他通常都姗姗来迟，最晚时过了一个钟头才到。他迟到的老毛病让许多已婚特工愤愤不平，他们可还有孩子要照顾。等奥尼尔终于走进会议室，他还要绕着桌子走一圈，和所有的组员逐一握手——这个礼节又要耗掉不少时间。

有一次在这种场合，I-49小组的成员杰克·克卢南抓起奥尼尔的手，在他那枚硕大的FBI戒指上亲了一口，“谢谢你，教父，”他说。

---

① 美国新泽西州著名的海滨疗养城市，也是东海岸的赌城，黑帮势力较多。——译者
② 对玛丽·琳恩·史蒂文斯的采访。
③ 对格兰特·阿什利的采访。

"去你妈的，"奥尼尔怒道。

丹·科尔曼有一回正在这种例会上讲解一条情报，奥尼尔打断了他。"你都不知道自己在说什么，"他对科尔曼说。要知道，科尔曼对本·拉登及其组织的研究在全美国可是无出其右（迈克·朔伊尔除外）。

"好吧，"科尔曼说。

"我就是开个玩笑。"

"我告诉你吧，我在这儿只不过是个收破烂的臭老头，"科尔曼激动地说。"你可是主管特工。在这种局面下我没法给自己辩护。"

第二天，奥尼尔来到科尔曼的办公桌前，向他道歉。"我不该那么说话，"他说。

科尔曼接受了道歉，不过他趁此机会跟奥尼尔谈了一番身为领导的责任。奥尼尔听他讲完，然后说："你那头发看着就像是用手榴弹梳的。"

"也许我该用点儿你往头发上浇的那种油，"科尔曼说。

奥尼尔笑着走开了。

从那以后，科尔曼开始偷偷研究起奥尼尔来。科尔曼认定，关键就在于"他出身太低下。"奥尼尔的母亲至今仍在大西洋城开白班出租车，而他父亲晚上则开着同一辆车工作。奥尼尔的叔叔是个弹钢琴的，赌博业萧条的时候曾接济过他们。奥尼尔一找到机会就离开了家。做第一份工作的时候（联邦调查局总部的讲解员）他会带着公文包去上班——其实根本没这个必要——而且他很快就试图去控制其他的讲解员。他们恨恨地把他称为"臭货"，因为他总是一身的汗。

科尔曼觉得，公众场合的奥尼尔与私下的奥尼尔之间有一种空缺。在华而不实的西装和修得亮闪闪的手指甲底下，隐藏着一个出身贫寒而并不富有的人。奥尼尔的这副外表靠政府的工资根本维持不起。奥尼尔有时傲慢无礼且咄咄逼人，但他也很焦虑，没有安全感，常常要寻求安慰，还欠下了一屁股债。没几个人知道他的事业有多么岌岌可危，他的私人生活有多么支离破碎，而他的灵魂又有多么动荡不定。有一次，一名特工在开会时被奥尼尔气得高声嚷嚷起来。奥尼尔大步走出房间，掏出手机打电话，好让自己平静下来。“你不能这么干，”科尔曼告诉那位特工。“跟他说你很抱歉——说你没有对他不敬的意思。”奥尼尔在情绪上非常依赖别人的尊重，这和黑帮里的人一个样。

但是，他也能做出极为慷慨、甚至令人不安的善意表示：他不声不响地为自己调查的爆炸案受害者募集钱款[①]；雇员生病时他会亲自出面，保证他们能看到市里最好的医生。奥尼尔在华盛顿的一个朋友做心脏搭桥手术时，恰逢暴风雪期间[②]。市内的交通都封闭了，但这位朋友醒来时却看到奥尼尔守在床前。他是踩着 18 英寸厚的雪走过来的。每天早晨，他都坚持从街上的一家售货亭买来咖啡和糕点，捎给自己的秘书；他总能记住大家的生日。这些或大或小的表示，也体现出了奥尼尔自己渴望被人注意、得到关爱的心情。

使馆爆炸 10 天之后，杰克·克卢南接到一名苏丹情报联络人的电话，对方说参与爆炸案的两个人就在喀土穆。他们租了一间公寓，位置能俯瞰当地的美国大使馆。克卢南把这一信息告知奥尼尔，奥尼尔在次日给国家安全委员会的迪克·克拉克打了电话。“我想和苏丹人合作，”他告诉克拉克。奥尼尔很清楚国务院的恐怖主义名单上有这个国家的名字，但至少对方主动作出了姿态。

“约翰，有件事我不能告诉你，”克拉克在电话上说。他建议奥尼尔到华盛顿来，和司法部长谈一谈。部长告诉奥尼尔，他想和苏丹人合作已绝无可能：再过几个小时，美国就会对该国发动空袭，以报复东非的使馆遇袭事件。在部署于红海的美国战舰上，发射管中的导弹已旋转起来，进入了待发状态。

就在奥尼尔飞抵华盛顿的那一天，白宫前实习生莫妮卡·莱温斯基

---

① 对迈克尔·罗林斯的采访。
② 对保罗·加迈里安的采访。

在华盛顿大陪审团面前作证，说自己曾为美国总统口交。她的证言将成为后来弹劾条款中的决定性因素。在伊斯兰激进分子的心目中（实际上，许多阿拉伯人也是这么想的），总统与他这位实习生之间的关系恰恰象征着犹太人对美国的影响；而美国对炸弹袭击事件的任何军事报复，都有可能被视为一种藉以惩罚穆斯林、转移人们对丑闻注意力的借口。许多阿拉伯国家的街头都能看到这样一条标语："不要为莫妮卡打仗!"但是，由于克林顿总统的威信大受影响，他几乎没有其他的选择。

中央情报局怀疑本·拉登在苏丹研制化学武器。这一信息来自贾迈勒·法德勒[①]，他当过本·拉登的助理，现在成了美国政府的证人。然而，法德勒是两年前离开苏丹的，差不多就在本·拉登被逐出该国的时候。苏丹政府虽然一再向美国政府表态，希望能从国务院的黑名单上除名，中情局却并不相信这个国家；他们从一个阿拉伯国家雇来一名间谍，让他到希法附近的一个地区弄点土壤样本[②]。中情局怀疑那里的一家制药工厂是生产化学武器的秘密设施，而且认为这家厂部分归本·拉登所有。据称，1998年6月采集的土壤样本显示出微量的EMPTA，这种化学成分在制造超强效神经毒气VX的过程中是至关重要的；实际上，EMPTA几乎就没有其他的用途。8月20日，基于这一信息，克林顿总统批准向喀土穆发射13枚战斧巡航导弹，作为美国针对使馆爆炸事件的第一轮报复行动。制药工厂被彻底摧毁。

后来人们发现，工厂制造的其实只是药品和兽药，并没有化学武器。在工厂所在地及其周围地区，再也没有找到任何EMPTA的踪迹。这种化学成分有可能是一种市售杀虫剂降解之后的产物。这是非洲广为使用的一种杀虫剂，降解后的成分和EMPTA很相似。此外，本·拉登和这家制药工厂并没有任何关系。这次匆忙发动的攻击使贫穷的苏丹国丧失了最为重要的一家制造商——制药厂雇用了300名工人，全国一半

① 对马克·罗西尼的采访。
② 对米尔特·比尔登的采访。比尔登认为这名国外间谍不是埃及人，就是突尼斯人。

以上的药物都产自这里——还致使一名夜班守卫丧生。

苏丹听任东非使馆爆炸案的那两名同谋逃走，他们从此踪影全无。奥尼尔和他的小组失去了逮捕基地组织内部人员的黄金机会。

- - -

就在这批弹头于喀土穆北部爆炸的同时，66 枚美国巡航导弹正朝着阿富汗靠近巴基斯坦边境的霍斯特一带的两个营地飞去。

那个时候，扎瓦希里恰好在用本·拉登的卫星电话与英国广播公司（BBC）和巴基斯坦《新闻报》的知名记者拉希姆拉·优素福扎通话。扎瓦希里告诉他，“本·拉登先生有一个口信。他说，‘我没有对美国驻肯尼亚和坦桑尼亚的使馆进行炸弹袭击。圣战是我宣布的，但我与此事无关。’”

当时，追踪卫星电话是美国情报机构侦查本·拉登和扎瓦希里行踪的最好办法。如果美方在该地区上空部署了侦察机，特工们应该能根据扎瓦希里打给记者的这个电话查出他的确切位置①。但导弹袭击很快就发动了，几乎没有准备的时间。不过，美国情报机构已经掌握了本·拉登和扎瓦希里藏身的大致地点，因此导弹袭击之前侦察机却没有就位这一点很令人费解。如果美方在发射前确定了扎瓦希里的位置，导弹袭击几乎可以十拿九稳地把他炸死。另一方面，导弹发射前的准备要花几个小时，而从阿拉伯海的战舰经巴基斯坦到阿富汗东部的飞行时间则需两个多小时。等扎瓦希里拿起电话的时候，巡航导弹可能已在飞行途中，再改变航向也太晚了。

虽然国家安全委员会能够监听这部卫星电话上的通话，它却拒绝与联邦调查局、中央情报局或白宫的迪克·克拉克分享这些原始资料②。中央情报局从自己派驻国家安全局的一名雇员那里得知基地组织的电话

① 对鲍勃·英曼将军的采访。
② 对迈克尔·朔伊尔的采访。

受到了监控，于是就要求国安局提供监听的文字抄录。国安局不肯把这些材料交给中情局，而只是提供了一些叙述性的摘要，往往都是些过时的东西。中情局转而让局内的科技主管建造一台设备，以监听阿富汗那一地区的卫星电话信号。他们只能接收到通话中一方的信号，但凭着其中一次不完整的通话截获，中情局查明本·拉登等人将前往霍斯特。

这一信息非常及时，而且至关重要。本·拉登前一天晚上才决定要去霍斯特。但是，他和一行人驱车穿过瓦尔达克省的时候，碰巧在一个十字路口停了下来。

“朋友们，你们觉得我们该上哪儿去？”[①] 本·拉登问道。“霍斯特还是喀布尔？”

他的保镖和另外几个人都说去喀布尔，他们可以到那儿去看看朋友。

“那么，在真主的帮助下，就让我们去喀布尔吧，”本·拉登下令。这个决定可能救了他的命。

15岁的阿卜杜勒·拉赫曼·哈德尔是霍斯特附近法鲁克营地年纪最小的受训者。他估计在营地训练的人有70到120个，旁边吉哈德沃尔营地里的人数也差不多。晚祷之后，他拎着个水桶正从水房往回走，突然间几道耀眼的光芒穿透了他头顶的天空。他把水桶往旁边一扔——但桶还没有落地，导弹就炸响了。

最初的20次爆炸发生在吉哈德沃尔。阿卜杜勒·拉赫曼刚躲进隐蔽处，第二波导弹紧接着又来了，在他周围四处爆炸开来。他抬头一看，发现眼前的空气似乎都在滚滚热浪中晃动。等雨点般落下的碎石和石子慢慢平息，他在冒烟的废墟里四处转了转，想看看还剩下些什么。

行政楼被完全炸毁。阿卜杜勒·拉赫曼估计培训官肯定都死了。但

---

① 哈马迪，“基地组织内幕：本·拉登私人保镖阿布·占达勒讲述”（九），2005年3月28日。

这时他听到了喊叫声，于是就朝吉哈德沃尔营地走去。他发现原来培训官都聚在那儿开会。神奇的是，他们全都活着。基地组织的领导人无一受伤。

阿卜杜勒把受伤的5个人抬上了一辆4驱车。虽然他年纪小，却是营地里惟一会开车的人，因此他火速把他们运往霍斯特的医院。途中他停下车，给其中一名重伤员喂水。那个人死在了他的怀里。

阿卜杜勒·拉赫曼回到营地帮忙埋葬死者。有一具尸体毁损得太厉害，根本认不出身份。“你们好歹能不能把他的脚找来?”[①] 阿卜杜勒·拉赫曼问道。有人找到了一只脚，阿卜杜勒·拉赫曼凭着一根脚趾上的胎记认出死者是他的朋友，和他一样也是埃及裔的加拿大公民。除这个人以外还有另外4名死者。营地里的人埋葬尸体的时候，美国侦察机恰好飞临他们上空，拍摄损坏情况。

- - -

按照美国军方策划者一贯极具魄力的用语，这两次失败的导弹袭击被命名为“无限延伸行动”。导弹袭击意在以外科手术式的打击方式，实施与恐怖行动相称的报复——两起炸弹袭击事件，两次坚决的回应——但它们却暴露出了美国情报机构的弱点，以及军事力量的徒劳无益：他们把价值接近7.5亿美元的武器倾泻到了世界上最为贫困的两个国家。

根据巴基斯坦三军情报局前任主管哈米德·古尔将军的说法，有超过半数的导弹落在巴基斯坦领土，造成两位巴基斯坦公民死亡。尽管阿卜杜勒·拉赫曼·哈德尔在基地组织营地只埋葬了5名死者（不算死在他怀里的那个人），关于伤亡情况却产生了许多虚假的说法。克林顿总统的国家安全顾问桑迪·伯杰称“20至30名基地组织人员被炸死。”塔

---

① 对阿卜杜勒·拉赫曼·哈德尔的采访。

利班后来抗议说有22名阿富汗人被炸死，另有50多人严重受伤[1]。不过，本·拉登的保镖在查看过损坏情况之后，得出了与阿卜杜勒·拉赫曼的估计相一致的结论。“每一座房子都被导弹击中，但导弹并没有彻底摧毁营地，”[2] 他报告说。“导弹命中了营地的厨房、清真寺，还有几个厕所。有6人丧生：一个沙特人，一个埃及人，一个乌兹别克斯坦人，还有三个也门人。”

不过，袭击却造成了其他的深远影响。有几枚战斧导弹没有爆炸。根据俄罗斯的情报来源，本·拉登以1 000多万美元的价格把没有爆炸的导弹卖给了东亚的某个国家[3]。巴基斯坦可能也利用在其领土发现的导弹，设计出了本国的巡航导弹。

然而，无限延伸行动最为主要的后果却是使本·拉登成为了抵抗力量的象征性人物。这种抵抗不仅存在于伊斯兰世界，也存在于那些由于美国炫耀其自恋文化和庞大军力，从而对它心生厌恶的所有国家。当噼啪作响的电台讯号中传出本·拉登兴奋不已的声音——“多蒙真主恩典，我还活着!”——反美主义力量找到了自己的杰出人物。反对造成大批无辜者死亡的东非使馆爆炸案的穆斯林，如今也为此人得到的广泛支持所慑；他对美国的反抗似乎有神灵庇佑。即便是在肯尼亚和坦桑尼亚这两个蒙受基地组织袭击最大伤害的国家，孩子们穿的T恤上也能看到本·拉登的形象。

导弹袭击的第二天，扎瓦希里再次致电优素福扎。“我们在袭击中活了下来，”[4] 扎瓦希里对他说。“告诉美国人，我们不害怕轰炸、威胁，

---

① 美国国务院机密电文，“奥萨玛·本·拉登：塔利班发言人就本·拉登问题寻求新的解决方案”，1998年11月28日。据医院与巴基斯坦官方统计，死者为11人，另有53人受伤。伊斯梅尔汗，“众说纷纭”，《伊斯兰堡新闻报》，1998年8月30日。

② 哈马迪，“基地组织内幕：本·拉登私人保镖阿布·占达勒讲述”（九），2005年3月28日。

③ 穆拉德·艾哈迈德，“报道援引有关本·拉登历史的俄罗斯‘文件’”，《Al-Majellah周刊》，2001年12月23日。

④ 对拉希姆拉·优素福扎的采访。

也不怕侵略行径。我们在阿富汗被苏联人炸了10年都没死，而且还准备付出更多的牺牲。战争才刚刚开始；现在美国人应该等待我们的答复。”

第十七章　新千年

导弹袭击两天之后，奥马尔毛拉秘密致电美国国务院[①]。他对美国有个建议。他说，袭击只能激起伊斯兰世界的反美情绪，并引发更多的恐怖主义活动。最好的解决办法是克林顿辞去总统职务。

沉着冷静的国务院官员迈克尔·E·马利诺夫斯基应对了这通电话。他指出，有大量证据表明本·拉登是东非炸弹袭击事件的幕后主谋。马利诺夫斯基还补充说，他明白奥马尔是出于部族道德规范而庇护本·拉登的，但这个沙特人的行为就像是一个站在主人家窗口朝邻居打枪的客人。马利诺夫斯基警告奥马尔，只要本·拉登继续留在阿富汗，美国就不会向该国提供任何重建援助。尽管这次交谈没有解决任何问题，它却是此后美国与塔利班之间多次坦率而非正式对话的开端。

奥马尔毛拉无疑意识到了自己面临的问题。本·拉登对美国的战争宣言使塔利班产生了分裂。有些人说美国历来是阿富汗的朋友，为什么要毫无必要地把这个朋友变成一个强敌？他们指出，本·拉登内部圈子里的任何一个人（包括本·拉登在内）都没有发布圣令的宗教权威，更不用说宣布圣战了。其他人则认为美国在发射导弹的那一刻已经成了阿富汗的敌人。

奥马尔对本·拉登违抗其权威的行为非常愤怒，但美国人袭击阿富汗领土一事却使他陷入了窘境[②]。如果他交出本·拉登，就会被视为是在向美国的压力屈服。他估计自己如果这么干，塔利班的权力就将不保[③]。当然，奥马尔毛拉先前和图尔基王子达成的协议也是个问题。图尔基很快就会重返坎大哈接收本·拉登，把他带回沙特王国。

奥马尔再次召见本·拉登。“我流泪了，”本·拉登承认。“我对奥马尔毛拉说，我们会离开他的国家，前往真主的广大领地；但我们会把妻子儿女留下来托给他照顾。我说我们将寻找一个可以藏身的地方。奥马尔毛拉说，事情还没发展到这个地步。”④

本·拉登然后又作出了个人效忠的承诺，这与基地组织成员对他的宣誓很相似。他承认奥马尔是信众的领袖。“我们把你视为高贵的埃米尔，”⑤ 本·拉登写道。“我们邀请所有的穆斯林以任何可能的方式来协助你、与你合作。”

口袋里有了这份承诺，奥马尔毛拉的态度转变了。他不再将本·拉登视为威胁。两个人之间建立了友谊。从那时起，每当塔利班的其他成员指摘这位沙特人的不是，奥马尔毛拉都会是他最有力的维护者。他们常一起去坎大哈西部的一个水坝底下钓鱼⑥。

“这一次，你何不跟我同去？”⑦ 10月中旬，图尔基王子问他的巴基斯坦同事、三军情报局局长纳西姆·拉纳将军。“这样的话，奥马尔毛拉就能看到我们两国都是认真的。”

基于本国得到的情报，巴基斯坦人告诉图尔基本·拉登是两起使馆爆炸案的主谋，而内罗毕使馆的炸弹袭击者还是沙特公民。图

---

① 美国国务院机密电文，“阿富汗：塔利班的奥马尔毛拉8月22日与国务院联系”，1998年8月22日。

② 对拉希姆拉·优素福扎的采访。

③ 美国大使馆（伊斯兰堡）电文，“情况报告六：巴基斯坦/阿富汗对美国袭击的反应”，1998年8月25日。

④ 罗伯特·菲斯克，“本·拉登的秘密被半岛电视台记者揭开”，《独立报》，2002年10月23日。

⑤ 伯克，《基地组织：投下恐怖的阴影》，第168页。

⑥ 斯蒂芬·布朗和朱迪·帕斯特纳克，“早在‘9·11’之前，本·拉登的飞机就已经在悄然飞行”，《洛杉矶时报》，2001年11月18日。

⑦ 对图尔基·费萨尔王子的采访。

尔基沮丧地意识到，他此次协商的目标已经不再是一个单纯的异见者，而是一个高明的恐怖分子。毫无疑问，塔利班最为强大的两个盟国——沙特阿拉伯和巴基斯坦——应该能劝说阿富汗交出这位惹是生非的客人。

图尔基王子和拉纳将军来到奥马尔毛拉先前接见过沙特王子的同一家旅店。图尔基向这位塔利班领袖致意，随即提醒他曾经作出承诺。奥马尔还没答话就突然起身离开了房间，一走就是20来分钟。图尔基心想他也许是和舒拉顾问团商量去了，甚至有可能在和本·拉登本人谈话。最后，这位信众的领袖总算回到房间，说道："肯定是译员搞错了。我从来没跟你说过我们会把本·拉登交出来。"

"但是，奥马尔毛拉，这话我说了可不止一次了，"图尔基气急败坏地说。他指着奥马尔的主要顾问、代理外交部长瓦基勒·艾哈迈德·姆塔瓦基勒毛拉，说他上个月还来过沙特王国，讨论交人的事情。奥马尔怎么能假装没这回事？

奥马尔说话的声音变成了尖叫，而且他还开始冒汗。图尔基不禁怀疑他是否吸了毒[①]。奥马尔冲着王子大喊，说本·拉登是"一个高贵的人、一个著名的人物"，他只不过希望看到美国人被逐出阿拉伯世界。"你们不该迫害他，而是应该和我们、和他携起手来，与不信真主者作战。"他称沙特阿拉伯是一个"被占领的国家"，还直接辱骂起客人来，言语之过分让译员都大为踌躇。

"这一套我受够了，"图尔基愤怒地说。"但你要记住，奥马尔毛拉，你现在所做的事，将给阿富汗人民造成极大的伤害。"

图尔基和拉纳将军乘车返回机场，一路上两个人都震惊得说不出话来。他们还要再次飞过塔尔纳克农场本·拉登那破破烂烂的避难所，这尤其令人恼怒。从那时起，农场里那个人所挟持的已不仅仅是图尔基的

---

① 《明镜》周刊访谈："接着奥马尔毛拉就冲我大喊"，《明镜》周刊，2004年3月8日。克里斯托弗·苏丹英译。

个人声誉，还有沙特阿拉伯的世界地位。

虽然美国的导弹袭击破坏了阿富汗的营地，基地组织没费什么事就把营地搬到了别处——这一次是在坎大哈和喀布尔人口密集地区的附近[①]。但是，袭击造成的恐慌仍没有消退；一向对外人心怀戒备的基地组织社群成员，如今又自己和自己斗了起来。本·拉登护卫队的头目赛义夫·阿德勒确信自己的营地里有个叛徒。毕竟，要不是本·拉登他们在最后一刻决定拐上去喀布尔的路，导弹袭来之际本·拉登和舒拉顾问团的核心成员本该在霍斯特。

本·拉登仍然像以前那样随意地和手下人坐在一起，任何人想要接近他都很容易。有一次，一个名叫阿布·沙萨的苏丹人走进圈子，当着其他领导人对本·拉登说起无礼言语来。一个叫阿布·占达勒的手下认出此人是个“塔克费尔”派，就提出要坐到他和本·拉登之间。“用不着，”[②] 本·拉登让占达勒放心，但他说话时把手搁在了手枪上。

“塔克费尔”派的苏丹人突然动了一下，阿布·占达勒立即猛扑过去，把他的双手反剪到背后，再往他身上一坐，叫那人再也动弹不得。本·拉登笑着说：“阿布·占达勒，随他去吧！”

不过，这位机警而强壮的忠诚追随者给本·拉登和他的埃及护卫队留下了深刻印象。本·拉登送给阿布·占达勒一支手枪，让他做自己的贴身保镖。手枪里只有两发子弹——万一本·拉登被捕，占达勒就要把它们射进他的脑袋。阿布·占达勒每天晚上都会精心擦拭这两发子弹，并且对自己说：“这两发子弹是奥萨玛谢赫的。我祈求真主永远不要让我使用它们。”

图尔基王子遭到奥马尔毛拉羞辱之后，塔利班和本·拉登的护卫队

---

① 对阿卜杜勒·拉赫曼·哈德尔的采访。

② 哈马迪，“基地组织内幕：本·拉登私人保镖阿布·占达勒讲述”（六），2005 年 3 月 24 日。

都很紧张，他们估计沙特会采取报复行动。塔利班在霍斯特抓住了一个举动怪异的乌兹别克青年。他名叫西迪克·艾哈迈德，是个在沙特王国长大的流亡者。他交代说，利雅得市长萨勒曼王子雇他来杀本·拉登(萨勒曼王子否认了此事)。如能成功，刺客将得到200万沙特里亚尔，并获得沙特公民身份。“你以为你能杀死奥萨玛·本·拉登谢赫，然后从14名拿着自动武器、训练有素的护卫手中逃走?”① 阿布·占达勒厉声问道。这小伙子只有18岁，但看上去还是个孩子。“我错了，”他哭道。他吓坏了，一副可怜兮兮的样子。最后本·拉登说，“放他走吧。”

1999年2月初，本·拉登又一次浮现在迈克·朔伊尔的视野之中。中情局接到线报，称本·拉登和一帮阿联酋王室的放鹰狩猎者正在坎大哈南部的沙漠中宿营。这个密报来自其中一名阿联酋王子的保镖。他们到那儿是要打波斑鸨，这种濒危鸟类以飞行快速、生性狡猾知名，据说还有催情的功用。王子们是乘着C-130运输机飞来的，他们带来了发电机、冷藏卡车、精巧的空调帐篷、通讯设备和电视所需的高耸天线，还有将近50辆四驱皮卡，这些车他们离开时会留下来，算是给塔利班主人的礼物。朔伊尔在侦察照片上能清楚地看到营地，甚至能辨认出栖息在柱子上的猎鹰。但他却找不到本·拉登规模较小的宿营地；朔伊尔知道，他的营地肯定就在附近。

每当本·拉登踏进王室营地之中，那名阿联酋保镖就会向他在巴基斯坦的上线报告；不出一个小时，这个信息就会送到朔伊尔的办公桌上。安插在营地四周很大范围内的阿富汗间谍证实了沙特人进进出出的情况。

朔伊尔个头很高，一身衣服总是皱皱巴巴，戴着眼镜，一部棕色的大胡子又粗又硬。你都可以想象，他的肖像要是挂在19世纪普鲁士庄

---

① 哈马迪，“基地组织内幕：本·拉登私人保镖阿布·占达勒讲述”(六)，2005年3月24日。

园的墙上肯定十分协调。他是个干劲十足、要求极严的人，每天晚上只睡几个小时。科尔曼曾注意到，雇员签到本上朔伊尔名字下登记的全是“上午2点30”这样的时间。他通常要在办公室呆到晚上8点。朔伊尔是个虔诚的天主教徒（科尔曼对这类人很了解），对自己需要做的工作保持着一种冷静而超然的态度。就在几个月前，朔伊尔得到情报称本·拉登将在坎大哈市长的府邸过夜。朔伊尔建议立即发动巡航导弹袭击，但遭到军方拒绝；他们说导弹袭击可能会致使300人丧生，而附近的一座清真寺也很可能被炸毁①。这些婆婆妈妈的顾虑让朔伊尔怒不可遏。

朔伊尔坚信，本·拉登现身波斑鸨营地是暗杀此人的最佳机会。抱着这种想法，他陪同中情局局长乔治·特内特去白宫和迪克·克拉克见面。五角大楼再次下令巡航导弹进入发射准备状态（这是美国爱用的暗杀手段），打算在次日早晨发动袭击。凑巧的是，克拉克最近刚从阿拉伯联合酋长国回来，他在那里协助一笔价值80亿美元的美制战斗机销售谈判。他和阿联酋王室有私人的交情。毫无疑问，他脑海中肯定浮现出了黄沙间王子们尸横遍地的景象，以及此前“无限延伸”行动的失败。另外，中情局并不能保证本·拉登确实身在营地之中。

克拉克否决了这一行动。特内特也表示反对。朔伊尔觉得自己被出卖了。与干掉本·拉登的大好机会相比，让这些人反对行动计划的顾虑显得太无足轻重，而且完全是从利益关系出发。“我不是个事事考虑后果的人，”朔伊尔承认。仿佛是要证明这句话，他发出了一系列表示自己深受伤害、并对上司提出指责的电子邮件。中情局的走廊里一时议论纷纷，说朔伊尔已精神崩溃，说他对本·拉登的痴迷把自己给压垮了。与此同时，他在亚力克站对一位资历更高的联邦调查局主管大发其火，使得调查局局长弗里愤然致电中情局局长特内特。5月，朔伊尔被解除亚力克站站长职务。“你是累垮了，”② 他的头儿对他说。

---

① 《“9·11”调查委员会报告》，第131页。
② 对迈克尔·朔伊尔的采访。

局里本指望朔伊尔会退休，并接受已经为他铸好的情报勋章。“那玩意儿你留着塞屁眼吧，”朔伊尔说。到了星期一，他还是按自己早得叫人头晕的老时间签到上班，在图书馆里占了一张桌子。一个月又一个月，无事可做的朔伊尔始终呆在那里，等着中情局来找他——等局里下定杀人的决心，不再为担心弄死几个王子而犹豫不决。

奥尼尔的办公室位于纽约联邦广场 26 号 25 层的东北角，从一扇窗可以远眺克莱斯勒大厦和帝国大厦，另一扇窗则能看到布鲁克林桥。他让自己这间办公室成了联邦调查局独一无二的地方。他把政府配发的监狱制造的办公家具通通扫地出门，然后搬进一张淡紫色的长沙发。火红色的桃心木咖啡桌上放着一本写郁金香的书——《令男人疯狂的花朵》，屋子里摆满了各种植物和时令鲜花。他有两台电脑，一台是调查局配发的破烂古董机，另一台则是他自己用的高速个人电脑。办公室不引人注目的地方有一部小电视，总是调在 CNN 的频道上。奥尼尔这里没有其他办公室墙壁和桌上常见的家庭照片，而是装点着一幅幅法国印象派绘画。

局里没几个人知道他在新泽西有一位妻子和两个孩子（小约翰和卡萝尔），奥尼尔 1991 搬到芝加哥的时候他们没有跟去。奥尼尔到芝加哥之后不久就遇到了瓦莱丽·詹姆斯。她是一位时装销售主管，离了婚，自己带着两个孩子。她身材高挑，长得很漂亮；她的目光中透着坚定，还有一副叫人心动的嗓音。她在一家酒吧里看到了奥尼尔，还请他喝了一杯，因为“他有一双最让人无法抗拒的眼睛。”他们一直聊到第二天早晨 5 点钟。

奥尼尔每个星期五都会送花给瓦莱丽，那是他们相遇的周纪念日。他的舞跳得很棒，还说自己十几岁的时候上过《美国音乐台》[①] 节目。每次瓦莱丽出差办事，都会发现自己住的旅馆房间里已经送来了一瓶葡

---

① 《美国音乐台》（*American Bandstand*）是美国广播公司的老牌电视歌舞节目，于 1952—1989 年间播出。——译者

萄酒。“你确定你没结婚吗？”瓦莱丽问道。

就在奥尼尔迁居华盛顿之前，一个女特工在调查局的圣诞聚会上把瓦莱丽拉到旁边，告诉她奥尼尔在新泽西有家小。“这不可能，”瓦莱丽说。“我们就要结婚了。他都征得我父亲同意了。”

奥尼尔追求瓦莱丽的时候，在华盛顿还有个女友。她名叫玛丽·琳恩·史蒂文斯，在五角大楼联邦信用联盟工作。两年前，她新年夜去芝加哥看奥尼尔的时候，他就请求她只和“自己一人”约会。有一次玛丽·琳恩偶然听到奥尼尔电话答录机上的留言，发现了他和瓦莱丽的事。她质问了奥尼尔；他跪地求她宽恕，还发誓说从此再也不见瓦莱丽。但等玛丽·琳恩回到华盛顿，她那位恰好来自大西洋城的发型师又告诉她奥尼尔已有妻室。奥尼尔解释说他还在和律师商量离婚的事，说他的婚姻早已名存实亡，等最后几条法律细节谈好就结束了；他不希望因为透露这样的一场婚姻而危及自己和玛丽·琳恩的关系。他和瓦莱丽·詹姆斯说的基本上也是这一套。

来华盛顿没多久，奥尼尔又认识了另一个女人。她名叫安娜·迪巴蒂斯塔，是一位时髦的金发女郎，从事国防工业。她从一开始就知道奥尼尔结了婚——是一位同事告诉她的——但奥尼尔始终没让她发现自己还有别的女人。安娜的牧师警告她，“那家伙永远都不会娶你。他永远不会宣告自己现在的婚姻无效。”然而有一天奥尼尔却告诉她自己已宣告婚姻无效——他是在撒谎。“我知道这对你有多重要，”他对她说。在同一个晚上，他常常会上半夜陪玛丽·琳恩，其余的时间则和安娜一起度过。“我记得他一直都是清早五六点就走，”玛丽·琳恩说。“我从来没给他做过早餐。”与此同时，他还与芝加哥的瓦莱丽维持着关系。三个女人全都以为奥尼尔会娶自己为妻。他还迷上了司法部一位容貌美丽、大权在握的女性，不过她已经结婚——这让他陷入了无尽的绝望之中。

怪异的是，奥尼尔这出一人多角的感情剧与敌手奥萨玛·本·拉登的生活颇为相似。如果奥尼尔身处一个允许重婚的社会之中，他家里必定会妻妾成群。但他生性喜欢鬼鬼祟祟，而且就是凭着危险的秘密和机变的谎言发达起来的。当然，奥尼尔的工作也为他提供了绝佳的掩护，因为他总能以执行“机密”任务为由，一连好多天踪影全无。

在他的性格之中，也有想从承担义务的情感关系中寻求安慰的一面；他和瓦莱丽·詹姆斯似乎最接近这个目标。奥尼尔迁居纽约时瓦莱丽也一同前往。他们在斯徒维桑特小区找了一间公寓。奥尼尔非常喜爱瓦莱丽两个已成年的孩子，朋友甚至误以为他们是他亲生的；瓦莱丽第一次当上祖母、需要人照料孩子的时候，奥尼尔会呆在家里照看婴儿，好让她去上班。他们的生活逐渐规律起来。星期二早晨，他们会把衣服送到洗衣店，然后去跑步。每个周六的早晨，奥尼尔会去发廊理发、热水修面，好好享受一番。星期天，他和瓦莱丽偶尔会去教堂，有时还骑着自行车到市里兜风。每逢奥尼尔招待完来自委内瑞拉或是乌兹别克的警察、深夜时分酩酊大醉地回到家中，他爬上床睡觉时常常都会端一杯牛奶，外加一碟子嵌着碎巧克力的甜饼干。他特别喜欢在万圣节给孩子们发糖果。

但他身上却有着一份躁动不安，似乎总是生怕事情搞得不够复杂。1999 年安娜·迪巴蒂斯塔得到了纽约的一个工作邀请，这很可能把他的生活搅得天翻地覆。奥尼尔竟然恳求她一定要来。“我们可以结婚啊！”他说。但等到安娜来了，奥尼尔却告诉她还不能马上搬进他家。他说他的公寓里住着“一帮学语言的人”。

和每个女人在一起的时候，他过的都是不同的生活。他设法让自己的社交圈子相互独立，这样有一群朋友以为他的女友是瓦莱丽，另一群朋友以为是安娜，还有一群则以为是玛丽·琳恩。他会带她们去不同的餐厅，甚至到不同的国家度假。“爵士乐是他的最爱，”瓦莱丽说。而在安娜身边，他听的则是安德烈·波伽利①。“我们俩最喜爱的歌是‘告别

---

① Andrea Bocelli（1958—　），意大利著名的盲人男高音歌手。后文所说的“告别时刻”（Time to Say Goodbye）是他 1997 年与英国女歌手莎拉·布莱曼合作演唱的歌曲。——译者

时刻，'" 她回忆说。玛丽·琳恩则让他看起了大歌剧。"有一次我邀请他看《摩菲斯特》，他大老远从加利福尼亚飞过来了。"他的政治观点也很灵活，往往会与当时身边的同伴相符合；在这个人面前他是个温和的民主党，而到了另一个人面前他又成了温和的共和党。

到了假期，他会回新泽西的家中探望父母，还要去看妻子和孩子。虽然他和克里斯蒂娜已分居多年，却始终没有离婚。他向了解自己家庭情况的朋友解释说，这是"天主教的传统。"① 他仍旧供养着他们，而且常常和孩子们通电话。但大西洋城是他生活中极少向人提及的一部分。奥尼尔生命中的女人们都觉得他不可信任；因此，他所寻求的那种无条件的爱与忠诚，她们也就不可能给。由于自己欲罢不能的欺骗习惯，奥尼尔始终是一个孤零零的人。

这种一团乱麻的生活不可避免地造成了危害。他把自己的掌上电脑落在了扬基体育馆；那里面全是世界各地警方联络人的信息。幸运的是，扬基队的警卫人员找到了掌上电脑。后来他又把手机忘在了出租车上。1999 年夏天，他和瓦莱丽开车要去泽西海岸，结果他的那辆别克在梅多兰兹附近坏了。奥尼尔的调查局用车恰巧就停在不远处的一个局外秘密地点；因此他就去换了车，没有理会调查局禁止因私人事由使用公务车的规定。不过，奥尼尔当时要是没有让瓦莱丽进那所屋子上卫生间，他违纪用车的事也许还不致引起注意。瓦莱丽根本不知道那是个什么地方。联邦调查局得知这一违规行为后（据说是一名心怀怨恨的特工打了小报告，此人曾利用这个地点开汽车修理店，结果被局里发现），奥尼尔遭到申斥，还被停了 15 天的薪水。

这种经济处罚让奥尼尔几乎无法承受。他一向是个爱表现的主人，所有的账单都要抢着来付；有一回另一个特工提出要分担一半费用，奥尼尔竟然把他的钱撕成了两半。这些表现都变成债务堆积了起来。帮奥尼尔计税的一个特工注意到他信用卡上的欠债，说道，"天哪，约翰，

---

① 对格兰特·阿什利的采访。

你这状况可是敌方发展的大好对象。”① 奥尼尔仍在为妻子的房子支付按揭②，从自己的退休基金中拆东墙补西墙，还向富裕的朋友借钱③——他们手里的欠条他总有一天要还。任何欠下这么多债务的人，通常都会被视为安全隐患而受到严密注意。

他不牢靠、惯于欺骗，而且有可能被敌方攻破。他也极具责任感，足智多谋，聪明过人。无论是好是坏，美国当时都得依靠这个人来阻止奥萨玛·本·拉登。

伊拉克不太可能作为盟友加入基地组织反对西方的战争，但第一次海湾战争结束以来，伊拉克与基地组织有过一系列接触。萨达姆·侯赛因想寻找盟友来挽救自己四分五裂的政权，而伊斯兰激进分子最起码在渴望复仇这一点上与他相同。1992 年，哈桑·图拉比在伊拉克情报机构和基地组织之间安排了一次会议，目的是制定一个推翻各国亲西方阿拉伯政府的“共同策略”④。伊拉克代表和本·拉登见了面，并对他大加恭维，称他是预言中所说的马赫迪，是伊斯兰的救世主⑤。他们希望他能停止支持反萨达姆的叛乱分子⑥。本·拉登同意了；但作为交换，他要求伊方提供武器以及伊拉克国内的训练营地。就在那一年，扎瓦希里去了巴格达，而且见到了独裁者本人⑦。但是，并没有证据表明伊拉克向基地组织提供了任何武器或营地，而本·拉登不久就恢复了对伊拉克异见者的支持。

然而，对话仍然在断断续续地进行。1998 年本·拉登发布反美圣令的时候，伊拉克情报官员曾飞赴阿富汗，和扎瓦希里商讨将基地组织

---

① 对联邦调查局匿名特工的采访。
② 韦斯，《他警告了美国：严阵以待的联邦调查局反恐斗士约翰·奥尼尔》，第279 页。
③ 对乔·坎蒂梅萨的采访。
④ 匿名，《透过敌人的眼睛》，第 124 页。
⑤ 对艾哈迈德·巴兹卜的采访。
⑥ 《“9·11”调查委员会报告》，第 61 页。
⑦ 杰弗里·戈德堡，“巨大的恐怖”，《纽约客》，2002 年 3 月 25 日。

迁到伊拉克的问题[①]。当时，本·拉登与塔利班的关系颇为紧张，基地组织的几名高层人员也倾向于寻找一个新的庇护所。本·拉登反对这个想法，因为他不想欠伊拉克暴君的人情。

1999年10月，扎瓦希里带着一本假护照再次前往巴格达，去参加第九届伊斯兰人民议会[②]。这是一个由宗教学者和活动家组成的国际协会，由伊拉克政府赞助。很凑巧，一个名叫阿布·穆萨卜·扎卡维的约旦圣战者差不多也在同一时间到达。扎卡维并不是基地组织的成员，不过他在阿富汗的赫拉特开设了一座训练营。他把自己视为本·拉登的竞争对手，但他与圣战组织的关系很密切。伊拉克情报机构可能协助扎瓦希里和扎卡维建立了一个由库尔德激进分子组成、名为“伊斯兰辅助者”的恐怖主义组织。这一组织是受黎巴嫩真主党一事的启发而建立的。[③]（后来，扎卡维成为2003年美国攻入伊拉克之后基地组织反美力量的领袖。）

奥尼尔特别担心基地组织会抓住新千年将近的时机，大肆渲染它与美国的战争。他确信伊斯兰恐怖分子已经在美国建立起滩头阵地。这种看法与调查局领导认可的观点大相径庭。弗里局长在白宫的会议上反复强调说，基地组织没有对美国国内构成任何威胁。在1999年6月之前，本·拉登甚至都没有被列入联邦调查局通缉要犯的名单。

奥尼尔渐渐觉察到基地组织的袭击有一种节奏，还跟朋友们说：“我们已经晚了。”1999年下半年时，他的这种感觉特别明显。他知道本·拉登非常看重时机选择和象征意义，而千年之交正是制造戏剧性效果的无与伦比的机会。奥尼尔认为目标可能是某种至关重要的基础设

---

① 《“9·11”调查委员会报告》，第66页。

② “伊拉克：前总理披露有关伊拉克基地组织创建的秘密情报资料”，安莎通讯社，2005年5月23日。

③ 这些推测的依据是伊拉克过渡政府前总理伊亚德·阿拉维所说的话。他声称在伊拉克秘密情报部门的档案里发现了有关信息。

施：饮用水、电网，也可能是交通系统[①]。然而，根本没有什么情报能支持这种假设，这令他大为沮丧。

12月，约旦当局逮捕了16名恐怖分子嫌疑犯，据信他们计划炸毁安曼的雷迪森酒店，以及其他几处西方人常去的旅游景点。密谋者之一就是阿布·穆萨卜·扎卡维，不过他没有被捕。约旦人还发现了刻成光盘的6卷本基地组织训练手册。约旦的分支机构中有几个阿拉伯裔美国人。

中央情报局警告说美国国内可能会发生多起袭击事件，但他们却给不出多少细节[②]。美国联邦航空管理局、边境巡逻队、国民警卫队、特工处，以及每一个治安官办公室和警察局都处于高度戒备状态，但仍然没有任何迹象表明袭击即将来临。对恐怖袭击的畏惧，和普遍的"千年虫"之忧搅在了一起——许多人担心大部分电脑可能无法适应计时系统在千年之际的变化，从而导致技术世界的崩溃。

12月14日，华盛顿州安吉利斯港的一名边境警卫拦住了一个名叫艾哈迈德·雷萨姆的阿尔及利亚男子。此人一副焦虑不安的样子引起了她的怀疑。她让他从车上下来。另一个警卫打开后备厢，说道："嗨，这里有名堂。"[③] 一名海关官员从后面揪住雷萨姆的外套，推着他朝汽车后备厢走去。那里面装着4个定时器，100多磅尿素，还有14磅硫酸盐。这些成分可以造出俄克拉何马爆炸案中使用的那种炸弹。

雷萨姆撒腿就跑，那名海关官员手里只抓住他一件外套。警卫们追上前去，在4个街区以外抓到了他——他正要闯进一辆等候信号灯的汽车。

人们发现，雷萨姆的目标是洛杉矶国际机场。尽管采取了那么多防范措施，要不是雷萨姆的紧张神态引起了那位边境警卫的警惕，新千年

---

① 对刘易斯·斯基利罗的采访。
② 塞缪尔·R·伯杰的陈述，《"9·11"报告：国会联合调查》，2002年9月19日。
③ 罗伯特·德雷珀，"炸毁洛杉矶国际机场的密谋"，《绅士季刊》，2001年12月。

可能就会在一场大灾难之中开始。但是，厄运却将降临在另一个地点。

虽说雷萨姆曾在阿富汗本·拉登的一个营地中学习制作炸弹的技术，但他并不是真正的基地组织人员。他是个打着基地组织旗号自由行动的恐怖分子——一个没有多少宗教知识的小贼，姑且称他为先遣队员——“9·11”之后冒出了一大批像他这样的人。他接受了基地组织的训练，胆子也大了起来，就在蒙特利尔建立了自己的临时分支机构。雷萨姆在袭击之前曾给阿富汗打电话，讯问本·拉登是否愿意把他的行动归于基地组织名下，但始终没有得到回复。

约翰·奥尼尔确信雷萨姆在美国国内还有同党。他们是什么人？在哪里？他觉得有一座滴答作响的钟正在朝新年倒数——在那个时刻，基地组织的袭击将引起最大的关注。

华盛顿州当局从雷萨姆口袋里乱七八糟的东西中间找到了一张纸条，上面写着一个名字“加尼”，还有几个电话号码。其中一个号码的区号是“318”，但杰克·克卢南拨通这个号之后，接电话的却是路易斯安那州门罗市的一个小孩子。克卢南又看了看号码。他心想，也许区号是“718”。他又拨了一次，发现这个号码的机主是阿卜杜勒·加尼·梅斯基尼，一个住在布鲁克林的阿尔及利亚人。

在奥尼尔的监督下，联邦调查局布鲁克林指挥部对梅斯基尼进行了监视。窃听器监听到梅斯基尼打给阿尔及利亚的一个电话，他提到了雷萨姆和蒙特利尔的另一名嫌疑犯。12 月 30 日，奥尼尔以阴谋破坏的罪名逮捕了梅斯基尼，并以违反移民法的罪名逮捕了其他几名恐怖分子嫌疑犯。梅斯基尼和雷萨姆最终都将成为美国政府的合作证人。

那个寒冷的新年之夜，奥尼尔和 200 多万人齐聚纽约时代广场①。午夜时分，他给白宫的克拉克打了电话，说自己就站在巨大的光球下面，时钟正敲响新的千年。“他们要是打算在纽约干什么事情，肯定会

① 对约瑟夫·邓恩和马克·罗西尼的采访。

选这个地方，”他告诉克拉克，“所以我就到这儿来了。”[①]

新千年之际的那次围捕后，奥尼尔认定基地组织在美国埋下了潜伏机构。加拿大与约旦分支机构之间的联系最后都归到了美国；可即便是在美国使馆的爆炸事件和洛杉矶机场的未遂炸弹袭击之后，调查局高层仍旧把基地组织看作一种遥远而可以控制的威胁。但反恐处的副主管戴尔·沃森是个例外。接下来的几个月之中，奥尼尔、沃森和迪克·克拉克多次会面，创立了一个名为“千年行动后总结”的战略计划。该计划明确提出了几项旨在根除基地组织分支机构的政策变革，其中包括：增加国内反恐联合行动组的数目；从国内收入署和移民归化局抽调更多人员，监控资金和人员的流向；创立一个流水线式的工作流程，以分析通过窃听得到的信息。但是，这些变革并不足以克服千年之交后遍布华盛顿的官僚主义怠惰气氛。

临近斋月末尾的“力量之夜”[②]，纪念的是先知穆罕默德在希拉山洞中首次接受真主之命的日子。在 2000 年 1 月 3 日那个吉祥的日子里，也门亚丁港的 5 个人开了斋戒，一路走到海边。他们看到了一件特别奇怪的事：一艘玻璃钢制的钓鱼小艇搁浅在浪花之中。他们的目光落到了那台崭新的 225 马力雅马哈舷外马达上。几个人就这件咄咄怪事讨论了一番，认定小艇是来自天国的礼物。他们当时正处于斋月宗教仪式的净化状态，因此认为自己的虔诚得到了回报；于是他们就把船上所有能拿的东西拿了个精光，首先拆的就是那台重达 600 磅、价值超过 1 万美元的马达。他们刚把硕大的马达卸下来它就一头栽进海水之中，他们只得把它滚上岸来。到那时候马达已经给彻底泡坏了。

接下来，其中一个人打开了船舱。舱里塞满了奇形怪状的砖头。他

---

① 克拉克，《针对所有敌人》，第 214 页。
② 对罗伯特·麦克法登的采访。

觉得这些东西肯定是印度大麻制品，可是砖头和砖头之间连着导线，还接了块电池。他拽下一块砖头闻了闻。有一股古怪的油味儿，根本不像印度大麻。几个人认为这些砖头不管到底是什么东西，肯定都很值钱。因此他们在小船和海岸之间排成一线，一抛一接地传起砖头来。

突然，基地组织的两个人乘着一辆小越野车开了过来，质问那 5 个人在对他们的船做什么。他们俩看到也门人正在扔“砖头”，吓得直往后退。

后来美国调查人员发现，这艘玻璃钢小艇原本是用来对美国驱逐舰“沙利文”号发动自杀袭击的，该舰当时正在亚丁港加油。基地组织的人在艇上装的 C-4 炸药太多，又卸掉了增加浮力的装置，结果小艇刚下拖车就沉到了水底的软沙上。他们最后还是用船用起重机把小艇捞了上来，很快它就会被收拾好，准备用于另一次行动。

第十八章　轰隆

20 世纪 90 年代来到阿富汗受训的人，并不是一无所有的社会失败者。作为一个群体，他们反映的是萨阿德·阿丁·易卜拉辛曾在 80 年代早期研究过的、组成恐怖主义群体的“模范埃及青年”。大部分可能被基地组织招募的人都来自中产或上层阶级①，而且几乎所有人出身的家庭都是完整的。他们大多接受过大学教育，而且非常偏爱自然科学和工程学。他们之中没有多少人出自宗教学校；实际上，许多人曾在欧洲或美国接受教育，甚至能说多达五六门语言。他们没有任何精神不正常的迹象②。在加入圣战之前，许多人甚至都不是特别笃信宗教。

比起抗击苏联的圣战者前辈，他们的历史更为复杂，也更多样化。上一代圣战者之中有许多中产阶级的职业人士——医生、教师、会计、伊玛目——他们携家带口来到了阿富汗③。新一代圣战者则多是年轻的单身男子④，但也有精通造假、信用卡欺诈和毒品走私的罪犯，这些人的技巧以后派上了大用场。上一代人绝大多数来自沙特阿拉伯和埃及；新的应征者中则有许多来自欧洲和阿尔及利亚。特别的是，没有任何人来自苏丹、印度、土耳其、孟加拉国，甚至阿富汗和巴基斯坦。在反苏圣战中，一些什叶派穆斯林曾参与战斗⑤；本·拉登在马萨达的基地中甚至还有一个什叶派营地。新的圣战者群体则全部是逊尼派。他们的直接目标是为波斯尼亚和车臣的战争做好准备，然后再回到本国建立伊斯兰政府。从 1996 年到 2001 年营地被摧毁，阿富汗的训练营共接纳过 1 万到 2 万名受训者⑥。

应征者在面试中会被问及自己的背景和特别技能。收集这些信息有助于确定给各人委派何种任务；例如，一个名叫哈尼·哈居尔的年轻沙特人就提到他曾在美国学习飞行。他将成为“9·11”密谋的一部分。

除了艰苦的体能训练，新的应征者还要接受基地组织世界观的灌输。有些受训者在听课笔记中明确写下了该组织的乌托邦式目标⑦。

1. 在世上建立真主的统治。
2. 为了真主的事业以身殉教。
3. 清除伊斯兰各阶层中的堕落分子，实现净化。

这三个目标表述精确，界定了基地组织的吸引力和局限性。它们召唤的是一群理想主义者。这些人根本不会停下来问一问：在以净化宗教为惟一政治宗旨的人手中，真主的统治将会是什么样子？而死亡这种个人目标，仍然是吸引许多应征者前来的主要原因。

他们对以前的行动进行研究；既有使馆爆炸案之类的成功范例，也有谋刺穆巴拉克这样的失败。他们的教材是一本180页的手册《反暴君圣战中的军事研究》，书中含有伪造、武器训练、安全和谍报方面的章节。“我们号召与叛教政权进行的抗争，从来就不知道什么苏格拉底式

① 对马克·萨吉曼的采访。许多统计数字都来自他的重要研究著作《恐怖主义网络探秘》。
② 萨吉曼说，“400人之中（他的样本）只有4个人有轻微的失常迹象。这个比例低于全世界精神疾患的基础概率。”马克·萨吉曼，《恐怖主义网络探秘》，外交政策研究所电子刊物，2004年11月1日。
③ 尼克·菲尔丁，“奥萨玛的新兵训练有素”，《星期日泰晤士报》，2005年4月3日。
④ 对阿卜杜拉·阿纳斯的采访。
⑤ 对阿卜杜拉·阿纳斯的采访。
⑥ 《“9·11”调查委员会报告》，第66页。据萨吉曼自己估计，这一时期的应征者不超过5千人。
⑦ 伯恩斯坦，《晴天霹雳：2001年9月11日的故事——从圣战到地面零点》，第86页。

的辩论……柏拉图式的理想……或是亚里士多德式的外交，”手册一开头写道。“但它却了解子弹的对话，刺杀、爆炸与毁坏的理想，以及大炮与机枪的外交。”

训练中有三个主要阶段①。新到的应征者要在新兵训练营里待15天，他们在这儿会被训得筋疲力尽，有时候晚上只能睡一两个小时。到了为期45天的第二阶段，应征者将接受地图判读、堑壕修筑、天文导航方面的训练，并学习使用五花八门的武器：轻机枪、克莱莫杀伤地雷②、迫击炮、肩射火箭，还有防空导弹。演练的目标始终是美国人，不是美国兵就是美国的交通工具；不过根据一名基地组织学员在意识形态课堂上的笔记，“伊斯兰的敌人”③ 还有：

1. 离经叛道者（穆巴拉克之流）
2. 什叶派教徒
3. 美国
4. 以色列

敌人种类太多，将始终是一个令基地组织头痛的问题，尤其是碰到斗争舞台上出现新的角色、重要程度又各不相同的时候。

完成第二阶段训练的人可以选择加入游击战学校，培训期同样是45天。学校里设有培训劫持和谍报技术的专门营地，以及一门为期10天的暗杀课程。一名基地组织受训者在日记中写到，他有一天学的是“从摩托车上向刺杀对象及其保镖开枪”，另一天学的则是“从上方、前方和后方朝车里的两个目标射击”④。另一个营地专门培训炸弹制作技术，

---

① 哈马迪，“基地组织内幕：本·拉登私人保镖阿布·占达勒讲述”（五），2005年3月23日。
② 美制定向反步兵地雷，爆炸时能产生扇形面杀伤破片。——译者
③ 对阿里·苏凡的采访。
④ 戴维·罗德和C·J·奇弗斯，“基地组织的采购清单与杀人手册”，《纽约时报》，2002年3月17日。

还有一个名为“神风队”的营地[①]仅向自杀式炸弹袭击者开放。他们身穿特制的白色或灰色服装，单独居住，不和任何人交谈。

学校里有一座藏书颇丰的军事图书馆，其中就有以色列恐怖主义者、最终成为总理的梅纳赫姆·贝京的自传《反叛》。另一本书说的是美国海军陆战队建立快速部署部队的情况，书中假想了这样一个场景：一艘装载液化天然气的轮船被炸毁在波斯湾咽喉部的霍尔木兹海峡，从而导致石油价格大幅上涨。受训者对这个想法很着迷，花了许多时间来策划如何实施这样的行动。晚上他们常会看好莱坞的惊险片，从中寻找灵感。他们尤其爱看阿诺德·施瓦辛格主演的电影[②]。

扎瓦希里对使用生物和化学武器特别感兴趣。他指出，“这些武器的毁灭性效果不亚于核武器。”[③] 他建立了一个名为“扎巴迪”——意思是“凝乳”——的项目，研究造成大规模杀伤的非常规手段，而且还潜心钻研医学杂志，了解各种各样的药剂。“尽管这些武器极其危险，我们却正是因为敌人才认识它们的；敌人一再强调制作这些武器的成本很低廉，所以引起了我们的注意，”他写道。他手下一个名叫阿布·哈巴卜的人在贾拉拉巴德附近建起一个实验室，用狗来实验自制的神经毒气，还把它们痛苦死去的过程拍摄下来。做实验的狗往往拖到5个多小时之后才死[④]。阿布·哈巴卜向受训者解释说，人类对这种毒气的反应更大，因为他们没有狗身上那么强的抗体。扎瓦希里还在坎大哈附近建立了另一座实验室，一个名叫耶齐德·苏法特的马来西亚商人[⑤]在实验

---

① 阿布·扎伊德，“在本·拉登重返阿富汗、原教旨主义联盟复兴之后”，《阿拉伯祖国》周刊，1996年6月7日。

② 对杰克·克卢南的采访。本书作者参与创作的《全面围攻》（*The Siege*）也在基地组织成员观看的影片之列。

③ 阿兰·卡利森和安德鲁·希金斯，“喀布尔电脑中的备忘录令人胆寒”，《华尔街日报》，2001年12月31日。

④ 无日期和署名的文件，“中央情报局关于扎瓦希里兄弟的报告”。

⑤ “基地组织是否在制造炭疽杆菌？”CBS新闻，2003年10月9日；埃里克·利普顿，“据称，基地组织的信件表明该组织在‘9·11’之前曾制定过炭疽袭击的计划”，《纽约时报》，2005年5月21日。

室花了好几个月时间试图培育生物武器，特别是炭疽杆菌。苏法特在萨克拉门托的加利福尼亚州立大学获得过化学和实验科学的学位。

本·拉登起初并不反对使用生物或化学武器，但他发现自己和阿布·哈夫斯发生了冲突。使用这类不分对象的武器自有其伦理问题与后果，基地组织就此进行争论时哈夫斯是强硬派的领袖。这些武器会在伊斯兰国家使用吗？会不会以平民为目标？温和派指出，使用任何一种大规模杀伤性武器都会使全世界不再同情穆斯林事业，并激起美国针对阿富汗的大规模报复。与其他选择相比，本·拉登显然更倾向于核武器[①]，但这种武器又带来了额外的道德顾虑。强硬派指出，美国已经在日本使用过两次核武器，而他们目前在伊拉克使用的弹药中就含有贫铀。如果美国决定再次使用核武器，又有谁能够保护穆斯林？联合国吗？还是阿拉伯国家的统治者？基地组织必须创造出一种能让伊斯兰世界免受西方帝国主义侵害的武器。

应征者之间的共同点——除了他们的城市习气、见多识广的背景、教育程度、运用语言的能力和电脑技术之外——往往都是客居异乡。大多数人加入圣战的时候，所处的国家并不是养育他们的祖国。他们之中有生活在法国流亡者聚居区的阿尔及利亚人，生活在西班牙的摩洛哥人，或是生活在沙特阿拉伯的也门人。他们虽然取得了成就，但在自己客居的社会之中却几乎没有地位可言。和赛义德·库特卜一样，他们也是在西方生活期间把自己定义为激进的穆斯林。一个住在伦敦的巴基斯坦人觉得自己既不是真正的英国人，也不是真正的巴基斯坦人；身处科威特的一个黎巴嫩人，或是客居布鲁克林的一个埃及人，也同样会有这种身在边缘的感觉。孤身一人、备受疏远，亲人往往又远在天边，离乡背井的人只有转向清真寺；他在那里可以找到同伴，还有宗教的安慰。伊斯兰教提供了共性的要素。它不仅仅是一种宗教信仰——它成了一种

① “阿富汗阿拉伯人的故事”(一)，《中东日报》，2004 年 12 月 8 日。

身份认同。

清真寺的伊玛目们自然会响应促使这些人寻求精神家园的疏离感与愤怒。移民国家中新建的清真寺绝大多数由沙特阿拉伯资助，寺中的神职人员也是瓦哈比派的宗教激进分子，他们之中的许多人都在宣扬圣战的光荣。受到这些豪言壮语和反苏圣战胜利传奇的激励，青年男子常常成群结伙地作出决定，奔赴阿富汗。

汉堡的 4 个年轻人就是这样①。

汉堡是德国最繁荣的城市，居民中百万富翁的比例在欧洲都市之中高居榜首。1999 年的汉堡是小资产阶级和自由意志论者的堡垒。这座城市总是认为自己更具英国而非德国的特点——既高贵，又不失礼貌；既有贵族气派，又在文化上兼收并蓄。它吸引了大批外国学生和政治难民，其中大约有 20 万人是穆斯林②。1992 年秋天，穆罕默德·阿塔来到这座城市，报名攻读汉堡-哈堡工业大学城市规划专业的研究生。德国的外国学生想在这里呆多久都没问题，他们无需支付学费，还可以到欧盟各国任意旅行。

历史留下的伤痕很容易就能发现：它们不仅表露在旧城区重建的部分，也体现在国家法律与德国人的性格之中。新德国小心翼翼地把容忍奉为宪法中的原则，该国的政治避难政策在全世界也是最为开放的。公认的恐怖主义组织在德国可以合法地活动，募集资金和人员——但这仅限于国外的恐怖主义者，国内的可不行。策划恐怖行动不会触犯法律，只要恐怖袭击发生在国外。自然，许多极端分子充分利用了这个避风港。

除了妨碍对激进群体进行调查的宪法屏障，还有德国国内的戒备之心。以前，德国曾遭受过仇外情绪、种族主义和警察滥用权力的伤害；

---

① 对格奥尔格·马斯科洛、约瑟夫·约菲、约亨·比特纳、曼弗雷德·默克和科尔杜拉·迈尔的采访。

② “汉堡关系”，BBC 新闻，2005 年 8 月 19 日。

任何可能唤起这些阴魂的行动都被视为禁忌。联邦警察宁愿把力量集中在本土的右翼分子身上，对外国的组织却很少关注。德国害怕的是它自己，而不是别人。德国人与国内的外国激进势力之间达成了默契：只要德国人自己不遭到袭击，就不会有人去打扰他们。出于对本国极端主义历史的恐惧，德国无意间成为了一种新极权主义运动的寄居地。

伊斯兰激进分子与纳粹党几乎毫无共同之处。虽然伊斯兰激进分子常被斥为法西斯式派别，圣城清真寺（阿塔和朋友们聚集的地方）之中埋藏的憎恨还没有发展为一种迫切的政治企图。但是，和在失败的耻辱中诞生的纳粹党一样，伊斯兰激进分子同样有一种狂热的决心：世世代代都被人踩在脚下的他们，一定要做历史的主宰。

虽说阿塔只有一点模糊的社会主义政治概念，他和他的圈子却填充了纳粹垮台后无人做主的政治空间。阿塔的一个朋友穆尼尔·穆塔萨迪克称希特勒“是个好人”。[①] 阿塔自己也常说，犹太人从他们在纽约市的全球总部控制着媒体、银行、报纸和政治。另外，他还坚信犹太人策划了波斯尼亚、科索沃和车臣的战争，以此来遏制伊斯兰。他认为莫妮卡·莱温斯基是受命去败坏克林顿名誉的犹太特工，因为克林顿太同情巴勒斯坦人的事业。

所有人都觉得阿塔的性格极度僵化，这一点正是纳粹的特征。毫无疑问，由于需要抵御这个慷慨城市中的诱惑，他的性格特点被愈发强化了。汉堡的整洁与效率想必让年轻的城市规划师阿塔赞叹不已，这与他成长的开罗简直是天壤之别。但是，赛义德·库特卜在美国察觉到的恶劣特征——物质主义、淫乱放荡，以及精神上的虚伪——在汉堡也是昭然若揭：这儿有喧闹的赌场、在橱窗里搔首弄姿的妓女，还有那些雄伟而又空洞的大教堂。

第二次世界大战期间汉堡是著名的造船中心。“俾斯麦”号战列舰就是在这里建造的，还有德国的潜艇舰队。自然，它成了盟军轰炸的首

---

① 《“9·11”调查委员会报告》，第 165 页。

要目标。1943 年 7 月，“蛾摩拉[①]行动”——摧毁汉堡——是当年有史以来规模最大的空袭。但是，袭击所摧毁的远远不只是工厂和港口。在这场旨在恐吓德国人的蓄意行动中，日以继夜的空袭燃起的火海吞噬了 4.5 万条生命。造船厂的工人大都住在易北河对面哈堡的排屋里，而盟军对这里的空袭尤为猛烈。阿塔住的公寓地处马林施特拉斯 54 号，这栋重建楼房所在的整条街在当年的恐怖空袭中都被摧毁殆尽。

阿塔是个完美主义者；本行的制图工作他做得很熟练，但没有什么创意。从身体上看，他的举止带着一丝女性特征：他既“文雅”又“纤弱”[②]，因此他的性取向（无论多么秘而不宣）让人很难判断。他黑色的眼睛机警而聪慧，但极少流露出情绪。“有段时间我很难分辨出他眼黑和瞳孔的区别，这一点本身就让他显得非常、非常的吓人，”[③] 他的一位女同事回忆道。“他有个不同寻常的习惯：每当他提出一个问题，然后听你作答，他都会把嘴唇紧紧抿起来。”

1996 年 4 月 11 日，27 岁的阿塔签署了一份从圣城清真寺拿来的标准遗嘱[④]。就在那天，以色列发起“愤怒的葡萄”的行动，袭击了黎巴嫩。据一个朋友说阿塔勃然大怒，并在袭击当天填写了临终遗言，以此表明自己会用生命来进行报复[⑤]。

遗嘱中体现的情绪反映了整个宗教群体的信条，不过阿塔还一再表明自己对女性的厌恶；在他心目中，女性的软弱无力与腐化堕落和犹太人如出一辙。遗嘱中声明：“任何孕妇或不信真主者都不可参加我的葬礼，也永远不得为我扫墓。任何女人都不得请求我的宽恕。为我清洗遗体的人必须戴手套，以免直接触碰我的生殖器。”声明中针对女性的愤恨以及对性接触的恐惧让人不禁会想，阿塔走向恐怖主义不仅是由于文

---

① 《圣经》中记载的罪恶之城，后来被耶和华降下硫磺与火摧毁。——译者
② 约翰·克鲁森，“从和蔼师长到杀人狂徒”，《芝加哥论坛报》，2004 年 9 月 11 日。
③ 布赖恩·罗斯，“与一名恐怖分子面对面”，ABC 新闻，2002 年 6 月 6 日。
④ 富达和菲尔丁，《恐怖的主谋：全世界最具毁灭性的恐怖袭击背后的真相》，第82 页。
⑤ 尼古拉斯·海伦、约翰·戈茨、本·斯莫利和乔纳森·昂戈德-托马斯的采访，“真主的战士”，《星期日泰晤士报》，2002 年 1 月 13 日。

化的冲撞，也源于他自身矛盾的性取向。

穆罕默德·阿塔、拉米兹·本·希布赫、马尔万·谢希和齐亚德·贾拉这4位汉堡朋友于1999年11月抵达哈尔丹营地，参加基础训练课程。他们来得正是时候。

三年前，哈立德·谢赫·穆罕默德在托拉博拉的一个山洞中向本·拉登提出了“飞机行动”[①] 的建议。这三年来，基地组织一直在研究对美国本土发动袭击的计划。穆罕默德设想发起两波行动，从美国东海岸和亚洲各劫持5架飞机。其中9架飞机将撞向选定的目标，如中央情报局、联邦调查局与核电厂。哈立德·谢赫·穆罕默德本人将驾驶最后一架飞机。他将杀死机上所有的男人，继而发表一份谴责美国中东政策的宣言；最后他将驾机着陆，并释放机上的妇女和儿童。

本·拉登当时拒绝了这个别出心裁的想法。但1999年春天，本·拉登又把穆罕默德召回坎大哈，准许他将这一行动付诸实施[②]。

几个月之后，本·拉登、哈立德·谢赫·穆罕默德和阿布·哈夫斯在坎大哈碰头，选择可能的袭击目标。参与此事的只有这三个人[③]。他们的目的不仅仅是要造成极具象征意义的破坏。本·拉登认为，美国作为一个政治实体是有可能被摧毁的。“美国是一个军事力量强大无比、经济范畴极为广泛的超级大国，”[④] 他后来承认。“但这一切都建立在一个并不稳定的基础上。我们可以把这个基础作为目标，并对其明显的薄弱点予以特别关注。如果有100个薄弱点遭到打击，真主保佑，美国就会衰落、就会垮台，就会放弃世界的领导权。”他认为，组成美国的各州联盟将不可避免地走向分裂。

---

① 《“9·11”调查委员会报告》，第154页。

② “哈立德·谢赫·穆罕默德的替代证言”，美国诉穆萨维一案。

③ 《“9·11”调查委员会报告》，第155页。

④ “本·拉登讲道宣扬牺牲的盛宴”，中东媒体研究所特别报道系列——第476号，www. memri. org，2003年3月5日。

因此，本·拉登自然想对白宫和美国国会发起袭击。他也把五角大楼列入了名单。如果他能成功摧毁美国政府所在地及其军事总部，整个美国的解体似乎就并不是痴人说梦了。哈立德·谢赫·穆罕默德提出的目标是世界贸易中心；他侄子拉米兹·优素福 6 年前发动的炸弹袭击未能摧毁这一建筑。芝加哥的希尔斯大厦①和洛杉矶的图书馆大楼（现在叫联邦银行大厦）也被讨论过。本·拉登决定，对美国西海岸城市的袭击先等一等再说。

能用于行动的钱很少，但甘愿殉教牺牲的人却所在多有。如果袭击计划仅限于在半空中炸毁飞机，就没有必要去培训飞行员；但是，随着这个设想逐渐发展为最终的高明方案，“飞机行动”显然需要一批训练有素的人员，而他们掌握飞行技巧可能需要多年时间。

本·拉登委派他最信赖的 4 个人参加此次行动。但是，他们几个谁都不会开飞机，而且没有一个人会说英语——英语能力是获得飞行员执照的必备条件。他们没有在西方生活的经验。穆罕默德试着辅导这几个人。他教他们学习英语短语，还收集来美国飞行学校的小册子。他们在电脑上玩飞行模拟游戏，观看描述劫机事件的好莱坞电影。但是，这几名参与者的能力与任务宏伟目标之间的巨大差距一定很令人泄气。

纳瓦夫·哈兹米是上述 4 人之一②。1993 年，他 17 岁时就来到了阿富汗。他体格强壮，脸上常闪现出帅气的笑容。他父亲是一位富有的麦加杂货商。哈兹米儿时的朋友哈立德·米达尔③也出身于麦加的一个显赫家庭。这两个有钱人家的沙特少年以本·拉登为榜样，他们曾在波斯尼亚并肩战斗，后来又和塔利班一起抗击北方联盟——该联盟由分散的圣战者组织和阿富汗前政府支持者组成，领导者是艾哈迈德·沙阿·

---

① 保罗·马丁，“芝加哥和洛杉矶的高楼是下一批袭击目标”，《华盛顿时报》，2004 年 3 月 30 日。

② 《对于 2001 年 9 月 11 日恐怖袭击前后情报机构活动的联合调查》，第 131 页；《明镜》周刊，《“9·11”内幕：究竟发生了什么》，第 16 页。

③ 《对于 2001 年 9 月 11 日恐怖袭击前后情报机构活动的联合调查》，第 131 页；对阿里·苏凡的采访；埃里克·沃特金斯，个人通信。

马苏德。米达尔虽然有沙特的公民身份，但他的原籍是也门。他娶了一位也门战友的妹妹哈达·胡达，和她生了两个女儿。事实上，联邦调查局在调查使馆爆炸案时发现了胡达家里的电话号码，而这个号码对于了解基地组织的规模至关重要。美国情报机构如果想破获“9·11”的阴谋，哈兹米和米达尔两人的行动就是最为切近的希望。

因为哈兹米和米达尔都是沙特公民，他们俩很容易就获得了赴美签证。他们甚至都不需要亲身去使馆申请。但另两名未来的劫机者都是也门人，对于他们来说情况就不同了。移民部门认为也门人一旦进入美国，就很有可能在非法的地下社会之中消失无踪。因此，他们俩申请签证时也被例行公事地驳回了。面对无法将所有人手送进美国的困境，本·拉登转而把他们送往东南亚，研究哈立德·谢赫·穆罕默德另一方案的可能性——直接在空中炸毁美国班机。那时，袭击美国本土的宏伟计划似乎被搁置了起来。

也就是在那个时候，穆罕默德·阿塔和他的朋友们首次现身阿富汗。他们几个人错开了时间，在 11 月末的两个星期内相继抵达，当时树叶已在飘落，斋月即将开始[①]。阿布·哈夫斯立刻就注意到了他们：受过教育，懂技术，具备基本乃至熟练的英语能力。这几个人用不着别人告诉他们应怎样在西方生活。签证不会有问题。他们只需要学会飞行、而且甘愿赴死就行了。

等本·希布赫到了阿富汗，阿塔、贾拉和谢希告诉他，他们被选中执行一项秘密任务，具体内容尚不清楚[②]。一天晚上，4 个人受邀和本·拉登共进斋月盛宴。他们谈到塔利班的问题，本·拉登还询问了欧洲穆斯林的情况。接下来他告诉这四个人他们将成为殉教烈士。

他们得到的指示是返回德国，然后报名参加美国的飞行学校。

---

① 格奥尔格·马斯科洛，“‘神圣星期二’行动”，《明镜》周刊，2003 年 10 月 27 日。
② 对阿里·苏凡的采访。

计划没有变化快的飞机行动现在有了两个独立的小组，每一组都将负责发动一起大规模的袭击。汉堡分支机构的人有的报称自己把护照弄丢了，有的则说护照被窃，以掩盖他们的阿富汗之行。与此同时，原本被选中执行飞机行动的 4 个人去了吉隆坡。除了哈立德·米达尔和纳瓦夫·哈兹米之外，这一组还有两个也门人阿布·巴拉和陶菲克·阿塔什，后者又名陶菲克·阿塔什·哈拉德。

哈拉德是基地组织之中又一个难以捉摸却极为重要的人物。他在与艾哈迈德·沙阿·马苏德的北方联盟作战时失去了右腿，现在装着一个金属假肢。虽然生于也门，他却是在沙特阿拉伯长大的，自小就认识本·拉登。他参与了使馆爆炸案，以及针对停泊在亚丁港的美国海军"沙利文"号舰的未遂袭击。他还将成为 10 个月之后美海军"科尔"号舰爆炸案的主谋。

1999 年底，哈拉德致电米达尔，要他到吉隆坡参加一次会议。这是两个小组惟一的一次会面。美国国家安全局从米达尔的也门岳父艾哈迈德·哈达的电话上（基地组织利用这个电话通告信息）监听到一次交谈，其中提到了即将在马来西亚召开的会议、哈立德·米达尔的全名，以及另两个与会者的名字：纳瓦夫和萨利姆。国家安全局以前从同一部电话上获悉纳瓦夫的姓是哈兹米，但这次该局却并未搜寻自己的数据库。"他们可能是在图谋不轨，"① 国家安全局报告说。但它并没有进一步追查此事。

但是，中央情报局已经掌握了米达尔和哈兹米这两个名字②。沙特情报部门图尔基王子的首席分析师赛义德·巴兹卜此前曾在利雅得的每月例会上警告美国同行，称这两个人是基地组织的成员。凭借这一信息，中情局在米达尔去马来西亚途中暂住迪拜的时候，派人进入了他的旅馆房间。美国特工拍下了他的护照，然后把照片传真到亚力克站。护

---

① 《"9·11"调查委员会报告》，第 353 页。
② 对赛义德·巴兹卜的采访。

照所含的关键信息是米达尔持有可多次入境的赴美签证，有效期到2000年3月底。亚力克站向世界各国的多家情报机构发出通知，称“我们需要进一步确认这两名旅行者的身份及其活动……以判定他们是否构成了任何真正的威胁。”① 这份通报中还称米达尔旅行证件的副本已被交给联邦调查局。实情并非如此。

中情局请求马来西亚方面对吉隆坡的会议进行监控。1月5日，会议在地处风景点的一个僻静公寓套间之中举行，从那里望下去就是杰克·尼克劳斯②设计的高尔夫球场。公寓套间的主人是耶齐德·苏法特，那个与扎瓦希里合作培育炭疽杆菌的马来西亚商人。由于没有对会议进行窃听，发现基地组织密谋的机会也丧失了——这一密谋将最终导致美“科尔”号舰爆炸案和“9·11”袭击。没有了不眠不休、警觉过人的迈克·朔伊尔，亚力克站已经锋芒不再。朔伊尔那时还坐在图书馆里，等着中情局起用他。

会议当天，利雅得情报站给亚力克站发去电传，提到了米达尔赴美签证的情况。派驻亚力克站的联邦调查局特工道格·米勒看过电传之后起草了一份备忘录，请求中情局批准向联邦调查局通报两个情况：一是马来西亚的会议，二是近期可能有一名或多名恐怖分子前往美国。在从一个机构向另一个机构传递情报之前，必须征得这样的批准。米勒被告知，“这不是联邦调查局的事。”③ 一个星期之后，米勒就此事再次征询派驻调查局总部的中情局副局长汤姆·威尔希尔的意见。威尔希尔名义上的职责是为中情局向调查局传递信息提供便利。米勒把自己草拟的备忘录交给他，还问道：“这个备忘是否可行，还需要我重新做一遍吗？”④

---

① “‘9·11’中的三名劫机者：辨别身份、监控与追踪”，委员会声明第2、第4号，“9·11”事件调查委员会。

② Jack Nicklaus（1940— ），美国高尔夫球手，被公认为最伟大的职业高尔夫球运动员。——译者

③ 对马克·罗西尼的采访。

④ 米勒在报告中被称为“德怀特”，见“关于联邦调查局对‘9·11’袭击相关情报处理情况的审查”，司法部监察长办公室，2004年11月，第233页。

威尔希尔始终没有答复。那以后，米勒就把这回事给忘了。

马来西亚秘密情报部门的特别分部用相机拍下了十来个进入公寓套间和去网吧上网的基地组织人员。1 月 8 日，特别分部通告中情局驻泰国的负责人，称参加过会议的三个人——米达尔、哈兹米和哈拉德——即将飞往曼谷。凑巧的是，哈拉德将在曼谷与美“科尔”号舰的炸弹袭击者会面。但是，中情局却没有警告任何特工应对这几个人进行跟踪。中情局也没有通知国务院将米达尔的名字列入恐怖分子监控名单；如果名单上有米达尔，那么他在美国入境时就会被截住，或被置于监视之下。

三个月之后，中情局获悉哈兹米已于 2000 年 1 月 15 日飞抵洛杉矶。中情局当时如果检查了乘客名单，就会注意到与他同行的还有米达尔。至少有一名已知的基地组织人员身在美国，但中情局既没有通知联邦调查局，也没有通知国务院。

既然明知米达尔和哈兹米是基地组织的人、知道他们拥有赴美签证，而且至少已有一人来到美国本土，中情局为什么不向其他政府机构通报这些信息？和往常一样，中情局担心基于特定情报的指控可能会损害自己与国外情报机构的关系；不过，美国设有保护此类机密信息的安全措施，而联邦调查局碰到类似行动时照例会与中情局合作。但是，从和约翰·奥尼尔打交道的经验来看，中情局知道此人碰到任何与联邦调查局沾边的案件都会要求完全掌握控制权，而这件案子肯定也是如此。中情局有许多人（不光是被晾在一边的朔伊尔）憎恨奥尼尔，而且对动辄出错、行事不分轻重的联邦调查局怀有顾虑，不放心把敏感的情报托付给他们。因此，中情局也许是做出了隐瞒信息的决定，以避免奥尼尔插手该案。奥尼尔的几个下级认为这极有可能。

中情局把理应传递给调查局的信息保护起来，可能还有其他的原因。I-49 小组的一些成员后来认为，中情局掩盖米达尔和哈兹米的情况是由于他们想把这两个人发展过来。中情局急欲获得基地组织内部的情报来源。它根本就未能打入该组织的核心圈子，甚至无法在基本上来者不拒的训练营中安插一个愿意和美方配合的内线。米达尔和哈兹米在他们眼中想必是很有吸引力的机会。但这两个人一旦进入美国，也就进入了联邦调查局的管辖范围。中情局没有在国内行动的法律权威，虽说事实上调查局常常发现中情局在美国国内从事秘密活动。纽约市的情况更是如此，这里满是来自外国的人员。奥尼尔曾多次就 I-49 小组发现的鬼把戏向中情局的纽约负责人提出抗议。联邦调查局有些调查员还怀疑，中情局可能是在和沙特情报部门进行一项联合行动，以绕过上述法律限制。当然，国外情报机构在美国开展行动也属非法，不过这种行动对它们来说是家常便饭。

中情局究竟为什么没有将至关重要的信息传递给调查局，以上的几种说法仅仅是猜测。也许有一个原因能够更好地解释这一问题：中情局当时已被淹没在铺天盖地的威胁和警告之中①。亚力克站 1996 年建立之初只有 12 名雇员②，马来西亚会议举行的时候增长到了约 25 人。负责应对世界范围内各种恐怖活动的反恐中心还有 30 来个情报分析师，但基地组织并不是他们的首要责任。亚力克站的分析师资历都很浅，平均的工作经验只有三年左右。分析师大多是女性，这在中情局近东分部男性主宰的环境中对她们很不利。年轻女分析师们的主要职责，就是防止针对美国的恐怖袭击。这份担子的压力沉重之极，以至于她们在局里人眼中都成了工作狂——有人比照被判刑的疯狂杀手查尔斯·曼森，戏称她们是“曼森家族”③。④ 但是，中情局老一辈公务员对她们拉响的警报根本就不屑一顾。

自亚力克站创立以来，干劲十足的迈克·朔伊尔一直是该站的领

---

① 对中央情报局亚力克站匿名雇员的采访。这位雇员告诉我，“只出了这么一件大纰漏，这才是真正的奇迹。”

② 《“9·11”调查委员会报告》，第 479 页。

③ Charels Mason（1934—　），美国臭名昭著的连环杀手。曼森极具煽动本领，吸引了一批以年轻女性居多的追随者，后来媒体将这一组织称为“曼森家庭”。——译者

④ 史蒂夫·科尔，“一次秘密追捕行动在阿富汗展开”，《华盛顿邮报》，2004 年 2 月 22 日。

导。由于中情局的分析师们认为奥尼尔是致使朔伊尔丢掉工作的罪魁祸首，亚力克站内部的气氛变得非常糟糕。仅仅几个月之前，派驻亚力克站的联邦调查局资深特工要求获得权限，以向调查局传递中情局的信息。此事引起的争执不断上升，一直捅到了两个机构各自的首脑弗里和特内特那里。朔伊尔被迫下台，那位如愿获得权限的调查局特工却患了癌症，不得不在马来西亚会议召开的几天前辞职。留在亚力克站的三名调查局特工谁也没有传递信息的资格，因此他们想要传递任何机密电讯都只能仰赖中情局的批准。这种局面一直持续到 2000 年 6 月，当时级别较高的特工查尔斯·E·弗拉姆被派到了亚力克站。他从未在任何一份备忘录、电传，或是人们的议论之中发现中情局向调查局隐瞒了信息。弗拉姆后来知道了马来西亚会议的情况，他认为当时信息没有传递到调查局是一个情有可原的错误，因为千年来临之际出现了大量的威胁。

这期间发生了许多至关重要的事件。

米达尔和哈兹米 1 月 15 日抵达洛杉矶后，本应报名参加飞行学校。如此重大的任务想必让他们有点不知所措。因为两个人都不会说英语，连找个住处都成了极大的挑战。不过，他们到达后不久就结识了奥马尔·巴尤米[①]。他是个极少去上课的 42 岁老学生，靠一位沙特政府承包商提供的津贴过活。1998 年，由于巴尤米所住的公寓楼经理涉嫌犯罪，他也引起了联邦调查局当地办事处的注意。调查局在圣迭戈的一个消息来源确认巴尤米是沙特政府的特工，但由于沙特阿拉伯被视为美国的忠诚盟友，这个信息对调查局特工们来说没什么意义。不管怎样，特工们的上级还是下令停止这次调查，他们担心讯问巴尤米可能会干扰当时正在进行的另一项重大反恐行动。

巴尤米后来对调查员说，2000 年 2 月 1 日他驾车从圣迭戈来洛杉

---

① 迈克尔·伊西科夫和埃文·托马斯，“沙特金钱的踪迹”，《新闻周刊》，2002 年 12 月 2 日；《“9·11”调查委员会报告》，第 215—218 页；《对于 2001 年 9 月 11 日恐怖袭击前后情报机构活动的联合调查》，第 172—174 页；“关于联邦调查局对‘9·11’袭击相关情报处理情况的审查”，司法部监察长办公室，2004 年 11 月，第 325 页。

矶，到沙特领事馆处理签证方面的事情。出了领事馆他就去附近的一家伊斯兰餐厅吃午饭，无意间听到有人在说海湾地区的阿拉伯语。他跟米达尔和哈兹米简单聊了几句。他俩抱怨说洛杉矶的日子很难熬，于是他就邀请他们去圣迭戈。三天之后他们出现了。他让两人在自己的公寓留宿，然后在街对面帮他们找了另一个住处，还借给他们头两个月的房租钱。他举行了一个聚会，把他们介绍给当地穆斯林群体的其他成员。

如果巴尤米是被派去监督这两个人的，那么派遣他的人是谁？也许他是米达尔和哈兹米的基地组织联络员。显然他们需要有个人来照顾。但是，由于巴尤米从沙特领事馆出来就直接去了餐厅，有些调查员认为这两个未来的劫机者可能已处在沙特政府官员的监控之下，而且沙特方面也知道他们是基地组织成员。中情局是惟一了解哈兹米和米达尔身份，并且知道他们身在美国的政府机构。从吉隆坡到曼谷，再到洛杉矶，中情局一路跟踪着米达尔和哈兹米。也许中情局认为与美国人相比，沙特情报机构发展这两个人的可能性更大。另外，这样一来中情局在行动中就不会留下任何痕迹。

上述观点来自一些满怀怨恨的联邦调查局调查员；他们觉得很奇怪，中情局为什么始终没有告知他们基地组织人员身在美国的情况？米达尔和哈兹米来到美国时距“9·11”还有11个月。联邦调查局具有对这两个人进行调查、了解他们企图所需的一切权限，但由于中情局没有透露基地组织两名活跃成员身在美国的情况，劫机者就得以放手执行计划，直到再想阻止他们已为时太晚。

纽约办事处主管刘易斯·斯基利罗在新千年到来之后不久就退休了，奥尼尔非常想干他这份工作。由于纽约办事处规模大，地位重要，主管该处的奥尼尔将成为联邦调查局的一名助理局长。办事处主管的职位暂且由他代理，与此同时调查局还在考察接任的两个人选——奥尼尔和波士顿办事处的主管巴里·莫恩。莫恩的经验较为丰富，而奥尼尔树敌更多。此外，奥尼尔一向完美无瑕的工作记录，如今也因为他让瓦莱丽·詹姆斯用了局外秘密据点的卫生间而蒙上阴影。据称，调查局副局长托马斯·皮卡德曾对奥尼尔说，他的事业不会再有任何前途[1]。纽约办事处主管的职位被交给了莫恩。

任命宣布后不久，莫恩与奥尼尔在匡提科的联邦调查局学院不期而遇。那时莫恩还在因竞争期间奥尼尔针对自己的攻击而耿耿于怀。听到敲门声的莫恩打开房门，发现奥尼尔拿着两瓶啤酒站在外头。“听说你是个爱尔兰人，”奥尼尔解释道。

莫恩对两人即将共事的前景颇有顾虑。他对奥尼尔说，他需要办事处里的人忠于自己。“你是不是靠得住，这一点我没把握，”他直言相告，还提出给奥尼尔另找一个职位，有可能是在新泽西办事处。

奥尼尔恳请留在纽约，说这是出于“家庭原因”。他说如果莫恩能让他留下，“我会比你最亲密的朋友还要忠诚。”

“这一点还得你自己来证明，”莫恩告诫他。

奥尼尔答应了。“对此，我只求你一件事：支持我，”他说。

莫恩接受了这个条件。但他很快发现，支持奥尼尔几乎相当于一份全职工作。

调查局反恐部门的人常说起“转移”拉米兹·优素福时的一件轶事。优素福在巴基斯坦落网后被飞机送到纽约州纽堡市的斯图尔特机场，然后改乘联邦调查局的一架直升机前往纽约市下曼哈顿联邦广场附近的都会惩戒中心。“两个大块头把上了镣铐、蒙着眼的优素福架下飞机，”斯基利罗回忆道。“我们升空后沿哈得孙河往南飞去。特警队的一个人问我，‘能不能把他的眼罩拿掉?’优素福过了一分钟才能看清东西。颇有讽刺意味的是，直升机当时正从世贸中心旁边飞过。特警队的那个人捅了他一下，说道：‘你瞧，大楼还立着呢。’优素福说，‘要是我们的钱再多一点，这楼就不会是立着的了。’”

---

① 对杰克·克卢南的采访。

但是，由于世贸中心仍然屹立不倒，它成了纽约反恐联合行动组成功的标志。这个联合行动组由联邦调查局、中央情报局、纽约市警察局、港区管理局，以及其他多家地区与联邦机构组成。2000 年 9 月，反恐联合行动组选在世贸中心著名的“世界之窗”宴会厅庆祝成立 20 周年纪念。有些代表打着黑领结显得不太自在，不过这个晚上他们要为自己而庆祝。市长鲁迪·朱利亚尼参加了庆祝活动，他曾担任纽约南区的美国检察官；继任他先前职务的玛丽·乔·怀特也在场。怀特赞扬行动组“在调查与定罪方面取得的成功记录臻于完美，”被定罪的有优素福和其他 6 名世贸中心炸弹袭击者，以及计划刺杀政府官员、炸毁纽约标志性建筑的奥马尔·阿卜杜勒·拉赫曼谢赫和 9 名追随者。宴会厅里的人曾目睹恐怖主义世界发生的变化：在克罗地亚民族主义者和反卡斯特罗的古巴人那相对单纯的时期，他们更关注的是知名度而非恐怖；而现在恐怖主义已进入一个令人警醒的、蓄意大肆杀戮的新世界。

那是个雾蒙蒙的夜晚，浮云遮住了塔楼 106 层上人们的视线。在房间里穿行的奥尼尔似乎很怡然自得，不过有些人也许会感到奇怪：玛丽·乔·怀特为什么在赞扬联邦调查局具体人员的时候对奥尼尔略而不提？I-49 小组派驻亚力克站的新代表马克·罗西尼那天也在。他刚刚订婚，还向他极为崇拜的上司介绍了自己的未婚妻。罗西尼就是“约翰的人”之一。他什么都学奥尼尔的样，包括头儿喜欢的雪茄和餐馆；他甚至连穿着都模仿奥尼尔。但罗西尼并不知道，由于两个月之前一桩令人烦恼的事件，他这位导师的事业已陷入更为剧烈的动荡之中。

那年 7 月，奥尼尔去奥兰多开了一个退休前人员必须参加的会议。他根本没有退休的打算，而且因为不得不来开会感到很不耐烦。不过既然已经到了佛罗里达州，他就让瓦莱丽·詹姆斯也过来，这样他们就能去迈阿密度周末。

会议中途奥尼尔接到一个传呼，于是就出去回电话。几分钟之后他回到会议室，其他特工已经休会吃午饭去了。他的公文包不翼而飞。奥尼尔先打电话向当地警局报案，然后又打电话给莫恩。他承认公文包里装着一些机密电子邮件，以及一份极为敏感的文件——外勤办事处年度报告。这份文件里含有对纽约每一次国家安全行动的逐项分析。此事必须上报联邦调查局局长和司法部长。

“这事太恶心了，”奥尼尔回到旅馆房间时对瓦莱丽说。他面如死灰。

几个小时之后，警察在另一家旅馆里找到了公文包。包里的一支万宝龙钢笔被人偷走，一个银质雪茄剪和一个昂贵的打火机也不见了。文件完好无缺。指纹分析很快得出结论，文件没被人动过。然而，这是奥尼尔在事业已经岌岌可危时犯下的又一个无心之过。

虽然奥尼尔立即报告了公文包被窃一事，而且包内的文件并没有泄漏出去，司法部还是下令对他进行刑事调查。莫恩认为这种做法很荒唐。如果此事由他处理，他会建议对奥尼尔予以口头申斥，至多也不过是个书面批评。他说，别人也常把工作带回家里做；只不过他们从没碰上文件被盗的事罢了。莫恩觉得很内疚，因为是他催促奥尼尔尽管完成外勤办事处年度报告的。奥尼尔只不过是遵照了他的指示。

尽管两个人曾竞争过纽约的最高职位，莫恩却成了奥尼尔最坚定的维护者。莫恩明白，表现出色是任何官僚体制的敌人；机构间斗争和部门内的倾轧会令最杰出的人意志消沉，想战胜这些就必须具备强有力的个性。杰出人物需要受到保护和鼓励；惟其如此，在一个坚强有力、富于远见的杰出人物的领导下，像联邦调查局这样了无生气的官僚机构才有可能取得重大的成就。奥尼尔就是这样的一位领导。他使纽约办事处成为整个调查局效率最高的机构；但莫恩慢慢意识到，这也让他付出了极大的代价。奥尼尔在两极分化的官场斗争中招来的许多敌人都急欲把他毁掉。现在，他为自己的敌人提供了一个突破口。

基地组织逐渐形成了一种名为“集中决策、分散执行”[1] 的管理哲

① 哈马迪，“基地组织内幕：本·拉登私人保镖阿布·占达勒讲述”（四），2005 年 3 月 22 日。

学。本·拉登定下袭击目标、选出行动的领导人，然后提供至少一部分资金。在这之后，行动的策划与袭击手段就全部交给负责执行的人。

这种方法在使馆爆炸案中颇为成功，但原定于千年之交实施的几项行动却出了岔子。其中一次行动的失败简直有点可笑：基地组织打算在斋月末尾对美国海军“沙利文”号驱逐舰发起炸弹袭击[①]，但丢人的是，用来冲击美舰的玻璃钢小艇竟然沉在了亚丁港里。

这个计划最初的意图是袭击也门海岸的一艘油轮。本·拉登按照他一贯的特点，敦促策划者把抱负放得再远大一些。他希望他们炸沉一艘美国军舰。计划失败后，本·拉登要求换掉负责执行的两名自杀袭击者。此次行动的当地主管阿卜杜勒·拉希姆·纳希里坚决反对本·拉登的决定。他指出，其中一名袭击者曾在基地组织训练营遭巡航导弹袭击时受伤，因此剥夺他对美国军舰还以颜色的机会是不公平的——这艘军舰很可能就参与过导弹袭击。此外，他们这组人已经共同训练了一年半时间，纳希尔还造出了一枚更为复杂的新炸弹。这枚炸弹的装药是有形状的，能够把爆炸的威力集中到一个方向[②]。一切都已就绪，只等一下艘美国军舰来到亚丁港。

本·拉登松了口，让这位主管继续指挥行动。他还发布了一段威胁要对美国再次发起袭击的录像。和使馆爆炸案之前接受 ABC 采访时一样，他又设置了一个挑逗敌人的线索：这一次，他的腰带上挂着一把造型独特的也门弯刀。扎瓦希里在他身旁宣称：“话已经说够了。现在是采取行动的时候。”[③]

- - -

亚丁高踞于一座火山遗迹的山坡之上，火山锥塌陷下去的地方形成

① 《“9·11”调查委员会报告》，第 190—191 页。
② 本杰明和西蒙，《神圣恐怖的时代》，第 323 页。
③ 伯根，《圣战：在本·拉登的秘密世界之中》，第 186 页。

了世界上最好的深水港之一[1]。之所以取名“亚丁”，是由于人们认为这里是传说中伊甸园的所在地。据说，亚丁还是诺亚方舟浮起的地方，该隐和亚伯[2]两人也葬在这里。这座充满了传奇和古迹的城市在英国殖民时代曾经历过繁荣，不过这繁荣景象到1967年就结束了。那一年，也门分裂为两个国家，也门民主共和国尝试起了颇为坎坷的世俗社会主义道路。1994年时战争已经结束，国家也恢复了统一，但分裂的痕迹仍然显而易见。由于长达数十年的暴力与动乱，亚丁已不复是当年的那个世界性港口。

停泊在港口输油浮标处的美国海军“科尔”号是一艘价值数十亿美元的导弹驱逐舰[3]。这艘线条流畅的军舰采用了先进的隐形技术，旨在减少被雷达发现的可能性。但是，它在亚丁港却醒目异常：500多英尺长、排水量8 300吨，舰上旋转的天线搜寻着天空，留意任何可预见的威胁。“科尔”号是美国海军“生存力”最强的舰船之一：舰上的重要部位有总重达70吨的装甲保护；配备了针对核生化武器攻击的被动防护系统；船体足以抵御威力高达每平方英寸5.1万磅的爆炸。除了在“无限延伸”行动中发射过的战斧巡航导弹，“科尔”号还配备了反舰导弹和防空导弹、一门5英寸舰炮，以及每秒可发射50枚20毫米炮弹的“密集阵”近防武器系统。舰上的计算机和雷达构成了名为“宙斯盾”的网络，能同时追踪200英里以外来袭的数百枚导弹，或是数百架飞

① 对匿名中央情报局前任官员的采访。

② 《圣经》记载中人类祖先亚当的两个儿子。——译者

③ 对芭芭拉·博丁、肯尼思·马克斯韦尔、托马斯·皮卡特、帕斯库利·“帕特”·达穆罗、吉姆·罗蒂、汤姆·唐隆、阿里·苏凡、凯文·吉布林、巴里·莫恩、戴维·凯利、马克·罗西尼和凯文·多诺万的采访；约翰·奥尼尔，“美国海军‘科尔’号遭到炸弹袭击”，在第19届“全球恐怖主义、政治稳定与国际犯罪问题”政府暨工业年度会议上的讲话，2001年3月；格雷厄姆，《情报至关重要：中央情报局、联邦调查局、沙特阿拉伯，以及美国反恐战争的失败》，第60—61页；伯根，《圣战：在本·拉登的秘密世界之中》，第184—192页；韦斯，《他警告了美国：严阵以待的联邦调查局反恐斗士约翰·奥尼尔》，第287—312页；纪录片“他早就知道”，网址：www.pbs. org。

机。“科尔”号的强大装备本来是用于和苏联海军作战的。

2000年10月12日上午11点15分，就在“科尔”号准备启航的时候，一只玻璃钢钓鱼小艇接近了它要猎杀的庞然大物。舰上有几个值勤的水兵，但许多人都在下层甲板，或是在食堂排队打饭。驾驶小艇的两个人在接近“科尔”号中部的海面停了下来，朝舰上的人微笑挥手，然后肃立站好。这一时刻所体现的象征意义和强弱反差，正是本·拉登梦寐以求的东西。“驱逐舰代表着西方的都市，”他说，“而那艘小船则代表着先知穆罕默德。”

海港中剧烈爆炸的冲击波把岸上的汽车都震翻了。两英里之外的人们以为发生了地震。在亚丁市的一辆出租车中，爆炸的冲击让法赫德·库索猛地一惊。他是基地组织支援小组姗姗来迟的一名成员。库索本应负责拍摄袭击场面，但别人发来寻呼通知他该架起摄像机的时候，他根本就没醒。

一个火球从吃水线上猛然升起，那名趴在栏杆上想看看艇上的人要干什么的水兵顿时被吞没。爆炸在驱逐舰左舷撕开一个40英尺见方的大洞，把等候吃午饭的水兵炸得血肉横飞。17人丧生，39人受伤。几名水兵为了逃离火海，从船舷炸开的洞里游了出来。这艘巨大的现代战舰敞着伤口，仿佛是一只被开膛破肚的动物。

“科尔”号遇袭才几个小时，巴里·莫恩就致电总部，要求让纽约办事处主管这次调查。“是基地组织干的，”他对汤姆·皮卡德说。他希望让奥尼尔去做现场的指挥。

和调查使馆爆炸案时一样，皮卡德再次婉言拒绝了纽约办事处的要求，他说并没有证据表明基地组织参与此事。他想派华盛顿外勤办事处去。莫恩越过皮卡德直接向局长路易斯·弗里陈情，弗里当即同意把此案交由纽约办事处负责。但是，派奥尼尔去亚丁的问题却引起了争议。

“约翰是我的人，”莫恩坚持说。奥尼尔的经验和献身精神无人可比。莫恩被告知，“如果事情搞砸了，板子可要打在你的屁股上。”

“这我可以接受，”莫恩说。

奥尼尔欣喜若狂。这将是他破获基地组织犯罪集团的绝佳机会，可能也是他挽救个人事业的最后一搏。“对我来说成败在此一举，”他对华盛顿的一位朋友说。

自从5年前在华盛顿第一天上任、协同“转移”拉米兹·优素福的行动以来，奥尼尔汲取了许多经验。其中一个经验就是把补给品直接存放在安德鲁空军基地的滑动垫木上，这样快速反应小队就能够随时做好出发的准备。爆炸之后刚过了24小时多一点，奥尼尔和其他60余名联邦调查局特工和支持人员已经身在空中。

他们必须先在德国停留，等候也门当局的入境许可。也门方面仍然宣称爆炸是一次事故。凑巧的是，许多受伤的水兵当时也在德国。他们被空运到兰施图尔地区医疗中心，这里是美国在境外规模最大的一家医院。奥尼尔带着调查员直接前往水兵们接受救治的病房。炸弹专家在伤者的头发和衣服上搜寻爆炸残留物，与此同时奥尼尔和一位海军的调查员则走遍整个房间，和受伤的水兵谈话。水兵们都是些年轻小伙子和姑娘，大多数还没到20岁。有的人缺手断脚，有的人被烧得惨不忍睹。三名水兵的伤势过于严重，无法接受询问。他们之中的凯茜·洛佩斯军士全身上下都裹着绷带，但她一直在示意自己想说话。一位护士把耳朵凑到她的嘴唇边上，听到了低低的几个字。她说：“抓住他们。”

会说阿拉伯语的年轻特工阿里·苏凡是新近分到I-49小组的。一等他踏上前往也门的飞机，奥尼尔就告诉他，“科尔”号舰爆炸案的主管特工将由他担任。这是苏凡职业生涯以来最为重大的任务。

苏凡说起话来就特别兴奋，他的英语中略带一点点黎巴嫩口音，那里是他的出生地。他知道生活在无法无天和一片混乱之中是什么滋味，也曾目睹城市毁于战火。他们一家人在内战期间逃到了美国。苏凡热爱美国，因为这个国家允许他拥有梦想。同样地，美国也接纳了他。他的经历和在西方感到疏离的穆斯林完全相反；这些人转向了伊斯兰教，希望从中找到自己的身份。苏凡个人从来没有因为身为阿拉伯人或穆斯林而遭到任何歧视；反之，他曾被选为学生团体的主席，并赢得了许多学术奖励。在维拉诺瓦大学获得国际关系硕士学位之后，他打算去剑桥大学攻读博士。不过，他那时对美国宪法非常着迷；而且和许多归化美国的公民一样，他对自己所得到的新生活也怀有一种感激之情。就在他准备投身学术生涯的时候，他决定——“权当开个玩笑”——把自己的简历投给联邦调查局。他认为，一个阿拉伯裔的穆斯林美国学者被调查局雇用的几率简直低得可笑。但苏凡受到了神秘感的吸引，而且他内心深处显然有某种不愿再被课堂束缚的东西。就在他收拾行装准备去英国的时候，答复来了：两星期之内去联邦调查局学院报到。

奥尼尔把苏凡招入 I-49 小组是因为他的语言能力，但苏凡的进取心、想象力和勇气很快就令奥尼尔刮目相看。飞机在亚丁着陆后，特工们看到外面有也门特种部队的一支小分队。他们身穿黄色制服，头戴老旧的苏式钢盔，每名士兵手里的 AK-47 步枪都瞄着飞机。与调查员随行的人质援救小组负责保卫工作，神经高度紧张的组员们见此情景立即端起 M4 卡宾枪和手枪。苏凡意识到，如果他不迅速采取行动，他们全都得死在跑道上的血战之中。

他打开了飞机的舱门。黄制服之中有个人手里拿着对讲机。苏凡拿了一瓶水直接朝他走去，一路上黄制服们的枪口始终对着他。室外的气温大约有 43℃；也门士兵们虽然端着武器，但个个都热得委顿不堪。

“看样子你很渴，”苏凡用阿拉伯语和手持对讲机的军官说。他把那瓶水递了过去。

“这是美国水吗?”军官问道。

苏凡向他保证这是美国水；他还对那个军官说，其他士兵也都有美国水喝。他们把苏凡给的水当成了贵重商品，有的人甚至都没舍得喝。

这个简单的友好举动让士兵们放下了手里的武器，苏凡控制住了机场的局面。

奥尼尔下飞机时发现也门士兵在朝他敬礼，觉得有点莫名其妙。

“我跟他们说你是个将军，”苏凡道出了秘密。

奥尼尔最先注意到的一个情况，就是“国际本拉登集团”的一块招牌。这家沙特本拉登集团的附属公司与也门政府签订了合同，重新修建1994年毁于内战的机场。招牌是个小小的提示：他如今是在对手的场地上。

奥尼尔已经花时间把这个国家研究了一番。他读的是蒂姆·麦金托什-史密斯题为《也门：不为人知的阿拉伯》一书。他了解到，也门的首都萨那标榜自己是世界上最早的一座城市，而哈德拉毛（本·拉登的故乡）这个地名的意思是“死亡已经降临”。奥尼尔用他的万宝龙圆珠笔在这些句子下方重重地划了横线，他看书一向有这个习惯。他绝对不允许自己因为不了解异国的情况而失败。

然而，他真正的敌人到头来却是本国的大使芭芭拉·博丁。两年前，她亲自促成了美国与也门之间的一项协定，允许美国军舰在亚丁港加油。现在看来，这是个极大的失策。奥尼尔抵达之后，两人在早晨6点会了面。带着一副新泽西口音的奥尼尔说，他非常期待与她在“雅门”合作。

“是‘也’门，”她冷冷地纠正了他的发音。

在奥尼尔看来，也门遍地都是圣战者，内战带来的冲击也还没有平息。“也门这个国家有1 800万公民，而机枪就有5 000万支之多，”他后来汇报说。频频响起的枪声让人无法集中注意力。气温时常超过48℃或49℃，蝎子和家蝇一样随处可见。此外，也门还遍布着间谍，他们手头的窃听设备多的是。扎瓦希里圣战组织最大的分支机构之一就在当地活动，还有许多曾在阿富汗与本·拉登共同战斗的老兵。等奥尼尔其余的队员抵达也门，他警告他们：“这可能是联邦调查局历来最具敌意的工作环境。”

但博丁却认为，在这个动荡不安却极具战略意义的地区，也门是美国很有发展前景的盟友。这个国家是新生的民主政权，比邻国要宽容得多；它甚至允许女性投票。和奥尼尔不同，博丁大使有许多在危险环境下工作的经验。伊拉克入侵并占领科威特期间，她是美驻科大使馆的副主管。使馆被伊军围困的137天她始终留在那里，直至所有美国人被撤出。另外，芭芭拉·博丁性格的强硬和直率也不亚于约翰·奥尼尔。

博丁认为她与奥尼尔达成了一个谅解，即他带来的队员不能超过50人。结果，抵达也门的调查员和支持人员远远超过了这个数，这让她大为光火。在她的心目之中，这就等于是一架军用飞机载着“300个荷枪实弹的人”前来占领得梅因[①]。（据奥尼尔说，他带的队伍只有150人，而不是300人。其他特工和新闻报道也证实了这一点。）她恳请奥尼尔要顾及他所进入的微妙外交环境。奥尼尔答道，他来这里是为了调查罪案，而不是搞外交。博丁和联邦调查局打过交道，因此奥尼尔这么作答也在她意料之中。“联邦调查局自有一副做派，就是他这种模样，”她得出了结论。“像奥尼尔这样的人可不止一个。他只是特别过分而已。”

她的目标是维护美国与也门之间的微妙关系。为了改善这种关系，她付出了极大的努力。虽然人们不难理解国务院和联邦调查局的方针可能会有所不同，但国务卿曾就“科尔”号一案对博丁作过明确指示，要求她确保美国调查员的安全，并在调查中对他们予以协助[②]。这些指示才是她的第一要务，而不是维护美国与也门政府的关系；然而，她继续通过一些手段阻止调查局留下太多的“脚印”，如减少特工人数、不让他们携带重武器。她说这是为了他们自己的安全着想。与此同时，当地的电视上每晚都能看到也门议会中有人公开号召对美国发动圣战。

博丁下令把联邦调查局全体队员搬到亚丁酒店，那里挤满了美国军方和政府的其他雇员。奥尼尔的调查员得三四个人挤一间房。“45名联邦调查局人员在酒店的舞厅里打地铺，”奥尼尔汇报说。他在酒店的8楼设立了指挥中心；50名海军陆战队员守卫着垒了沙袋的走廊。酒店

---

① Des Moines，美国衣阿华州首府。1972年以来，美国四年一度的总统大选都从这个只有几十万人口的小城市开始。——译者

② 对迈克尔·希恩的采访。

的外面有也门军队的机枪掩体环绕。除了确保美国人老老实实呆在酒店里面之外，实在搞不清这些机枪掩体还有什么目的。“我们就是囚犯，”一位特工回忆说。

抵达也门的那个上午，奥尼尔很早就上了船，朝港口 1 000 码之外倾斜在水面上的“科尔”号驶去。寻找死者的工作仍在继续，甲板上停放着覆以美国国旗的尸体。这艘战舰看上去曾那么坚不可摧，但如今在甲板下方，乱成一团的电线和破碎金属之中混杂着人的血肉。透过被炸开的大洞，奥尼尔能看到潜水员在搜寻死者的遗体；在他背后，高踞山岩上的亚丁城环抱着港口，就像是一个古老的剧院。

负责给军舰加油的水兵对调查员说，这艘舰加满所需的 24 万加仑燃油通常得 6 个小时。他们开始加油才 45 分钟，炸弹就爆炸了。他以为是汽油管炸了，于是立即将加油管道断开。紧接着一层黑色的云雾就笼罩了军舰。那不是油烟。那是炸药的残留物。

奥尼尔大部分时间都在做也门政治安全部（相当于美国的联邦调查局）负责人的工作，好言好语地劝说他们配合调查。他明白诉讼证据必须经得起美国司法标准的考验，因此也门方面审问嫌犯时他的特工必须在场，以使美国法庭确信没有任何人遭到刑讯逼供。他还试图从看到爆炸的也门居民中搜集目击证言。政治安全部和博丁都反对这一要求。“你想让一帮身高 6 英尺 2 的爱尔兰裔美国人去挨家挨户敲门?”博丁问奥尼尔。“还有，不好意思，你们这些人有几个会说阿拉伯语?”

实际上，联邦调查局分队中只有五六个人会说阿拉伯语，而语言往往是造成误会的原因。奥尼尔绝大多数时间都让阿里·苏凡跟在自己身边。有一次奥尼尔和也门情报机构的一名上校谈话，对方总是推三阻四。奥尼尔沮丧地叹道：“天哪，这简直是从他嘴里拔牙么!”上校的个人译员用阿拉伯语转述了这句话，这位军官腾地站起身，满脸怒色。“我说什么了?”奥尼尔问苏凡。苏凡告诉他，译员对上校说的是：“你要是不回答我的问题，我就把你的牙齿拔下来!”

也门当局感觉自己受到了侵犯和不公正的待遇，这是可以理解的。

作为奥尼尔索取证据的交换条件，他们要求联邦调查局向他们开放该局在海外获取的所有情报。出于法律原因，奥尼尔无法提供这个权限。也门人最后总算拿出了一盘港口旁监控摄像机拍下的录像带，但带子上的内容显然被剪辑过，最关键的爆炸时刻被抹掉了。奥尼尔向华盛顿报告了自己的沮丧经历，克林顿总统随后向阿里·阿卜杜拉·萨利赫总统发出了照会。照会没有起到多少作用。联邦调查局确信有人向炸弹袭击者透露了“科尔”号抵达的消息，因此希望把调查范围扩大——这会把总统的一位家人以及政治安全部的一名上校牵扯进去。要追踪这种线索，也门当局可没有什么兴趣。

奥尼尔的整个职业生涯都是在奉承别国警务人员之中度过的。他发现，各国的警察组成了一个全球一致的兄弟团体。不过，他提出的某些证物要求还是让当地警探大惑不解，因为他们并不了解调查局闻名遐迩的先进法医侦破技术。像指纹采集这样的基本做法在也门都很少采用。例如，他们无法理解奥尼尔为什么要提走一名同谋戴过的帽子——他是想检查上面是否留有 DNA 证物。就连港口里含有炸弹残留物和玻璃钢小艇碎片的淤泥他们也不让碰，后来调查局支付了也门政府 100 万美元才得以着手挖掘。大量残渣碎片被装上驳船，然后运往迪拜仔细检查。

也门是一个地位意识极强的社会，由于苏凡已经把奥尼尔“提拔”为“将军”，和他地位相当的人之中有一位就是负责总统安全的哈穆德·纳吉将军。纳吉将军最终同意带他们去炸弹袭击者驾船出发的地方。警方找到了一个叫哈尼的 12 岁小男孩，袭击者卸下小艇的时候他正在码头上钓鱼。其中一个人给了哈尼 100 也门里亚尔（大约 60 美分），让他照看自己的尼桑卡车和船拖车，但那人再也没回来。警方拘留了哈尼，以防他跑得无影无踪，然后又把哈尼的父亲抓进来照顾他。“如果他们对待愿意合作的证人是这个样子，”奥尼尔说，“想想他们会怎么对付那些难弄的家伙。”

奥尼尔还去看了炸弹袭击者住过的安全屋。房间里既干净又整齐。主卧里有一块祷告毯，朝向北方——麦加的方向。浴室的水池里全是袭击者赴死之前刮下的体毛。想到沐浴净身和最后祷告的情景，调查员们都很严肃。

但是，合作进行得仍然非常缓慢。"这次调查碰到了石头上，"纳吉将军承认。"我们这些阿拉伯人很顽固。"

阿里·苏凡拿话逗他，说道："你可是在和另一个阿拉伯人打交道，我也很顽固。"

苏凡翻译了这两句对答之后，奥尼尔声称阿拉伯人在顽固这方面无法和爱尔兰人相比。他讲了爱尔兰奥尼尔家族的一个故事。据他说，奥尼尔家族的男人被誉为全国最强壮的男人。那里每年都会举行一场湖上划船比赛，以湖心的一块巨石为终点。奥尼尔家的人总是获胜。可是有一年另一个家族划得更快，超到了前面，看来会率先摸到石头。"但那时我的曾祖父拔出剑来，"奥尼尔说，"斩下自己的一只手朝岩石扔去。你们能有人比得上他么？"

苏凡和将军面面相觑。"我们是顽固，"苏凡说，"可我们不是疯子。"

调查员们面临着一个问题："科尔"号有沉没的危险。海军的工程师们竭力想阻止这种有辱尊严的情况发生。最后，挪威的一艘巨型半潜式打捞船来到亚丁港，准备将受损的美舰载回遥远的祖国。这艘船的中部甲板能够沉入水中，足以托起钻井平台。"科尔"号被打捞船载着离开亚丁港的时候，舰上的公共通话系统播放了"星条旗永不落"，继之以摇滚小子那首桀骜不驯的"美国好汉"①。

由于周围有许多明显的威胁，特工们常常和衣而卧，武器就放在身边。调查员从一位维修技师处获悉，有人曾开着一辆与炸弹袭击者购买

① Kid Rock（1971—　），美国著名说唱摇滚歌手。"美国好汉"（American Bad Ass）中的"bad ass"一词在英语中并无贬义，指的是性格强悍、藐视权威、经常打破规则的人物。——译者

的卡车相似的车子到店里来，让他在车上安装了一些金属盘。从盘子的安装方式来看，它们可能是用来控制爆炸方向的。炸弹做得这么大，那么最诱人的袭击目标无疑是特工们住的酒店。

博丁认为这些畏惧情绪被夸大了。她说特工们对任何人都怀疑，包括酒店的员工在内。她叫奥尼尔放心，说他时常听到酒店外响起的枪声很可能并不是针对调查员的，只不过是婚礼庆祝上的喧闹。后来有一天晚上奥尼尔正在召开会议，紧靠酒店外面的地方有人开枪。人质援救小组纷纷就位。苏凡又一次冒险走了出去，和驻扎在街上的也门部队说话。

“嗨，阿里!”奥尼尔说。“小心点!”他从酒店的楼梯匆匆跑下来，确认苏凡穿上了防弹马夹。沮丧、压力、危险，以及处境使然的密切关系，让两个人走得更近了。奥尼尔开始把苏凡叫做自己的“秘密武器”。和也门人谈话的时候，他直接称苏凡为“我的孩子”。

苏凡在狙击手的掩护下缓缓走到酒店外面。那儿的也门军官让他放心，说一切都“没问题”。

“要是都没问题，街上的车怎么全没了?”苏凡问道。

军官说附近肯定是在举行婚礼。苏凡四下里一望，看到酒店周围全是身穿传统服装的男人，有的人坐在吉普车上，全都拿着枪。他们是平民，不是军人。苏凡想起了索马里的部族暴动——暴乱的结果，是美军士兵的尸体被人在摩加迪沙街头拖来拽去。他心想，同样的事也可能发生在此时此地。

奥尼尔命令美国海军陆战队派出两辆装甲车，堵住酒店前方的那条街。那天晚上没有再出现什么状况，但第二天奥尼尔就把他的队伍搬到了停泊在亚丁湾的美海军“杜卢思”号运输舰上。他乘直升机飞回岸上的时候，还必须先征得也门政府的批准。直升机飞行员发现飞机被一枚萨姆-7导弹[①]的雷达瞄上了，不得不实施规避机动。奥尼尔把大部分调

① 前苏联制单兵肩射地空导弹。——译者

查员送回了美国。他本人、苏凡和另外4名特工又搬回了酒店。由于受到炸弹袭击的威胁，酒店里的住客几乎都走光了。

博丁和奥尼尔之间的关系不断恶化，以至于巴里·莫恩不得不飞往也门，好弄清事态的严重程度。莫恩发现，“很显然，她对奥尼尔恨得要命。”但博丁却告诉他奥尼尔和也门人处不好关系。在接下来的10天之中，莫恩和联邦调查局队员以及美国军方官员谈了话。每天晚上到了也门当局办事的时候，莫恩都会和奥尼尔一同前往，看他如何与国外的同僚打交道。会议无一例外地拖得很晚，奥尼尔会施展出劝诱、施压、安抚、恳请等手段，尽一切可能把调查进程一点点往前推进。有一天晚上，奥尼尔向政治安全部的加利卜·卡米什将军抱怨说，他需要也门方面逮捕的嫌疑犯的照片。关于此事的讨论一直持续到凌晨时分。卡米什将军彬彬有礼地解释说，他们完全不需要联邦调查局参与这件案子；奥尼尔则耐心地向他说明局势的紧迫性。莫恩困得几乎连头都抬不起来了。但第二天晚上将军却宣布，“你要的照片我拿来了。”

奥尼尔向将军表示感谢，然后又继续恳求他允许美方面对面地讯问嫌疑犯，而不是让也门审讯者代为发问。这是一种没完没了、令人痛苦的谈判，但在莫恩看来双方谈判时都带着敬意，甚至颇有几分亲切。卡米什将军对奥尼尔的称呼是“约翰兄弟”。回国之后，莫恩向局长汇报说奥尼尔的工作极为出色，还补充说博丁是“惟一让奥尼尔分心的人”。他即将离开也门时对博丁也是这么说的。他告诉博丁自己不会把奥尼尔召回去。当然，派奥尼尔去也门的人就是莫恩，他也许并不愿意从博丁的角度来看事情。不管怎样，驻外大使对于允许哪些美国人留在外国有着最终的发言权，而奥尼尔显然不在可留者之列。

10月末，也门人逮捕了基地组织的摄影师法赫德·库索。“科尔”号遇袭时，负责拍摄炸弹袭击的库索睡过了头。他承认自己和一名自杀袭击者曾为曼谷的“哈拉德”——“科尔”号袭击的独腿主谋——送去5 000美元。库索说钱是给哈拉德买新假肢用的。这段讯问谈话的文字抄录一个月之后才被转给联邦调查局。

苏凡记得他在阿富汗发展的一个线人提到过哈拉德这个名字。那个线人说哈拉德是个装着一条金属假腿的战士，在坎大哈的一座旅店当埃米尔；线人称他是本·拉登的“跑腿”①。苏凡和奥尼尔把哈拉德护照上的相片传真给阿富汗的线人，对方认出就是此人。这是“科尔”号爆炸案和基地组织之间的第一个真正联系。

苏凡心下疑惑：在即将实施一次大行动的时候，为什么要把钱送出也门？难道还有另一个他毫不知情的行动正在进行？苏凡向中央情报局询问关于哈立德的信息，以及基地组织是否有可能在曼谷一带举行过会议②。中情局没有答复他提出的明确要求。由于中情局隐瞒了“科尔”号爆炸案主谋以及马来西亚会议的信息，为 17 名美国水兵之死寻求正义的努力受到了阻碍。远比此事更为悲惨的后果也即将来临。

“科尔”号爆炸案的调查开始一个月后，联邦调查局副局长戴尔·沃森告诉《华盛顿邮报》，由于和也门方面的“持续合作，联邦调查局得以进一步减少驻留该国的人员……联邦调查局很快就可以让现场的高级指挥约翰·奥尼尔回国。”这看来是在公开向博丁的抗议屈服。同一天，也门总理对《邮报》说，他们没有发现“科尔”号炸弹袭击者与基地组织之间的任何联系。

奥尼尔恰好在感恩节之前回到国内。瓦莱丽·詹姆斯见到他时大吃一惊：他足足瘦了 25 磅。他说他感觉自己是在一个人打这场反恐战争，得不到本国政府的任何支持；他还担心自己走了之后，调查就会逐渐停

---

① 对阿里·苏凡的采访。

② 据苏凡说，2000 年 12 月“中情局背地里”讯问了他在阿富汗的那名线人。中情局这一次是在分享他的情报来源，不过他们照章办事，让伊斯兰堡的联邦调查局法务专员也参与讯问。中情局官员当时让线人辨认了马来西亚会议上哈拉德的一张监控照片。这样一来，中情局就可以说他们出示照片时确实有调查局人员在场；但是，那次讯问中使用的是阿拉伯语，调查局的专员不会说这种语言。因此，他并不知道讯问中究竟发生了什么。

顿下来。事实上，据巴里·莫恩说，奥尼尔离开后也门方面的合作明显变得迟缓了。由于留下的调查员仍然受到威胁，放心不下的奥尼尔试图于 2001 年 1 月返回也门，但博丁拒绝了他的申请。与此同时，美国调查员感觉他们遇袭的可能越来越大，于是就撤进了萨那美国大使馆的围墙之中。

苏凡终于获准对睡过头的摄影师法赫德·库索进行讯问。库索个子矮小，态度倨傲，脸上的大胡子稀稀落落，还老是用手去拽。讯问开始之前，政治安全部的一名上校走进房间，亲吻了库索的两颊——这是在向所有人表示库索是受到保护的。事实上，每当库索眼看着就要说出重要的情况，也门上校就会坚持暂停讯问，不是说该吃饭了，就是说该祷告了。

但是，经过好几天的讯问，苏凡还是让库索开了口：他承认自己在曼谷和哈拉德以及“科尔”号的一名炸弹袭击者见过面，他们俩住在该市的华盛顿酒店。库索供认自己的任务是把基地组织提供的 3.6 万美元资金交给他们。这不是他曾经提到的 5 000 美元，也不是给哈立德换新假肢用的钱。现在看来，这笔钱显然是为了给“9·11”劫机者米达尔和哈兹米购买头等舱机票，以及供他们几天后抵达洛杉矶时所用。如果中情局当时把这两名基地组织成员的情况告诉了调查局，得出这个结论就是明摆着的事。

为核实库索说的情况，联邦调查局特工检查了电话记录。他们发现曼谷的华盛顿酒店和库索在也门的住所之间有过通话。他们还注意到，曾有人从马来西亚的一个付费电话亭给这两个地方打过电话。这个电话亭恰恰就在基地组织召开会议的公寓套间外头。库索告诉苏凡，他本来应该到吉隆坡或是新加坡（这两个城市他好像总也分不清）和哈拉德碰头。苏凡再次给中情局发去一份正式的电传。他还随电传发去了哈拉德的护照相片。这几个电话号码有没有意义？有没有和马来西亚相关的线索？有没有关于哈立德的线索？中情局仍旧一声不吭。

如果中情局对苏凡作了答复，提供了他要求给予的情报，联邦调查局就能了解到马来西亚会议的情况，以及和米达尔与哈兹米的关联。调查局将会获悉美国境内有基地组织的人员，而且他们入境已经有一年多——这是中情局业已掌握的情况。由于纽约市此前已对本·拉登提出指控，而米达尔和哈兹米又是他的同伙，调查局就有权对嫌疑犯进行跟踪、窃听其住所、截获其通讯、克隆其电脑、调查其联络人——这些基本的调查步骤本可以阻止“9·11”事件的发生。

2002年6月1日，也门当局逮捕了8名男子，并称这几人参与了企图炸毁美国驻也门大使馆的密谋。苏凡和联邦调查局剩余的人员就躲在那里。后来又出现了几起针对联邦调查局的新威胁，弗里局长在奥尼尔的建议下把调查局分队全部撤了回来。

对“科尔”号的袭击是本·拉登的一大胜利。基地组织在阿富汗的营地挤满了新来的应征者，海湾各国的捐赠者拎着装满石油美元的新秀丽手提箱纷纷赶来，就像阿富汗圣战的光辉时期一样[①]。最起码现在有钱分了。尽管有遭到制裁和谴责的危险，对本·拉登呆在阿富汗仍意见不一的塔利班领导层见到钞票之后也变得更加顺从。本·拉登把他的高层领导人分散开来——阿布·哈夫斯去了坎大哈的另一个地点，扎瓦希里则前往喀布尔——这样预料之中的美国报复行动就不致将基地组织领导人一举歼灭[②]。

但是，美国并没有采取任何报复行动。国家正处于总统竞选中期，克林顿试图通过在巴以之间促成一项和平协定，为自己即将结束的任期增光添彩。“科尔”号爆炸案发生之际，谈判正在走向破裂。克林顿坚持说，尽管那是个颇为尴尬的政治时刻，他的政府在当年10月差一点就对本·拉登再次发动导弹袭击[③]；但中央情报局在最后一刻建议取消

---

① “阿富汗阿拉伯人的故事”（四），《中东日报》，2004年12月12日。

② 《“9·11”调查委员会报告》，第191页。

③ 克林顿，《我的生活》，第925页。

行动，因为他们不能完全肯定本·拉登身在营地。

本·拉登既愤怒又失望。他本指望把美国引入曾经困住苏联的同一个陷阱：阿富汗[①]。他的策略是不断发动袭击，直至美国军队入侵；然后圣战者就将群起而攻之，让入侵者流尽鲜血，最终使整个美利坚帝国因战争的伤口而倒下。大英帝国和苏联就是这样完蛋的。他确信同样的情况也会在美国身上发生。然而，战争宣言、对美国使馆的袭击，以及现在对“科尔”号的袭击，都不足以挑起大规模的报复。他必须制造一起令美国无可容忍的暴行。

到了这个时候人们也许会问，如果没有本·拉登的主使，“9·11”或其他类似的悲剧还会不会发生？答案无疑是否定的。事实上，历史的构造板块的确在发生变动，并促使西方和阿拉伯伊斯兰世界进入了一个冲突的时期；然而，这场斗争的形态是由几个人的领袖魅力和看法所决定的。如果没有赛义德·库特卜的著作，或是阿卜杜拉·阿扎姆的圣战号召，遍及世界的沙拉夫派叛乱也许仍将发生，但基地组织就不会存在。基地组织赖以维系的基础是各种人物的独特联合，尤其是埃及人——扎瓦希里、阿布·乌贝达、赛义夫·阿德勒，还有阿布·哈夫斯——他们每个人身上都反映着精神之父库特卜的思想。但如果没有本·拉登，埃及人就只不过是一个圣战组织。他们的目标很褊狭。在一个伊斯兰运动分散各地、各自关注其国家主义目标的时期，是本·拉登提出了创建国际圣战军团的想法。在他的领导之下，一个经济上已经破产、不得不四处流亡的组织才不致分崩离析。正是由于性格中的固执，本·拉登才能对因杀戮太多而起的道德争执充耳不闻，才能对足以粉碎大多数人梦想的反复失败不以为意。所有这些特点，都可以归为邪教领袖或狂人的性格特征。但是，本·拉登还具备艺术家一般的技巧；他不仅要运用这种技巧来达到令人震惊的效果，还要利用它来让一些人心向往之——本·拉登要求他们献出自己的生命。

---

① 对阿里·苏凡的采访。

第十九章　盛大的婚礼

社会活动在基地组织社区很少见，但本·拉登想要庆祝一番。他定下了自己 17 岁的儿子穆罕默德与阿布·哈夫斯 14 岁的女儿赫蒂彻的婚事[①]。赫蒂彻是个文文静静、大字不识的小姑娘，女人们都在想到时候她和穆罕默德彼此会说些什么。她们完全能想象到赫蒂彻在新婚之夜会多么地吃惊，因为人们极少谈论性的问题，更不用说跟孩子了。

婚礼时本·拉登找了一座大厅——原是坎大哈郊区的一家电影院，后来被塔利班洗劫一空——招待到场的 500 名男宾。（女人和小新娘呆在另一个地方）婚庆开始时本·拉登朗诵了一首长诗，还道歉说诗不是他自己写的，而是演讲写手的作品。“大多数兄弟都知道，我不是个用笔战斗的人，”他谦逊地说。诗中有一段对“科尔”号爆炸的颂辞：

一艘让勇者都胆寒的驱逐舰，
在港口和公海之上激起恐惧，
傲慢、自负与虚假的力量护卫着她破浪前行，
她在巨大假象的笼罩下缓缓驶向灭亡，
等待着她的，是波浪中起伏的一艘小艇。[②]

12 台电视摄像机拍下了婚礼的情景，但本·拉登对结果并不满意——他知道这首诗会成为阿拉伯卫星频道和基地组织征募录像中的重头戏——因此第二天早晨他让人们重新架起摄像机，把这段朗诵又录了一遍。他甚

至安排了几个支持者坐在自己前面高声叫好，让人觉得大厅里还有几百人，而不是只有几个记者和摄影师。极为重视形象管理的本·拉登甚至要求一位拿数码相机拍了张快照的记者重拍一遍，因为他的脖子看起来“松松垮垮”。他的胡须是染过的，以掩饰其中的一缕缕白色；但焦虑和失眠造成的黑眼圈他却掩盖不了——这两样东西现在是他挥之不去的伴侣③。

12岁的哈姆扎是本·拉登和他最钟爱的妻子所生的惟一孩子。婚礼上这孩子也读了一首诗。他黑色的睫毛长长的，瘦削的脸颊和父亲一个样，戴着白头巾，身穿一件迷彩背心。“我们究竟犯了什么罪过，要被逼着离开祖国?”孩子以惊人的镇定严肃地问。“我们将和‘卡非尔’战斗到底!”

“真主至大!”男人们高喊着作答。然后他们唱起了歌：

> 我们的人在反抗，我们的人在反抗。
> 只有通过血与火的洗礼
> 我们才能夺回故土
> 我们的耻辱才能消除。
> 它将永远持续。
> 它将永远持续。④

下午的祷告过后，饭菜端了上来——肉、米饭和番茄汁。这对本·拉登来说是难得的奢侈食物。不过，有些就餐者却觉得饭菜实在是简单得可以。本·拉登的继父还发现自己水杯里有个虫子似的东西在蠕蠕而动。

宾客们一面为小新郎剥橘子，一面高喊：“吃啊，吃啊！今天晚上还长着呢!”男人们都说这孩子羞涩的笑容像极了父亲。他们跳起舞来，

---

① 对艾哈迈德·扎伊丹、贾迈勒·哈利法和玛哈·埃尔撒姆纳的采访；扎伊丹，《揭秘本·拉登》，第109—158页。

② “本·拉登为‘科尔’号袭击作诗”，路透社，2001年3月2日。

③ 阿卜杜拉·本·奥萨玛·本·拉登说，他父亲每天晚上只睡两三个小时。“本·拉登之子语带挑衅”，BBC，2001年10月14日。

④ 政府展示的证据，美国诉穆萨维一案。

又唱了许多歌，还把新郎抬起来欢呼。然后他们把孩子推上车，送他回家里的大院去过新婚第一夜。

乔治·W·布什宣誓就职几个月后，迪克·克拉克和布什新政府的国家安全顾问康多莉扎·赖斯会面，并请求把自己分配到其他岗位①。从新政府接手的那一刻起，恐怖主义显然就不是它急于处理的要务。1月，克拉克第一次向赖斯介绍了本·拉登及其组织对美国构成的威胁，当时他的印象是赖斯从未听说过基地组织。后来她降低了克拉克职位（全国反恐行动协调者）的级别，这样他汇报情况时就得找副主管，而不是主管。克拉克希望推行资助艾哈迈德·沙阿·马苏德与北方联盟抗击塔利班及基地组织的策略，但遭到了赖斯的拒绝②。她说政府需要制定一个更为广泛的策略，将与塔利班对抗的其他普什图部族也包括进来。但这一策略的筹划拖了好几个月时间，而且没有收到什么效果。“也许你需要一个不像我这么执迷的人，”克拉克在那次会面中提出。他嘲讽的对象是赖斯和她的副手斯蒂芬·哈德利。这两个人觉得很意外，并请求他在10月之前先留下来。那期间他们对克拉克说，他应该找一个“类似的人”来接替自己。

“符合这个要求的人只有一个，”克拉克说。

在奥尼尔看来，克拉克的工作对他最合适不过。接到这份工作邀请时，他正因政府对恐怖主义的混乱反应而感到绝望，而个人的前途也让他颇为苦恼。他始终怀有两个抱负——到华盛顿做联邦调查局的副局长，或者是主管纽约办事处。弗里6月份就要退休，因此高层将会有职位空缺；但对公文包失窃事件的调查很可能已阻断了他在调查局的所有

---

① 对理查德·A·克拉克的采访；亦可见克拉克，《针对所有敌人》，第225—234页。《“9·11”调查委员会报告》也称克拉克在5月或6月对赖斯说希望调职；他告诉我那是在3月份。

② 菲利普·谢农和埃里克·施米特，“布什与克林顿的助手受到委员会的严厉审查”，《纽约时报》，2004年3月24日。

晋升之路。不过，如果成为全国反恐行动的新头儿，他个人就可以摆脱那些莫名其妙的指控；想到今后联邦调查局和中央调查局都得听自己指挥，他肯定也觉得十分快意。

另一方面，他的经济状况也很紧张。如果他到白宫做这份工作，他的工资水平和调查局时还是一样。司法部对他的调查是个毁灭性的打击。除了其他债务之外，奥尼尔现在还欠自己的律师 8 万美元[①]，这比他一整年拿回家里的钱还要多。

整个夏天克拉克都对奥尼尔紧追不放；奥尼尔犹豫良久但还是没有答应。他和几个朋友讨论了工作邀请的事，但后来想到联邦调查局总部可能有所风闻，他就担心起来。奥尼尔有一次在慌乱中给克拉克打电话，说中央情报局的人知道自己成了候选人。“你一定得告诉他们没这回事，”他恳求说。他敢肯定，如果中情局知道了这件事，那么调查局肯定也会发现。克拉克如他所请，给中情局的一个朋友打了电话，故作不经意地提起自己还在寻找接任者，因为奥尼尔已经回绝了——其实奥尼尔仍然想当候选人。工作邀请的事奥尼尔也和莫恩谈过，他说自己不希望莫恩等流言传出才知道此事；但他直截了当地对莫恩说，他对这份工作完全没有兴趣。

钱的问题也许是一个障碍；但久经官场内部斗争的奥尼尔也知道，一旦自己走上这个新职位，华盛顿的某些权势人物就会以无情的手段来对付他。克拉克的邀请很有诱惑力，但也很危险。

多年以来，扎瓦希里一直在和圣战组织内部反对他与本·拉登关系的人斗争。他极为鄙视那些自己在欧洲过着舒服日子，却对他横加指责的圣战组织成员。他称这些人“本是一腔热血的革命斗士，但在经历了文明与奢华的生活之后已变得冷若冰霜”。[②] 扎瓦希里以往的盟友被多年

① 对瓦莱丽·詹姆斯的采访。奥尼尔的基础年薪为120 336美元。

② 穆罕默德·沙菲，“本·拉登助手扎瓦希里抨击逃往欧洲的圣战组织成员”，《中东日报》，2001 年 4 月 23 日。外国广播讯息处英译。

的挫折弄得筋疲力尽、心灰意冷，越来越多的人开始支持囚禁在埃及的伊斯兰领袖所提出的倡议；这些领袖宣布单方面停止暴力行动。其他人也不愿再忍受阿富汗简陋的生活条件。但是，即便组织正在走向解体，扎瓦希里仍然拒不接受任何与埃及政权或西方谈判的想法。

扎瓦希里有一次盛怒之下，竟然辞去了圣战组织的埃米尔。但没有了他，整个组织就完全失去了方向。几个月之后，他的继任者放弃了领导职务，扎瓦希里重新掌权。然而，根据阿尔巴尼亚分支机构成员在审判时所作的证言，埃及境外的圣战组织成员仅有 40 人，而该组织在埃及国内的运动已被彻底扑灭。圣战组织已奄奄一息，而从十几岁起就让扎瓦希里心驰神往的梦想也将随之而去。他已经失去了埃及。

2001 年 6 月，圣战组织走到了尽头。基地组织吸收了它，并建立起一个正式名称为“基地圣战”的实体。这个名字反映出埃及人仍然是核心圈子的成员；9 人组成的领导委员会中只有 3 个不是埃及人。但这个组织是本·拉登的，而不是扎瓦希里的。

埃及人的支配性地位自然而然地引起了争议，尤其是在基地组织的沙特阿拉伯成员之中。为安抚心怀不满者，本·拉登解释说他始终可以依靠埃及人，因为他们一旦回到自己的国家就会被捕；和他一样，埃及人也是没有祖国的人。

本·拉登把一项特别的任务交给了扎瓦希里和埃及人。他希望他们杀死艾哈迈德·沙阿·马苏德①。这位北方联盟的指挥官代表着一支实实在在的力量，它是塔利班完全控制阿富汗的惟一障碍。瘦削而英俊的

---

① 对阿卜杜拉·阿纳斯的采访；凯茜·甘农，“奥萨玛下达刺杀令”，《广告报》，2002 年 8 月 16 日；乔恩·李·安德森，“喀布尔来信：行刺者”，《纽约客》，2002 年 6 月 10 日；伯克，《基地组织：投下恐怖的阴影》，第 177 页；迈克·贝彻和亨利·舒斯特，“阿富汗领袖到底了解多少?”，CNN，2003 年 11 月 6 日；《“9·11”调查委员会报告》，第 139 页；国防情报局机密电文，“TIR（有删节）/马苏德被刺与 2001 年 9 月 11 日的袭击有关”，2001 年 11 月 21 日；本杰明和西蒙，《神圣恐怖的时代》，第 338 页；科尔，《幽灵战争：中情局、阿富汗与本·拉登的秘史——从苏联入侵到“9·11”》，第 568 页。

马苏德是一位杰出的战术家，而且能使出和塔利班同样残忍无情的手段。由于塔利班已经和基地组织结盟，迪克·克拉克等人认为马苏德是在阿富汗解决本·拉登问题的惟一希望。

马苏德是一个颇为热切的合作伙伴。他本人是虔诚的伊斯兰激进分子；他的妻子身穿布尔卡包头长袍，而他的队伍曾不止一次犯下屠杀暴行。和他的竞争对手一样，马苏德可能也是借助鸦片贸易来供养自己手下的民兵。但他能说一点法语（在喀布尔上高中时学的），而且以爱好波斯语诗歌著称，看来他会是一个比塔利班文明得多的领导者。2001年2月，塔利班暴徒抡起大锤砸遍喀布尔博物馆，把阿富汗的艺术遗产化为齑粉；到了3月，他们又用坦克和防空武器轰击巴米扬省的两座巨大佛像——它们已经在俯瞰古丝绸之路的山崖上矗立了1 500多年。塔利班在世人眼中的评价急剧下降，马苏德的声望则相应地迅速上升。

由于马苏德的国际声望日益提高，2001年4月他在法国斯特拉斯堡对欧洲议会成员发表了演讲。他谈到了基地组织对世界构成的威胁。马苏德还告诉美国官员，他自己的情报人员获悉基地组织打算对美国发起一次恐怖行动，其规模将远远超过东非的美国使馆炸弹袭击。

7月，扎瓦希里假托伦敦伊斯兰观察中心的名义，用蹩脚的法语写了一封信。他请求让两名记者去采访马苏德。这封信寄出之后，他又发去了阿卜杜勒·拉苏尔·赛义夫本人的推荐。请求得到了批准。

对美国发出警告的并非马苏德一人。国家安全局多次监听到有人兴奋地谈起一次筹划之中的大行动（“规模惊人”、“广岛重演”）；除此之外，人力来源更为丰富的阿拉伯国家情报机构也发出了紧急的警告。埃及总统胡斯尼·穆巴拉克警告美国说，恐怖分子当年7月打算“利用一架装满炸药的飞机”①，在罗马袭击前往日内瓦参加八国峰会的布什总

① 萨姆·塔尼豪斯，“中央情报局的盲目野心”，《名利场》杂志，2002年1月。塔尼豪斯称袭击将在热那亚的八国峰会上发生；但克拉克告诉我，线报称总统将在罗马被刺杀。

统。为防止这一袭击发生，意大利当局设置了防空阵地。塔利班的外交部长瓦基勒·艾哈迈德·姆塔瓦基勒[①]向美国驻白沙瓦总领事和喀布尔的联合国人员透露，基地组织正在策划对美国发动一次极具破坏性的袭击。大概在同一时间，约旦情报部门偶然听到了这个行动的名称，并将其转告给华盛顿——这个传言中的行动叫做“盛大的婚礼”[②]。自杀式炸弹袭击者所处的文化认为，殉教烈士死去的那一天就是他婚礼的日子，天国的处女们将迎接他的到来。

本·拉登决定自己再娶一个新娘，她是个15岁的也门少女，名叫阿迈勒·萨达[③]。本·拉登的一名保镖去了趟山城伊卜，付给新娘家人5 000美元的彩礼钱。据阿布·占达勒说，婚礼的庆典热闹极了。“人们高声歌唱，尽情欢笑，还向天鸣枪。”[④]

虽然这场婚姻似乎是本·拉登与也门的一个重要部族之间的政治协议，意在促进基地组织在也门的征募情况，但本·拉登的妻子们却很不高兴，连他母亲都把他训了一顿[⑤]。本·拉登的两个儿子穆罕默德和奥斯曼怒冲冲地找到阿布·占达勒。“你怎么给我们的父亲找了个和我们一般大的新娘?”他们质问道。阿布·占达勒抱怨说，他根本就不知道自己带去也门的钱是娶新娘的彩礼。他原以为那是给殉教行动用的。

大约就在那时，本·拉登的第一位妻子纳吉瓦离开了他。经过这场生养了11个孩子、为时27年的婚姻，纳吉瓦决定带着女儿们和弱智的儿子阿卜杜勒·拉赫曼回到叙利亚。她当初嫁的那个人既不是圣战者，也不是国际恐怖分子；那是个只有十几岁的富有的沙特少年。身为本·

---

① “报章称美国无视对恐怖袭击的警告”，路透社，2002年9月7日。

② 约翰·K·库利，“‘9·11’之前还有其他未被注意的警示吗?”，《基督教科学箴言报》，2002年5月23日。

③ 对阿里·苏凡的采访。

④ 哈马迪，“基地组织内幕：本·拉登私人保镖阿布·占达勒讲述”（六），2005年3月24日。

⑤ 对阿里·苏凡的采访。

拉登的妻子，她期望能过上富裕的生活，可以去旅行，有社会交往；那该是一种轻松的生存状态，再加上几样点缀就会变得更惬意：随时听候使唤的仆人、海边的一座别墅、一艘游艇，说不定还有巴黎的一所房子。然而，她的生活却是东奔西走、穷困潦倒，周围的环境往往脏污不堪。她已经牺牲得太多，不过现在终于自由了。

- - -

2001年5月29日，在曼哈顿的一个联邦法庭里，陪审团判定东非美国使馆爆炸案的4名嫌疑犯有罪。这是纽约南区检察官完美记录的顶点：他们的努力使25名恐怖分子被绳之以法。领导南区检察官办公室的是玛丽·乔·怀特，还有她的助理肯尼思·卡拉斯和帕特里克·菲茨杰拉德。与伊斯兰恐怖主义者的斗争始于1993年世贸中心的第一次炸弹袭击。8年之后，对这25人的定罪是美国在这场斗争中的惟一胜利；而定罪的基础则是联邦调查局纽约办事处深入细致的调查，尤其是I-49小组。

奥尼尔去旁听了结案陈词，判决宣布后他把史蒂夫·高丁拉到一旁。高丁就是那位在讯问中突破穆罕默德·奥瓦里的特工，而他审的奥瓦里也实现了在美国接受审判的愿望。奥尼尔把胳膊搭在高丁肩上，说有一份礼物要送给他。“我打算派你去佛蒙特的一所语言学校。你要去学阿拉伯语。”

高丁闻言不禁有点发懵。

“你知道这场仗还没打完，”奥尼尔接着说。“奥瓦里跟你是怎么说的？他说，‘我们得在国外发起袭击，让你们注意不到国内的活动。’”

奥尼尔明白刑事审判只是对付恐怖主义的方法之一，它有着自身的局限性；如果对手是一个由技术熟练、目标坚定而且甘愿赴死的信仰者组成的复杂国外网络，这种方法就更难发挥作用。但迪克·克拉克在新千年之际的逮捕行动中曾对他说“我们要干掉本·拉登”[1]，奥尼尔却不

---

[1] 对理查德·A·克拉克的采访。

同意这种想法。虽然基地组织对执法部门构成的挑战远远超过黑手党或其他任何犯罪组织，但法律手段之外的措施——军事袭击、中情局的暗杀计划——却没有取得任何成果，反而让本·拉登在崇拜者眼中变得愈发伟大。另一方面，对25名恐怖分子定罪则是真实而合法的成就，它证明美国司法系统是可信而正直的。但是，政府机构间的勾心斗角和联邦调查局高层不紧不慢的态度却阻碍了纽约I-49小组的工作；他们被蒙住了眼睛，看不到当时已来到国内的危险。

使馆爆炸案审判进入尾声的时候，“9·11”事件的19名劫机者几乎都已在美国安顿下来。差不多同一时间，中情局派驻联邦调查局总部国际恐怖主义分部的代表汤姆·威尔希尔正在调查哈立德·米达尔和哈拉德（“科尔”号爆炸案的独腿主谋）两人之间的关系。中情局一度认为这两个名字很相近，因此可能是同一个人；但多亏了阿里·苏凡的调查，中情局现在了解到哈拉德是本·拉登护卫队的成员。“好，这个情况很重要，”威尔希尔给他在给中情局反恐中心的主管发去电子邮件。“此人是个超级杀手，策划了‘科尔’号袭击事件，东非使馆的爆炸案可能也出自他的手笔。”威尔希尔已经知道纳瓦夫·哈兹米就在美国，而哈兹米、米达尔曾与哈拉德同行。他还发现米达尔持有赴美签证。“绝对要出事，”[①] 威尔希尔认定。他请求将这一重要信息透露给联邦调查局。中情局对他的请求始终没有回复。

那年夏天，威尔希尔请联邦调查局派驻中情局反恐中心的分析师玛格丽特·吉莱斯皮“有空时”看一看马来西亚会议的材料。她直到7月底才抽出空来做这件事。威尔希尔并未透露参加此次会议的一些人可能已来到美国。实际上，威尔希尔根本没有表现出那封电子邮件中的紧迫之情，虽说他私下已知道基地组织正策划在美国国内发起一场“类似广岛”的行动。

不过，威尔希尔却想知道联邦调查局已经掌握的情况。他交给联邦

---

① 达娜·普里斯特，“委员会称布什曾得到多次警示”，《华盛顿邮报》，2004年4月13日。

调查局华盛顿总部的另一位分析师迪娜·科西三张监控照片，让她给I－49小组的几名特工看一看。照片显示的是米达尔和哈兹米，还有一个貌似库索的人。威尔希尔没有告诉科西为什么要拍这些照片，但他说其中一个人名叫哈立德·米达尔。与此同时，玛吉[①]·吉莱斯皮在情报网[②]的数据库中检索了马来西亚会议的情况，但中情局并没有把任何关于米达尔签证或哈兹米来到美国的情况放在网上。国家安全局报告了导向马来西亚会议的一系列事件，但情报网提示她这些信息不得告知刑事调查员。6月11日[③]，中情局的另一名主管克拉克·香农会同玛吉·吉莱斯皮和迪娜·科西前往纽约，与调查"科尔"号爆炸案的联邦调查局特工谈话——除了苏凡，他当时不在国内。会议于上午10点左右开始，调查局纽约办事处的特工首先向他们详细介绍了调查的进程。特工们一连说了三四个小时。最后，大约在下午2点，中情局主管香农让科西把照片拿出来给她的同事们看看。共有三张高清晰度的监控照片。一张低角度拍摄的照片显示米达尔和哈兹米站在一棵树旁边。主管想知道调查局特工能不能认出这里面的哪个人，另外库索是否在这些照片之中。

联邦调查局I－49小组的特工问照片上都是些什么人，拍摄于何时何地。"还有没有其他照片了?"一名特工问道。香农拒绝回答。科西向他们保证，"未来的几天或几周之内"她将设法获得传递这些信息的许可。会议变得激烈起来；人们扯着嗓门大喊大叫。联邦调查局特工知

---

① 玛格丽特的昵称。——译者

② 情报网（Intelink）是一个可供其他情报机构使用的系统，它存在缺陷。该系统只会向吉莱斯皮显示可供联邦调查局情报部门查看的信息。如果她当时查阅了"大力神"网络——中情局的这一强大数据库包括所有的电文和国安局监听通讯，而且她都有权查看——她就能全面了解中情局所掌握的米达尔和哈兹米的情况。

③ 对迪娜·科西、史蒂文·邦加特、阿里·苏凡和马克·罗西尼的采访，以及米切尔，《分支机构："9·11"密谋的内幕，以及联邦调查局与中央情报局为何没能阻止它》，第305页；科弗·布莱克声明，2002年9月20日，《对于2001年9月11日恐怖袭击前后情报机构活动的联合调查》。迪娜·科西告诉我，她曾将米达尔和哈兹米的名字写在照片背后，好让I－49小组的刑事调查员掌握这些信息，但邦加特说他从未见到她写的名字。

道，能帮助他们破获罪案的线索就被人拿着在自己眼前晃来晃去，但他们从香农或其他两名联邦调查局分析师的嘴里再也挤不出任何信息——除了一个细节：科西最终吐出了哈立德·米达尔这个名字。

前任海军飞行员、毕业于安纳波利斯海军学院的史蒂文·邦加特是I-49小组的特工，他请求中情局主管在米达尔这个名字之外再给他们一个出生日期或护照编号。仅凭名字本身不足以阻止他进入美国。刚从巴基斯坦回国的邦加特带来了30名疑似基地组织分子的名单及其出生日期。作为防范，他把材料交给了国务院，以确保这30人无法进入美国。这是标准程序，是大部分调查员会首先处理的事情。但中央情报局主管不愿提供额外的信息。

我们可以假想这次会议的另一种开法：中情局主管获准向调查局透露米达尔已来到美国的关键细节、他和也门那个电话号码的联系（这个号码简直就是基地组织的交换台）、他与同样身在美国的哈兹米的关系，以及这两人与基地组织和哈拉德的联系。摆在纽约办事处桌子上的照片之中，不仅含有“科尔”号爆炸案的解答，还有一个严峻的事实：基地组织已进入美国，并准备发动袭击。

但是，马来西亚会议还有第四张监控照片——中情局主管没把它拿出来。那是哈拉德的照片。“科尔”号的调查者当然知道他是什么人。他们手里有此人的重点关注档案，而且已经和大陪审团谈过，准备对他提出指控。如果奥尼尔看到了这第四张照片，他肯定会去世贸中心的中情局纽约办事处找主管玛丽·玛格丽特·格雷厄姆，要求他们将关于哈拉德及其同伙的所有信息转给调查局。中情局扣下这张哈拉德站在未来劫机者身边的照片，从而阻碍了调查局对“科尔”号袭击的调查，也使“9·11”的密谋得以继续进行下去。

那个时候米达尔已经回到也门，然后又去了沙特阿拉伯。他可能就是从那里把其余的劫机者带进了美国。中情局主管和I-49小组那次令人沮丧的会议召开两天后，米达尔在吉达的美国领事馆拿到了新的赴美签证。由于中情局没有让国务院把米达尔的名字列入监控名单，7月4

日国庆那天他在纽约下了飞机。

美国政府历来有对最需要知情的人隐瞒信息的倾向，6月11日的会议正可谓登峰造极。限制信息共享的法律障碍始终存在。按照法律——《联邦刑事诉讼条例》第六条第五款的规定——大陪审团聆讯期间得出的信息应该保密。调查局把这条规定当成一种近乎绝对的禁令，禁止泄漏任何与调查有关的材料。每天早晨，迪克·克拉克的保密电脑上至少会收到100条来自中情局、国安局等其他情报机构的报告，但联邦调查局从来不会提供类似的信息。第六条第五款的规定也意味着特工们不得与从事情报工作的同事讨论刑事案件——即便他们隶属于同一小组。

但是到克林顿政府第二届任期的时候，得自情报行动的信息（尤其是可能与犯罪有关的信息）就可以提供给刑事调查员了。事实上，这成了一种基本程序。联邦广场26号大厦的特工常会去楼上一个高度保密的房间，他们可以在那儿阅读国家安全局的监听文字抄录，听中情局派驻在那里的代表介绍情况。举个例子，这种合作曾帮助人们对奥马尔·阿卜杜勒·拉赫曼谢赫定罪；谢赫的公寓在一次情报搜集行动中被放置了窃听器，从而证明他批准了针对纽约的恐怖活动。但是，总有人担心审讯期间泄漏的敏感信息会破坏情报行动。

司法部于1995年颁布了一项新政策，旨在规范特工与刑事公诉人之间的情报交换，但却没有对特工与特工之间的交换作出规定。联邦调查局总部错误地诠释了这一政策，将它变成了限制本局调查员的拘束衣。特工们受到严正警告：与本局刑事调查人员共享情报信息就意味着自毁前程。至于何种情报可以共享，这得由根据1978年《国外情报监视法案》设立的一个华盛顿秘密法庭来决定——按照法庭的说法，这种共享被称为“扔过墙头”①。由于官僚主义的混乱与不作为，这个政策逐

① 对杰克·克卢南、阿里·苏凡、帕斯库利·“帕特”·达穆罗、丹尼尔·科尔曼和鲍勃·英曼将军的采访；《“9·11”调查委员会报告》，第78—80页。

渐阻断了对I－49反恐小组而言至关重要的信息沟通。

中央情报局忙不迭地将区隔自己和调查局的障碍变成了制度。中情局主管在6月11日的会议上没有告知调查局特工照片中人的身份，并搬出套话来解释：这将破坏“敏感的来源和手段”。他们获悉马来西亚会议的情报来源是也门的那个电话号码，属于基地组织的忠实拥护者艾哈迈德·胡达，它对于摸清基地组织的网络极为重要。讽刺的是，胡达这个电话号码最开始恰恰是联邦调查局在使馆爆炸案的调查（由纽约办事处负责）中发现的。中情局知道马来西亚会议照片中的一个人——哈立德·米达尔——是胡达的女婿，但这个关键的细节他们也没有告诉调查局。

国家安全局懒得向《国外情报监视法案》的秘密法庭申请许可，而是直接限制了重要情报的传递。例如，米达尔在圣迭戈给胡达的号码拨了8次电话，和刚生完孩子的妻子通话①；这个信息国家安全局根本就没有通报。“牛栏”（容纳I－49组员的窄小办公隔间）的墙上贴着一张联络图，标出了艾哈迈德·胡达的号码和世界各地其他号码的联系。它提供了基地组织国际分布范围的地图。如果当时能有一条线把也门的胡达家和哈兹米、米达尔在圣迭戈的住所连接起来，基地组织已进入美国的事实就将明明白白地显露在人们面前。

面对种种限制，I－49小组以主动而机变的方式作出了回应。当国家安全局不再向调查局和纽约南区的检察官们透露从本·拉登卫星电话上截获的内容，I－49小组想出了架设两座卫星天线的方案：一座设在遥远的太平洋帕劳群岛，另一座设在印度洋的迪格加西亚岛，这样就可以截获本·拉登卫星电话的讯号。国家安全局极力反对这个方案；不过，为了防止调查局架设天线，他们最终还是勉为其难地吐出了114条监听记录。但其他的监听记录他们仍然攥着不放。小组还在坎大哈巧妙地建造了一个可以打国际长途的卫星电话亭，希望那些想打电话回家的

---

① 《“9·11”调查委员会报告》，2. 2. 2.。

圣战者会使用这个便利设施。特工们不仅能窃听电话，还能通过电话亭里暗藏的摄像头看到打电话的人。在马达加斯加，I-49小组的特工们架设了一座天线，旨在截获哈立德·谢赫·穆罕默德的通话。为了重新获得美国政府已经拥有却拒绝共享的信息，他们耗费了数百万美元和数千小时的人力。

I-49小组的特工们对索取情报被拒的事已司空见惯，甚至还为此买了一张平克·弗洛伊德乐队的CD[①]——上面有那首著名的“墙上的另一块砖”[②]。每当他们听到那套“敏感来源和手段”的官腔，就会把电话听筒举到CD唱机跟前，然后按下播放键。

2001年7月5日，迪克·克拉克召集众多国内机构代表——其中有联邦航空管理局、移民归化局、海岸警卫队、联邦调查局和特工处，向他们发布警告。“国内可能会发生非常重大的事件，而且就是在最近，”他告诉各机构的代表。

同一天，约翰·奥尼尔和瓦莱丽·詹姆斯抵达西班牙，他受邀到西班牙警察基金会讲话[③]。奥尼尔决定给自己放几天假，考虑一下今后该何去何从。虽然司法部已撤销对公文包失窃事件的质询，调查局自己却展开了内部调查，这对他一直很有压力。与此同时，他获悉《纽约时报》正准备对此事进行专门报道。记者们不仅知道公文包里装着秘密材料，还掌握了此前瓦莱丽进入局外安全屋停车库的事件，以及奥尼尔的个人债务情况。调查局或司法部内部的人向记者泄露了上述信息，还有高度敏感的细节——奥尼尔当时正在编制的办事处年度预算。这些致使

---

① 对阿里·苏凡的采访。

② Pink Floyd，成立于20世纪60年代的著名英国乐队，其作品带有强烈的社会批判色彩。“墙上的另一块砖”（Another Brick in the Wall）出自该乐队专辑《迷墙》（*The Wall*），旨在抨击泯灭个性的教育方式，以及通过思想控制把人塑造成“砖块”的社会体制。——译者

③ 对马克·罗西尼、瓦莱丽·詹姆斯、恩里克·加西亚、埃米利亚诺·布尔迭尔·帕斯夸尔和特奥多罗·戈麦斯·多明格斯的采访。

司法部和调查局对奥尼尔进行调查的材料，却被毫无顾忌地透露给了记者，以进一步破坏奥尼尔的事业。选择在这个时候泄露信息，似乎是为了彻底断送他接任克拉克国安局工作的机会。工作的事在那时已经成了公开的秘密。

去西班牙之前，奥尼尔和西尔弗斯坦地产公司的董事长拉里·西尔弗斯坦见了面。这家公司刚刚接管世界贸易中心的管理工作。西尔弗斯坦邀请他来做安全总监。这份工作的收入是他政府薪水的两倍多。但奥尼尔当时没法答应。他对巴里·莫恩说，他不愿在个人名誉仍遭到质疑的时候从联邦调查局辞职。奥尼尔向西尔弗斯坦保证从西班牙回来之后给他答复；那时他还没有完全回绝迪克·克拉克。

他和瓦莱丽还有她儿子杰一起在马贝拉酒店住了几天，打打高尔夫，看看书。常担任联邦调查局与西班牙警方之间联络人的马克·罗西尼做他们的陪同翻译。7 月 8 日，奥尼尔在他们那间别墅的阳台上点起一根雪茄，对罗西尼说，“我可以不伺候了。”

那天是他成为联邦调查局特工 20 周年的纪念日。干满 20 年的特工就可以拿着全额养老金退休，而且终于能够对调查局说一句：“老子不伺候了!”

罗西尼注意到奥尼尔脸上挂着笑容，但他的双眼却很忧伤。他即将作出自己的选择。罗西尼看得出来，奥尼尔是在向以往的自己告别，向自己可能取得的成就告别。有些梦想是永远无法实现了。比如，他此生将永远抓不到本·拉登。

奥尼尔在西班牙的那段时间，穆罕默德·阿塔和拉米兹·本·希布赫一直也在那里[①]。他们呆在一个名叫萨洛的海边小景点，研究“9·11”袭击的最后细节。

---

① 对何塞·马里亚·伊鲁霍、基斯·约翰逊和拉蒙·佩雷斯·毛拉的采访；《“9·11”报告：国会联合调查》，第 239 页；富达和菲尔丁，《恐怖的主谋：全世界最具毁灭性的恐怖袭击背后的真相》，第 137 页。

奥尼尔的衣着和举止俨然是在向联邦调查局的夙敌——黑帮——致敬；同样，他对恐怖分子的思维方式好像也有几份亲近。他崇拜的英雄是爱尔兰民族主义者迈克尔·柯林斯。这位殉难的新芬党领袖开创了现代游击战争，最后被自己人出卖（和奥尼尔一样）。虽说身为调查局特工的奥尼尔是爱尔兰共和军的对手，还指挥过几次针对他们的非常成功的行动，但他对这个组织的理想却颇为同情①。显然，他在迈克尔·柯林斯身上看到了自己的影子。但最近10年来，他发现自己在一场殊死斗争中遭遇了有史以来最胆大妄为的恐怖分子。此人的目标让奥尼尔震骇不已，但此人的执着和不屈不挠也无人能及。

在“科尔”号调查和公文包事件的质询之后，奥尼尔意识到自己的声誉已大受损害，国家安全局的那份工作是没希望了。联邦调查局的管理人员退休之后通常都会到报酬很高的公司里做安全顾问，这样他们在干事业的最后几年时光总算能多挣点钱。奥尼尔应征了几个类似的职位，但从西班牙回国后他决定去世界贸易中心工作。包括马克·罗西尼在内的一些朋友向他表示祝贺，说：“最起码你现在很安全。这地方他们已经炸过了。”奥尼尔答道：“他们还会再试的。不把这两座大厦弄倒他们不会罢休。”他又一次本能地把自己放在了危险的靶心。也许在决定接受这份工作的时候，他也接受了自己的命运。

不难想象，在伊斯兰激进分子和许多其他宗教信徒的心目中，奥尼尔的生活恰恰象征着他那个国家和他那个时代的典型特征——堕落。在当时的美国，人们的精神被推向了极端。社会核心的安逸道德观已经衰败，随之败落的还有主流教派——它们萎缩成了与人们毫不相干的事物。与此同时，迅猛发展的基要主义教派则在改变国内的政治形态。克林顿总统任内的性堕落，被宗教右派的教条主义所取代。奥尼尔本人也在道德堕落和极度虔诚之间挣扎。他是个通奸者、浪荡子、骗徒、自大狂，还是个物质主义者。他喜爱名流和名牌，生活入不敷出。这些特点

① 对丹·科尔曼的采访。

恰恰是本·拉登藉以描绘美国形象的老一套内容。但如今奥尼尔要寻找一个精神寄托。

认识瓦莱丽的时候，奥尼尔已经对天主教堂敬而远之。瓦莱丽的父亲是芝加哥的一位基要主义牧师。奥尼尔很喜欢“火与硫磺”① 式的布道，但那个时期他也在领导联邦调查局针对反流产抗议者暴力行为开展的全国调查。他和瓦莱丽都意识到了基要主义信仰的力量和危险。反流产抗议者去的教堂和他俩以前去过的地方很像，而吸引这些人的则是传统信仰所不能提供的狂喜经验。反流产抗议者与众不同的地方在于，他们愿意以上帝的名义杀害别人。奥尼尔和瓦莱丽搬到纽约之后，加入了第五大道那座宏伟的大理石教堂的教区。诺曼·文森特·皮尔②曾在那里讲道，宣扬他乐观的“积极思考”哲学。教堂是一个避风港，但心中动荡不安的奥尼尔无法接受如此平静的宗教。

联邦调查局停车库事件之后，奥尼尔开始每天读《圣经》。在也门的时候，他床边的桌子上总放着一本《圣经》，还有新近出版的迈克尔·柯林斯自传。2001 年春天，他重新投身天主教，每天早晨都去参加弥撒。他对瓦莱丽说，一位神父正在就离婚的事给他咨询。当年 8 月，他妻子克里斯蒂娜在财产协议上签了字，得到了孩子的监护权和新泽西林伍德的房产。但是，奥尼尔即将得到的自由似乎却愈发加重了他的精神负担。

奥尼尔买了一本书，名叫《重温你的〈圣经〉!》。比起奥尼尔，身为牧师之女的瓦莱丽对《圣经》要了解得多，他再怎么学也赶不上。他们对救赎的问题进行过激烈的讨论。他相信灵魂能通过善行得到拯救；瓦莱丽则认为信仰耶稣基督才是得救的惟一途径。她总有一种可怕的预感——奥尼尔注定要下地狱。

---

① 指在布道中绘声绘色地描述最后审判、罪人永受地狱之火煎熬等情景。——译者

② Norman Vincent Peale (1893—1993)，美国新教牧师、作家，“积极思考”哲学的创始人。——译者

从西班牙回国后不久，奥尼尔偶然翻到一本名叫《灵魂之鸟》的儿童书。瓦莱丽当时正在浴室里打扮，准备去上班；奥尼尔拿着书走进来读给她听。她听得心不在焉。书里说的是一只单脚站立在我们灵魂之中的鸟。

> 这就是灵魂之鸟。
>
> 我们感觉的一切它都能感到。

脚踝上别着自动手枪的硬汉子奥尼尔读道，有人伤害我们时灵魂之鸟会痛苦地乱跑，而我们被拥抱时它也会满怀喜悦。然后他读到了抽屉的那一段：

> 你想知道灵魂之鸟是由什么做成的吗？
>
> 噢，其实很简单：它是由抽屉做成的。
>
> 这些抽屉可不是一拉就开的——因为每个抽屉都有一把特别的钥匙锁着！

奥尼尔抽泣起来，让瓦莱丽大吃一惊。但他还在接着读抽屉的故事——一个抽屉装的是幸福，一个是悲伤；一个是嫉妒，一个是知足——最后他泣不成声，再也读不下去。他完全崩溃了。

这件事过后，他马上全心投入祈祷之中。他有几本祈祷指南，还用丝带或报事贴在最喜欢的页码上做了标记。《圣经》中的诗篇的文字尤其吸引他，其中就有第一百四十二篇：

> 在我所行的路上，
>
> 敌人暗设网罗陷害我。
>
> 求你向我右边观看：
>
> 没有人关心我。

我没有逃难的地方，
也没有人照顾我。
耶和华啊，我向你呼求。
我说："你是我的避难所，
是我在活人之地的业分。"
求你留心听我的呼求，
因为我落到极卑微的地步。[①]

奥尼尔在一本红皮祈祷书背面夹了一张天主教的祈祷时间表。从 7 月 30 日起，他开始按表格上的时间逐一打钩，几乎到了强迫症的程度。如今，普通的天主教徒很少有人像穆斯林那样每天祈祷四五次，但神职人员和极为虔诚的信徒仍然遵循着这种古老的传统。也许在敬拜上帝的时候，奥尼尔发现早期天主教和现代伊斯兰教的某些方面有着相似之处，因为教会的日历中满是殉教者和坚定思想家的纪念日——这些人要是生活在今天，想必会被视为宗教极端主义者。在奥尼尔的时间表上，首先是纪念拉韦纳主教圣彼得·赫里索洛格斯[②]的欢宴之日，此人曾下令禁止跳舞，还迫害过异教徒。第二天 7 月 31 日纪念的是劳耀拉的圣依纳爵，这位不屈不挠的西班牙战士创立了耶稣会。与现代基督徒的想法相比，这些圣人理想中由上帝统治的社会，与赛义德·库特卜的设想反倒更为接近。

奥尼尔这份时间表上的每次祈祷都打了勾，直到 8 月 19 日星期天。《纽约时报》在那一天终于刊出了关于公文包事件的报道。此后，时间表上的记号戛然而止。

---

① 引自《圣经新译本》，1993 版。——译者
② Saint Peter Chrysologus（406—450），433 年起任拉韦纳（Ravenna）大主教，直至去世。——译者

后来，人们在汉堡分支机构一名成员的电脑上发现了本·拉登的录像演讲，他说："我们这个宗教的责任是伟大而艰巨的，其中有一些甚至令人厌憎。"①

本·拉登谈到先知穆罕默德曾警告过阿拉伯人，说眷恋生活、害怕战斗将使他们变得软弱。"这种失落感与痛苦已经降临在我们身上：所有这一切，都证明我们抛弃了真主和他的圣战，"本·拉登说。"真主使你们陷身卑劣的境地之中，而且不会解除你们的困境，除非你们回归自己的宗教。"

回顾先知临终前关于阿拉伯只能有伊斯兰一个宗教的嘱咐，本·拉登问道："我们在清算之日②将如何对真主作答？……这个时代的'乌玛'（国际伊斯兰群体）已经迷失方向，已经步入歧途。如今，美国人进入两处圣地之国已有 10 年之久……我们清楚地认识到，我们许多人的心中都充满了对战斗的畏惧以及对尘世生活的眷恋，它们正是造成这种痛苦、屈辱与蔑视的源泉。"

这些话语深深打动了 19 名年轻男子的心。他们之中许多人有技术、有才能、受过教育，而且在西方过着舒适的生活；但是，本·拉登唱出的羞耻感仍然激起了他们的共鸣。

> 我们想要什么？我们想要什么？
> 我们难道不想取悦真主吗？
> 我们难道不想进入天国吗？

本·拉登鼓励他们以身殉教，为了等待着他们的更高荣耀而牺牲自

---

① "奥萨玛·本·拉登谢赫在伊历 1420 年十月第一天开斋庆祝上的讲话"，穆塔萨迪克文件，切斯特·罗森英译。英文根据从阿拉伯语转译的德语版本译出，我对译文的一些语法错误和生硬之处做了修改。

② 亦称"报应日"、"末日"，即真主对人们所作所为的最终审判和总清算之日。——译者

己大有前途的生命。“我们已经在狮子的口中挣扎了20余年，”他说，“多亏真主的慈悲和眷顾：苏联人的飞毛腿导弹紧追了我们10多年，接着美国的巡航导弹又紧追了我们10年。信仰者知道，死亡的时间既不可提前，也不能推迟。”接下来他引用了《古兰经》第四章的一段话，并且在演讲中重复了三次——这是给即将出发的劫机者的一个明显信号。

> 无论你们在什么地方，死亡总要追及你们，
> 即使你们在高耸的巨塔之中。①

奥尼尔是一个有诸多缺陷、两极分化式的人物，但他的坚强与热切在调查局之中无人能比；除了他，没有人能要求中情局交出其隐瞒的点滴信息，或是在全国范围内发起本可以阻止“9·11”事件的拉网行动。调查局是个胆怯的官僚机构，向来憎恶强有力的个人。对于那些抱负远大或敢于挑战主流看法的雇员，调查局向来以冷酷无情著称。奥尼尔对基地组织威胁的看法是正确的，但根本就没几个人愿意相信他。也许是奥尼尔动辄树敌的性格最终毁掉了自己的事业，但他的那些敌人也帮助了基地组织——他们毁掉了一个本可能扭转局面的人。纽约办事处本来就一直晕头转向，而没有了奥尼尔，他们更是出现了许多重大失误。

奥尼尔在西班牙的时候，菲尼克斯的一位联邦调查局特工肯尼思·威廉斯向局总部、亚力克站和纽约办事处的几位特工发去一份示警电讯②。

---

① 引自《古兰经》（马坚译本），4∶78，原译后一句为“即使你们在高大的堡垒里”。考虑到英文“the looming tower”（即本书书名）与世贸双塔（twin towers）之间的关照，此处酌译为“高耸的巨塔”。——译者

② 对杰克·克卢南、马克·罗西尼和丹尼尔·科尔曼的采访；米勒，斯通和米切尔，《分支机构：“9·11”密谋的内幕，以及联邦调查局与中央情报局为何没能阻止它》，第289页；《“9·11”报告：国会联合调查》，第20页。按照联邦调查局的行话，所谓“电讯”（electronic communication）就是一封需要回复的电子邮件；它不是什么非正式的文件。电讯已取代电传，成为一种正式的通讯手段。

“此电讯的目的是提醒调查局和纽约方面，奥萨玛·本·拉登有可能组织了某种协同行动，分别派人到美国的民用航空大学和学校学习飞行，”电讯上说。威廉斯接下来又建议总部，称有必要对国内的所有飞行学校做记录、询问驾驶员，并造出一份所有曾申请飞行训练签证的阿拉伯学员名单。

这份电讯被打印出来分发下去，杰克·克卢南是看到它的纽约特工之一。他把电讯揉作一团往墙上一扔。“叫谁去询问这三万个人啊?”他问菲尼克斯的主管。“我们他妈的哪有时间干这事?”不过，他还是核查了菲尼克斯那位特工列出的几个阿拉伯名字。没有任何情况。在菲尼克斯设有办事处的中央情报局也查了这些名字，同样一无所获。后来人们发现，菲尼克斯那位特工提到的一个学生和哈尼·哈居尔（据信是“9·11”事件中的驾机者之一）交好，但该特工建议进行的调查几乎不可能牵出“9·11”阴谋。至少，仅凭调查本身是不够的。

8月中旬，明尼苏达州的一所飞行学校与当地联邦调查局外勤办事处联系，称有个名叫扎卡里亚斯·穆萨维的学员让他们感到担忧①。他问了一些令人生疑的问题，比如纽约市周围的飞行航线，还有驾驶室的门能否在飞行中打开。当地办事处很快查明穆萨维是个伊斯兰极端分子，曾去过巴基斯坦，很可能也去过阿富汗。特工们认为他也许是一个潜在的自杀式劫机者。由于穆萨维是法国公民，所持签证已经过期，移民归化局就把他拘留了。负责此案的联邦调查局调查员提出申请，希望总部能批准他们检查穆萨维的笔记本电脑。他们的申请被拒绝了，因为特工们无法提出进行检查的充分理由。明尼苏达办事处的主管就此事再次提醒总部，却被告知他这是在“制造紧张气氛。”不服气的主管回敬说，他这是在“设法阻止有人劫下一架飞机撞向世贸中心”——这个怪异的预感足以表明，当特工们看到威胁报告时，脑海中下意识涌现的就

---

① 对理查德·A·克拉克和迈克尔·罗林斯的采访；《“9·11”调查委员会报告》，第273—276页。

是这类念头。

穆萨维可能本来要参加基地组织在“9·11”事件之后发动的第二轮袭击，这轮袭击的目标很可能是西海岸。如果明尼苏达州的特工获准对穆萨维进行详细调查，他们就会发现他与拉米兹·本·希布赫之间的联系——希布赫在给他寄钱。穆萨维带着一封马来西亚聚焦技术公司(Infocus Tech)的录用信，签字者是耶齐德·苏法特①。这个名字对联邦调查局没有任何意义，因为中央情报局隐瞒了吉隆坡会议的情况——会议地点就设在苏法特的公寓套间。联邦调查局没能把来自本局明尼苏达办事处的警告，与菲尼克斯办事处肯尼思·威廉斯的示警电讯结合起来分析。调查局一如既往地对迪克·克拉克和白宫方面隐瞒了这些信息；这样一来，任何一个部门都无法统览全局。

8月22日，奥尼尔给卢·冈恩写了一封电子邮件。冈恩的儿子在“科尔”号遇袭时丧生。“今天是我任职的最后一天，”奥尼尔告诉他。“在我为政府服务的31年之中，被指定为负责人、调查美国海军‘科尔’号舰遇袭事件是最令我自豪的一刻。我把全部精力投入了调查之中，并坚信我们确实取得了重大的进展。您和其他死难者家属也许并不知道，我也曾因你们的丧亲之痛而哭泣……今后我每天都会在祈祷中为您和其他所有亲属祝福，并且会继续以一个平民的身份追踪调查。愿上帝保佑您、您珍爱的人，还有其他的家庭；愿上帝保佑美国。”②

奥尼尔正在办公室收拾东西装箱的时候，阿里·苏凡进来向他道别。苏凡当天晚些时候要返回也门；事实上，奥尼尔作为联邦调查局特工所做的最后一件事就是签署文件，派苏凡的一队人回到那个国家。他们俩穿过马路，来到乔氏餐馆。奥尼尔要了个火腿奶酪三明治。

---

① 《“9·11”调查委员会报告》，第151页；“恐怖主义的倡导者”，《周末澳大利亚人》周刊，2004年7月24日。

② 韦斯，《他警告了美国：严阵以待的联邦调查局反恐斗士约翰·奥尼尔》，第350页。

“你这异教徒的生活方式不想改一改?”苏凡指着三明治里的火腿开玩笑说。“你可要下地狱。”但奥尼尔完全没有说笑的兴致。他恳求苏凡回国之后一定要到世贸中心去看他。“顺着那条路过来就到了,”他说。看到奥尼尔求着别人记住自己，苏凡感觉很奇怪。

接着苏凡透露说，他就要结婚了。说完这话他有些担心，不知奥尼尔会作何反应。以前每当他们谈起女人的时候，奥尼尔都会说两句俏皮话，或是作出一副这个话题让他极不自在的样子。“知不知道离婚为什么得花那么多钱?”奥尼尔有一次问他。“因为这个婚离得值啊!”

这一次，奥尼尔想了一会，然后说：“她跟你那么长时间都能忍下来，肯定是个好女人。”

第二天，奥尼尔开始在世界贸易中心上班。

奥尼尔从调查局退休的次日，派驻亚力克站的联邦调查局分析师、正在查看马来西亚会议有关情报的玛吉·吉莱斯皮向移民归化局①、国务院、海关和联邦调查局发出通告，让这些部门把哈立德·米达尔和纳瓦夫·哈兹米列入各自的监控名单。她注意到这两个人都于 2000 年 1 月来到了洛杉矶，和艾哈迈德·雷萨姆企图炸毁洛杉矶机场的时间差不多。那以后米达尔曾离开美国，然后再次返回。吉莱斯皮把这一信息传递给了她在调查局总部的同事、情报分析师迪娜·科西。

科西看到信息后深感担忧，于是给 I－49 小组的主管发了一封题为“IT：基地组织”的电子邮件。“IT”的意思是“国际恐怖主义”。这封措辞急切的邮件命令小组查明哈立德·米达尔是否还在美国。邮件中并没有解释米达尔可能是什么人，只是说他与基地组织有关，而且可能参与了“科尔”号爆炸案，因此他“对国家安全构成了威胁”。对小组的

① 对阿里·苏凡、杰克·克卢南、马克·罗西尼和丹尼尔·科尔曼的采访；埃莉诺·希尔，“情报机构在 2001 年 9 月 11 日之前就知道‘9·11’事件中的劫机者”，联合调查组声明，《“9·11”报告：国会联合调查》，2002 年 9 月 20 日。

命令是“找到米达尔，查明其联络人，以及他来到美国的原因。”但科西说，搞刑事调查的特工不能参与这次搜索行动。结果，当时小组里只有一个搞情报的特工，而且还是个刚刚报到的新手。

杰克·克卢南是小组的临时主管。他请求让搞刑事的特工来进行此次调查。由于纽约市对本·拉登已有指控，他们在搜寻基地组织任何相关人员时的自由就要大得多，也能动用更多的资源。科西给小组发了电子邮件：“如果找到了米达尔，必须由情报特工来讯问。讯问时刑事特工不得在场……如果讯问时获得的信息表明确实存在触犯联邦法律的重大罪行，这一信息就可以依照正规的程序传过‘墙头’，并转交给后续的调查。”

但是，科西最初的那封电子邮件被偶然转发给了 I-49 小组中的一位刑事特工史蒂夫①·邦加特。他是个极具进取心的调查员，以前在海军开过战斗机，就跟电影《壮志凌云》② 拍的一样。一年多来，他都在抗议那堵日渐增高的‘墙’为刑事调查员们设置了越来越多的障碍。“指给我看看，哪个文件上写着我们不能得到这个情报?”他曾几次质问总部。不过，要找到文件当然是不可能的，因为这“墙”其实主要是诠释的问题。自 6 月 11 日会议以来，邦加特一直在催促科西提供监控照片上几个人的信息，那其中就有哈立德·米达尔。科西的电子邮件被转发到他电脑上之后，邦加特给她打了电话。“迪娜，你这不是在耍我么!”他说。“米达尔就在国内?”

“史蒂夫，你得把它删掉，”她指的是邮件。她说他无权获得这一信息。“明天我们会就此事开一个电话会议。”

第二天，科西拨通了预定的电话。中央情报局亚力克站的一位主管也参加了通话。他们告诉邦加特，在搜寻米达尔的工作中他得“按兵不

---

① 史蒂文的昵称。——译者
② *Top Gun*，美国影片，摄于 1986 年，以美国海军战斗武器学校（该校的英文代称即 TOPGUN）为背景。——译者

动”。他们解释说，由于“墙”的缘故，他们无法再向他透露更多的信息。邦加特把自己的抗议又重复了一遍：“墙”只是官僚主义无中生有弄出来的东西，它让特工们无法从事自己的工作。“这家伙要是在国内的话，可不是为了去逛他妈的迪斯尼乐园!”他说。但对方——不仅是科西，还有她的主管——又一次告诉他务必按兵不动。

邦加特第二天气愤地给科西发去一封邮件：“不管发生了什么问题——有一天可能会有人因此送命——不管是不是由于这堵‘墙’，公众都将无法理解我们的效率为什么这么低下，为什么要把手里的每一点资源都浪费在所谓的‘问题’上。”

实习情报特工罗布·富勒接到了查出米达尔去向的任务；要查的还有哈兹米，监控名单上他的名字和米达尔挨在一起。上个月，米达尔在入境卡上填写的住址是“纽约万豪酒店”。这位特工孤身一人前往纽约的 9 家万豪酒店，搜寻两名基地组织成员。他们早就走了。

8 月 30 日，奥尼尔退休 8 天之后，图尔基王子交出了沙特情报部门主管的职位。几十年来，这还是身居高位的王子第一次遭到排挤。据说，这是由于阿卜杜拉王储对图尔基很恼火——他没能把本·拉登抓回来。

图尔基说他不是被解职的。“我离开是因为感到累了，”[①] 他说。“我觉得岗位上需要新鲜血液。”他把自己比作“一个熟过了头的水果[②]。你知道，它先是发出怪味儿，接着果皮掉落，最后烂掉。所以我请求辞职。”

一离开联邦调查局，奥尼尔的心情就好了起来。人们都说，好几个

① 鲁拉·哈拉夫，“图尔基·费萨尔与《时报》记者共进晚餐”，《金融时报》，2003 年 11 月 1 日。

② 保罗·麦古，“傀儡操纵者”，《悉尼先驱早报》，2002 年 10 月 8 日。

月——也许是好几年——都没有见过他脚步那么轻快。他说想买辆新奔驰，把老旧的别克车换掉。他告诉安娜·迪巴蒂斯塔，他们终于有能力结婚了。9月8日星期六的晚上，他和瓦莱丽·詹姆斯去广场酒店参加一场婚礼，跳舞时他们俩几乎每曲必跳。“我觉得肩上卸掉了一副重担，”[①] 婚礼上，他对自己以前的上司刘易斯·斯基利罗说。他还在瓦莱丽能听见的地方跟另一位朋友说，“我准备给她买枚戒指。”

第二天，9月9日，艾哈迈德·沙阿·马苏德同意与两名阿拉伯电视记者见面，并接受采访。他们在他的营地已经等了9天。马苏德无疑是阿富汗最伟大的指挥官[②]。他经历了长达25年的战争；他的对手有苏联、阿富汗共产主义者和敌对圣战者，如今的敌人则是塔利班与基地组织的联合力量。死里逃生的能力，在马苏德的传奇之中是一个很重要的部分。他是阿富汗建立一个替代塔利班的温和伊斯兰政权的最大希望。

扎瓦希里伪造的信件，使这两名假记者得以进入马苏德的办公室。摄影师的电池包里装的全是炸药。炸弹让两个刺客血肉横飞，炸死了一名译员，飞射而出的两块金属片扎进了马苏德的心脏。

阿里·苏凡在也门听到这个消息的时候，对另一位特工说：“本·拉登这是在安抚塔利班。马上就要出大事了。”

那一天，本·拉登和扎瓦希里参加了一次活动，为塔利班前任内务部长的父亲守灵。基地组织的两名沙特成员走到内务部副部长穆罕默德·哈克萨毛拉[③]跟前，告诉他马苏德死了。北方联盟宣称马苏德只是受伤。“不，相信我，他完蛋了，”沙特人对部长说。他们夸耀说本·拉登下达了刺杀马苏德的命令。如今北方联盟已群龙无首，塔利班完全控制阿富汗的最后一个障碍也被基地组织卖的这个大人情消除了。

9月10日星期一，奥尼尔给他的一个朋友、担任保卫公司管理人员

① 韦斯，《他警告了美国：严阵以待的联邦调查局反恐斗士约翰·奥尼尔》，第359页。
② 乔恩·李·安德森，“喀布尔来信：行刺者”，《纽约客》，2002年6月10日。
③ 凯茜·甘农，“奥萨玛下达刺杀令”，《广告报》，2002年8月17日。

的罗伯特·塔克打电话，约他当晚见面，谈谈世贸中心的安全问题。塔克在北塔的大堂和奥尼尔碰头，两个人乘电梯上到奥尼尔在34楼的新办公室。奥尼尔对他的领地颇为自豪：占地16英亩的7栋建筑，900万平方英尺的办公空间。两人到上头的“世界之窗”餐厅喝了一杯，然后随着人流乘电梯下楼，到伊莱恩餐厅和他们的朋友杰里·豪尔一起吃饭。奥尼尔点的是牛排和通心粉。餐馆闻名遐迩的女店主伊莱恩·考夫曼还记得，奥尼尔一边吃甜点，一边慢慢地啜着一杯冰咖啡。“他不是酒鬼，和店里的许多人不一样，”她说。大约在午夜时分，三个人又去了中国俱乐部，那是中城区的一家夜生活场所。“我们已经晚了，”① 奥尼尔再次说道。

瓦莱丽·詹姆斯那天晚上在招待客户。当时恰逢时装周，身为销售代表和主要设计师的她忙得不可开交。奥尼尔先前给她办公室打过电话，保证最晚10点30前回家。她等到一个钟头之后才上床睡觉。她醒来时已是1点30，他还没回家。她气呼呼地坐到电脑前玩起了游戏。约摸凌晨4点的时候约翰回来了，往她身旁一坐。“宝贝，你这空档接龙玩得可不怎么样，”他说。但瓦莱丽觉得奥尼尔对自己太不重视，上床睡觉时都没跟他说话。第二天早晨她还是冷若冰霜。奥尼尔说：“请原谅我。”瓦莱丽被他打动了，也说：“原谅，当然原谅。”他主动提出开车送她上班。8点13分，他把瓦莱丽送到花卉区，她在那儿有个约会。然后他就朝世贸中心驶去。

本·拉登、扎瓦希里和一小队基地组织核心成员逃入了霍斯特上方的山中，位置靠近“狮穴”②。本·拉登的阿富汗历险就是从那里开始的。他告诉手下人将会发生重大的事件，世界各地的穆斯林很快就会来到阿富汗，和他们共同抗击超级大国。他们带着一架圆盘式卫星天线，

---

① 对杰尔姆·豪尔和罗伯特·塔克的采访。
② 对阿里·苏凡的采访。

还有一台电视机。

"9·11"之前，本·拉登和他的追随者常会做一些极其逼真的梦。通常在黄昏时分的祷告过后，前一晚做了梦的基地组织成员会讲述自己的梦境，本·拉登则来解释梦的意义。有些对密谋一无所知的人说梦到一架飞机撞向一栋高楼。"我们在踢足球赛。一边是我们的球队，一边是美国人，"一个人告诉本·拉登。"可奇怪的是，我在想奥萨玛为什么全派飞行员上场？这是要踢球赛，还是要开飞机？"[1] 基地组织的发言人苏莱曼·阿布·吉斯梦到自己和本·拉登一起看电视。电视上放的是一家埃及人坐在餐桌前，大儿子正在跳埃及民间舞蹈。荧光屏下方的一条滚动字幕说："为了给阿克萨（耶路撒冷的清真寺）的孩子们复仇，奥萨玛·本·拉登对美国人发动了袭击。"当他在另 50 个人面前向本·拉登讲述这一梦境的时候，本·拉登只说了一句，"好，我以后告诉你。"但是，本·拉登后来突然下令不许再谈梦的事，尤其是梦到飞机撞进高楼的情景[2]，他担心它们会导致计划暴露。他自己则梦到美国化为灰烬，还认为这是一种预言[3]。

I-49 小组办公室的隔间里，史蒂夫·邦加特正在看自己电脑上的情报。有报告称，托拉博拉的基地组织营地又投入了使用。"这肯定没好事，"他心想。巴里·莫恩正在办公室上班，突然听到一阵震耳欲聋的尖啸。他朝窗外望去，但没看到那架几乎从与他平齐的高度掠过的飞机，但听见了一声轰响。他还以为那是飞过哈得孙河上空的喷气机突破了音障。片刻之后他的秘书尖叫起来；莫恩冲到她窗前往外一望，顿时看到几个街区之外，世界贸易中心北塔 92 层楼上出现了一个冒火的大洞。莫恩立刻把手下的人召集起来。他告诉特种部队和证据搜集小组，说他们得去协助纽约警方和消防队。他后来想了想，又派出了反恐特

① 本·拉登与阿里·赛义德·加姆迪谢赫一起用餐的录像。
② 萨吉曼，《恐怖主义网络探秘》，第 117 页。
③ 彼得·芬恩，"汉堡沸腾着的恐怖"，《华盛顿邮报》，2002 年 9 月 11 日。

勤队。

特拉华州 MBNA 信用卡公司的电脑专家小约翰·P·奥尼尔当时正在前往纽约的途中，他要去给父亲的新办公室安装一些设备。从火车车窗里，小奥尼尔看到世贸中心在冒烟。他拨通了父亲的手机。奥尼尔说他没事。他说自己正朝外边走，要去查看损坏情况。

携带约 9 千加仑喷气燃料[①]的飞机撞进了塔楼距奥尼办公室 58 层的上方。他下到了底楼大厅的那一层。人们并没有惊惶失措；他们被搞糊涂了。是炸弹吗？还是地震了？一切都莫名其妙。天花板喷淋系统喷出的水在大理石地面上聚成了水洼。底层两层楼高的教堂式玻璃窗被震得粉碎，大堂里吹起了令人不安的微风。那个时候，在北塔燃油着火位置以上的楼层，最早的一批跳楼者已经跃出了窗户。那些下坠时四肢乱舞的身体，像手榴弹一样在地面炸开。楼外的广场本来已布置好准备举行午间音乐会，现在坐椅上却挂着断体残肢。几十只鞋子散落在广场的地砖上。世贸楼内有一个日间托儿所，奥尼尔帮着把孩子们领到了外面安全的地方[②]。

在阿富汗，基地组织的成员怎么也收不到卫星讯号。有个人用自己的手捧住天线圆盘，把它对准天空，但收到的全是静电噪讯。最后有人打开了收音机，调到 BBC 的阿拉伯语频道。播音员的一则报道正要播完，突然说刚刚收到重大新闻：一架飞机撞上了纽约的世界贸易中心！以为只有这一次行动的基地组织成员高兴地喊起来，纷纷匍匐在地。但本·拉登说："等会儿，等会儿。"[③]

阿里·苏凡和其他几名特工当时在美国驻也门大使馆。芭芭拉·博丁大使已轮换到其他国家，新任大使还没有抵达。苏凡和未婚妻通电话的时候，听她说世贸中心遭到了袭击。他请求副主管准许他们进入大使

---

① 《明镜》周刊，《"9·11"内幕：究竟发生了什么》，第 50 页。
② 韦斯，《他警告了美国：严阵以待的联邦调查局反恐斗士约翰·奥尼尔》，第366 页。
③ 对阿里·苏凡的采访。

办公室打开电视。就在他开电视的那一刻，第二架飞机撞上了南塔。

瓦莱丽·詹姆斯正在办公室里摆布鲜花，突然“电话铃发疯似的响个不停。”那时刚过上午 9 点。两个孩子惊惶失措地给她打电话。最后奥尼尔的电话总算来了。“亲爱的，我没事。我的上帝啊，瓦莱丽，太可怕了。到处都是碎尸。你哭了?”她是在哭。他问她知不知道撞上塔楼的是什么东西。瓦莱丽说她儿子估计是一架 747 飞机。他接着又说，“瓦莱丽，我的老板恐怕都死了。这份工作我可不能丢。”

“现在是他们最需要你的时候，”她对他说。

在阿富汗，本·拉登也哭了，他还向真主祷告。成功袭击两座塔楼，这标志着真主的无上眷顾，但后面还有行动。本·拉登向难以置信的同伴们举起三根手指①。

9 点 25 分，驱车到费城出差的安娜·迪巴蒂斯塔接到奥尼尔的电话。信号一开始还挺好，后来就不行了。奥尼尔说他在楼外面，很安全。“你确定真的离开大楼了吗?”她问道。奥尼尔回答说他爱她。她料定他会回到楼里去。

晴朗无云的天空中充满了滚滚黑烟，纸片如暴雪一般洒落——备忘录、照片、股票交易记录、保险单——它们在柔和的东南风之中飘飘荡荡，一直飞到东河对岸的布鲁克林区。建筑物的碎片洒落到下曼哈顿的街道上，那里已是遍地尸体。有些人是被飞机撞击塔楼时的爆炸抛出来的。一名男子走出塔楼时拎着不知什么人的一条断腿。有的跳楼者落到了几名消防员身上，当场把他们砸死。

整个纽约市的消防队和警察局全体出动，警笛声响彻空中。他们之中有许多人再没能回来。史蒂夫·邦加特逆着逃离世贸中心的人流，向两座塔楼奔去。他听到了第二次撞击的轰响。“那是第二架飞机!”有人大喊。邦加特心想不知道飞机是什么种类，说不定是有一架私人喷气机

---

① 迈克·贝彻，“被拘留者透露本·拉登对袭击的反应”，CNN. com，2002 年 9 月 10 日。

偏离了航向。随后，他在距塔楼三个街区的地方看到了一台巨大的引擎——是爆炸时从塔楼那边飞过来的。引擎砸在一个女人身上。她还活着，还在引擎下面蠕动。那一刻邦加特意识到，这肯定是本·拉登的手笔。

奥尼尔又回到北塔，消防部在那里设立了指挥所。大堂里满是喷气燃料的臭味；燃料还流进了电梯井，形成了一个可能爆炸的井状空间。身背沉重装备的消防队员沿着楼梯朝上走去。他们见惯了灾难，但此刻眼里也充满了畏惧和犹豫。与此同时，缓缓移动的人流从一二楼夹层的自动扶梯下到底层，那情景宛如梦境。他们全都湿淋淋的，身上满是污泥。有些人是从上部楼层逃出来的，一个个衣不蔽体，还受了严重的烧伤。警察引导他们从地下的隧道出去，以避开跳楼者。大厅里传开了谣言，说第三架飞机正在朝他们飞来。突然，北塔遭袭后始终动弹不得的一架电梯弹开了门，吐出十来个茫然无措的乘客。他们在第一架飞机撞击时就被困在电梯里，还不知道出了什么事。[①]

联邦调查局的通讯专家韦斯利·黄从一扇炸开的窗户里跃入大堂，刚巧避开一名跳楼者坠落的身体。那是个身穿蓝裤子白衬衫的中年男子。黄和奥尼尔相识已有 20 多年。即便在这样的混乱之中，奥尼尔仍然是镇定如恒，衣冠楚楚：他身穿一贯的深色西装，上衣袋露出白色的西服手绢，只有后背上沾的一块灰表明他的世界已天塌地陷。奥尼尔问黄有没有消息可以透露——他承认自己现在是个局外人，已经不能与闻这类细节。“五角大楼真的被撞了吗？”[②] 他问道。“天啊，约翰，我不知道，”黄说。“我得去问问。”但那时奥尼尔的手机接收信号有点问题，于是他就走开了。他说，“过一会儿我再来找你。”黄最后一次看到奥尼尔的时候，他正朝通往南塔的隧道走去。

---

① 塔楼内部景象的具体细节来自对柯特·谢尔德森和迈克尔·欣森的采访；朱尔·诺代和热代翁·诺代拍摄的纪录片，墨菲，《“9·11”：口述的历史》；芬克和马赛厄斯，《永不忘记：2001 年 9 月 11 日的口述历史》；史密斯，《来自地面零点的报告》。

② 对韦斯利·黄的采访。

上午9点38分，第三架飞机撞进美国军方的总部、美军强大力量的象征——五角大楼。五角大楼遇袭的消息传来时，本·拉登向目瞪口呆的追随者举起了四根手指。但针对美国国会的最后一次袭击将以失败告终。

阿里·苏凡在也门给奥尼尔打了电话，但无法接通。

刚从佛蒙特的语言学校返回的史蒂夫·高丁，在丘奇街和维西街的路口捡起了一块飞机碎片。他不由自主地想："这都是因为我审讯时提的问题不够多。"几英尺之外，巴里·莫恩正沿着维西街朝西走，他要去警察紧急指挥中心。他在街上看到一只穿着粉色袜子和网球鞋的女人断脚。突然，大地颤动起来。他抬头一看，只见南塔正垂直向下塌陷，越往下势道和力量就越大，同时喷吐出满是混凝土碎末的巨大灰云，将周围的写字楼笼罩在硕大无朋的烟尘瀑布之中。那声音就像是一列特快列车呼啸着冲过站台，一阵狂风紧随其后。患有椎间盘突出的莫恩一瘸一拐地跟在两名消防队员后面，从世贸中心7号楼震碎的窗户里跑了进去。7号楼的大堂里有六七个男人紧紧贴在一起，躲在一根柱子后面。一个消防队员朝他们喊话，让他们互相抓紧了，不要松手。就在那时，南塔坍塌的碎片像炸弹一般轰然冲入。要不是躲在柱子后面，他们都得粉身碎骨。大堂里一片漆黑，人们被刺鼻的粉尘呛得透不过气来。楼外面，所有的东西都在燃烧。

半个街区之外，I-49小组的黛比·多兰和阿比·帕金斯正在丘奇街和维西街路口一座楼房的地下室里。她们俩想起了罗茜——1998年内罗毕爆炸案时她被埋在瓦砾堆下，救援人员没能把她救出来。她死于脱水。当时她们以为自己也会被埋在楼底下，就开始往垃圾筒灌水。

丹·科尔曼开着调查局的车，在圣保罗小教堂附近等I-49小组的另一个成员。他看到一股烟云朝百老汇大街这边袭来。这让人难以理解。科尔曼的搭档从他车旁跑过，一路向北奔去。"上车!"他高喊。另外4名警察也跳上车来，其中有一个心脏病犯了。紧接着烟云就把他们罩在一片黑暗之中。"快开空调!"一个警察喘着气说。科尔曼打开空调，车里顿时烟雾腾腾。他赶忙把空调关了。

车上的人都在大喊大叫，让他快离开那里，但他什么也看不见。他把车往后倒了倒，差点掉进一个地铁入口。后来救护车出现了，那几个警察下了车。科尔曼丢下车，步行去找组里的其他人。

他逆着往外逃的人流走进烟云之中。人们就像是满身灰土的盗墓者，仿佛刚被人从坟墓里挖出来。他自己也白得像个雪人，逐渐变硬的灰尘把他的头发结成了硬壳。灰尘之中混杂着混凝土、石棉、铅、玻璃纤维、纸、棉花、喷气燃料，还有双塔 2 749 名死者粉身碎骨的血肉之躯①。

瓦莱丽听到隔壁的出租办公室传来尖叫，赶忙冲过去看那里的大屏幕电视。一看到正在坍塌的南塔，她就颓然坐倒在椅子上，说道："我的上帝啊，约翰死了。"

---

① 安东尼·德帕尔玛，"世贸倒塌时的烟云到哪里去了?"《纽约时报》，2005 年 11 月 2 日。

第二十章　启示

联邦调查局命令阿里·苏凡和也门的其他队员立即撤回。“9·11”第二天的早晨，中央情报局亚丁站的主管帮了忙，开车把他们送到萨那的机场。这位主管和他们一起坐在休息室等候时，手机上接到一个电话。他告诉苏凡，“他们想和你通话。”

联邦调查局的一个通讯专家从包里拿出卫星电话，架起圆盘天线，好让苏凡打电话。他接通了调查局总部的迪娜·科西，她让他留在也门。他非常不快。他希望回到纽约调查发生在美国本土的袭击——**现在就回去！**“这就是因为那件事——昨天发生的事情，”她说道。“库索是我们惟一的线索。”

她不愿透露其他任何情况。苏凡把行李搬下了飞机，但他觉得很不解。库索——“科尔”号爆炸案中那个睡过头的摄影师——和“9·11”能有什么关系？另一位调查员罗伯特·麦克法登以及特警队的几个人和他一起留了下来，以策安全。

调查局总部的命令是“以一切必要手段”确定劫机者的身份；这样的指示苏凡从来没见过。等他们回到使馆的时候，一份印有嫌疑犯照片的传真从保密线路上发了过来。然后中情局的那位主管把苏凡拉到旁边，递给他一个马尼拉纸信封。那里面装着三张监控照片，还有一份关于马来西亚会议的完整报告——这正是苏凡以前索取过、中情局却一直不给的材料。阻碍情报交流的“墙”如今倒塌了。意识到中情局以及调查局的某些人早在一年半多之前就知道有两名劫机者身在美国，苏凡冲进卫生间呕吐起来。

其中一张照片上显示的一个人好像是库索。苏凡找到也门政治安全部的部长加利卜·卡米什将军，要求再次和犯人库索见面。“这事和‘科尔’号有什么关系?”卡米什将军问道。

“我说的不是‘科尔’号，”苏凡说。“约翰兄弟现在不知下落。”他说起了其他的事情，但一时哽咽难言。卡米什将军眼里也盈满了泪水。两人沉默良久，都深深感到了奥尼尔离去所造成的巨大空缺。

卡米什将军说犯人在亚丁港，而那天晚上飞首都的航班只剩最后一班。他拨通下级的电话，冲着话筒就吼：“今晚给我用飞机把库索送过来!”美国人几乎能听到电话那头打立正碰鞋跟的声音。然后将军又给机场打电话，要他们接通飞行员。“我的犯人不上飞机，你就不许起飞，”他命令道。

午夜时分，库索坐到了政治安全部的办公室里。他的情绪很暴躁。“纽约或者华盛顿出了事情，你们也用不着找我谈啊，”他说。苏凡给他看了那三张有劫机者米达尔和哈兹米的监控照片，但库索说他自己都不在上面。

第二天，中央情报局终于把马来西亚会议的第四张照片交给库索。他们对这张照片一直深藏若虚。库索很不情愿地指出照片上的人是哈拉德，不过此人的身份苏凡已经知道。他是“科尔”号爆炸案的主谋。这张照片是基地组织和“9·11”事件的第一个联系。

苏凡连着审了库索三个晚上，然后又花了整整一个白天写报告、做研究。第四天晚上，疲劳过度的苏凡累垮了，被送进医院。但是，次日早晨他又回到了政治安全部的办公室。库索指认出马尔万·谢希，此人驾驶的美国联合航空 175 号航班撞进了南塔。库索在坎大哈的一个旅店见过谢希。他记得谢希在斋月期间生了病，是旅店的埃米尔照顾的。这位埃米尔名叫阿布·占达勒。碰巧的是，阿布·占达勒当时也已经被也门方面逮捕。

阿布·占达勒在也门人当中算是个大块头，孔武有力，留着一部大黑胡子。不过，监狱里的几个月已经磨掉了他的狠劲。苏凡一眼认出他是本·拉登的保镖。

看到美国人，阿布·占达勒沉下脸来。“这帮异教徒在这里干什么?”他问道。他拿起一张塑料椅转了个方向，抱着胳膊坐下来，用脊背冲着审问者。

经过一番劝诱，苏凡让阿布·占达勒转过身来面对着自己，但他还是不肯直视苏凡的眼睛。不过，阿布·占达勒确实愿意说话；他用连珠炮似的汉志地区方言，发表了一通批判美国的长篇大论。他还对自己从未被起诉一事提出抗议。“为什么把我关在监狱里?”他一再追问。

“为什么要把他关起来?”美国人休息时问也门同僚。

“嫌疑。”

“什么嫌疑?”

“你知道，就是**嫌疑**么，”也门官员回答说。

苏凡意识到这个犯人接受过严格的抗审讯技巧训练，因为他对苏凡已经了解的事总是承认得很干脆——例如，他曾在波斯尼亚、索马里和阿富汗打仗——而其他的情况则一概否认。这些反应是为了让审讯者对自己的假设产生怀疑。阿布·占达勒把自己描绘成一个善良的穆斯林，尝试过圣战，但如今已经幡然醒悟。他并不认为自己是杀手，而是把自己视为一个努力铲除世间邪恶的革命者；在他看来，这种邪恶主要来自美国，一个他几乎一无所知的国家。

经过几个晚上，阿布·占达勒逐渐适应了审讯的活动。他30岁出头，比大多数圣战者都年长。他成长在本·拉登的故乡吉达，看过许多宗教书籍。他爱喝茶，还喜欢向美国人讲授伊斯兰激进分子的历史观；他的弱点是不擅社交。苏凡在阿布·占达勒的批判中找到了几个有用的细节——他已经厌倦了战斗；他对本·拉登向奥马尔毛拉宣誓效忠感到担心；他很挂念自己的两个孩子，其中一个孩子患有骨骼疾病。苏凡还注意到阿布·占达勒没吃和咖啡一起送来的糕点，他说自己患有糖尿病。苏凡可以利用这些细小的发现，让阿布·占达勒指认出劫机者。

第二天晚上，美国人拿来一些无糖的华夫饼干。阿布·占达勒对这个好意表示感谢。苏凡还给他带来一本阿拉伯语的美国历史。

苏凡和他所代表的一切，都让阿布·占达勒感到困惑：这是个能和他辩论宗教问题的穆斯林，此人在联邦调查局工作，还热爱美国。他很快读完了苏凡给他的历史书；他深受震撼地了解到植根于美国传统之中的美国革命和对暴政的激烈反抗。他的世界观是基于一个假设建立起来的，即美国是世界的罪恶之源。

与此同时，苏凡则试图确定阿布·占达勒的道德底线。他问到了发动圣战的正当方式。阿布·占达勒热切地谈起战士在战斗中应如何对待敌人。《古兰经》和先知圣训中有许多指示说的都是光明磊落的战斗行为。

有哪一条指示允许发动自杀式炸弹袭击？苏凡问他。

阿布·占达勒说，这是因为敌人在武器上占据优势，但自杀袭击者把这个差距拉平了。“他们就是我们的导弹，”他说。

那妇女和儿童呢？苏凡又问。难道她们不应该受到保护吗？他提到了东非的美国使馆爆炸案。他回忆起内罗毕使馆门前公共汽车上的一个女人。人们发现她在大火之中把婴儿紧紧抱在怀里，想用身体保护他。母子俩都被活活烧死。这个母亲有什么罪过？这个孩子灵魂的归宿又将如何？

“她们死后会得到真主的酬报，”阿布·占达勒说。他还补充道：“你知道使馆爆炸之后有多少人前来投奔本·拉登吗？数以百计的人来找我们，要求以身殉教。”

苏凡说，但东非爆炸案的受害者之中有许多穆斯林，可能还是大多数。两人的讨论变得激烈起来。阿布·占达勒几次引用了宗教权威的话或是《古兰经》中的章节，但他发现在神学问题上自己不是苏凡的对手。于是阿布·占达勒断言说，使馆爆炸案发生在星期五，那些受害者当时本应该呆在清真寺里；他们不是真正的穆斯林。这是“塔克费尔”派的常见观点，不过苏凡至少知道了他的道德底线。

第五天晚上，苏凡猛地把一本新闻杂志甩在两人之间的桌子上。那上面登着飞机撞入世贸双塔和五角大楼的照片，还有一些可怖的照片拍的是被困在塔中的人们，以及从100多层楼坠下的跳楼者。“这是本·拉登干的，”苏凡告诉他。

阿布·占达勒听说了袭击的事，但并不知道多少细节。他惊诧不已地研究着照片。他说这看起来就像是“好莱坞电影”，但如此规模的暴行显然让他极为震惊。那时，人们认为伤亡者可能有数万之众。

在那间狭小的审讯室中，除了苏凡和阿布·占达勒，还有麦克法登和两名也门调查员。他们都感觉苏凡已逼近成功。美国和盟国的军队正在为进入阿富汗作战做准备，但他们还需要信息：基地组织的结构、藏身地点和出逃计划。美国情报官员希望苏凡和其他调查员能够提供上述所有情况。

很凑巧，咖啡桌下面的搁架上正好有一份也门当地的报纸。苏凡把它拿给阿布·占达勒看。大字标题写着：“200名也门人在纽约袭击中丧生”。

看完标题，阿布·占达勒倒抽了一口气。“真主啊，救救我们吧，”他喃喃地说。

苏凡问道，什么样的穆斯林能干出这种事。阿布·占达勒坚持说，对纽约和华盛顿发动袭击的肯定是以色列人，不是本·拉登。“谢赫还没有那么疯狂，”他说。

苏凡拿出一本册子，里面有已知基地组织成员和多名劫机者的面部照片。他让阿布·占达勒指认这些人的身份。也门人很快地翻了一遍，就把册子合上了。

苏凡再一次把册子打开，让他花点时间慢慢地看。“这里面有些人我们已经抓到了，”他说。他希望阿布·占达勒不会意识到劫机者都已经死了。

阿布·占达勒看到马尔万·谢希的照片时略微停了一下，然后把这一页翻了过去。“这一页你还没看完，”苏凡说。“1999年的斋月。他生病了。你是他的埃米尔。你还照顾他来着。”

阿布·占达勒惊讶地看了看苏凡。

“我向你提问的时候就已经知道答案了，”苏凡说。“你要是个聪明人，就跟我说实话。”

阿布·占达勒承认他认识谢希，还为他取了在基地组织用的名字阿卜杜拉·沙尔奇。他还指认出穆罕默德·阿塔、哈立德·米达尔和另外4个人。但他仍然坚持认为本·拉登绝不可能做出这样的行为。他断言这是以色列人干的。

“我能肯定，干这件事的人就是基地组织的成员，”苏凡说。他从册子里抽出7张照片，在桌上排开。

“你怎么知道?”阿布·占达勒说。“谁告诉你的?”

“是你，”苏凡说。“这几个人就是劫机者。你刚才把他们指认出来了。”

阿布·占达勒的脸色变得煞白。他用双手掩住自己的脸。“让我单独待一会儿，”他请求说。

苏凡出了房间。回到屋里的时候，他问阿布·占达勒现在怎么想。

“我想谢赫是发疯了，”他说。然后他把自己知道的所有情况都告诉了苏凡①。

起初有人对马克·罗西尼说约翰·奥尼尔没事，所以“9·11”当天和次日他几乎都在给奥尼尔世界各地的朋友打电话，说奥尼尔很好，让他们放心。现在，他得一个一个地给这些朋友再打一遍电话。奥尼尔让他气恼万分。“这个该死的混蛋。他干嘛不逃开?”连着好几个星期，罗西尼回家时都得先在车里坐着哭一会儿，然后再走进家门。有些特工崩溃了。还有一些特工（如丹·科尔曼）由于那天吸入了粉尘，肺部受到了永久性的伤害。

---

① 对阿里·苏凡和罗伯特·麦克法登的采访。

世贸中心的火燃烧了100天。这100天之中，刺鼻的焦臭直透进联邦调查局的办公室，令人恶心的气味时刻在提醒特工他们未能阻止袭击发生，自己也险些因此送命。一位在编特工、炸弹专家伦纳德·哈顿没能生还。他曾在使馆爆炸案和“科尔”号袭击的调查中与奥尼尔一起工作，并为救助双塔中的被困者献出了生命。在“9·11”之后忙乱异常、似乎总也过不完的几个月里，I-49小组的成员们在震惊、悲痛和耻辱中收拾着情绪。袭击发生前，他们比全国的任何人都更了解美国面临的威胁。然而，I-49小组几乎一直是在孤军奋战。自使馆爆炸案以来，他们始终在不知疲倦地努力工作，常常几个月甚至几年地呆在国外；由于调查对个人生活的影响，他们之中有许多人断送了婚姻，或是重要的感情。即便在“9·11”之前，他们就已经筋疲力尽。如今，组员们的伤痛之中又加上了一重归结在他们身上的耻辱——他们明知悲剧即将来临，却没能阻止它发生。

纽约港区、中央车站和曼哈顿区的电话线杆上贴满了自制的寻人启事，奥尼尔的照片就在这1 000多名失踪者之中。不顾重重困难，瓦莱丽的弟弟、在芝加哥当医护人员的约翰·麦基洛普发誓要找到奥尼尔。他和25名同事开车来到纽约，一路上一直由警车护送。他们是从全国各地自发涌向该市的急救队伍之一。在美国的城市中看到军队的感觉很奇怪，而且还有机枪掩体守卫着桥梁和重要建筑。美国各地的所有机场都已关闭，但空中常有军用喷气机掠过，就像是被激怒的大黄蜂。

麦基洛普来到地面零点[1]，小山一般燃烧着的巨大废墟让他瞠目结舌。救援人员没日没夜地在废墟中挖掘，指望能找到幸存者，但眼前这幅景象让麦基洛普的希望化为了泡影。“我脑子里只有一个念头：我该怎么跟姐姐说?”

① “Ground Zero”一词指的是纽约世贸中心的废墟，原意为核爆炸时爆点在地面或水面的铅垂投影点。或译“归零地”、“零点地带”。——译者

世贸中心许多死者的遗体始终未能找到。但9月21日，在自由街和格林尼治街路口的瓦砾堆中挖掘的救援人员找到了一具身穿深蓝色西服的男尸。他的钱夹装在胸前的口袋里。是约翰。

从许多方面来看，世贸中心的死难者仿佛组成了一个全球性的议会；他们代表着世界上的62个国家，以及几乎每一个种族和宗教。死难者之中有曾是嬉皮士的股票经纪人、纽约消防队的天主教同性恋牧师、日本的曲棍球手、厄瓜多尔的厨师长、芭比娃娃收藏者、素食主义的书法家、巴勒斯坦的会计……他们与生活联系在一起的众多不同方式，证明了《古兰经》之中的训谕——夺走一条生命就等于毁灭整个世界。基地组织瞄准的目标是美国，但它却击中了全人类。

死难者的断体残肢从废墟中挖出之后会被登记编号，然后鉴定身份。鉴定时常会用到急救人员从亲属那里得到的DNA材料，比如遇难者梳子上的几缕头发。每一具尸体的每一块遗骸都是这样来处理的，只有一种情况例外：全市穿制服的各部门中有400多人死于"9·11"，每当找到他们之中的一员，人们就会举行一项特别的仪式[①]。奥尼尔就是这样。他的遗体被盖上一面美国国旗，在废墟中挖掘的纽约市警察和消防员肃立致敬，目送他被抬进救护车。

在大西洋城长大的时候，约翰·奥尼尔当过托伦蒂诺圣尼古拉斯教堂的祭坛助手。9月28日，1 000名悼念者聚集在圣尼古拉斯堂向他告别。他们之中有许多是特工和警察，还有外国情报机构的成员；早在反恐斗争成为战斗号召之前，他们就追随奥尼尔投身其中。那还是袭击之后的紧张时期，教堂附近的街道上设置了路障，还有一架军用直升机在空中盘旋。

迪克·克拉克自"9·11"事件以来没流过一滴泪。但在风笛奏响、灵柩经过的时候，他突然间痛哭失声。他想起了和约翰的最后一次谈话。约翰拒绝了工作邀请。"看看好的一面嘛，"奥尼尔告诉他。"以后

① 韦斯，《他警告了美国：严阵以待的联邦调查局反恐斗士约翰·奥尼尔》，第383页。

不管你什么时候来纽约，咱们都可以到‘世界之窗’餐厅去。”然后他又说：“无论走到哪里，我们都是好兄弟。”

奥尼尔的葬礼，就是他始终惧怕的那种由巧合造成的灾难。他的妻子和两个孩子、瓦莱丽·詹姆斯和她的两个孩子，还有安娜·迪巴蒂斯塔第一次见到了对方。他所有的秘密一下子都揭开了。但是，他也得到了救赎。奥尼尔最大的遗憾，就是自己不是个称职的父亲。5月份他得到了第二次机会：他有了第一个孙儿。颇具讽刺意味的是，对瓦莱丽的孙子百般呵护的奥尼尔，却难以接受自己也成为祖父的事实，这个身份总会给人以丧钟敲响之感。过了两个月，他才鼓起勇气去看孩子。可是在那之后，这个办公室里从来不放家庭照片的人却把孙子的一张相片摆到了陈列胜利纪念品的墙上。他伤心欲绝的儿子在葬礼上读了一封奥尼尔写给孙子的信。信上写道：“你生在世界上最伟大的国家。你应该了解父母的民族背景，热爱并珍视那些古老的民间传说。但是千万、千万不要忘记，你首先是一个美国人。在你之前，曾有数以百万计的美国人为了你的自由而斗争。我们所珍爱的一切都在国家的保护之下。要支持、维护并尊重那些以保卫国家为职责的人。”

在等待伊斯兰世界的圣战者揭竿而起、纷纷拥向阿富汗的时候，本·拉登和扎瓦希里对行动的成功得意非凡。“那就是美国，被真主在最脆弱的地方予以痛击，”10月7日，本·拉登在预先录好的一盘录像带中说。那是美国和英国轰炸机对塔利班阵地发动首轮袭击的第二天。“它最伟大的建筑被摧毁了，我们为此感谢真主。那就是美国，从北至南、由东到西都充满了恐惧；我们为此感谢真主。”然后他发出了号召。“这些事件把整个世界划成了两边——一边是信仰者，一边是异教徒。愿真主使你们远离他们。每一个穆斯林都必须赶快行动，使他的宗教取得胜利。信仰之风已经来临。”

一天晚上，本·拉登和扎瓦希里在坎大哈的一处旅店做客。他们的主人是个瘫痪在床的沙特神职人员，名叫哈立德·本·乌达·本·穆罕默德·哈尔比。“我们策划了行动，还做过计算，”[①] 本·拉登回忆说。“我们坐下来估算了敌人的伤亡数字。我们估计，几架飞机上的乘客肯定会死。至于双塔，我们估计飞机撞入的三四个楼层里的人也得送命。我们的估算就是这样。我是最乐观的。根据我从事的职业和工作（即建筑业），我估计飞机上的燃料起火后会使钢材的温度大大升高，直到把它们烧得通红，几乎丧失其物理属性。因此，如果飞机在这里撞上塔楼，”——他用双手比划着——“塔楼这个位置以上的部分将会坍塌。这是我们期望的最大效果。”

袭击发生后，基地组织的许多家庭就撤出了营地。扎瓦希里的朋友艾哈迈德·哈德尔的妻子玛哈·埃尔撒姆纳收拾起一些衣服和食物，带着孩子们前往喀布尔以南 50 公里洛加尔的一家孤儿院。他们在那儿躲了几天。那里有水井，还有室内的浴室。11 月中旬，喀布尔失守两天之后的夜里，扎瓦希里的家人出现在孤儿院门前。他们的样子惨透了。孩子们全赤着脚，有一个女儿还衣不蔽体。扎瓦希里的妻子阿扎病得很重。她解释说，他们先逃到了霍斯特，然后又回到喀布尔去取补给品。美国的空袭就是那时开始的。

发着烧的阿扎说，她从来没意识到丈夫真正的身份。“我从来不知道他是个埃米尔，”她说。“我简直不敢相信。”[②] 玛哈觉得这很奇怪，因为其他所有人都知道。

阿扎抱着最小的艾莎，那个患有唐氏综合征的孩子。她已经 4 岁了，但还在用尿布。阿扎担心自己要是死了，就没有人能照顾艾莎。小女孩眼睛睁得老大，个头显得很小，总是要人照看。

那时的天气已冷得刺骨。虽然战争仍在城市之中进行，基地组织的男人们却已经在托拉博拉备战，他们的家人则决定去巴基斯坦。人们组

---

① 约翰·R·布拉德利，“‘铁证’录像带的权威译文”，www. johnrbradley. com/art27. html，2004 年 7 月 15 日。阿里·艾哈迈德英译。

② 对玛哈·埃尔撒姆纳的采访。

成了一支大型车队，在山间缓缓行驶。路过加德兹的时候，阿扎和孩子们在一个名叫贾拉拉丁·哈卡尼的塔利班政府官员开的旅店停下来，但玛哈一家人继续往霍斯特去了。那天晚上响起了两次雷鸣般的爆炸声，剧烈的震荡让有的孩子呕吐起来，还有几个拉了痢疾。次日早晨，玛哈的一个儿子赶去探看扎瓦希里的家人。他发现他们住的房子被击中了。水泥的天花板塌了，把阿扎压在下面。救援者找到了小艾莎，她受了伤，但还活着；于是他们就把她放在外面的一张床上，打算先把阿扎救出来。她还活着，但不让人们把她挖出来；她害怕男人们会看到自己的脸。最终，她的哭喊声停息了。等救援者终于回过头来照顾小艾莎，才发现孩子已被冻死。

在托拉博拉的山洞中，本·拉登和扎瓦希里探望了基地组织剩余的战士，并鼓励他们坚守阵地，等待美国人的进攻[①]。不过，基地组织的战士却发现12月的前两周之中和他们作战的是阿富汗人，而美国人则乘着B-52轰炸机，在他们鞭长莫及的高空飞过，向他们的山洞投下“滚球”炸弹[②]。“我们的圣战者大约有300人，”[③] 本·拉登回忆说。“我们在不超过1平方公里的区域内分散挖掘了100条堑壕，这样就可以避免因空袭造成重大人员伤亡。”尽管他做了准备，12月3日美国轰炸机对一个山洞群发动袭击之后，阿富汗地面部队在洞中发现了100多具尸体；他们辨认出其中18人是基地组织的指挥官。

本·拉登觉得自己被那些没有前来投奔他的穆斯林出卖了。连塔利班也悄然溜走。“只有几个人还能保持坚定，”他抱怨说。“其余的人没等和敌人遭遇，就降的降、跑的跑。”[④] 他在12月17日这样写道。托拉

---

① 斯马克，《基地组织的大逃亡》，第119—120页。

② 即美制BLU-82型航弹，重6.8吨，杀伤面积达数万平方米。——译者

③ 本·拉登录音带：“致伊拉克穆斯林兄弟的信”，BBCNews. com，2003年2月12日。

④ “《Al-Majellah周刊》得到本·拉登的遗嘱”，《Al-Majellah周刊》，1992年10月27日。外国广播讯息处英译。

博拉的短暂战斗已经结束——它给基地组织带来了毁灭性的损失，但对美国和盟国来说也同样如此：他们没有逮到自己要抓的人。本·拉登和基地组织剩余的战士已经逃进巴基斯坦。他们保住了性命，却丢掉了阿富汗。本·拉登特意在这个时刻写下了被他称为最后遗赠的文字。

在遗嘱之中，本·拉登试图挽回自己死后的声名。“我把处于这一艰难时代的所有穆斯林视为自己的亲人，”他写道。他提到了东非的使馆爆炸案、毁于一旦的世界贸易中心，还有对五角大楼的袭击。它们都是伟大的胜利。“尽管真主让我们遭受了挫折，这些沉重的打击却标志着一个开始；此后的数十年之内，美国和异教的西方世界就会被消灭。这是真主的意愿。”

接下来他提到了自己的家人。“我的妻子们，愿真主赐予你们祝福，”他写道。“你们从第一天就知道，这是一条荆棘丛生、地雷遍布的道路。你们放弃了生活的乐趣，放弃了自己的家人，选择和我共度艰难的生活。”他恳请她们不要考虑再嫁。“我的儿子们，请原谅我，自从选择了圣战的道路，我关注你们的时间实在是太少……我选择了一项危险的事业，这其中各种各样的磨难会扰乱一个人的生活……如果不是因为背叛，我本可以取得胜利。”然后他建议儿子们不要加入基地组织。“在这一点上我以信众的指挥者奥马尔·本·哈塔卜为榜样。他命令儿子阿卜杜拉不要在他死后继任哈里发。他说：‘如果是这好事，我们已经享受得够多；如果不是，那么我奥马尔一个人受苦就够了。’”

2002 年 3 月，基地组织在霍斯特一带靠近“狮穴”的山区重新聚集。“捕食者”无人驾驶飞机在天空中盘旋，美国和阿富汗的军队，以及来自加拿大、澳大利亚、丹麦、法国、德国和挪威的士兵正在执行清剿山区的“蟒蛇”行动。战斗已收缩到阿富汗崎岖不平的东部边缘的沙赫克特山谷。当地的军阀已经被买通，边境据称也封锁了，基地组织的士兵则不断遭到轰炸。然而，一队骑马的人还是未受阻碍地进入了巴基斯坦。

他们来到一个村子，当地的民兵领导古尔·贾恩留着长胡子、戴着黑头巾，这表明他可能是塔利班的同情者。“我见到一个年纪挺大的胖子，是阿拉伯人，戴着墨镜和白色的头巾，”[①] 贾恩 4 天之后说。“他打扮得像阿富汗人，但披着一件漂亮的外套，而且是和另两个蒙面的阿拉伯人一起来的。”披着漂亮外套的那个人下马和他们说话，既彬彬有礼又不失风趣。他向贾恩和一个阿富汗同伴打听美军和北方联盟部队的位置。“我们担心会撞上他们，”他说。“请告诉我们该怎么走。”

几个人说话的时候贾恩溜走了，他要仔细看看美国飞机在当地丢下的一张传单。那上面有一张戴着眼镜和白头巾的男子的照片。此人长着一张宽宽的胖脸，鼻子又高又大，嘴唇很饱满。未经修剪的胡子在两鬓处已经发灰，下巴的地方则夹杂着一缕缕白色。他高耸的前额上被头巾束带扎住的地方有一块暗色的硬皮，那是长年祷告磕头的结果。他眼中反映出人们会在医务人员身上看到的决断，但也显示出一丝与通缉传单颇不协调的宁静。传单标明，对扎瓦希里的悬赏金额是2 500万美元。

贾恩又回到谈话者中间。那个他认定是扎瓦希里的人对他说，“愿真主保佑你，让你远离伊斯兰的敌人。请不要告诉他们我们从哪儿来、要到哪儿去。”

通缉传单上印着一个电话号码，但古尔·贾恩没有电话。扎瓦希里和蒙面的阿拉伯人消失在群山之中。

---

① 伊琳·R·普鲁舍，“基地组织两名高层领导被发现”，《基督教科学箴言报》，2002 年 3 月 26 日。

主要人物

阿布·哈夫斯·马斯里（Abu Hafs al-Masri）：前埃及警察，圣战组织成员，阿布·乌贝达死后继任基地组织军事指挥。真名穆罕默德·阿提夫。他是与本·拉登关系最为密切的顾问之一，2001年11月在美国发动的空袭中丧生。

阿布·哈耶尔·伊拉克（Abu Hajer al-Iraqi）：前伊拉克军官、电气工程师，参加过阿富汗的圣战，并在苏丹成为本·拉登的亲密顾问。虽然并未接受过神学培训，他却是基地组织圣令委员会的领导人，并提出两个观点来开脱对美军使用暴力和杀害无辜的行为。目前被关押在美国监狱之中，曾用磨尖的梳子刺伤监狱看守。真名马姆杜·马哈茂德·萨利姆。

阿布·占达勒（Abu Jandal）：和本·拉登一样，阿布·占达勒也是原籍也门的沙特公民。2000年，他在阿富汗成为本·拉登的首席保镖。曾将本·拉登迎娶第五位妻子的彩礼送往也门。美国海军“科尔”号舰遭炸弹袭击后，占达勒被也门当局逮捕，并成为联邦调查局的重大消息来源。目前他已被释放，住在也门。

阿布·里达·苏里（Abu Rida al-Suri）：原籍大马士革、移民到美国堪萨斯城的商人，1985年加入阿富汗圣战。据信，在1988年8月11日首次公开探讨基地组织的那次会议上，他手写了会议记录。后来他在喀土穆成为本·拉登的朋友和商业顾问。现仍居喀土穆，经营着一家糖果厂。

真名穆罕默德·洛伊·拜兹德。

阿布·乌贝达·班希里（Abu Ubayadh al-Banshiri）：前埃及警察，曾在阿富汗战场赢得声誉，后来被扎瓦希里介绍给本·拉登。他成了基地组织的第一位军事指挥。1996 年 5 月在维多利亚湖的一次渡轮事故中丧生。真名阿明·阿里·拉希迪。

赛义夫·阿德勒（Saif al-Adl）：2002 年以来担任基地组织的军事指挥。真名尚不清楚。他可能是穆罕默德·易卜拉辛·马卡维，曾任埃及军官。据信，他现在藏身于伊朗。

阿卜杜拉·阿纳斯（Abdullah Anas）：阿尔及利亚圣战者，曾与艾哈迈德·沙阿·马苏德并肩作战，娶阿卜杜拉·阿扎姆的女儿为妻。曾在服务局与奥萨玛·本·拉登和贾迈勒·哈利法共事。他可能是阿富汗阿拉伯人中最伟大的战士。真名布德热姆·布努阿。现居伦敦，是芬斯布里公园清真寺的伊玛目。

约翰·安提塞弗（John Anticev）：联邦调查局 I-49 小组的特工。他查出了艾哈迈德·哈达在也门的电话号码。这个至关重要的号码相当于基地组织的交换台。

穆罕默德·阿塔（Mohammed Atta）：领导“9·11”劫机小组的埃及人；驾驶美国航空 11 号班机撞入世界贸易中心。

阿卜杜拉·阿扎姆（Abdullah Azzam）：极具领袖魅力的巴勒斯坦神职人员，1984 年在白沙瓦创立服务局。他发出圣令号召穆斯林抗击苏联对阿富汗的侵略，从而使阿拉伯世界卷入阿富汗战争之中。1989 年 11 月 24 日阿扎姆遇刺身亡，此案至今仍未破获。

马赫福兹·阿扎姆（Mahfouz Azzam）：艾曼·扎瓦希里的舅舅；扎瓦希里母亲一族的家长，在开罗从事律师职业多年，也是一个政治人物。他是赛义德·库特卜的门徒，后来担任其辩护律师。现仍居埃及赫勒万。

乌梅玛·阿扎姆（Umayma Azzam）：艾曼·扎瓦希里的母亲。现仍居埃及迈阿迪。

艾哈迈德·巴兹卜（Ahmed Badeeb）：曾是奥萨玛·本·拉登在萨格尔学校时的老师，后来担任图尔基王子的幕僚长。阿富汗圣战之后，巴兹卜成为合众国际社的董事会主席。目前他在吉达经商。在2005年该国的首次市政竞选中，他的形势颇为不利。

赛义德·巴兹卜（Saeed Badeeb）：艾哈迈德·巴兹卜的兄弟，图尔基王子的情报分析主管；他现已退休，在吉达和华盛顿特区两地生活。

哈桑·班纳（Hasan al-Banna）：穆斯林兄弟会的创始人与最高指导；1949年被埃及当局杀害。

哈立德·巴塔菲（Khaled Batarfi）：奥萨玛·本·拉登在吉达的邻居，也是他自小的朋友；现为《麦地那报》编辑，并常在《阿拉伯新闻报》上发表专栏作品。

拉米兹·本·希布赫（Ramzi bin al-Shibh）：汉堡分支机构的成员，负责监督“9·11”密谋的实施。2002年9月11日在巴基斯坦卡拉奇被捕，现关押在美国的一个秘密地点。

阿卜杜拉·本·拉登（Abudullah bin Laden）：奥萨玛·本·拉登的长子，现居吉达，在沙特本拉登集团的分部工作。

阿卜杜勒·拉赫曼·本·拉登（Abdul Rahman bin Laden）：本·拉登和乌姆·阿卜杜拉的儿子，出生时患有一种名为脑积水的先天疾患，智力也因此遭到永久性的损害。现与母亲一起住在叙利亚。

穆罕默德·本·拉登（Mohammed bin Laden）：沙特本拉登集团的创始人，本·拉登王朝的开拓者。生于也门哈德拉毛地区的鲁巴特；年轻时离开也门前往埃塞俄比亚，并于1931年来到沙特阿拉伯。1967年，59岁的穆罕默德·本·拉登在沙特阿拉伯南部死于空难。

奥萨玛·本·拉登（Osama bin Laden）：1958年1月生于利雅得；1979年苏联入侵阿富汗之后，他开始为阿富汗圣战募集资金；1988年创立基地组织。目前下落不明。

史蒂文·邦加特（Steven Bongardt）：联邦调查局特工，I－49小组成员，现在弗吉尼亚州匡提科的联邦调查局学院任教。

理查德·A·克拉克（Richard A. Clarke）：国家安全委员会前任反恐行动协调者。2003年辞去政府职务后，著有畅销书《针对所有敌人》。他还是安全港咨询公司的创始人。

约翰·克卢南（Jack Cloonan）：前任I－49小组成员，曾操控贾迈勒·法德勒和阿里·穆罕默德两名下线。现为克莱顿咨询公司董事长（该公司从事风险控制业务，尤其擅长绑架事件的谈判），兼任美国广播公司顾问。

丹尼尔·科尔曼（Daniel Coleman）：联邦调查局特工，I－49小组成员，1996年成为调查局纽约办事处驻中情局亚力克站的代表。同年，他在该站建起关于本·拉登的第一个情报案卷，并于审讯贾迈勒·法德勒时揭露了基地组织的网络。现已从调查局退休，在先驱公司工作。该公司为执法、军事机构和情报部门训练人员。

埃萨姆·德拉兹（Essam Deraz）：埃及电影工作者，并为本·拉登作传。他记录了1988年阿富汗阿拉伯人的情况。现居开罗。

安娜·迪巴蒂斯塔（Anna DiBattista）：约翰·奥尼尔的前女友；现在马里兰州贝塞斯达的马里奥特公司工作。

法德勒医生（Dr. Fadl）：曾在扎瓦希里入狱时和后来的阿富汗期间担任圣战组织名义上的领导，至1993年辞职——据称他到也门牧羊去了。真名赛义德·伊马姆·谢里夫，但写作时以阿卜杜勒·阿齐兹·本·阿卜杜勒·萨拉姆为笔名。现囚禁于埃及监狱中。

贾迈勒·法德勒（Jamal al-Fadl）：本·拉登在喀土穆时的苏丹籍秘书，窃取11万美元后向美国当局寻求庇护，是从基地组织叛逃的第一人。在纽约举行的使馆爆炸案（美国诉奥萨玛·本·拉登等人一案）审判中，他指证了4名基地组织成员。现居美国某地，处于证人保护之下。

图尔基·费萨尔（Turki al-Faisal）：生于1945年2月15日，费萨尔·本·阿卜杜勒·阿齐兹国王最小的儿子。他主要在劳伦斯维尔学校和乔治敦大学接受教育，但1967年六日战争爆发后就辍学了。后来担任沙特情报部门首脑，并于反苏圣战期间主管阿富汗方向的情报工作。曾任沙特驻英国大使，后来又在华盛顿担任驻美大使。他退休后就住在华盛顿。

帕特里克·菲茨杰拉德（Patick Fitzgerald）：纽约南区前任助理检察官，曾协助起诉奥马尔·阿卜杜勒·拉赫曼谢赫和1993年世贸中心炸弹爆炸案中的嫌疑犯。作为首席律师，他成功地对涉嫌参与1998年美国东非使馆爆炸案的基地组织成员提出了起诉。现任伊利诺斯州北区检察官，以调查中情局女特工瓦莱丽·普莱姆身份被泄事件知名。

路易斯·弗里（Louis Freeh）：1993—2001年间任联邦调查局局长；现为特拉华州威尔明顿MBNA信用卡公司副总裁、总顾问。

斯蒂芬·高丁（Stephen Gaudin）：联邦调查局特工，I-49小组成员，曾审问穆罕默德·奥瓦里。现在联邦调查局波士顿办事处工作。

艾哈迈德·哈达（Ahmed al-Hada）：曾在阿富汗作战的也门籍圣战者，他在萨那的电话成了基地组织传递信息的交换台。他的女儿胡达嫁给了哈立德·米达尔。现被关押在也门。

纳瓦夫·哈兹米（Nawaf al-Hazmi）：“9·11”事件中的劫机者，死于撞入五角大楼的美国航空77号班机上，时年25岁。哈兹米是个富有的沙特人，长在麦加，曾在阿富汗的基地组织营地接受训练，并到波斯尼亚和车臣地区作战，后来成为“9·11”密谋的参与者。他参加了2000年

1月的马来西亚会议，并于2001年1月15日来到美国。

古勒卜丁·希克马蒂亚尔（Gulbuddin Hekmatyar）：反苏圣战期间阿富汗普什图族的指挥官，于1992年挑起阿富汗内战。1996年塔利班掌权之后逃往伊朗。现领导着一支阿富汗反政府力量。阿富汗政府指控他犯有战争罪行。

瓦莱丽·詹姆斯（Valerie James）：约翰·奥尼尔的前女友；现居纽约，任瓦莱丽·詹姆斯展示公司总裁，为时装设计师展示作品。

瓦埃勒·朱莱丹（Wa'el Julaidan）：阿卜杜勒·阿扎姆在白沙瓦服务局中的亲密盟友。1958年生于麦地那，在亚利桑那大学求学。与本·拉登关系密切。后来为旨在帮助阿富汗难民的沙特慈善机构"穆斯林世界联盟"工作。现居吉达。

扎纳卜·艾哈迈德·哈德尔（Zaynab Ahmed Khadr）：扎瓦希里的朋友艾哈迈德·赛义德·哈德尔和玛哈·埃尔撒姆纳的女儿。她和本·拉登与扎瓦希里家的孩子们一起在白沙瓦和阿富汗长大。现已离婚，与母亲和几个孩子住在加拿大。

贾迈勒·哈利法（Jamal Khalifa）：1956年9月1日生于麦地那，曾和本·拉登一起就读于吉达的阿卜杜勒·阿齐兹国王大学，并结为朋友。毕业后在麦地那当生物老师，后于1985年决定参加阿富汗圣战。第二年娶本·拉登同父异母的姐姐谢哈为妻。1988年迁居马尼拉，以建立国际伊斯兰救济组织的分部。联邦调查局称哈利法为菲律宾的阿布·赛义夫恐怖主义组织募集资金，但从未对其提出起诉。他在约旦被宣告无罪，并未参与所控的多起恐怖主义密谋。现居吉达，经商为业。

哈拉德（Khallad）：美国海军"科尔"号舰爆炸案的主谋。出身于一个也门家庭，在沙特阿拉伯长大，并在那里结识了本·拉登。15岁时加入阿富汗圣战，最终在与北方联盟作战时失去了一条腿。后成为基地组织护卫队的一员。真名陶菲克·本·阿塔什。现关押在美国。

贾迈勒·卡舒吉（Jamal Khashoggi）：沙特人，前穆斯林兄弟会成员，担任记者多年。在抗击苏联占领的圣战期间报道了阿富汗阿拉伯人的情况。本·拉登流亡苏丹期间，他的庞大家族试图让他放弃暴力，回到沙特王国，卡舒吉充当了本·拉登家族的信使。“9·11”事件之后，为数不多的沙特人承认文化差异是导致悲剧发生的一个因素，卡舒吉就是这些与众不同者之一；后来他被沙特最大的日报《祖国报》聘为编辑，但因刊登抨击宗教权威支持暴力的文章和漫画而被解雇。现在华盛顿担任图尔基王子的媒体顾问。

艾哈迈德·沙阿·马苏德（Ahmed Shah Massoud）：普什图族军事首领，阿富汗战争中最杰出的战略家。在将苏联逐出阿富汗的过程中发挥了作用，后于1992年加入布尔汉丁·拉巴尼总统的政府，任国防部长。拉巴尼政府垮台、阿富汗内战开始之后，马苏德成为北方联盟的首领，该联盟由反对塔利班的圣战者领袖组成。2001年9月9日，本·拉登派出的人刺杀了马苏德。

哈立德·米达尔（Khaled al-Mihdhar）：出身于哈德拉毛的一个显赫家族（祖先可一直追溯到先知穆罕默德），在麦加长大。娶哈达·胡达为妻。米达尔的岳父是个圣战者，他在萨那的电话对于了解基地组织的规模至关重要。米达尔于2000年1月来到美国；后来他离开了一段时间，可能是将“9·11”事件的其他劫机者从沙特带了过来；继而他又在2001年7月4日返回美国。2001年9月11日，他在美国航空77号班机撞击五角大楼时死亡。时年26岁。

阿里·穆罕默德（Ali Mohammed）：埃及双重间谍，在埃及军队服役期间加入圣战组织。扎瓦希里命令他打入美国情报部门。他在德国汉堡为中情局工作过一小段时间，后加入美国陆军，派驻于约翰·F·肯尼迪特种作战中心与学校。他从该中心偷偷带出的手册，成了基地组织训练和战术的基础。穆罕默德探察了美国驻东非大使馆的情况，并负责训练本·拉登的保镖。现为合作证人，关押在美国。他对使馆爆炸案中的指控表示认罪，目前在等待宣判。

哈立德·谢赫·穆罕默德（Khaled Sheikh Mohammed）：“9·11”袭击方案的设计者，1993年世贸中心爆炸案主谋拉米兹·优素福的叔叔。在科威特长大，在北卡罗来纳州立农业与技术大学获机械工程学士学位。后来他前往白沙瓦，成为阿卜杜勒·拉苏尔·赛义夫（沙特人支持的阿富汗军阀）的秘书。1996年与本·拉登会面，并向其展示了袭击美国的一整套方案。2003年在巴基斯坦被捕，现被美国当局关押在某个秘密地点。

扎卡里亚斯·穆萨维（Zacarias Moussaoui）：摩洛哥裔法国人，基地组织成员，曾被派往美国参与某项行动。穆萨维对6项密谋罪行的指控表示认罪，被判处无期徒刑，单独监禁在警戒级别最高的监狱中。

伊马德·穆尼亚（Imad Mugniyah）：负责黎巴嫩真主党安全事务，策划了1983年针对贝鲁特美国大使馆、海军陆战队军营和法国空降兵部队的自杀式炸弹袭击；在苏丹与扎瓦希里和本·拉登会面，并帮助基地组织训练人员。

胡斯尼·穆巴拉克（Hosni Mubarak）：1981年起任埃及总统。

舒凯里·穆斯塔法（Shukri Mustafa）：埃及“塔克费尔希吉拉”运动的领导人。1978年被处决。

瓦基勒·艾哈迈德·姆塔瓦基勒（Wakil Ahmed Muttawakil）：塔利班的外交部长，后向美国军队投降，继而加入哈米德·卡尔扎伊的政府。

贾迈勒·阿卜杜勒·纳赛尔（Gamal Abdul Nasser）：1952年埃及革命的领导人；激进的民族主义者，转变了阿拉伯世界的政治面貌。对于埃及的未来，他和赛义德·库特卜的看法截然不同——这种分歧最终致使纳赛尔在1966年下令处死库特卜。4年之后，纳赛尔死于心脏病发作。

阿扎·努维埃尔（Azza Nowair）：艾曼·扎瓦希里的妻子。2001年11月在美军的一次空袭中丧生。

穆罕默德·奥马尔毛拉（Mullah Mohammed Omar）：1992年创立塔利班的独眼神秘主义者，自1996年起基本上统治着阿富汗全国，直至2001年联军攻入。

约翰·奥尼尔（John O'Neill）：生于新泽西州大西洋城，1976年7月成为联邦调查局特工，在巴尔的摩办事处工作。1987年4月进入联邦调查局总部，负责调查白领犯罪。1991年被任命为芝加哥办事处的副指挥特工；1995年回到总部，担任反恐分部主管。1997年1月1日被任命为联邦调查局纽约办事处国家安全分部的主管特工。2001年8月22日从联邦调查局辞职；次日起在世界贸易中心工作，任安全总监。在"9·11"事件中丧生，时年50岁。

穆罕默德·奥瓦里（Mohammed al-'Owhali）：在美国驻内罗毕大使馆炸弹袭击案中被判有罪；现在美国监狱中服无期徒刑。

托马斯·皮卡德（Thomas Pickard）：2001年6月25日至2001年9月4日期间任联邦调查局代理局长。两个月之后辞职。

穆罕默德·库特卜（Mohammed Qutb）：赛义德·库特卜的弟弟，也是一位颇受欢迎的作家和思想家；曾在埃及入狱，后来与穆斯林兄弟会的其他成员一起逃往沙特阿拉伯。他到论坛进行演说时很受欢迎，本·拉登也曾在这些场合受到他思想的影响。现仍居麦加。

赛义德·库特卜（Sayyid Qutb）：伊斯兰作家、教育家，著有《里程碑》等多部重要作品。纳赛尔于1966年下令将他绞死。

布尔汉丁·拉巴尼（Burhanuddin Rabbani）：伊斯兰学者，1992年起任阿富汗总统，直至1996年塔利班夺取政权。塔利班被推翻之后他曾短期再度掌权，不过又在2001年12月将权力移交给哈米德·卡尔扎伊的临时政府。现为阿富汗议会的当选代表。

奥马尔·阿卜杜勒·拉赫曼谢赫（Sheikh Omar Abudl Rahman）：领导埃及伊斯兰组织的“盲人谢赫”，也是圣战组织的精神领袖。1981年安瓦尔·萨达特遇刺后，拉赫曼与扎瓦希里等其他埃及激进分子被关进监狱。被判犯有策划袭击纽约标志性建筑的罪行，现在美国监狱中服无期徒刑。

艾哈迈德·雷萨姆（Ahmed Ressam）：阿尔及利亚人，在阿富汗的基地组织营地受训；1999年12月试图进入美国时被捕，所乘汽车的后备厢载有大量爆炸物。他的目标显然是想炸毁洛杉矶国际机场。

马克·罗西尼（Mark Rossini）：原是出身纽约布朗克斯的演员，做过私家侦探，后加入联邦调查局。被分在I-49小组，接替丹·科尔曼驻亚力克站的工作。现在联邦调查局总部工作，为公共事务处副处长的特别助理。

阿迈勒·萨达（Amal al-Sada）：奥萨玛·本·拉登的第五位妻子。2001年15岁时与本·拉登结婚。据信他们有一个孩子。现住在也门的娘家。

安瓦尔·萨达特（Anwar al-Sadat）：埃及前总统，1981年被圣战组织刺杀。

阿卜杜勒·拉苏尔·赛义夫（Abdul Rasul Sayyaf）：阿富汗军事首领，曾在开罗爱资哈尔大学接受神职人员培训。他是本·拉登在阿富汗的主要赞助者，也是沙特方面支持的军事指挥官。现为阿富汗政治领袖。

迈克尔·朔伊尔（Michael Scheuer）：中央情报局资深成员，1996年创建亚力克站之后一直领导着该站的工作，直至1999年被解职。退休之后以匿名写作，著有《透过敌人的眼睛》和《帝国的傲慢》等旨在揭露真相的作品。

沙菲克（Shafiq）：年仅十几岁的圣战者，在贾拉拉巴德之战中救了本·拉登一命。

阿里·苏凡（Ali Soufan）：黎巴嫩裔美国人，联邦调查局特工，美国海军“科尔”号舰爆炸案调查的主管特工。“9·11”之后他审讯了阿布·占达勒，并使其指认出劫机者的身份。现任纽约朱利亚尼合伙人咨询公司的安全顾问。

玛丽·琳恩·史蒂文斯（Mary Lynn Stevens）：约翰·奥尼尔的前女友，现为五角大楼联邦信用联盟基金会副总裁。该组织旨在帮助在伊拉克和阿富汗负伤的陆军与海军陆战队士兵。

耶齐德·苏法特（Yazid Sufaat）：马来西亚商人，曾在阿富汗与扎瓦希里合作培育炭疽杆菌。2000年1月，美海军“科尔”号舰的炸弹袭击者与“9·11”劫机者在吉隆坡苏法特的公寓套间举行了会晤。他还为扎卡里亚斯·穆萨维写了推荐信。现关押在马来西亚。

迈达尼·塔伊布（Medani al-Tayeb）：基地组织前任会计。他娶了本·拉登的侄女；在阿富汗失去了一条腿；20世纪90年代初退出基地组织，回到吉达生活。

哈桑·图拉比（Hassan al-Turabi）：1989年苏丹伊斯兰革命中的意识形态领袖。自那时起他频繁进出监狱，现住在喀土穆的家中。

伊萨姆·埃尔丹·图拉比（Issam Eldin al-Turabi）：哈桑·图拉比之子，本·拉登在苏丹时的朋友。伊萨姆以经商为业，也是喀土穆著名的养马人。

乌姆·阿卜杜拉（Umm Abdullah）：奥萨玛·本·拉登的第一位妻子，1974年14岁时与本·拉登结婚。她来自叙利亚，是本·拉登母亲嫡表亲戚的女儿。她为本·拉登生了11个孩子。本名纳吉瓦·加尼姆。现居叙利亚。

乌姆·阿里（Umm Ali）：奥萨玛的妻子，来自麦加的吉拉尼家族，为他生了3个孩子。1996年她提出离婚，现居沙特阿拉伯。

乌姆·哈姆扎（Umm Hamza）：1982 年嫁给奥萨玛，为他生了一个孩子。她出身吉达的一个显赫家族，是儿童心理学的博士。据信她现在和奥萨玛在一起。

乌姆·哈立德（Umm Khaled）：出身麦地那的谢里夫家族，是阿拉伯语语法学的博士，在该市的教育学院任教。她和奥萨玛生了三个女儿、一个儿子。据信她和奥萨玛在一起。

艾哈迈德·乌德医生（Dr. Ahmed el-Wed）："塔克费尔"派的阿尔及利亚医生，在白沙瓦的科威特红新月医院工作，与扎瓦希里和法德勒医生共事。圣战结束后他回到阿尔及利亚，并成为伊斯兰武装集团的创始人之一。

玛丽·乔·怀特（Mary Jo White）：美国纽约南区前任检察官。

拉米兹·优素福（Ramzi Yousef）：1993 年世贸中心爆炸案的主谋。优素福是哈立德·谢赫·穆罕默德的侄子，1968 年生于科威特；后来在威尔士学习电气工程。曾制定精密计划，企图刺杀教皇约翰·保罗二世和克林顿总统，并同时炸毁 11 架美国班机。1995 年最终在巴基斯坦被捕，现关押在美国监狱，刑期为终身监禁外加 240 年。

艾曼·扎瓦希里医生（Dr. Ayman al-Zawahiri）：圣战组织首领，基地组织的意识形态领袖。1951 年 6 月 19 日生于开罗，15 岁时就建立了一个旨在推翻埃及政府的组织。1981 年萨达特被刺后，他被关进监狱，并被判定犯有贩卖武器罪。3 年后被释放。1985 年他逃往沙特阿拉伯，第二年又来到白沙瓦，在当地与法德勒医生一起重建圣战组织。反抗苏联占领的圣战结束后，扎瓦希里将他领导的运动转移到苏丹，并从那里发起反抗埃及政府的活动，这使得他的组织几乎全军覆没。1996 年迁居阿富汗，操纵了圣战组织和基地组织的合并。他写过几本书，其中著名的有《苦涩的收获》与"先知麾下的骑士"。现下落不明。

侯赛因·扎瓦希里（Hussein al-Zawahiri）：艾曼·扎瓦希里最小的弟弟，

建筑师。被中央情报局与联邦调查局转移到埃及。他在当地接受了审讯，最终于2000年8月获释。现居开罗。

穆罕默德·扎瓦希里（Mohammed al-Zawahiri）：艾曼的弟弟，后来成为圣战组织的副埃米尔。他学的是建筑，在阿尔巴尼亚设立了圣战组织的分支机构。据称2000年他在迪拜被埃及当局抓获，后来在狱中被处决。

穆罕默德·拉比耶·扎瓦希里医生（Dr. Mohammed Rabie al-Zawahiri）：艾曼·扎瓦希里的父亲，艾因沙姆斯大学的药学教授，1995年去世。

蒙塔赛尔·扎耶特（Montassir al-Zayyat）：开罗的一位伊斯兰律师，曾与扎瓦希里囚禁在一起。他后来为扎瓦希里写了一部传记，题为《通往基地组织之路：本·拉登得力干将的故事》。

参考文献

Abbas, Hamid. *Story of the Great Expansion.* Jeddah: Saudi Bin Ladin Group [*sic*], 1996.

Abdel-Malek, Anouar. *Egypt: Military Society.* Translated by Charles Lam Markmann. New York: Random House, 1968.

Abdelnasser, Walid Mahmoud. *The Islamic Movement in Egypt: Perceptions of International Relations, 1967–81.* London: Kegan Paul International, 1994.

Abdo, Geneive. *No God but God: Egypt and the Triumph of Islam.* Oxford: Oxford University Press, 2000.

Abdullah, Isam. "Al-Majellah Tuhawir Shahid Ayan Arabi ala Hisar Kandahar" [*Al-Majellah* Interviews an Arab Witness to the Siege of Kandahar]. Translated by May Ibrahim. *Al-Majellah,* December 3, 2001.

Abir, Mordechai. *Saudi Arabia: Government, Society, and the Gulf Crisis.* New York: Routledge, 1993.

Abou El Fadl, Khaled. "The Ugly Modern and the Modern Ugly: Reclaiming the Beautiful in Islam." In *Progressive Muslims: On Justice, Gender, and Pluralism,* edited by Omid Safi. Oxford: Oneworld Publications, 2003.

——— et al. *The Place of Tolerance in Islam.* Boston: Beacon Press, 2002.

AbuKhalil, As'ad. *Bin Laden, Islam, and America's New "War on Terrorism."* New York: Seven Stories, 2002.

Abu-Rabi, Ibrahim M. *Intellectual Origins of Islamic Resurgence in the Modern Arab World.* Albany: State University of New York Press, 1996.

Aburish, Saïd K. *The Rise, Corruption, and Coming Fall of the House of Saud.* New York: St. Martin's, 1996.

Ajami, Fouad. *The Arab Predicament: Arab Political Thought and Practice Since 1967.* Cambridge: Cambridge University Press, 1981.

———. *The Dream Palace of the Arabs: A Generation's Odyssey.* New York: Pantheon Books, 1998.

Algar, Hamid. *Wahhabism: A Critical Essay.* New York: Islamic Publications International, 2002.

Amin, Mohamed. *The Beauty of Makkah and Madinah.* Nairobi: Camerapix Publishers International, 1999.

"Amreeka Tantaqim wa bin Laden Yuhadid" [America Avenges and bin Laden Threatens]. Translated by Dina Ibrahim. *Akhbar al-Hawadith,* October 11, 2001, no. 497.

Anas, Abdullah. *Wiladat al-Afghan al-Arab: Seerat Abdulla Anas bayna masood wa Abdulla Azzam* [The Birth of the Arab Afghans: The Memoirs of Abdullah Anas: Between Masood and Abdullah Azzam]. Beirut: Dar al-Saqee, 2002.

Anonymous. *Through Our Enemies' Eyes: Osama bin Laden, Radical Islam, and the Future of America.* Washington, D.C.: Brassey's, 2002.

"Aqdam al-Afghan al-Arab Yatahadath lilSharq al-Awsat 'an Maseeratihi alatee Awsalat'hoo fee al-Nihayya ila al-Sijn fee al-Saudia" [The Oldest of Arab Afghans Speaks to al-Sharq al-Awsat About His Journey That Led Him in the End to a Saudi Arabian Prison]. Translated by Amjad M. Abu Nseir. *Al-Sharq al-Awsat,* November 25, 2001.

Armstrong, Karen. *Muhammad: A Biography of the Prophet.* New York: HarperCollins, 1992.

al-Aroosi, Mahmoud Kamel. *Muhakamat Sayyid Qutb.* Translated by Nidal Daraiseh. Cairo: Matba'at al-Jamhooriya al-Hadeetha, 1995.

Asaad, Khalid Khalil. *Mukatil Min Mecca* [A Warrior from Mecca]. Translated by Nidal Daraiseh. London: al-I'lam, 2001.

Atwan, Abdel Bari. *The Secret History of al-Qa'ida.* London; Saqi, 2006.

"Ayna Thahaba Qatalat al-Sadat?" [Where Have the Killers of Sadat Gone?]. Translated by Mandi Fahmy. *Akhir Sa'ah* [The Last Hour], October 24, 2001, pp. 36–39.

Azzam, Abdullah. *The Lofty Mountain.* London: Azzam Publications, 2003.

———."Martyr Sayyid Qutb: A Giant of Islamic Thought." www.azzam.com (now defunct).

———. "The Solid Base" [Al-Qaeda]. *Al-Jihad,* April 1988, no. 41.

Badeeb, Saeed M. *The Saudi-Egyptian Conflict Over North Yemen, 1962–1970.* Boulder, Col.: Westview, 1986.

Baer, Robert. *Sleeping with the Devil.* New York: Crown Publishers, 2003.

Bahmanyar, Mir. *Afghanistan Cave Complexes, 1979–2004.* Oxford: Osprey Publishing Group, 2004.

Baker, Raymond William. *Islam Without Fear: Egypt and the New Islamists.* Cambridge: Harvard University Press, 2003.

Bamford, James. *A Pretext for War: 9/11, Iraq, and the Abuse of America's Intelligence Agencies.* New York: Doubleday, 2004.

Bearden, Milt, and James Risen. *The Main Enemy: The Inside Story of the CIA's Final Showdown with the KGB.* New York: Random House, 2003.

Bell, J. Bower. *Murders on the Nile.* San Francisco: Encounter Books, 2003.

Belloc, Hilaire. *The Great Heresies.* Manassas, Va.: Trinity Communications, 1987.

Benjamin, Daniel, and Steven Simon. *The Age of Sacred Terror.* New York: Random House, 2003.

Bergen, Peter L. *Holy War: Inside the Secret World of Osama bin Laden.* New York: Free Press, 2001.

———. *The Osama bin Laden I Know: An Oral History of al-Qaeda's Leader.* New York: Free Press, 2006.

Berman, Paul. *Terror and Liberalism.* New York: Norton, 2003.

Bernstein, Richard. *Out of the Blue: The Story of September 11, 2001, from Jihad to Ground Zero.* New York: Times Books, 2002.

Bin Ladin, Carmen. *Inside the Kingdom: My Life in Saudi Arabia.* New York: Warner Books, 2004.

Blum, Howard. *The Eve of Destruction: The Untold Story of the Yom Kippur War.* New York: HarperCollins, 2003.
Borovik, Artyom. *The Hidden War: A Russian Journalist's Account of the Soviet War in Afghanistan.* New York: Grove Press, 1990.
Brogan, Daniel. "Al-Qaeda's Greeley Roots." *5280* (June/July 2003): 158–65.
Burke, Jason. *Al-Qaeda: Casting a Shadow of Terror.* London: I. B. Taurus, 2003.
Burr, J. Millard, and Robert O. Collins. *Revolutionary Sudan: Hasan al-Turabi and the Islamist State, 1989–2000.* Leiden: Brill, 2003.
Burton, Richard F. *Personal Narrative of a Pilgrimage to al-Madina and Meccah. Vols. 1 and 2.* Edited by Isabel Burton. New York: Dover, 1964.
Calvert, John. " 'The World Is an Undutiful Boy!': Sayyid Qutb's American Experience." *Islam and Christian-Muslim Relations* 11, no. 1 (2000).
Campbell, Kurt M., and Michèle A. Flournoy. *To Prevail: An American Strategy for the Campaign Against Terrorism.* Washington, D.C.: Center for Strategic and International Studies, 2001.
Carré, Oliver. *Mysticism and Politics: A Critical Reading of* Fi Zilal al-Qur'an *by Sayyid Qutb (1906–1966).* Translated from the French by Carol Artigues and revised by W. Shepard. Leiden: Brill, 2003.
Champion, Daryl. *The Paradoxical Kingdom: Saudi Arabia and the Momentum of Reform.* New York: Columbia University Press, 2002.
Clarke, Richard A. *Against All Enemies: Inside America's War on Terror.* New York: Free Press, 2004.
Clinton, Bill. *My Life.* New York: Knopf, 2004.
Coll, Steve. *Ghost Wars: The Secret History of the CIA, Afghanistan, and bin Laden, from the Soviet Invasion to September 10, 2001.* New York: Penguin, 2004.
Cooley, John K. *Unholy Wars.* London: Pluto Press, 2000.
Corbin, Jane. *Al-Qaeda: In Search of the Terror Network That Threatens the World.* New York: Thunder's Mouth Press / Nation Books, 2002.
Cordovez, Diego, and Selig S. Harrison. *Out of Afghanistan: The Inside Story of the Soviet Withdrawal.* New York: Oxford University Press, 1995.
Country Reports on Terrorism 2004. [no city]: U.S. Department of State, 2005.
Crile, George. *Charlie Wilson's War: The Extraordinary Story of the Largest Covert Operation in History.* New York: Atlantic Monthly Press, 2003.
Der Spiegel Reporters, Writers, and Editors. *Inside 9-11: What Really Happened.* Translated by Paul De Angelis and Elisabeth Koestner. New York: St. Martin's, 2001.
Esposito, John. *Unholy War: Terror in the Name of Islam.* Oxford: Oxford University Press, 2002.
Euben, Roxanne L. *Enemy in the Mirror: Islamic Fundamentalism and the Limits of Modern Rationalism.* Princeton, N.J.: Princeton University Press, 1999.
Fandy, Mamoun. *Saudi Arabia and the Politics of Dissent.* London: Palgrave, 2001.
Feininger, Andreas. *New York in the Forties.* New York: Dover, 1978.
Fernea, Elizabeth Warnock, and Robert A. Fernea. *The Arab World: Forty Years of Change.* New York: Doubleday, 1997.
Fink, Mitchell, and Lois Mathias. *Never Forget: An Oral History of September 11, 2001.* New York: HarperCollins, 2002.
Fouda, Yosri, and Nick Fielding. *Masterminds of Terror: The Truth Behind the Most Devastating Terrorist Attack the World Has Ever Seen.* New York: Arcade, 2003.

Frady, Marshall. *Billy Graham: A Parable of American Righteousness.* Boston: Little, Brown, 1979.
Freeh, Louis J., with Howard Means. *My FBI: Bringing Down the Mafia, Investigating Bill Clinton, and Fighting the War on Terror.* New York: St. Martin's, 2005.
Friedman, Thomas L. *From Beirut to Jerusalem.* New York: Doubleday, 1989.
Geffs, Mary L. *Under Ten Flags: A History of Weld County, Colorado.* Greeley: McVey Printery, 1938.
Gold, Dore. *Hatred's Kingdom.* Washington, D.C.: Regnery Publishing, 2003.
Goldschmidt, Arthur Jr. *Biographical Dictionary of Modern Egypt.* Cairo: American University in Cairo Press, 2000.
Graham, Bob, with Jeff Nussbaum. *Intelligence Matters: The CIA, the FBI, Saudi Arabia, and the Failure of America's War on Terror.* New York: Random House, 2004.
Griffin, Michael. *Reaping the Whirlwind: The Taliban Movement in Afghanistan.* London: Pluto Press, 2001.
Guenena, Nemat. "The 'Jihad': An 'Islamic Alternative' in Egypt." Master's thesis, American University in Cairo Press, 1985.
Gunaratna, Rohan. *Inside al-Qaeda: Global Network of Terror.* London: Hurst, 2002.
Habeeb, Kamal Saeed. *Al-Haraka al-Islamiyya min al-Muqwajaha ila al-Muraja'a* [The Islamic Movement from Confrontation to Revision]. Translated by Mandi Fahmy. Cairo: Maktabat Madbooly, 2002.
Halliday, Fred. *Two Hours That Shook the World.* London: Saqi, 2002.
al-Hammadi, Khalid. "The Inside Story of al-Qa'ida, as Told by Abu-Jandal (Nasir al-Bahri), bin Ladin's Personal Guard." Translated by FBIS. *Al-Quds al-Arabi.*
Hamza, Khaled. "Al-Doctor—al-Khaleefa al-Muntathar: Qisat Ayman al-Zawahiri min al-Tafawuq fee al-Tib li-Qiadat Tantheemat Irhabiyya" [The Doctor—the Awaited Khalif: Ayman al-Zawahiri's Story from Excelling in Medicine to Leading Terrorist Groups]. Translated by Mandi Fahmy. *Akhir Sa'ah* [The Last Hour], October 2001, no. 3495, pp. 8–9.
Hannonen, Sanna. "Egyptian Islamist Discourse: On Political and Social Thought of Hasan al-Banna (1906–1949) and Sayyid Qutb (1906–1966)." Master's thesis, University of Helsinki, 1999.
Harmony Documents. United States Department of Defense database. www.ctc.usma.edu/aq_harmonylist.asp
Heikal, Mohammed. *Autumn of Fury: The Assassination of Sadat.* New York: Random House, 1983.
———. *Iran: The Untold Story.* New York: Pantheon, 1982.
Holden, David, and Richard Johns. *The House of Saud: The Rise and Rule of the Most Powerful Dynasty in the Arab World.* New York: Holt, Rinehart, and Winston, 1981.
Hourani, Albert. *A History of the Arab Peoples.* Cambridge: Belknap Press of Harvard University Press, 2002.
Huband, Mark. *Warriors of the Prophet: The Struggle for Islam.* Boulder: Westview, 1998.
Ibrahim, Saad Eddin. *Egypt Islam and Democracy: Critical Essays.* Cairo: American University in Cairo Press, 1996.
Ismail, Faraj. "Fee Awal Hadeeth Lahoo Ba'd al-Harb: Ayman Zawahiri Yatahadath LilMajalla 'an Ikhtifa bin Laden wa Qisat al-Khiana wa al-Huroob min

Afghanistan!" [In His First Interview After the War: Ayman Zawahiri Speaks to al-Majalla on the Disappearance of bin Laden, the Story of Betrayal, and Fleeing from Afghanistan]. Translated by Mandi Fahmy. *Al-Majalla,* December 2001, no. 1140, pp. 12–13.

Ismail, Jamal Abdul Latif. "Bin Laden wa al-Jazeera wa . . . Anaa" [Bin Laden, al-Jazeera and . . . Me]. Translated by Amjad M. Abu Nseir. London: Islamic Observation Centre, 2001.

Jacquard, Roland. *In the Name of Osama bin Laden: Global Terrorism and the bin Laden Brotherhood.* Translated by George Holoch. Durham: Duke University Press, 2002.

Jerichow, Anders. *The Saudi File: People, Power, Politics.* New York: St. Martin's, 1998.

Johnson, Paul. *Modern Times.* New York: Harper and Row, 1983.

Joint Inquiry Into Intelligence Community Activities Before and After the Terrorist Attacks of September 11, 2001: Report of the U.S. Senate Select Committee on Intelligence and U.S. House Permanent Select Committee on Intelligence. Washington, D.C., December 2002.

Jordán, Javier. *Profetas del miedo: Aproximación al terrorismo islamista.* Pamplona: EUNSA, 2004.

Kechichian, Joseph A. "Islamic Revivalism and Change in Saudi Arabia." *The Muslim World* 80, no. 1 (January 1990): 1–16.

Kepel, Gilles. *Jihad: The Trail of Political Islam.* Translated by Anthony F. Roberts. Cambridge: Belknap Press of Harvard University Press, 2002.

———. *Muslim Extremism in Egypt: The Prophet and Pharaoh.* Berkeley: University of California Press, 1993.

al-Khaledi, Salah Abdel Fatah. *Amrika min al-dakhil bi minzar Sayyid Qutb* [America from the Inside from the Viewpoint of Sayyid Qutb]. 2d ed. Translated by Nidal Daraiseh. Jiddah: Dar al-Minara, 1986.

———. *Sayyid Qutb: al-adib, al-naqid, wa-al-da'iyah al-mujahid, wa-al-mufakkir al-mufassir al-rai'id* [Sayyid Qutb: The Scholar, the Critic, the Preacher, the Warrior, the Explainer, the Pioneer]. Translated by Nidal Daraiseh. Damascus: Dar al-Qalam, 2000.

———. *Sayyid Qutb: al-shaheed al-hay* [Sayyid Qutb: The Living Martyr]. Translated by Nidal Daraiseh. Amman: Maktabat al-Aqsa, 1981.

———. *Sayyid Qutb: min al-milad ila al-istishihad* [Sayyid Qutb: From Birth to Martyrdom]. Translated by Nidal Daraiseh. Damascus: Dar al-Qalam, 1991.

Kinsey, Alfred C., et al. *Sexual Behavior in the Human Male.* Philadelphia: W. B. Saunders, 1948.

Kohlmann, Evan F. *Al-Qaida's Jihad in Europe: The Afghan-Bosnian Network.* Oxford: Berg, 2004.

Lacey, Robert. *The Kingdom: Saudi Arabia and the House of Sa'ud.* New York: Harcourt Brace Jovanovich, 1981.

Lamb, Christina. *The Sewing Circles of Heart: My Afghan Years.* London: Flamingo, 2003.

Larson, Robert W. *Shaping Educational Change: The First Century of the University of Northern Colorado at Greeley.* Boulder: Colorado Associated University Press, 1989.

Lawrence, T. E. *Seven Pillars of Wisdom.* New York: Doubleday, 1926.

Lewis, Bernard. *The Crisis of Islam: Holy War and Unholy Terror.* New York: Modern Library, 2003.
Lippman, Thomas W. *Inside the Mirage: America's Fragile Partnership with Saudi Arabia.* Boulder, Col.: Westview, 2004.
Long, David E. *The Kingdom of Saudi Arabia.* Gainesville: University Press of Florida, 1997.
"Looking for Answers." *Frontline.* www.pbs.org/frontline.
Mackey, Sandra. *The Saudis: Inside the Desert Kingdom.* New York: Norton, 2002.
Mackintosh-Smith, Tim. *Yemen: The Unknown Arabia.* Woodstock: Overlook Press, 2000.
Manchester, William. *The Glory and the Dream.* Boston: Little, Brown, 1974.
Mansfield, Peter. *The Arabs.* London: Penguin Books, 1992.
de Marenches, [Alexandre], interviewed by Christine Ockrent. *The Evil Empire: The Third World War Now.* Translated by Simon Lee and Jonathan Marks. London: Sidgwick and Jackson, 1988.
Matar, 'Ala. "Matha Ba'd al-Mawaqif al-Jadeeda Liqada al-Gama'a al-Islamiyya?" [What After the New Positions of the Leadership of the Islamic Group?]. Translated by Mandi Fahmy. *Akhir Sa'ah,* February 2002, no. 3512, pp. 30–31.
McCullough, David. *Truman.* New York: Simon and Schuster, 1992.
Mayer, Jane. "The House of bin Laden." *New Yorker,* November 12, 2001.
Miller, John, and Michael Stone, with Chris Mitchell. *The Cell: Inside the 9/11 Plot, and Why the FBI and CIA Failed to Stop It.* New York: Hyperion, 2002.
"Min Ayman ila Walidataho" [From Ayman to His Mother]. Translated by Mandi Fahmy. *Al-Wasat,* February 21, 1994.
Mitchell, Richard P. *The Society of the Muslim Brothers.* New York: Oxford University Press, 1993.
Mohammed, Basil. *Al-Ansar al-Arab fi Afganistan.* [Pages from the Registry of Arab Cohorts in Afghanistan]. No translator given. Jeddah: House of Learning, 1991.
Moore, Robin. *The Hunt for bin Laden: Task Force Dagger.* New York: Random House, 2003.
Morris, Benny. *The Road to Jerusalem: Glubb Pasha, Palestine, and the Jews.* London: I.B. Taurus, 2002.
Moussalli, Ahmad S. *Radical Islamic Fundamentalism: The Ideological and Political Discourse of Sayyid Qutb.* Beirut: American University of Beirut, 1992.
Mubarak, Hisham. *Al-Irhabiyoon Qadimoon! Dirasa Muqarana Bayna Mawqif al-khwan al-Muslimoon wa Gama'at al-Gihad min Qadiat al-Unf 1938–1994* [The Terrorists Are Coming: A Comparative Study Between the Positions of the Muslim Brothers and the Jihad Groups on Violence 1938–1994]. Translated by Mandi Fahmy. Cairo, 1995.
Munthe, Turi. *The Saddam Hussein Reader.* New York: Thunder's Mouth Press, 2002.
Murphy, Dean E. *September 11: An Oral History.* New York: Doubleday, 2002.
Naftali, Timothy. *Blind Spot: The Secret History of American Counterterrorism.* New York: Basic Books, 2005.
Naguib, Sameh Khairy. "The Political Ideology of the Jihad Movement." Master's thesis, American University in Cairo, 1994.
Najm, Salah, and Jamal Ismail. "Osama bin Laden: Tadmeer al-Qaeda" [Osama bin

Laden: The Destruction of the Base]. Translated by Dina Ibrahim. Al-Jazeera, June 10, 1999.
Nasr, Seyyed Hossein. *Islam: Religion, History, and Civilization.* San Francisco: HarperSanFrancisco, 2003.
Nasser, Khaled. "Zawjat bin Laden Tatahadath LilMajalla: Qisataho ma' Taliban wa Marath al-Kila wa Um Awad" [Bin Laden's Wife Speaks to Al-Majalla: Bin Laden's Story With the Taliban, Kidney Disease, and Um Awad]. Translated by Dina Ibrahim. *Al-Majalla,* March 2002, no. 1152, pp. 16–19.
National Commission on Terrorist Attacks Upon the United States. *The 9/11 Commission Report.* New York: Norton, 2004.
Nielsen, Jorgen. *Muslims in Western Europe.* Edinburgh: Edinburgh University Press, 1992.
Nojumi, Neamatollah. *The Rise of the Taliban in Afghanistan: Mass Mobilization, Civil War, and the Future of the Region.* New York: Palgrave, 2002.
Nutting, Antony. *Nasser.* New York: Dutton, 1972.
Obaid, Nawaf E. *The Oil Kingdom at 100: Petroleum Policymaking in Saudi Arabia.* Washington, D.C.: Washington Institute for Near East Policy, 2000.
Oshinsky, David M. *A Conspiracy So Immense: The World of Joe McCarthy.* New York: Macmillan, 1983.
Pesce, Angelo. *Jiddah: Portrait of an Arabian City.* Napoli: Falcon Press, 1977.
———. *Taif: The Summer Capital of Saudi Arabia.* Jeddah: Immel Publishing, 1984.
Peterson, J. E. *Saudi Arabia and the Illusion of Security.* New York: International Institute for Strategic Studies / Oxford University Press, 2002.
Petterson, Donald. *Inside Sudan: Political Islam, Conflict, and Catastrophe.* Boulder, Col.: Westview, 1999.
Posner, Gerald. *Why America Slept: The Failure to Prevent 9/11.* New York: Random House, 2003.
Qutb, Sayyid. *A Child from the Village.* Translated, edited, and introduced by John Calvert and William E. Shephard. Syracuse, N.Y.: Syracuse University Press, 2004.
———. "Al-dhamir al-amrikani wa qadiat filistin." Translated by Reham al-Sherif. *Al-Resala* 2 (October 21, 1946): 16–19.
———. "Amrika allati ra'ayt: fi mizan al-insaniyya." Translated by Reham al-Sherif. *Al-Resala* 957 (November 1951 [a]): 1245–46.
———. "Amrika allati ra'ayt: fi mizan al-insaniyya." Translated by Reham al-Sherif. *Al-Resala* 959 (November 1951 [b]): 1301–6.
———. "Amrika allati ra'ayt: fi mizan al-insaniyya." Translated by Reham al-Sherif. *Al-Resala* 961 (November 1951 [c]): 1357–60.
———. "Hamaim fi New York." Translated by Dina Ibrahim. *Majallat al-kitab* 8 (December 1949): 666–69.
———. *In the Shade of the Qur'an.* Translated by Adil Salahi. Vol. 6. Leicester: Islamic Foundation, 2002.
———. *Limadah 'azdamunee* [Why Do They Execute Me?]. Translated by Amjad M. Abu Nseir. www.hanein.net/modules.php?name=News&file=article&sid=162.
———. *Milestones.* Indianapolis, Ind.: American Trust Publications, 1990.
Raafat, Samir W. *Maadi 1904–1962: Society and History in a Cairo Suburb.* Cairo: Palm Press, 1994.

Raphaeli, Nimrod. "Ayman Muhammed Rab'i al-Zawahiri: Inquiry and Analysis." Middle East Media Research Institute. MEMRI.org, November 26, 2001.
Randal, Jonathan. *Osama: The Making of a Terrorist*. New York: Knopf, 2004.
al-Rasheed, Madawi. *A History of Saudi Arabia*. Cambridge: Cambridge University Press, 2002.
Rashid, Ahmed. *Taliban: The Story of the Afghan Warlords*. London: Pan Books, 2000.
———. *Jihad: The Rise of Militant Islam in Central Asia*. New Haven: Yale University Press, 2002.
Raymond, André. *Cairo*. Cambridge: Harvard University Press, 2000.
Reed, Betsy, ed. *Nothing Sacred: Women Respond to Religious Fundamentalism and Terror*. New York: Thunder's Mouth Press / Nation Books, 2002.
Reeve, Simon. *The New Jackals: Ramzi Yousef, Osama bin Laden, and the Future of Terrorism*. Boston: Northeastern University Press, 1999.
Rodenbeck, Max. *Cairo: The City Victorious*. New York: Knopf, 1999.
Roy, Olivier. *Afghanistan: From Holy War to Civil War*. Princeton, N.J.: Darwin Press, 1995.
Rubin, Barry. *Islamic Fundamentalism in Egyptian Politics*. London: Palgrave Macmillan, 2002.
———, ed. *Revolutionaries and Reformers: Contemporary Islamist Movements in the Middle East*. Albany: State University of New York Press, 2003.
Rubin, Barry, and Judith Colp Rubin. *Anti-American Terrorism and the Middle East: A Documentary Reader*. Oxford: Oxford University Press, 2002.
Sachar, Howard M. *A History of Israel: From the Rise of Zionism to Our Time*. New York: Knopf, 1996.
Sageman, Marc. *Understanding Terror Networks*. Philadelphia: University of Pennsylvania Press, 2004.
Salaah, Muhammad. "Al-Ahkam Fee Qadiat Sidqee Tasdur Ghadan al-Khamees" [The Verdict in Salah's Case Will Be Announced Tomorrow, Thursday]. Translated by May Ibrahim. *Al-Hayat*, March 15, 1994.
———. *Waqai' Sanawat al-Jihad: Rihlat al-Afghan al-Arab* [Years of Jihad: The Journey of the Arab-Afghans]. Translated by Mandi Fahmy. Cairo: Khuloud Publishing, 2001.
Schwartz, Stephen. *The Two Faces of Islam: The House of Sa'ud from Tradition to Terror*. New York: Doubleday, 2002.
Shadid, Anthony. *Legacy of the Prophet: Despots, Democrats, and the New Politics of Islam*. Boulder, Col.: Westview, 2002.
al-Shathilee, Farouk. "Juthoor al-Irhab" [The Roots of Terrorism]. Translated by May Ibrahim. *Akhbar al-Hawadath*, October 22, 1998, no. 342, pp. 34–35.
Shepard, William E. *Sayyid Qutb and Islamic Activism: A Translation and Critical Analysis of Social Justice in Islam*. Leiden: Brill, 1996.
Simons, Geoff. *Saudi Arabia: The Shape of a Client Feudalism*. New York: St. Martin's, 1998.
Sivan, Emmanuel. *Radical Islam: Medieval Technology and Modern Politics*. New Haven, Conn.: Yale University Press, 1985.
Smith, Dennis. *Report from Ground Zero*. New York: Viking, 2002.
Smucker, Philip. *Al-Qaeda's Great Escape: The Military and the Media on Terror's Trail*. Washington, D.C.: Brassey's, 2004.
Taheri, Amir. *Holy Terror*. London: Adler and Adler, 1987.

Tanner, Stephen. *Afghanistan: A Military History from Alexander the Great to the Fall of the Taliban.* New York: Da Capo Press, 2002.

Al-Tareeq ila 11 september [The Road to September 11]. A two-series documentary from the program *Siree Lilghaya* [*Top* Secret]. Translated by Dina Ibrahim. Al-Jazeera Satellite Channel, September 11, 2002.

Teitelbaum, Joshua. *Holier Than Thou: Saudi Arabia's Islamic Opposition.* Washington, D.C.: Washington Institute for Near East Policy, 2000.

Theroux, Paul. *The Pillars of Hercules: A Grand Tour of the Mediterranean.* New York: Putnam, 1995.

Theroux, Peter. *Sandstorms: Days and Nights in Arabia.* New York: Norton, 1990.

Thomas E. Burnett, Sr. v. al-Baraka Investment and Development Corporation, et al., Final Third Amended Complaint. Case Number 1:02CV01616 (JR) U.S. District Court for the District of Columbia, November 22, 2002.

The Two Holy Mosques. Riyadh: National Offset Printing Press, 1994.

Unger, Craig. *House of Bush, House of Saud.* New York: Scribner, 2004.

United Nations Development Programme. Regional Bureau for Arab States. *Arab Human Development Report 2002: Creating Opportunities for Future Generations.* 2002.

Wathaaiq Hizb al-Sharee'a [Al-Sharee'a Party's Documents]. Translated by Dina Ibrahim. Cairo: Markaz Yafa Lildirasat wa al-Abhath, 2000.

Weaver, Mary Anne. *A Portrait of Egypt: A Journey Through the World of Militant Islam.* New York: Farrar, Straus, and Giroux, 1999.

Weiss, Murray. *The Man Who Warned America: The Life and Death of John O'Neill, the FBI's Embattled Counterterror Warrior.* New York: Regan Books, 2003.

White, E. B. *Here Is New York.* New York: Little Bookroom, 1999.

Wiktorowicz, Quintan. "The New Global Threat: Transnational Salafis and Jihad." *Middle East Policy* 8, no. 4 (December 2001).

———, and John Kaltner. "Killing in the Name of Islam: Al-Qaeda's Justification for September 11." *Middle East Policy Council Journal* 10, no. 2 (Summer 2003).

Woodward, Bob. *The Commanders.* New York: Touchstone, 1991.

Wright, Lawrence. "The Counterterrorist." *New Yorker,* January 14, 2002.

———. "Kingdom of Silence." *New Yorker,* January 5, 2004.

———. "The Man Behind bin Laden." *New Yorker,* September 16, 2002.

Yamani, Hani A. Z. *To Be a Saudi.* London: Janus, 1997.

Yousaf, Mohammad, and Mark Adkin, *The Bear Trap: Afghanistan's Untold Story.* London: Leo Cooper, 1992.

Zaidan, Muwafak Ahmad. *Bin Laden Bila Qina'* [Bin Laden Unmasked]. Translated by Nidal Daraiseh. Beirut: Al-Sharika al-Alamiyya Lilkitab, 2003.

———. "Al-Natiq Alrasmee bi Ism Tala'I al-fath Ya'tarif BiMuhawalat Ightiyyal Ghali [The Official Spokesman for Fath Admits the Group Attempted to Assassinate Ghali]. Translated by Dina Ibrahim. *Al-Hayat,* May 15, 1994, no. 1135, p. 6.

Zaki, Muhammad Zaki. "Al-Zawahiri Kana Zameelee Fee al-Madrasa" [Al-Zawahiri Was My Classmate in School]. Translated by Mandi Fahmy. *Akhir Sa'ah,* October 2001, no. 3495, pp. 10–12.

Zarie, Mohammed. *In Defense of Prisoners' Rights: HRCAP Reports from 1997 to 2000.* Cairo: Human Rights Center for the Assistance of Prisoners, 1997.

al-Zawahiri, Ayman. *Fursan Taht Rayah al-Nabi* [Knights Under the Prophet's Ban-

ner]. Translated by Amjad M. Abu Nseir. Casablanca: Dar-al-Najaah al-Jadeedah, 2001.
———. *Al-Hasad al-Murr: al-Ikhwan al-Muslimonn Fee Sitoon* [Bitter Harvest: The Muslim Brothers in Sixty Years]. Translated by Mandi Fahmy. Dar al-Bayariq. No city, no date.
———. "Knights Under the Prophet's Banner." Translated by FBIS. *Al-Sharq al-Awsat*, December 2–12, 2001.
"Al-Zawahiri Yarud 'Ala Bush Bibayan Khasa bihee Filisteen" [Al-Zawahiri Responds to Bush in a Statement Specific on Palestine]. Translated by Amjad M. Abu Nseir. Al-Jazeera Satellite Channel. www.aljazeera.net/news/asia/2001/11/11-10-3.htm.
al-Zayyat, Montassir. *Al-Jamaat al-Islamiyya: Nathra Dakhiliyah* [Islamic Groups: An Internal View]. Translated by Amjad M. Abu Nseir. *Al-Hayat*, January 10–14, 2005.
———. *Ayman al-Zawahiri Kama 'Araftahoo* [Ayman al-Zawahiri as I Knew Him]. Translated by Amjad M. Abu Nseir. Cairo: Dar Misr al-Mahroosa, 2002.
———. *The Road to al-Qaeda: The Story of bin Laden's Right-Hand Man*. London: Pluto Press, 2004.

作者采访

Nicholas Abbott
Abdelaziz Osman Abdelaziz
Tourabi Abdellah
Genieve Abdo
Khaled S. Abu Rashid
Hafez Abu Saada
Victor Abu Said
Asma Afsaruddin
Iftikhar Ahmad
Ali al-Ahmed
Reem Akkad
Abu Ala-Mady
Alaweed bin Talal
Mohammed Alawwan
Hamid Algar
Mirza Ali
Mohammed Jasim el-Ali
Bassim A. Alim
Mohammed Alim
Tariq Ali Alireza
Fouad Allam
Jeff Allen
Graham Allison
Rogelio Alonzo
Abdel Monem Said Aly
Faiza Salah Ambah
Michael Ameen Jr.
Abdullah Anas
Frank Anderson
Lars Erslev Anderson
Sami Angawi
John M. Anticev
Michael Anticev
R. Scott Appleby
Gustavo de Aristegui
Grant Ashley
Saad Asswailim
Ghazi Salah Eddin Atabani
Abdel Bari Atwan
Gerald L. Auerbach
Juan Avilés
Mohammed Saleem al-Awa
Mohsin al-Awaji
Mohammed al-Awwam
Hussein al-Aydi
Javed Aziz
Sahar Aziz
Talal bin Abdul Aziz
Mahfouz Azzam
Maha Azzam
Omar Mahfouz Azzam
Nadia ba-Ashen
Yahia Hussein Babiker
Ahmed M. Badeeb
Saeed Badeeb
Robert Baer
Omar Bagour
Faisel Bajaber
Ramesh Balon
Gamal al-Banna
Shmuel Bar
Tom Barfield
Michael Barrett
Hasan Basweid
Khaled Batarfi
Faisal Batewil

Mohammed Loay Baizid
Milt Bearden
Waquih Bector
Mohammed bin Nasser Belfas
Harlen L. Bell
Daniel Benjamin
Robert Bentley
Peter L. Bergen
Sandy Berger
James Bernazzani, Jr.
Khaled al-Berri
Abdullah M. Binladen
Saleh M. Binladen
Mohammed A. bin Mahfooz
Sultan bin Salman
Alaweed bin Talal
Ghazi Faisal Binzagr
Jochen Bittner
Robert Blitzer
Philip Bobbitt
Waguih Boctor
Barbara Bodine
Steven A. Bongardt
Arnaud de Borchgrave
Theron Bouman
H. Braxton
Jean-Charles Brisard
Peter T. R. Brooks
Rachel Bronson
Jean-Louis Bruguiere
Ihsan Ali bu-Hulaiga
Paul Busick
Malik A. Ruiz Callejas
Robert Callus
John Calvert
Greg Campbell
Antonio Cañizares
Vincent Cannistraro
Joseph Cantemessa
Yigal Carmon
Timothy Carney
Jacobo Teijelo Casanova
Sharon Chadha
David Chambers
Robert Chambers
Gary Chapman
Françoise Chipaux
Frank Cilluffo
Richard A. Clarke
Jack Cloonan
Ray Close
Charles Cogan
Daniel J. Coleman
Denis Collins
Elizabeth O. Colton
John Cooley
Thomas F. Corrigan
Dina Corsi
Juan Cotino
Roger Cressey
Dominik Cziesche
Pasquale D'Amuro
Saeb Dajani
Thomas G. Donlon
Essam Deraz
Aida Self el-Dawla
Sarah al-Deeb
Agustín Diaz
Anna DiBattista
Tom Dillon
Teodoro Gómez Domínguez
Kevin Donovan
Joseph Doorley
Mary Deborah Doran
Eleanor Doumato
Joshua L. Dratel
Abdel Aziz al-Dukheil
Carson Dunbar
Charles Dunbar
Joseph Dunne
Elizabeth Durkee
Jack Eckenroad
Mohamed Salah Eddin
R. P. Eddy
Mohamed al-Edrisi
Paul Eedle
Abdel Wahab el-Effendi
Michael E. Elsner
Steven Emerson
Javier Jordán Enamorado
Elfatih Erwa
Emilio Lamo de Espinosa
Essam el-Eryan
John Esposito

Khaled Abou el-Fadl
Abdulaziz H. Fahad
Mandi Fahmy
Amr Mohamed al-Faisal
Reem al-Faisal
Saud al-Faisal
Turki al-Faisal
Mahmoun Fandy
Saad al-Faqih
Juan Avilés Farré
Jamil Farsi
Najla Fathi
Haizam Amirah Fernández
Elizabeth Fernea
Robert Fernea
Al Finch
Walid A. Fitaihi
Patrick Fitzgerald
Peggy A. Ford
Yosri Fouda
Wyche Fowler
Charles E. Frahm
Stephen Franklin
Louis J. Freeh
Alan Fry
Graham Fuller
Abdel Moneim Abdel Futuh
Neal Gallagher
Mary E. Galligan
Kathy Gannon
Antonio Maldonado García
Benigno Pendás García
Enrique García
Mike Garcia
Paul Garmirian
Diego López Garrido
Baltazar Garzón
Stephen J. Gaudin
F. Gregory Gause III
Fawaz Gerges
Hussein Abdel Ghani
Kevin P. Giblin
Hao Gilbertson
Heather Gregg
Klaus Grünewald
Stanley Guess
Hosnya Guindy
Hamid Gul
Rohan Gunaratna
Lou Gunn
Allan P. Haber
Kamal al-Sayyid Habib
Herb Haddad
Deborah Hadwell
Sayeed Abdul Hafez
Mohammed M. Hafez
Ali el-Haj
Lisa Gordon Haggerty
Abdul Rahman Haggog
Berhan Hailu
Yousef A. al-Hamdan
Khaled al-Hammadi
Andrew Hammond
Hussein Haqqani
Hasan al-Harithi
Mamdouh al-Harithi
Mohamed Haroun
Elias Harfouche
Peter Harrigan
Tom Hartwell
Saad Hasaballah
Khalid Hasan
Janullah Hashimzada
Badreldin Hassan
Hamza al-Hassan
Sulaiman al-Hatlan
Suliman Hathout
Hasan Hatrash
Jerome Hauer
Thomas Hegghammer
Kamal Helbawy
Clement Henry
Neil Herman
Ibrahim Hilal
Michael Hingson
Frank Hodgkins
Bruce Hoffman
Tariq al-Homayed
Ibrahim Hooper
Fahmi Howeidi
Steven Hughes
Mohammed I. al-Hulwah
Malik Hussein
Len Hutton

Hussein Ibish
Abdel Wahab Ibrahim
Dina Ibrahim
Saad Eddin Ibrahim
Bob Inman
Ibrahim Insari
José María Irujo
Christopher Isham
Farraj Ismail
Jamal Ismail
Mamdouh Ismail
Mahnaz Ispahani
Edward Jajko
Ali A. Jalali
Kevin James
Valerie James
Edward Jeep
Josef Joffe
Chris Johnson
Keith Johnson
Rocio Millán Johnson
Robert Jordan
Adl al-Jubair
Nail al-Jubair
James K. Kallstrom
Salah Abd al-Kareem
Hisham Kassem
Mahmoud Kassem
Theodore Kattouf
Rita Katz
Elaine Kaufman
Joseph Kechichian
David Kelley
Gilles Kepel
Abdul Rahman Khadr
Zaynab Ahmed Khadr
Jamal Khalifa
Ashraf Khalil
Imran Khan
Ismail Khan
Javed Aziz Khan
Jamal Ahmad Khashoggi
Khalid Khawaja
Mohammed al-Khereiji
Ramzi Khouri
Kathryn Kilgore
Daniel Kimmage
Judith Kipper
Kirk Kjeldsen
Bernard Kleinman
Bassma Kodmani
Evan Kohlmann
Michael Kortan
May Kutbi
Ben Kuth
Robert Lacey
Stéphane Lacroix
Donna Lee Lakin
Frank Lakin
Salah Lamei
Ted Landreth
Thomas F. Lang
Mohamed abd al-Latif
Fernando Lázaro
Rodney Leibowitz
Eric Lewis
Richard Lind
James Lindley
John Lipka
John J. Liguori
David Long
Bernabe López García
Douglas MacEachin
Petros Machas
Dittmar Machele
Khaled al-Maeena
Naguib Mahfouz
Wissal al-Mahdi
Saddiq al-Mahdi
Abdulaziz I. al-Mana
Abd al-Haleem Mandour
Jay C. Manning
Manuela Marín
Saad M. Mariq
Jonathan Marshall
Bobby Martin
Georg Mascolo
Rihab M. Massoud
Barry Mawn
Kenneth J. Maxwell
Ernest May
Andrew McCarthy
Pete McCloskey Jr.
Ken McConnellogue

Janet McElligot
Robert McFadden
John McKillop
Jaime McLendon
Frances Meade
Richard A Meade
Dominic Medley
Amin el-Mehdi
Roel Meijer
Moneir Mahmoud Aly el-Messery
Cordula Meyer
John J. Miller
Marty Miller
John Mintz
Hamid Mir
Mustafa al-Mirabet
Hafez al-Mirazi
Assaf Moghadem
Mohammed el-Affi Mohammed
Rustam Shah Mohmand
Abdul Mohsin Mosallam
Rashid al-Mubarek
Ursulla Mueller
Manfred Murck
Kim Murphy
Richard Murphy
Virginia Murr
Ali al-Musa
Izzud-din Omar Musa
Khaled Musa
Mustapha el-M'Rabet
Ibrahim Nafie
Timothy Naftali
Hani Nagshabandi
Adil Najam
Louis A. Napoli
Octavia E. Nasr
Dona Abdel Nasser
Sami Saleh Nawar
Hisham Nazer
Sanna Negus
Soraya Sarhaddi Nelson
Salameh Nematt
Petter Nesser
Tim Niblock
Monsour al-Njadan
Yusuf Mohammed Noorwali
M. Arif Noorzai
Essam Noweira
Ayman Nur
Christine O'Neill
J. P. O'Neill
Hugh O'Rourke
Nawaf Obaid
Mohammed S. al-Odadi
Hassabulla Omer
Fathi Osman
George Pagoulatis
Emiliano Burdiel Pascual
Reuven Paz
Ami Pedahzur
Gareth Peirce
Francis J. Pellegrino
Benigno Pendás
Ramón Pérez-Maura
Thomas J. Pickard
William Ryan Plunkett
Javier Pogalan
Josh Pollack
Florentino Portero
Joachim Preuss
Jim Quilty
Mohammed Qutb
Khaled Rabah
Samir Rafaat
Nimrod Rafaeli
Abdullah Omar Abdul Rahman
Ahmed Abdul Rahman
Bahran Rahman
Osama Rajkhan
David C. Rapoport
Madawi al-Rasheed
Abdel Rahman al-Rashid
Mohamed Rashid
Diaa Rashwan
Ross Reiss
Jim Rhody
Hamid bin Ahmed al-Rifai
Lawrence K. Robinson
Jorge Rodríguez
Michael A. Rolince
Ken Rosenthal
James J. Rossini
Mark T. Rossini

Jim Roth
Olivier Roy
Michael Rubin
William Rugh
Usama Rushdi
Jeanne Ryan
Hafez Abu Saada
Mahmoud Sabit
Abdul Rahman al-Saeed
Marc Sageman
Muhammed Salaah
Salama Ahmed Salama
Ali Salem
Ysura Salim
Mohammed Salmawy
Maha Elsamneh
Bob Sama
Mujahid M. al-Sawwaf
Mohammed Sayed Tayib
Michael Scheuer
Lewis Schiliro
Abdallah Schleifer
Yoram Schweitzer
Deborah Scroggins
Abdul Aziz al-Sebail
Mohammed el-Shafey
Restum Shah
Rafiq Shaheed
Emad Eldeen Shahin
Mohammed Ali Al al-Shaikh
Said al-Shaikh
Ron Shapiro
Mohammed A. al-Sharif
Michael Sheehan
Abdullah al-Shehri
Virginia Sherry
Aziz Shihab
Myrna Shinbaum
David Shinn
Ekram Shinwari
Allen Shivers
Hussein Shobokshi
Mohammed Shoukany
Mahmoud Shukri
Asma Siddiki
Mazhar Siddiqi
Sabahat Siddiqi
Hani al-Siba'iy
Steven Simon
Yassir el-Sirri
Marvin Smilon
Philip Smucker
Ibrahim al-Sonousi
Ali H. Soufan
Jesper Stein
Guido Steinberg
Jessica Stern
Mary Lynn Stevens
Raymond Stock
Dominic Streatfeild
Abdullah Subhi
Ghassan al-Sulaiman
Gamal Sultan
Joseph Szlavik Jr.
Michael Taarnby
Nahed M. Taher
Azzam Tamimi
Lorraine di Taranto
Mohamed Saeed Tayeb
Jacobo Teijello
Joshua Teitelbaum
Peter Theroux
Omar Toor
Aldo J. Tos
Owais Towhid
Greg Treverton
Robert Tucker
Matthew Tueller
Hassan al-Turabi
Issam Eldin al-Turabi
Thomas Twetten
Abu Ubeida
Joe Valiquette
Reuben Vélez
Lorenzo Vidino
Bob Walsh
Janet Waters
Eric Watkins
Dale Watson
William F. Wechsler
Gabriel Weimann
Benjamin Weiser
Michael Welsh
Jeff Wharton

John V. Whitbeck
Mary Jo White
Wayne White
Robert Whithead
Larry Whittington
Quintan Wiktorowicz
Gina Abercrombie-Winstanley
Kelly Wojda
Wesley Wong
Hani Yamani
Mai Yamani
Hassan Yassin
Yehia J. Yehia
Khaled Yusuf
Rahimullah Yusufzai
Mark Zaid
Ali Zaki
Ezzat Zaki
Zaki Mohammed Zaki
Heba al-Zawahiri
Montasser al-Zayat
Ahmad Muaffaq Zaidan
Mohammed Zohair
Abdou Zuma

致谢以及消息来源的说明

谎言和欺骗，对于一名试图组织起真实故事的记者来说始终是个问题，况且本书的这个选题主要还得依靠对圣战者和情报人员的采访。读者自然会认为，过分信赖这些消息来源是很危险的。更麻烦的是，关于基地组织和其中人物的早期研究往往都敷衍了事，而且会把人引入歧途。在记述扎瓦希里和本·拉登生平事件方面至关重要的阿拉伯新闻界，则处于该地区各独裁政府的约束之下。对证人的宣誓证词也不能太过信赖，因为他们自己原本就是窃贼、骗子或双重间谍。那么，在众多相互矛盾、难以取信的描述之中，作者究竟该如何选择？

幸运的是，“9·11”事件以来的5年间有诸多有用的文件浮出水面，它们为那些寻找坚实立足点的记者提供了参照。这其中特别有用的文件包括：“奥萨玛的历史”（Tareek Osama），内含一批备忘录、信件和笔记，取自在波斯尼亚缴获的基地组织电脑，并在美国诉埃萨姆·阿尔努一案中被列为证据；《华尔街日报》记者阿兰·卡利森偶然得到的一批珍贵的电子邮件和其他通信，他在喀布尔买的一台电脑原来是被人从基地组织抢来的；还有基地组织重要的正式文件（包括其章程与细则），大部分由美国国防部在阿富汗战争之后搜集而来，它们组成了人们所说的“和睦文件”（Harmony Documents）。上述文件提供了一个由可靠信息构成的基础，在检验其他消息来源是否可信时很有用处。

然而，就连这些珍贵的资料也可能让人误入歧途。例如，“奥萨玛的历史”文件中含有1988年8月11日重要会议（“基地组织”一词在会上首次出现）的手写笔记，它向我们揭示的似乎是该组织创建的那一刻。在我讲述的故事之中，这是一个至关重要的场景。但是，提交法庭的英语译文往往却让人摸不着头脑。起初的英译是这样的：“我认为我们应该按照我们起初为之而来的想法根源而思考。这一切都是为了从零以下开始一个新成果”。这段话译得好一点则是：“我们应该把注意力集中在来到此地时的最初想法上。这一切都是为了从头开始一项新计划。”根据文件，写下这些笔记的人是本·拉登的朋友阿布·里达·苏里（穆罕默德·洛伊·拜兹德），但我在喀土穆采访苏里时，他却说自己 1988 年根本就不在阿富汗，也不在巴基斯坦。我不知道他这一断言是否属实，但文件上的确有他的名字。曾参加那次会议的瓦埃勒·朱莱丹拒绝和我当面谈话，但同意通过中间人回答我的问题。他提供了惊人的信息：会议原来是阿卜杜拉·阿扎姆召集的；他还给了我与会者的名字，而且说会议末尾就组建基地组织一事进行了投票。这些情况在法庭文件中都没有记载。曾任基地组织会计的迈达尼·塔伊布通过中间人告诉我，该组织在 8 月 11 日会议之前就已经建立——他当年 5 月就加入了基地组织——因此投票似乎只是让一个已经暗中存在的组织变得名正言顺而已。我相信各位读者会逐渐认识到，基地组织活动在一个晦暗不明的世界之中，而有时我为了获取信息所采取的方法也并不完美。

同样，有一些事情我虽然认为属实但却无法证明，因此在记述时就不得不作出一些牺牲。这其中有一个最令人可望而不可即的例子：2003 年 10 月 17 日图尔基王子向美联社透露，他主管沙特情报部门时曾在 1999 年末或 2000 年初亲自向中央情报局提供纳瓦夫·哈兹米和哈立德·米达尔两人的名字，他们是后来“9·11”事件中的劫机者。“我们告诉美方，这两个人由于基地组织以前的行动已被列入我们的监控名单。他们参与了使馆爆炸案，还曾在 1997 年企图将武器偷运入沙特王国，”图尔基当时说。这就可以解释为什么大约在劫机者与美海军“科尔”号炸弹袭击者在马来西亚会面的时候，中情局对这两个人突然产生了兴趣。中情局极为愤怒地驳斥了图尔基的说法，而时任沙特驻美大使的班达尔·本·苏丹王子则对表亲图尔基的声明予以澄清，称沙特阿拉伯没有向美国情报部门转送关于劫机者的“任何文件”。当时图尔基仍坚持自己的声明，称他确实转达了这一情况，至少是曾经口头告知。图尔基的这个说法我从沙特政府安全顾问纳瓦夫·奥贝德处得到了证实，他告诉我未来劫机者的姓名被交给了中央情报局利雅得情报站的主管。但到了现在，继班达尔在华盛顿担任驻美大使的图尔基却说，他检查笔记之后发现自己搞错了；他本人从未向美国人转达有关任何劫机者的情况。由于图尔基的断然否定，我只得从文中删去他先前的说法。之所以在此提起这段故事，是为了解答那些知晓此事的读者可能油然而生的疑问，也是为了说明相互对立的政治与外交势力有时会让真相（无论是何种真相）变得遥不可及，令人沮丧不已。

本书所作的报道要求我不断地对数百个消息来源进行相互验证，而在这反反复复的调查过程之中，才能找到最为接近的真相——最可靠的事实。可以说这是一种平行报道，因为它会考虑到尽可能多的观点，只要当事人愿意开口。采访的名单虽长，但它无疑并不完整。美国情报界（尤其是中央情报局）有一些重要人物婉言拒绝和我见面；此外，基地组织内部的许多最佳消息来源仍然被美国当局扣押，这其中不仅有秘密关押的，也有一些人就囚禁在美国的监狱里。尽管我向典狱长和主审法官多次请求，这些囚犯仍然不得与新闻界进行任何接触。除非允许他们开口，否则基地组织的完整故事将无人知晓。

报道中的另一根轴线——垂直轴线——则主要是关于理解的，而不是简单的事实。对于本书中的一些人，我曾做过几十次深入采访。无一例外，最有收获的谈话都是在记者与消息来源建立起一定程度的信任之后。这种关系存在着许多问题，因为信任与友谊往往相伴而来。消息是极具诱惑力的，记者则想要知道消息；而他知道得越多，对消息来源也就越感兴趣。在人类的天性中，“被人理解”这种渴望的强大力量罕有其匹；如果没有它，新闻业就不会存在。然而，因分享秘密和吐露深切情感而生的亲近之意，会让人相应地产生一种友好的保护欲，而记者并不是总能提供这种保护。在采访时我会把录音机放在显眼的地方，并大量做笔记，以此来提醒自己和采访对象房间里还有第三个人——最终的读者。

为尽可能少用匿名的消息来源，我费了不少工夫。作为一个读者，我常会怀疑来源不明的消息是否可靠，因此我把尽可能多的消息提供者拉到了光天化日之下。有些消息来源在采访一开头会习惯性地说此事不供发表，但后来我征询意见时，他们可能会允许我引用某几句话或发表某些情况。文中还有一些事件并未与特定人物或文件联系起来，但这些事件所代表的信息是至关重要的，我有充分的理由相信其真实性。

本书之成，要大力感谢数百人的慷慨帮助。虽说这番盛情我永远无以为报，我还是希望他们能感觉到，我没有辜负他们的信任。

赛义德·库特卜在科罗拉多州格里利也许过得颇为苦恼，但他并没有我这样的幸运，能遇到格里利市博物馆负责协调档案与研究工作的佩姬·A·福特，以及北科罗拉多大学詹姆斯·A·米切纳图书馆档案室的主任珍妮特·沃特斯。她们对我热情接待，让我阅读了馆内很有用处的文献。北科罗拉多大学主管学校发展的副校长肯·麦康洛伊慷慨地提供了至关重要的背景情况；历史学教授迈克尔·韦尔什则带我参观了校园与城镇，他这位导游见解深刻而又妙趣横生，让我不禁羡慕起他的学生来。

置身于一个几乎完全陌生的文化之中，外国的记者需要依靠“协调人”的指引。他们会帮你安排会面、为你翻译，常常还会告诉你一个异乡人自己根本无法领会的背景。我在开罗的时候，有令人开怀的曼迪·法赫米陪同采访真是特别幸运，当然还有罗拉·马哈茂德和贾兰·扎延。在探究艾曼·扎瓦希里医生迈阿迪童年时光的过程中，随行的萨米尔·拉发特对我的帮助非常宝贵。我非常感谢马赫福兹·阿扎姆和奥马尔·阿扎姆两位，对于我无穷无尽的询问，他们给予了耐心而又亲切的回答。贾迈勒·班纳和埃萨姆·埃尔延对于穆斯林兄弟会的深入看法至为宝贵，卡迈勒·哈比卜则提供了关于圣战组织起源的大量情况。在探究伊斯兰运动方面，马姆杜·伊斯梅尔、贾迈勒·苏丹和蒙塔赛尔·扎耶特都是必不可少的消息来源，福阿德·阿拉姆则帮助我理解了政府在面对此类组织带来的挑战时所做出的反应。阿卜杜拉·施莱费尔是个极有见地而又十分风趣的人，此外他还有一手叫人惊讶的好厨艺。刚刚出狱、仍未摆脱磨难阴影的萨阿德·阿丁·易卜拉辛，慨然允许我参考他极为宝贵的研究成果。我特别要感谢以下几位的友谊与盛情：贾恩·蒙塔赛尔和萨夫瓦特·蒙塔赛尔、桑纳·哈诺宁·内古斯、阿卜杜勒·瓦哈卜·易卜拉辛博士和艾达·贝尔马维、雷蒙德·斯托克、吉姆·普林格尔和萨米亚·贝尔马维、埃萨姆·德拉兹、阿里·萨利姆，还有我的老教授，叶海亚·伊扎比博士。

“9·11”之后，我花了一年多时间向沙特阿拉伯王国申请签证。最终我意识到自己无法以记者身份获签，于是就接受了一份在本·拉登故乡吉达的《沙特公报》“指导”年轻记者的工作。这个事出偶然的小手段让我认识了沙特社会，而这种认识从记者高高在上的角度是不可能得到的。为此，我一定要感谢报社的总编艾哈迈德·优素福博士；编辑穆罕默德·舒坎尼博士，邀请我进入该报新闻编辑室的就是他；还有我的同事伊夫蒂哈尔·艾哈迈德、拉梅什·贝隆、拉米兹·扈利、马兹哈尔·西迪基。不过，我最好的老师还是各位记者：费萨尔·巴贾伯、哈桑·巴苏韦德、纳吉拉·法特希、马姆杜·哈里西、哈桑·哈特拉什、穆罕默德·祖海布·帕特勒、马哈茂德·舒凯里，还有萨巴赫特·西迪基。我由衷地感谢法伊扎·安巴赫、伊丽莎白·O·科尔顿、哈立德·巴塔菲博士、贝尔汉·海卢、彼得·哈里根、贾迈勒·哈利法、贾迈勒·卡舒吉、哈立德·马伊纳、阿卜杜拉·谢里博士、侯赛因·舒波吉和吉娜·阿伯克龙比-温斯坦利，他们的慷慨热情让我的沙特之旅不仅收获良多，而且其乐无穷。

在巴基斯坦，我厚着脸皮在记者同行们身上榨取报道圣战的经验。感谢美联社的凯茜·甘农、法国《世界报》的弗朗索瓦丝·希波、阿布扎比电视台的贾迈勒·伊斯梅尔、巴基斯坦《黎明报》的伊斯梅尔汗、《伊斯兰堡新闻报》的拉希姆拉·优素福扎，以及半岛电视台的艾哈迈德·扎伊丹。马赫纳兹·伊斯帕哈尼介绍的巴基斯坦概况对我很有帮助，而且他还提供了一些非常宝贵的消息来源。尽管哈立德·赫瓦贾在世界观上和我迥然不同，他还是煞费苦心地帮助我理解他的观点。我要特别感谢扎纳卜·艾哈迈德·卡德尔；我们曾在巴基斯坦和加拿大多次交谈，她回顾了自己在基地组织社区之中的生活经历。巴赫拉姆·拉赫曼带着我走遍了阿富汗，有他相伴总是很令人愉快。我好像还欠着穆斯塔法酒店的多米尼克·梅德利的情，什么时候得请他喝一杯。

在我几次走访苏丹期间，伊萨姆·埃尔丹·图拉比这位主人不但盛情款待，也让我受益匪浅。我还得感谢穆罕默德·洛伊·拜兹德，他信任我，因此把自己回忆到的事情和盘托出；还有哈萨布拉·厄梅尔，他直言不讳地谈了本·拉登给苏丹情报部门带来的两难处境。

为揭示基地组织汉堡分支机构的秘密生活，《明镜》周刊的格奥尔格·马斯科洛及其调查小组所做的工作堪称一流。我在汉堡的时候，格奥尔格把手下最优秀的一位记者科尔杜拉·迈尔借给我当导游，而我对身在德国的劫机者的描述，就有赖于她的洞察力。我也要感谢柏林的前任政府反恐事务主管吉多·施泰因贝格博士，他在恐怖主义研究方面的专业知识帮助我深化了自己的理解。在西班牙，我得到了罗西奥·米连·约翰逊的大力协助，他是一位很有魄力的记者，也是个极好的人。我还要感谢埃尔卡诺皇家学院的埃米利奥·拉莫·德埃斯皮诺萨和海扎姆·阿米拉·费尔南德斯。在马德里采访期间，随行的古斯塔沃·德阿里斯泰给了我许多激励。西班牙国家警察的胡安·科蒂诺、恩里克·加西亚、埃米利亚诺·布尔迭尔和特奥多罗·戈麦斯·多明格斯为我提供了极大的方便。我还想在此感谢几位同行：西班牙《世界报》的费尔南多·拉萨罗，《国家报》的何塞·马里亚·伊鲁霍、《阿贝赛报》的拉蒙·佩雷斯·毛拉，特别是《华尔街日报》的基斯·约翰逊；他们几位在来源和信息两方面都给了我慷慨的帮助。

我第一次去巴黎政治研究学院采访中东研究教授吉利斯·凯普尔的时候，他反倒要我去给他的学生上课。结果，那堂课是对这位学者的最好介绍——他对埃及伊斯兰激进运动的开创性研究，塑造了这一运动所有相关研究的形态。在这些学生身上，强烈而又持久地反映着他的影响。我也非常感激我以前在《纽约客》的编辑李·艾特肯，还有我的朋友克里斯托弗·迪基和卡萝尔·迪基，如果没有他们相伴，我的几次巴黎之旅决不会那么乐趣无穷。渊博的学者奥利维尔·罗伊曾几次和我一起探讨他的想法，让我很是感激；勇气可嘉的反恐法官让-路易·布吕吉埃也向我介绍了他对基地组织的独特见解。

对于任何有心探究伊斯兰激进运动和圣战的记者而言，伦敦都是颇为特别的一站。我有一些最具价值的消息提供人获准在这里政治避难。尽管自身的地位可能随时有变，他们还是很愿意和我谈话。我特别要感谢亚西尔·瑟勒、奥萨玛·鲁什迪和哈尼·西巴伊。在我走访伦敦期间，阿卜杜拉·阿纳斯和卡迈勒·赫勒巴维成了我的好朋友，他们对于我理解阿富汗阿拉伯人的经历作出了重要的贡献。苏格兰场伦敦警务处总部的阿兰·弗赖伊向我介绍了英国的反恐怖主义观点。半岛电视台的明星记者优斯里·富达非常热情好客，他陪同我参加了几次令人难忘的晚间聚会。《中东日报》前编辑阿卜杜勒·拉赫曼·拉希德向我提供了大量情况，而他的继任者塔里克·胡迈德自从和我在吉达初次见面后，也同样对我慷慨相助。我还要向穆罕默德·沙菲致以特别的敬意，他是《中东日报》的一位伟大记者，曾多年报道恐怖主义与伊斯兰激进运动。我非常感谢他的热情帮助。

我要特别感谢理查德·A·克拉克，他极为耐心地指引我和华盛顿的方方面面周旋。在联邦调查局，I-49 小组成员的坦诚相待我将永远铭记在心，尤其是杰克·克卢南、丹尼尔·科尔曼、马克·罗西尼和阿里·苏凡，他们之中的每一位都接受过我的无数次采访。没有他们，也就没有这本书，就是这么简单。帕斯库利·达穆罗确保纽约办事处向我敞开大门，对于他的信任我非常感激。乔·瓦利克特和吉姆·马戈林协助我安排会面，常常会忙到下班之后很晚。我要感谢联邦调查局总部的约翰·米勒、迈克尔·科坦和安杰拉·贝尔，他们在安排会面与提供情况上给了我很大帮助。迈克尔·朔伊尔直言不讳地向我介绍了亚力克站和中央情报局的文化。他对本·拉登和基地组织的研究可谓无与伦比。还有一些美国情报界人士也给了我极大的帮助，但恕我不能透露他们的名字。

三位女性——安娜·迪巴蒂斯塔、瓦莱丽·詹姆斯和玛丽·琳恩·史蒂文斯——向我讲述了她们对约翰·奥尼尔那往往令人痛苦的回忆。她们把自己的这些经历托付给我，是我莫大的荣幸。

语言不通当然会构成障碍，因此我要向在世界各地聘请的译员表示感谢。阿拉伯语：我的前任助理迪娜·易卜拉辛无疑是无价之宝，而且这不仅仅是因为她娴熟的翻译；还有迪娜的妹妹梅、她们的母亲埃达偶尔也会帮忙；我的阿拉伯语教员阿姆贾德·M·阿布·纳瑟尔；吉兰·卡迈勒；尼达尔·达拉塞赫，他也是一位难能可贵的好助理；开罗的雷哈姆·谢里夫。德语：拉尔夫·耶格和切斯特·罗森。法语和意大利语：卡罗琳·赖特。西班牙语：罗西奥·米连·约翰逊、弗兰克·霍奇金斯和马霍尔·爱德华·吉普。

本书的部分内容曾刊登于《纽约客》杂志；实际上，这个选题始于2001年9月11日，当时我请求编辑戴维·雷姆尼克派我做这项工作。从那时起，该杂志一丝不苟的编辑部始终都在协助我。杰弗里·弗兰克、查尔斯·米切纳和丹尼尔·扎莱夫斯基都曾处理过收入最终成书的文章。我对《纽约客》的实情调查员们始终心怀感激，彼得·坎比领导下的这个部门是我最喜爱的部门。在这个选题中协助过我的调查员有：吉塔·丹尼舒、鲍里斯·菲什曼、雅各布·戈尔茨坦、玛丽娜·哈斯、奥斯汀·凯莉、南迪·罗德里戈、安迪·扬，特别是娜娜·阿斯福尔，她还在几次重要采访中担任了阿拉伯语翻译。非常感谢杂志的图片编辑娜塔莎·伦恩，她搜集来的许多照片都被收录在本书之中。

为帮助我获得签证，或是联络单靠我自己根本无法接触到的人，许多人曾热情相助。珍妮特·麦克利格特和米尔特·比尔登在这方面非常热心。伊丽莎白·弗尼亚不仅帮助我构思本书，居然还为我在阿拉伯找到了那份工作。她所作的贡献在本书之中随处可见。

有一小批私人学者对恐怖主义的研究对新闻记者起到了极大帮助，在此我要感谢丽塔·卡茨与“搜寻国际恐怖主义实体”机构、“恐怖主义调查计划”的史蒂文·埃默森和洛伦佐·维蒂诺，还有埃文·F·科尔曼，他们拿出自己搜集的资料供我参考。我还要感谢莫特利·赖斯律师事务所的迈克尔·埃尔泽纳，他慨然允许我在事务所规模惊人的档案室中翻查文献。卡伦·格林伯格与纽约大学法学院法律与安全中心的教职员工，率先对本书之中探讨的许多观点进行了检验。

我很幸运，能够成为“海湾2000”这个虚拟社群中的一员。创建该社群的加里·希克是国际关系学副教授、哥伦比亚大学中东学院的前任院长。毫无疑问，“G2K”（圈内人的称呼）已成为一个无价的资源宝库，人们可以在这里分享知识，交流想法。

即便是在相互竞争的时候，记者与记者之间也还是要彼此依赖。除了前文中已经提到的同行，我还要特别感谢以下几位的帮助：CNN恐怖主义分析师彼得·L·伯根、全国公共广播电台的约翰·伯内特、ABC新闻的克里斯·艾沙姆、《芝加哥论坛报》的斯蒂芬·富兰克林、《经济学家》周刊的乔纳森·莱贾德，还有《时代》周刊的菲利普·斯马克，他们都向我传授了更为丰富的经验，还提供了诸多宝贵的联系人。他们是勇敢无畏的记者，也是我可贵的朋友。

“9·11”事件发生时在《沃特斯》杂志当记者的柯特·谢尔德森，那天早晨去世贸中心开会恰好迟到了。正因为他在地铁上睡着了，所以才能活着向我讲述此事。他的故事被收入《纽约客》杂志2001年9月24日那期著名的黑色刊。身为同行的柯特还替我参加了约翰·奥尼尔的追悼仪式，并且采访了当时到场的奥尼尔的一些朋友和同事。

威尔·哈伯给了我非常宝贵的帮助，莫娜·阿卜杜勒-哈利姆也是如此，另外她还成了我征询意见时最可资信赖的人。多年来简·麦金罗伊一直是我所中意的版权编辑，我向来都很倚重她的判断。诺拉·安克拉姆也是我特别仰赖的一个人，她帮助我把一大堆杂乱的资料整理成了14箱卡片。她总是高高兴兴的，让这项时而令人气馁的工作也变得光明起来。

我对斯蒂芬·哈里根和格雷戈里·柯蒂斯这两位好友特别感激，他们阅读了本书最为粗糙的原稿，并提出了极有帮助的建议。写这本书的想法，原本就是史蒂夫提出来的。彼得·伯根、雷切尔·布朗森、约翰·卡尔弗特、史蒂夫·科尔、玛丽·德博拉·多兰、托马斯·赫格哈默、迈克尔·罗林斯、马克·萨吉曼和迈克尔·韦尔什也阅读了全文或部分章节，并提出了他们的专业意见，让我受益匪浅。本书中仍然存在的任何舛误都是我的责任；但多亏了这些耐心读者的热情帮助，错误已经被减少了许多。

为了这个选题，我的朋友和经纪人温迪·威尔曾四处奔走；幸运的是，此前担任过我三本著作编辑的安·克洛斯这一次又和我再度合作。我的团队重又走到了一起，对此我十分感激。我的妻子罗伯塔全力支持我写作本书的决定，尽管这意味着在完成此书所花费的近5年时间里，我们基本上都是天各一方。终于能回家了，我真高兴。

教育家、作家赛义德 · 库特卜，他所著《里程碑》一书引燃伊斯兰激进运动。图中他正在向科罗拉多州立教育大学校长威廉 · 罗斯展示自己的一本著作（可能是《伊斯兰的社会公正》）。

科罗拉多州格里利，20 世纪 40 年代航摄。“我现在住的小镇叫格里利，它美极了，呆在这儿很容易就让人有置身天堂之感，”库特卜写道。但他也看到了美国黑暗的一面。

受审时的库特卜，1965 年左右。1966 年他被处以绞刑。“感谢真主，”判决宣布时他朗声说，“我坚持了 15 年的圣战，终于赢得了这个以身殉教的机会。”

艾曼 · 扎瓦希里在开罗的一个中产阶级郊区迈阿迪长大。他是个孤僻的孩子，被班上的同学视为天才。

学童时代的扎瓦希里（右）
在开罗大学攻读医科时的扎瓦希里（下）

艾曼 · 扎瓦希里在302名被告之中的编号是113，他们被控协助或策划了1981年10月安瓦尔 · 萨达特被刺事件。由于扎瓦希里的英语比较好，所以被指定为众被告的发言人。这张照片摄于1982年12月，当时他正在向各国新闻界发表演说。许多人称，囚犯之所以在埃及监狱中受到严刑拷打，是伊斯兰激进运动犯下的残暴行径所致。“他们踹我们，打我们，用电线抽我们，还给我们上电刑！他们还放野狗咬人！”

受审的众被告。

（左）奥马尔 · 阿卜杜勒 · 拉赫曼谢赫（“盲人谢赫”）也是被告之一。当时他是伊斯兰组织的埃米尔。

（左）穆罕默德 · 本 · 拉登 1931 年来到沙特阿拉伯时只是个一文不名的也门劳工，后来他成为国王最喜爱的承包商，现代沙特王国的大部分基础设施都是他修建的。这张照片摄于 1950 年左右，图中他正在向巡视麦加大清真寺整修情况的塔拉勒 · 本 · 阿卜杜勒 · 阿齐兹王子打手势。

(右)穆罕默德 · 本 · 拉登和费萨尔国王。塔伊夫公路修筑期间，费萨尔国王常常来查看施工进度，询问费用超支情况。公路修建完毕的时候，沙特阿拉伯最终实现了统一，穆罕默德 · 本 · 拉登则成了民族英雄。

（左）大清真寺的整修耗时 20 年。朝觐期间，它可以同时容纳 100 万朝觐者。

贾迈勒 · 哈利法，本 · 拉登大学时代的朋友，后来还成了他的姐夫。哈利法和第一位妻子结婚后搬进了本 · 拉登家的房子。由于对在阿富汗建立一支纯粹阿拉伯军队的问题存在分歧，两人的友谊最终破裂。这支军队就是基地组织的前身。

父亲穆罕默德 · 本 · 拉登与母亲离婚后，本 · 拉登就随母亲搬到了吉达的这所房子。

奥萨玛 · 本 · 拉登在吉达的第二所房子。这栋公寓楼有四个单元，是他在施行一夫多妻之后买下的。

(左页下)：朱海曼 · 奥泰比，1979 年清真寺袭击的头目。这一事件是沙特阿拉伯历史的转折点。叛乱分子提出的要求预示着本 · 拉登后来的主张。奥泰比被捕后乞求宽恕，沙特情报部门主管图尔基王子告诉他：“你该去求真主宽恕！”

阿布杜拉 · 阿扎姆。1984年他发布圣令，号召世界各地的穆斯林加入阿富汗圣战“行旅”。他和本 · 拉登在白沙瓦设立了服务局，为阿拉伯人来阿富汗参战提供便利。

1988年本 · 拉登在托拉博拉的一个山洞中。他创立基地组织大约就是在这个时候。

（下）1988年阿扎姆在潘希杰尔山谷。他去那里会见艾哈迈德 · 沙阿 · 马苏德，抗击苏联侵略战争中最伟大的阿富汗指挥官。马苏德坐在阿扎姆旁边，胳膊搂着阿扎姆的儿子易卜拉辛。这次探访之后不久，阿扎姆和他的两个儿子（包括易卜拉辛）在炸弹袭击中遇难。此案始终没有破获。

哈米德 · 古尔将军，阿富汗圣战期间主管巴基斯坦三军情报局。美国和沙特阿拉伯通过三军情报局向阿富汗偷偷输送了数亿美元，这些资金是苏联撤军之后塔利班形成的主要原因。

（右）图尔基 · 费萨尔王子，沙特情报部门主管。他负责阿富汗方面的情报事务，而且与本 · 拉登合作过。后来他曾和塔利班领袖穆罕默德 · 奥马尔毛拉协商，但却空手而归。

苏军占领结束后，图尔基在交战的圣战者派别间进行斡旋。照片上他在最左侧，旁边是布尔汉丁 · 拉巴尼，艾哈迈德 · 沙阿 · 马苏德政党的领袖。居右者是巴基斯坦总理纳瓦兹 · 谢里夫。

从新泽西看世界贸易中心。奥马尔 · 阿卜杜勒 · 拉赫曼谢赫的追随者就在这里密谋要炸倒双塔。

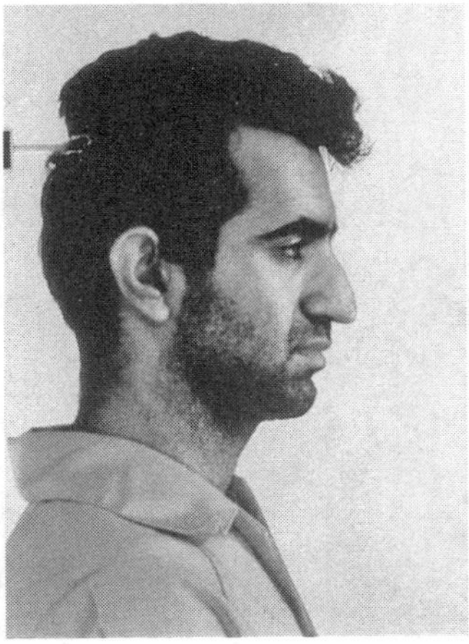

拉米兹 · 优素福是世贸中心第一次爆炸案的主谋。基地组织野心勃勃的方案正是以他阴险的想象力为雏形。

哈桑 · 图拉比，健谈而颇具煽动性的理论家。他策划了苏丹的伊斯兰政变，并极力说服本 · 拉登为该国投资。“本 · 拉登很讨厌图拉比，”一位朋友私下说。“他觉得图拉比是个马基雅弗利式的人物。”本 · 拉登来苏丹的时候是个富人，离开时却已身无长物。

本 · 拉登在苏丹期间，沙特阿拉伯国王剥夺了他的公民权，并派一名信使去收回他的护照。本 · 拉登把护照扔给使者，说：“既然你们觉得这东西能左右我，那就拿去吧！”

早晨，本 · 拉登会步行去清真寺，身后跟着一群门徒和崇拜者；他会留下来向寺内神圣的学者们讨教，还时常在去办公室上班之前与他们共进早餐。

1996年，奥萨玛·本·拉登返回阿富汗。他习惯把那把卡利科夫AK–74步枪（反苏圣战期间得到的奖励）带在身边。

2001年，塔利班战士开赴前线与北方联盟作战。塔利班组织从1994年圣战者统治的一片混乱中兴起，并迅速巩固了他们对阿富汗的控制。起初，本·拉登及其支持者根本不知道塔利班是些什么人——曾有谣言说他们是共产主义者。

（右页上）1998年5月，扎瓦希里和本·拉登在阿富汗召开新闻发布会。在阿富汗，本·拉登与扎瓦希里的命运不可逆转地缠绕在了一起，他们各自的组织——基地组织和圣战组织——最终也合而为一。

喀布尔，达鲁阿曼宫。苏军撤退后，这座宫殿被夹在阿富汗内战各方的战火之间。经过 25 年连绵不断的战争，阿富汗大部分地区都已化为废墟。

(上) 1998 年 8 月 7 日，肯尼亚内罗毕美国大使馆遭到炸弹袭击之后的废墟——这是基地组织有据可查的第一次恐怖主义袭击。袭击造成 213 人死亡，数千人受伤。150 多人被飞射的玻璃碎片刺瞎了眼睛。

(右) 9 分钟之后，坦桑尼亚达累斯萨拉姆的美国大使馆遭到炸弹袭击，11 人死亡，85 人受伤。

(左) 为报复炸弹袭击，克林顿政府摧毁了阿富汗的几处基地组织训练营，以及本图中喀土穆的希法制药厂。这一行动致使制药厂的一名夜班守卫丧生，后来人们发现该厂与化学或生物武器的制造毫无关系。

2000年10月，美国海军“科尔”号舰遭到自杀性攻击，袭击者是两名驾驶钓鱼小艇的基地组织成员。这次袭击险些让美国海军最坚不可摧的一艘舰艇沉入海底。17名水兵丧生。“驱逐舰代表着西方的都市，”本 · 拉登说，“而那艘小船则代表着先知穆罕默德。”

迈克尔 · 朔伊尔，亚力克站——中情局的“虚拟”本 · 拉登情报站——的创始人。他和联邦调查局的约翰 · 奥尼尔是势不两立的竞争对手。

理查德 · A · 克拉克，白宫负责反恐行动的头儿，他提出让奥尼尔接替自己的工作——这个提议可能就是导致奥尼尔倒台的原因。

1991年，瓦莱丽·詹姆斯在芝加哥的一家酒吧里见到约翰·奥尼尔，还请他喝了一杯，因为“他有一双最让人无法抗拒的眼睛”。奥尼尔当时已经结婚，但他并没有向自己追求的诸多女性透露这一情况。

在和芝加哥的瓦莱丽交往期间，奥尼尔又请求华盛顿特区的玛丽·琳恩·史蒂文斯只和“自己一人”约会。

在华盛顿，奥尼尔又和安娜·迪巴蒂斯塔有了亲密关系。“那家伙永远都不会娶你，”安娜的牧师警告她。

2001年8月22日，约翰·奥尼尔从联邦调查局退休。在欢送茶会上，他向丹尼尔·科尔曼和调查局的队友们告别。第二天，他开始在世界贸易中心上班。

（上）阿里·苏凡（左，他旁边的是乔治·克劳奇特工）从也门的基地组织嫌疑犯口中问出劫机者的姓名，随后就去了阿富汗。图中他所在的地方，就是本·拉登喀布尔藏身处的废墟。

奥尼尔的葬礼，就是他始终惧怕的那种由巧合造成的灾难。图中，他的母亲多萝茜和妻子克里斯蒂娜正在离开大西洋城的托伦蒂诺圣尼古拉斯教堂。来参加葬礼的悼念者有1 000人。

世界贸易中心的废墟燃烧了 100 天。“9 · 11” 袭击 10 天之后，人们找到了约翰 · 奥尼尔的遗体。

图片出处

特向以下允许本书转载照片的机构与个人致以谢意：

图第1页：赛义德·库特卜与科罗拉多州立教育大学校长：北卡罗来纳大学米切纳图书馆。格里利鸟瞰：格里利图书馆。受审时的库特卜：《金字塔》周刊

图第2页：儿时的扎瓦希里：阿扎姆家，法新社/本部/《生活日报》。扎瓦希里在医学院：阿扎姆家，法新社/盖蒂图像

图第3页：受审的众被告：美联社。奥马尔·阿卜杜勒·拉赫曼谢赫：阿拉丁·阿卜杜勒/路透社/科比斯图像。受审时的扎瓦希里：盖蒂图像

图第4页：穆罕默德·本·拉登和塔拉勒王子在大清真寺：塔拉勒王子提供。穆罕默德·本·拉登和费萨尔国王：沙特本拉登集团提供。大清真寺：阿巴斯/马格南图片社。朱海曼·奥泰比：沙特阿拉伯大使馆提供

图第5页：贾迈勒·哈利法：作者搜集。奥萨玛·本·拉登在吉达住的第一所房子：作者搜集。奥萨玛·本·拉登在吉达的第二所房子：作者搜集

图第6页：阿布杜拉·阿扎姆：阿卜杜拉·阿纳斯提供。年轻的奥萨玛·本·拉登：环境保护署/科比斯图像。阿扎姆和马苏德：阿卜杜拉·阿纳斯提供

图第 7 页：哈米德·古尔将军：作者搜集。图尔基王子：科比斯图像。图尔基王子在交战的圣战者派别间斡旋：贾迈勒·卡舒吉提供

图第 8 页：世界贸易中心：盖蒂图像。拉米兹·优素福：联邦调查局提供

图第 9 页：哈桑·图拉比：作者搜集。奥萨玛·本·拉登：斯科特·麦克劳德。奥萨玛·本·拉登去的清真寺：作者搜集

图第 10 页：带着枪的奥萨玛·本·拉登：法新社/盖蒂图像。坦克上的塔利班战士：赛义德·萨拉赫丁/路透社/科比斯图像

图第 11 页：新闻发布会上的本·拉登和扎瓦希里：CNN，经盖蒂图像授权。达鲁阿曼宫的废墟：作者搜集

图第 12 页：肯尼亚内罗毕美国大使馆的废墟：路透社。美国驻坦桑尼亚大使馆的废墟：联邦调查局提供。希法制药厂的废墟：作者搜集

图第 13 页：美海军“科尔”号舰：盖蒂图像。迈克尔·朔伊尔：美联社。理查德·克拉克：美联社

图第 14 页：瓦莱丽·詹姆斯和约翰·奥尼尔：瓦莱丽·詹姆斯提供。玛丽·琳恩·史蒂文斯和约翰·奥尼尔：玛丽·琳恩·史蒂文斯提供。安娜·迪巴蒂斯塔和约翰·奥尼尔：安娜·迪巴蒂斯塔提供

图第 15 页：约翰·奥尼尔和丹尼尔·科尔曼：丹尼尔·科尔曼提供。本·拉登阿富汗藏身处的废墟：联邦调查局提供。约翰·奥尼尔的母亲和妻子在他的葬礼上：美联社

图第 16 页：世界贸易中心的废墟：哈勒·古尔兰/开达新闻图片社

图书在版编目(CIP)数据

末日巨塔：基地组织与“9·11”之路/(美)赖特
(Wright, L.)著；张鲲，蒋莉译. —上海：上海译文
出版社，2014.6（2024.11重印）
（译文纪实）
书名原文：The looming tower
ISBN 978-7-5327-6637-6

Ⅰ.①末… Ⅱ.①赖… ②张… ③蒋… Ⅲ.①纪实文
学-美国-现代 Ⅳ.①I712.55

中国版本图书馆CIP数据核字(2014)第087257号

Lawrence Wright
The Looming Tower: Al-Qaeda and the road to 9/11
© 2006 by Lawrence Wright
This translation published by arrangement with Alfred A. Knopf, a division of Random House, Inc.
ALL RIGHTS RESERVED

图字：09-2008-212号

末日巨塔——基地组织与“9·11”之路
[美]劳伦斯·赖特/著 张鲲 蒋莉/译
责任编辑/张吉人 装帧设计/未氓设计工作室

上海译文出版社有限公司出版、发行
网址：www.yiwen.com.cn
201101 上海市闵行区号景路159弄B座
上海信老印刷厂印刷

开本 890×1240 1/32 印张16 插页2 字数 355,000
2014年6月第1版 2024年11月第12次印刷
印数：28,001—30,000册

ISBN 978-7-5327-6637-6
定价：58.00元

本书中文简体字专有出版权为本社独家所有，非经本社同意不得转载、摘编或复制
如有质量问题，请与承印厂质量科联系。T：021-39907745